カノ
マクルディ
ダスト
ザリア
イバダン
グサウ
王宮
山賊のキャンプ
カラバル
イベジ
ミンナ
ワリ
イコイ

TOMI ADEYEMI
トミ・アデイェミ｜著
SAMBE RITSUKO
三辺律子｜訳

オリシャ戦記

PART 1

CHILDREN OF BLOOD AND BONE

血と骨の子

静山社

オリシャ戦記

血と骨《ほね》の子

Children and Blood and Bone

by Tomi Adeyemi

Japanese translation rights arranged with
ICM Partners, c/o Curtis Brown Group Ltd.
through Japan UNI Agency,Inc.

Map illustration by Keith Thompson

すべてを犠牲にして、私にチャンスをくれた

母さんと父さん

そして

わたしより先に、私とこの物語を信じてくれた

ジャクソンへ

〈魔師の部族〉

イク族――生と死を司る魔師――魔師の称号〈刈る者〉
守護神　オヤ

エミ族――心と精神と夢を司る魔師――魔師の称号〈結ぶ者〉
守護神　オリ

オミ族――水を司る魔師――魔師の称号〈波を起こす者〉
守護神　イェモジャ

イナ族――火を司る魔師――魔師の称号〈燃す者〉
守護神　シャンゴ

アフェフェ族――風を司る魔師――魔師の称号〈風の者〉
守護神　アジャオ

アイェ族――鉄と大地の魔師――魔師の称号〈地の者〉〈鍛治の者〉
守護神　オグン

イモレ族――闇と光の魔師――魔師の称号〈光の者〉
守護神　オシュマレ

イウォサン族――健康と病の魔師――魔師の称号〈癒す者〉〈病の者〉
守護神　ババルアイェ

アリーラン族――時間の魔師――魔師の称号〈視る者〉
守護神　オルンミラ

エランコ族――獣の魔師――魔師の称号〈手なずける者〉
守護神　オショーシ

母《マ》さん《マ》のことを考えまいとする。

でも、つい考えると、母《マ》さん《マ》のゴハンのことが浮《う》かぶ。

母《マ》さん《マ》がいたとき、小屋にはいつもジョロフライスのにおいが漂《ただよ》っていた。

母《マ》さん《マ》の黒い肌《はだ》が夏の太陽のように光っていたようすや、父《バ》さん《バ》をとたんに生き生きさせた笑《え》顔《がお》を思い出す。細かく縮《ちぢ》れた真っ白い髪《かみ》が、たっぷりと、生命にあふれ、もつれ合っていたことも。

夜に物語ってくれた神話の数々《かずかず》が聞こえる。庭でアボンを練習していたときのゼインの笑い声も。

兵士《へいし》たちが母《マ》さん《マ》の首に鎖《くさり》を巻《ま》いたときの、父《バ》さん《バ》のさけび声。闇《やみ》へ引きずられていったときの母《マ》さん《マ》の悲鳴。

母《マ》さん《マ》の口から溶岩《ようがん》のように噴《ふ》き出したまじないの言葉。母《マ》さん《マ》の道を狂《くる》わせた死の魔法《まほう》。

母《マ》さん《マ》の死体が木からぶらさがっていたようすを、思い出す。

母《マ》さん《マ》を奪《うば》いとった王のことを考える。

第一章　ゼリィ

あたしを選んで。

さけばないようにするだけでせいいっぱいだ。マルーラ・オークのこん棒《ぼう》に爪《つめ》を食《く》いこませ、そわそわ動かさないようぐっと握《にぎ》りしめる。玉のような汗《あせ》が背《せ》を伝っていく。でも、夜明けの暑さのせいか、胸《むね》でバクバクいっている心臓《しんぞう》のせいか、わからない。もう何ヶ月ものあいだ、あたしは選ばれていない。

今日こそ、選ばれなくては。

雪のように白い髪《かみ》を耳にかけ、じっとすわっていようとする。ママ・アグバがだれを選ぶか、待つあいだはまるで拷問《ごうもん》だ。ママ・アグバが、すわっている少女たちを一人ひとり、食《く》い入るように見つめる。見つめられると、思わず身をよじってしまう。

ママ・アグバの眉《まゆ》がぐっと寄《よ》り、剃《そ》った頭のしわが深くなる。濃《こ》いブラウンの肌《はだ》に落ち着いた色のカフタン姿《すがた》[注1]のママ・アグバは、一見、村のお年寄《としよ》りたちとなにも変わらない。ママ・アグバくらいの年齢《ねんれい》の女性《じょせい》が相手の息の根を止める力を持っているなんて、ふつうは想像《そうぞう》もつかない。

イェミが、小屋《アヘレ》の前で咳払《せきばら》いをした。すでにこの拷問《ごうもん》をパスしたことをアピールしているのは、みえみえだ。イェミは作り笑いを浮《う》かべ、卒業試合《じあい》でだれを倒《たお》すことになるのか知りたくてたまらないというように、手彫《てぼ》りのこん棒《ぼう》をくるくると回す。ほとんどの子は、イェミと対戦すると思うだけで身をすくませるが、今日のあたしは戦いたくてうずうずしている。ずっと練習してきたのだ、覚悟《かくご》はできている。

勝てる。

「ゼリィ」

ママ・アグバの乾《かわ》いた声が、沈黙《ちんもく》を破《やぶ》った。選ばれなかった十五人の少女がいっせいに、息を吐《は》く。自分の名前が、アヘレの葦《あし》を編《あ》んだ壁《かべ》にこだましてようやく、あたしは呼《よ》ばれたことに気づく。

「あたし?」

ママ・アグバは舌打《したう》ちをした。「ほかの子を選んでもいいんですよ――」

「大丈夫《だいじょうぶ》です!」あわてて立ちあがり、おじぎをする。「ありがとうございます、ママ。用意はできています」

ブラウンの顔の海が二つに分かれ、そのあいだを歩いていく。一歩踏《ふ》み出すたびに、はだしの足裏《あしうら》が編《あ》んだ葦《あし》にこすれる感触《かんしょく》をたしかめる。試合《しあい》に勝つために、摩擦《まさつ》の具合《ぐあい》をたたきこむ。

注1:長そで、袷《あわせ》じたての長いガウン

勝って、卒業するために。

　黒いござが敷《し》かれた土俵《どひょう》までいくと、イェミが先におじぎをした。そして、あたしが頭を下げるのを待つ。だが、その目つきにあたしの体の芯《しん》で燃《も》える火がかきたてられる。イェミの構《かま》えには、相手を敬《うやま》う気持ちがない。まっとうに戦うつもりなどないのだ。あたしが〈ディヴィナ〉だから、見下しているのだ。

　あたしが負けると思ってるのだ。

「おじぎしなさい、ゼリィ」ママ・アグバの声には、はっきり警告《けいこく》が含《ふく》まれている。それでもどうしても頭をさげることができない。この距離《きょり》からだと、目に入るのはイェミの豊《ゆた》かな黒い髪《かみ》と、あたしよりはるかに明るいココナツ色の肌《はだ》だけだ。イェミの肌《はだ》は、太陽の下《もと》で働くことのないオリシャ人のうすいブラウンをしている。会ったことのない父親からもらう口止め料で、恵《めぐ》まれた生活を送っている。どこかの貴族《きぞく》で、私生児《しせいじ》の娘《むすめ》を恥《は》じ、この村にやっかい払《ばら》いしたのだ。

　本当なら頭をさげるところを、あたしは肩《かた》をぐっと引いて胸《むね》をはる。イェミの顔立ちは、真っ白な髪《かみ》のディヴィナの中でひときわ目立つ。あたしたちディヴィナは、イェミのような髪《かみ》と肌《はだ》の持ち主に繰《く》り返し頭をさげることを強《し》いられてきたのだ。

「ゼリィ、何度も言わせないで」

「だけど、ママ――」

「おじぎしなさい。できないなら、土俵《どひょう》をおりて！　みんなの時間をむだにしているのよ」

しかたなく歯を食《く》いしばって、頭をさげる。イェミの鼻持ちならない笑《え》みがパッと開く。「そんなに難《むずか》しいこと？」イェミはもう一度おじぎしてみせた。「どうせ負けるなら、堂々《どうどう》と負ければ？」

押《お》し殺《ころ》した笑いが起こるが、ママ・アグバがすかさず手をふって黙《だま》らせる。あたしはみんなをにらみつけてから、イェミに集中する。

勝って、笑うのはどっちか見せてやる。

「構《かま》え」

ござのはしまでさがり、足でこん棒《ぼう》を蹴《け》りあげて、ぱっと手に持つ。イェミのバカにしたような笑《え》みが消え、目がグッと細くなる。生来の負けん気が表に出てくる。

にらみ合い、始まりの合図《あいず》を待つ。ママ・アグバがこの瞬間《しゅんかん》を永遠《えいえん》に引き延《の》ばすんじゃないかと思ったとき、声が響《ひび》いた。

「はじめ！」

たちまちあたしは防御《ぼうぎょ》に回された。

こん棒《ぼう》をふりあげる間もなく、イェミはチータアのすばやさでくるりと回転した。こん棒《ぼう》をかかげ、まっすぐあたしの首にふりおろす。うしろから、みんなが息を呑《の》む音が聞こえる。だが、あたしはたじろぎはしない。

イェミはすばやいが、あたしのほうがもっとすばやい。

あたしは背中《せなか》を思いきり反らせ、イェミのこん棒《ぼう》をかわす。が、体勢《たいせい》を立てなおす間もないま
ま、イェミがその体格《たいかく》からは想像《そうぞう》できない力でふたたびこん棒《ぼう》をふりおろす。
飛びのいて、ござの上を転がる。イェミのこん棒《ぼう》が葦《あし》の床《ゆか》をたたく。イェミがこん棒《ぼう》を大きく
ふりかぶる。あたしは立ちあがろうともがく。
「ゼリィ」ママ・アグバが警告《けいこく》を発するけど、あたしは無視《むし》する。流れるような動作で、体を回
転させ、立つのと同時にこん棒《ぼう》を突《つ》きあげ、イェミの一打を受け止める。
こん棒《ぼう》のぶつかる音がひびく。葦《あし》の壁《かべ》が揺《ゆ》れる。こん棒《ぼう》がまだふるえているうちに、イェミは
片足《かたあし》を軸《じく》に回転し、あたしの膝《ひざ》を狙《ねら》う。
すかさず両腕《りょううで》を回して弾《はず》みをつけ、宙返《ちゅうがえ》りする。イェミのこん棒《ぼう》を跳《と》びこえた瞬間《しゅんかん》、突破口《とっぱこう》を
見つける。攻撃側《こうげきがわ》に回るチャンスだ。
「ハッ」ジャンプの弾《はず》みを利用して、こん棒《ぼう》をふりおろす。いけ――――！
イェミのこん棒《ぼう》にはたかれる。攻撃《こうげき》は始まるまえに、ブロックされる。
「ゼリィ、焦《あせ》らないで」ママ・アグバが声をかける。「今は、攻撃《こうげき》のときじゃない。よく見て、
反撃《はんげき》するの。敵《てき》が打ってくるまで待って」
うめきそうになるのをこらえてうなずき、こん棒《ぼう》を持って、うしろにさがる。**チャンスはくる、**
待つんだ――――
「そうよ、ゼリィ」イェミがあたしにしか聞こえない声で言う。「ママ・アグバの言うことを聞

いたら？　おとなしくウジ虫らしくしたらどう？」

イェミは口にしたのだ。

その言葉を。

恥《は》ずべき下劣《げれつ》な言葉を。

見下した態度《たいど》で、いやらしいうすら笑いを浮《う》かべて。

考える間もなく、こん棒《ぼう》を突《つ》き出していた。髪《かみ》の毛の差でイェミの腹《はら》をそれる。あとでママ・アグバから罰《ばつ》を食《く》らうだろうけど、イェミの目に浮《う》かんだ恐怖《きょうふ》を見れば、その価値《かち》はあった。

「ママ・アグバ！」間に入ってもらおうとイェミはママ・アグバのほうをふりかえるけど、文句《もんく》を言う時間など与《あた》えない。こん棒《ぼう》をくるりと回し、猛《もう》スピードでふりおろす。イェミが目を見開く。

「これじゃ、練習じゃない！」イェミはかん高い声をあげ、ジャンプして膝《ひざ》への一撃《いちげき》をかわす。

「ママ・アグバ――」

「ママ・アグバにたよるつもり？」あたしは笑う。「ほら、イェミ。負けるなら、堂々《どうどう》と負けるのね」

イエミの目に、獲物《えもの》に飛びかかる角ライオーンのような怒《いか》りがひらめく。こん棒《ぼう》をぐっと握《にぎ》りなおし、反撃《はんげき》に出る。

ここからが本番だ。

こん棒《ぼう》のぶつかる音が、ママ・アグバのアヘレの壁《かべ》にこだまする。互《たが》いに相手のすきを見つけようと、打ち合い、とどめの一撃《いちげき》の機会をうかがう。今だ！　あたしはこん棒《ぼう》を――

「ウッ」

よろめいてうしろにさがり、体を折り曲げ、荒《あら》い息をつく。吐《は》き気がこみあげる。一瞬《いっしゅん》、肋骨《あばらぼね》が折れたかと思ったが、腹部《ふくぶ》の痛《いた》みでその恐怖《きょうふ》がおさまる。

「やめ――」

「まだよ！」あたしはかすれ声でママ・アグバを制《せい》し、肺《はい》に空気を送りこんで、こん棒《ぼう》で体を支《ささ》え、背《せ》を伸《の》ばす。「まだ大丈夫《だいじょうぶ》」

まだ終わりじゃない。

「ゼリィ――」ママ・アグバが最後まで言うのを待たずに、イェミが怒《いか》りに任《まか》せてもうれつな勢《いきお》いで襲《おそ》いかかってくる。こん棒《ぼう》が頭から指一本のところを通過《つうか》する。イェミがもう一度ふりかぶったすきに、くるりと体をひねって棒《ぼう》の届《とど》かないところへ逃《に》げ、イェミがむき直るまえに、くるりと回転して胸骨《きょうこつ》を思いきり突《つ》いた。

「アウッ！」イェミは痛《いた》みとショックで顔をゆがめ、よろよろとうしろへさがった。イェミは、試合《しあい》で一度も打たれたことはない。初めて知った痛《いた》みにちがいない。

イェミが持ちなおすまえにさらに体を回転させ、今度は腹《はら》を突《つ》く。そして、とどめの一発を食《く》らわせようとしたまさにそのとき、アヘレの入り口にかかっている生成《きな》りの布《ぬの》がさっとめくれた。

ビジが白い髪《かみ》をなびかせて駆《か》けこんできた。小さな胸《むね》を大きく波打たせながら、ビジはママ・アグバを見た。

「どうしたの?」

ビジの目に涙《なみだ》がわきあがった。「ごめんなさい。あたし、寝《ね》ちゃって。そんなつ、つもりじゃ――」

「さっさと言って!」

「きたの!」ビジはようやく言った。「すぐそばまできてる。すぐにここまでくる!」

一瞬《いっしゅん》、息ができなくなる。みんなも同じだ。恐怖《きょうふ》が体をすみずみまで麻痺《まひ》させる。けれど次の瞬間《しゅんかん》、死にたくないという意志《いし》がとって代わる。

「急いで」ママ・アグバが押《お》し殺《ころ》した声で言う。「時間がない!」

イェミの手をつかんで立たせる。まだゼイゼイいってるけど、ようすを見ている時間はない。イェミのこん棒《ぼう》をつかみ、みんなの棒《ぼう》も集めに走っていく。

たちまちアヘレは混乱《こんらん》におちいり、みんないっせいに真実を隠《かく》しはじめる。色あざやかな生地《きじ》が舞《ま》う。葦《あし》で作った人型《ひとがた》が次々《つぎつぎ》立てられる。あらゆることが同時進行し、すべて隠《かく》しおえたか、知る手立てなどない。自分の役割《やくわり》に集中するしかない。こん棒《ぼう》を見えないようにござの下に押《お》しこんでいく。

隠《かく》しおえると、イェミが木製《もくせい》の針《はり》をあたしの手に押《お》しつける。決められた席へ走っていこうとしたとき、入り口の布《ぬの》がまたさっとめくりあげられた。

「ゼリィ！」ママ・アグバがどなる。

あたしは凍《こお》りつく。アヘレじゅうの目があたしにむけられる。口を開くまえに、ママ・アグバに頭のうしろをはたかれた。痛《いた》みが背中《せなか》を駆《か》けくだる。ママ・アグバにしかできない一打だ。

「自分の場所にもどりなさい。練習できるだけ練習しなければ」

「でも、ママ・アグバ……」

心臓《しんぞう》がバクバクする。ママ・アグバが身をのりだし、目がきらりと光って真実を告《つ》げる。

相手の気をそらして……

時間を稼《かせ》ぐために。

「ごめんなさい、ママ・アグバ。もうしません」

「自分の場所にすぐもどりなさい」

唇《くちびる》を噛《か》んで笑いをこらえ、謝《あやま》るふりをして頭をさげたひょうしに、入ってきた兵士《へいし》たちを観察する。オリシャの兵士《へいし》たちのほとんどがそうだが、ふたりのうち背《せ》の小さいほうはイェミと同じ肌《はだ》の色をしている。すり切れた革《かわ》のようなブラウンで、たっぷりとした髪《かみ》は黒い。こっちは少女ばかりなのに、剣《けん》の柄《つか》に手をかけたままだ。その手にぐっと力が入る。あたしたちがいつ襲《おそ》ってくるかもわからないというように。

もうひとり、いかめしいようすでピンと立っている背《せ》の高い男は、兵士《へいし》にしては肌《はだ》の色が濃《こ》い。

入り口から入ろうとせず、床《ゆか》を見つめている。自分たちがしようとしていることを恥《は》じるだけの品性《ひんせい》は持ちあわせているのかもしれない。

ふたりとも、鉄の胸当《むねあ》てにサラン王の紋章《もんしょう》をつけている。飾《かざ》りをほどこしたユキヒョウラが目に入り、兵士《へいし》たちを送りこんだ王のことが浮《う》かんで、胃《い》がねじれる。

あたしはふくれっ面を作って、葦《あし》の人型《ひとがた》にむかい合った。ほっとして脚《あし》が崩《くず》れそうになる。土俵《どひょう》代わりだった場所は、今は、裁縫師《さいほうし》の店の一部にしか見えない。少女たちの前には人型《ひとがた》が並《なら》び、あざやかな部族の布《ぬの》が、ママ・アグバの特別な型紙《かたがみ》に従《したが》って、カットされ、ピンで留《と》められている。あたしたちはみな、もう何年も縫《ぬ》いつづけている同じダシキ[注2]のすそをだまってまつり、兵士《へいし》たちが立ち去るのを待つ。

ママ・アグバは少女たちのあいだをいったりきたりして、見習いの作業を点検《てんけん》している。あたしは緊張《きんちょう》しきっていたけど、兵士《へいし》たちが歓迎《かんげい》されざる客として待ちぼうけを食《く》らっているのを見て、内心ほくそ笑《え》んだ。

「なにかご用事でしょうか?」ついにママ・アグバはたずねた。

「納税《のうぜい》の時期だ」色の黒いほうの兵士《へいし》が言った。「払《はら》ってもらおう」

ママ・アグバの顔が、夜のとばりのようにみるみる暗くなった。「先週、払《はら》いましたが」

「営業税《えいぎょうぜい》ではない」もう一人の兵士《へいし》が、白い髪《かみ》を伸《の》ばしたディヴィナたちを一人ひとりつぶさに見ながら言った。「ウジ虫どもの税率《ぜいりつ》があがったのさ。これだけいるってことは、その分払《はら》って

注2:あざやかな色でボタンのない、ゆったりとしたアフリカの民族衣装

もらわんとな」

そういうことだ。あたしは歯を食《く》いしばった。さけびだしたい衝動《しょうどう》と必死で戦う。王はディヴィナを抑《おさ》えつけておくだけでは足りない。あたしたちに手を貸《か》すママ・アグバのような人間までたたきつぶさないと気がすまないのだ。

歯をギリギリいわせながら、兵士《へいし》たちを見まいと、「ウジ虫」という言葉の痛《いた》みを感じまいと、する。あたしたちディヴィナはもう、本当ならなるはずだった魔師《まし》にはならない。だが、そんなことは関係ないのだ。やつらにとっては、あたしたちはあいかわらずウジ虫なのだ。

これからもずっと。

ママ・アグバはくちびるをキュッと結んだ。ママ・アグバに、これ以上払《はら》えるお金なんてあるわけがない。「先月、ディヴィナの税金《ぜいきん》をあげたばかりじゃないですか。その前の月も」

肌《はだ》の色のうすいほうの兵士《へいし》が前へ出て、剣《けん》へ手をやる。反抗《はんこう》的な態度《たいど》を見せたらすぐに、剣《けん》を抜《ぬ》くつもりだ。「ウジ虫どもとつるむのはやめたらどうだ」

「そっちこそ、あたしたちから盗《ぬす》むのはやめたらどう?」

気がつくと、口をついて出ていた。部屋じゅうが息を止めた。ママ・アグバが硬直《こうちょく》し、黒い目で黙《だま》るよう訴《うった》えかける。

「ディヴィナはお金を稼《かせ》ぐことはできないのに、どこからこれ以上の税金《ぜいきん》を出せっていうの? そうやってただ税金《ぜいきん》をあげつづけるつもり? これ以上あげられたら、払《はら》えないわよ!」

兵士《へいし》がぶらぶらとこちらへくるのを見て、こん棒《ぼう》に手を伸《の》ばしたくてうずうずする。あんなやつ、一発で殴《なぐ》り倒《たお》せる。一突《ひとつ》きでのどをつぶしてやれる。

だが、それから、兵士《へいし》が持っているのはふつうの剣《けん》でないことに気づく。鞘《さや》の中で黒い刃《は》がきらりと光る。金よりも貴重《きちょう》な金属《きんぞく》。

魔鉄鋼《まてっこう》……

サラン王が〈襲撃《レイド》〉のまえに、あたしたちの魔力《まりょく》を弱め、肌《はだ》を焼くために鍛《きた》えさせた合金。母《マ》さん《マ》の首に巻《ま》かれた黒い鎖《くさり》と同じ。

力のある魔師《まし》なら、この希少金属《きんぞく》に対抗《たいこう》できるが、たいていの魔師《まし》は力を奪《うば》われてしまう。あたしにはそもそも封《ふう》じられるような魔力《まりょく》などないけど、魔鉄鋼《まてっこう》の刃《は》が近づくだけで、兵士《へいし》に殴《なぐ》られたようにジンジンする。

「その口を閉《と》じるんだな、娘《むすめ》」

兵士《へいし》の言うとおりだ。黙《だま》らなければ。口を閉《と》じ、怒《いか》りを呑《の》みこむんだ。明日も息をするために。

だが、兵士《へいし》の顔がすぐ近くにくると、持っている縫《ぬ》い針《ばり》をブラウンの目に突《つ》き刺《さ》さないでいるだけで、せいいっぱいだ。こっちが黙《だま》るか。

もしくは、こいつを殺《ころ》すか。

「そっちこそ――」

ママ・アグバにものすごい力で突《つ》き飛ばされ、床《ゆか》に転がる。

「ほら」ママ・アグバはあたしの言葉をさえぎり、兵士《へいし》にひとつかみの硬貨《こうか》を差し出す。「これを持っていって」

「ママ、だめ――――」

ふりむいたママ・アグバにおそろしい目でにらみつけられ、あたしは凍《こお》りつく。口を閉《と》じて、のろのろと立ちあがり、葦《あし》の人型《ひとがた》にかぶせた生地《きじ》のうしろに身を縮《ちぢ》める。

チャリンチャリンと音を立てて、兵士《へいし》は銅貨《どうか》を自分の手のひらに落としていく。だが、数えおわると、不満げな声をあげる。「足りないぞ」

「足りているはずです」ママ・アグバの声が絶望《ぜつぼう》でかすれる。「これしかないんです。これで、持っているお金ぜんぶです」

怒《いか》りが煮《に》えたぎり、体がカアッとほてって、チクチクする。こんなの、おかしい。ママ・アグバが頭をさげなきゃならないなんて。顔をあげると、兵士《へいし》と目が合った。しまった。顔をそむけ、反感を隠《かく》すより先に、兵士《へいし》に髪《かみ》をつかまれた。

「痛《いた》い！」痛《いた》みが頭蓋骨《ずがいこつ》を貫《つらぬ》く。次の瞬間《しゅんかん》、平手打ちされ、うつぶせに倒《たお》れていた。息ができない。

「金はなくても」兵士《へいし》のひざが背中《せなか》に食《く》いこむ。「ウジ虫どもは大勢《おおぜい》いるようだな」兵士《へいし》の手が腿《もも》を乱暴《らんぼう》につかんだ。「こいつから始めるか」

肌《はだ》が燃《も》えるようにほてり、あたしは目を閉《と》じ、震《ふる》えを隠《かく》そうと両手を握《にぎ》りしめる。さけびたい、こいつの全身の骨《ほね》を粉々《こなごな》にしてやりたい。けど、みるみるうちに、力が失われていく。兵士《へいし》の手が、あたしという存在《そんざい》を、あたしが全力を尽《つ》くしてなろうとしているすべてを、消し去る。

あっという間に、あたしはむかしの小さな少女にもどり、母《マ》さん《マ》が引きずられていったときと同じように無力になる。

「もうやめて」ママ・アグバが兵士《へいし》を押《お》しやり、あたしを胸《むね》に抱《だ》きよせて、子どもを守る角ライオーンのように歯をむく。「お金はわたしたでしょう。それでぜんぶよ。さあ、帰って」

ママ・アグバの大胆《だいたん》な物言いに兵士《へいし》はかっとして、剣《けん》を抜《ぬ》こうとする。が、そのとき、もう一人の兵士《へいし》が押《お》しとどめた。

「やめとけ。日が暮《く》れるまでに村をぜんぶ回らないとならないだろ」

肌《はだ》の色の濃《こ》い兵士《へいし》は軽い調子で言ったが、口元はぐっと結ばれていた。あたしたちの顔に母親か妹か、守りたかった者の面影《おもかげ》を見たのかもしれない。

最初の兵士《へいし》は一瞬《いっしゅん》、動きを止めた。どう出るつもりかわからなかったが、やがて剣《けん》から手を離《はな》し、代わりに目で切り裂《さ》くようにわたしを見た。「ウジ虫どもに行儀《ぎょうぎ》を教えておけ。じゃなきゃ、おれが教えてやる」ママ・アグバに言う。

そして、もう一度、あたしを見た。汗《あせ》ぐっしょりなのに、内臓《ないぞう》が凍《こお》りつく。兵士《へいし》は自分になにができるかを知らしめるように、あたしを上から下まで眺《なが》めまわした。

やってみれば？　言ってやりたいけど、口がからからに渇《かわ》いて声など出ない。兵士《へいし》たちが出ていって、金属《きんぞく》の靴底《くつぞこ》の音が聞こえなくなるまで、あたしたちはひと言も言わず立ち尽《つ》くしていた。

風に吹《ふ》き消されたろうそくのように、ママ・アグバの力がふっと抜《ぬ》けた。ママ・アグバは人型《ひとがた》につかまって体を支《ささ》え、あたしの知っている荒々《あらあら》しい戦士《せんし》はみるみる縮《ちぢ》こまって、見知らぬ老女になり果てた。

「ママ……」

ママ・アグバに駆《か》けよると、手をはたかれた。「**オデ！**」

バカなことを。ママ・アグバはヨルバ語でぴしゃりと言った。〈襲撃《レイド》〉以降《いこう》、禁止《きんし》された魔師《まし》の言葉だ。あまりにも長いあいだ、聞いていなかったせいで、言葉の意味を思い出すまでに一瞬《いっしゅん》、間《ま》が空いた。

「いったいどういうつもり？」

ふたたびアヘレじゅうの目があたしに注がれる。幼《おさな》いビジまであたしをにらみつけている。どうしてどなられなきゃいけないの？　始めたのは卑怯《ひきょう》な兵士《へいし》たちのほうなのに、どうしてあたしが悪いの？

「ママ・アグバを守ろうとしたの」

「守ろうとした？　あなたがなにを言ったところで、なにひとつ変わらないことくらいわかってるでしょ？　あなたのせいで、全員殺《ころ》されてたかもしれないのよ」

ママ・アグバの言葉のとげとげしさにはっとして、よろめく。こんなふうにどなられたのは初めてだ。ママ・アグバの目にあんながっかりしたような表情《ひょうじょう》が浮《う》かんでいるのを見るのも。

「戦っちゃだめなら、あたしたちはどうしてここにきてるの?」声がかすれたが、なんとか涙《なみだ》をこらえる。「自分の身も守れないなら、訓練したって意味ないじゃない! ママ・アグバを守っちゃいけないなら、どうしてこんなことをしてるのよ?」

「頭を使って、ゼリィ。自分のことばかり考えないで! あなたがあの兵士《へいし》たちに傷《きず》を負わせたりしたら、お父さんはどうなるの? 兵士《へいし》たちが殺《ころ》しにきたとき、だれがゼインを守るの?」

言い返そうとして口を開いたけど、言葉は出てこなかった。ママ・アグバの言うとおりだ。兵《へい》士《し》を二、三人倒《たお》したところで、軍の全員を相手に戦うことなどできない。遅《おそ》かれ早かれ、捕《つか》まるのがおちだ。

そして、愛する人たちまで殺《ころ》されることになる。

「ママ・アグバ?」ビジが、ネズミみたいに縮《ちぢ》こまった声で言った。目に涙《なみだ》をいっぱいためて、イェミのたっぷりしたズボンにしがみついてる。「どうしてあの人たちはあたしたちのことを嫌《きら》ってるの?」

ママ・アグバが、あらたな疲労《ひろう》の気配《けはい》をまとう。ビジにむかって両腕《りょううで》を広げる。「あなたを嫌《きら》ってるわけじゃないのよ。ビジ。あなたがなるはずだったものを嫌《きら》ってるの」

ビジはママ・アグバのカフタンにくるまれる。くぐもった泣き声が聞こえる。ママ・アグバは部屋を見まわして、ほかの子たちも涙《なみだ》をこらえているのに気づいた。

「ゼリィが、どうしてここにきているのかってきいたけど、そうきくのも、もっともね。これまでも、どうやって戦うかについては話してきたけど、なぜ戦うかについては、一度も話していなかったから」そして、ビジをおろすと、イェミにイスを持ってくるように合図《あいず》した。「みんなに、むかしからずっとこうだったわけではないことを思い出してほしいの。戦う必要などなかったときもあったということを」

ママ・アグバがイスにすわると、少女たちは話を聴《き》こうとまわりに集まった。毎日のレッスンはかならず、物語やたとえ話で締《し》めくくられる。ふだんはあたしもいちばん前まで出ていって、むさぼるように話を聴《き》くけど、今日は恥《は》ずかしくて輪の外側でじっとしている。

ママ・アグバはきちょうめんなしぐさで、ゆっくりと両手をこすり合わせる。あんなことがあったあとだけど、くちびるにはうっすら笑《え》みが浮《う》かんでいる。あの笑《え》みをもたらす物語はひとつしかない。あたしはこらえきれずに前の子たちを押《お》しのけて、ママ・アグバのほうへいく。これは、あたしたちの物語だ。あたしたちの歴史《れきし》だ。

王が死者とともに葬《ほうむ》ろうとした真実なのだ。

「始まりのころ、オリシャには、希有《けう》な力を持つ聖《せい》なる魔師《まし》たちが暮《く》らしていました。天の神々《かみがみ》は十の部族《クラン》にそれぞれの力を授《さず》け、魔師《まし》たちは授《さず》けられた力をもって国を治めていたのです。水を司《つかさど》る魔師《まし》に、火を従《したが》える魔師《まし》。人の心を読むことのできる魔師《まし》に、時間を越《こ》えて視《み》ることのできる魔師《まし》もいました」

みんな、ママ・アグバからにしろ、今はもういない両親からにしろ、どこかしらでこの話を聴《き》いたことがあるけれど、何度聴《き》いても物語の驚異《きょうい》が失われることはなかった。ママ・アグバが癒《い》やしの力と病を起こす力のある魔師《まし》の話をするのを、みんな、目を輝《かがや》かせて聴《き》いた。野生の獣《けもの》を従《したが》える魔師《まし》と、光と闇《やみ》を自在《じざい》に操《あやつ》る魔師《まし》の話になると、身をのりだした。

「魔師《まし》はみな、白い髪《かみ》を持って生まれました。神々《かみがみ》が触《ふ》れた印です。彼《かれ》らはみな、オリシャの人々《ひとびと》を守るためにその力を使い、国じゅうで尊敬《そんけい》されていたのです。しかし、だれもが神々《かみがみ》から力を授《さず》けられるわけではありませんでした」ママ・アグバはみんなをさし示《しめ》すように腕《うで》を大きく回した。「そのため、新しい魔師《まし》が生まれるたびに人々《ひとびと》は大喜《よろこ》びし、最初の白い髪《かみ》が生えると、村や町をあげて祝いました。選ばれし子どもは、十三歳《さい》になるまで魔法《まほう》を使うことはできませんでした。なので、力が現《あらわ》れるまでは、〈イバウィ〉、つまり〈ディヴィナ《神の子》〉と呼《よ》ばれたのです」

　ビジが顔をあげて、にっこりした。ディヴィナという呼《よ》び名の起源《きげん》を思い出したのだ。ママ・アグバは手を伸《の》ばして、ふだんは隠《かく》すようにと言っているビジの白い髪《かみ》をそっと引っぱった。

「魔師《まし》はオリシャじゅうで頭角をあらわし、最初の王や女王になりました。その時代は、だれもが平和を知っていました。しかし、その平和は長くはつづきませんでした。権力《けんりょく》を持った者たちが、彼《かれ》らの魔法《まほう》を悪用しはじめたのです。神々《かみがみ》は罰《ばつ》として、そうした者たちの力を取りあげました。魔師《まし》の血に流れていた力が失《う》せると、罪《つみ》の印として白い髪《かみ》が消えました。時代が下るにつれ、魔師《まし》たちへの愛は恐怖《きょうふ》に変わり、恐怖《きょうふ》は憎《にく》しみへ、そして憎《にく》しみは暴力《ぼうりょく》となり、魔師《まし》たちを根絶《ねだ》やしにしたいという願望に変わりました」

うす暗くなった部屋に、ママ・アグバの言葉が響《ひび》く。このあとどうなるか、みんな知っている。あたしたちが決して口にしない夜、決して忘《わす》れることのできない夜のことを。

「それでも、あの夜までは、魔師《まし》たちは生き延《の》びることができました。力を使って自分たちの身を守ることができたからです。そう、十一年前までは。十一年前、魔法《まほう》は完全に消えてしまったのです。神々《かみがみ》だけが、その理由をご存知《ぞんじ》です」ママ・アグバは目を閉《と》じ、重いため息をついた。

「魔法《まほう》は息づいていた。なのに、ある日とつぜん、死に絶《た》えたのです」

神々《かみがみ》だけが、その理由をご存知《ぞんじ》です？

ママ・アグバに失礼なことはしたくないから、なんとか言葉を呑《の》みこむ。でも、ママ・アグバの言い方は、〈襲撃《レイド》〉を生き抜《ぬ》いた大人たちと同じ。黙《だま》って受け入れているのだ。神々《かみがみ》が罰《ばっ》として、もしくは、ただ気が変わって、魔法《まほう》を取りあげたって。

でも、あたしは、本当のことはわかっている。母《マ》さん《マ》が鎖《くさり》を巻《ま》かれ、イバダンの村の魔師《まし》たちとあの枯《か》れ木に吊《つる》されたのを見た瞬間《しゅんかん》、わかったのだ。神々《かみがみ》は魔法《まほう》とともに死んだんだって。

二度ともどってこないって。

「あの運命の日、サラン王は一瞬《いっしゅん》もためらいませんでした。魔師《まし》たちが弱ったときを狙《ねら》って、たたきつぶしたのです」

目をつぶって、涙《なみだ》がこぼれ落ちるのを必死でこらえる。やつらが母《マ》さん《マ》の首に巻《ま》いた鎖《くさり》。地面へ滴《したた》り落ちた血。

あの夜の、音のない記憶《きおく》が葦《あし》の小屋に満ち、空気を悲しみに浸《ひた》す。

ここにいる子たちはみな、あの夜に魔《ま》師《し》の家族を失っている。

ママ・アグバはため息をついて、あたしたちがよく知っている力をかき集めて立ちあがった。そして、自分の部隊を眺《なが》める将官《しょうかん》のように少女たちを見まわした。

「わたしは、だれでも希望すれば棒術《ぼうじゅつ》を教える。この世界には常《つね》に女に害を与《あた》えようとする男がいるからよ。でも、この訓練を始めたのは、ディヴィナたちのため、つまり、殺《ころ》された魔《ま》師《し》の子どもたちのため。魔《ま》師《し》になる力は失われたのに、あなたがたに対する憎《にく》しみや暴力《ぼうりょく》はまだ残っている。だから、わたしたちはここにいるの。だから、訓練しているのよ」

ママ・アグバは、小ぶりのこん棒《ぼう》を鋭《するど》くひとふりし、床《ゆか》をバンとたたく。「あなたたちの敵《てき》は剣《けん》を持っている。では、なぜ剣《けん》ではなく棒術《ぼうじゅつ》を教えていると思う?」

あたしたちは声を合わせ、ママ・アグバにこれまで何度も繰《く》り返させられた信条《しんじょう》を唱える。

「棒術《ぼうじゅつ》は、相手を傷《きず》つけるより避《よ》け、不具にするよりは傷《きず》つけ、殺《ころ》すよりは不具にする。棒《ぼう》は破《は》壊《かい》をもたらすことはない」

「ことわざで言うとおり、戦士《せんし》は庭師《にわし》になれるけど、庭師《にわし》は戦士《せんし》になれない。わたしは戦う力を授《さず》けるけど、あなたたちは自制《じせい》する力を学ばなければならない」ママ・アグバは肩《かた》をぐっと引いて、あたしを見た。「あなたたちは自分の身を守れない人たちを守ってあげなければならない。

棒術《ぼうじゅつ》とは、そういうものなの」

みんなはうなずいたけど、あたしは床《ゆか》を見ることしかできなかった。あたしはまたすべてをだいなしにしかけたのだ。またみんなの期待を裏切《うらぎ》ってしまったのだ。

「もういいでしょう」ママ・アグバはため息をついた。「今日はこれでおしまい。帰る支度《したく》をしなさい。明日は、今日のところから始めます」

みんなは、うれしそうに小屋から出ていった。あたしもいっしょに出ていこうとしたけど、ママ・アグバのしわだらけの手に肩《かた》をつかまれた。

「ママ・アグバ――」

「黙《だま》って」ママ・アグバは命令した。最後に出ていった子たちが気の毒《どく》そうにあたしを見て、おしりをさすった。これからあたしが何回ムチを受けるか、数えてるのかもしれない。

訓練を無視《むし》した罰《ばつ》に二十回……軽率《けいそつ》に口を開いた罰《ばつ》に五十回……全員の命を危険《きけん》にさらした罰《ばつ》に百回……

ううん。百回なんて、甘《あま》すぎる。

あたしはため息が出そうになるのをこらえ、痛《いた》みにそなえた。自分を励《はげ》ます。**すぐに終わる、きっとあっという間**――

「ゼリィ、すわりなさい」

ママ・アグバはあたしにお茶の入ったコップをわたし、自分にも注いだ。甘《あま》い香りが鼻腔《びこう》に広がり、カップを持った両手がじんわりと温まる。

あたしは眉間《みけん》にしわを寄《よ》せた。「毒《どく》が入ってるの？」

ママ・アグバは唇《くちびる》の端《はし》をピクッとさせたけど、面白《おもしろ》がっているのを隠《かく》すように顔をしかめてみせる。あたしも思わずにやけるのを隠《かく》してお茶をすすり、ハチミツの甘《あま》さを味わった。両手で持ったままカップを回し、縁《ふち》に埋《う》めこまれているラベンダー色のビーズを指でなぞる。母《マ》さん《マ》もこういうカップを持っていた。生と死を司《つかさど》る女神《めがみ》オヤに敬意《けいい》を表して、ビーズの色は銀色だった。

むかしを思い出したことで、一瞬《いっしゅん》、ママ・アグバをがっかりさせたことを忘《わす》れかけたけど、お茶の香りがうすれていくと、罪《つみ》の酸《す》っぱい味がじわじわともどってきた。ママ・アグバがあんな目に合う必要はない。あたしみたいな〈ディヴィナ〉のために。

「ごめんなさい」あたしはビーズをいじりながら、顔をあげずに言った。「わかってるんです……あたしのせいで、ママ・アグバがたいへんな思いをしてるって」

イェミと同じで、ママ・アグバも〈魔力のない者《コスィダン》〉だ。魔師《まし》になる可能性《かのうせい》のないオリシャ人のことだ。〈襲撃《レイド》〉前までは、ディヴィナとして生まれる者とそうでない者は、神々《かみがみ》が選んでいるのだと、みな信じていた。でも、魔法《まほう》の力が消えた今、なぜまだコスィダンかディヴィナかが問題になるのかわからない。

ディヴィナの印である白い髪《かみ》を持たないママ・アグバは、オリシャ人たちに溶《と》けこんで暮《く》らせば、兵士《へいし》たちに嫌《いや》がらせを受けることもない。あたしたちと関係を持たなければ、兵士《へいし》たちもママ・アグバにちょっかいを出したりしないだろう。

心のどこかでは、ママ・アグバがあたしたちのことは見捨《みす》て、余計《よけい》な苦しみを背負《せお》わずにすむことを願っていた。ママ・アグバほどの裁縫《さいほう》の技術《ぎじゅつ》があれば、商人になって、相応《そうおう》の分け前を手に入れられるはずだ。ぜんぶ持っていかれることなど、なくなる。

「あなたはますます似《に》てきた。自分でもわかってる?」ママ・アグバはお茶をすすると、ほほ笑《え》んだ。「どなっているときなんて、怖《こわ》いほどそっくりよ。あなたは、お母さんの怒《いか》りを受け継《つ》いでいる」

あたしはあんぐりと口をあけた。ママ・アグバはふだん、失《うしな》われた人たちのことを話そうとしない。

話す者はほとんどいない。

おどろきを隠《かく》そうとしてまたお茶をすすり、うなずく。「わかってます」

いつから似《に》てきたのかはわからない。でも、父《バ》さん《バ》の態度《たいど》の変化は明らかだった。父《バ》さん《バ》はあたしと目を合わさなくなった。あたしの顔を見ると、どうしても殺《ころ》された妻《つま》の顔を思い出さずにはいられないのだ。

「なら、よかった」ママ・アグバの笑《え》みが揺《ゆ》らいで、顔がくもる。「〈襲撃《レイド》〉のとき、あなたはまだほんの子どもだったから。忘《わす》れてしまったんじゃないかと思ってたの」

「忘《わす》れようとしたって、忘《わす》れられません」母さん《ママ》は太陽みたいな顔をしていたのだから。

あたしが覚えておきたいのは、その母さん《ママ》の顔。

首から血を滴《したた》らせている姿《すがた》じゃなくて。

「あなたがお母さんのために戦ってるのは、わかってる」ママ・アグバはあたしの白い髪《かみ》をかきあげた。「だけど、王は冷酷《れいこく》よ。反乱《はんらん》を許《ゆる》すくらいなら、王国じゅうのディヴィナを皆殺《みなごろ》しにするでしょうね。敵《てき》に道義心《どうぎしん》のかけらもない場合《ばあい》、別の方法で戦わなければならない。もっと賢《かしこ》い方法で」

「その方法の中には、ろくでなしを棒《ぼう》で殴《なぐ》りつけるのも入ってる？」

ママ・アグバはくすりと笑った。マホガニー色の目の周りにくしゃっとしわが寄《よ》る。「気をつけると、約束してちょうだい。戦うのにふさわしいときを選ぶって」

あたしはママ・アグバの両手をつかんで、深々《ふかぶか》と頭《こうべ》を垂《た》れた。「約束します、ママ・アグバ。もう二度と、ママ・アグバの期待を裏切《うらぎ》りません」

「いいでしょう。というのも、あなたに見せたいものがあるの。見せなきゃよかったなんて、思いたくありませんからね」

ママ・アグバはカフタンの中に手を入れると、すべすべした黒い棒《ぼう》を取り出し、さっとひとふりした。あたしはぱっと飛びのいた。棒《ぼう》が伸《の》びて、きらきらと光る金属《きんぞく》のこん棒《ぼう》になったからだ。

「すごい」あたしはほうっと息を吐《は》いて、すばらしい武器《ぶき》をつかみたい欲求《よっきゅう》と戦った。黒い金属《きんぞく》部分には、びっしりと古代の印が刻《きざ》まれ、ひとつひとつが、ママ・アグバに教えてもらった訓練を思い起こさせる。蜜《みつ》へ飛んでいくミツバチみたいに、あたしの目はまず〈アコフェナ〉の印を見つけた。交差した剣《けん》。戦っている剣《けん》だ。**力は、必ずしも吼《ほ》えるとはかぎらない**。あの日、ママ・アグバは言った。**勇気は常《つね》に輝《かがや》くわけじゃない**、と。そのとなりは、〈アコマ〉だ。忍耐《にんたい》と寛容《かんよう》の心。あの日は……あの日はたしかしたたか打たれたはずだ。

　ひとつひとつの印が、その時々《ときどき》の教えや物語《ものがたり》や知恵《ちえ》を思い出させる。あたしはママ・アグバを見て、じっと待った。あたしにくれるつもりなのか、それとも、これであたしをたたくの？

「ほら、取って」ママ・アグバがすべすべした棒《ぼう》をあたしに持たせた。触《ふ》れたとたん、その力を感じた。鉄に覆《おお》われている……頭蓋骨《ずがいこつ》も一打でたたき割《わ》る重さがある。

「夢《ゆめ》じゃないよね？」

　ママ・アグバはうなずいた。「今日、戦士《せんし》のように戦ったから。卒業よ」

　あたしは立ちあがって、棒《ぼう》をぶうんと回し、その力に目をみはる。鉄がナイフのように空気を切り裂《さ》く。これまで自分で作ったどのオークの棒《ぼう》より、はるかに威力《いりょく》がある。

「最初に訓練を始めたとき、わたしがなんて言ったか、覚えている？」

　あたしはうなずいて、ママ・アグバの疲《つか》れた声を真似《まね》して言った。「**兵士《へいし》たちと戦うつもりなら、勝ち方を学ぶことね**」

　ママ・アグバはあたしの頭をぴしゃりとたたいたけれど、温かな笑い声が葦《あし》の壁《かべ》にこだました。

棒《ぼう》を返すと、ママ・アグバはぐいと地面に押《お》しつけた。すると、棒《ぼう》の部分がすっと柄《え》に引きこまれた。

「あなたはもう、勝ち方はわかってる。あとは、いつ戦うかを見定《みさだ》めるようにするだけよ」

ママ・アグバからもう一度、棒《ぼう》を受け取ると、誇《ほこ》りと名誉《めいよ》と痛《いた》みが胸《むね》で渦《うず》を巻《ま》く。自分がなにを言いだすかわからなかったので、ただ黙《だま》ってママ・アグバの腰《こし》に両手を回し、いつもの洗《あら》いたての布《ぬの》と甘《あま》いお茶の香りを吸《す》いこんだ。

ママ・アグバは一瞬《いっしゅん》、体を固くしたけど、それからぎゅっとあたしを抱《だ》きしめ、痛《いた》みをしぼりとった。そして、うしろにさがって、なにか言おうとしたけど、そのとき、アヘレの入り口がさっと開いた。

金属《きんぞく》の棒《ぼう》をつかんで、伸《の》ばそうとする。が、入ってきたのは兄のゼインだった。がっしりした体のせいで、葦《あし》の小屋がたちまち縮《ちぢ》んだように見える。黒い肌《はだ》は筋肉《きんにく》で盛《も》りあがり、黒い髪《かみ》からひたいへ汗《あせ》が滴《したた》り落ちている。目が合ったとたん、心臓《しんぞう》が締《し》めつけられるような気がした。

「父《バ》さん《バ》が」

第二章　ゼリィ

いちばん聞きたくなかった言葉。

「父《ババ》さんが」っていうのは、終わりという意味だから。

父《ババ》さんがけがをしたか、もっとひどいことが――

ちがう。あたしはそれ以上考えないようにして、商業区の木の板の上を走っていく。**父《ババ》さんは大丈夫《だいじょうぶ》。なにが起ころうと、父《ババ》さんは死なせない**。

太陽とともにイロリンが目覚め、海の上に浮《う》かぶ村が活気を帯びる。イロリンの村を支《ささ》えている木の柱に波が打ちよせ、足元を霧《きり》が覆《おお》う。海の巣に脚《あし》を伸《の》ばすクモのように、村は、八本の丸太をつなぎ合わせた上に造《つく》られていた。あたしたちがむかっているのは、その中央部分だ。そこからだと、父《ババ》さんのところまですぐにいける。

「気をつけな！」コスィダンの女がどなった。すれちがいざまに、女が黒い髪《かみ》の上にのせたバナナのかごを落としそうになったからだ。あたしの世界がばらばらになりかけているのを知ったら、許《ゆる》してくれるだろう。

「なにがあったの?」息を切らしながらたずねる。

「わからない。ンドゥルがアボンの練習中にきたんだ。父《ババ》さんが大変なことになってるって。それで家にむかおうとしたんだが、イェミが、おまえが兵士《へいし》と面倒《めんどう》を起こしたと言ったから」

どうしよう、ママ・アグバの小屋にきた兵士《へいし》だったら? じわじわと恐怖《きょうふ》が忍《しの》びよってくる。店の女や職人《しょくにん》たちで混《こ》みはじめた木の通路の上を、縫《ぬ》うように走っていく。あたしを襲《おそ》った兵士《へいし》が、父《ババ》さんのところへいったのかもしれない。そうなったら、次はすぐに——

「ゼリィ!」ゼインがイライラしたようにどなる。たぶん何度も話しかけていたんだろう。「どうして父《ババ》さんを置いていったんだ? 今日はおまえがいっしょにいる番だったろ!」

「今日は卒業試合《じあい》だったのよ! いかなかったら——」

「だまれ!」ゼインのどなり声に、まわりの村人たちがふりむく。「正気か? ばかばかしい棒《ぼう》きれなんかのために、父《ババ》さんを置いていったのか?」

「棒《ぼう》きれじゃない、武器《ぶき》よ」あたしもどなり返す。「それに、父《ババ》さんを置いていったりしてない。父《ババ》さんはずっと寝《ね》てたの。疲《つか》れてたのよ、それに、今週は毎日あたしが——」

「先週はおれが毎日、いたからだろ!」ゼインはハイハイしている子どもを跳《と》び越《こ》えた。着地すると、筋肉《きんにく》が波打つ。コスィダンの女の子が、すれちがいざまににっこりほほ笑《え》んだ。そうしたら、立ち止まってくれるかもしれないって。こんな時でさえ、村の人たちはゼインに磁石《じしゃく》みたいにひきつけられる。一方のあたしは、人を押《お》しのける必要はない。白い髪《かみ》をひと目見ただけで、みんな伝染病《でんせんびょう》みたいにあたしを避《さ》けるから。

「オリシャの大会まであとたった二ヶ月なんだ。あの賞金《しょうきん》を手にすれば、どれだけ助かるか、わかってるだろ？　おれが練習してるときは、おまえが父《ババ》さんといなきゃならない。どうしてそんなことがわからないんだ。クソッ」

ゼインがすべるように、イロリンの真ん中に浮《う》かぶ市場で足を止めた。通路に囲《かこ》まれた海上には、丸いココナツ舟《ぶね》がどんどんやってきて、村人たちが値段交渉《ねだんこうしょう》を始めている。今日の取引《とりひき》が始まるまえに、夜のあいだだけかけられている橋をわたれば、漁民区にある家までたどりつける。ところが、今日はいつもより早く市場が開き、橋はすでに取り外されていた。遠回りをするしかない。

アボンの選手でもあるゼインは市場を囲《かこ》んでいる通路に飛び移《うつ》り、うちにむかって走りはじめた。あたしもあとにつづこうとしたとき、ふとココナツの舟《ふね》が目に入った。

商人と漁民が新鮮《しんせん》な果物と活《い》きのいい魚を交換《こうかん》している。むかし、時代がよかったときは、みんな親切だった。だれもがちょっぴり少なめに受け取り、ちょっぴり多めにわたしした。でも、最近では、みんなささいなことで言い合い、魚やちょっとした作業に対し銅貨《どうか》や銀貨を要求した。

税《ぜい》**……**

兵士《へいし》のゆがんだ顔が浮《う》かんできて、触《さわ》られたところがカアッと熱くなる。兵士《へいし》の目つきに追われるように、あたしは最初の舟《ふね》に飛び乗った。

「ゼリィ、気をつけてよ!」カナがさけんで、貴重《きちょう》な果物を抱《かか》えこむ。頭の布《ぬの》を直して苦い顔をしている村の庭師《にわし》をしり目に、あたしは青いムーンフィッシュを積んだ木のはしけに飛び移《うつ》った。

「すみません!」

謝《あやま》りながら、アカハナガエールみたいに舟《ふね》から舟《ふね》へぴょんぴょんと跳《と》んでいく。そして最後に漁民区の浮《う》き橋に飛び移《うつ》り、木の板を踏《ふ》む感触《かんしょく》を味わう。ゼインは今やはるかうしろにいる。でも、待たずにそのまま走っていく。先に父さん《ババ》のところへいかなければ。ひどいことになっていたら、ゼインが見るまえに伝えなければ。

もし父さん《ババ》が死んでたら……

そう思ったとたん、足が鉛《なまり》のようになる。ううん、父さん《ババ》が死んでるはずない。夜が明けて間もない。本当なら、もう舟《ふね》に荷物を積んで、海へ出なきゃならない。これじゃ、網《あみ》を広げるころには、いちばん魚が捕《と》れる時間は過《す》ぎているだろう。父さん《ババ》がいなくなったら、だれがあたしを叱《しか》ってくれるの?

家を出るまえの父さん《ババ》のようすを思い出す。がらんとしたアヘレで気を失ったように眠《ねむ》っていた。眠《ねむ》っているときでさえ、父さん《ババ》はくたびれて見えた。いくら眠《ねむ》っても、父さん《ババ》の疲《つか》れは取れないかのように。もどってくるまで父さん《ババ》が起きないことを願ってたけど、バカだった。静けさの中で、父さん《ババ》は一人で痛《いた》みに耐《た》えなきゃならない。後悔《こうかい》の気持ちに耐《た》えなければならない。

そして、あたしに……。

そう、あたしの犯《おか》したバカな過《あやま》ちに。

うちのアヘレの前に人だかりができているのを見て、つんのめるように足を止めた。人がいるせいで海が見えない。みんな、大声でさけんでなにかを指さしている。人混《ひとご》みを押《お》しわけようとしたとき、ゼインが突《つ》っこんでいった。みんなが左右にわかれたとたん、心臓《しんぞう》が止まった。

半キロほど先の沖で、男が黒い腕《うで》をふりまわしてもがいている。次々《つぎつぎ》と波が襲《おそ》いかかり、そのたびに男は海中に引きずりこまれる。助けを求める声は、かすれ、弱々《よわよわ》しかった。が、どこにいてもわかる。

父《バ》さんの声だ。

二人の漁師《りょうし》が、父《バ》さんのほうへむかって必死になってココナツ舟《ぶね》を漕《こ》いでいく。だが、波が舟《ふね》を引きもどす。あれじゃ、間に合わない。

「いや!」あたしは恐怖《きょうふ》でさけぶ。波が父《バ》さんを飲みこむ。浮《う》かびあがってくるのを待つけど、復讐《ふくしゅう》に燃《も》えた波の下からはなにも現《あらわ》れない。遅《おそ》かったのだ。

父《バ》さんは死んでしまった。

棒《ぼう》で胸《むね》を殴《なぐ》られたみたいになる。頭を。心臓《しんぞう》を。

空気が消え、息のしかたを忘《わす》れる。

けれども、立っているだけでせいいっぱいのあたしの横で、ゼインが行動を起こす。ゼインが海へ飛びこむのを見て、あたしは悲鳴をあげる。ゼインは双《フタ》ヒレザメのような力で波を切って泳いでいく。

あたしも見たことがないような猛烈《もうれつ》な勢《いきお》いで泳いでいく。あっという間に舟《ふね》に追いつき、さらに数秒で、父《バ》さん《バ》が沈《しず》んだところまでいって、海に潜《もぐ》る。

ああ、どうか。胸《むね》がぐうっと締《し》めつけられ、あばらが折れたにちがいないと思う。ゼインが浮《う》かびあがってくる。だが、一人だ。いない。

父《バ》さん《バ》はいない。

ゼインはハアハアと喘《あえ》いでから、さっきより強く水を蹴《け》って、ふたたび海へ潜《もぐ》る。ゼインが姿《すがた》を見せないまま、時間が永遠《えいえん》にまで延《の》びてゆく。**ああ、どうしよう……**

あたしは二人とも失ってしまうかもしれない。

「お願い」あたしはささやいて、ゼインと父《バ》さん《バ》が消えた波間を一心に見つめる。「もどってきて」

この言葉をまえにも口にしたことがある。

まだ幼《おさな》いころ、父《バ》さん《バ》がゼインを湖の底から引っぱりあげたときだ。父《バ》さん《バ》はからまった水草を引きちぎって、ゼインを救《すく》い出した。そして、ゼインのうすい胸《むね》を押《お》したけど、呼吸《こきゅう》がもどらなくて、そのときゼインを救《すく》ったのは、母《マ》さん《マ》だった。母《マ》さん《マ》はすべてを賭《か》けて、魔師《まし》の法を犯《おか》し、血に流れている禁《きん》じられた力を呼《よ》び出したのだ。そして、呪文《じゅもん》を糸のようにゼインの中に織《お》りこんでいき、死者の魔法《まほう》でゼインを生へ引きもどした。

毎日のように母さん《ママ》が生きていればと思ってきた。でも、今ほど強く願ったことはない。母さん《ママ》の体を流れていた魔法《まほう》の力があたしの中にもあれば。

ゼインと父さん《パパ》を連れもどすことができれば。

「お願いします」信じてきたことはすべて忘《わす》れ、目を閉《と》じて、祈《いの》る。あの日のように。神がいるなら、一人でもいるなら、あたしの願いをきいてもらわなきゃならない。

「お願いします！」まつ毛のあいだから涙《なみだ》がこぼれ出す。胸《むね》の中で希望がしぼんでいく。「二人を返して。お願いします、どうか女神《めがみ》オヤ、二人まで連れていかないで——」

「ウッ」

パッと目をあけると、海からゼインが現《あらわ》れた。片腕《かたうで》を父さん《パパ》の胸《むね》に巻《ま》きつけている。父さん《パパ》が咳《せ》きこむと、のどから大量の水が流れ出した。でも、生きてる。

父さん《パパ》は生きている。

膝《ひざ》が崩《くず》れ、木の通路の上に倒《たお》れこみそうになる。

神よ……

まだ日も昇《のぼ》りきっていないのに、あたしは二人もの命を危険《きけん》にさらしたのだ。

六分。

父《パパ》さんが溺《おぼ》れかけていたのは六分だ。

それだけのあいだ、父《パパ》さんは波と戦っていた。六分のあいだ、父《パパ》さんの肺《はい》は空気を求めていた。ようやくがらんとしたアヘレに二人ですわったけど、その数字を頭から追い出せなかった。父《パパ》さんががたがた震《ふる》えているのを見て、その六分で十年、寿命《じゅみょう》を縮《ちぢ》めてしまったのだと思う。

こんなこと、起こるはずじゃなかった。こんな朝早くから、もう一日をだいなしにするなんて。本当なら、今ごろ、父《パパ》さんと外で、朝捕《と》れた魚を洗《あら》っているはずなのに。そのうちゼインがアボンの練習から帰ってきて、手伝ってくれるはずなのに。

ゼインは怒《いか》りのあまり、腕《うで》を組んであたしをにらみつけている。今、唯一《ゆいいつ》の友だちはナイラだけだ。ナイラは、まだ子ライオーンのときにけがをしているのを見つけてから、ずっと育ててきた。今はもう、子どもじゃなくて、あたしを見おろすほどになり、四本足で立てば、ゼインの首までくる。耳のうしろから生えている二本のぎざぎざの角は、葦《あし》の壁《かべ》に穴《あな》をあけそうなほどに成長した。思わず手を伸《の》ばして、ナイラの口から突《つ》き出ている牙《きば》をそっとつかんで、頭を引っぱっておろす。鼻面《はなづら》をかいてやると、ナイラはごろごろとのどを鳴らした。ナイラだけは、まだあたしに腹《はら》を立てないでいてくれる。

「父《パパ》さん、なにがあったんだ？」

ゼインの不機嫌《ふきげん》な声が沈黙《ちんもく》を破《やぶ》る。答えを待つけど、父《パパ》さんの表情《ひょうじょう》はぼんやりとしたままだ。空っぽの目で床《ゆか》を見つめる父《パパ》さんを見て、胸《むね》が痛《いた》くなる。

「父《パパ》さん？」ゼインがかがんで、父《パ》さんと目を合わせる。「なにがあったか、覚えてる？」

父《パパ》さんは体にかけた毛布《もうふ》をぐっと引きよせる。「魚をとりにいかないとならなかった」

「一人になっちゃだめなのに！」思わずさけぶ。

父《パパ》さんは顔をしかめ、ゼインがあたしをぎろりとにらみつける。だから、なるべく穏《おだ》やかな口調でもう一度、きいてみる。「父《パ》さんの記憶《きおく》はどんどんひどくなってる。どうしてあたしが帰ってくるのを待っててくれなかったの？」

父《パパ》さんは首をふる。「時間がなかった。兵士《へいし》たちがきたから。金を払《はら》えと」

「なんだって？」ゼインが眉《まゆ》を寄《よ》せる。「どうしてだ？ 先週払《はら》ったばかりだぞ」

「ディヴィナだけの税《ぜい》なの」あたしは、たっぷりしたズボンの生地《きじ》をぎゅっとつかむ。まだ兵士《へいし》の手の感触《かんしょく》が忘《わす》れられない。「ママ・アグバのところにもきたの。たぶんイロリンじゅうのディヴィナのいる家を回ってるんだと思う」

ゼインはひたいにこぶしを押《お》しつけた。頭蓋骨《ずがいこつ》をくだいてしまいそうな力で。ゼインは王国の法に従《したが》っていれば、危害《きがい》を加えられることはないと信じたがってる。でも、その法が憎《にく》しみに根ざしている以上、あたしたちを守ってくれるものなんてない。

さっきと同じ罪《つみ》の意識《いしき》がふたたびよみがえってきて、胸《むね》の底に沈《しず》みこむ。あたしがディヴィナでなければ、家族が苦しむこともないのに。母《マ》さんだって魔師《まし》でさえなければ、まだ生きていたのに。

勢《いきお》いよく髪《かみ》をかきあげたひょうしに、何本か抜《ぬ》けた。心のどこかで、ぜんぶ切ってしまえばい、という声がする。でも、白い髪《かみ》がなくなっても、あたしの魔師《まし》の血のせいで家族まで嫌《いや》な目に合うのは変わらない。王の牢《ろう》はディヴィナでいっぱいだし、労役《ろうえき》につくのもディヴィナだ。オリシャ人たちはあたしたちをつまはじきにし、魔師《まし》の血を追放しようとしている。白い髪《かみ》やもはや死にたえた魔法《まほう》がいまだに社会の汚点《おてん》であるかのように。

母《ママ》さん《マ》はいつも、かつては白い髪《かみ》は天と地の力の印だったと言っていた。美しさと美徳と愛の象徴《しょうちょう》であり、あたしたちが天の神々《かみがみ》に祝福されている証《あかし》だったって。でも、すべてが変わってしまい、魔法《まほう》は呪《のろ》うべきものになった。あたしたちが受け継《つ》いできたものは、憎《にく》むべきものになった。

その残酷《ざんこく》な現実《げんじつ》を、あたしは受け入れてきた。でも、ゼインと父《バ》さん《バ》まで苦しむのを見るたびに、あたしの傷《きず》は深くなる。今も、父《バ》さん《バ》はまだ咳《せ》きこんでいるのに、どうやって税《ぜい》を払《はら》うか、考えなければならない。

「カジキはどうだろう？　あれなら、税金《ぜいきん》のぶんはあるだろう」ゼインが言った。

あたしは家の裏《うら》へまわり、小さな鉄の箱をあけた。冷やした海水に、昨日、釣《つ》ったアカオビレカジキが入っていた。つやのあるうろこからして、かなりの味が期待できる。ワリの海ではなかなか獲《と》れない魚なので、自分たちで食べるには惜《お》しい。これを兵士《へいし》たちに受け取ってもらえれば――

「魚で払《はら》うんじゃ、だめだと。だから、銅貨《どうか》がいるんだ。銀貨か」父《バ》さん《バ》はこめかみをもんだ。そうすれば、世界を消し去ることができるとでもいうように。「金を用意できなければ、ゼリィを〈労役場《ろうえきじょう》〉にやると言われたんだ」

血が凍《こお》った。顔に浮《う》かんだ恐怖《きょうふ》を隠《かく》せず、さっとうしろをむく。国王の軍隊による〈労役場《ろうえきじょう》〉は、労働力を提供《ていきょう》する場であり、オリシャじゅうに広がっていた。税《ぜい》を払《はら》えない者は、王のために働いて借金を返さなければならない。〈労役場《ろうえきじょう》〉にやられたら最後、宮殿《きゅうでん》の雑用《ざつよう》や道路建設《けんせつ》から炭鉱《たんこう》まで、あらゆる場で死ぬまで働かされる。

かつてはオリシャの繁栄《はんえい》に一役買ったが、〈襲撃《レイド》〉後は、国が公然と認《みと》めた死刑宣告《しけいせんこく》にほかならなかった。名目上は王国が必要だからということになっているが、実際《じっさい》は、ディヴィナを囲《かこ》いこむ言い訳《わけ》として使われている。〈襲撃《レイド》〉でディヴィナたちはみな、孤児《こじ》になったのだから、とうぜん税《ぜい》を払《はら》うことはできない。重税《じゅうぜい》はすべてあたしたちを狙《ねら》い撃《う》ちにしたものなのだ。

恐怖《きょうふ》を顔に出すまいとする。一度、〈労役場《ろうえきじょう》〉にやられたら、二度と出ることはできない。これまで逃《に》げられた者はひとりもいない。本来、労役《ろうえき》は、借金を返すまでのはずだが、税《ぜい》はあがりつづけるので、借金の額《がく》も増《ふ》えつづける。飢《う》え、たたかれ、それよりひどい仕打ちも受け、家畜《かちく》のようにあちこちへ運ばれ、ディヴィナは体を壊《こわ》すまで働かされるのだ。

両手を冷たい塩水につけ、心を落ち着かせる。あたしがどれだけ怯《おび》えているか、父《バ》さん《バ》とゼインに悟《さと》らせてはならない。だれにとっても、不幸が増《ま》すだけだ。手が震《ふる》えはじめる。冷たさのせいか恐怖《きょうふ》のせいかわからない。どうしてこんなことに？　いつからこんなひどいことになったのだろう？

「ちがう」自分にむかってささやく。

そうじゃない。

問題は、いつからひどくなったか、ではない。なぜもっとよくなるなんて思ったのか、なのだ。アヘレの網戸《あみど》の網目《あみめ》に通した黒いカラーの花を見やる。あたしにたったひとつ残された、母《マ》さん《マ》とのつながり。イバダンに住んでいたころ、母《マ》さん《マ》はいつも窓辺《まどべ》にカラーの花をかざっていた。母《マ》さん《マ》の母親にたむけたもので、魔師《まし》から死者への捧《ささ》げ物だった。

いつもは、その花を見るたびに、母《マ》さん《マ》の笑《え》みを思い出した。母《マ》さん《マ》はいつも、カラーのシナモンに似《に》た香りをかぐとうれしそうにほほ笑《え》んでいた。でも今日は、しなびた葉を見て、母《マ》さん《マ》の首に巻《ま》かれた魔鉄鋼《まてっこう》の鎖《くさり》を思い出した。いつも首にさげていた金のお守りの代わりに巻《ま》かれた鎖《くさり》を。

十一年前の記憶《きおく》なのに、実際《じっさい》に見たよりもくっきりと、あの時の光景が浮《う》かんでくる。

あの夜から、すべてがおかしくなった。サラン王が魔師《まし》たちの首を吊《つ》ってさらし、魔師《まし》たちと戦いつづけることを宣言《せんげん》したときから。魔法《まほう》が死んだ夜から。

あたしたちがすべてを失った夜から。

父《ババ》さん《バ》が激《はげ》しく震《ふる》えだしたので、駆《か》けよって、背中《せなか》に手を当てて支《ささ》える。父《バ》さん《バ》の目にあるのは、怒《いか》りではなく、敗北だけだ。ぼろぼろの毛布《もうふ》にしがみついている父《パパ》さんを見ながら、子どものときに知っていた戦士《せんし》にもう一度会いたいと思う。〈襲撃《レイド》〉のまえ、父《パパ》さんは皮はぎナイフ一本で、武器《ぶき》を持った男三人を相手にすることができた。けれど、あの夜に殴《なぐ》られたあと、しゃべれるようになるだけで五か月もかかったのだ。

あの夜、やつらは父《パパ》さんを壊《こわ》してしまった。父《パパ》さんの心をたたきつぶし、魂《たましい》を打ち砕《くだ》いた。それでも、立ちなおったかもしれない。目を覚ましたとき、黒い鎖《くさり》を巻《ま》かれた母《ママ》さんの遺体《いたい》を見なければ。でも、父《パパ》さんは見てしまった。

それ以来、父《パパ》さんは変わってしまった。

「わかった」いつも灰《はい》の中の燃《も》えさしを探《さが》すゼインはため息をついた。「舟《ふね》を出そう。今、出れば――」

「むりよ」あたしはさえぎった。「市場を見たでしょ。みんな、慌《あわ》てて税《ぜい》を払《はら》う金を手に入れようとしてる。魚を持っていくことができたとしたって、あまってる銅貨《どうか》や銀貨はとっくになくなってる」

「それに、舟《ふね》もない。なくしてしまったんだ」父《パパ》さんがぼそりと言った。

「えっ!?」外に舟《ふね》がなかったことに、初めて気づく。思わずゼインのほうをふりむくけど、ゼインももうこれ以上なにも考えられずに、がっくりと葦《あし》の床《ゆか》にうずくまった。

終わりだ……。壁《かべ》に体を押《お》しつけ、目を閉《と》じる。

舟《ふね》もない。お金もない。

〈労役場《ろうえきじょう》〉にいくしかない。

重い沈黙《ちんもく》がアヘレにたれこめ、あたしの死刑宣告《しけいせんこく》を塗《ぬ》り固める。**でも、宮殿《きゅうでん》行きになる可能性《かのうせい》だってある。**贅沢《ぜいたく》に慣《な》れきった貴族《きぞく》たちに仕えるほうが、カラブラーのようなディヴィナたちがいかされる極悪《ごくあく》な環境《かんきょう》の炭鉱《たんこう》で、舞《ま》いあがる炭塵《たんじん》の中で咳《せ》きこみながら働くよりはいい。聞いたところでは、地下の売春宿だって、〈労役場《ろうえきじょう》〉に送りこまれる場所の中ではましなほうらしい。

小屋の隅《すみ》にいたゼインが腰《こし》を浮《う》かせた。ゼインのことならわかっている。あたしの代わりに自分がいくと言うつもりだ。止めようとしたとき、宮殿《きゅうでん》のことを考えたせいか、ぱっとひらめいた。

「ラゴスは?」

「逃《に》げたってむだだ」

あたしは首を横にふった。「逃《に》げるんじゃない。ラゴスの市場には、貴族《きぞく》がたくさんいる。ラゴスなら、アカオビレカジキを売れる」

ゼインと父《バ》さん《バ》がなにか言うまえに、防水紙《ぼうすいし》をつかんで、カジキの入っている箱に駆《か》けよる。

「三か月ぶんの税金《ぜいきん》を払《はら》えるお金を持ってもどってくる。新しい舟《ふね》を買うぶんだって」そうすれば、ゼインもアボンの試合《しあい》に集中できるし、父《バ》さんはやっと少し休めるだろう。**あたしも役に立てる。**あたしはほほ笑《え》む。あたしもようやく正しいことができるのだ。

「だめだ」父《バ》さん《バ》の疲《つか》れた声が突《つ》き刺《さ》さった。「ラゴスはディヴィナには危険《きけん》だ」

「〈労役場《ろうえきじょう》〉より？　もしラゴスにいかなければ、〈労役場《ろうえきじょう》〉にいくことになるのよ」

「おれがラゴスにいく」ゼインが言った。

「だめよ」あたしは紙に包んだカジキを袋《ふくろ》につっこんだ。「ゼインは商売下手《べた》だから。だいなしにするに決まってる」

「たしかにおまえほど高くは売れないかもしれないが、自分の身を守ることはできる」

「あたしだって」ママ・アグバにもらった棒《ぼう》を左右にふってみせてから、袋《ふくろ》に放りこむ。

ゼインはあたしをだまらせようと手をふった。「父《バ》さん《バ》、お願いだよ。ゼリィにいかせたら、バカなことをしでかすに決まってる」

父《バ》さん《バ》は眉《まゆ》を寄《よ》せて、考えこんだ。「魚を売るのはゼリィがいいだろう――」

「でしょ」

「――だが、ゼイン、おまえもいって、ゼリィに無茶をさせるな」

「だめだ」ゼインは腕《うで》を組んだ。「兵士《へいし》がもどってきたときのために、ひとりは父《バ》さん《バ》と残らないと」

「じゃあ、わたしをママ・アグバのところへ連れていってくれ。おまえたちがもどってくるまで、ママ・アグバのところに身を寄《よ》せることにする」

「だけど、父《バ》さん《バ》――」

「今、いかないと、夜までにもどってこられんぞ」

ゼインは目を閉《と》じて、ぐっと苛立《いらだ》ちを抑《おさ》える。そして、ナイラのがっしりした背《せ》に鞍《くら》をつけはじめたので、あたしは父《バ》さん《バ》に手を貸《か》して、立たせた。

「おまえを信じてる」ゼインに聞こえないように、父《バ》さん《バ》は小声で言った。

「大丈夫《だいじょうぶ》」あたしは、父《バ》さん《バ》の細い体をすり切れた毛布《もうふ》で包んだ。「二度と、面倒《めんどう》は起こさないから」

第三章　アマリ

「アマリ、背中《せなか》をまっすぐ伸《の》ばして！」

「ああ、まったくあなたときたら――」

「もうデザートはやめなさい」

　わたしは、ココナツパイを刺《さ》したフォークをおろし、ぐっと胸《むね》をはって背中《せなか》をぴんとさせた。一分間でお母さまがこれだけ注意できることに半ば感心する。お母さまは真ちゅうのテーブルの上座《かみざ》にすわっている。きっちりと頭に巻《ま》いた金色のゲレは、部屋じゅうの光を集めるかのようにキラキラと輝《かがや》き、お母さまのうすい褐色《かっしょく》の肌《はだ》をひきたてている。

　自分の紺色《こんいろ》のゲレを直し、王女らしく見せようとする。召使《めしつか》いの巻《ま》き方がきつすぎる。わたしがもぞもぞしているあいだ、お母さまの琥珀色《こはくいろ》の目が、着飾《きかざ》った貴族《きぞく》たちがドレスの下にハイエーナを隠《かく》していないか、探《さが》している。オリシャ側の貴婦人《きふじん》たちは顔に笑《え》みを貼《は》りつけているけど、本当は裏《うら》で陰口《かげぐち》をたたいているのは知っている。

「西のほうへやられたって聞いたわ――」

「王の娘《むすめ》にしては色が黒すぎるもの――」

「うちの召使《めしつか》いたちがまちがいないというの、司令官がサラン王の子どもを――」

貴婦人《きふじん》たちは、豪華《ごうか》なイロ[注1]と長いブバ[注2]に縫《ぬ》いこまれたきらきら輝《かがや》くダイヤモンドのように、秘《ひ》密《みつ》をまとっている。彼女《かのじょ》たちのうそとユリの香水《こうすい》のせいで、お菓子《かし》のハチミツの香りがだいなしだ。どうせもう、わたしは食べられないけれど。

「あなたのご意見は、アマリ王女?」

すばらしいパイからはっと顔をあげると、ロンケが答えを待つようにわたしを見つめていた。ティールームの白い漆喰《しっくい》の壁《かべ》に映《は》えるように選ばれたエメラルド色のイロが、マホガニー色の肌《はだ》で輝《かがや》いている。

「なんのこと?」

「ザリアへの訪問《ほうもん》のことよ」ロンケが身をのりだすと、首にさげている大きなルビーがテーブルにかすった。けばけばしい宝石《ほうせき》を見るたびに、ロンケが生まれながらにしてこの席につく権利《けんり》を持っていたわけではないことを思い出す。彼女《かのじょ》はこの席をお金で買ったのだ。

「わたしの館《やかた》に泊《と》まっていただけたら、光栄ですわ」ロンケはわたしの視線《しせん》に気づいて、大きな赤い宝石《ほうせき》に触《ふ》れ、唇《くちびる》に笑《え》みをたたえた。「これと同じような宝石《ほうせき》を探《さが》してさしあげることだってできましてよ」

注1:ヨルバ人の伝統的《でんとう》なブラウス
注2:ヨルバ人のスカート

「それはご親切に」言葉をにごしながら、頭の中でラゴスからザリアへの道を辿《たど》ってみる。ザリアは、オラシンボ山脈《さんみゃく》をはるか越《こ》えた、オリシャの北端《ほくたん》にあり、アデタンジ海に接《せっ》している。宮殿《きゅうでん》の城壁《じょうへき》のむこうにある世界へいくことを想像《そうぞう》するだけで、胸《むね》が高鳴る。

それから、やっと口を開く。「ありがとう、ぜひ――」

「残念ながら、アマリはうかがうことはできないんですの」お母さまが割《わ》って入り、これっぽっちも残念そうなようすは見せずに眉《まゆ》をひそめる。「勉強しなければならないことが山ほどありますからね。すでに算術《さんじゅつ》は遅《おく》れていますし。今、中断《ちゅうだん》したりしたら、目も当てられなくなりますわ」

胸《むね》の中で膨《ふく》らみつつあった興奮《こうふん》が一気にしぼむ。お皿の上に残されたパイを突《つ》っつく。お母さまはめったに宮殿《きゅうでん》を出ることを許《ゆる》してくれない。期待するだけむだって、わかっているはずなのに。

「いつかうかがえるかもしれません」小声で言いながら、この小さなわがままがお母さまの怒《いか》りに触《ふ》れませんようにと祈《いの》る。「ザリアでの暮《く》らしはさぞすばらしいでしょうね、足元には海があって、うしろには山があるなんて」

「岩と水だけよ」ロンケの長女のサマラが、幅広《はばひろ》の鼻にしわを寄《よ》せた。「このすばらしい宮殿《きゅうでん》とは比《くら》べものになりません」サマラはお母さまにむかってほほ笑《え》んだ。けれど、またわたしのほうをむいたときには、笑《え》みは消えていた。「それに、ザリアはディヴィナたちがうじゃうじゃいるんだもの。少なくとも、ラゴスのウジ虫どもはスラムから出ないことくらいは心得《こころえ》ていますものね」

サマラのひどい言葉を聞いて、体がこわばる。言葉が宙《ちゅう》に浮《う》かんでいるような気がする。ビンタの耳に入っていないかとふりかえったけれど、今日は、わたしの大切なむかしからの友人はここにはいないようだった。宮殿《きゅうでん》の上階で働いているディヴィナは、ビンタだけだったから、侍女《じじょ》としていつも影《かげ》のようにわたしに寄《よ》りそい、白い髪《かみ》もボンネットで隠《かく》していたけれど、それでもほかの召使《めしつか》いたちの中で目立ってしまっていた。

「王女さま、わたくしが給仕《きゅうじ》をいたします」

ふりかえると、見たことのない召使《めしつか》いが立っていた。栗色《くりいろ》の肌《はだ》と大きな丸い目をした少女だ。少女は、中身が半分になったコップをさげ、代わりに新しいものを置いた。琥珀色《こはくいろ》のお茶をちらりと見る。ビンタがいたら、お母さまが見ていないすきに、こっそり砂糖《さとう》を入れてくれたのに。

「ビンタを見なかった？」

少女がビクンとうしろにさがった。唇《くちびる》がきっと結ばれる。

「どうしたの？」

少女は口をあけたけれど、テーブルの女性《じょせい》たちのほうへ目を走らせた。「ビンタは、謁見室《えっけんしつ》に呼《よ》ばれました。昼食会が始まるちょっとまえです」

わたしは顔をしかめて、首をかしげた。お父さまがビンタになんの用なの？　宮殿《きゅうでん》の召使《めしつか》いたちの中で、なぜわざわざビンタを？　そもそもお父さまが召使《めしつか》いを呼《よ》び出すこと自体、めったにないのに。

「理由は言っていた？」

少女は首を横にふると、声をひそめ、言葉を選びながら言った。「いいえ。でも、兵士《へいし》たちに付き添《そ》われていきました」

じわじわと酸《す》っぱい味が舌《した》を這《は》いあがり、のどに落ちるのに従《したが》って、苦く、暗くなっていく。宮殿《きゅうでん》の兵士《へいし》たちが「付き添《そ》う」ことなどない。連れていかれたのだ。有無《うむ》を言わさず。

少女はその先をつづけようとしたが、お母さまがけわしい目でにらみつけた。テーブルの下からお母さまの冷たい手が伸《の》びてきて、わたしの膝《ひざ》をぎゅっとつねる。

「召使《めしつか》いと話すのはやめなさい」

はっとして前にむき直り、うつむいてお母さまの視線《しせん》から逃《のが》れようとする。お母さまは獲物《えもの》に襲《おそ》いかかるアカムネヒダカのような目で、わたしがまた恥《はじ》をかかせるようなことをしでかさないか、見張《みは》っている。お母さまはこわいけど、ビンタのことが頭から離《はな》れない。お父さまは、わたしたちがどれだけ仲がいいか、知っている。ビンタになにか用があるなら、どうしてわたしを通さないのだろう。

窓《まど》の外の庭園に目をやる。どんどん疑問《ぎもん》が膨《ふく》らんでいって、まわりの領主《りょうしゅ》の妻《つま》や娘《むすめ》たちの空虚《くうきょ》な笑い声も耳に入らない。そのとき、表のドアが勢《いきお》いよく開く音がした。

大またで宮殿《きゅうでん》から出ていくイナンが見えた。

軍服姿《ぐんぷくすがた》の兄は堂々《どうどう》として立派《りっぱ》だった。これから、初めてラゴスに巡回《じゅんかい》にいくのだ。部下の兵士《へいし》たちを従《したが》えた兄の頬《ほほ》は上気し、かぶとには、最近大尉《たいい》に昇進《しょうしん》したことを示《しめ》す飾《かざ》りがついている。

わたしは思わずほほ笑《え》んだ。わたしも兄と喜《よろこ》びを分かち合えたらいいのに。イナンはずっと一人前の兵士《へいし》になることだけを願ってきた。その願いがようやくかなうのだ。

「なんてすてきなのかしら」サマラはぞっとするような欲望《よくぼう》をたたえた薄《うす》いブラウンの目で兄を見つめた。「史上《しじょう》最年少で大尉《たいい》になられたなんて。立派《りっぱ》な王になられるでしょうね」

「ええ」お母さまは顔を輝《かがや》かせ、一刻《いっこく》も早く欲《ほ》しくてたまらない未来の娘《むすめ》のほうへ身をのりだした。「昇進《しょうしん》に危険《きけん》が伴《ともな》うことには不満なのですけど。やぶれかぶれになったウジ虫どもが、未来の王になにをするか、わかったものではありませんから」

みながうなずきながら、くだらない意見を口にしているあいだ、わたしはだまってお茶をすすっていた。この人たちときたら、どうしてこんな軽々《かるがる》しい口調でしゃべるんだろう。ラゴスではダイヤモンドの縫《ぬ》いこまれたゲレが流行しているというのとまるで同じ調子で。ビンタのことを教えてくれた少女のほうを、そっとふりかえる。テーブルからだいぶ離《はな》れたところに立っているのに、手がぶるぶる震《ふる》えているのがわかる……。

「サマラ」お母さまの声が響《ひび》いてきて、はっと前をむいた。「今日はまたずいぶんと品よく見えるって、言ったかしら？」

わたしはグッと舌《した》を噛《か》んで、お茶の残りを流しこんだ。お母さまは「品よく」と言ったけれど、その言葉の裏《うら》には「色がうすい」という意味が隠《かく》されているからだ。

地方の王族たちも、血をさかのぼれば、初代のオリシャ王の一族にいきつく。ミンナの畑を耕《たがや》している農民や、太陽にさらされて商品を取引《とりひき》しているラゴスの商人たちのような**平民**とはちがう、と言いたいのだ。わたしのようでない、と。お母さまが恥《は》じている王女には、似《に》ていないと。

カップ越《ご》しにサマラをこっそり見やり、肌《はだ》がうすいブラウンになっていることに気づいておどろく。つい何回かまえの昼食会では、彼女《かのじょ》の母親と同じマホガニー色の肌《はだ》をしていたのに。

「もったいないお言葉ですわ、王妃《おうひ》さま」サマラは慎《つつ》ましさをよそおってうつむき、ありもしないドレスのしわを伸《の》ばした。

「美容《びよう》方法をアマリにも教えてやってちょうだい」お母さまはひんやりとした手をわたしの肩《かた》に置く。わたしの濃《こ》い褐色《かっしょく》の肌《はだ》に、指の白さが浮《う》き立つ。「しょっちゅう庭園をぶらぶらしているものだから、農婦《のうふ》みたいになってきたのよ」そう言って、お母さまはケラケラと笑った。わたしが外に出るたびに、召使《めしつか》いたちがぞろぞろついてきて、日傘《ひがさ》をさしかけるっていうのに。この昼食会のまえだって、わたしにパウダーを塗《ぬ》りたくって、あなたの肌《はだ》の色のせいでわたしが召使《めしつか》いと寝《ね》ているとうわさされるとぐちっていたくせに。

「その必要はないわ、お母さま」前回、お母さまが調合した薬のお酢《す》みたいなにおいとヒリヒリする痛《いた》みを思い出して、わたしは縮《ちぢ》みあがった。

「まあ、喜《よろこ》んで」サマラがうれしそうにほほ笑《え》む。

「でも――」

「アマリ」お母さまは今にも肌《はだ》がさけそうなほど張《は》り詰《つ》めた笑《え》みを浮《う》かべて、わたしを黙《だま》らせた。「アマリも大喜《よろこ》びよ。結婚《けっこん》の話が始まるまえがいいわ」

のどの塊《かたまり》を飲みこもうとするけど、むしろ息が詰《つ》まりそうになる。きついお酢《す》のにおいがして、すでに肌《はだ》を焼かれているような感触《かんしょく》に襲《おそ》われる。

「大丈夫《だいじょうぶ》よ」わたしの苦しげな表情《ひょうじょう》を勘違《かんちが》いして、サマラはわたしの手を握《にぎ》る。「きっといろいろな方と会うのが大好きになるわ。とっても楽しいのよ」

むりやり笑《え》みを浮《う》かべ、手を引っこめようとするけど、サマラは離《はな》すのは許《ゆる》さないとばかりにますますきつく握《にぎ》りしめる。サマラの金の指輪が肌《はだ》に食《く》いこむ。どの指輪にも見事な石が輝《かがや》いていて、そのうちひとつからは、ほっそりした鎖《くさり》が伸《の》び、腕輪《うでわ》につながっている。腕輪《うでわ》には、オリシャ王国の紋章《もんしょう》であるダイヤモンドを散りばめたユキヒョウラが輝《かがや》いている。

サマラの誇《ほこ》らしげなようすからして、お母さまからの贈《おく》り物にちがいない。思わずその美しさに目をみはる。わたしのよりもダイヤモンドが多い――

天よ……

わ、わたしのじゃない。もう、そうじゃない。

腕輪《うでわ》のことを思い出し、パニックが襲《おそ》ってくる。あの腕輪《うでわ》は、ビンタにあげたのだ。

ビンタは最初、受け取ろうとしなかった。あまりにも高価《こうか》なものだからだ。けれど、お父さまがディヴィナたちの税《ぜい》をあげたから、あの腕輪《うでわ》を売らなければ、ビンタの家族は住むところを失ってしまっただろう。

そのことがばれたのにちがいない。ビンタが盗《ぬす》んだと思ったんだ。だから、ビンタは謁見室《えっけんしつ》に呼《よ》ばれたのだ。だから、兵士《へいし》たちが連れていったんだ。

わたしはいきなり立ちあがった。イスの脚《あし》が床《ゆか》のタイルにこすれて、かん高い音を立てる。兵《へい》士《し》たちがビンタの細い手を押《お》さえつけるようすが浮《う》かんでくる。

お父さまが剣《けん》をふりおろすところが。

「ごめんなさい」一歩うしろにさがる。

「アマリ、すわりなさい」

「お母さま、わたし――」

「アマリ――」

「お母さま、お願い！」

声が大きすぎる。

言葉が口から出たとたん、そうとわかった。かん高い声がティールームの壁《かべ》に反響《はんきょう》し、みんなの会話がぴたりと止まる。

「ご、ごめんなさい。ちょっと気分が悪くて」
背中《せなか》に焼けつくような視線《しせん》を感じながら、小走りでドアへむかう。お母さまから激《はげ》しい怒《いか》りが発散されているのを感じるけど、今は、ぐずぐずしている時間はない。ドアが閉《し》まったとたん、重たいドレスをたくしあげ、走りだす。靴《くつ》の高いかかとが床《ゆか》のタイルに当たる音が廊下《ろうか》にこだまする。

なんてバカだったの? 自分を責《せ》めながら、むこうからやってきた召使《めしつか》いをよけて走りつづける。あの子がビンタの話をしたときすぐに部屋を出ればよかった。ビンタがわたしだったら、一秒だってむだにしなかったはず。

天よ! 自分を呪《のろ》いながら、玄関《げんかん》の広間の赤いインパラリリー[注3]の生《い》けられた花びんの横を通り、代々《だいだい》の王族の肖像画《しょうぞうが》がわたしをにらみつけている廊下《ろうか》を駆《か》け抜《ぬ》ける。**どうか無事でいて。**

心の中の願いにすがりながら、角を曲がって大広間に飛びこむ。暑さで空気がよどみ、ますます息が苦しくなる。心臓《しんぞう》がのどから飛び出しそうになりながら、お父さまの謁見室《えっけんしつ》の前までいって、ふいに走る速度が落ちる。わたしがいちばん怖《おそ》れている部屋。お父さまがイナンとわたしに剣《けん》の試合《しあい》をさせた部屋。

数えきれないほどの傷《きず》を負った場所。

黒いオークのドアの外にかかっているビロードのカーテンをつかむ。手の汗《あせ》が高価《こうか》な生地《きじ》に染《し》みこんでいく。**お父さまは許《ゆる》してくれないかもしれない。**腕輪《うでわ》をわたしたのは、わたしだ。ビン

注3:ムルチフローラム。多肉茎《けい》に派手《はで》なピンクと白の花をつける

タの代わりにわたしに罰《ばつ》を与《あた》えるかもしれない。

恐怖《きょうふ》が脈打《みゃくう》ちながら背骨《せぼね》をくだり、手指を麻痺《まひ》させる。**ビンタのためにやるのよ。**

「ビンタのために」声に出してささやく。

いちばんむかしからの友だち。たった一人の友だちのために。

わたしがビンタを守らなければ。

深く息を吸《す》いこんで、両手の汗《あせ》をぬぐい、最後の数秒を味わう。カーテンのうしろできらめいているドアの取っ手に指が触《ふ》れたと思ったとき――

「**なんだと？**」

閉《と》じたドアのむこうから、野生のゴリランのようなお父さまの声が響《ひび》いてきた。心臓《しんぞう》が跳《は》ねあがる。お父さまのどなり声なら聞いたことがあるけど、今のような声は初めてだ。**わたし、遅《おそ》かったの？**

ドアが勢《いきお》いよく開き、わたしが飛びのいたのと同時に、追われている泥棒《どろぼう》みたいに兵士《へいし》やうちわ係が飛び出してきた。広間のまわりにいた貴族《きぞく》や召使《めしつか》いたちの袖《そで》をつかみ、むりやり引っぱるようにして、いっしょに逃《に》げていく。あっという間に、わたしは一人、残された。

逃《に》げなきゃ。ドアが閉《し》まりはじめたのを見て、脚《あし》がぞくぞくする。お父さまはすでに怒《おこ》っている。でも、わたしはビンタを見つけなければならない。まだこの中にいるはず。

ビンタをひとり、お父さまのところに残していくわけにはいかない。

パッと飛び出して、ドアが閉《し》まる直前に手を差し入れ、ほんの少しだけ開いて中をのぞく。

「どういうことだ？」お父さまがふたたび声をはりあげ、ひげに唾《つば》が飛んだ。赤いアグダバ[注4]をまとったマホガニー色の皮膚《ひふ》に、血管が浮《う》き出ている。

さらにほんの少しだけ、ドアをあける。ビンタのほっそりした姿《すがた》を探《さが》すけど、代わりに、司令官のエベレが王座《おうざ》の前で縮《ちぢ》こまっているのが見える。はげあがった頭に玉のような汗《あせ》をかき、お父さまを見ることができずに目を泳がせている。横には、カエア指揮官《しきかん》が、きつく編《あ》んだつややかな髪《かみ》を垂《た》らし、堂々《どうどう》たるようすで立っていた。

「例の品々《しなじな》はワリの海岸に流れ着いたようです、海沿《うみぞ》いの小さな村です」カエアが説明している。「近づいたことにより、地元のディヴィナたちの何人かが、埋《う》もれていた能力《のうりょく》をよみがえらせたようなのです」

「埋《う》もれていた能力《のうりょく》だと？」

カエアはごくりとのどを鳴らした。薄《うす》いブラウンの皮膚《ひふ》の下で筋肉《きんにく》がこわばるのがわかる。エベレ司令官が説明するのを待ったけれど、司令官がなにも言わないので、カエアはつづけた。

「ディヴィナは変身したようです」その言葉が肉体的な痛《いた》みを与《あた》えたかのように、カエアは顔をしかめる。「品々《しなじな》のせいで彼《かれ》らの力が目覚めたのです、陛下《へいか》。ディヴィナたちは魔師《まし》になったのです」

思わずはっと息を呑《の》み、慌《あわ》てて口を押《お》さえる。**魔師《まし》？　オリシャに？　今になって？**

注4：男性《だんせい》の着用する袖《そで》のたっぷりしたローブ

恐怖《きょうふ》がこみあげ、先の鈍《にぶ》った針《はり》のように胸《むね》を突《つ》き刺《さ》し、息ができなくなる。さらにもう少しドアを押《お》しあける。きっと、お父さまが言うはず。**そんなことはありえん。なにかのまちがい**――

「信じられん」ようやくお父さまは言うけれど、ささやき声に近い。黒い魔鉄鋼《まてっこう》の剣《けん》の柄頭《つかがしら》をぐっと握《にぎ》りしめ、関節がベキッと鳴る。

「残念ながら、事実です、陛下《へいか》。この目で見たのです。彼《かれ》らの魔力《まりょく》はまだ弱いですが、たしかです」

神よ……。つまり、どういうことなの？　王国はどうなるの？　魔師《まし》たちはすでに攻撃《こうげき》を計画しているの？　わたしたちに食《く》い止めることはできるの？

〈襲撃《レイド》〉前のお父さまの姿《すがた》がよみがえってくる。半狂乱《はんきょうらん》になって、歯ぎしりし、みるみる白髪《しらが》の増《ふ》えていくお父さまの姿《すがた》を。イナンとわたしを宮殿《きゅうでん》の地下室に閉《と》じこめ、まだ幼《おさな》くてろくに持ちあげることすらできない剣《けん》を持たせたお父さまを。

魔師《まし》たちが襲《おそ》ってくる。お父さまはそう言った。そのあと、わたしたちに剣《けん》の試合《しあい》をさせるたびに、お父さまは同じことを言った。**魔師《まし》が襲《おそ》ってくるときのために、準備《じゅんび》しておかなければならない**。

痛《いた》みの記憶《きおく》が背中《せなか》を貫《つらぬ》く。お父さまの血の気の引いた顔をまじまじと見る。お父さまの怒《いか》りより沈黙《ちんもく》のほうがはるかにおそろしい。エベレ司令官はがたがた震《ふる》えている。

「今、魔師《まし》どもはどこにいるのだ?」

「始末しました」

胃《い》が締めつけられ、昼食会の料理がせりあがってくるのをぐっとこらえる。その魔師《まし》たちは死んだ。殺《ころ》されたのだ。

海の底へ沈《しず》められたのだ。

「神器《じんぎ》は?」魔師《まし》たちの死にはこれぽっちも興味《きょうみ》を示《しめ》さず、お父さまはさらに問いただす。お父さまなら、きっと残りの者たちも「始末」するだろう。

「巻《ま》き物《もの》は手に入れました」カエアは胸当《むねあ》てに手を入れ、いかにも古びたようすの羊皮紙を取り出した。「これを見つけたあと、目撃者《もくげきしゃ》は片《かた》づけ、すぐにここへもどりました」

「太陽石は?」

カエアはエベレを血も凍《こお》るような冷ややかな目で見やった。エベレは、答えるのを少しでも引き延《の》ばそうとするように低く咳払《せきばら》いをした。

「石は、われわれがワリに着くまえに盗《ぬす》まれていました、陛下《へいか》。しかし、今、あとを追わせています。その道でいちばんの者たちをいかせていますから、必ずやすぐに取りもどせるでしょう」

お父さまの怒《いか》りが、熱気のように立ちのぼった。

「おまえの仕事は神器《じんぎ》を破壊《はかい》することだったはずだ。どうしてそんなことになったのだ?」

「やろうとしたのです、陛下《へいか》!〈襲撃《レイド》〉後、何か月ものあいだ、あらゆる手を尽《つ》くして、破壊《はかい》しようとしました。しかし、神器《じんぎ》には魔法《まほう》がかけられているのです」エベレはちらりとカエアを見たが、カエアはまっすぐ前を見たままだ。エベレはふたたび咳払《せきばら》いした。あごの下のしわに汗《あせ》が溜《た》まっている。

「巻《ま》き物《もの》を引き裂《さ》いても、すぐに元にもどってしまうのです。燃《も》やして灰《はい》にしても、また元にもどります。いちばん力の強い兵士《へいし》にこん棒《ぼう》で太陽石をたたきつぶすよう命じましたが、傷《きず》ひとつつかないのです！　壊《こわ》すことができないとわかって、鉄の箱に封《ふう》じこめ、バンジョコ海の真ん中に沈《しず》めました。ですから、海岸に流れ着くなど、ありえないのです！　あれはまちがいなく魔《ま》――――」

エベレはハッとその言葉を呑《の》みこんだ。

「本当なのです、陛下《へいか》。できることはすべてやったのです、しかし、神々《かみがみ》は別の計画をお持ちのようなのです」

神々《かみがみ》？　わたしは身をのりだした。エベレは頭がおかしくなったの？　神々《かみがみ》なんて存在《そんざい》しない。そんなこと、宮殿《きゅうでん》のだれもが知っているのに。

お父さまがエベレのくだらない言葉に対しなにか言うのを待ったけど、お父さまは表情《ひょうじょう》ひとつ変えずに、落ち着きはらったようすで立ちあがった。と、次の瞬間《しゅんかん》、マムシのようなすばやさでエベレののどをひっつかんだ。

「司令官、正直に言え」お父さまはエベレをぐいと宙《ちゅう》に持ちあげ、首を締《し》めあげた。「おまえはどちらの計画を怖《おそ》れている？　神とわたしと？」

　わたしは見ていられなくて、苦しそうに喘《あえ》いでいるエベレから顔をそむけた。こういうお父さまは見たくない。こういうときのお父さまを、わたしは憎《にく》んでいる。

「お、お約束します」エベレはゼイゼイしながら言った。「なんとかします、必ず！」

　お父さまは腐《くさ》った果物のようにエベレを放り出した。エベレは喘《あえ》いで、のどをさすった。褐色《かっしょく》の肌《はだ》にみるみる黒いあざが浮《う》かびあがってくる。お父さまはカエアが持っている巻《ま》き物《もの》のほうを見た。

「やってみろ」

　カエアは、わたしからは見えないところにいる人物に手招《てまね》きした。床《ゆか》のタイルに靴《くつ》の当たる音が響《ひび》く。そしてようやく、見つけた。

　ビンタだ。

　ビンタが引きずられてくるのを見て、思わず胸元《むなもと》をぐっとつかむ。ビンタの見開かれた銀色の目にみるみる涙《なみだ》がわきあがる。毎日、あれほど注意深くかぶっているボンネットがずれ、長く伸《の》ばした白い髪《かみ》がはみ出ていた。スカーフで口をふさがれ、さけぶこともできない。でも、さけんだところで、だれにも助けることはできない。すでに兵士《へいし》たちに捕《つか》まっているのに。

　どうにかしなきゃ。自分に言い聞かせる。**今すぐに。**でも、どうしても足が前へ出ない。手の感覚すらない。

カエアが巻《ま》き物《もの》を開きながら、野生の動物に近づくかのようにそろそろと前へ出る。何年ものあいだ、わたしの涙《なみだ》をぬぐってくれたやさしい少女なのに。家族がたった一回の美味《おい》しい食事を楽しむために、宮殿《きゅうでん》で支給《しきゅう》される食べ物をすべて取っておくような子なのに。

「腕《うで》を持ちあげろ」

兵士《へいし》たちが、首をふっているビンタの手首をつかんで、持ちあげる、さるぐつわの隙間《すきま》からくぐもった悲鳴が漏《も》れる。嫌《いや》がるビンタの手に、カエアが巻《ま》き物《もの》を握《にぎ》らせる。

ビンタの手から光が放たれた。

謁見室《えっけんしつ》に、目をみはるような光が広がる。光輝《かがや》く金色、きらめく紫《むらさき》、まばゆいばかりのブルー。光はビンタの手のひらから勢《いきお》いよく噴《ふ》き出し、尽《つ》きることのない奔流《ほんりゅう》となってきらきらと降《ふ》り注いだ。

「天よ」わたしは息を呑《の》む。胸《むね》の中で恐怖《きょうふ》が畏《おそ》れと戦いながらふつふつと湧《わ》きあがる。

魔法《まほう》だ。

とうとう、長いときを経《へ》て……

お父さまがの警告《けいこく》が、一気に浮《う》かんでくる。戦争、炎《ほのお》、闇《やみ》、病。**魔法《まほう》はあらゆる悪の源《みなもと》なのだ。オリシャ国を引き裂《さ》いてしまうだろう。**

お父さまはイナンとわたしに、魔法《まほう》はわたしたちの死だと教えつづけてきた。オリシャの存在《そんざい》を脅《おびや》かす危険《きけん》な武器《ぶき》だと。魔法《まほう》が存在《そんざい》するかぎり、王国に真の平和は訪《おとず》れないと。

〈襲撃《レイド》〉後の暗黒の日々《ひび》、魔法《まほう》は顔のない怪物《かいぶつ》のようにわたしの想像力《そうぞうりょく》の中に巣くっていた。けれど、今、ビンタの手から放たれている魔法《まほう》に、わたしは陶然《とうぜん》としていた。ほかに並《なら》ぶもののない驚異《きょうい》。夏の太陽がたそがれに溶《と》けゆくような喜《よろこ》び、生命の本質《ほんしつ》であり息吹《いぶき》――

お父さまが剣《けん》をふりおろした。稲妻《いなずま》のようにすばやく。

たった今まで、ビンタは立っていた。

次の瞬間《しゅんかん》、お父さまの剣《けん》がビンタの胸《むね》を貫《つらぬ》く。

いやあ！

悲鳴をあげる間もなく口に手を押《お》しあて、うしろに倒《たお》れかける。吐《は》き気がこみあげ、熱い涙《なみだ》で目が焼ける。

うそよ。世界が回りだす。**こんなの、現実《げんじつ》のはずがない。ビンタは死んでいない。甘《あま》いパンを持って、部屋で待ってくれているはず**。

でも、いくら必死に願っても、事実は変わらない。死者がよみがえることはない。

ビンタの口に巻《ま》かれたスカーフが赤く染《そ》まっていく。

薄《うす》いブルーのドレスに真紅《しんく》の花のようなしみが広がる。

ビンタの体が鉛《なまり》のようにドサッと床《ゆか》に倒《たお》れ、わたしはまた悲鳴を押《お》し殺《ころ》す。

ビンタの清らかな顔のまわりにみるみる血だまりができ、白い髪《かみ》を真紅《しんく》に染《そ》める。ドアの隙間《すきま》から、銅《どう》のようなにおいが漂《ただよ》い出てきて、わたしはこみあげる吐《は》き気をこらえる。

お父さまはビンタのエプロンをはぎ取ると、それで剣《けん》をふいた。動揺《どうよう》したようすなどみじんもない。自分のローブにビンタの血がついても、気にしているようすもない。

わたしの手にもビンタの血がしみついたも同様だなんて、知る由《よし》もない。

うしろにさがろうとして、ドレスのすそを踏《ふ》んづけて転びかける。大広間の隅《すみ》にある階段《かいだん》を駆《か》けあがる。一段《だん》ごとに足が震《ふる》え、視界《しかい》がぼやける。自分の部屋までもいけずに、花びんに駆《か》けよる。陶器《とうき》の縁《ふち》をつかむ。胃《い》の中のものがぜんぶ、吐《は》き出される。

胃酸《いさん》とお茶の苦い味が広がり、荒々《あらあら》しい感情《かんじょう》が突《つ》き動かされる。ようやく泣き声が漏《も》れ、わたしは床《ゆか》に崩《くず》れ落ちる。胸元《むなもと》をグッとつかむ。

ビンタがいたら、助けにきてくれるのに。わたしの手を取って、部屋まで連れていって、ベッドの上にすわらせ、涙《なみだ》をふいてくれるのに。粉々《こなごな》になった心を集めて、またひとつにする方法を見つけてくれるのに。

また泣きそうになるけど、口を押《お》さえて、なんとかこらえる。指のあいだから塩辛《しおから》い涙《なみだ》が漏《も》れ出す。血のにおいが鼻に広がる。記憶《きおく》の中で、お父さまの剣《けん》がまた――

謁見室《えっけんしつ》のドアが勢《いきお》いよく開く。お父さまかと思って、わたしは跳《と》びあがる。でも、出てきたのは、ビンタを押《お》さえつけていた兵士《へいし》たちのうちの一人だ。

あの巻《ま》き物《もの》を持っている。

兵士《へいし》が階段《かいだん》をのぼってくる。わたしはすり切れた羊皮紙を見つめる。あれに触《ふ》れただけで、光が爆発《ばくはつ》したさまをまざまざと思い出す。わたしの大切な友だちの魂《たましい》の中に囚《とら》われていた光が、信じられないほど美しく、永遠《えいえん》なる力強さをたたえた光が。

兵士《へいし》が近づいてくると、顔をそむけて、涙《なみだ》で濡《ぬ》れた顔を隠《かく》した。

「ごめんなさい、具合《ぐあい》がよくなくて。腐《くさ》った果物を食べてしまったみたい」ボソボソと言う。

兵士《へいし》は気もそぞろでろくにうなずきもせず、階段《かいだん》をあがっていく。巻《ま》き物《もの》を手が黒くなるほどぎゅっと握《にぎ》りしめている。そうしていないと、魔法《まほう》の羊皮紙がなにをするかわからないとでもいうように。兵士《へいし》が三階までいって、黒く塗《ぬ》られたドアをあけるのをじっと目で追う。そして、兵《へい》士《し》がどこへいこうとしているのかを悟《さと》る。

カエア指揮官《しきかん》の部屋だ。ドアをじっと見つめたまま待つ。すぎていく一秒一秒が痛《いた》いように感じる。自分がなにを待っているのか、わからない。待ったって、ビンタはもどってこない。ビンタのさえずるような笑い声がまた聞けるわけでもない。それでも、わたしは待ちつづけ、ふたたびドアが開くのを見て、凍《こお》りつく。花びんのほうにむき直って、もう一度、吐《は》く。兵士《へいし》がまたうしろを歩いていくあいだ、吐《は》きつづける。兵士《へいし》は金属《きんぞく》の靴底《くつぞこ》をカッカッカッと鳴らしながら、謁《えっ》見室《けんしつ》へもどっていく。もう巻《ま》き物《もの》は持っていない。

わたしは震《ふる》える手で涙《なみだ》をぬぐう。お母さまがむりやり塗《ぬ》ったシャドウやパウダーがぐちゃぐちゃになっているにちがいない。手のひらで、口にまだついている吐《と》しゃ物をぬぐい取る。立ちあがり、カエアの部屋の前までいくあいだ、次々《つぎつぎ》疑問《ぎもん》が浮《う》かんでくる。このまま通りすぎて、自分の部屋へいかなきゃいけないのに。

でも、わたしはカエアの部屋へ入る。

うしろでバタンと大きな音を立てて、ドアが閉《し》まり、わたしはビクッとする。だれかが、調べにくるかもしれない。カエアの部屋に入るのは初めてだ。召使《めしつか》いたちも入るのが許《ゆる》されているとは思えない。

ワイン色の壁《かべ》をまじまじと見る。わたしの部屋のラベンダー色とは大ちがいだ。ベッドの足元に、王のマントが落ちている。お父さまの……お父さまが忘《わす》れていったにちがいない。

お父さまがカエアの部屋にいたと知ったのが別の日だったら、息詰《いきづ》まるような気持ちを味わったにちがいないけど、今はほとんどなにも感じない。そんなことなど、カエアの机《つくえ》に置いてある巻《ま》き物《もの》を見たとたん、たちまち記憶《きおく》のかなたへ消える。

机《つくえ》のほうへ進み出る。崖《がけ》っぷちへむかっているみたいに、脚《あし》がガクガクする。巻《ま》き物《もの》からオーラのようなものを感じるかと思ったけれど、まわりの空気に変化はない。手を伸《の》ばしかけたが、止めて、みるみる膨《ふく》らむ恐怖《きょうふ》を呑《の》みこむ。ビンタの手から放たれた光が脳裏《のうり》をよぎる。

ビンタの胸《むね》を貫《つらぬ》いた剣《けん》が。

自分を励《はげ》まし、ふたたび手を伸《の》ばす。指の先端《せんたん》が巻《ま》き物《もの》にかすった瞬間《しゅんかん》、目を閉《と》じる。

魔法《まほう》は起こらない。

止めていたことにも気づいていなかった息を一気に吐《は》き出し、しわの寄《よ》った羊皮紙をつかむ。

広げて、見たことのない印を指でたどり、わかるはずのない意味を理解《りかい》しようとする。これまで見たどの印にも似《に》ていないし、これまで勉強したどの言葉ともちがう。けれど、この印のために、魔師《まし》たちが死んだのだ。

ビンタの血で書かれたのも同様の記号。

開いている窓《まど》から風が入ってきて、ゆるんだゲレからはみだした髪《かみ》を揺《ゆ》らした。風に膨《ふく》らんだカーテンの下に、カエアの武器《ぶき》が置いてあるのが見えた。鋭《するど》く研《と》いだ剣《けん》、ヒョウラの手綱《たづな》、真ちゅうの胸当《むねあ》て。そして、一巻《ひとま》きのロープに目が留《と》まった。ゲレを頭からはたき落とす。

そして、なにも考えずに、お父さまのマントをつかんだ。

第四章　ゼリィ

「本当にずっと話しかけないつもり？」

ナイラの鞍《くら》から横に身をのりだし、前にすわっているゼインの無表情《むひょうじょう》の顔をのぞきこむ。最初の一時間はしゃべってもらえないだろうとは思っていたけど、もう三時間だ。

「練習はどうだった？」話題を変えてみる。ゼインは、大好きなスポーツの話になると黙《だま》っていられない。「ムバルの足首は大丈夫《だいじょうぶ》？　試合《しあい》までには治りそう？」

ほんの一瞬《いっしゅん》、ゼインは口を開きかけるけど、はっと気づいたようにまた閉《と》じる。歯を食《く》いしばり、ナイラの手綱《たづな》をピシッと鳴らして、そびえ立つジャッカルベリーの木立《こだち》を走らせていく。

「ゼイン、お願い。一生、あたしを無視《むし》しつづけるわけにはいかないでしょ」

「さあ、できるかもな」

「かんべんして」あたしはあきれて言う。「あたしにどうしてほしいわけ？」

「謝《あやま》るっていうのはどうだ？」ゼインはぴしゃりと言う。「父《ババ》さんは死にかけたんだぞ！　なのに、そうやってなにもなかったみたいにすわってるつもりか？」

「もう謝《あやま》ったじゃない。ゼインにも、父さん《ババ》にも」あたしは言い返す。

「謝《あやま》ったからって、起こったことをなしにはできない」

「じゃあ、過去《かこ》を変えられなくてごめんなさい、とか⁉」

声が木立《こだち》に反響《はんきょう》し、さらなる沈黙《ちんもく》に火をつける。胸《むね》に穴《あな》が空《あ》くのを感じながら、ぼろぼろの鞍《くら》のひびを指でなぞる。

ママ・アグバの声が頭の中に響《ひび》く。**頭を使って、ゼリィ。あなたが兵士《へいし》たちに傷《きず》を負わせたりしたら、お父さんはどうなるの？　兵士《へいし》たちが殺《ころ》しにきたら、だれがゼインを守るんです？**

「ゼイン、ごめんなさい」小さな声で言う。「本気よ。最低だと思ってる。でも――」

ゼインは、怒《いか》りでハアッと息を吐《は》く。「出たよ、『でも』が」

「だって、あたしだけのせいじゃない！」あたしの怒《いか》りも沸点《ふってん》に達する。「父さん《ババ》が海へ出たのは、兵士《へいし》たちのせいでしょ！」

「そして、溺《おぼ》れかけたのは、おまえのせいだ。おまえが父さん《ババ》を置いていったから」ゼインがどなり返す。

あたしは黙《だま》りこむ。言い争ってもしかたない。ハンサムで力だって強いコスィダンのゼインには、どうしてあたしにはママ・アグバの訓練が必要か、理解《りかい》できない。イロリンの少年はみな、ゼインの友だちになりたがるし、少女たちはゼインの気を引こうとする。兵士《へいし》たちでさえ群がって、ゼインのアボンの腕《うで》を称賛《しょうさん》するのだ。

ゼインには、あたしの立場《たちば》や気持ちはわからない。ディヴィナの姿《すがた》で歩きまわらなければならないあたしの気持ちは。兵士《へいし》が現《あらわ》れるたびに、なにか起こるんじゃないかってビクビクしなければならない気持ちなんか。


こいつから始めるか……。


兵士《へいし》に腿《もも》をつかまれたときの記憶《きおく》がよみがえってきて、胃《い》がねじれるような気持ちを味わう。あのことを知ったら、ゼインもどならないかもしれない。あたしが必死に涙《なみだ》をこらえていることに気づけば、叱《しか》らないかもしれない。

黙《だま》ったままナイラを進めていくと、やがて木々《きぎ》がまばらになり、ラゴスの都が見えてきた。ジャッカルベリーの心材から作られた門と塀《へい》に囲《かこ》まれた首都は、イロリンとは似《に》ても似《に》つかない。おだやかな海の代わりに、ラゴスには果てしない人々《ひとびと》の波が押《お》しよせる。この距離《きょり》からでも、城《じょう》壁《へき》内のうねるような人波が見える。いったいあれだけの人間がどうやって暮《く》らしているのか、想《そう》像《ぞう》もつかない。

ナイラの背《せ》に立って首都を眺《なが》めると、白い髪《かみ》のディヴィナたちが歩いていくのが目に入る。ラゴスのコスィダンとディヴィナの割合《わりあい》は三対一だから、ひどく目立つ。ラゴスの城壁《じょうへき》の中はかなりの広さがあるけど、ディヴィナたちは町はずれのスラムに集まって暮《く》らしている。そのほかの場所で暮《く》らすことは許《ゆる》されていないのだ。

ふたたび鞍《くら》にすわる。スラムの光景を見て、胸《むね》の中でなにかがしぼんでいく。数世紀《せいき》前までは、十の魔師《まし》の部族とその子どもたちは、オリシャのそれぞれの地域《ちいき》に分かれて暮《く》らしていた。コスィダンたちは都会に住み、一方の魔師《まし》の部族はそれぞれ山や海や草原で暮《く》らしを営《いとな》んでいたのだ。だが、時が経《た》つにつれ、魔師《まし》たちは徐々《じょじょ》に外へ出て、好奇心《こうきしん》、あるいはチャンスに突《つ》き動かされるようにオリシャじゅうに広がっていった。

やがて魔師《まし》とコスィダン間の結婚《けっこん》も見られるようになり、うちのようなディヴィナとコスィダンの家族も生まれた。そうした家族が増《ふ》えるにつれ、オリシャの魔師《まし》の数も増《ふ》えていった。〈襲撃《レイド》〉前は、ラゴスはもっとも魔師《まし》の人口が多い都だった。

しかし、今は、ここにいるディヴィナしか残っていない。

木の門が近づいてくると、ゼインはナイラの手綱《たづな》を引いた。「おれはここで待ってる。ナイラをあの中に入れるわけにはいかないからな」

あたしはうなずいて、鞍《くら》からおりると、ナイラの黒い濡《ぬ》れた鼻にキスをした。ナイラのザラザラした舌《した》で頬《ほほ》を舐《な》められ、思わず笑うけど、ゼインの顔を見たとたん、笑《え》みが消える。口にはしない思いが宙《ちゅう》をただよったけど、あたしは背《せ》をむけて、門へむかってまっすぐ歩きだした。

「待て」

ゼインはナイラから降《お》りると、ひと跳《と》びであたしに追いついた。そして、あたしに錆《さ》びた短剣《たんけん》を持たせようとした。

「こん棒《ぼう》があるから大丈夫《だいじょうぶ》」

「わかってる。念のためだ」

あたしは短剣《たんけん》をぼろぼろのポケットにすべりこませた。「ありがとう」

二人とも黙《だま》ったまま、土の地面を見つめた。ゼインが足元の岩を蹴《け》る。どっちが先に口を開くだろうと思っていると、ようやくゼインが言った。

「ゼリィ、おれだってなにも見えていないわけじゃない。今朝のことは、ぜんぶおまえが悪いわけじゃないのもわかってる。だが、もっと気をつけてもらいたいんだ」一瞬《いっしゅん》、ゼインの目がきらりと光り、ずっと隠《かく》していたものがあふれ出しそうになる。「父《バ》さん《バ》はどんどん悪くなってるし、兵士《へいし》たちはうるさくつきまとってくる。今、失敗は許《ゆる》されないんだ。もしもう一度なにかまちがいを冒《おか》せば、おまえはそれで終わりだ」

地面を見つめたまま、うなずく。たいていのことは平気だけど、ゼインの暗い表情《ひょうじょう》はあたしの心を切り裂《さ》く。

「気をつけてくれるだけでいいんだ」ゼインはため息をついた。「たのむ。おまえがいなくなったら、父《バ》さん《バ》は耐《た》えられないだろう……おれもだ」

胸《むね》の締《し》めつけられるような痛《いた》みを無視《むし》しようとする。「ごめんなさい。もっと気をつける。約束する」

「よかった」ゼインは顔に笑《え》みを貼《は》りつけ、あたしの髪《かみ》をくしゃくしゃっとする。「もうこの話は終わりだ。さあ、魚を思いきり高く売ってこい」

　あたしは笑って、袋《ふくろ》の肩《かた》ひもの長さを調整した。「いくらで売れると思う？」

「二百」

「それだけ？」あたしは首をかしげてみせる。「あたしのことを見くびってるわけ？」

「二百だってすごいだろ！」

「もっと高く売れる」

　勝ち目のある賭《か》けにゼインはにんまりする。「二百以上で売れたら、来週ずっとおれが父さん《ババ》と家にいてやる」

「決まりね」あたしはさっそくイェミとの再試合《さいしあい》を思い描《えが》いて、にやっと笑う。あたしの新しいこん棒《ぼう》に太刀《たち》打ちできるか、みてやる。

　売る気満々《まんまん》で門へむかう。でも、検問所《けんもんじょ》の兵士《へいし》の姿《すがた》を見たとたん、胃《い》がよじれる。できるだけ余計《よけい》な動きをしないようにして、伸縮棒《しんしゅくぼう》をたっぷりしたズボンのベルトにすべりこませる。

「名前は？」背《せ》の高い兵士《へいし》が、台帳を見たままどなるように言う。カールした黒い毛は熱気で縮《ちぢ》れ、汗《あせ》が頬《ほほ》に滴《したた》り落ちている。

「ゼリィ・アデボラです」せいいっぱい敬意《けいい》を示《しめ》して答える。**うまくやらなきゃ。今日はもう失敗できない。**ごくりと唾《つば》を飲みこむ。

　兵士《へいし》はこちらをろくに見もせずに、名前を書きとめた。「出身は？」

「イロリン」

「イロリン⁉」

別の、背《せ》が低くがっしりした兵士《へいし》が、高い壁《かべ》で体を支《ささ》えながらよろよろと歩いてきた。アルコールのにおいをぷんぷんさせている。

「おまえみたいなウジ虫がこんなところまでなにしにきたんだ？」

ろれつが回っていない。あごに垂《た》れているよだれと同様、口から垂《た》れる言葉はほとんど聞き取れない。兵士《へいし》が近づいてくると、胸《むね》が締《し》めつけられる。酔《よ》っぱらってどんよりとした目に危険《きけん》な光が宿る。

「目的は？」ありがたいことに、しらふのほうの背《せ》の高い兵士《へいし》がたずねる。

「商売です」それを聞いて、酔《よ》っぱらった兵士《へいし》の顔にぞっとするような笑《え》みが広がる。そして、あたしの腰《こし》に手を伸《の》ばすが、さっとよけて包みをかかげる。

「魚を売りにきたんです」あたしは付け加えたが、兵士《へいし》はぬっと前へ出ると、ずんぐりした両手であたしの首をつかみ、壁《かべ》に押《お》しつけた。思わずうめき声が漏《も》れる。兵士《へいし》は、歯についた黒と黄色のしみが数えられるほど顔を近づけた。

「どうして魚を売りにきたか、知ってるぞ」兵士《へいし》は笑った。「最近のウジ虫どもの税《ぜい》はいくらだっけ、カレィン？　銅貨《どうか》二枚《まい》だったか？」

皮膚《ひふ》がむずむずして、隠《かく》したこん棒《ぼう》のほうへ手が伸《の》びそうになる。〈襲撃《レイド》〉のあと、魔師《まし》とコスィダンが接触《せっしょく》するのは違法《いほう》だが、兵士《へいし》たちは獣《けもの》みたいに平気で手を出してくる。

どす黒い怒《いか》りがわきあがってくる。兵士《へいし》たちが図々《ずうずう》しくもちょっかいを出してきたときに、母《マ》さん《マ》の中に今のあたしと同じ闇《やみ》がわきあがるのを感じていた。兵士《へいし》を突《つ》き飛ばし、太い指の骨《ほね》を折ってやりたい衝動《しょうどう》に駆《か》られる。でも、怒《おこ》れば、ゼインに心配をかけ、父《バ》さん《バ》が悲嘆《ひたん》にくれ、ママ・アグバに叱《しか》られる。

考えて、ゼリィ。父《バ》さん《バ》のことを。ゼインのことを。面倒《めんどう》なことはしないと約束したのだ。これ以上、みんなをがっかりさせられない。

頭の中で何度もその言葉を繰《く》り返しているうちに、ようやくけだものが手を離《はな》す。そして、ふんと笑って、酒ビンをぐいっとあおる。勝ち誇《ほこ》って、余裕《よゆう》たっぷりに。

目に浮《う》かぶ憎《にく》しみを隠《かく》しきれずに、もう一人の兵士《へいし》のほうをむく。どちらがよけい憎《にく》いか、わからない。あたしに触《さわ》った酔《よ》っ払《ぱら》いと、それを許《ゆる》したクズと。

「ほかに質問《しつもん》は?」歯を食《く》いしばってたずねる。

兵士《へいし》は首を横にふる。

兵士《へいし》たちの気が変わるまえに、チータアのスピードで門をくぐる。が、ほんの数歩進んだだけで、今度はラゴスのすさまじい喧噪《けんそう》から逃《に》げ出したくなる。

「信じられない」人間の数にただただ圧倒《あっとう》される。村からきた人、商人、兵士《へいし》、貴族《きぞく》らが、広い土の道を埋《う》めつくし、それぞれが目的をもって迷《まよ》いもなく歩いていく。

はるか遠くに、王宮がそびえている。しみひとつない真っ白な壁《かべ》と金ぴかのアーチが、太陽の光を受けて輝《かがや》いている。王宮とあからさまな対比《たいひ》を成すように、町の周辺にそってスラムが広がっていた。

その粗野《そや》な造《つく》りに目をみはり、積み重なるように空へむかってそびえるバラックに、息を呑《の》む。垂直《すいちょく》方向に伸《の》びる迷路《ラビリンス》のようだ。小屋の上にまた小屋が重ねられ、屋根の上がまた床《ゆか》になる。ほとんどが茶色《ちゃいろ》で色あせていたが、あざやかな色のペンキで塗《ぬ》られ、カラフルな芸術《げいじゅつ》作品のように輝《かがや》いているものもある。明るく強烈《きょうれつ》な色は、スラムという名に抗議《こうぎ》しているようだ。王国が見ようとしない美の燃《も》えさしなのだ。

おそるおそる都の中心へむかって歩きはじめる。スラムの通りをうろついているディヴィナのほとんどが、あたしと変わらない年齢《ねんれい》だということに気づく。ラゴスでは、〈襲撃《レイド》〉を生き延《の》びたディヴィナの子どもが、投獄《とうごく》されたり、〈労役場《ろうえきじょう》〉につながれたりせずに大人になれることはほどんどない。

「お願いです、そんなつもりじゃ――――う！」鋭《するど》い悲鳴が響《ひび》いた。

目の前で〈労役場《ろうえきじょう》〉の役人の杖《つえ》がふりおろされ、思わず飛びのく。杖《つえ》はディヴィナの少年の肉を裂《さ》き、少年が今後二度と着ることのない清潔《せいけつ》な服に血が跳《は》ね飛ぶ。少年は、粉々《こなごな》にくだけたタイルの山の上に倒《たお》れこんだ。か細い腕《うで》で抱《かか》えきれずに、落として割《わ》ってしまったのにちがいない。役人がふたたび杖《つえ》をふりあげたとき、黒い魔鉄鋼《まてっこう》の柄《つか》がきらりと光ったのが見えた。

役人が杖《つえ》を少年の背中《せなか》に押《お》しつけると、肉の焼ける刺《さ》すようなにおいが鼻をついた。皮膚《ひふ》から煙《けむり》があがり、少年はもがいて体を起こそうとする。むごい光景に手足の感覚がなくなる。自分も同じ運命をたどるかもしれないことを、いやおうなしに思い出す。

しっかりして。沈《しず》む心を抱《かか》えたまま、なんとか足を前に出す。**歩け。じゃないと、次は自分の番だ。**

スラム街から漏《も》れ出す下水のにおいをかがないようにしながら、ラゴスの中心部へむかって急ぐ。商業区のパステルカラーの建物《たてもの》に入ると、においは甘《あま》いシナモンの香りに変わり、お腹《なか》がグウと鳴った。覚悟《かくご》を決め、尽《つ》きることのない取引《とりひき》の声がうわんうわんと反響《はんきょう》している取引所《とりひきじょ》に近づいていく。けど、実際《じっさい》に市が見えてくると、思わず足を止めた。

大物が獲《と》れたときはよく父《バ》さん《バ》とここまで足を運んだものだけど、それでも中央市場の喧騒《けんそう》を目にするたびに、目をみはらずにはいられなかった。ラゴスの街中よりさらに騒々《そうぞう》しく、考えつくかぎりのありとあらゆるオリシャ産の品々《しなじな》があふれている。一列見ただけでも、ミンナの広大な畑で採《と》れた穀物《こくもつ》のとなりに、ゴンベの工場で作られた引く手あまたの鉄製品《せいひん》が並《なら》べられているといった具合《ぐあい》だ。あたしは揚《あ》げバナナの甘《あま》い香りを吸《す》いこみながら、人々《ひとびと》でごった返した屋台のあいだを歩いていった。

耳をそばだてて、取引《とりひき》のようす、スピードを知ろうとする。みんな戦っている。言葉をナイフにして。イロリンの市よりはるかに熾烈《しれつ》だ。歩み寄《よ》ることなどない。ここにあるのは商売だけだ。

チータアの仔《こ》を売っている木造《もくぞう》の屋台の前を通り、ひたいから生えた小さな角を見てほほ笑《え》む。さまざまな柄《がら》の織物《おりもの》を並《なら》べた荷車のあいだをなんとかすり抜《ぬ》け、ようやく魚の市にたどり着く。

「銅貨《どうか》四十枚《まい》だ――」

「タイガーフィッシュに？」

「三十以上は、びた一文払《はら》わんぞ！」

値引《ねび》き交渉《こうしょう》をする人々《ひとびと》のどなり声が響《ひび》き、自分の頭の声すら聞こえない。ここは、イロリンの海の上の市とはちがう。ふだんのやり方では通用しない。あたしは頬《ほほ》の内側をグッと噛《か》み、集まっている人たちを観察する。標的が必要だ。まぬけで――

「マスだと⁉　わたしがマスを食べるように見えるか？」

ふりかえると、濃《こ》い紫《むらさき》のダシキを着た太った貴族《きぞく》が、ハシバミ色の目をグッと細めてコスィダンの商人をにらんでいた。ひどい侮辱《ぶじょく》を受けたと言わんばかりだ。

「ホウボウもあります」商人は言った。「ヒラメやスズキも――」

「メカジキが欲《ほ》しいと言っているんだ！」貴族《きぞく》の男はかみつくように言った。「わたしの使用人が言うには、おまえが売るのを断《ことわ》ったと」

「今の季節、メカジキは獲《と》れないんです」

「陛下《へいか》は毎晩《まいばん》、召《め》しあがっているのに？」

商人は首のうしろをかいた。「メカジキが獲《と》れた場合《ばあい》は、王宮にいっちまうんです。この国のおきてでして」

貴族《きぞく》は顔を真《ま》っ赤《か》にして、小さなビロードの財布《さいふ》を取り出した。「陛下《へいか》はいくら、払《はら》っているんだ？　その倍払《はら》おう」貴族《きぞく》は硬貨《こうか》をじゃらじゃら鳴らしてみせた。

商人はものほしげに財布《さいふ》を見たが、気を変えはしなかった。「危険《きけん》は冒《おか》せませんよ」

「あたしに任《まか》せて！」

貴族《きぞく》はふりかえって、疑《うたが》い深げに目を細めた。あたしは手招《てまね》きして、こちらへくるよう合図《あいず》した。

「メカジキがあるのか？」貴族《きぞく》はたずねた。

「もっといいものがあります。この市ではどこでも売ってない魚です」

貴族《きぞく》があんぐりと口をあけたのを見て、魚がエサのまわりをぐるぐる回りだしたときと同じ興《こう》奮《ふん》がわきあがってくる。あたしは、アカオビレカジキを包んでいた紙をていねいにはがし、うろこが光るように光の下で動かしてみせた。

「天よ！」貴族《きぞく》は息を呑《の》んだ。「すばらしい！」

「味はさらにいいですよ。イロリンの海岸で獲《と》れたばかりのアカオビレカジキです。今はカジキの季節じゃありませんから、陛下《へいか》だって今夜、この魚を召《め》しあがることはありません」

貴族《きぞく》の顔にじわじわと笑《え》みが広がるのを見て、これで獲物《えもの》は捕《つか》まえたも同然だとわかる。貴族《きぞく》は財布《さいふ》を取り出した。

「銀貨で五十枚《まい》でどうだ」

思わず目を見開いたけど、ぐっと歯を食《く》いしばった。**五十枚《まい》……**

銀貨で五十あれば、今回の税《ぜい》を払《はら》い、さらに新しい舟《ふね》を買うお金も残るだろう。でも、次の週に兵士《へいし》たちがまた税《ぜい》をあげたら、五十では〈労役場《ろうえきじょう》〉行きを避《さ》けられない。

あたしは大声で笑い、魚をまた包みはじめた。

貴族《きぞく》は眉《まゆ》をひそめた。「どういうことだ？」

「このすばらしい宝石《ほうせき》を、きちんとした額《がく》が払《はら》えるお客さんのところへ持っていくんです」

「なんだと――」

「申し訳《わけ》ありません」間髪《かんはつ》入れずにつづける。「銀貨五十枚《まい》しか払《はら》えないような方とお話ししている時間はないんです。その十倍の価値《かち》はあるっていうのに」

貴族《きぞく》はブツブツ言ったが、ポケットに手を入れ、ビロードの財布《さいふ》をもう一つ、引っぱり出した。

「三百以上はむりだぞ」

うそ！　地面にかかとを食《く》いこませ、ふらつかないようにする。生まれてこのかた、目にしたこともない金額《きんがく》だ。これで少なくとも六か月ぶんの税《ぜい》が払《はら》える。たとえ増税《ぞうぜい》されたとしたって！

取引《とりひき》成立と言おうとしたとき、貴族《きぞく》の目に浮《う》かんだ表情《ひょうじょう》を見て、ためらった。こんなにすぐにあたしのふっかけに応《おう》じたところを見ると、次もまた、応《おう》じるかもしれない。

それで手を打て。ゼインの声が聞こえるような気がする。**じゅうぶんじゃないか。**

でも、もう止められない。

「すみません」あたしは肩《かた》をすくめ、カジキをすっかり包んだ。「陛下《へいか》の食卓《しょくたく》にのるようなものを、ろくに払《はら》えないような方に売るわけにはいきませんから」

貴族《きぞく》の鼻の穴《あな》が膨《ふく》らんだ。**しまった。やりすぎたかもしれない。**貴族《きぞく》が折れるのを待つけど、憤然《ふんぜん》としたようすで黙《だま》りこくっている。だめだ、立ち去るしかない。

一歩一歩が永遠《えいえん》に思え、失敗の重みに崩《くず》れ落ちそうになる。**また客は見つかる。**心を落ち着かせようとする。**自分の価値《かち》を見せつけたくてたまらない貴族《きぞく》は、ほかにもいるはず。**三百より高く売れる。この魚はそれ以上の価値《かち》がある……はず。

「あ！」エビの屋台に頭をぶつけそうになる。どうすればいい？　魚に三百以上払《はら》おうなんてバカがいるわけな……

「待て！」

ふりかえると、太った貴族《きぞく》がわたしの胸《むね》にジャラジャラいっている財布《さいふ》を三つ、押《お》しつけた。

「いいだろう」貴族《きぞく》は負けを認《みと》めてむすっとした声で言った。「五百だ」

信じられない思いで貴族《きぞく》を見つめる。貴族《きぞく》は、わたしが疑《うたぐ》っているのとかんちがいして、言った。

「数えたいなら、数えろ」

財布《さいふ》を開いて、その美しい光景に泣きそうになる。銀貨がカジキの鱗《うろこ》のようにきらめいている。

そして、この重さは未来を約束している。五百！　新しい舟《ふね》を買ったあとも、さらに一年近く、父《バ》さん《バ》は休むことができる。**ああ、やっと！**

やっとあたしは正しいことができたのだ。

魚を貴族《きぞく》にわたす。笑《え》みが広がるのを隠《かく》せない。「楽しいお食事を。今夜は、陛下《へいか》よりもすばらしいお食事を召《め》しあがることになりますよ」

貴族《きぞく》はふんと鼻で笑ったが、唇《くちびる》の端《はし》が満足げにピクッとした。あたしはビロードの財布《さいふ》を袋《ふくろ》の中にすべりこませ、歩きはじめる。心臓《しんぞう》がものすごい勢《いきお》いでドクドク鳴っている。市場の喧騒《けんそう》にも負けないほどだ。だが、次の瞬間《しゅんかん》、あたしは凍《こお》りついた。空気をつんざくような悲鳴が響《ひび》いたのだ。値引《ねび》き交渉《こうしょう》の声じゃない。**今のは――――？**

果物を売っている屋台がいきなり倒《たお》れてきて、飛びのく。兵士《へいし》の部隊が猛烈《もうれつ》な勢《いきお》いでなだれこんできた。マンゴーやオリシャピーチが飛び散る。みるみるうちに、市は兵士《へいし》たちであふれかえった。なにかを探《さが》している。だれかを。

あっけにとられてぼうぜんと見ていたが、ここから立ち去らなければならないことに気づく。袋《ふくろ》には銀貨五百枚《まい》が入っている。人生ではじめて、命より惜《お》しいほどのものを手にしたのだ。

新たな闘志《とうし》にとりつかれたように人を押《お》しのけ、死《し》に物狂《ものぐる》いで逃《に》げようとする。もう少しで生《き》地《じ》を売る屋台の列を過《す》ぎようというとき、手首をつかまれた。

だれ？

兵隊かケチなこそ泥《どろ》だと思い、こん棒《ぼう》をサッと取り出す。だが、ふりかえると、手をつかんでいるのは、兵隊でも泥棒《どろぼう》でもなかった。

マントをはおった琥珀色《こはくいろ》の目の少女。

少女は、ふりはらえないほどの力であたしの手首をつかみ、屋台のあいだの隙間《すきま》に引っぱりこんだ。

「お願い、わたしをここから連れ出して！」

第五章　ゼリィ

一瞬《いっしゅん》、息ができなかった。

褐色《かっしょく》の肌《はだ》の少女ははげしく震《ふる》え、あらわな恐怖《きょうふ》があたしの皮膚《ひふ》から染《し》みこんでくる。

どなり声が大きくなり、兵士《へいし》たちの足音が響《ひび》く。みるみる近づいてくる。この少女といっしょにいるときに捕《つか》まるわけにはいかない。

捕《つか》まれば、殺《ころ》される。

「離《はな》して」こちらも同じくらい必死だ。

「いや！　お願い！」琥珀色《こはくいろ》の目から涙《なみだ》があふれだす。この恐怖《きょうふ》なら、いやというほど知っている。兵士《へいし》たちに捕《つか》まれば、殺《ころ》されるかどうかはもはや問題ではない。いつ殺《ころ》されるかが、問題なだけだ。その場で殺《ころ》されるか、牢《ろう》で飢《う》え死にするか？　それとも、兵士《へいし》たちに代わる代わるに犯《おか》されるか。悲しみで窒息《ちっそく》するまで、内側からじわじわとぼろぼろにされるか。

自分の身を守れない人たちを守るのが、あなたの義務《ぎむ》よ。今朝のママ・アグバの声が頭の中に広がっていく。ママ・アグバの厳《きび》しいまなざしが浮《う》かぶ。**それが棒術《ぼうじゅつ》のあり方よ。**

「むりよ」小声で言うけど、その言葉が口から出たときにはもう、戦う覚悟《かくご》を決めている。**ああもう、なんてバカなの。**

助けられるかどうかは、問題じゃない。

ここで逃《に》げたら、一生自分を許《ゆる》すことができないから。

「きて」少女の腕《うで》をつかんで、まわりよりひとまわり大きい店にいきなり入っていく。衣料品店の女が悲鳴をあげるまえに、手で口をふさぎ、ゼインの短剣《たんけん》を首に押《お》しあてる。

「な、なにしてるの？」少女が言う。

少女のマントを見る。ここまでこられただけでも奇跡《きせき》だ。金色を帯びた褐色《かっしょく》の肌《はだ》と、ビロードのぶ厚《あつ》いマントだけ見ても、貴族《きぞく》だとすぐにわかる。

「そこの茶色《ちゃいろ》のマントを着て」あたしは少女に命令してから、店の女にむき直る。玉のような汗《あせ》が女の肌《はだ》を伝っていく。ディヴィナの泥棒《どろぼう》相手では、わずかな過《あやま》ちひとつが、死につながると思っているのだ。「けがをさせるつもりはない。取引《とりひき》がしたいだけ」

少女が地味なマントをはおっているあいだに、店の外をそっとのぞく。女がくぐもった悲鳴を漏《も》らしたので、口をふさいだ手に力を入れる。表は、ゆうに一部隊はできそうな兵士《へいし》たちがうろついている。逃《に》げまどう商人や村人が混乱《こんらん》に拍車《はくしゃ》をかけている。この狂乱《きょうらん》から脱《ぬ》け出す方法を探《さが》すが、逃《に》げられそうな道はない。しかたがない。

あとは運に任《まか》せるだけだ。

少女が新しいマントのフードを目深《まぶか》にかぶったのを見て、店の奥《おく》にもどる。そして、少女の着ていた上等なマントを店の女にわたす。女の目の恐怖《きょうふ》が、ビロードのやわらかい手触《てざわ》りに、わずかにゆるむ。

女の首にあてた短剣《たんけん》をおろし、自分にもマントをとって黒いフードで白い髪《かみ》を隠《かく》す。

「準備《じゅんび》はいい？」

少女はどうにかうなずく。目に決意の色がひらめくが、身がすくむような恐怖《きょうふ》も感じ取れる。

「ついてきて」店を出て、混乱《こんらん》の中に入っていく。兵士《へいし》たちが目の前にくるけど、ブラウンのマントが盾《たて》になる。兵士《へいし》たちが探《さが》しているのは、貴族《きぞく》の少女だ。**神よ、感謝《かんしゃ》します。**

もしかしたらうまくいくかもしれない。

「速く歩いて」小声で言うと、生地《きじ》を売る屋台が並《なら》んでいるあいだを縫《ぬ》うように進んでいく。

「だめだって」少女がいきすぎるまえに、マントをつかむ。「走るのはだめ。目立つから。周りに溶《と》けこんで」

少女はうなずいて、なにか言おうとするけど、言葉は出てこない。ライオーンの仔《こ》みたいについてくるだけでせいいっぱいだ。二歩以上離《はな》れようとしない。

人々《ひとびと》を押《お》しのけ、ようやく市のはずれまでくる。正面入り口は兵士《へいし》たちが見張《みは》っているけど、わきの出入り口は、一人しかいない。その兵士《へいし》が、やってきた貴族《きぞく》を取り調べようと前へ出た。チャンスだ。

「急いで」〈労役場《ろうえきじょう》〉の店の裏《うら》にもぐりこみ、ごった返している市を出て、商業区の石畳《いしだたみ》の道に出る。少女の華奢《きゃしゃ》な体が人ごみから出てくるのを見て、ほっと息を吐《は》く。だが、角を曲がったとたん、そびえ立つような兵士《へいし》二人に道をふさがれた。

どうしよう。慌《あわ》てて足を止める。袋《ふくろ》の中で銀貨が鳴る。少女をちらりと見る。褐色《かっしょく》の肌《はだ》から血の気が引いている。

「なにかあったんですか？」せいいっぱいむじゃきにたずねる。

一人の兵士《へいし》が、丸太みたいに太い腕《うで》を組む。「逃亡者《とうぼうしゃ》がいる。女が捕《つか》まるまでは、だれ一人城《じょう》壁《へき》の外には出せん」

「申し訳《わけ》ありません」あたしは深々《ふかぶか》とおじぎをする。「中で待ちます」

最低。あたしは並《なら》んでいる屋台のほうへ引き返しながら、殺気立《さっきだ》った市へ目を走らせる。すべての出口がふさがれているなら、別の方法を考えないとならない。外へ出る新しい方法が――

え？

市の手前まできていたけど、少女がいない。ふりかえると、兵士《へいし》たちの前に凍《こお》りついたように突《つ》っ立っている。不自然におろした手がかすかに震《ふる》えているのがわかる。

かんべんして！

小声で名前を呼《よ》ぼうとして、それさえ知らないことに気づく。こっちは見ず知らずの人間のためにすべてを賭《か》けたのに、当の本人が自ら危険《きけん》を呼《よ》びこもうとしてる。

兵士《へいし》の気をこっちへむけようとしたけど、一人がすでに少女のフードに手を伸《の》ばしていた。間に合わない。あたしはこん棒《ぼう》をつかむと、さっと伸《の》ばした。「かがんで！」

少女が地面に伏《ふ》せたのと同時に、あたしはこん棒《ぼう》を兵士《へいし》の頭蓋骨《ずがいこつ》にむかってふりおろした。グシャッとぞっとするような音がして、兵士《へいし》が地面に崩《くず》れ落ちる。もう一人が剣《けん》を抜《ぬ》くまえに、胸《むね》にむかって棒《ぼう》を突《つ》き出す。

「ウワッ！」

すかさずあごに蹴《け》りを入れると、兵士《へいし》は意識《いしき》を失って赤い土の上にばったりと倒《たお》れた。

「天よ！」少女は貴族《きぞく》たちの使う言葉でさけんだ。こん棒《ぼう》を縮《ちぢ》める。たしかに天を仰《あお》ぐしかない。兵士《へいし》に手をあげてしまったのだ。

これで、本当に殺《ころ》される。

ゼインの怒《いか》り狂《くる》った顔が脳裏《のうり》をよぎる。あたしたちは走りだす。全速力で商業区を駆《か》け抜《ぬ》けていく。

しくじるな。集中して。逃亡者《とうぼうしゃ》を助けるなんて、いったいどういうつもり？

パステルカラーに塗《ぬ》られた建物《たてもの》の並《なら》ぶ通りを走っていく。二部隊が先を争うように追ってくる。どなり声がどんどん大きくなる。それよりさらに大きく足音が響《ひび》く。剣《けん》を抜《ぬ》いた兵士《へいし》たちが、数歩うしろにまで迫《せま》る。

「ここがどこだか、わかる？」あたしはきく。

「少しは」少女は喘《あえ》ぎながら答える。恐怖《きょうふ》で目が見開かれている。「スラムまでならわかる、でも――」

「スラムへむかって！」

少女は一歩あたしの前に出て、走りはじめる。あたしはそのあとを追いかけ、二人で石畳《いしだたみ》の通りを駆《か》け抜《ぬ》け、何事かと目をみはる商人たちの鼻先をかすめるように走っていく。血管をアドレナリンが駆《か》け巡《めぐ》る。皮膚《ひふ》の下に熱がこもる。むりだ。逃《に》げられるわけがない。

落ち着いて。ママ・アグバの声が聞こえる。懸命《けんめい》に深く息を吸《す》いこむ。**機転を利《き》かせて。まわりのものをうまく利用するの。**

商業区のせまい通りを見まわす。角を曲がると、木樽《きだる》が積みあがっているのが目に入る。**あれだ。**

こん棒《ぼう》を伸《の》ばして、いちばん下の木樽《きだる》にむかって思いきりふりおろす。最初のひとつが転がれば、たちまち山全体が崩《くず》れる。

樽《たる》に足を取られた兵士《へいし》たちのどなり声が響《ひび》きわたる。その隙《すき》にスラムへ飛びこみ、いったん止まって、息をつく。

「次はどうする？」少女が喘《あえ》ぎながらきく。

「出口は知らない？」

少女が首を横にふる。汗《あせ》が滴《したた》り落ちている。「この区域《くいき》にきたのは初めてなの」

遠くから見ると迷宮《めいきゅう》のように見えたスラムは、中に入ると、みすぼらしい小屋や今にも崩《くず》れ落ちそうなボロ家が立ち並《なら》び、せまい通りや舗装《ほそう》されていない道がクモの巣のようにからみあっている。見たところ、出口はない。

「こっちね」商業区と反対側の通りを指さす。「あっちの道が中心部につづいてるなら、こっちは外へむかってるはず」

土煙《つちけむり》を巻《ま》きあげながら、全速力で走っていく。が、行く手に兵士《へいし》たちが現《あらわ》れ、しかたなしに反対へむかう。

「天よ」少女は喘《あえ》ぐように言う。ホームレスのコスィダンたちを見て、おどろいている。ここまで逃《に》げてこられただけでも奇跡《きせき》だと思う。兵士《へいし》たちから逃《に》げる訓練なんて、貴族《きぞく》が受けてるとは思えないし。

また別の角を曲がる。兵士《へいし》たちは数歩うしろまで迫《せま》っている。さらに速度をあげようとしたところで、少女に引き留《と》められる。

「なんなのよ――」

少女はあたしの口を手でふさぎ、あたしを小屋の壁《かべ》に押《お》しつけた。それで、壁《かべ》のあいだに狭《せま》い隙間《すきま》があるのに気づく。

うまくいきますように。この十年で二度目に、祈《いの》りを口にした。まだ天のどこかにいるかもしれない神にむかって呼《よ》びかける。**どうか、どうか、あたしたちを隠《かく》して**。

心臓《しんぞう》が肋骨《あばらぼね》を突《つ》き破《やぶ》りそうな勢《いきお》いで打っている。音が聞こえてしまうにちがいない。けれど、兵士《へいし》たちは獲物《えもの》を追うサーイのようにそのまま通りを突《つ》っ切っていく。

空をあおぎ、流れていく雲を見ながら目をしばたたかせる。雲のあいだからまばゆい光が差しこむ。神々《かみがみ》が死から、〈襲撃《レイド》〉の大虐殺《だいぎゃくさつ》のあと作られた墓場《はかば》から、生き返ったかのように。なんであれ、天にいる者はあたしに味方したのだ。

あとは、その恵《めぐ》みがつづくことを願うだけだ。

狭《せま》い隙間《すきま》から身をよじるように出て、別の通りを走りだす。だが、何事かと顔を出したディヴィナにぶつかってしまった。男が持っていたラムの瓶《びん》を落とし、鼻がヒリヒリするようなにおいが立ちのぼる。そのにおいを嗅《か》いだとたん、またママ・アグバの小屋で教わったことが浮《う》かんできた。

ビンを拾いあげ、必要な材料がないかとあたりを見まわす。**あった**。少女の頭の数メートル先に。

「そのカンテラをとって！」

「え？」

「カンテラよ！」あたしはさけぶ。「目の前にあるでしょ！」

ちょっと手間取ったが、少女は金属《きんぞく》のカンテラを壁《かべ》からもぎとり、あたしたちはまた走りだす。そして、最後のスラムを通り抜《ぬ》けると、あたしはマントを引き裂《さ》いて、切れっ端《ぱし》をラムの瓶《びん》に詰《つ》めこむ。

「どうするの?」少女がたずねる。

「使わなくてすむことを祈《いの》って」

スラムから飛び出すと、ラゴスの木の門が見えてくる。自由への鍵《かぎ》が。

兵士《へいし》たちが封鎖《ふうさ》している。

胃《い》がズンと重くなり、武器《ぶき》を持って並《なら》んでいる兵士《へいし》たちの前であわてて足を止める。兵士《へいし》たちは、牙《きば》をむいたクロヒョウラにまたがっている。真っ黒い毛が、太陽の光を浴びて油膜《ゆまく》のようにつややかに光り、全身にくすんだ虹《にじ》色が埋《う》めこまれているのがわかる。ヒョウラはしゃがんでいたが、それでも見あげるように大きく、今にも飛びかかろうとするように構《かま》えていた。

「おまえたちは包囲《ほうい》されている!」大尉《たいい》の琥珀《こはく》色の目があたしをえぐる。「サラン王の命に従《したが》い、止《と》まれ!」

大尉《たいい》は、あたしの家くらいありそうなユキヒョウラにまたがっている。背中《せなか》から八本の太いとげが生え、するどい切っ先が黒々《くろぐろ》と輝《かがや》いている。怪物《かいぶつ》は斑点《はんてん》のある白い毛皮をあたしたちの血で飾《かざ》りたくてたまらないとでもいうように、うなり声をあげて、ぎざぎざの牙《きば》をぺろりとなめた。

大尉《たいい》は、少女と同じ、しわや戦いの傷《きず》ひとつない、濃《こ》い褐色《かっしょく》の肌《はだ》をしていた。少女は大尉《たいい》を見ると、さっとフードに手をやり、脚《あし》がガクガク震《ふる》えだした。

大尉《たいい》は若《わか》いが、兵士《へいし》たちは問答無用で命令に従《したが》っていた。一人、また一人と、兵士《へいし》たちは剣《けん》を抜《ぬ》き、あたしたちのほうへ切っ先をむけた。

「もう終わりよ」少女は絶望《ぜつぼう》してつぶやくように言うと、涙《なみだ》をぼろぼろ流しながら、がっくりと膝《ひざ》をついた。そして、降参《こうさん》の印にカンテラを置き、しわしわの羊皮紙の巻《ま》き物《もの》を取り出した。

少女にならうふりをして、あたしもしゃがみ、カンテラの炎《ほのお》に瓶《びん》に詰《つ》めた布《ぬの》をかざした。刺《さ》すような煙《けむり》のにおいが鼻に広がる。そして、大尉《たいい》が近づいてきたのと同時に、瓶《びん》をヒョウラたちにむかって投げつけた。

うまくいって!　弧《こ》を描《えが》いて飛んでいく瓶《びん》を目で追いながら、祈《いの》る。なにも起こらなかったらどうしよう。

次の瞬間《しゅんかん》、世界が炎《ほのお》に包まれた。

みごとな炎《ほのお》があがり、兵士《へいし》とクロヒョウラたちを飲みこんだ。ヒョウラたちは吼《ほ》え、背中《せなか》の兵《へい》士《し》たちをふり落として逃《に》げはじめる。

ぼうぜんとしている少女の腕《うで》をつかみ、引っぱって走りだす。門まであと数メートルだ。自由までほんの数メートル。

「門を閉《と》じろ!」さけぶ大尉《たいい》の横をかすめるように通り抜《ぬ》ける。少女はまともに大尉《たいい》にぶつかってしまう。が、大尉《たいい》がよろけたすきに、なんとか捕《つか》まらずにすり抜《ぬ》ける。

鉄の歯車がギイイイと鳴って回りはじめ、木の門がゆっくりとおりはじめる。検問所《けんもんじょ》の兵士《へいし》が武器《ぶき》をふりかざして立ちふさがる。そこを突破《とっぱ》さえすれば、自由だ。

「むりよ!」少女が喘《あえ》ぐ。

「いくしかない!」

自分でも出せると思っていなかったスピードで走る。さっきの酔《よ》っ払《ぱら》いの兵士《へいし》が剣《けん》を抜《ぬ》き、頭上へふりあげる。そののろまな動作を見て、恐怖《きょうふ》より先に笑いがこみあげる。さっきの仕返しに頭に一発お見舞《みま》いし、さらに一秒よけいに使って、倒《たお》れた兵士《へいし》の股間《こかん》に膝蹴《ひざげ》りを食《く》らわす。

もう一人の兵士《へいし》はかろうじて剣《けん》をふりおろすが、やすやすとこん棒《ぼう》で受け止め、そのままくるりと棒《ぼう》を回して、剣《けん》をはたき落とす。目を見開いた兵士《へいし》の顔に回し蹴《げ》りを食《く》らわし、木の門にたたきつけ、門をくぐる。

やった! さけびたい気持ちでいっぱいで、ジャッカルベリーの木の下に飛びこむ。満面の笑《え》みで少女のほうをふりかえる。いない。心臓《しんぞう》が止まる。門のわずか手前で少女がつんのめって、転ぶ。土煙《つちけむり》が舞《ま》いあがる。

「だめ!」さけぶ。門は閉《し》まる直前だ。

あれだけの思いをしたのに、逃《に》げられないなんて。

ここまできたのに、死ぬなんて。

逃《に》げろ。自分にむかって言う。**逃《に》げなければ。あたしにはゼインがいる。父《バ》さん《バ》もいる。でき**

るだけのことはやったはず。

なのに、少女の目に浮《う》かんだ絶望《ぜつぼう》を見て、足が止まる。あたしの運は尽《つ》きてしまった。なぜなら、全身が抵抗《ていこう》しているのに、あたしは駆《か》けもどり、門が閉《し》まる直前にまた中へ転げこんだからだ。

「もう終わりだ」火炎瓶《かえんびん》で血まみれになった大尉《たいい》が前へ進み出る。「武器《ぶき》を捨《す》てろ。今すぐだ！」

ラゴスじゅうの兵士《へいし》が、あたしたちを見おろしているようだ。あたしたちは取り囲《かこ》まれ、あらゆる逃《に》げ道がふさがれている。

少女に手を貸《か》して立たせ、こん棒《ぼう》を高くかかげた。**これで終わりだ。**やつらには捕《つか》まらない。捕《つか》まるぐらいなら、この場で殺《ころ》されるほうを選ぶ。

兵士《へいし》たちが詰《つ》めよってくる。心臓《しんぞう》がバクバクいっている。最後の呼吸《こきゅう》をゆっくりと楽しむ。母《ママ》さんのやさしい目を、漆黒《しっこく》の肌《はだ》を、思い浮《う》かべる。

今いくから。目を閉《と》じ、母《ママ》さんの霊《れい》にむかって言う。きっと今ごろ、アラーフィア《平和》の地をさまよっているにちがいない。死後のやすらぎの国を。母《ママ》さんのとなりにいる自分を想像《そうぞう》する。**もう少しで母《ママ》さんのところへいくから――**

とどろくようなうなり声が響《ひび》いて、兵士《へいし》たちが凍《こお》りつく。声はぐんぐん大きくなり、ほかにはなにも聞こえなくなる。少女を引きよせたのと同時に、ナイラの巨大《きょだい》な体がひらりと門を跳《と》び越《こ》える。

あたしのライオーンが土の上におりたったのを見て、兵士《へいし》たちはぶざまにしりもちをつく。ナイラは牙《きば》をむいて、よだれを滴《したた》らせる。幻覚《げんかく》を見ているんだと思う。そのとき、ナイラの背《せ》からゼインがどなった。

「なにぐずぐずしてるんだ？　乗れ！」

それ以上一瞬《いっしゅん》たりともむだにせず、ナイラの背中《せなか》に跳《と》び乗り、少女を引っぱりあげる。ナイラが走りだす。小屋から小屋へ飛び移《うつ》り、そのそばから重さで小屋が崩《くず》れていく。そして、じゅうぶん高いところまでくると、ナイラは門へむかってジャンプした。

まさに門を跳《と》び越《こ》えようとした瞬間《しゅんかん》、稲妻《いなずま》のような衝撃《しょうげき》が血管の中を駆《か》け抜《ぬ》けた。衝撃《しょうげき》が毛穴《けあな》という毛穴《けあな》までいきわたり、あたしという存在《そんざい》を呼《よ》び覚ます。あたしは息を呑《の》む。時間が凍《こお》りつく。下を見ると、若《わか》い大尉《たいい》と目が合った。

琥珀色《こはくいろ》のまなざしのうしろで未知の力が燃《も》えあがり、あたしを捕《と》らえる。彼《かれ》の魂《たましい》のなにかが、あたしの魂《たましい》に爪《つめ》をかける。でも、そこで、ナイラが門を跳《と》び越《こ》え、一瞬《いっしゅん》のつながりを断《た》ち切った。

ナイラは地面におりたち、そのままジャックルベリーの木立《こだち》に駆《か》けこんだ。

「ああ」息を吐《は》き出す。全身のあらゆる部分が悲鳴をあげている。本当に逃《に》げおおせたなんて、信じられない。

まだ生きているなんて、信じられなかった。

第六章　イナン

失敗。

失望。

醜態《しゅうたい》。

今日はどの烙印《らくいん》を押《お》されるだろう。

宮殿《きゅうでん》の門をくぐり、白い大理石の階段《かいだん》をのぼりながら、あらゆる可能性《かのうせい》を考える。「失敗」は正しい。おれは、逃亡者《とうぼうしゃ》を連れ帰ることはできなかった。だが、父上は無駄《むだ》に言葉は使わないだろう。

きっとこぶしにものを言わせる。

だが、今回は父上を責《せ》められない。

たった一人の泥棒《どろぼう》からラゴスを守れないのに、どうやってオリシャの次期国王になれる？

天よ。足を止め、なめらかな大理石の手すりをつかむ。今日は、勝利の日になるはずだったのに。

なのに、銀色の目をした女にじゃまをされたのだ。

またもや目の奥《おく》に、あのディヴィナの顔が浮《う》かぶ。女がラゴスの城門を跳《と》び越《こ》えるのを見てから、これで何回目だろう。黒曜石のような肌《はだ》と白く長い髪《かみ》が、目に焼きついて消すことができない。

「大尉《たいい》どの」

入り口の兵士《へいし》たちの敬礼《けいれい》を無視《むし》して、大広間へ入っていく。大尉《たいい》という称号《しょうごう》が、あざけりに聞こえる。本物の大尉《たいい》なら、逃亡者《とうぼうしゃ》の心臓《しんぞう》を矢で射抜《いぬ》いていたはずだ。

「王子はどこ?」かん高い声が宮殿《きゅうでん》の壁《かべ》に反響《はんきょう》する。

ああクソ。勘弁《かんべん》してくれ。

母上が、入り口で押《お》しとどめる兵士《へいし》たちを押《お》しのけようとしている。頭に巻《ま》いたゲレがかたむいている。「あの子はどこ? どこなの、イナンは?」

そして、ほっとして表情《ひょうじょう》をやわらげる。目に涙《なみだ》を浮《う》かべる。近づいてきて、おれの頰《ほほ》の傷《きず》に手をあてる。

「暗殺団《あんさつだん》が逃《に》げたという報告《ほうこく》があったから」

母上から離《はな》れ、首を横にふる。暗殺団《あんさつだん》なら、はっきりした標的がいる。あとをたどるのも、ずっと楽だ。だが、今回の逃亡者《とうぼうしゃ》は、一人だけだ。その一人を、おれは捕《つか》まえ損《そこ》ねたのだ。

しかし、母親は相手の正体など、気にしていない。おれが失敗したことも、時間を無駄《むだ》にしたことも。両手を揉《も》みしぼり、なんとか涙《なみだ》をこらえようとしているだけだ。

「イナン……」母上は言いかけて、黙《だま》る。ようやくみなが見ていることに気づいたのだ。さっとゲレを直し、うしろにさがる。指先から爪《つめ》が出てくるのが、見える気さえする。

「ウジ虫が都を攻撃《こうげき》したのですよ」母上はまわりにいる者たちをどなりつける。「こんなところにいていいのですか？　市へいって、スラムを一掃《いっそう》したらどうです？　二度とこんなことが起こらないようにしてちょうだい！」

兵士《へいし》や貴族《きぞく》や召使《めしつか》いたちは、あわてて押《お》しのけ合うように広間を出ていく。全員いなくなると、母上はおれの手首をつかみ、謁見室《えっけんしつ》のほうへ引っぱっていこうとする。

「やめてくれ」まだ父上の怒《いか》りにむき合う覚悟《かくご》ができていない。「報告《ほうこく》するようなことはまだなにも――」

「今後一切《いっさい》、その必要はありません」

母上は木製《もくせい》の大扉《とびら》を勢《いきお》いよく開き、おれを引きずるようにしてタイルの床《ゆか》の上を歩いていく。

「外へ出なさい！」母上がどなると、兵士《へいし》や扇《おうぎ》係がネズミのようにちりぢりに逃《に》げていく。

母上の命令を無視《むし》する勇気を持っているのは、カエアだけだ。新しい黒い胸当《むねあ》てをつけたカエアは、いつにも増《ま》してりりしく見える。

司令官？　カエアの新しい階級を示《しめ》す紋章《もんしょう》を見つめる。まちがいない。昇進《しょうしん》したのだ。**エベレ**

はどうなったんだ？

玉座《ぎょくざ》へ近づくにつれ、ミントのつんとした香りが鼻をつく。タイルに目を走らせると、果たしてタイルの割《わ》れ目にまだ生々《なまなま》しい血のしみがふたつ、残っている。

天よ。

父上はすでに怒《いか》り狂《くる》っている。

「司令官、あなたもよ」母上は声を引きつらせ、腕《うで》を組む。

カエアは顔をこわばらせる。母上に冷ややかな声で呼《よ》ばれると、いつもそうだ。そして、ちらりと父上を見る。父上は渋々《しぶしぶ》うなずく。

「申し訳《わけ》ありません」カエアは母上に頭をさげるが、声からそう思っていないことは明らかだ。

カエアが出ていくまで、母上はずっとにらみつけている。

「見てちょうだい」母上がおれを前へ引っぱりだす。「ウジ虫どもがあなたの息子《むすこ》にした仕打ちを見てください。息子《むすこ》を戦いにやった結果がこれです。イナンを大尉《たいい》にした結果が、これなのよ！」

「二人を追いつめたんです！」母上の手をふりほどいてさけぶ。「二回。爆発《ばくはつ》で兵士《へいし》たちが持ち場を離《はな》れたのは、わたしの責任《せきにん》ではありません！」

「あなたの責任《せきにん》なんて、言ってないわ」母上に頬《ほほ》をはさまれそうになって、バラの香りの手をすり抜《ぬ》ける。「未来の王の身には危険《きけん》すぎると言っているの」

「母上、王子だからこそ、わたしがやらねばならないのです。オリシャを守るのは、わたしの義《ぎ》務《む》です。宮殿《きゅうでん》の壁《かべ》の中にかくれていては、国民を守ることはできません」

母上は、おれの言葉など問題にならないというように手をふり、父上のほうにむき直る。「イナンはオリシャの次期国王なんですよ。どこかの小作人の命とはちがうんです！」

父上は無表情《むひょうじょう》のままだ。母上の声を遮断《しゃだん》しているのだろう。母上がしゃべっているあいだ、窓《まど》の外を見ながら、指にはめている王家のルビーの指輪をいじくっている。

父上の横にある黄金の台に、魔鉄鋼《まてっこう》の剣《けん》がまっすぐ立てかけてあった。柄《つか》がしらに彫《ほ》りこまれたユキヒョウラに、父上の顔が映《うつ》っている。剣《けん》は常《つね》に腕《うで》を伸《の》ばせば届《とど》く距離《きょり》に置かれており、父上の体の一部のようだった。

「今『二人』と言ったが、逃亡者《とうぼうしゃ》といっしょにいたのはだれだ？　宮殿《きゅうでん》を出たときは、一人だったはずだが」

ごくりと唾《つば》を飲みこみ、勇気を奮《ふる》い起こして父上と目を合わせ、前へ進み出る。「今の時点では、何者かはわかりません。わかっているのは、ラゴスの住人ではないということだけです」**だが、月のような目をしていることは知っている。眉《まゆ》に薄《うす》れかかった傷《きず》があることも。**

またもやあのディヴィナの顔が、宮殿《きゅうでん》の壁《かべ》にかけてある絵のようにありありと浮《う》かぶ。ふっくらした唇《くちびる》が開き、うなり声をあげる。引き締《し》まった体の筋肉《きんにく》がもりあがる。

皮膚《ひふ》の下をエネルギーが駆《か》け巡《めぐ》り、ピリピリと痛《いた》みが走る。ひらいた傷《きず》に酒を浴びせかけられたように、かあっと熱くなり、頭皮の下が脈打《みゃくう》つ。体を震《ふる》わせ、忌《い》まわしい感覚を払《はら》い落とそうとする。

「王室付きの医者が、検問所《けんもんじょ》の兵士《へいし》たちを診《み》ています。兵士《へいし》たちが意識《いしき》を取りもどしたら、女の身元や出身がわかるはずです。それからでも、じゅうぶん二人を追うことは――」

「そんなことはしなくていいわ」母上が言う。「今日、死んでいたかもしれないのよ！　だとしたら、どうなると思うの？　アマリに王位をつがせるとでも？」母上はこぶしを握《にぎ》りしめ、ゲレを巻《ま》いた頭を高くかかげる。「サラン、こんなことはやめて。今すぐ、やめてちょうだい！」

はっとして顔をあげる。父上のことを名前で呼《よ》ぶとは……。

母上の声が謁見室《えっけんしつ》の赤い壁《かべ》に反響《はんきょう》する。母上の苦々《にがにが》しい思いを表すかのように。

母上と二人で父上を見つめる。父上がどう出るか、予測《よそく》できない。もしかしたら今度ばかりは母上が勝つかもしれないと思いはじめたとき、父上が口を開く。

「出ていけ」

母上が目を見開く。誇《ほこ》らしげにまとっていた自信が、汗《あせ》のように顔から滴《したた》り落ちていく。「陛《へい》下《か》――」

「今すぐだ」父上が、感情《かんじょう》のこもらない声で命令する。「息子《むすこ》と二人だけで話したい」

母上がおれの手首をつかむ。母上もおれも、父上とふたりで話すというのがどういうことか、よくわかっている。だが、母上にそれを止めることはできない。

そんなことをすれば、母上自身が父上の怒《いか》りにむき合うことになる。

母上は剣《けん》のように体をかたくして、おじぎをする。そして、おれと視線《しせん》を合わせてから、父上に背中《せなか》をむけて部屋を出ていく。頬《ほほ》にたっぷりとはたかれたパウダーに、新たに涙《なみだ》の筋《すじ》をつけて。

母上の出ていく足音だけが、だだっ広い謁見室《えっけんしつ》に響《ひび》きわたる。やがて、ようやくドアがバタンと閉《し》まる。

父上と二人きりになった。

「逃亡者《とうぼうしゃ》がだれか、わかっているか?」

一瞬《いっしゅん》、ためらう。罪《つみ》のないうそひとつで、殴《なぐ》られずにすむかもしれない。しかし、父上は、狩《か》りに出たハイエーナのようにうそを嗅《か》ぎあてる。

うそをつけば、事態《じたい》が悪くなるだけだ。

「いいえ。しかし、日が沈《しず》むまでには手がかりを見つけます。わかり次第《しだい》、兵士《へいし》たちを集めて――」

「おまえの部下はだめだ」

はっと身を固くする。もうチャンスももらえないのか。

父上は、おれにできると思っていないのだ。大尉《たいい》を首にするつもりだ。

「父上」ゆっくりと言う。「お願いです。たしかに逃亡者《とうぼうしゃ》に手を貸《か》す者がいることは予想していませんでしたが、今はもう、準備《じゅんび》ができています。どうか失敗をつぐなうチャンスをください」

父上は立ちあがった。ゆっくりと時間をかけて。冷静に見えるが、目のうしろに怒《いか》りが渦巻《うずま》いているのがわかる。

床《ゆか》に目を落として、父上が近づいてくるのを待つ。すでにどなり声が聞こえる。**己《おのれ》より義務《ぎむ》を。**

自分より先にオリシャのことを考えよ。

おれは、父上の期待を裏切《うらぎ》ってしまった。父上と、わが王国の期待を。ひとりのディヴィナがラゴス全体を混乱《こんらん》に陥《おとしい》れるのを許《ゆる》してしまったのだ。罰《ばっ》せられるのはあたりまえだ。

頭《こうべ》を垂《た》れ、息を止める。痛《いた》みを想像《そうぞう》する。よろいを脱《ぬ》げと言われないということは、顔を殴《なぐ》られる。

また傷《きず》を衆目《しゅうもく》にさらすことになる。

父上が手をふりあげるのが見え、目をつぶる。体に力を入れる。ところが、頬《ほほ》にげんこつを食《く》らうかわりに、肩《かた》をぐっとつかまれた。

「おまえならできる、イナン。おまえしかいないのだ」

面食《めんく》らって、目をしばたたかせる。父上のこんな顔を見たのは初めてだ。

「ただの逃亡者《とうぼうしゃ》ではないのだ」父上はぐっと歯を食《く》いしばる。「アマリなのだ」

第七章　ゼリィ

イロリンまでの道のりを半分ほどきたとき、ようやくゼインはもう平気だと思ったらしく、ナイラの手綱《たづな》を引いた。でも、ナイラが止まっても、微動《びどう》だにしない。今回ばかりは、これまでの怒《いか》りをはるかに越《こ》えたらしい。

そびえ立つような森の中でコオロギが鳴いている。あたしは鞍《くら》からすべりおりて、ナイラの巨《きょ》大《だい》な頭を抱《だ》きしめ、角と耳のあいだをもんでやった。「ありがとう」ナイラの毛に顔をうずめてささやく。「うちにかえったら、最高のごちそうをあげるからね」

ナイラはゴロゴロとのどを鳴らして、あたしの鼻に鼻面《はなづら》を押《お》しつけた。守ってやらなきゃならない仔《こ》ライオーンのように。思わず笑《え》みがこぼれたけど、ゼインが地面におりたって、つかつかと歩いてくるのを見て、ナイラでもあたしを兄から守れないのを悟《さと》った。

「ゼイン――」

「なにを考えてるんだ⁉」ゼインのどなり声に、頭上の木からアオハチクイの一家が飛び立つ。

「ほかにどうしようもなかったのよ！　あいつらは彼女《かのじょ》を殺《ころ》そうとしてたんだから――」

「自分のことはどうなんだ⁉」ゼインが思いきりこぶしをたたきつけ、木の皮が裂《さ》ける。「少しは考えたらどうなんだ？　どうしてやれと言われたことができないんだ？」

「やったわよ！」袋《ふくろ》の中に手を入れ、ビロードの財布《さいふ》をゼインに投げつける。銀貨がジャラジャラとこぼれ落ちる。「カジキは五百で売ったわよ！」

「オリシャじゅうの金があったって、もうおれたちは助からない」ゼインは手のひらを目に当て、涙《なみだ》を頬《ほほ》にこすりつける。「やつらはおれたちを殺《ころ》すだろう。おまえのことを殺《ころ》すんだ、ゼリィ！」

「あの」蚊《か》の鳴くような声で少女が言った。身を縮《ちぢ》めるのがとてつもなくうまいらしい。ここにいることをすっかり忘《わす》れていた。

「わたし……」顔が青ざめている。大きいフードの下から、澄《す》んだ琥珀色《こはくいろ》の目がわずかにのぞいている。「わたしのせいなんです、ぜんぶ」

「それはどうも」あたしはゼインがにらみつけているのを無視《むし》して、あきれて目をぐるりと回した。この娘《むすめ》さえいなければ、今ごろゼインは笑っていたのに。あたしの家族はようやく安心を手に入れられたはずなのに。

「いったいなにしたの？」あたしはきいた。「どうして王の兵士《へいし》たちに追いかけられてたわけ？」

「話すな」ゼインが首をふって、ラゴスのほうを指さした。「帰れ。自首するんだ。おれたちが助かるには、それしか――」

少女がマントを脱《ぬ》いだのを見て、ゼインとあたしは言葉を失った。ゼインは、少女の顔に目が釘《くぎ》づけになっている。あたしも、三つ編《あ》みに編《あ》みこまれた金の髪飾《かみかざ》りをぼうぜんと見つめた。ひたいに垂《た》れさがった鎖《くさり》や葉をかたどった飾《かざ》りがきらきら輝《かがや》いている。真ん中でダイヤモンドの埋《う》めこまれた紋章《もんしょう》が光っていた。ユキヒョウラの飾《かざ》りをつけることができるのは、王国じゅうで一家族だけだ。

「うそでしょ」ささやくように言う。

王女だ。

アマリ王女。

あたしは、オリシャ国の王女を誘拐《ゆうかい》してしまったのだ。

「説明します」アマリはあわてて言った。その口調に王族の響《ひび》きを感じ取って、歯ぎしりをする。

「あなたがたがどう思っているか、わかるけど、わたしの命は危険《きけん》にさらされていたの」

「あなたの命」あたしはささやくように言う。「あなたの命!?」

目の裏《うら》に赤い光がひらめく。次の瞬間《しゅんかん》、あたしは王女を木に押《お》しつけていた。王女が悲鳴をあげる。王女の首に両手を回し、締《し》めつける。王女は息を詰《つ》まらせ、恐怖《きょうふ》で目が見開かれる。

「なにしてるんだ?」ゼインがさけぶ。

「王女さまに、命が危険《きけん》にさらされるっていうのがどういうことか、**具体的に**見せてやってんのよ」

ゼインはあたしの肩《かた》をつかんで、王女から引き離《はな》す。「頭がおかしくなったのか？」

「こいつはあたしにうそをついたのよ」あたしはどなり返す。「あいつらに殺《ころ》されるって。あたしに助けてほしいって！」

「うそはついてないわ！」アマリはのどを押《お》さえながら苦しそうに喘《あえ》ぐ。「お父さまは王家の人間も処刑《しょけい》してきた。ディヴィナに同情したってだけでね。わたしのことだって平気で殺《ころ》すわ！」

アマリはドレスの中に手を入れると、巻《ま》き物《もの》を取り出した。つかんだ手に力が入り、ブルブル震《ふる》えている。

「お父さまにはこれが必要なの」アマリは咳《せ》きこみながら、あたしにはわからない思い詰《つ》めた目で巻《ま》き物《もの》を見つめる。「これは、すべてを変えられる。魔法《まほう》の力を呼《よ》びもどすことができるの」

あたしたちはぽかんとしてアマリを見つめた。**うそに決まってる。**魔法《まほう》が取りもどせるはずがない。魔法《まほう》は十一年前に死んだんだから。

「わたしもそんなのむりだと思ってた」あたしたちが信じていないのに気づいて、アマリは言った。「だけど、この目で見たの。ディヴィナがこの巻《ま》き物《もの》に触《ふ》れて、魔師《まし》になったところを……」

そして、声を低くしてつづけた。「手から光が放たれたの」

光の者？

アマリのほうへいって、しげしげと巻《ま》き物《もの》を見る。ゼインの疑《うたが》う気持ちが熱気のようにはりついてくるのを感じながらも、アマリがしゃべればしゃべるほど、もしかしたらと夢《ゆめ》を見たくなる。

アマリの目に浮《う》かんでいるのは、本物の恐怖《きょうふ》だ。心底、命を失うかもしれないと怖《おそ》れている。王女が逃《に》げおおせれば、王国が大きな危険《きけん》にさらされるからこそ、軍の半数にはなろうかという兵《へい》士《し》が追いかけてきたのだ。

「その魔師《まし》はどこにいるの？」

「死んだわ」アマリの目に涙《なみだ》がわきあがった。「お父さまが殺《ころ》したの。彼女《かのじょ》が魔法《まほう》を使えるというだけで、殺《ころ》したのよ」

アマリは両腕《りょううで》を体に巻《ま》きつけるようにして、ぎゅっと目を閉《と》じ、涙《なみだ》をこらえようとした。縮《ちぢ》んでしまったように見える。悲しみに呑《の》みこまれて。

ゼインが怒《いか》りをやわらげるのがわかったけど、あたしには涙《なみだ》なんてなんの意味もなかった。**魔《ま》師《し》になった。**アマリの声がこだまする。**手から光を放ったの。**

「貸《か》して」巻《ま》き物《もの》のほうへ手を伸《の》ばす。調べたくてうずうずする。が、手が触《ふ》れたとたん、とてつもない衝撃《しょうげき》が体を駆《か》け巡《めぐ》った。羊皮紙を放り出し、ジャッカルベリーの幹《みき》にすがりつく。

「どうしたんだ？」ゼインがたずねる。

あたしは首をふる。なんて言ったらいいのか、わからない。皮膚《ひふ》の下に奇妙《きみょう》な感覚が渦巻《うずま》いている。経験《けいけん》したことのない、けれど、同時によく知っているような感覚。体の芯《しん》で荒《あ》れ狂《くる》い、内側からかあっと熱が発散されるような感覚。第二の心臓《しんぞう》が鼓動《こどう》しているような、震動《しんどう》しているような、これって……

アシェ？

そう思ったとたん胸《むね》が締《し》めつけられ、体の内側に、あることさえ知らなかった穴《あな》がぽっかりと口をひらく。子どものころ、いつか手に入れたいとあれだけ望んでいたアシェ。血管にアシェの熱を感じる日がくることを、どれだけ祈《いの》っていたか。

アシェは神々《かみがみ》の力の源《みなもと》であり、アシェが血管を流れているかどうかが、ディヴィナと魔師《まし》のちがいだ。神々《かみがみ》に授《さず》けられた力を使うには、アシェが必要だ。アシェがなければ、魔師《まし》は魔法《まほう》を使うことができない。

あたしは両手を見つめ、死の影《かげ》を探《さが》す。母さん《ママ》は楽々《らくらく》と死の影《かげ》を呼《よ》び出すことができた。アシェが目覚めれば、魔法《まほう》の力も目覚める。でも、この感覚は本当にアシェなの？

ありえない。

わずかな火花が花開いて希望になるまえに、もみ消そうとする。魔法《まほう》がもどれば、すべてが変わる。もし本当に魔法《まほう》を取りもどせたら……今のあたしには、その先のことは想像《そうぞう》すらつかない。魔法《まほう》とともに神々《かみがみ》も、もどってくる？　十一年の沈黙《ちんもく》のすえに？　〈襲撃《レイド》〉のあと、粉々《こなごな》になった自分のかけらをようやく拾い集めたのに。

なのにまた神々《かみがみ》に裏切《うらぎ》られたら、もう二度と同じことはできない。

「感じる？」アマリがささやくような声になってたずね、一歩うしろにさがる。「巻《ま》き物《もの》はディヴィナを魔師《まし》に変えるって、カエアは言っていたの。ビンタが巻《ま》き物《もの》に触《ふ》れたときは、両手から光が噴《ふ》き出したのよ！」

手のひらを上にむけ、ラベンダー色の光を探《さが》す。死を司《つかさど》る〈刈《か》る者〉の色だ。かつてディヴィナが魔師《まし》になっていたころ、どの魔力《まりょく》が発現《はつげん》するかはまったくわからなかった。だが、両親の魔《ま》力《りょく》を受け継《つ》ぐことが多く、たいていは母方の血が強かった。あたしの場合《ばあい》、父親はコスィダンだから、母《マ》さん《マ》のような〈刈《か》る者〉になると確信《かくしん》していた。骨《ほね》の髄《ずい》に死の魔法《まほう》を感じる日を心待ちにしていたのだ。でも、今感じるのは、血管をぞわぞわさせるようなうずきだけだった。

今度は、用心しながら羊皮紙を手に取る。古びた巻《ま》き物《もの》に描《えが》かれている印を見て、黄色い太陽だけはそれとわかるが、あとはひとつもわからない。時間そのものよりも、古そうに見える。

「まさか信じてるんじゃないだろうな」ゼインが声をひそめるように言った。「魔法《まほう》はなくなったんだ、ゼリィ。もどることはない」

ゼインがあたしを守ろうとしているのはわかっていた。これまで何度もあたしに言い聞かせてきた言葉だから、あたしの涙《なみだ》をふいて、自分の涙《なみだ》はこらえながら。そう、何度聞いたかわからない。でも、今度こそは……

あたしはアマリにたずねた。「ほかに巻《ま》き物《もの》に触《さわ》った人は？　その人たちも今は魔師《まし》なの？　魔法《まほう》の力はもどったの？」

「ええ」アマリは最初、勢《いきお》いこんでうなずいたけど、すぐに表情《ひょうじょう》をくもらせた。「魔《ま》法《ほう》の力はもどったわ……でも、お父さまの家来が殺《ころ》してしまった」

恐怖《きょうふ》で血が凍《こお》る。木にぶらさげられた母《ママ》さんの姿《すがた》が浮《う》かんでくる。でも、殴《なぐ》られて血まみれになっているのは、母《ママ》さんの顔じゃない。

あたしの顔だ。

でも、あのとき、母《ママ》さんには魔力《まりょく》がなかった。心の中から小さな声がする。**母《ママ》さんは戦うことができなかったんだ。**

とつぜん、あたしはまた六歳《さい》にもどって、イバダンにあった家の炉辺《ろへん》で丸くなっている。ゼインがあたしを壁《かべ》のほうへむかせて抱《だ》きしめ、世界の痛《いた》みから守ろうとする。

深紅《しんく》のしぶきが飛ぶ。兵士《へいし》が父《ババ》さんを何度も何度も殴《なぐ》りつける。母《ママ》さんが悲鳴をあげてやめてと言うけど、二人の兵士《へいし》が母《ママ》さんの首に鎖《くさり》をかけて、締《し》めつける。魔鉄鋼《まてっこう》が皮膚《ひふ》に食《く》いこみ、血が滴《したた》り落ちる。

母《ママ》さんは首を締《し》めあげられ、獣《けもの》のように小屋から引きずり出されて、蹴《け》られ、打ちのめされる。

ただ今回は、母《ママ》さんには魔法《まほう》の力がある。

目を閉《と》じ、もうひとつのストーリーを想像《そうぞう》しようとする。

「死の音を聞け《ボアリウォイク》!」あたしの想像《そうぞう》の中で別の人生を得《え》た母《ママ》さんが、歯を食《く》いしばりながらさけぶ。

「姿を変えよ《パイポダ》。血の中から外へ出るのだ《ジャデニヌエジェアラ》!」

兵士《へいし》たちが凍《こお》りつき、母《ママ》さんの呪文《じゅもん》に囚《とら》われて、ガタガタと震《ふる》えだす。母《ママ》さんは、今や完全に自分のものとなった〈刈《か》る者〉の力で、兵士《へいし》の肉体から精神《せいしん》をはぎとり、命を奪《うば》い取る。母《ママ》さんの魔法《まほう》の力は怒《いか》りを餌《え》にして膨《ふく》れあがる。渦巻《うずま》く黒い影《かげ》に囲《かこ》まれた母《マ》さん《マ》の姿《すがた》はまさに、生と死を司《つかさど》る女神《めがみ》オヤそのものだ。

のどの奥《おく》からうなり声をあげ、母《マ》さん《マ》は首から鎖《くさり》を引きちぎり、もうひとりの兵士《へいし》の首に巻《ま》きつける。そして、魔法《まほう》で、父《パ》さん《パ》の戦士《せんし》の魂《たましい》を救《すく》い出すのだ。

そうだ、魔法《まほう》さえあれば、母《マ》さん《マ》はまだ生きていたのだ。

「もしそれが本当だとしたら」ゼインの怒《いか》りに満ちた声がして、あたしははっとわれに返る。「ここにいてもらっては困《こま》る。やつらは、その巻《ま》き物《もの》のために人を殺《ころ》してる。もしゼリィが巻《ま》き物《もの》を持っているのを見られたら――」

ゼインの声がかすれる。あたしの心臓《しんぞう》が引き裂《さ》かれる。もはや胸《むね》の中に収《おさ》められないほど、ズタズタになるまで。あたしは、ゼインの人生をめちゃくちゃにしてしまうかもしれない。それでも、ゼインは命を懸《か》けてでも、あたしを守ろうとするだろう。

あたしがゼインを守らなければ。今度は、ゼインが救《すく》われる番だ。

「いかなきゃ」あたしは羊皮紙を丸めて袋《ふくろ》の中に入れ、すぐさま歩きだそうとして、地面に転がっている銀貨の入った財布《さいふ》のことを危《あや》うく思い出す。「本当でもそうでなくても、父《パ》さん《パ》のところにはもどらなきゃ。まだ逃《に》げられるうちに逃《に》げよう」

ゼインは苛立《いらだ》ちを呑《の》みこみ、ナイラにまたがる。そのうしろに乗ったとき、王女が子どもみたいにおどおどと言う。

「わ、わたしは？」

「あんた？」あたしはきき返す。王女の家族に対する憎《にく》しみが燃《も》えあがる。巻《ま》き物《もの》さえ手に入れれば、アマリなんか森をさまようままにしてやりたい。飢《う》え死にしようが、ハイエーナのえじきになろうが、知ったことじゃない。

「そのおかしな巻《ま》き物《もの》をもらうなら、彼女《かのじょ》のことも連れていくしかないだろう」ゼインはため息をつく。「じゃないと、おれたちのもとへまっすぐ兵士《へいし》たちを差しむけるだろうからな」

ふりかえると、アマリの顔からすっかり血の気が失われている。

まるで怖《こわ》いのはあたしだってみたいに。

「乗って」あたしは前へ体をずらす。

アマリのことを置いていきたくてたまらなかったけど、あたしたちの関係はまだ断《た》ち切ることはできなかった。

第八章　イナン

「どういうことだ？」

千もの考えが頭の中を駆《か》け巡《めぐ》る。事実だけを理解《りかい》しようとする。オリシャの魔法《まほう》、太古の巻《ま》き物《もの》、アマリの裏切《うらぎ》り？

ありえない。百歩譲《ゆず》って魔法《まほう》のことは信じられたとしても、妹が関わっているなんて考えられない。アマリは、宴《うたげ》の場でしゃべることさえできないような子だ。服ですら、母上の言うなりだ。この城壁《じょうへき》の外で一日だって過《す》ごしたことはないっていうのに、ラゴスから逃《に》げたというのか？この王国を倒《たお》す力のあるたったひとつのものを持って？

記憶《きおく》をさかのぼり、逃亡者《とうぼうしゃ》の少女が突《つ》っこんできたときのことを思い出そうとする。ぶつかった瞬間《しゅんかん》、熱と鋭《するど》い衝撃《しょうげき》が骨《ほね》まで達するのを感じた。経験《けいけん》したことのない、強烈《きょうれつ》な感覚だった。そのせいで、逃亡者《とうぼうしゃ》のフードの下を見なかったのだ。だが、もし見ていたら？　本当に妹の琥珀色《こはくいろ》の目があったのか？

「ありえない」自分にむかってささやく。いくらなんでもありえない。王室付きの医者に父上を診《み》てもらおうかと思いかけたくらいだ。だが、父上の目に浮《う》かんだ表情《ひょうじょう》を信じないわけにはいかない。狂気《きょうき》。様々《さまざま》な計算――十八年のあいだ、父上の目にさまざまな表情《ひょうじょう》が浮《う》かぶのを見てきた。だが、怖《おそ》れだけはなかった。恐怖《きょうふ》だけは。

「おまえが生まれるまえ、魔師《まし》たちは自分たちの力に酔《よ》い、隙《すき》あらばわが王朝を倒《たお》そうと狙《ねら》っていた。やつらが反乱《はんらん》を起こしたときでさえ、わたしの父は正々堂々《せいせいどうどう》と戦った。だが、そのせいで、父は命を落としたのだ」

父上の兄もいっしょに亡《な》くなった。父上の最初の妻《つま》も、最初の息子《むすこ》も。心の中で付け加える。父上が魔師《まし》の手でどれほど多くの身内を殺《ころ》されたか、オリシャの貴族《きぞく》はみな、知っている。大虐《だいぎゃく》殺《さつ》の恨《うら》みは、のちに〈襲撃《レイド》〉によって晴らされたのだ。

無意識《むいしき》のうちにポケットの中の変色した駒《こま》に触《ふ》れていた。父上から盗《ぬす》んだ〈贈《おく》り物〉だ。父上が子どものころ使っていたセネト[注1]の駒《こま》で、小さいころ、よくいっしょにゲームをした。今はもう、この駒《こま》ひとつしか残っていない。

ひんやりとした金属《きんぞく》に触《ふ》れると、いつも心のよりどころを得《え》たような、錨《いかり》をおろしたような気になる。だが、今日は妙《みょう》に熱くなっている。指先からヒリヒリするほどの熱が伝わってくる。まるで父上から聞いた真実で燃《も》えているように。

「王座《おうざ》に就《つ》いたとき、魔法《まほう》こそがすべての苦しみの根源《こんげん》だと悟《さと》った。オリシャの前の帝国《ていこく》は魔法《まほう》によって滅《ほろ》ぼされたのだ。魔法《まほう》がこの世にあるかぎり、また同じことが起こる」

おれはうなずく。〈襲撃《レイド》〉のずっとまえから、父上が言いつづけていたことを思い出す。ブリターニス、ポルトガネス、スパーニ——どの文明も崩壊《ほうかい》した。魔法《まほう》を使う者たちが権力《けんりょく》を求め、王たちがそれを止められなかったからだ。

「ブリターニス人たちが魔法《まほう》の力を抑《おさ》えることのできる合金を使っていると知ったとき、それで十分だろうと思った。彼《かれ》らは、魔鉄鋼《まてっこう》で牢獄《ろうごく》や武器《ぶき》や鎖《くさり》を作った。ブリターニスのやり方に従《したが》い、わが国にも魔鉄鋼《まてっこう》を導入《どうにゅう》したのだ。だが、それでも、ずるがしこいウジ虫どもをおとなしくさせることはできなかった。ゆえに、わが王国を存続《そんぞく》させるためには、魔法《まほう》を奪《うば》い取るしかないと悟《さと》ったのだ」

えっ？ 自分の耳が信じられなくて、思わず身をのりだす。魔法《まほう》はおれたちの力を超《こ》えたものだ。そんな敵《てき》を攻撃《こうげき》する方法など、あるのか？

「魔法《まほう》は神々《かみがみ》からの授《さず》け物だ」父上はつづける。「神々《かみがみ》と人間のあいだの霊《れい》的なつながりによるものなのだ。何世代もまえに、神々《かみがみ》は王族とのつながりを絶《た》った。ということは、神々《かみがみ》と魔師《まし》のつながりも断《た》ち切れるはずだと考えたのだ」

父上の言葉が頭の中をぐるぐると回りだす。医者が必要なのは、父上でなく、おれかもしれない。勇気をふりしぼり、オリシャの神のことをたずねたことがある。そのとき父上は即答《そくとう》した。

神など信じるのは愚《おろ》か者だけだ。

注1：世界最古と言われる古代エジプト発祥のボードゲーム

おれは父上の言葉を心に刻《きざ》み、そのゆるぎない確信《かくしん》の上に自分の世界を打ち立てた。だが、今日、父上はおれの目の前で、神は存在《そんざい》するとはっきり言った。しかも、神々《かみがみ》に対して戦いを仕掛《しか》けたと。

天よ！　床《ゆか》の割《わ》れ目にしみこんだ血の跡《あと》を見る。むかしから父上が強い人間だということは知っていた。

だが、その強さがどれだけ深い根を持ったものか、わかっていなかったのだ。

「この頭に王冠《おうかん》を抱《いだ》いたあと、その霊《れい》的なつながりを断《た》ち切る方法を探《さが》しはじめた。そして、長い年月を経《へ》てついに魔師《まし》たちの霊《れい》的つながりの源《みなもと》を見つけ、家来たちにそれを破壊《はかい》するよう命じたのだ。今日まで、この地上から魔法《まほう》を消し去ったと信じていた。だが、今になって、あの忌々《いまいま》しい巻き物《もの》によって、魔法《まほう》が呼《よ》びもどされようとしているのだ」

父上の言葉が押《お》しよせるままに、一語一語を頭に入れていく。想像《そうぞう》もしなかったような事実が次々現《つぎつぎあらわ》れ、セネトの駒《こま》のように動きだす。つながりを絶《た》つ。魔法《まほう》を滅《ほろ》ぼす。王座《おうざ》を狙《ねら》う者たちを葬《ほうむ》り去る。

「しかし、魔法《まほう》が消えたのなら……」胃《い》がねじれる。が、答えを聞かなければならない。「なぜ〈襲撃《レイド》〉を行ったのです？　なぜ……彼《かれ》らを皆殺《みなごろ》しに？」

父上は魔鉄鋼《まてっこう》のギザギザの刃《は》に指をすべらせ、窓《まど》のほうへ歩いていった。おれが子どものとき、ラゴスの魔師《まし》が炎《ほのお》に包まれるのを見た場所だ。それから十一年たった今でも、肉を燃《も》やすにおいがまだ思い出せる。あのときの熱さとともに。

「魔法《まほう》を永遠《えいえん》に消滅《しょうめつ》させるためには、魔師《まし》を一人《ひとり》残さず殺《ころ》す必要があった。あの力を味わったことがある以上、それを取りもどすためなら、戦いつづけるに決まっている」

魔師《まし》を……

だから、子どもたちは生かしたのか。ディヴィナが十三歳《さい》になるまで、魔法《まほう》の能力《のうりょく》は発現《はつげん》しない。魔法《まほう》を使うことのできない無力な子どもなら、脅威《きょうい》になることはない。

父上はおれの質問《しつもん》に答えるあいだ、終始冷静だった。よぶんな感情《かんじょう》は一切《いっさい》ない。父上が正しいことをしたのはまちがいない。だが、舌《した》に灰《はい》の記憶《きおく》が残っている。苦く、ひりつくような味が。あの日、父上も胃《い》がよじれるような気持ちを味わったのだろうか。

父上と同じことができる力が、おれにあるだろうか。

「あの巻《ま》き物《もの》がかぎなのだ。そこまでは、わかっている。あの巻《ま》き物《もの》のなにかに、魔法《まほう》を呼《よ》びもどす力がある。巻《ま》き物《もの》を破壊《はかい》できなければ、われわれのほうがあの巻《ま》き物《もの》に滅《ほろ》ぼされるだろう」

「では、アマリは？」低い声で言う。「アマリのことも……アマリも……」あまりに恐《おそ》ろしくて、口にすることができない。

己《おのれ》より義務《ぎむ》を。父上ならそう言うだろう。あの運命の日に父上はそう、おれをどなりつけたのだ。

だが、あれだけのことがあった末に、アマリに剣《けん》をむけるなど、考えるだけでのどがカラカラになる。父上が望むような王に、おれはなれない。

自分の妹を殺《ころ》すことなどできない。

「おまえの妹は国を裏切《うらぎ》ったのだ」父上はおもむろに言った。「だが、悪いのはアマリではない。あのウジ虫と親しくするのを許《ゆる》してしまったのは、わたしだ。あの子の素朴《そぼく》な性質《せいしつ》がいずれ問題を引き起こすと、わかっていなければならなかったのだ」

「では、アマリは殺《ころ》さなくてもいいのですね？」

父上はうなずいた。「だが、そのためには、あの子がしでかしたことをほかの者に知られるまえに、あの子を捕《つか》まえなければならない。おまえの部下を連れていくなといったのは、そのためだ。おまえとカエア司令官とふたりだけであの子を追い、巻《ま》き物《もの》を取り返してもらわねばならない」

ほっとしたあまり、胸《むね》にズンと、それこそ父上に殴《なぐ》られたかのような衝撃《しょうげき》を感じた。おれに、妹を殺《ころ》すことはできない。だが、連れ帰ることならできる。

鋭《するど》いノックの音が響《ひび》いた。ドアからカエア司令官の顔がのぞき、父上は中に入るよう、手招《てまね》きをした。うしろに、母上が眉《まゆ》をひそめて立っているのが見えた。また別の重みが両肩《りょうかた》にのしかかる。**天よ！**

母上は、アマリが今、どこにいるのかも知らないのだ。

「貴族《きぞく》の男を見つけました。逃亡者《とうぼうしゃ》に手を貸《か》したウジ虫を見たそうです。その女からイロリンのめずらしい魚を買ったと」カエアは言った。

「台帳の情報《じょうほう》と照らし合わせたか?」

カエアはうなずいた。「今日は、イロリンからきたディヴィナは一人しかいません。ゼリィ・アデボラ、十七歳《さい》です」

ゼリィ……

頭から離《はな》れないあの少女のイメージに、新たな駒《こま》がはまる。その名前は、銀のようにカエアの舌《した》の上を転がる。王国の都を攻撃《こうげき》したディヴィナの名にしては、ひどくすべやかだ。

「イロリンへいかせてください」気がつくと、言っていた。しゃべりながら、頭の中で計画を立てていく。イロリンの地図なら、まえに見たことがある。海に浮《う》いている村だ。人口は数百で、ほとんどがいやしい漁民だ。あれなら――「十人でじゅうぶんです。カエア司令官とわたしとで、あと部下が十人いれば、じゅうぶんでしょう。巻《ま》き物《もの》を見つけ、アマリを連れもどします。どうかわたしにやらせてください」

父上は指にはめた指輪を回しながら考えた。舌《した》の上に「だめだ」という言葉がのっているのが見えるような気がする。「もしその十人が知ってしまったら――」

「殺《ころ》します」先回りして言う。やすやすとうそが飛び出す。失敗を取り返すことができれば、だれも死ぬ必要などない。

だが、父上にそれを知られてはならない。父上のおれに対する信頼《しんらい》は揺《ゆ》らいでいる。今は、ひるむことなくすばやく要求に応《こた》えることを求められている。

大尉《たいい》として、父上の求めに応《おう》じることを。

「いいだろう」父上はうなずく。「出発しろ、急げ」

天よ、感謝《かんしゃ》します！　かぶとをかぶり、深々《ふかぶか》と頭を下げる。部屋を出ようとしたとき、父上が声をかけた。

「イナン」

声にゆがみを感じる。なにか暗いものを。

危険《きけん》を。

「必要なものを手に入れたら、その村を焼き尽《つ》くせ」

第九章　ゼリィ

イロリンは、あまりにも平和すぎた。

少なくとも、今日という日のあとは、そう思えた。ココナッツの舟《ふね》は錨《いかり》をおろし、アヘレの入り口の布《ぬの》は閉《と》じている。村は太陽とともに闇《やみ》に沈《しず》み、おだやかな夜の眠《ねむ》りへむかっていた。

海をわたり、ナイラの背《せ》に乗ってママ・アグバの家へむかうあいだ、アマリの目はずっとおどろきで見開かれていた。豪勢《ごうせい》なごちそうを目の前にした労役者《ろうえきしゃ》のように、水上に造《つく》られた村をすみずみまで見逃《みのが》すまいとしている。

「こんなところ、初めて見たわ。なんてすてきなの」

海の新鮮《しんせん》な香りを吸《す》いこみ、あたしは目を閉《と》じて、顔にかかる水しぶきを楽しむ。舌《した》に塩の味を感じたとたん、アマリがいなければ、今ごろ、焼きたての甘《あま》いパンに、スパイスをきかせた肉をたっぷり一切れ、食べていたはずなのに、という思いが頭をよぎる。今度ばかりは、満腹《まんぷく》で眠《ねむ》りについていたのに。あたしの手で、みんなに祝いの食事を用意できたのに。

アマリが無邪気《むじゃき》に喜《よろこ》んでいるようすを見て、また怒《いか》りがわきあがってきた。王女としてちやほやされた人生を送ってきて、一度だって食事を抜《ぬ》いたことなんてないに決まってる。

「その冠《かんむり》をちょうだい」商業区のドックに着くと、あたしは鋭《するど》い口調で言った。

アマリの顔から喜《よろこ》びが消え、体がこわばった。「だけど、これはビンタが――」そう言いかけて、言いなおす。「これは、わたしの侍女《じじょ》のおかげで、手に入ったものなの……わたしに遺《のこ》された唯一《ゆいいつ》の形見なのよ」

「たとえくれたのが神さまだったとしても、関係ないから。あんたがだれだか、みんなに知られるわけにはいかないでしょ」

「大丈夫《だいじょうぶ》だよ。海に捨《す》てようっていうんじゃない。袋《ふくろ》に入れておくだけだ」ゼインはやさしく言った。

あたしはゼインをにらみつけたが、おかげでアマリも納得《なっとく》したようだった。アマリは留《と》め金に手をやってはずすと、きらきら輝《かがや》く冠《かんむり》をあたしの袋《ふくろ》の中に入れた。銀貨に冠《かんむり》の宝石《ほうせき》の光が加わって、バカみたいにキラキラきらめく。今日の朝は、銅貨《どうか》一枚《まい》すら持っていなかった。でも今は、ずっしりと重い王族の富を背負《せお》っているのだ。

ナイラの背《せ》から、木の板の通路にあがった。ママ・アグバのアヘレの布《ぬの》のはしから頭をつっこむと、隅《すみ》っこでぐっすり眠《ねむ》っている父《バ》さん《バ》が見えた。炉《ろ》の前でヤマネコみたいに丸まっている。肌《はだ》の色は元にもどり、顔も今朝ほど骸骨《がいこつ》のようにやせ細っては見えなかった。ママ・アグバが介《かい》抱《ほう》してくれたおかげだろう。ママ・アグバは、死体にも命を取りもどせるほどだから。

中に入ると、みごとな紫《むらさき》のカフタンをまとったマネキンのうしろからママ・アグバが顔を出した。ぴったり合わさった縫《ぬ》い目から、貴族《きぞく》の注文だとわかる。売りあげは次の税金《ぜいきん》の支払《しはら》いに充《あ》てられるのだろう。

「うまくいった？」ママ・アグバは、歯で糸を切りながら、ささやくようにたずねた。そして、頭に巻《ま》いた緑と黄色のゲレを直してから、カフタンの端《はし》を結びあわせた。

答えようとしたとき、ゼインが入ってきた。うしろから、アマリもためらいがちについてきて、ぜいたくな暮《く》らしでしか身につかない無邪気《むじゃき》さでアヘレを見まわし、編《あ》んだ葦《あし》に指をすべらせた。

ゼインはママ・アグバに頭をさげ、あたしの袋《ふくろ》を手に取り、アマリに巻《ま》き物《もの》をわたした。そして、眠《ねむ》っている父《バ》さん《バ》をやすやすと持ちあげた。父《バ》さんはぴくりともしない。

「おれは荷物を取ってくる。その巻《ま》き物《もの》をどうするか、決めてくれ。もし……」ゼインはそこで言葉をとぎらせた。罪《つみ》の意識《いしき》で胃《い》がぐっと縮《ちぢ》まる。「もし」なんてない。あたしがその選択肢《せんたくし》を奪《うば》ってしまったのだ。

「早くして」

ゼインはぐっと感情《かんじょう》を呑《の》みこみ、出ていった。その大きな背中《せなか》を見送りながら、あたしは兄を苦しめてばかりだと思う。

「荷物？」ママ・アグバがきいた。「どうして？　それに、彼女《かのじょ》はだれ？」ママ・アグバは目を細めて、アマリを上から下までじろじろ見た。ぼろぼろのマントをはおっていても、すっと背筋《せすじ》を伸《の》ばした立ち方や、クイッとあげたあごから、アマリが高貴《こうき》な生まれであることは一目でわかる。

「あの、ええと……」アマリはあたしのほうを見て、巻《ま》き物《もの》をぐっと握《にぎ》りしめた。「わ、わたしは、その……」

あたしはため息をついた。「彼女《かのじょ》はアマリ。オリシャ国の王女よ」

ママ・アグバはゲラゲラ笑うと、ふざけて大げさにおじぎして見せた。「光栄です、姫君《ひめぎみ》」

けれど、アマリもあたしもにこりともしないのを見て、ママ・アグバの目はぐっと大きくなった。そして立ちあがると、アマリのマントの前をあけ、下に着ている濃《こ》いブルーのドレスを見た。薄暗《うすぐら》い明かりのもとでも、深い襟《えり》ぐりに縫《ぬ》いつけられた宝石《ほうせき》が輝《かがや》いた。

「まさか……」ママ・アグバは胸元《むなもと》をつかんで、あたしのほうを見た。「ゼリィ、いったいあなたはなにをしでかしたの？」

あたしはママ・アグバをむりやりすわらせて、なにがあったかを説明した。ママ・アグバは、あたしたちが逃《に》げてきたてんまつを、誇《ほこ》らしい思いと怒《いか》りのあいだを揺《ゆ》れ動きつつ聞いていたが、巻《ま》き物《もの》の話になったとたん、黙《だま》りこくった。

「本当だと思いますか？　今の話は本当だと？」あたしはきいた。

ママ・アグバは長いあいだ、なにも言わずにアマリの手の巻《ま》き物《もの》を見つめていた。いつもとはちがって、ママ・アグバの黒い瞳《ひとみ》の表情《ひょうじょう》は読み取れず、あたしの求めている答えは見つからない。

「見せてちょうだい」

巻《ま》き物《もの》が手のひらに触《ふ》れたとたん、ママ・アグバは苦しそうに喘《あえ》いだ。全身がガタガタと激《はげ》しく震《ふる》え、イスから転げ落ちた。

「ママ・アグバ！」あたしは駆《か》けよって、ママ・アグバの両手を取ると、震《ふる》えが止まるまで握《にぎ》りしめていた。しばらくすると、震《ふる》えは収《おさ》まったけど、ママ・アグバは床《ゆか》に倒《たお》れたまま、マネキンみたいにじっとしている。「ママ・アグバ、大丈夫《だいじょうぶ》？」

ママ・アグバの目に涙《なみだ》がわきあがり、黒い肌《はだ》のしわを流れていった。「長かった。もう一度、魔法《まほう》の熱を感じることができるとは思っていなかった」

あたしは思わずうしろにさがり、あんぐりと口をあけた。自分の耳が信じられなかった。だって、ありえない。〈襲撃《レイド》〉を生き延《の》びた魔師《まし》がいたなんて……。

「ママ・アグバは魔師《まし》なの？　でも、髪《かみ》が――」

ママ・アグバはゲレをとって、そった頭を手でなぞった。「十一年前、わたしは〈病の者〉のもとを訪《おとず》れる夢《ゆめ》を見た。夢《ゆめ》から覚めたあと、わたしは〈病の者〉のところへいって、白い髪《かみ》を消すようたのんだ。彼女《かのじょ》は病の魔法《まほう》を使って、髪《かみ》をすべて取り去ってくれた」

あたしは息を呑《の》んだ。「じゃあ、ママ・アグバは〈視《み》る者〉なの？」

「むかしはね」ママ・アグバはうなずいた。「わたしは〈襲撃《レイド》〉の日に髪《かみ》を失った。数時間遅《おそ》ければ、わたしも連れ去られていたでしょうね」

　信じられない。幼《おさな》いころ、イバダンにいた〈視《み》る者〉たちは村の人々《ひとびと》から敬《うやま》われていた。〈視《み》る者〉の魔法《まほう》のおかげで、イバダンの魔師《まし》たちは生き延《の》びてきたのだ。どうして気づかなかったんだろう。あたしはほほ笑《え》んだ。ママ・アグバはむかしから賢者《けんじゃ》の知恵《ちえ》を持っていた。そう、自分の年齢《ねんれい》を超《こ》えたものを視《み》てきた賢《かし》さを。

「〈襲撃《レイド》〉のまえ、あたりを漂《ただよ》っている魔法《まほう》が吸《す》い取られるのを感じた。未来の姿《すがた》を視《み》ようとしたけれど、いちばん必要なときに、わたしは視《み》ることができなかった」ママ・アグバは、その日の苦しみを思い出したかのように顔をしかめた。頭の中でどんなおそろしい場面が再生《さいせい》されているかは、想像《そうぞう》するしかなかった。

　ママ・アグバはぎこちない足運びで網戸《あみど》までいくと、布《ぬの》をおろした。そして、裁縫師《さいほうし》としてすごした年月のあいだにしわだらけになった手をじっと見つめた。「オルンミラ」時の神に呼《よ》びかける。「バ　ミ　ソロ　バ　ミ　ソロ」

「なにをしているの?」アマリは、ママ・アグバの呪文《じゅもん》に切られるとでも思っているようにうしろにさがった。でも、あたしは十年以上の時を経《へ》てふたたび耳にしたヨルバ語に圧倒《あっとう》されて、声が出てこない。

〈襲撃《レイド》〉以来、耳にするのは、使うよう強制《きょうせい》されたオルシャ語の耳障《みみざわ》りな閉鎖音《へいさおん》や喉音《こうおん》だけだった。呪文《じゅもん》の言葉を耳にするのは、ひさしぶりだ。長いあいだ、記憶《きおく》の中にしか存在《そんざい》しない言葉になっていたのだ。

ママ・アグバが唱えるのに従《したが》って、通訳《つうやく》をする。『時の神オルンミラよ。どうか、わたしに話しかけてください。どうか、わたしに話しかけてください』神に呼《よ》びかけてるの。魔法《まほう》を使おうとしているの」アマリに説明する。

すらすらとそう答えながらも、自分自身、目にしていることが信じられないでいる。ママ・アグバは、時の神に従《したが》う者たちに求められる一途《いちず》な信仰《しんこう》と忍耐《にんたい》と深い信頼《しんらい》を持って、呪文《じゅもん》を唱えている。

オルンミラに導《みちび》きを願うママ・アグバの祈《いの》りを聞いているうちに、胸《むね》が痛《いた》くなるような憧《あこが》れが膨《ふく》れあがる。あたしはあんなふうに、女神《めがみ》オヤに深い信仰《しんこう》を持って祈《いの》ることはできない。

「危険《きけん》ではないの?」ママ・アグバののどに血管が浮《う》きあがるのを見て、アマリはアヘレの壁《かべ》に体を押《お》しつける。

あたしはうなずく。「ああやって祈《いの》りを捧《ささ》げるの。アシェを使う代償《だいしょう》よ」

魔法《まほう》を使うには、神々《かみがみ》の言葉によって、魔師《まし》の血に流れているアシェを操《あやつ》り、かたどらなければならない。熟練《じゅくれん》した〈視《み》る者〉にとっては、この呪文《じゅもん》は難《むずか》しいものではないけど、長いあいだ使っていなかったから、アシェを総《そう》動員しなければならないのかもしれない。アシェは、筋肉《きんにく》のように鍛《きた》えるものだ。使えば使うほど、うまく操《あやつ》れるようになり、魔法《まほう》の力は増《ま》す。

「オルンミラ、バ　ミ　ソロ、オルンミラ、バ　ミ　ソロ――」

一言ごとにママ・アグバの息が荒《あら》くなっていく。顔のしわが、ぴんと伸《の》びきっている。アシェを操《あやつ》ると、肉体に負担《ふたん》がかかる。負担《ふたん》をかけすぎれば、命を失いかねない。手の中で銀色の光が膨《ふく》らみはじめる。「オルンミラ、バ　ミ　ソロ！　オルンミラ、バ、ミ、ソロ――」

「オルンミラ――」ママ・アグバの声が力強くなっていく。

ママ・アグバの手のあいだで宇宙《うちゅう》が爆発《ばくはつ》し、アマリとあたしは衝撃《しょうげき》で床《ゆか》に放り出される。アマリは悲鳴をあげ、あたしの声はのどの塊《かたまり》につかえて失われる。夜空のブルーと紫《むらさき》が、ママ・アグバの手のひらのあいだできらめく。その美しさに胸《むね》が締《し》めつけられる。もどってきたんだ……。

長い時を経《へ》て、とうとう魔法《まほう》がもどってきたのだ。

胸《むね》に水門が開いたようだった。感情《かんじょう》の波が絶《た》え間なく押《お》しよせ、あたしという存在《そんざい》の中を駆《か》け巡《めぐ》る。神々《かみがみ》がもどってきたのだ。よみがえったのだ。あたしたちのもとへ。

ママ・アグバの手のひらのあいだで星がきらめきながら渦《うず》を巻《ま》き、踊《おど》っている。目の前に、ゆっくりとイメージが現《あらわ》れ、彫像《ちょうぞう》のようにくっきりと浮《う》かびあがる。やがて、それは大きな丘《おか》の上の三つの影《かげ》だとわかる。三人は冷酷《れいこく》な怒《いか》りをたずさえ、丘《おか》を登り、生《お》い茂《しげ》ったやぶをかきわけて歩いている。

「天よ」アマリは思わずさけぶ。「あれって……わたし？」

アマリの貴族《きぞく》言葉に思わずフンと鼻を鳴らす。でも、一人があたしの短いダシキを着ているのに気づいて、はっとする。アマリの言うとおりだ。あれは、アマリとあたしとゼインだ。ジャングルのような草むらの中をのぼっている。あたしは岩へ手を伸《の》ばし、ゼインはナイラの手綱《たづな》を持って、上へ、上へとのぼって、ついに――

そこで、幻《まぼろし》は消えた。瞬《まばた》きする間にすべて消えて、なにもない空間だけが残されていた。

あたしたちは、ママ・アグバのなにもない両手のあいだをぼうぜんと見つめた。たった今、あたしの全世界を変えてしまった両手を。

かなりの負担《ふたん》だったにちがいない。ママ・アグバの指が震《ふる》えている。そしてまた、目から涙《なみだ》がこぼれ落ちる。

「感じる」ママ・アグバは声にならない嗚咽《おえつ》をこらえる。「もう一度呼吸《こきゅう》できるようになった気分よ」

あたしはうなずく。胸《むね》の締《し》めつけられるようなこの感覚をどうやって説明すればいいか、わからない。〈襲撃《レイド》〉のあと、二度と魔法《まほう》を見ることはないと思いこんでいたから。

ようやく震《ふる》えのおさまった手で、ママ・アグバは巻き物《まきもの》をつかんだ。触《ふ》れた手から祈《いの》るような思いが漏《も》れ出す。羊皮紙に目を走らせる。目の動きで、そこにある印を読んでいることがわかる。

「これはなにかの儀式《ぎしき》ね。そこまではわかる。太古の起源《きげん》を持つもの、神々《かみがみ》とつながる方法よ」

「できますか?」アマリは、畏《おそ》れと恐怖《きょうふ》の入り混《ま》じった琥珀色《こはくいろ》の目を輝《かがや》かせる。まるでダイヤモンドでできているみたいにママ・アグバを見つめているけど、ママ・アグバが近くにくると、びくっとたじろぐのがわかる。

「それを行うのは、わたしではないわ」ママ・アグバは巻《ま》き物《もの》をあたしの手の上に置く。「今、あなたたちもわたしが見たものを見たはずよ」

「ま、まさか冗談《じょうだん》ですよね」アマリがつかえつかえ言う。今回ばかりは、あたしも同じ意見だ。

「ほかに考えられないでしょう？　今の幻《まぼろし》で、あなたたち三人は旅に出ていた。魔法《まほう》を取りもどす旅をしていたのよ！」

「もう魔法《まほう》は取りもどせたんじゃないんですか？　たった今、あなたが――――」アマリは言いかけた。

「今、使ってみせた魔法《まほう》など、むかしできたことのほんの一部にすぎない。この巻《ま》き物《もの》には魔法《まほう》がひらめいている。でも、すべての力を取りもどすためには、これだけじゃ足りない」

「もっとふさわしい人がいるはずよ」あたしは首を横にふる。「もっと経験《けいけん》を積んだ人が。ママ・アグバのほかにも、〈襲撃《レイド》〉を逃《のが》れた人はいるはずよ。ママ・アグバの視《み》る力を使って、巻《ま》き物《もの》を使える人を探《さが》せばいい」

「ゼリィ――――」

「むりよ！」あたしはさえぎって、さけんだ。「あたしにはできない！　父《バ》さんが――――」

「お父さんのことは、わたしが面倒《めんどう》を見る」

「でも、兵士《へいし》たちが！」

「あなたに戦い方を教えたのは、だれだったかしら？」

「なんて書いてあるかすら、わからないんです」アマリが言う。「読むこともできないのに！」

ママ・アグバは、なにかを思いついたような目をした。そして、大急ぎで持ち物がまとめて置いてある場所までいくと、絵の消えかかった地図を持ってもどってきた。「ここよ」そう言って、ママ・アグバはフンミラヨ・ジャングルを指さした。イロリンの海岸から東へ歩いて数日ほどのあたりだ。「さっきの幻《まぼろし》の中であなたたちが旅をしていたのは、ここ。きっとここに、チャンドンブレがあるのよ」

「チャンドンブレ？」アマリがききかえした。

「伝説の神殿《しんでん》よ。聖《せい》なるセンタロの住処《すみか》だとうわさされている。魔法《まほう》と霊《れい》的な秩序《ちつじょ》の守り手のことよ。〈襲撃《レイド》〉のまえは、十ある魔師《まし》の部族《クラン》の長《おさ》が、新しく選ばれたときに巡礼《じゅんれい》していたのだけど、さっきの幻《まぼろし》に従《したが》えば、あなたたちがいく番だということよ。いきなさい。きっとチャンドンブレに、あなたたちの求めている答えがある」

手足の感覚が失われていく。あたしはさけびたかった。**どうしてわかってくれないの？**

あたしにはそんな力はないのに。

アマリを見る。一瞬《いっしゅん》、彼女《かのじょ》が王女だということを忘《わす》れかける。ママ・アグバのろうそくの明かりに照らされたアマリは、どうすればいいかわからないでいる子どものようだ。

ママ・アグバはしわだらけの手であたしの顔に触《ふ》れ、もう片方《かたほう》の手でアマリの手首をつかんだ。

「あなたたちが怖《おそ》れているのはわかってる。でも、あなたたちならできることもわかってる。よりにもよって今日という日に、ゼリィ、あなたはラゴスにいった。そして、よりにもよってゼリィを、アマリは選んだ。神々《かみがみ》が手を下されたのよ。長い時を経《へ》て、わたしたちに贈《おく》り物を与《あた》えてくださったの。信じなさい、神々《かみがみ》は魔師《まし》の運命をもてあそんだりしない。自分たちを信じるの」

あたしは大きく息を吐《は》き出すと、編《あ》んだ葦《あし》の床《ゆか》を見た。かつてははるか遠くにいた神々《かみがみ》が、近くにいる。想像《そうぞう》もしていなかったほど近くに。あたしはただ、今日、棒術《ぼうじゅつ》の訓練から卒業したかっただけなのに。

魚を売りたかっただけなのに。

「ママ――――」

「**助けて！**」

夜のしじまに悲鳴が響《ひび》きわたった。すぐさま立ちあがる。あたしはこん棒《ぼう》をつかみ、ママ・アグバは窓辺《まどべ》へ駆《か》けよる。カーテンを引き裂《さ》くような勢《いきお》いであけたとたん、脚《あし》の力が抜《ぬ》けるのがわかった。

商業区が真《ま》っ赤《か》に燃《も》えていた。アヘレというアヘレが、燃《も》えさかる炎《ほのお》に呑《の》みこまれていく。真っ黒い煙《けむり》が空へむかってそびえるようにあがり、村人たちの悲鳴や助けを呼《よ》ぶ声がこだまする。あたしたちの世界が焼け落ちていく。

いっせいに放たれた矢が炎《ほのお》をあげながら闇《やみ》を切り裂《さ》いた。葦《あし》や木の梁《はり》に突《つ》き刺《さ》さり、次々炎《つぎつぎほのお》があがる。

爆発粉《ばくはつこ》……

王の軍隊しか持っていない強力な爆薬《ばくやく》だ。

おまえのせいだ。頭の中で憎《にく》しみのこもった声がささやく。**おまえがやつらをここに連れてきたんだ**。

そして今回は、あたしの愛する人たちが殺《ころ》されるだけではすまない。

兵士《へいし》たちは村じゅうを焼き尽《つ》くすだろう。

一秒もためらわず、外へ飛び出す。ママ・アグバが呼《よ》び止める声も無視《むし》する。あたしの家族を探《さが》さなければ。無事かどうか、たしかめなければ。

足をのせる横から通路が崩《くず》れ落ちていく。あたしの村が炎《ほのお》に包まれ、この世の地獄《じごく》になろうとしている。人の体が焼けるにおいでのどがひりつく。燃《も》えはじめてまだ数分だが、すでにイロリンじゅうが火の海と化している。

「**助けて！**」

わかった。ビジの声だ。ビジの悲鳴が闇《やみ》を引き裂《さ》く。絶望《ぜつぼう》が。胸《むね》を波打たせながら、ビジのアヘレの前を駆《か》け抜《ぬ》ける。ビジは生きて外に逃《に》げ出せるだろうか。

村人たちが火から逃《のが》れようと、次々《つぎつぎ》と海へ飛びこむ。悲鳴が夜の空を貫《つらぬ》く。みんな、ゴホゴホ咳《せ》きこみながら、黒焦《くろこ》げになった流木にしがみつき、なんとか沈《しず》むまいとしている。

妙《みょう》な感覚が体を駆《か》け抜《ぬ》け、うねるように血管を巡《めぐ》り、呼吸《こきゅう》が胸《むね》に閉《と》じこめられる。皮膚《ひふ》の下がじわっと熱くなってくる。**死者……**

霊《れい》。

魔法《まほう》。あたしはそれらをつなぎ合わせる。**あたしの魔法《まほう》だ**。

まだ理解《りかい》できていない魔法《まほう》。あたしたちを地獄《じごく》に引きこんだ魔法《まほう》。

けれど、火に肌《はだ》を焼かれながらも、〈波を起こす者〉が水を呼《よ》び出して火を消し、〈燃《も》す者〉が炎《ほのお》を操《あやつ》り、押《お》しとどめるさまを思い浮《う》かべる。

今ここに、もっと魔師《まし》がいれば、この恐怖《きょうふ》を止められるのに。魔師《まし》が訓練を受け、呪文《じゅもん》を使うことができたら、炎《ほのお》などに勝ち目はないのに。

バリバリバリという音が響《ひび》きわたる。足の下で板がうめき声をあげる。漁業区はもうすぐだ。通路が持ちこたえるかぎり走りつづけ、思い切りジャンプする。

うちを支《ささ》えているかたむいた桟橋《さんばし》に飛び移《うつ》る。煙《けむり》がのどを焼く。炎《ほのお》でなにも見えない。だが、勇気を奮《ふる》い起こす。

「父《バ》さん《バ》!」咳《せ》きこみながらさけぶ。あたしの悲鳴が、荒《あ》れ狂《くる》う夜の音に加わる。「ゼイン!」

漁業区で燃《も》えていないアヘレはひとつもない。それでも、うちがその運命から逃《のが》れていることを祈《いの》って走りつづける。

通路がぐらぐらと揺《ゆ》れ、肺《はい》が空気を求めてわめく。うちの前までくると、炎《ほのお》が発する熱気に襲《おそ》われ、倒《たお》れこむ。

「父《パ》さん《パ》！」恐怖《きょうふ》で声がうわずる。炎《ほのお》の中に生きている者のいる気配を探《さが》す。「ゼイン！ナイラ！」

のどが焼けるまでさけびつづけるが、答えはない。父《パ》さん《パ》たちが中にいるかどうかもわからない。

生きているかどうかさえ、わからない。

よろよろと立ちあがり、こん棒《ぼう》を伸《の》ばして、アヘレのドアを突《つ》き破《やぶ》る。中へ駆《か》けこもうとしたとき、肩《かた》をつかまれ、ものすごい力で引きもどされて仰向《あおむ》けに倒《たお》れた。

涙《なみだ》で視界《しかい》がかすむ。相手の顔もはっきりと見えない。けれどすぐに、揺《ゆ》らめく炎《ほのお》の中に赤みを帯びた褐色《かっしょく》の肌《はだ》が浮《う》かびあがる。アマリだ。

「中に入っちゃだめよ！」アマリは咳《せ》きこみながらさけぶ。「崩《くず》れ落ちるわ！」

アマリを突《つ》き飛ばす。半分本気でおぼれてしまえばいいと思う。そして、アヘレのほうへ這《は》っていく。

「だめよ！」

まるまる一か月かけて造《つく》った葦《あし》の壁《かべ》が、するどいメリメリという音を立てて崩《くず》れた。壁《かべ》は炎《ほのお》をあげながらそのまま通路を突《つ》き抜《ぬ》け、海へ落ちて沈《しず》んでいく。

波間からゼインの頭が浮《う》かぶのを待つ。ナイラが吼《ほ》えるのを待つ。だが、見えるのは闇《やみ》だけだ。

ほんの一瞬《いっしゅん》で、家族が全員、いなくなってしまった。

「ゼリィ……」

アマリがふたたび肩《かた》をつかんだ。触《ふ》れられた皮膚《ひふ》の下で、血が煮《に》えたぎる。アマリの腕《うで》をつかみ、怒《いか》りと悲しみに任《まか》せて引きよせる。

殺《ころ》してやる。あたしたちが死ぬなら、あんたもいっしょよ。

あんたの父親にも同じ苦しみを味わわせてやる。

家族を失う、耐《た》えがたい痛《いた》みを。

「やめて！」アマリは炎《ほのお》のほうへ引きずられて悲鳴をあげるが、耳の中がドクドク脈打《みゃくう》ってろくに聞こえない。アマリを見ると、彼女《かのじょ》の父親の顔が見える。内臓《ないぞう》という内臓《ないぞう》が、憎《にく》しみでねじれる。「お願い――」

「ゼリィ、やめろ！」

アマリを離《はな》して、ぱっと海のほうをふりかえる。ナイラがゼインを背中《せなか》に乗せ、泳いでくる。うしろに、鞍《くら》につながれたココナツの舟《ふね》が見え、父《バ》さんとママ・アグバが乗っている。その光景にぼうぜんとして、ややあってようやく、父《バ》さんたちが生きていることを呑《の》みこむ。

「ゼイン――」

漁業区の土台がまるごとかたむいた。飛びおりる間もなく、土台もろともあたしたちは海に引きずりこまれる。たちまち氷のように冷たい海水に呑《の》みこまれ、意識《いしき》さえしていなかった火傷《やけど》の痛《いた》みがやわらぐ。

丸太や崩《くず》れ落ちた家とともに沈《しず》んでいく。闇《やみ》が痛《いた》みを浄化《じょうか》し、怒《いか》りをしずめる。

このまま沈《しず》んでもいい。頭のかたすみで小さな声がささやく。**これ以上、戦いつづけなくてもいい……。**

一瞬《いっしゅん》、その言葉にしがみつく。この地獄《じごく》から抜《ぬ》け出せる唯一《ゆいいつ》のチャンスだから。でも、肺《はい》が空気を吸《す》いこもうと喘《あえ》ぎ、脚《あし》が水を蹴《け》って、あたしを崩壊《ほうかい》した世界へ連れもどす。

どんなに平和を求めようと、神々《かみがみ》はあたしに別の計画を用意していた。

第十章　ゼリィ

あたしたちは北の海岸から小さな入り江《え》へと漂《ただよ》っていた。だれ一人、しゃべらない。あんなおそろしいことがあったあとで、しゃべれなかったのだ。打ちよせる波の音がどんどん大きくなっても、さらに大きく、ビジの悲鳴が頭の中でこだましつづけた。

四人が死んだ。炎《ほのお》から逃《に》げられなかった四人が。

あたしがイロリンに火をもたらしたのだ。

あたしの手は四人の血で汚《よご》れている。

自分の両肩《りょうかた》をぐっとつかんで、すべてを内に留《とど》めようとする。ママ・アグバがスカートを割《さ》いた布《ぬの》を傷口《きずぐち》に巻《ま》いてくれている。炎《ほのお》は逃《のが》れたが、皮膚《ひふ》に小さな火傷《やけど》や水ぶくれが点々《てんてん》とできている。けれど、その痛《いた》みがありがたかった。あたしにふさわしいから。皮膚《ひふ》の火傷《やけど》など、心を焼きつくそうとする罪《つみ》の意識《いしき》とは比《くら》べものにならない。

彼《かれ》らはここよりましなところにいるはず。罪《つみ》の意識《いしき》をやわらげようとする。彼《かれ》らの魂《たましい》が平和な〈アラーフィア〉にのぼっているとすれば、死はむしろ恵《めぐ》みといっていい。でも、死ぬまえにおそろしい苦しみを味わったとしたら……

目を閉《と》じて、そんな考えを呑《の》みこもうとする。死の苦しみがあまりに大きいと、魂《たましい》は死後の世界へいくことができない。永遠《えいえん》なる地獄《じごく》〈アパディ〉に留《とど》まり、その苦しみを何度も経験《けいけん》することになるのだ。

岩だらけの砂浜《すなはま》につくと、ゼインはアマリに手を貸《か》し、あたしは父《バ》さんを支《ささ》えて岸にあがった。あたしは、絶対《ぜったい》に失敗はしないと誓《ちか》った。なのに、村は焼き尽《つ》くされてしまった。

父《バ》さんと目を合わすことができずに、とがった岩を見つめる。父《バ》さんはあたしを〈労役場《ろうえきじょう》〉に売ればよかったんだ。そうしてたら、ようやく安らぎを手に入れられていたのに。父《バ》さんがなにも言わないので、ますますみじめな気持ちになる。すると、父《バ》さんがかがんで、うるんだ目であたしの目をのぞきこんだ。

「ゼリィ、逃《に》げてはだめだ。今、逃《に》げてはいけない」父《バ》さんはあたしの手を取った。「あの怪物《かいぶつ》どもにうちを奪《うば》われたのは、これで二度目だ。もうこれで最後にするんだ」

「父《バ》さん？」父《バ》さんが怒《おこ》っていることが信じられなかった。〈襲撃《レイド》〉以来、父《バ》さんは一言だって王に逆《さか》らうような言葉は口にしていない。もうとっくに戦うことをあきらめたのだと思っていた。

「魔法《まほう》を取りもどさなければ、これからもずっとわれわれは虫けらのように扱《あつか》われる。やつらに、われわれもやり返せると、教えてやらねばならない。家を燃《も》やせば、自分たちの家を燃《も》やし返されると」

　ゼインはあんぐりと口をあけ、あたしと目を合わせた。こっちの父《パ》さん《パ》を見るのは十一年ぶりだ。てっきりもう消えてしまったと思っていた。

「父《パ》さん《パ》――」

「ナイラを連れていけ。兵士《へいし》たちが近づいている。時間がない」

　父《パ》さん《パ》は、北の海岸のほうを指さした。五人の軍服姿《ぐんぷくすがた》の兵士《へいし》が、生き残った村人たちを一か所にまとめようとしている。かぶとについている紋章《もんしょう》が、炎《ほのお》の揺《ゆ》らめく光を受けて輝《かがや》いている。**あの大尉《たいい》だ……**。あのとき、あたしとアマリを追ってきた男だ。

　あの男が、あたしの家を焼き払《はら》ったのだ。

「父《パ》さん《パ》もいっしょにきてくれ。父《パ》さん《パ》一人を置いていけない」ゼインが言う。

「むりだ。足手まといになるだけだ」

「でも――」

「だめだ」父《パ》さん《パ》はさえぎり、立ちあがって、ゼインの肩《かた》に手を置いた。「ママ・アグバが視《み》た幻《まぼろし》のことは聞いた。戦いを導《みちび》くのは、おまえたち三人だ。チャンドンブレへいって、魔法《まほう》の力を取りもどす方法を突《つ》き止めるんだ」

　のどが締《し》めつけられ、父《パ》さん《パ》の手をつかむ。「やつらはすでに一度、あたしたちのことを見つけてる。あたしたちを追うとしたら、父《パ》さん《パ》のことも探《さが》すに決まってる」

「そのころには、とっくにここから去っているから」ママ・アグバがきっぱりと言う。「兵士《へいし》たちから逃《のが》れるのに、〈視《み》る者〉より適任《てきにん》はいないでしょ？」

ゼインはママ・アグバと父《ババ》さんをかわるがわるに見て、平静な表情《ひょうじょう》を保《たも》とうとぐっと歯を食《く》いしばる。ゼインに父《ババ》さんを置いていけるだろうか。ゼインは、ほかの人たちを守っていないと、どうしたらいいのか、わからないのだ。

「どうやって父《ババ》さんたちを探《さが》せばいいの？」あたしはささやくように言った。

「魔法《まほう》を永遠《えいえん》に取りもどして。視《み》る力さえあれば、いつでもどこへいけばいいかはわかるから」ママ・アグバは言った。

「早くいくんだ」新たな悲鳴が響《ひび》きわたり、父《ババ》さんは強い口調で言った。兵士《へいし》が年取った女の人の髪《かみ》をつかんで、剣《けん》をのどに当てている。

「父《ババ》さん、お願い」

あたしは父《ババ》さんを引っぱろうとしたけど、父《ババ》さんはひざまずいて、がくがく震《ふる》えているあたしの体を両腕《りょううで》で包みこんだ。そして、この十一年、失われていた力でぎゅっと抱《だ》きしめた。「おまえの母親は……」父《ババ》さんの声がかすれる。あたしののどから小さなすすり泣きが漏《も》れる。「おまえのことを心の底から愛していた。今生きていたら、きっとおまえを誇《ほこ》りに思ったにちがいない」

あたしは父《ババ》さんにしがみついた。爪《つめ》が父《ババ》さんの皮膚《ひふ》に食《く》いこむ。父《ババ》さんはぎゅっと抱《だ》き返してから立ちあがって、ゼインに腕《うで》を回した。ゼインのほうが背《せ》の高さも強さも勝《まさ》っていたけれど、父《パパ》さんも負けじとゼインを抱《だ》きしめる。ふたりはしばらくそのままじっとしていた。ずっとこのままでいられることを願うように。

「おまえは自慢《じまん》の息子《むすこ》だ、ゼイン。なにがあってもな。一生、誇《ほこ》りに思うぞ」

ゼインは急いで涙《なみだ》をぬぐった。ゼインは感情《かんじょう》を表に出さない。苦しみは独《ひと》りの夜までためておくタイプなのだ。

「愛してるよ」父《パパ》さんはあたしたち二人にささやいた。

「あたしたちも」あたしの声はかすれた。

父《パパ》さんはゼインにナイラに乗るよう、合図《あいず》した。アマリがつづいた。頬《ほほ》を静かな涙《なみだ》がぬらしていた。それを見て、悲しみのさなかにもかかわらず、めらめらと怒《いか》りが燃《も》えあがる。どうして泣いてるわけ？　あたしたちが引き裂《さ》かれるのは、アマリの家族のせいなのに。

ママ・アグバはあたしのひたいにキスして、ぐっと抱《だ》きしめた。

「気をつけるのよ。負けないで」

あたしは鼻をすすってうなずいたけど、勝てる気などしなかった。あたしは怖《こわ》かった。怯《おび》えていた。

きっと父《パパ》さんたちをがっかりさせる。

「妹を守るんだぞ」あたしがナイラにまたがると、父《パパ》さんはゼインに言った。「ナイラ、おまえもいい子にな。みんなを守ってやれ」

ナイラは父《パ》さん《パ》の顔をなめ、頭に鼻面《はなづら》を押《お》しつけた。ナイラが歩きだすと、胸《むね》がつぶれそうになった。あたしの愛する人たちが、あたしの村が、遠ざかっていく。ふりかえると、父《パ》さん《パ》はめったに見せない輝《かがや》くような笑《え》みを浮《う》かべていた。

生きてふたたび、あの笑《え》みが見られますように。あたしは祈《いの》った。

第十一章　イナン

「十まで数えろ」小声で自分に言う。「十、ま、で、数、え、ろ」

数え終わったら、この恐怖《きょうふ》も終わるから。

罪《つみ》のない者たちの血で、両手が汚《よご》されることもないから。

「一……二……」震《ふる》える手で父上のセネットの駒《こま》を握《にぎ》りしめる。金属《きんぞく》が手のひらに食《く》いこむ。数は十に近づいていく。だが、なにも変わらない。

イロリンと同様、おれの計画もすべて灰《はい》となる。

燃《も》えさかる炎《ほのお》に村が呑《の》みこまれるのを見て、のどが締《し》めつけられる。何百という家が、道連れとなる。兵士《へいし》たちは死体を引きずって、砂浜《すなはま》を歩いていく。死体は焼け焦《こ》げて、見分けもつかない。生き残った者やけがをしている者の悲鳴が耳に鳴りひびく。口の中は灰《はい》の味しかしない。なんて無駄《むだ》なんだ。死とは。

こうなるはずじゃなかった。

アマリを片手《かたて》に、もう片方《かたほう》の手にあのディヴィナの盗人《ぬすっと》をつないだ鎖《くさり》を持っているはずだった。カエアは巻《ま》き物《もの》を取りもどし、あのディヴィナの小屋だけが燃《も》えて、灰《はい》になっているはずだった。巻《ま》き物《もの》を返せば、父上も納得《なっとく》してくれるはずだった。おれの判断《はんだん》に感謝《かんしゃ》し、イロリンを見逃《みのが》してやったのを利口なやり方だったとほめてくれたはずなのだ。わが王国の漁業は守られ、王国にとって唯一《ゆいいつ》の危険《きけん》はつぶされたはずなのだ。

なのに、おれは失敗してしまった。またミスを犯《おか》したのだ。もう一度チャンスをください、と父上に泣きついたあとで。巻《ま》き物《もの》は行方《ゆくえ》がわからないまま、妹は命の危険《きけん》にさらされ、村が丸ごとひとつ消え去った。なのに、それだけのことをやった挙句《あげく》に、おれの手元にはなにもない。

オリシャの国民の安全は脅《おびや》かされたまま――

「父《ババ》さん！」

はっとして剣《けん》をつかむと、小さな子どもが地面に体を投げ出した。子どもの泣き声が夜気を切り裂《さ》く。それでようやく、子どもの足元に砂《すな》まみれになった死体が転がっているのに気づく。

「父《ババ》さん！」子どもは死体にすがりつき、起こそうとする。父親の血が、小さなブラウンの手にべったりつく。

「アベニ！」濡《ぬ》れた砂浜《すなはま》を女がよろよろと歩いてくる。兵士《へいし》たちが近づいてくるのを見て、女は息を呑《の》む。「アベニ、だめよ。静かにして。ほ、ほら、父《ババ》さんも黙《だま》りなさいって！」

顔をそむけ、ぎゅっと目を閉《と》じ、こみあげてきたものをこらえようとする。**己《おのれ》より義務《ぎむ》を**。父上の声がする。おれの良心よりオリシャの安全を。だが、この村人たちだってオリシャ人なのだ。おれが守ると誓《ちか》った人々《ひとびと》なのだ。

「どうしようもないわね」カエア司令官がおれの横にきて言う。手には、火を早くつけすぎて火事を起こした兵士《へいし》を殴《なぐ》ったときの血がついている。おれ自身、濡《ぬ》れた砂《すな》の上でうめいている兵士《へいし》のところへいって、殴《なぐ》ってやりたいのをぐっとこらえる。「立って、やつらの手を縛《しば》れ!」カエアは大声で命令してから、ふたたび声を低くして言う。「逃亡者《とうぼうしゃ》たちの生死は不明。そもそもここにもどってきていたかも、わからないわね」

おれは苛立《いらだ》って息を吐《は》く。「生き残った者たちを全員、しらべるしかない。その中に……」

おれは言葉をとぎらせる。皮膚《ひふ》をぞくぞくするような感覚が這《は》いあがってくる。市場のときと同じだ。頭皮が熱でピリピリし、細い煙《けむり》のような雲がこっちへ漂《ただよ》ってくる。もうもうと立ちのぼる黒い煙《けむり》を奇妙《きみょう》なターコイズ色の雲が横切る。

「今のを見たか?」

おれはそっちを指さし、じりじりと近づいてくる一筋《ひとすじ》の煙《けむり》をよけてうしろにさがる。奇妙《きみょう》な雲は海の香《かお》りを運んできて、あたりにたちこめる灰《はい》のにがい味を呑《の》みこむ。

「なにを?」カエアはきいたが、答える時間はなかった。ターコイズ色の雲がおれの指のあいだをすっと通り抜《ぬ》けた。とたんに、あのディヴィナの姿《すがた》が頭の中でぱっと燃《も》えあがる……。

ふいに周囲《しゅうい》の音が小さくなり、くぐもって聞きとりにくくなる。冷たい海が押《お》しよせてきて、頭上を照らす月と赤々《あかあか》と燃《も》える火がみるみる薄《うす》れはじめる。おれの頭にとりついた、あの少女が見える。死体や流木に囲《かこ》まれ、真っ暗な海へと落ちていく。海底へ引きずりこもうとする流れにも抗《あらが》わず、戦うことを放棄《ほうき》している。死へと沈《しず》んでいく。

するとまた幻《まぼろし》が消え、はっと気づくと、村人たちが悲鳴をあげている砂浜《すなはま》にもどっていた。皮膚《ひふ》の下にチクチクと刺《さ》されるような痛《いた》みが走る。最後にあのディヴィナの顔を見たときと同じだ。

そしてふいに、すべてのかけらが合わさって、ひとつになる。のたうちまわる。幻《まぼろし》が現《あらわ》れる。最初から気づくべきだったのに。

魔法《まほう》だ……

胃《い》がねじれる。うずくように痛《いた》む腕《うで》に爪《つめ》を立てる。この病毒《びょうどく》を体から出さなければ。この感覚を皮膚《ひふ》から引きはがさなければ。

イナン、集中しろ。

父上のセネットの歩駒《ふごま》を握《にぎ》っている手に力が入り、関節がボキリと鳴る。おれは父上に、準備《じゅんび》はできていると言った。だが、まさかこんなことになるとは。

「十、数えろ」ふたたびつぶやき、歩駒《ふごま》のように砕《くだ》けた自分のかけらを集めようとする。そして小声で「五」まで数えたとき、おそろしい事実に気づく。あのディヴィナの少女は巻《ま》き物《もの》に触《ふ》れたのだ。

少女が一瞬《いっしゅん》、触《ふ》れたときに感じた火花。血管を駆《か》け巡《めぐ》ったエネルギー。そして、目が合ったときの……

天よ。

おれは、少女の病毒《びょうどく》にやられたにちがいない。

胃《い》がむかむかし、吐《は》き気が襲《おそ》う。こらえる間もなく、今朝《けさ》食べたメカジキのローストがせりあがってきて、体をふたつに折り、焼けつくようなのどの中身を砂《すな》の上にぶちまける。

「イナン！」カエアが鼻にしわを寄《よ》せ、ゴホゴホと咳《せ》きこむおれを見た。一瞬《いっしゅん》、心配そうな顔をするが、うんざりとした表情《ひょうじょう》にかき消される。おれのことを腑抜《ふぬ》けだと思っているんだろう。だが、それでも真実を知られるよりはずっといい。

こぶしを握《にぎ》りしめる。魔法《まほう》がおれの血を汚《けが》していくのが、実際《じっさい》に感じられるような気さえする。魔師《まし》がおれたちに病毒《びょうどく》を送りこめるなら、全滅《ぜんめつ》させるまえにこっちがやられてしまう。

「あの少女はここにいた」おれは手の甲《こう》で口をぬぐった。「あのディヴィナの少女が巻《ま》き物《もの》を持っている。少女がほかの者たちを傷《きず》つけるまえに、居場所《いばしょ》を突《つ》き止めなければ」

「え？」カエアの細い眉《まゆ》が真ん中に寄《よ》った。「どうしてわかったんです？」

説明しようと口を開きかけたとき、またもや頭皮の下をめまいがするような痛《いた》みが駆《か》け抜《ぬ》けた。うしろをふりかえる。刺《さ》すような痛《いた》みがますます増《ま》す——そして、南の森のほうを見たとき、頂点《ちょうてん》に達する。

あたりには焦《こ》げた肉と黒い煙《けむり》のにおいがたちこめていたが、またさっきの海の香りがつかの間、漂《ただよ》う。彼女《かのじょ》だ。そうに決まってる。あの森の中だ……

「イナン」カエアが鋭《するど》い口調で言う。「どういう意味？　なぜそのディヴィナがここにいたとわかるの？」

魔法《まほう》で。

色褪《いろあ》せた歩駒《ふごま》を握《にぎ》った手に力が入る。手のひらがむずむずする。その言葉は、「ウジ虫」よりも汚《けが》れているように感じる。おれもまだ受け止められていないのに、カエアはなんて言う？

「村の男だ」おれはうそをつく。「そいつが、やつらは南へいったと言ったんだ」

「その男は今、どこに？」

適当《てきとう》に死体のほうを指さす。しかし、指の先にあったのは、子どもの焼け焦《こ》げた死体だった。また別のターコイズの雲がこちらへむかってくる。ローズマリーと灰《はい》に包まれる。逃《に》げようとしたが、雲はおれの手を通り抜《ぬ》け、ぞくっとする熱が残された。炎《ほのお》の壁《かべ》の中に世界が消える。悲鳴が血のようにおれの耳に注がれる。

「**助けて――**」

「イナン！」

はっと現実《げんじつ》にもどる。冷たい波が靴《くつ》に押《お》しよせている。

海岸だ。歩駒《ふごま》をぎゅっと握《にぎ》る。**おまえはまだ海岸にいるんだな**。

「どうしたの？　うめき声をあげてたわよ……」

ぱっとふりかえって、少女を探《さが》す。少女の仕業《しわざ》にちがいない。卑劣《ひれつ》な魔法《まほう》を使って、おれの頭を音で満たしているんだ。

「イナン――」

「全員を尋問《じんもん》するんだ」カエアの不安そうなまなざしを無視《むし》する。「やつらの行き先を知っている者がいたということは、ほかにもなにか情報《じょうほう》を持っている者がいるかもしれない」

カエアはためらい、ぎゅっと口を結んだ。今のはなんだったのか、もっとききたいのだろう。だが、司令官としての義務《ぎむ》を果たすほうが先だ。いつだって義務《ぎむ》が先なのだ。

おれたちは、生き残った者たちのほうへ歩いていった。彼《かれ》らのさけび声を無視《むし》するために潮《しお》の流れを見つめる。だが、近づくにつれ、悲鳴はますます大きくなる。

七……頭の中で数える。**八**……**九**……

おれは、オリシャ一偉大《いだい》な王の息子《むすこ》だ。

未来の王なのだ。

「黙《だま》れ！」

自分の声が、自分のものとは思えない力強さで夜気に響《ひび》きわたる。カエアさえ、おどろいたようにこっちをちらりと見る。さけび声はおさまり、無となる。

「われわれは、ゼリィ・アデボラを探《さが》している。王から、ある貴重《きちょう》なものを盗《ぬす》んだのだ。どうやら南へむかっているらしいとの情報《じょうほう》が入った。その理由を知りたい」

目を合わすまいとする黒い顔を見まわし、真実の気配を探《さが》す。彼《かれ》らの恐怖《きょうふ》が、湿気《しっけ》のようにじわじわと空気中に入りこむ。おれの皮膚《ひふ》にも浸《し》みこんでいく。

「――**神よ、どうか――**」

「――**殺《ころ》されたら――**」

「――**いったいどうして盗《ぬす》んだりしたの――**」

彼《かれ》らの声がパッパッパッとひらめくように聞こえ、心臓《しんぞう》が激《はげ》しく打つ。とぎれとぎれの思考がおれを呑《の》みこもうとする。ターコイズの雲が次々《つぎつぎ》立ちのぼり、まるでスズメバチのようにおれめがけて襲《おそ》いかかってっくる。ふたたび心の暗闇《くらやみ》に落ちこみそうになったとき――

「答えろ！」

助かった。カエアのどなり声で現実《げんじつ》に引きもどされる。

目をしばたたかせて、剣《けん》の柄《つか》を握《にぎ》りしめる。すべすべした金属《きんぞく》が、おれを現実《げんじつ》につなぎとめる。時とともに、恐怖《きょうふ》はうすれていく。だが、不安な感覚だけは残っている……。

「答えろと言ったんだ！」カエアがすごみのある声で言う。「何度も言わせるな」

村の者たちはじっと地面を見つめている。

沈黙《ちんもく》の中で、カエアがぱっと前へ出る。

悲鳴が噴《ふ》き出す。カエアが老婆《ろうば》の白髪《はくはつ》をつかみ、うめいている老婆《ろうば》を引きずり出す。

「司令官――」カエアが剣《けん》を抜《ぬ》くのを見て、声が詰《つ》まる。カエアは老婆《ろうば》のしわだらけの首に刃《は》を押《お》し当てる。血が一滴《いってき》、砂《すな》の上に落ちる。

「ずっと、黙《だま》っているつもりか？」カエアは凄《すご》みのある声で言う。「黙《だま》っていれば、死ぬぞ！」

「なにも知らないんです」少女がさけぶ。浜辺《はまべ》にいる者がみな、凍《こお》りつく。

少女の両手は震《ふる》えている。少女は手を砂《すな》の中に押《お》しこむ。

「あの子の兄と父親のことなら、お教えできます。あの子の棒術《ぼうじゅつ》の力のことも。でも、イロリンの者はだれも、あの子がなぜ、どこへいったのかは知らないんです」

カエアにいかめしい顔をむける。カエアは、ぬいぐるみのように老婆《ろうば》を放り出す。おれは濡《ぬ》れた砂《すな》の上を歩いて、少女のところまでいく。

おれが近づいてくるのを見て、少女の震《ふる》えはますますひどくなる。だが、それが恐怖《きょうふ》のためなのか、少女の膝《ひざ》までできている夜の波の冷たさのせいなのかはわからない。少女が着ているのは、びしょ濡《ぬ》れのねまきだけだ。ビリビリに破《やぶ》れ、体にまといついている。

「名前は？」

この距離《きょり》から見ると、栗色《くりいろ》や赤褐色《せっかっしょく》をした村人の肌《はだ》よりぐっと明るい、ココナツ色の肌《はだ》が目立つ。おそらくどこかの貴族《きぞく》の血が流れているのだろう。父親が火遊びを楽しんだわけだ。

少女が答えないので、かがんで、声を低くして言った。「さっさと答えれば、おれたちもさっさと出ていく」

「イェミ」少女は声を絞《しぼ》り出す。そして、しゃべりながら、砂《すな》を握《にぎ》りしめる。「知りたいことはなんでも答えるから、その代わりあたしたちを放《ほう》っておいて」

おれはうなずいた。それですむならお安い御用《ごよう》だ。任務《にんむ》だろうがなんだろうが、これ以上死体など見たくない。

これ以上、悲鳴は聞きたくない。

手を伸《の》ばし、少女の手首を縛《しば》っていたロープをほどく。手が触《ふ》れると、少女はビクンとする。

「情報《じょうほう》をくれれば、おまえたちは安全だ」

「安全？」

イェミはおれの目を見る。その目に宿った憎《にく》しみが剣《けん》のようにおれを貫《つらぬ》く。イェミの口は開かなかったが、その声は頭蓋骨《ずがいこつ》の中に鳴りひびいた。

「安全なんて、とっくのむかしになくなってる」

第十二章　ゼリィ

ナイラを止めたころには、黙《だま》って流しつづけた涙《なみだ》のせいで目がヒリヒリしていた。ナイラとゼインはものの五秒で、コケに覆《おお》われた地面に気を失ったように倒《たお》れこみ、砕《くだ》け散った現実《げんじつ》から逃《のが》れて安全な眠《ねむ》りの世界へ落ちていった。

アマリは、森の寒さに震《ふる》えながら地面を調べていたが、やがてマントを広げると、その上に横たわった。なにもかぶっていない頭をむきだしの地面に横たえるのは、王族の血が許《ゆる》さないんだろう。そのようすを見ながら、もう少しでアマリを炎《ほのお》の中に引きずりこむところだったのを思い出す。

今では、はるか昔のことに思える。あの憎《にく》しみを抱《かか》えていたのは、自分じゃないみたいに。

今は、冷えた怒《いか》りがくすぶっているだけだ。わざわざ感じるまでもない怒《いか》りが。銀貨五百枚《まい》をかけたっていい。アマリはあと一日も持たないだろう。

マントで体をくるみ、ナイラのそばで丸くなって、やわらかい毛皮の感触《かんしょく》を味わう。影《かげ》になった葉のあいだから、満天の星空を見あげたとたん、またママ・アグバの魔法《まほう》の幻《まぼろし》が浮《う》かんできた。

「魔法《まほう》がもどってきた」自分にむかってささやく。狂気《きょうき》のような一日を終えたあとでも、いまだに信じられない。ふたたび魔法《まほう》を手に入れることができるなんて。

　あたしたちはふたたび栄華《えいが》を手に入れることができるのだ。

「オヤよ……」

　生と死の女神《めがみ》の名をささやく。あたしにいつか魔法《まほう》の力を授《さず》けてくれると約束した姉妹《しまい》神の名を。子どものころは、いっしょのベッドで寝《ね》ているかのようにしょっちゅうオヤに呼《よ》びかけていたけれど、今では、探《さが》しても、祈《いの》りの言葉が浮《う》かんでこなかった。

「バ　ミ　ソロ」試《ため》しに口にしてみたが、ママ・アグバのまじないの言葉のような確信《かくしん》と強さがない。ママ・アグバはオルンミラとのつながりを心から信じているからこそ、未来の幻《まぼろし》を呼《よ》び出すことができたのだ。でも、今のあたしは天にだれかがいると信じたいだけだった。

「ラン　ミ　ロウォ」代わりに別の言葉を口にする。**助けてください**。こちらのほうがはるかに現実味《げんじつみ》があり、自分の言葉だという気がする。「ママ・アグバは、あたしは選ばれたのだと言いました。父《ババ》さんもそうだと言っています。でも、あたしは……あたしは怖《こわ》いんです。こんな重要なこと。失敗してだいなしにしたくないんです」

　声に出して言うと、恐怖《きょうふ》の正体があらわになって、空気に新たな重みが加わる。あたしは父《ババ》さんのことさえ、守れなかった。そんなあたしが、魔師《まし》を救《すく》えるはずがない。

けれど、恐怖《きょうふ》を吐《は》き出すにつれ、わずかな慰《なぐさ》めを手にする。オヤはここにいるかもしれない、あたしのすぐ横に。オヤがいなければ、苦難《くなん》を乗り越《こ》えることはできない。

「どうか助けてください」もう一度繰《く》り返す。「ラン　ミ　ロウォ。お願いします。そして、父《パパ》さんをお守りください。なにがあっても、父《パパ》さんとママ・アグバが無事でありますように」

ほかに言う言葉が見つからずに、あたしは頭《こうべ》を垂《た》れる。ぎこちない祈《いの》りだけれど、空までのぼっていくのが見えるような気がする。祈《いの》りがもたらす一瞬《いっしゅん》の満ち足りた時間にしがみつき、痛《いた》みよりも恐怖《きょうふ》よりも悲しみよりも、その一瞬《いっしゅん》に力を与《あた》えようとする。そしてそのまま、満ち足りた気持ちに抱《いだ》かれ、あやされながら眠《ねむ》りにつく。


目が覚めると、なにかがおかしかった。ただならぬ気配。なにかがちがう。

起きあがったが、あるはずの眠《ねむ》っているナイラの体がない。ナイラがいない。森も消えている。木も、コケもない。あたしがいるのは、一面そびえるような葦《あし》の野で、激《はげ》しい風がかん高い声をあげながら吹《ふ》き抜《ぬ》けていく。

「どういうこと？」新鮮《しんせん》な感覚と光に戸惑《とまど》いながらつぶやく。手を見て、はっとのけぞる。傷《きず》も火傷《やけど》の跡《あと》もなくなっている。生まれたてみたいなすべすべの肌《はだ》。

立ちあがると、葦《あし》の野は四方に果てしなく広がっている。立ってもなお、茎《くき》と葉ははるか頭の上だ。

遠くのほうはぼやけて、地平線が白くかすんでいる。描《か》きかけの絵の中に迷《まよ》いこみ、カンバスの中に囚《とら》われてしまったみたいだ。あたしは眠《ねむ》っていない。でも、起きてもいない。

そのあわいの、魔法《まほう》の世界を漂《ただよ》っている。

踏《ふ》みつけた泥《どろ》が沈《しず》むのを感じながら、神々《こうごう》しい葦《あし》の中を歩いていく。じわじわと時間が伸《の》びていく。だが、ぼんやりとした霞《かすみ》の中では時間など気にならない。空気はひんやりとしてすがすがしく、生まれ育ったイバダンの山並《やまな》みを思わせる。**きっと聖地《せいち》なんだ、**とあたしは思う。神々《かみがみ》からの、休息の贈《おく》り物なんだ。

そうだ、そうに決まってる、とその考えを受け入れようとしたとき、だれかがいるのを感じる。心臓《しんぞう》がドキッとして、ふりかえる。そして、だれかわかったとたん、呼吸《こきゅう》が止まるような気がする。

最初に見えたのは、琥珀色《こはくいろ》の目にくすぶる炎《ほのお》だ。今日という日のあと、決して忘《わす》れられない目。けれど、今の彼《かれ》はじっと立ち尽《つ》くし、剣《けん》も持っていないし、炎《ほのお》に囲《かこ》まれてもいない。盛《も》りあがった筋肉《きんにく》や、明るい褐色《かっしょく》の肌《はだ》、奇妙《きみょう》な一筋《ひとすじ》の白い髪《かみ》を見る。こうやってじっとしていると、その顔立ちはアマリとそっくりだ。見まちがいようがない。**彼《かれ》は大尉《たいい》というだけではない……**

王子なんだ。

彼《かれ》はじっとあたしを見つめている。よみがえった死体を見るみたいな目で。そして、ぎゅっとこぶしを握《にぎ》りしめて言う。「すぐにこの牢獄《ろうごく》から出せ！」

「牢獄《ろうごく》？」あたしは意味がわからず片方《かたほう》の眉《まゆ》をあげる。「あたしじゃないわよ！」

「おれが信じると思うか？　一日じゅう、頭からおまえの顔が消えなかったというのに？」王子は腰《こし》へ手を伸《の》ばすが、剣《けん》はない。それで初めて、ふたりともなにも飾《かざ》りのない白い服を着ていて、丸腰《まるごし》だということに気づく。

「あたしの顔が？」のろのろとたずねる。

「知らないふりをしても無駄《むだ》だ。ラゴスでおまえがおれになにをしたかも、わかっている。それに、あの――あの声も。すぐさまこうした攻撃《こうげき》はやめるんだ。やめないと、ひどい目に合うぞ！」

怒《いか》りが燃《も》えあがり、おそろしい熱を発する。でも、彼《かれ》の言ったことをじっくり考えるにつれ、恐怖《きょうふ》は去る。彼《かれ》は、あたしが彼《かれ》をここに連れてきたと思ってるんだ。

あたしがここで会うように仕向けたって。

ありえない。当時はまだ幼《おさな》くて、母さん《ママ》に死の魔法《まほう》は教えてもらえなかったけど、魔法《まほう》が行われるのは見たことがある。〈刈《か》る者〉の魔法《まほう》は、冷たい霊《れい》や鋭《するど》い矢やねじれた影《かげ》の姿《すがた》で訪《おとず》れる。でも、夢《ゆめ》だったことはない。そもそもラゴスから逃《に》げ出したときは、まだ巻《ま》き物《もの》に触《ふ》れてもいなかった。彼《かれ》と目が合って、電気が走ったみたいに皮膚《ひふ》がむずむずしたときは。ここにきたのが魔法《まほう》の力によるものだとしても、あたしの力じゃない。だとしたら――

「あなたよ」

そう言って、おどろきで息を吸《す》いこむ。**そんなことがありえる？**　王家の一族は何世代もまえに魔力《まりょく》を失っている。魔師《まし》は、長らく王座《おうざ》に触《ふ》れてもいない。

「おれがなんだというんだ？」

ふたたび彼《かれ》の白い髪《かみ》に目をやる。こめかみから首筋《くびすじ》へむかって流れる一筋《ひとすじ》の髪《かみ》に。

「あなたがやったってこと。あなたが、あたしたちをここへ連れてきたのよ」

王子の全身の筋肉《きんにく》が硬直《こうちょく》する。目の怒《いか》りが恐怖《きょうふ》に変わる。冷たい風があたしたちのあいだを吹《ふ》き抜《ぬ》ける。あたしたちの沈黙《ちんもく》の中で、葦《あし》がダンスする。

「うそをつくな。おれの頭の中に入りこもうとしているだけだろう」

「ちがうわよ、王子さま。そっちがあたしの頭の中に入りこもうとしてるのよ」

母さ《ママ》んの話していた昔の話が記憶《きおく》の底から浮《う》かびあがってくる。十の部族《クラン》とそれぞれが司《つかさど》る魔力《まりょく》の物語《ものがたり》だ。子どものころ、あたしが知りたいのは母さ《ママ》んと同じ〈刈《か》る者〉のことだけだったけど、母さ《ママ》んはすべての部族《クラン》のことを知っていなければならないと言った。いつも注意するように言っていたのは、〈結ぶ者〉だ。〈結ぶ者〉は、心や考えや夢《ゆめ》をあやつる力を持っている。**〈結ぶ者〉には注意するのよ、ゼル。魔法《まほう》を使って頭の中に入りこんでくるからね。**

思い出して、ぞくっとする。だが、当の王子は取り乱《みだ》していて、彼《かれ》の力を怖《おそ》れる気持ちにはなれない。ぶるぶる震《ふる》える手を見ているさまは、魔法《まほう》であたしを襲《おそ》うというより、自分の命を奪《うば》いそうに見える。

でも、どうしてこんなことが？　ディヴィナは生まれるときに神々《かみがみ》に選ばれる。王子はディヴィナではないし、コスィダンは魔力《まりょく》を持つことはできない。なのに、どうやっていきなり魔師《まし》に？

まわりを見まわし、〈結ぶ者〉の力が創《つく》りあげたものを眺《なが》める。魔法《まほう》で創《つく》られた葦《あし》は、周囲《しゅうい》に吹《ふ》き荒《あ》れる非現実《ひげんじつ》に気づくようすもなく、風に揺《ゆ》られている。

これだけのものを創《つく》りあげるには、相当の魔力《まりょく》が必要だ。経験豊富《けいけんほうふ》な〈結ぶ者〉でさえ、呪文《じゅもん》を使わなければ、失敗するだろう。なのに、どうやって彼《かれ》は自分の血に流れているアシェを手なずけ、これだけのものを生み出したのだろう？　自分が魔師《まし》だという自覚さえないのに。いったいどういうこと？

王子の髪《かみ》に混《ま》じった一筋《ひとすじ》の白い髪《かみ》に目が吸《す》いよせられる。あたしたちの髪《かみ》は、イバダン山脈《さんみゃく》の頂上《ちょうじょう》を覆《おお》う雪のように真っ白で、なによりも目立つ印であり、どんなに黒い染料《せんりょう》を使っても、数時間より長くは隠《かく》すことができない。

魔師《まし》やディヴィナの中で彼《かれ》のように白い髪《かみ》がまざっている者は見たことがないが、あれが魔師《まし》の髪《かみ》であることはたしかだ。あたしの髪《かみ》の白さとまったく同じだから。

なら、どういう意味なの？　空を見あげる。神々《かみがみ》はなにをしようとしているんだろう？　王子だけじゃなかったら？　王家の人々《ひとびと》が魔力《まりょく》を取りもどしつつあるとしたら――

だめ。

こんなふうに考えて、恐怖《きょうふ》でパニックを起こすわけにはいかない。

本当に王族が魔力《まりょく》を取りもどしつつあるのなら、すでに知れわたっているはずだ。深く息を吸《す》いこみ、気を落ち着けてから、さらに先を考える。ラゴスで、アマリは巻《ま》き物《もの》を持っていた。そして、兄の横を走り抜《ぬ》けようとして、ぶつかった。理由はわからないけど、あのときにちがいない。王子の力が目覚めたのだ、あたしの力が目覚めたように。そう、あの巻《ま》き物《もの》に触《ふ》れたせいで。

王も巻《ま》き物《もの》に触《ふ》れたはずだ。アマリも、そしておそらくあの司令官も。でも、力は目覚めなかった。魔力《まりょく》が備《そな》わっていたのは、彼《かれ》だけだ。

「あなたの父親は知ってるの？」

王子の目がギラリと光ったのを見て、答えを悟《さと》った。

「知ってるわけないわよね」あたしはにやりとする。「もし王が知ってたら、あなたは今ごろ死んでるでしょうから」

王子の顔から血の気が引く。完璧《かんぺき》だ。あたしは笑いそうになる。これまで何人のディヴィナが彼《かれ》の手にかかっただろう。利用され、痛《いた》めつけられ、むざんに殺《ころ》されたのだ。つまり、彼《かれ》は、自分の血を流れているのと同じ魔法《まほう》を滅《ほろ》ぼすために、大勢《おおぜい》の命を奪《うば》ってきたことになる。

「取引《とりひき》しましょ」王子のほうへ歩みよる。「あたしをほっておいてくれれば、秘密《ひみつ》は守ってあげる。だれも知る必要はないものね、あなたが汚《けが》らわしいウジ――」

王子が飛びかかってきた。

一瞬《いっしゅん》のうちにのどに手を回し、次の瞬間《しゅんかん》――

パッと目を開く。聞きなれたコオロギの鳴き声がして、ゆらゆら揺《ゆ》れる葉が目に入る。ゼインの規則《きそく》的ないびきが聞こえ、ナイラがあたしの横でごそごそと体を動かす。

前に出て、こん棒《ぼう》を手に取るが、敵《てき》はどこにもいない。木々《きぎ》のあいだに目を凝《こ》らし、しばらくしてようやく、ここに王子が現《あらわ》れることはないと納得《なっとく》する。

湿《しめ》った空気を吸《す》ったり吐《は》いたりして、高ぶった神経《しんけい》を落ち着けようとする。ふたたび横になり、目を閉《と》じるが、なかなか眠《ねむ》りはやってこない。これから先、眠《ねむ》れるだろうか。あたしは、王子の秘密《ひみつ》を知ってしまったのだ。

王子は、あたしが死ぬまで追いつづけるだろう。

第十三章　ゼリィ

翌朝《よくあさ》、目を覚ますと、眠《ねむ》りについたときよりも疲《つか》れていた。

なにかを奪《うば》われたような気持ちがする。そう、泥棒《どろぼう》に夢《ゆめ》を持ち去られたような。いつもならまどろんでいるあいだは、逃《のが》れることができる。起きたときにむき合わなければならないみじめさをいっとき忘《わす》れられる。しかし、夢《ゆめ》という夢《ゆめ》が王子に首を絞《し》められるところで終わるのなら、夢《ゆめ》も現実《げんじつ》と同じ苦しみでしかない。

「ああもう」ぼそりと悪態《あくたい》をつく。あんなの、ただの夢《ゆめ》だ。なにを恐《おそ》れろっていうの？　たとえ魔力《まりょく》が強いとしても、王子は怯《おび》え切っている。使えるはずがない。

狭《せま》い空き地のむこうから、ゼインの低い声が聞こえる。一心不乱《いっしんふらん》に腹筋《ふっきん》運動をしている。いつもの毎朝のトレーニングをこなしているように見えるけど、でももう、トレーニングの必要はなくなるだろう。あたしのせいで、ゼインは二度とアボンができないかもしれないから。

うしろめたさのせいでよけいに疲《つか》れが増《ま》し、引きずりこまれるようにまた横になる。これから一生謝《あやま》りつづけたとしても、まだ足りない。さらに罪《つみ》の意識《いしき》の深みに沈《しず》みこみかけたとき、なにかが動いたのが見えてそちらに目をやった。大きなブラウンのマントの下でアマリがもぞもぞと寝返《ねがえ》りを打った。王女さまがお目覚めらしい。とたんに、またイナンの姿《すがた》が浮《う》かんできて、口の中に苦い味があふれる。

父親や兄のことを思えば、寝《ね》ているあいだにあたしたちののどを掻《か》っ切らなかっただけで奇跡《きせき》だ。

アマリの黒い髪《かみ》に、兄のような白い髪《かみ》が混《ま》ざっているか探《さが》したが、見当たらなかった。体の緊《きん》張《ちょう》がほぐれる。アマリまであたしを頭の中にとらえる力を持っていたら、どれだけひどいことになるか想像《そうぞう》もつかない。アマリをにらみつけているうちに、毛布《もうふ》にしているマントに目が留《と》まった。あたしは立ちあがって、ゼインの横にいってしゃがんだ。

「いったいどういうつもり？」

ゼインは無視《むし》して、腹筋《ふっきん》運動をつづけている。目の下のクマを見て、ほうっておいたほうがいいのはわかったが、怒《いか》りのあまり止めることができない。

「マントのことよ。どうしてあの子に貸《か》したのよ？」

ゼインはさらに二回、腹筋《ふっきん》運動をしてから、ぼそりと言った。「震《ふる》えてたから」

「で？」

「で？」ゼインはかみつくように言った。「目的地までどれだけかかるか、わからないんだぞ。

風邪《かぜ》をひかれたら困《こま》るだろ？」

「あの子は慣《な》れてるのよ。わかるでしょ？　ゼインみたいな人たちが気を配ってくれることに。なんでも思いどおりにできることに」

「ゼル、彼女《かのじょ》は寒がっていて、おれはマントを使ってなかった。それだけのことだ」

あたしはあきらめて、アマリのほうを見た。でも、アマリの目の中に、彼女《かのじょ》の兄が見える。王子の手が首に回されるのを感じる。

「あたしだって、あの子のことを信じたい――」

「いや、うそだ」

「でも、たとえ信じたいと思っていたとしても、むりよ。あの子の父親が〈襲撃《レイド》〉を命じた。あの子の兄はあたしたちの村を焼き尽《つ》くした。なのにどうしてあの子はちがうと思えるわけ？」

「ゼル……」ゼインは言いかけて、口を閉《と》じた。アマリがこちらへきた。あいかわらず華奢《きゃしゃ》でおどおどしている。今の話を聞いていたかはわからなかった。どっちにしろ、聞かれて気にしているふりなどできない。

「これ、ゼインのよね。ありがとう」アマリはゼインにマントを返した。

「おれは平気だ」ゼインはマントを受け取って、くるくると丸めた。「ジャングルに入れば、もう少し温かくなるから。でも、また入用《いりよう》なときは、そう言えばいい」

アマリは、会ってから初めてほほ笑《え》んだ。ゼインがほほ笑《え》み返すのを見て、あたしはかっとなった。かわいらしい顔くらいで、怪物《かいぶつ》の娘《むすめ》だってことを忘《わす》れてしまうらしい。

「終わり？」あたしはきいた。

「えっと、ええ、実は……」アマリの声がますます小さくなる。「気になっていて……このあとどうするのかなって、つまり――」

アマリのお腹《なか》がぐうと鳴った。アマリは頬《ほほ》を真《ま》っ赤《か》にして、ほっそりしたお腹《なか》を押《お》さえたけど、また大きな音を立てた。

「ごめんなさい。昨日、パンしか食べてないものだから」

「パン？　まるまる一個《こ》？」思い浮《う》かべるだけで唾《つば》が出た。最後に、まともな一切れを食べてから数か月たっている。それだって、市場で手に入れる固くなったパンと宮殿《きゅうでん》の厨房《ちゅうぼう》の焼きたてのパンじゃ、比《くら》べ物にならないだろうけど。

自分がどんなに幸運に恵《めぐ》まれてるかってことを、アマリに言ってやろうとしたけど、あたしのお腹《なか》も空っぽでぎゅるぎゅるいっていた。昨日は、結局なにも食べないままだった。すぐになにか食べないと、あたしのお腹《なか》も鳴りだすに決まってる。

ゼインは黒いズボンのポケットに手を入れて、ママ・アグバがくれたボロボロの地図を引っぱり出した。あたしたちは、ゼインがイロリンの海岸からソコトの集落を示《しめ》す黒い点の手前まで指でなぞるのを目で追った。

「ここまで一時間くらいだ。ソコトに寄《よ》ってから、東のチャンドンブレにむかうのがいいだろう。

商人たちがいて食べ物が買える。だが、なにか売るものがないとな」

「カジキを売ったお金は？」

ゼインは袋《ふくろ》の中身を空けた。あたしはうめいた。出てきたのは、銀貨が数個《すうこ》とアマリの冠《かんむり》だけだった。「火事でほとんど失《な》くしてしまった」ゼインはため息をついた。

「なにを売るの？」アマリがたずねた。

ゼインは、アマリの美しい服を見た。泥《どろ》の染《し》みができて、焦《こ》げ跡《あと》もいくつかあったけど、長い優雅《ゆうが》なラインと裏地《うらじ》のついたシルクは、一目で貴族《きぞく》の着る物だとわかる。

アマリはゼインの視線《しせん》を追って、眉《まゆ》を寄《よ》せた。「冗談《じょうだん》よね？」

あたしはすかさず言った。「それなら、いい値段《ねだん》で売れる。それに、これからジャングルにいくのよ。そんな服じゃ、持たないわよ」

アマリはあたしのだぶだぶのズボンと短いダシキを見て、自分のスカートをぎゅっとつかんだ。この期《こ》に及《およ》んで、自分に選択権《せんたくけん》があると思ってるなんて信じられない。こっちからしてみれば、やすやす組み伏《ふ》して、服をはぎ取ることだってできるのに。

「でも、そうしたらなにを着ればいいの？」

「マントがあるでしょ」あたしは薄汚《うすぎたな》いブラウンのマントを指さした。「そのドレスを売って食べ物を手に入れて、途中《とちゅう》で新しい服を買えばいいわよ」

アマリはじりっとうしろにさがって、地面を見つめた。

「巻《ま》き物《もの》を手に入れるために父親の兵士《へいし》から逃《に》げてきたくせに、そのバカみたいなドレスを脱《ぬ》ぐのはいやなわけ？」

「巻《ま》き物《もの》のためにこんな危険《きけん》を冒《おか》したわけじゃないわ」アマリの声がかすれた。涙《なみだ》がこぼれそうになり、目がきらりと光る。「お父さまが、わたしの大切な友だちを殺《ころ》して――」

「友だち？　奴隷《どれい》じゃなくて？」

「おい、ゼル」ゼインがいましめるように言った。

「なによ？」あたしはゼインのほうにむき直った。「あんたの友だちとやらはみんな、あんたの服にアイロンをかけたり、食事を作ったりしてるんじゃないの？　ただで？」

アマリの耳が真《ま》っ赤《か》になった。「ビンタは賃金《ちんぎん》をもらってたわ」

「さぞかし大金をもらってたんでしょうね」

「わたしはあなたたちを助けようとしてるのよ」アマリはスカートの生地《きじ》をますますきつく握《にぎ》りしめた。「あなたたちを助けるためにすべてを投げうって――」

「あなたたち？」かっとなって繰《く》り返す。

「わたしたちでディヴィナを救《すく》える――」

「ディヴィナは救《すく》いたいけど、その服は売れないってわけ？」

「わかったわよ！」アマリは両手をあげた。「天よ！　いいわよ。いやだなんて言ってないでしょ」

「それはどうもありがとう、お姫《ひめ》さま。魔《ま》師《し》の救《すく》い主どの！」

「もうやめろ」ゼインにこづかれた。アマリは服を脱《ぬ》ぎにナイラのうしろへいったが、ほっそりした指で背中《せなか》のボタンをはずそうとしてためらい、ちらりとこちらを見た。あたしは天を仰《あお》いでみせ、ゼインといっしょに背中《せなか》をむけた。

王女さまっていうのは！

「あんな言い方はするな」ソコトを囲《かこ》んでいる生命あふれるマホガニーの森のほうを見ながら、ゼインは小声で言った。アオジリヒヒーの一家が枝《えだ》から枝《えだ》へわたりながら、つやつやした葉を気ままに揺《ゆ》らしている。

「父親の奴隷《どれい》のディヴィナとしかいっしょにいられないっていうなら、さっさとすてきなお城に帰りゃいいのよ」

「あの子がなにかひどいことをしたわけじゃないだろ」

「いいこともしてないけどね」あたしはゼインをこづき返した。どうしてむきになってアマリをかばうわけ？　きちんと扱《あつか》うべきだって、本気で思ってるとか？　まるでアマリのほうが犠牲者《ぎせいしゃ》みたいに。

「おれが貴族《きぞく》に寛大《かんだい》なわけないだろ。だけど、ゼル、考えてやれ。いちばんの友だちを失《な》くして、ただめそめそ嘆《なげ》く代わりに、命がけで魔《ま》師《し》とディヴィナを助けようとしてるんだぞ」

「あの子の父親が、あの子のお気に入りだった魔《ま》師《し》の召使《めしつか》いをたった一人殺《ころ》したからって、かわいそうに思わなきゃならないわけ？　じゃあ、この十一年間は？　どうして怒《おこ》ってなかったのよ？　〈襲撃《レイド》〉のあと、ずっとなにしてたわけ？」

「〈襲撃《レイド》〉のときは、アマリはまだ六歳《さい》だろ」ゼインは声を平静に保《たも》ちつつ言う。「まだ子どもだ。おまえと同じでな」

「でも、あの夜も、お母《マ》さん《マ》にキスしたでしょうね。あたしたちはできなかったけど」

あたしはナイラに乗ろうと、ふりかえった。とっくに着替《きが》えたと思ったのだ。けれど、まだ背《せ》中《なか》が丸見えだった。

「え……」

心臓《しんぞう》が飛び出しそうになる。背骨《せぼね》に沿《そ》うように、みにくい傷《きず》が走っていた。波打つような傷跡《きずあと》のひどさに、こっちまで皮膚《ひふ》がヒリヒリするような気がする。

「どうした？」

ゼインもふりかえった。アマリはさっとこっちをむいたが、ゼインもアッと息を吸《す》いこんだ。父《バ》さん《バ》の背中《せなか》に残っている傷《きず》さえ、アマリの半分もひどくない。

「ひどい！」アマリはあわててマントで体を隠《かく》した。

あたしはとっさに言った。「見ようと思ったんじゃない。本当よ。だけど、いったい――アマリ、なにがあったの？」

「なんでもない。じ、事故《じこ》があって。兄とわたしがまだ小さいころ」

ゼインがおどろいて口をあけた。「お兄さんがやったのか?」

「ちがうわ! わざとじゃないの。ちがうの……そうじゃないの——」アマリは言葉をとぎらせ、感情《かんじょう》が高ぶったようにぶるぶる震《ふる》えた。だが、それがどういう感情《かんじょう》なのかはわからなかった。

「わたしの服が欲《ほ》しいんでしょ。さあ、どうぞ。さっさと売って、出発しましょ!」

そして、マントの前をしっかりと閉《と》じ、顔を隠《かく》したままナイラにまたがった。ゼインとあたしも、それ以上なにも言えずに、いっしょに乗るしかなかった。

ゼインはぼそぼそ謝罪《しゃざい》の言葉を口にしてから、ナイラを出発させた。あたしも謝《あやま》ろうとしたけど、マントでおおわれたアマリの背中《せなか》を見たら、言葉が出てこなくなった。

信じられない。

ほかにどんな傷《きず》が隠《かく》れているのか、想像《そうぞう》したくもなかった。


徐々《じょじょ》に暖《あたた》かくなり、ソコトの集落のある森の空き地に到着《とうちゃく》した。コスィダンの子どもたちが、ガラスのように澄《す》んだ湖の岸を走りまわっている、小さな女の子が湖に落ちると、嬉《うれ》しそうに悲鳴をあげた。旅人は木とぬかるみを避《さ》けて野宿している。岩のゴロゴロしている岸辺にそって、行商人の荷車や馬車が並《なら》び、品物を売っていた。そのうちひとつから、香辛料《こうしんりょう》をまぶしたレイヨーンの肉の香りが漂《ただよ》ってくる。お腹《なか》がグウグウ鳴った。

〈襲撃《レイド》〉のまえは、ソコトには腕《うで》のいい〈癒《いや》しの者〉たちが集まっていると言われていた。彼《かれ》らの魔法《まほう》で病を治してもらおうと、オリシャじゅうから人々《ひとびと》がやってきたのだ。旅人たちを眺《なが》めながら、当時のようすを思い浮《う》かべようとする。父《バ》さん《バ》がここにいたら、きっと気に入っただろう。家を失ったあと、つかの間の避難所《ひなんしょ》として。

「平和ね」アマリはほうっと息を吐《は》いて、マントを押《お》さえ、あたしたちといっしょにナイラからすべりおりた。

「ここにきたのは初めて？」ゼインがたずねた。

アマリはうなずいた。「ほとんど宮殿《きゅうでん》を出たことがないから」

さやわかな風を肺《はい》に吸《す》いこみ、歩きはじめる。けれど、あたりを見まわしているうちに、焦《こ》げた肉体の記憶《きおく》がよみがえってきた。湖を見れば、おだやかな波に揺《ゆ》られていた故郷《こきょう》の水上市場を思い出し、バナナを争ってカナとけんかしたときに乗ったココナツ舟《ぶね》を思い出す。でも、イロリンといっしょにあの市場も今はすべて焼け、海の底に沈《しず》んでいるのだ。思い出を、真っ黒に焼け焦《こ》げた丸太が囲《かこ》っている。

またひとつ、あたしの一部が王によって奪《うば》われた。

「おまえたちは服を売ってきてくれ。おれはナイラに水を飲ませてくる。水筒《すいとう》をいくつか手に入れられると助かる」

アマリといっしょに市場にいくわけ？　あたしは苛立《いらだ》ちを感じたけど、新しい服を手に入れるまでアマリがあたしから離《はな》れないのもわかっていた。そこで、ゼインと別れ、人々《ひとびと》が野宿しているところを通り抜《ぬ》けて、行商人の荷車が並《なら》んでいるところへむかった。

「びくびくしないで平気よ」あたしは眉《まゆ》をあげた。アマリが、だれかが自分のほうを見るたびにビクッとするからだ。「だれも、あんたがだれだか知らないし、マントのことなんて気にもしないから」

「それはわかってる」アマリはすぐに言ったけど、少し体から力が抜《ぬ》けた。「こういう人たちのいるところにきたことがなかったから」

「そりゃ、おそろしいでしょうね、あんたの世話をするために存在《そんざい》してるわけじゃないオリシャ人がいるんじゃ」

アマリは息を吸《す》いこんだけど、言い返さずに言葉を呑《の》みこんだ。あたしはほんの少しうしろめたい気持ちに襲《おそ》われた。やり返してこないんじゃ、面白《おもしろ》くもない。

「天よ！　あれ見て！」アマリは歩く速度をゆるめ、テントを立てている二人組《ふたりぐみ》を見た。男は長くて細い枝《えだ》を蔓《つる》で束ねて円錐状《えんすいじょう》にし、女がその上に苔《こけ》を重ねて補強《ほきょう》している。「あの中で眠《ねむ》れるの？」

無視《むし》してやりたい気持ちもあったけど、アマリがただのテントをまるで黄金でできているみたいに見つめているので、つい答えた。「あたしが小さいころは、みんなしょっちゅう造《つく》ってたわよ。きちんと造《つく》れば、雪が降《ふ》ったって大丈夫《だいじょうぶ》なんだから」

「イロリンは雪が降《ふ》るの？」またもやアマリは目を輝《かがや》かせた。まるで雪が、古代の神々《かみがみ》の伝説かなにかみたいに。王国を治めるべく生まれついているのに、その王国を見たこともないなんて。

「イバダンは降《ふ》るわよ。〈襲撃《レイド》〉のまえはイバダンに住んでたから」

〈襲撃《レイド》〉と聞いて、アマリは黙《だま》りこくった。目から好奇心《こうきしん》が消え、マントをぐっとつかんで、地面をじっと見つめる。

「あなたのお母さんも犠牲《ぎせい》に?」

あたしは体をこわばらせた。食べ物が欲《ほ》しいとも言えないくせに、こんなことはきけるわけ?

「差し出がましかったら、ごめんなさい……ただ昨日、あなたのお父さんが、お母さんのことを話してたでしょ」

母《ママ》さんの顔を思い浮《う》かべる。太陽が沈《しず》んだあと、光り輝《かがや》くように見えた黒い肌《はだ》を。**おまえの母親はおまえのことを心の底から愛していた。**頭の中に父《ババ》さんの言葉が響《ひび》く。**きっとおまえを誇《ほこ》りに思ったにちがいない。**

「母は魔師《まし》だった」あたしはようやく答える。「力のある魔師《まし》だった。あなたの父親はついてたわね、〈襲撃《レイド》〉のとき、母が魔力《まりょく》を使えなくて」

またいつもの空想がもどってくる。母《ママ》さんが魔法《まほう》を使えたら。無力な犠牲者《ぎせいしゃ》じゃなくて、相手の息の根を止められる魔師《まし》だったら。母《ママ》さんなら、死んだ魔師《まし》たちの仇《かたき》をうって、死者の軍を従《したが》え、ラゴスに攻《せ》め入ることだってできたのに。サラン王の首に黒い影《かげ》を巻《ま》きつけるのは、母《ママ》さんのほうだったのに。

「こんなこと言ってもなにも変わらないのはわかってるけど、ごめんなさい」アマリはほとんど聞きとれないような声でささやいた。「愛する人を失う苦しみは……」アマリはぎゅっと目を閉《と》じた。「あなたが、父を憎《にく》んでるのはわかってる。どうしてあたしを憎《にく》むのかも、わかる」

アマリの顔から深い悲しみがあふれ出し、あたしの体の中の憎《にく》しみが冷めていく。その侍女《じじょ》がどうしてほかの召使《めしつか》いよりも大切な存在《そんざい》だったのかは、今もわからないけど、彼女《かのじょ》の悲しみは本物だから。

だめよ。あたしたちのあいだにうしろめたい気持ちが膨《ふく》らんでいくのに気づいて、あたしは首をふる。悲しんでいるからって、アマリに同情《どうじょう》なんてできない。そうやってあれこれきいてくるなら、こっちにも質問《しつもん》がある。

「じゃあ、あんたの兄さんもむかしから冷酷《れいこく》な人殺《ひとごろ》しだったの？」

アマリはぱっとこちらを見て、おどろいたように眉《まゆ》をあげた。

「あたしの母のことをきいておいて、あのひどい傷《きず》のことを隠《かく》しておけると思わないで」

アマリはじっと行商人の荷車を見つめていたが、そうしていても、頭の中で過去《かこ》が再生《さいせい》されているのはわかった。ようやくアマリは口を開いた。「兄のせいじゃないの。父がむりやり練習試《れんしゅうじ》合《あい》をさせたの」

「本物の剣《けん》で？」あたしは頭をのけぞらせた。ママ・アグバは何年も訓練したあとじゃなきゃ、棒《ぼう》に触《さわ》らせてもくれなかった。

「父は最初の家族を甘《あま》やかして育てた」アマリの声が遠のいていく。「だから弱かった。そのせいで死んだと父は言っていた。だから、わたしたちは同じ目に合わせないと」

アマリは、まるでそれがふつうのことのようにしゃべった。愛情《あいじょう》あふれる父親なら、わが子の血を流すのはとうぜんとでもいうように。宮殿《きゅうでん》は守られた安全な場所だと思っていた。でも、ちがったのだ。アマリはずっとそんな人生を送ってきたわけ？

「ゼインならぜったいそんなことはしない」あたしは唇《くちびる》をきっと結んだ。「あたしを傷《きず》つけるようなことは、決してしない」

アマリの顔がこわばった。「イナンはほかにどうしようもなかったの。イナンはやさしい心の持ち主よ。道に迷《まよ》ってしまっているだけ」

あたしは頭をふった。どうしてそんなふうに信じられるんだろう？　ずっと貴族《きぞく》たちは安全な暮《く》らしをしてると思ってた。王が自分の子にそんな苦しみを強《し》いているなんて想像《そうぞう》したこともなかったのだ。

「やさしい人はそんな傷《きず》を負わせたりしない。村を焼き払《はら》ったりしない」

あたしののどに手を回して、葬《ほうむ》り去ろうとしたりしない。

アマリが答えなかったので、もうイナンの話は終わりだと悟《さと》った。好きにすればいい。そっちが本当のことを言わないなら、こっちだって真実は話さない。

イナンの秘密《ひみつ》は呑《の》みこみ、レイヨーンの炙《あぶ》り肉のことを考えながら、行商人の荷車が並《なら》んでいるほうへ歩いていく。そして、山のような品物を並《なら》べた年配の行商人に話しかけようとしたとき、アマリがあたしの袋《ふくろ》を引っぱった。

「まだお礼を言ってなかった。命を救《すく》ってもらったこと。ラゴスで」アマリはそう言って、地面に視線《しせん》を落とした。「だけど、あなたは二回わたしを殺《ころ》そうとした……。だから、これでおあいこってことよね？」

冗談《じょうだん》だってわかるまでに、一瞬《いっしゅん》間があった。思わずニヤッとして、自分でもおどろく。今日で二度目に、アマリがほほ笑《え》んだのを見て、どうしてゼインが目をそらせないのか、少しわかったような気がした。

「おや、そこの美しいお二人さん」コスィダンの行商人が言って、手招《てまね》きした。行商人が前に出ると、日の光が当たって灰色《はいいろ》になった髪《かみ》が輝《かがや》いた。

「どうぞどうぞ」行商人は、かたくなった皮膚《ひふ》に深いしわを寄《よ》せて笑《え》みを作った。「お入りください。かならずお気に入りのものが見つかりますよ」

あたしたちは、二頭のチータアの引いている荷車の前に回った。チータアはかなりの大きさで、あたしと目の高さが変わらない。斑点《はんてん》のある毛に両手をすべらせ、ひたいから突《つ》き出ている太い角にある溝《みぞ》をなぞってやる。チータアはゴロゴロとのどを鳴らして、先の割《わ》れた舌《した》であたしの手をなめた。階段《かいだん》をあがって大きな荷車の中に入ると、広々《ひろびろ》とした空間に品物がずらりと並《なら》んでいた。

古い生地《きじ》のじゃ香のようなにおいが鼻をつく。あたしは、品物を押《お》し分けるようにして奥《おく》へむかった。端《はし》のほうで、アマリが古い生地《きじ》の手触《てざわ》りをたしかめている。あたしはイヌヌのなめし皮で作った水筒《すいとう》の前で立ち止まり、手に二つ取ってじっくり眺《なが》めた。

「なにを買いにいらしたんです？」行商人は、キラキラ輝《かがや》く首飾《くびかざ》りをかかげてみせた。身をのりだして、オリシャの北の国境《こっきょう》近くで暮《く》らす人たちの特徴《とくちょう》である深くくぼんだ目をぐっと見開く。「この真珠《しんじゅ》は、ジメタ湾《わん》のものでしてね。でも、こっちの華《はな》やかなのはカラバル鉱山《こうざん》のものなんですよ。どんな男もふりかえりますよ。その点じゃあ、あなたは不自由していないでしょうがね」

「あたしたちは旅に必要なものを買いにきたの」あたしはほほ笑《え》む。「水筒《すいとう》と、狩《か》りに使うものをいくつか。あと、火打石《ひうちいし》も」

「お金はおいくらお持ちで？」

「これを売ったら、どのくらいになる？」

アマリの服をわたすと、行商人は布《ぬの》を広げて、外の日の光にかざした。布地《ぬのじ》にくわしい者がよくやるように縫《ぬ》い目に指をすべらせたあと、特別時間をかけてすその焼け焦《こ》げの跡《あと》を調べた。

「よくできた品だ、それはまちがいない。高価《こうか》な生地《きじ》、すぐれたカット。焦《こ》げ跡《あと》さえなければな。だが、新しいすそをつければ……」

「で？」あたしは促《うなが》すように言う。

「銀貨八十枚《まい》」

「最低でも――」

「わたしは値切《ねぎ》るような商売はしてないんだ。うちの値段《ねだん》は公正だ。買うほうもな。八十枚《まい》以上は出さないよ」

あたしはぐっと歯を食《く》いしばった。でも、この男をいくらおだてたところで効《き》き目はない。オリシャ国をあちこち回って商売をしている行商人は、一人でうろうろしている貴族《きぞく》をだますようなわけにはいかないのだ。

「八十枚《まい》でなにが買えるの?」アマリは黄色いたっぷりしたズボンと袖《そで》のないダシキを取って、持ちあげた。

「その服と……その水筒《すいとう》……皮はぎ用のナイフ一本に……火打石《ひうちいし》と……」行商人は旅に使うものを取って、編《あ》んだかごに詰《つ》めていった。

「足りる?」アマリがささやく。

「今のところは」あたしはうなずいた。「あの弓も入れてくれれば――」

「それはむりだよ」行商人は言った。

「でも、チャン――神殿《しんでん》で旅が終わらなかったら?」アマリはさらに声をひそめて言った。

「もっとお金がいるんじゃない? 食べ物とか、ほかのものも?」

「さあね」あたしは肩《かた》をすくめた。「そのときはそのときよ」

荷車から降《お》りようとすると、アマリがくっと眉間《みけん》にしわを寄《よ》せ、袋《ふくろ》の奥《おく》に手を突《つ》っこんだ。

「これはいくらになる？」アマリは宝石《ほうせき》のちりばめられた冠《かんむり》を差し出した。

行商人は目が飛び出しそうになって、とてつもなく高価《こうか》な装飾品《そうしょくひん》を見つめた。

「なんと」行商人は息を吸《す》いこんだ。「いったいどこで手に入れた？」

「そんなの関係ないでしょ。いくら？」アマリはたずねた。

行商人は冠《かんむり》を受け取ってひっくり返し、ダイヤモンドのはまったユキヒョウラを見てあんぐりと口をあけた。そして、顔をあげ、アマリをおもむろにじっと見つめた。それから、あたしを見たが、あたしは顔色一つ変えずに見つめ返した。

「これは受け取れないよ」行商人は冠《かんむり》を押《お》し返した。

「どうして？」アマリは冠《かんむり》をまた行商人に持たせた。「わたしから服を取っていっても、冠《かんむり》は取れないって言うの？」

「むりだ」行商人は首をふったが、手の中におさまった黄金を見て、気持ちが揺《ゆ》らいでいるのがわかった。「欲《ほ》しかったとしても、代わりに払《はら》えるものがない。わたしの持っているものぜんぶと引き換《か》えでも、まだ足りない」

「いくらなら払《はら》えるの？」

行商人は黙《だま》りこんだ。欲《よく》と恐怖《きょうふ》が戦っている。もう一度アマリを見て、手の中で輝《かがや》いている冠《かんむり》を見る。それからおもむろに、ポケットから鍵束《かぎたば》を取り出して、床《ゆか》に置いてあった木箱をどけた。うしろから、鉄の金庫が現《あらわ》れた。行商人は鍵《かぎ》をあけ、扉《とびら》を開くと、中で光っている硬貨《こうか》の山をじっと見た。

「金貨で三百枚《まい》」

思わず前へ身をのりだした。それだけあれば、うちの家族は一生暮《く》らせる。ううん、二生ぶんかも！　大喜《よろこ》びでふりむくと、アマリの顔に浮《う》かんだ表情《ひょうじょう》が目に入った。

これは、わたしの侍女《じじょ》のおかげで、手に入ったものなの……わたしに遺《のこ》された唯一《ゆいいつ》の形見なのよ。

アマリの目には悲しみがあふれていた。あたしもよく知っている悲しみが。あれは、小さいころ、うちの家族が初めて税金《ぜいきん》を払《はら》えなかったときだった。

何か月ものあいだ、ゼインと父《パ》さんは夜明けから日の入りまでマンボウ漁をして働いた。さらに夜は、兵士《へいし》たちの仕事を請《う》け負った。そうやって、あたしを労役場《ろうえきじょう》にやらないためにやれることはすべてやったけど、それでも必要な額《がく》には届《とど》かなかった。あの日、あたしは水上市場へいった。母《マ》さんの金のお守りを手に握《にぎ》って。あたしたちが唯一《ゆいいつ》取りもどすことのできた形見だった。兵士《へいし》たちが母《マ》さんを引きずっていったとき、ちぎれて地面に落ちたのだ。

母《マ》さんが死んだあと、あたしはそのお守りを母《マ》さんの魂《たましい》の最後のひとかけらのように思っていた。今でもたまに、なにもさげていない首をさすってしまう。失った痛《いた》みを忘《わす》れられなくて。

「売らなくていいわよ」大量の金貨を目の前にして、胸《むね》を貫《つらぬ》かれるような痛《いた》みを感じた。でも、母《マ》さん《マ》のお守りを手放したとき、母《マ》さん《マ》の心から引きはがされたような気がした。あのおそろしい痛《いた》みだけは、たとえアマリでも、味わわせたくない。

アマリの目の表情《ひょうじょう》がやわらぎ、にっこりした。「わたしが服を売りたくないって言ったとき、あなたはバカにしたけど、あなたの言うとおりだった。わたしは、すでに失ったものにしがみついてた。でも、父があれだけのことをやったあとで、このくらいの犠牲《ぎせい》じゃぜんぜん足りない」

アマリは行商人にむかってうなずき、心を決めたことを伝えた。「わたしはビンタを救《すく》うことはできなかった。でも、これを売ったお金で……」

ディヴィナを救《すく》える。

行商人が冠《かんむり》を受け取って、ビロードの袋《ふくろ》に金貨を詰《つ》めているあいだ、あたしはじっとアマリを見つめていた。「弓を持っておいき。なんでも好きなものを持っていくがいい！」行商人は顔を上気させて言った。

荷車の中を見まわすと、頑丈《がんじょう》そうな革《かわ》の袋《ふくろ》に目が留《と》まった。固そうな革《かわ》をよく見ようと身をのりだすと、丸や線のもようはすべて、点で描《えが》いた十字架《じゅうじか》を組み合わせたものだということに気づいた。もように見せかけた部族の印、姉妹《しまい》神であるオヤの秘密《ひみつ》のシンボルに手をすべらせる。兵士《へいし》たちが、このかばんに隠《かく》された真実に気づけば、荷車ごと没収《ぼっしゅう》されるだろう。それどころか、行商人の両手を切り落とすかもしれない。

「気をつけて！」行商人がさけんだ。

ぱっと手を引っこめてから、行商人はアマリに言ったのだと気づいた。

アマリは刃《は》のついていない剣《けん》の柄《つか》を手に持って、しげしげと眺《なが》めていた。「これはなに？　刃《は》がついてないの？」

「自分と反対にむけて、ふってごらん」

あたしの棒《ぼう》と同じで、ひとふりすると、柄《つか》から長い刀身が飛び出した。ぞっとするようなカーブを描《えが》いた切っ先が、優雅《ゆうが》な動きで空を切った。アマリの小さな手にしては、おどろくほどのすばやさだった。

「これをもらうわ」

「使い方を知らないのに――」行商人は言いかけた。

「どうして知らないと思うの？」

あたしは片方《かたほう》の眉《まゆ》をくいっとあげてアマリを見た。練習試合《しあい》中の事故《じこ》の話を思い出したのだ。あの傷《きず》は、兄の剣《けん》でつけられたものだと思ってたけど、アマリも剣《けん》を持っていたってこと？　たしかにアマリはラゴスから逃《に》げてきた。でも、戦っている姿《すがた》までは想像《そうぞう》できなかった。

行商人は金貨と品物を包み、チャンドンブレへいくのに必要なものをすべて持たせてくれた。帰り道は、二人とも黙《だま》っていた。あたしは、あの傷《きず》と冠《かんむり》と剣《けん》のことをどう考えたらいいのか、わからずにいた。アマリは、絞《し》め殺《ころ》してやりたいと思ってた甘《あま》やかされた王女さまじゃないってこと？　本当に剣《けん》を使えるの？

パパイヤの木があったので、立ち止まり、幹《みき》を揺《ゆ》らして黄色い実を落とした。そして、アマリがこっちにくるのを待ってから、熟《う》れたパパイヤをアマリの頭に投げつけた。アマリは気づかないように見えた。**どうしよう、どう説明しよう？**と思った次の瞬間《しゅんかん》、アマリはぱっとかごを落としてむき直り、信じられないスピードで新しい刀身をひとふりした。あたしはぼうぜんとして、真っ二つになって地面に転がっているパパイヤを見た。アマリはにっこり笑って、片方《かたほう》拾うと、勝ちほこったように一口かじった。

「わたしに当てたいなら、次はもう少しがんばらないとね」

第十四章　イナン

少女を殺《ころ》せ。

魔《ま》法《ほう》を殺《ころ》せ。

目標はそれだけだ。

それを果たさなければ、世界は指のあいだからすべり落ちていく。おれの呪《のろ》いの魔《ま》力《りょく》が皮《ひ》膚《ふ》を裂《さ》いて、解《と》き放たれてしまう。

取引《とりひき》しましょ。少女が頭の中でささやく、唇《くちびる》をゆがませて。**だれも知る必要はないものね、あなたが汚《けが》らわしいウジ――**」

「クソ」

歯を食《く》いしばる。それでも、少女の卑《ひ》怯《きょう》な言葉を締《し》め出すことはできない。少女の声の記《き》憶《おく》が毒《どく》に侵《おか》された血を煮《に》えたたせ、皮《ひ》膚《ふ》の下に燃《も》えるような痛《いた》みが走る。そして、声も大きくなる。もっと声高《こわだか》に、もっと鋭《するど》く。

のどにこみあげるレンガを呑《の》みこむように、おれは魔《ま》法《ほう》を押《お》さえつけようとする。

一……二……

必死で数える。まわりの空気が冷たくなりはじめる。ひたいから汗《あせ》が噴《ふ》き出す。魔法《まほう》を押《お》し返したころには、息が切れている。だが、なんとか危険《きけん》を抑《おさ》えつける。ほんの一瞬《いっしゅん》、おれは安全になる。そう――

「イナン」

ビクッとして、かぶとをきちんとかぶっているのを確認《かくにん》する。親指で留《と》め金をたしかめる。何回たしかめただろう。白い髪《かみ》が伸《の》びているのが、はっきりと感じられる。

カエアに見えるところまで。

カエアはヒョウラを前に出し、ついてくるように合図《あいず》した。カエアの視線《しせん》を避《さ》けるために、距離《きょり》をあけてうしろにつくが、悟《さと》られてはならない。つい数時間前も、もう少しで見られるところだった。川に映《うつ》った自分の姿《すがた》をぼんやりと見ていたときに、不意を突《つ》かれたのだ。もしカエアがあと少し早くきていたら……もしおれがあと少し長くあそこにいたら――

イナン、集中しろ！

おれはなにをやってるんだ？　仮定《かてい》の話をしたってしょうがない。

あの少女を殺《ころ》せ。魔法《まほう》を殺《ころ》せ。おれがすべきことは、それだけだ。

腿《もも》に力を入れ、ユキヒョウラのルラの腹《はら》をぐっと締《し》めつける。背中《せなか》に生えているトゲに触《ふ》れないようにしながら、カエアのあとを追うよう急《せ》きたてる。トゲにぶつかったら、鞍《くら》からふり落とされるだろう。

おれが手綱《たづな》をピシッと鳴らすと、ルラはうなり声をあげた。「ほら、怠《なま》けるんじゃないぞ」

ルラはギザギザの牙《きば》をむくが、スピードをあげる。マルーラ・オークのあいだを縫《ぬ》うように走り、たわわに実をつけた枝《えだ》をわたっていくヒヒーたちの下を抜《ぬ》けていく。

カエアに追いつくと、ルラのまだらの毛をなでて感謝《かんしゃ》を伝えた。ルラはまた低いうなり声をあげ、おれの手に顔をこすりつけた。

カエアが言った。「その村の男はなんて言ったの?」

またか? 天よ、なんてしつこいんだ。

「どうも納得《なっとく》がいかないの。もう一度、聞いておこうと思って」カエアはヒョウラのうしろに手を伸《の》ばして、かごから赤い胸《むね》の火ダカを出した。火ダカは、カエアが脚《あし》に手紙を結びつけているあいだ、鞍《くら》の上でじっとしていた。父上へのメッセージだろう。**巻《ま》き物《もの》を追って南へ。それから、どうやらイナンは魔《ま》——**

「そいつは、地図作りだと言っていた」おれはうそをついた。「あのコソ泥《どろ》とアマリは、ラゴスから逃《に》げたあとそいつのところへよったらしい」

カエアが腕《うで》をあげると、火ダカは大きな翼《つばさ》を広げて、空へと飛び立った。

「なぜ南へいくとわかったの?」

「進路の計画を立てているのを見たそうだ」

カエアは顔をそむけたが、その直前、目に疑《うたが》いがひらめくのをおれは見てしまった。「わたしといっしょに尋問《じんもん》すべきだったわね」

「村も、焼き払《はら》うべきじゃなかったな！」口調が鋭《するど》くなる。「なにをすべきとかすべきじゃないとかに、こだわっている理由がわからない」

落ち着け、イナン。おれが腹《はら》を立てているのは、カエアではない。

しかし、カエアの唇《くちびる》はすでにくっと結ばれている。言い過《す》ぎたのだ。

「すまない」ため息をつく。「こんなふうに言うつもりじゃなかったんだ」

「イナン、もし今回の件《けん》が手に負えないなら――」

「大丈夫《だいじょうぶ》だ」

「本当に？」カエアはおれに視線《しせん》をむけた。「あのときのちょっとした発作《ほっさ》をわたしが忘《わす》れていると思っているのなら、残念ながらそれはまちがいよ」

天よ、呪《のろ》われろ！

イロリンの海岸で初めて魔法《まほう》に襲《おそ》われたときだ。カエアはそこにいた。おれの頭が音で埋《う》め尽《つ》くされた、あの夜に。

邪悪《じゃあく》な毒《どく》を抑《おさ》えつけようとして、内臓《ないぞう》が締《し》めつけられる。

「わたしがついているときに、王子を死なせるわけにはいかない。もしまた同じことがあれば、宮殿《きゅうでん》へ帰ってもらう」

心臓《しんぞう》が止まりそうになり、痛《いた》みがさざ波のように胸《むね》に広がっていく。そんなふうに送り返されるわけにはいかない。

あの少女が死ぬまでは。

「**取引《とりひき》しましょ**」少女の声がまた頭の中に舞《ま》いもどってくる。生々《なまなま》しさに、耳元でささやかれているような気がする。**あたしをほっておいてくれれば、秘密《ひみつ》は守ってあげる。だれも知る必要はないものね、あなたが汚《けが》らわしいウジ——**

「だめだ！」思わずどなる。「あれは発作《ほっさ》なんかじゃない。海岸でのことは、あ、あれは——」

深く息を吸《す》いこむ。**落ち着け。**「あのときは、アマリの死体かと思ったんだ」**そう、これだ。**「あれほど動揺《どうよう》したことは、恥《は》ずかしく思っている」

「そうだったのね……」カエアの態度《たいど》がやわらいだ。カエアは手を伸《の》ばして、おれの手を握《にぎ》った。

「ごめんなさい。どんなにかおそろしかったでしょうね」

おれはうなずいて、カエアの手を握《にぎ》り返す。きつすぎるくらいに。**もう、放せ。**だが、心臓《しんぞう》の動悸《どうき》が早くなる。ターコイズ色の雲が胸《むね》から広がり出ていくような気がする。パイプの煙《けむり》のようにうねり、ローズマリーと灰《はい》のにおいがもどってくる。燃《も》えている少女の悲鳴がふたたび聞こえ……。

炎《ほのお》の熱さが顔をなめる。熱い煙《けむり》が肺《はい》を満たす。じりじりと炎《ほのお》が近づいてくる。逃《に》げられる可能《かのう》性《せい》を消し去っていく。

「**助けて！**」

倒《たお》れる。肺《はい》が、悪臭《あくしゅう》に満ちた空気を拒絶《きょぜつ》する。燃《も》えさかる炎《ほのお》に足が囚《とら》われ――

「**助けて！**」

はっとしてルラの手綱《たづな》を引く。ルラは怒《おこ》ったようなうなり声をあげ、ぴたりと足を止めた。

「どうしたの？」カエアがさっとふりむく。

ルラの毛に両手をうずめ、震《ふる》えをごまかす。もう時間がない。魔法《まほう》はどんどん強くなっている。

おれの血を餌《えさ》とする寄生虫《きせいちゅう》のように。

「アマリ」声をしぼり出す。のどが焼けるように熱い。まだ煙《けむり》が満ちているかのように。「心配なんだ。アマリは一度も宮殿《きゅうでん》を出たことがない。けがをしているかもしれない」

「わかってる」カエアはなだめるように言う。父上がかんしゃくを起こしたときも同じような口調で話しているのだろうかと思う。「でも、アマリはなにもできないわけじゃない。王があれだけの年月をかけてあなたたちに剣《けん》の使い方を教えたのには、理由がある」

むりやりうなずき、カエアがしゃべっているのを聞いているふりをする。なんとかまた、呪《のろ》いを抑《おさ》えつけ、まわりの空気を薄《うす》くするようなやり口を無視《むし》する。だが、魔《ま》法《ほう》の力を抑《おさ》えこんでも、心臓《しんぞう》はまだバクバク打っている。

体の中で魔《ま》法《ほう》が燃《も》えている。おれをあざけっている。おれを毒《どく》している。

少女を殺《ころ》せ。また自分に言い聞かせる。

少女を殺《ころ》せ。この呪《のろ》いを殺《ころ》せ。
もし失敗すれば――
深く息を吸《す》いこむ。
失敗すれば、おれの命はないだろう。

第十五章　アマリ

むかしよく、山に登っている夢《ゆめ》を見た。

夜も更《ふ》け、宮殿《きゅうでん》の人たちが寝静《ねしず》まったころ、ビンタとわたしはたいまつを持って、鮮《あざ》やかな色に塗《ぬ》られた廊下《ろうか》を走っていった。タイル張《ば》りの床《ゆか》をすべるように進み、お父さまの作戦室へいく。手に手を取り、オリシャの地図にたいまつをかざすと、幼《おさな》いわたしたちの目には、人生と同じくらい大きく見えた。いつかビンタと二人で、世界を見るんだと、本気で思っていた。

宮殿《きゅうでん》を出れば、幸せになれると思っていたのだ。

でも、こうして今日で三つ目になる山の斜面《しゃめん》にしがみついていると、宮殿《きゅうでん》の階段《かいだん》より高いものに登ることを夢見《ゆめみ》ていた自分が信じられない。汗《あせ》がまとわりつき、黒いダシキの粗《あら》い布《ぬの》にしみこむ。蚊《か》が果てることなく群がってきて、背中《せなか》を刺《さ》し、はたいて追い払《はら》う余裕《よゆう》がないことを見抜《みぬ》いて、好きなだけごちそうを楽しんでいく。

丸一日歩きつづけると、ようやくぐっすりと眠《ねむ》れる夜がくる。ソコトを出てジャングルの奥《おく》へ分け入っていくにつれ、だいぶ暖《あたた》かくなったけれど、夜、うとうとしはじめると、ゼインがマントをそっとかけてくれる。市場でいろいろ手に入れたおかげで、食事は楽になった。キツネイの肉とココナツミルクすら、宮殿《きゅうでん》の厨房《ちゅうぼう》で料理された鶏《にわとり》と紅茶《こうちゃ》のようにおいしく感じられるようになった。ようやくいろいろなことがうまくいきはじめたと思っていた。でも、今は息ができないほど胸《むね》が苦しい。

日がほとんど沈《しず》みかけるころには、数千メートルの高さまできていた。眼下《がんか》のジャングルを見ると、目がくらむようだ。あらゆる濃淡《のうたん》の緑が大地を覆《おお》いつくし、天蓋《てんがい》のような樹葉《じゅよう》がどこまでもつづいている。熱帯の木々《きぎ》のあいだを蛇行《だこう》しながら流れていく川が、見わたすかぎり唯一《ゆいいつ》の水だ。山に登るにつれ、どんどん小さくなり、最後には細いブルーの線がわずかに見えるだけになった。

「こんな高いところになにかあるなんてありえる?」わたしは荒《あら》い息を継《つ》ぎながら言った。深く息を吸《す》いこむと、頭上にはりだした岩をつかんで、まずぐっと引っぱってみる。最初、登りはじめたときは、体重をかけても大丈夫《だいじょうぶ》かどうかいちいちたしかめなかった。赤剝《む》けたひざが、同じまちがいを繰《く》り返すなと言っている。

岩がしっかりしているのをたしかめると、グイと体を持ちあげ、岩の割《わ》れ目にはだしの足を押《お》しこむ。泣きだしたい衝動《しょうどう》が襲《おそ》ってくるけど、なんとか抑《おさ》えこむ。すでに二回、涙《なみだ》を隠《かく》している。また泣くなんて、情《なさ》けないことはしたくない。

「たしかにな」うしろからゼインが答える。ナイラが登れるように、幅《はば》の広い場所を選びながらあがってくる。ライオーンは、二つ目の山で危《あや》うく落ちかけてから、臆病《おくびょう》になっている。今は、ゼインが安全だとたしかめたところ以外は登ろうとしない。

「いいから、そのまま進んで」ゼリィが上からさけぶ。「ここにあるから。ここにあるはずだから」

「本当に視たのか？」ゼインがたずねる。

ママ・アグバの小屋で、目の前に未来が現《あらわ》れた瞬間《しゅんかん》を思い出す。あのときは、魔法《まほう》に目を奪《うば》われた。巻《ま》き物《もの》を盗《ぬす》んだのは正解《せいかい》だったと、心の底から思えた。

「わたしたちが登っている幻《まぼろし》を見たの……」わたしは言いかけた。

「だけど、その伝説の神殿《しんでん》のほうは見ていないんだろう？　おれたちが登っているところをマ・アグバが見たからって、チャンドンブレが本当に存在《そんざい》するということにはならない」

「おしゃべりはやめて、とにかく登って！」ゼリィはさけんだ。「信じて。神殿《しんでん》は本当に存在《そんざい》する」

ゼリィは一日じゅう、同じことを言いつづけている。かたくなに言いつづけ、わたしたちを崖《がけ》から崖《がけ》へと駆《か》り立てている。現実《げんじつ》や論理《ろんり》など、ゼリィにはどうでもいい。なにがなんでも神殿《しんでん》にいかなければと願うあまり、失敗の可能性《かのうせい》など頭をよぎりもしないのだ。

返事をしようとして下を見たとたん、数千メートル下のジャングルの木々《きぎ》が目に入り、筋肉《きんにく》が凍《こお》りつく。山肌《やまはだ》に体を押《お》しつけ、つかんだ岩を握《にぎ》りしめる。

「大丈夫《だいじょうぶ》か？　下を見ちゃだめだ。きみはうまくやってる」ゼインが言う。

「うそよ」

ゼインの顔に笑《え》みのようなものが浮《う》かぶ。「そのまま登りつづけるんだ」

脈《みゃく》がドクドクと打つ音が耳に響《ひび》く。もう一度上を見る。次の岩棚《いわだな》が見えている。足はガクガク震《ふる》えているけど、なんとか体を引っぱりあげる。**ああ、天よ！　今のわたしをビンタが見てくれたら！**

ビンタの美しい顔が、わたしの心に流れこんでくる。以前の輝《かがや》かしいビンタだ。ビンタが死ぬのを見て以来初めて、生きているときのビンタの姿《すがた》を見る。わたしの横でほほ笑《え》んでいたビンタを。ある晩《ばん》、作戦室でビンタがボンネットを脱《ぬ》いだときがあった。象牙《ぞうげ》のような白い髪《かみ》がさらさらと顔のまわりにこぼれ落ちた。

オラシンボ山脈《さんみゃく》をわたるときは、なにを着るつもり？　アデトゥンジ海に逃《に》げようという計画を話したら、ビンタはふざけて言った。**そんなときでも、アマリがズボンをはいているのを見たりしたら、王妃《おうひ》さまはその場で死んでおしまいになるでしょうね。**そして、頭に手をやって、お母さまのかん高い悲鳴を真似《まね》してみせた。わたしはどうかなるほど、笑って笑って笑ったっけ。

こんなときなのに、笑《え》みが浮《う》かんでくる。ビンタは宮殿《きゅうでん》の人たち全員の物まねができた。けれど、わたしたちの失われた夢《ゆめ》と計画のことを思うと、またすぐに笑《え》みは消えた。わたしは、宮殿《きゅうでん》の下のトンネルを使えば逃《に》げられるのではないかと考えていた。そして外へ出たら、二度ともどらない。あのころは必ずそうすると本気で思っていたけれど、ビンタはずっと、かなうことのない夢《ゆめ》だとわかっていたのだろうか？

その疑《ぎ》問《もん》が頭から離《はな》れないまま、次の岩棚《いわだな》までたどり着いて、上によじのぼる。山はそこでいったん平らになっている。雑草《ざっそう》の生えた岩棚《いわだな》は、わたしがぎりぎり横たわれるくらいの幅《はば》がある。

地面に膝《ひざ》をつくと、先にきていたゼリィが野生のアナナスの上に崩《くず》れるように倒《たお》れこむ。鮮《あざ》やかな赤と紫《むらさき》の花びらがつぶれて、甘《あま》い香りが立ちのぼる。ビンタはアナナスの花が好きだった。「ここにいちゃだめ？」クローブに似《に》た香りが落ち着かせてくれる。これ以上登るなんて考えられない。チャンドンブレが必ずあると思えなければ、これ以上はむり。

顔をあげて、ナイラが岩棚《いわだな》に這《は》いあがってくるのを見る。ゼインがうしろから、汗《あせ》を滴《したた》らせて現《あらわ》れる。ゼインが袖《そで》のないダシキを脱《ぬ》ぎ捨《す》てるのを見て、思わず視線《しせん》を落とす。最後に男の子の裸《はだか》の上半身を見たのは、乳母《うば》たちにイナンとお風呂《ふろ》に入れてもらっていたときだった。

頬《ほほ》がカアッと赤くなるのを感じて、わたしは本当に宮殿《きゅうでん》から遠く離《はな》れたところまできたんだと思う。王族がコスィダンと付き合うのは、魔師《まし》とコスィダンとはちがって違法《いほう》ではないけれど、お母さまなら、肌《はだ》を見せたかどでゼインを牢《ろう》に入れるだろう。

ゼインの肌《はだ》とわたしの赤くなった顔との距離《きょり》をあけたくて、あわてて離《はな》れようとする。そのとき、手がなにかすべすべしてうつろなものに触《ふ》れた。

　ふりかえると、目の前にひび割《わ》れた頭骨《とうこつ》があった。

「天よ！」悲鳴をあげて、這《は》いもどる。首筋《くびすじ》の髪《かみ》が逆立《さかだ》つ。ゼリィがすかさず立ちあがって、こん棒《ぼう》を伸《の》ばし、戦いの構《かま》えをとる。

「どうしたの？」

　わたしは、砕《くだ》けた骨《ほね》の山の上にのっている頭骨《とうこつ》のかけらを指さした。眼窩《がんか》にぽっかりと空《あ》いた穴《あな》が、非業《ひごう》の死を遂《と》げたことを知らしめている。

「やっぱり山を登ろうとした人かしら？　頂上《ちょうじょう》までたどり着けなかった人？」

「ちがう」ゼリィは妙《みょう》にきっぱりと答えた。「そうじゃない」そして、頭を傾《かたむ》け、かがんで骨《ほね》をじっと見た。あたりを冷たいものが駆《か》け抜《ぬ》ける。ゼリィは砕《くだ》けた骨《ほね》のほうへ手を伸《の》ばした。指先がもう少しで触《ふ》れるというとき――

　わたしは息を呑《の》んだ。うだるように熱いジャングルが一瞬《いっしゅん》にして、凍《こご》えるように寒くなったのだ。冷気が肌《はだ》に刺《さ》さり、まっすぐ骨《ぼね》まで切り裂《さ》く。でも、それはほんの一瞬《いっしゅん》だった。冷気はまたあっという間に、ぼうぜんとしているわたしたちを残して去っていった。

「ふううっ」ゼリィは生き返ったみたいにゼイゼイと喘《あえ》いだ。つかんでいたアナナスの花が茎《くき》からむしり取られていた。

「いったい今のはなんなんだ？」ゼインがきいた。

ゼリィは首を横にふった。目がみるみる大きく見開かれる。「**彼**《かれ》を感じた。彼《かれ》の霊《れい》……彼《かれ》の人生を！」

「魔法《まほう》なのね」わたしは言った。何度魔法《まほう》を見ても、矛盾《むじゅん》した気持ちがわきあがる。子どものころお父さまにいやというほど叩《たた》きこまれた魔法《まほう》のおそろしさを思い出す一方で、畏敬《いけい》の念で胸《むね》がいっぱいになるのだ。

「いこう！」ゼリィがぱっと前へ出て、次の斜面《しゃめん》を登りはじめた。「こんな強い力を感じたのは初めて。神殿《しんでん》が近いってことよ！」

わたしもあわててあとを追いかけ、次の岩棚《いわだな》へたどり着きたい一心で恐怖《きょうふ》をふり払《はら》う。ついに最後の崖《がけ》を登って上に立ったとき、わたしは目を疑《うたが》った。チャンドンブレだ。

本当にあったんだ。

コケに覆《おお》われたがれきの山が、大地を埋《う》め尽《つ》くしている。かつてはこの土地に並《なら》びたっていた神殿《しんでん》や聖堂《せいどう》は崩《くず》れ落ち、荒《あ》れ果てた廃墟《はいきょ》だけが残されていた。これまで旅をしてきたジャングルや山々《やまやま》とちがい、コオロギ一匹《ぴき》、小鳥一羽《わ》、鳴いていない。蚊《か》すらいない。かつて命が存在《そんざい》していたことを示《しめ》すのは、足元に転がっている砕《くだ》けた頭骨《とうこつ》だけだった。

ゼリィはひとつの頭骨《とうこつ》の前で立ち止まり、眉《まゆ》をしかめた。だが、なにか起こっているようすはない。

「どうかしたの？」わたしはたずねた。

「この骨《ほね》の霊《れい》が……」ゼリィは体をかがめた。「目覚めようとしてる」

「どこで？」わたしはうしろにさがろうとして、がれきにつまずいた。言葉にできない恐怖《きょうふ》がこみあげ、またもやぞっとするような寒気が襲《おそ》う。もはや現実《げんじつ》の寒さなのか、頭の中だけなのかも、わからない。

ゼリィは首をもみながら言った。「よくわからない。でも、神殿《しんでん》のなにかが、あたしのアシェの力を強めているような気がする。自分の魔法《まほう》の力を感じるの」

わたしはなおも質問《しつもん》しようとしたけれど、ゼリィはかがんで、また別の頭骨《とうこつ》に触《ふ》れた。

次の瞬間《しゅんかん》、わたしははっと胸《むね》に手を当てた。今回は、氷のような冷気だけではなかった。ゼリィのまわりに黄金色《こがねいろ》の幻《まぼろし》が現《あらわ》れたのだ。堂々《どうどう》たる神殿《しんでん》や塔《とう》が立ちあがり、見事な建造物《けんぞうぶつ》から優雅《ゆうが》な滝《たき》が流れ落ちる。そのあいだを、上等なめし皮のローブを着た色の黒い男や女や子どもたちが歩きまわっている。その肌《はだ》は優美《ゆうび》に渦《うず》を巻《ま》く白い線やシンボルで飾《かざ》られている。

幻《まぼろし》はほんの一瞬《いっしゅん》で消えたけれど、目の前のがれきを見つめるわたしの脳裏《のうり》には、生き生きとした光景が焼きついていた。チャンドンブレはかつては光り輝《かがや》く神殿《しんでん》だったのだ。

でも、今はかすかな風が吹《ふ》くのみだ。

「なにがあったんだと思う？」ゼリィにたずねたけれど、答えはわかっているような気がした。お父さまは、わたしの人生にあった魔法《まほう》の美を破壊《はかい》した。世界じゅうで同じことをしたに決まっている。

答えを待ったけれど、ゼリィはなにも言わない。刻一刻《こくいっこく》と表情《ひょうじょう》が険《けわ》しくなっていく。彼女《かのじょ》は見ているのだ、わたしには見えないものを。

ゼリィの指先で、やわらかなラベンダー色の光が輝《かがや》きはじめる。ゼリィが探《さぐ》っている力が、とうとう姿《すがた》を現《あらわ》しつつあるのだ。わたしの中で好奇心《こうきしん》が膨《ふく》らんでいく。ほかにどんなものが見えているのだろう？　魔法《まほう》のことを考えるだけで胸《むね》の動悸《どうき》が激《はげ》しくなるけど、一方でその力を一度でいいから感じてみたいという思いが強くなる。ピンタの手から放たれた虹《にじ》色の光がわたしの頭を満たしはじめたとき、ゼインの呼《よ》ぶ声がした。

「あれを見てくれ」

ゼインの声のしたほうへいくと、この山でたった一つ、まだ建っているものが目に入った。最後の岩壁《がんぺき》を背《せ》にして、神殿《しんでん》の塔《とう》が空にむかってそびえている。石ではなく、黒ずんだ金属《きんぞく》で作られ、黄色とピンクの筋《すじ》が、かつては金色に輝《かがや》いていたことを示《しめ》していた。壁《かべ》は蔓《つる》や苔《こけ》でおおわれ、小壁《フリーズ》にびっしりと刻《きざ》まれた古代ルーン文字《もじ》を覆《おお》い隠《かく》していた。

ゼリィはドアのない入り口のほうへむかおうとしたけれど、ナイラが小さなうなり声をあげた。

「大丈夫《だいじょうぶ》よ、ナイラ」ゼリィはナイラの鼻にキスをした。「ここで待ってて。いい？」

ナイラは鼻を鳴らし、がれきのうしろに崩《くず》れ落ちるようにすわった。それをたしかめてから、わたしたちは入り口をくぐり、魔法《まほう》のオーラが濃密《のうみつ》に漂《ただよ》う部屋に入っていった。わたしですら、その重さを感じる。ゼインがすっとゼリィに近づく。わたしは空中にさっと手をくぐらせた。魔《ま》法《ほう》のエネルギーの振動《しんどう》が、落ちていく砂粒《すなつぶ》のように指のあいだをすり抜《ぬ》けていった。

ドーム屋根の割《わ》れた円窓《まど》から幾筋《いくすじ》もの光が差しこみ、天井《てんじょう》のもようを照らしていた。もようは、ずらりと並《なら》んだ柱にも流れこむように描《えが》かれ、色のついたガラスやちらちらと輝《かがや》くクリスタルで飾《かざ》られていた。

どうしてここだけ破壊《はかい》されなかったの？　わたしは、彫刻《ちょうこく》に指を走らせながら不思議に思った。この神殿《しんでん》は、なぜか無傷《むきず》のままだ。焼き尽《つ》くされた森に残った一本の木のように。

「どこかにドアはあるか？」部屋の反対側からゼインがたずねた。

「ない」ゼリィが答えた。唯一《ゆいいつ》、目を引くのは、奥《おく》の壁《かべ》にぴたりと寄《よ》せて置かれた大きな彫像《ちょうぞう》だけだ。やはりほこりをかぶり、蔓《つる》が絡《から》みついている。そちらへいくと、ゼインが風化した石をすっとなぞった。年配の女性《じょせい》の像《ぞう》のようだ。豪華《ごうか》なドレスを身に着けている。白い髪《かみ》はきつくカールし、その上にのせた金の冠《かんむり》だけが、変色せずに光っていた。

「これは女神《めがみ》？」間近で像《ぞう》をしげしげと眺《なが》めながらきく。これまで一度も、神をかたどったものは目にしたことがない。そんなものを宮殿《きゅうでん》に置こうとする者はいない。むかし、よく想像《そうぞう》を巡《めぐ》らせていた。神か女神《めがみ》を目にすることがあるだろうか、あるとしたら、大広間に飾《かざ》られた王族の肖《しょう》像画《ぞうが》みたいな姿《すがた》をしているのだろうか、と。けれど、この像《ぞう》は汚《よご》れて変色しているのにもかかわらず、いちばんすばらしい肖像画《しょうぞうが》にもないような威厳《いげん》をたたえていた。

「これはなんだ？」ゼインは像《ぞう》の手に握《にぎ》られているものを指さした。

「角笛みたいに見えるけど」ゼリィは調べようと手を伸《の》ばした。「不思議……」ゼリィはさびた金属《きんぞく》を手でなぞった。「もう少しでなにか聞こえそう」

「なんて言ってるの？」わたしはきいた。

「角笛だからね、言葉をしゃべるわけじゃない」

頬《ほほ》が熱くなった。「それを言うなら、像《ぞう》なんだから、そもそも音なんてしないはずでしょ！」

「いいから静かにしてて」ゼリィはわたしを黙《だま》らせると、角笛の上に両手を置いた。「あたしになにか伝えようとしてる」

わたしは息を殺《ころ》して、ゼリィの眉《まゆ》がきゅっと寄《よ》るのを見ていた。かなり長い時間がすぎたような気がしたそのとき、ゼリィの手が銀色の輝《かがや》きを放ちはじめた。角笛がゼリィの血に流れるアシェを取りこんだかのように、ゼリィが集中すればするほど、輝《かがや》きも増《ま》していく。

「気をつけろ」ゼインが言う。

「わかってる」ゼリィはうなずいたけれど、次の瞬間《しゅんかん》ガタガタ震《ふる》えはじめた。「もうすぐなの。あと一押《ひとお》しすれば――」

足の下からゆっくりと、ギシギシときしむような音が響《ひび》いてきた。思わずキャッとさけぶ。ぱっとふりむくと、床《ゆか》を覆《おお》っている大きなタイルが一枚《まい》、横に動きはじめた。ぽっかりと空《あ》いた穴《あな》から階段《かいだん》が現《あらわ》れる。らせんを描《えが》きながら、真っ暗な地下の闇《やみ》へと伸《の》びている。あらゆるものを闇《やみ》で覆《おお》い隠《かく》してしまうような闇《やみ》だ。

「危《あぶ》なくない？」わたしはささやくように言った。暗いところにいると、心臓《しんぞう》の動悸《どうき》が跳《は》ねあがる。身をのりだして中をのぞいてみたけれど、明かりは見えなかった。

「ほかに入るところがないんだから。しょうがないでしょ」ゼリィは肩《かた》をすくめた。

ゼインが外へ飛び出していって、焦《こ》げた骨《ほね》にマントを割《さ》いた布《ぬの》を巻《ま》いたものを持ってもどってきた。ゼリィとわたしはたじろいだけれど、ゼインはさっさとわたしたちの前を通って、火打石《ひうちいし》で布《ぬの》に火をつけ、間に合わせのたいまつを作った。

「ついてこい」ゼインの堂々《どうどう》とした声で、怖《こわ》いと思う気持ちが消えていく。

わたしたちは、ゼインを先頭にして階段《かいだん》をおりていった。ふつふつと燃《も》える炎《ほのお》は足元は照らしてくれたけれど、あとは真っ暗だ。でこぼこした壁《かべ》から手を離《はな》さないようにして、呼吸《こきゅう》の数を数えながらおりていく。ついに下までおりて、最後の一段《だん》から足をおろしたとたん、耳をつんざくような音を立てて上の穴《あな》が閉《と》じた。

「天よ！」

わたしの悲鳴が闇《やみ》に響《ひび》きわたった。思わずゼリィに抱《だ》きつく。「どうするの？」震《ふる》えが止まらない。「どうやって出ればいいの？」

ゼインは階段《かいだん》を駆《か》けあがろうとしたけれど、はっと足を止めた。シュウウウという音が聞こえてきたのだ。次の瞬間《しゅんかん》、たいまつの火が消え、わたしたちは完全な闇《やみ》の中に残された。

「ゼイン！」ゼリィがさけぶ。

シュウウウウという音はどんどん大きくなり、生暖《なまあたた》かい風が雨のように体を打った。その風を吸《す》いこんだとたん、筋肉《きんにく》の動きが鈍《にぶ》くなり、頭がぼんやりしはじめた。

「毒《どく》だ」ゼインが絞《しぼ》り出すように言った直後、ドサッと倒《たお》れた音がした。怖《こわ》いと思う間もなく、闇《やみ》がわたしを支配《しはい》した。

第十六章　イナン

兵士《へいし》たちがソコトの地へおりたったとたん、沈黙《ちんもく》があたりを制《せい》した。理由がわかるのに、時間はかからなかった。

おれたち以外の兵士《へいし》がいない。

「巡視隊《じゅんしたい》はどこだ？」カエアに小声でたずねる。沈黙《ちんもく》で耳がつんざかれるようだ。ここの者たちは、オリシャの紋章《もんしょう》など一度も見たことがないように見える。父上がこの敬意《けいい》のかけらもない状《じょう》況《きょう》を目にしたらどうするか、天のみぞ知る、だ。

湖のほとりでヒョウラから降《お》りる。水は澄《す》み、鏡のように周囲《しゅうい》の木々《きぎ》を映《うつ》している。ルラは、子どもたちを見て歯をむいた。子どもらがクモの子を散らすように逃《に》げていくと、ルラはゆっくり水を飲んだ。

「旅の中継地《ちゅうけいち》には兵は配属《はいぞく》していません。数日ごとに居住者《きょじゅうしゃ》が変わるのに、無駄《むだ》ですから」カエアはかぶとを脱《ぬ》いで、風に髪《かみ》をなびかせた。同じことをしたくて頭皮がむずむずする。だが、白い髪《かみ》を見せるわけにはいかない。

少女を見つけろ。冷たくさわやかな空気を吸《す》いこみ、一瞬《いっしゅん》でも髪《かみ》のことを忘《わす》れようとする。ラゴスの熱と汚《よご》れた空気に比《くら》べ、この小さな集落はすがすがしい。自然と力がわいてくる。ひんやりとした風が、呪《のろ》いを抑《おさ》えつけていることからくる胸《むね》の焼けるような痛《いた》みをやわらげてくれる。

だが、まわりにいるディヴィナたちに目を走らせると、動悸《どうき》が速くなる。あの少女の息の根を止めることで、頭がいっぱいだ。

少女がおれの息の根を止めることは考えない。

剣《けん》の柄《つか》を握《にぎ》り、ディヴィナからディヴィナへ目を走らせる。少女の魔《ま》法《ほう》の程《てい》度《ど》を見極《みきわ》めなければならない。どうすれば、少女の攻撃《こうげき》から身を守れる？

もし少女が呪文《じゅもん》を使ったら？ 恐《きょう》怖《ふ》が貫《つらぬ》き、抑《おさ》えつけていたおれの魔《ま》法《ほう》がまたぬっと顔を出す。少女はおれのかぶとを指さして、その下に隠《かく》された呪《のろ》いを暴《あば》けばいいだけなのだ。カエアが一筋《ひとすじ》の白い髪《かみ》を見れば、おれの秘密《ひみつ》は白日《はくじつ》の下《もと》にさらされ――

集中しろ、イナン。目を閉《と》じ、セネットの熱い駒《こま》を握《にぎ》りしめる。堂々巡《どうどうめぐ》りをしているわけにはいかない。義務《ぎむ》を果たせ。オリシャはまだ、危険《きけん》にさらされているのだ。

数を数えているうちに、落ち着きを取りもどし、投げナイフのカーブした柄《え》に手を伸《の》ばす。魔《ま》法《ほう》があろうがあるまいが、ナイフで貫《つらぬ》けば黙《だま》らせることができる。魔《ま》師《し》だろうと、鋭《するど》い刃《やいば》で胸《むね》を刺《さ》されれば、それで終わりのはずだ。

あれこれ戦略《せんりゃく》を巡《めぐ》らせたが、少女がいないのは明らかだった。こっちをにらみつけてくるディヴィナはいくらでもいたが、その中にあの銀色のまなざしはなかった。

ナイフから手を離《はな》すのと同時に、胸《むね》の中の、はっきりなにとはわからないものがしぼんでいった。それは、失望のように胸《むね》に沈《しず》んでいった。

そして安堵《あんど》のように、息を吐《は》いた。

「姿絵《すがたえ》を持っていけ」カエアは十人の兵士《へいし》全員に少女のうぬぼれた顔が描《えが》かれた羊皮紙を配った。「この少女か、角ライオーンを見た者がいないか探《さが》せ。海岸近くでは、角ライオーンはふつう見かけないからな」そして、おれのほうにむき直り、唇《くちびる》をきゅっと結んだ。「わたしたちは、行商人を調べましょう。本当に南へむかったなら、まずここで必要な品を手に入れるはずだから」

うなずいて、心を落ち着かせようとするが、カエアとの距離《きょり》が近すぎる。どんな小さな動きも、カエアの目は見逃《みのが》さない。耳も、音がするたびにピクッとするのが見えそうなほどだ。

カエアのあとについて歩きだすが、一歩ごとに魔法《まほう》の押《お》し返す力が強くなってくる。鉄の鎧《よろい》が、鉛《なまり》のように重くなりはじめる。特別速く歩いているわけではないのに、ペースを守れず、じわじわと遅《おく》れはじめる。前かがみになって膝《ひざ》に手を当てる。**ちょっとでいい、呼吸《こきゅう》を整えなければ――**

「どうしたの？」

はっと顔をあげ、カエアのとがった声に呪《のろ》わしい魔力《まりょく》が反応《はんのう》するのを無視《むし》しようとする。「テ、テントだ」前方にある野営地《やえいち》のほうを指し示《しめ》す。「ちょっと見ていたんだ」われわれのテントは鉄の支柱《しちゅう》と堅《かた》いカババの革《かわ》を使っているが、彼《かれ》らのテントは木の枝《えだ》で作られ、コケで覆《おお》われている。あの技術《ぎじゅつ》は、軍に応用《おうよう》できるかもしれない。

「原始的な建築《けんちく》に関わっている時間などないわ」カエアは目をぐっと細めた。「目の前の任務《にんむ》に集中して」

そして、また前をむくと、おれに時間を無駄《むだ》にされたぶん、ますますスピードをあげて歩きはじめた。急いであとを追い、ずらりと並《なら》んだ行商人の荷車のほうへ歩いていくと、かっぷくのいい女に目が留《と》まった。ほかの者たちとはちがい、こちらをにらみつけてこない。こちらには見むきもしない。自分が抱《かか》えている毛布《もうふ》しか、目に入っていないようすだ。

こらえようとしたクシャミのように、呪《のろ》わしい力がせりあがってきた。母親の感情《かんじょう》が、平手のように頬《ほほ》を打つ。怒《いか》りがひらめき、恐怖《きょうふ》がにぶい光を放つ。だが、なによりも守りの本能《ほんのう》がかあっと燃《も》えあがり、一匹《ぴき》しかいない仔《こ》を守ろうとするユキヒョウラのように歯をむいた。その理由がわかったのは、胸《むね》に押《お》しつけた毛布《もうふ》が泣き声をあげはじめたからだ。

子ども……

女の栗色《くりいろ》の肌《はだ》に目を走らせると、手にとがった石を握《にぎ》っている。女の恐怖《きょうふ》がおれに押《お》しよせる。だが、恐怖《きょうふ》より強く、決意が燃《も》えあがる。

「イナン！」

はっとして、カエアのほうに急ぐ。カエアに名前を呼《よ》ばれたときは、そうするしかない。だが、行商人の荷車へむかいながら、もう一度ちらりと女のほうをふりかえる。呪《のろ》いが腹《はら》を焼くのを無視《む し》して、押《お》し返す。あの女はなにを怖《おそ》れているんだ？　おれが子どもに手出しをするとでも思っているのか？

「待て」一本角のチータアの引く荷車の前でカエアを止める。斑点《はんてん》もようの毛を持つ獣《けもの》が、オレンジ色《いろ》の目をおれにむける。黒い唇《くちびる》の奥《おく》から鋭《するど》い牙《きば》がのぞく。

「なに？」

入り口のあたりにターコイズの雲が垂《た》れこめている。これまでのものより、大きい。「かなりいろいろな品を置いていそうだ」なるべくさりげない口調をよそおいながら、荷車に近づいていく。

少女の魂《たましい》の潮《しお》の香りのほうへ。

せりあがる魔法《まほう》を抑《おさ》えつける。だが、雲を通り抜《ぬ》けるときに少女の香りに包まれる。少女の姿《すがた》をはっきりと見る。ソコトの太陽に照らされ、黒い肌《はだ》が輝《かがや》いている。

幻《まぼろし》はすぐに消えるが、その揺《ゆ》らめきだけでも胃《い》がむかむかする。魔法《まほう》は、寄生虫《きせいちゅう》のようにおれの血に入りこむ。かぶとをまっすぐに直し、荷車の入り口をくぐる。

「いらっしゃいませ！　どうぞどうぞ！」

年配の行商人の黒い顔から、ペンキのように笑《え》みが滴《したた》り落ちる。行商人は立って、左右の壁《かべ》に手を当て、体を支《ささ》える。

カエアが羊皮紙を男の顔に突《つ》きつける。「この少女を見たことがあるか？」

行商人は目を細め、シャツでメガネをぬぐう。ゆっくりと。**時間稼《かせ》ぎだ**。それから羊皮紙を受け取る。「見たとは言えませんね」

行商人のひたいから汗《あせ》が滴《したた》り落ちる。カエアを見る。カエアも気づいている。

この愚《おろ》か者のうそを見分けるのに、魔法《まほう》は必要ない。

小さな荷車の中を歩いて回り、行商人を動揺《どうよう》させるために商品を倒《たお》す。そこで黒い染料《せんりょう》の入った涙型《なみだがた》の瓶《びん》を見つけ、ポケットにすべりこませる。

しばらくのあいだ、行商人はじっとしている。隠《かく》すことがない者にしては、不自然なほどじっとしている。おれが木箱のほうへいくと、わずかに身を固くする。おれは木箱を蹴《け》る。板が割《わ》れて、飛び散る。奥《おく》から、鉄の金庫が現《あらわ》れる。

「やめてく――――」

カエアが行商人を壁《かべ》に押《お》しつけ、服を探《さぐ》り、おれにむかってぽんと鍵束《かぎたば》を放る。おれは、一本ずつ鍵《かぎ》を差しこんでいく。**このおれにうそをつくとは**。

鍵《かぎ》がぴたりとはまり、勢《いきお》いよく扉《とびら》を開く。有罪《ゆうざい》の手がかりを見つけようとする。だが、中から、宝石《ほうせき》をちりばめたアマリの冠《かんむり》が出てくる。息ができなくなる。

冠《かんむり》を見て、一気に子どものころに引きもどされる。アマリが初めてこの冠《かんむり》をつけた日に。おれがアマリを傷《きず》つけた日……

おれは宮殿《きゅうでん》の診察室《しんさつしつ》のカーテンにくるまっている。必死で泣き声をこらえている。おれが縮《ちぢ》みあがっている横で、アマリの傷《きず》を手当てする医者たちが、背中《せなか》の服をはがす。おれの剣《けん》がつけた傷《きず》を見て、胃《い》がねじれる。背骨《せぼね》を横切るように生々《なまなま》しい赤い傷《きず》が走っている。どくどく血が流れ出してくる。

「ごめん」医者の針《はり》が刺《さ》さり、アマリが悲鳴をあげるたびに、おれは身をすくめ、カーテンにむかって謝《あやま》る。「ごめん」さけびたい。「二度とおまえを傷《きず》つけないって約束する！」

だが、口から言葉は出ない。

アマリはベッドに横たわり、悲鳴をあげている。

苦しみが終わるよう、祈《いの》る。

数時間後、アマリは感覚を失ったように横たわっている。疲《つか》れ果て、口をきくこともできない。うめき声をあげるアマリの横に、侍女《じじょ》のビンタがもぐりこみ、なにかをささやく。その言葉は、アマリの唇《くちびる》に笑《え》みをもたらす。

耳を澄《す》ませ、目を凝《こ》らす。ビンタは、おれたちにはできない方法でアマリを癒《いや》す。豊《ゆた》かな声で歌を歌い、アマリを眠《ねむ》りに誘《さそ》う。アマリがうとうとしはじめると、母上の傷《きず》のついた古いティアラをアマリの頭にそっとかぶせる……

それからアマリは毎日欠かさず、ティアラをつけていた。この件《けん》だけは、母上との戦いにも勝ったのだ。ゴリランでもなければ、アマリからティアラを奪《うば》い取ることはできないだろう。

それがここにあるということは、妹は死んだにちがいない。

カエアを押《お》しのけ、行商人の首に剣《けん》を押《お》しあてる。

「イナン……」

手をあげ、カエアを黙《だま》らせる。階級とかどちらに決定権《けっていけん》があるとか、そんな話をするときではない。「これをどこで手に入れた?」

「お、女の子がくれたんです！　昨日！」行商人はかすれた声で言う。

羊皮紙を突《つ》きつける。「こいつか?」

「ちがいます」行商人は首をふる。「その娘《むすめ》もいましたが、くれたのは別の娘《むすめ》です。褐《かっしょく》色の肌《はだ》をしていました。目の色は明るくて——そう、あなたみたいな目です！」

アマリだ。

つまり、まだ生きているのだ。

「なにを買っていった?」カエアが口をはさんだ。

「剣《けん》と……水筒《すいとう》です。旅に出るようでした、ジャングルのほうへむかったようで……」

カエアが目を見開いた。そして、おれの手から羊皮紙を奪《うば》い取った。「神殿《しんでん》だ。チャンドンブレにちがいない」

「ここからどのくらいだ?」

「丸一日ですが――」

「いくぞ」おれは冠《かんむり》をつかみ、出口へむかった。「ヒョウラを飛ばせば、追いつける」

「待って」カエアが呼《よ》びかけた。「この男はどうする?」

行商人はガタガタ震《ふる》えていた。「どうかお願いです。盗《ぬす》まれたものだなんて、知らなかったんです! 税金《ぜいきん》はきちんと払《はら》っています。王の忠実《ちゅうじつ》なる臣民なんです!」

おれはためらい、哀《あわ》れな男を見つめた。

なんて言わなければならないかは、わかっている。

父上ならどうするか、わかっている。

「イナン?」カエアがうながす。剣《けん》に手をかけている。命令を下さなければならない。弱さをさらすわけにはいかない。**己《おのれ》より義務《ぎむ》を**。

「お願いです!」おれのためらいにすがりつき、行商人は泣きつく。「この荷車をお持ちください。わたしの持っているものをすべて差しあげますから――」

「この男は多くを見すぎてい――」カエアがさえぎって言う。

「ちょっと待て」耳の中で脈《みゃく》がドクドクと打ち、おれは声をうわずらせる。イロリンの焼け焦《こ》げた死体が脳裏《のうり》に浮《う》かぶ。焼けた肉。泣きわめく子ども。

やれ。おれは自分に言い聞かせる。**王国は、一つの命より尊《とうと》い**。

だが、すでに多くの血が流れている。その多くは、このおれの手が――

おれが答えるのを待たずに、行商人は出口めがけて走りだす。出口はすぐだ。だが、次の瞬間《しゅんかん》、深紅色《しんこうしょく》が爆発《ばくはつ》する。

おれの胸《むね》に血が飛び散る。

行商人は床《ゆか》に崩《くず》れ落ち、鈍《にぶ》いドサッという音がする。

カエアの投げたナイフが、首のうしろに突《つ》き刺《さ》さっている。

ぶるっと震《ふる》えるように息を吐《は》き、行商人は無言で血を流しつづける。カエアはじっとおれを見ながらかがみ、庭の美しいバラをつむように、ナイフを引き抜《ぬ》く。

「あなたの邪魔《じゃま》をする者を許《ゆる》してはだめ」カエアは剣《けん》の刃《は》をぬぐいながら、死体をまたぐ。「特に相手が知りすぎているときは」

第十七章　アマリ

頭から霧《きり》が晴れるように、意識《いしき》を取りもどし、わたしは目をしばたたかせた。過去《かこ》と現在《げんざい》が交じり合っている。一瞬《いっしゅん》、ビンタの銀色の目が光ったような気がする。

でも、幻《まぼろし》が消えると、それは、でこぼこの石の壁《かべ》に躍《おど》るろうそくの光だった。足元をネズミが駆《か》け抜《ぬ》けていき、はっと身を引く。そのとき初めて、縛《しば》られていることに気づく。ゼインとゼリィと頑丈《がんじょう》な縄でつながれている。

「みんな、いる？」うしろでゼリィがもぞもぞと動きだす。声から眠気《ねむけ》が滴《したた》り落ちる。ゼリィは体をねじったりひねったりするけれど、どんなにもがいても縄はびくともしない。

「どういう……？」ゼインもろれつが回っていない。縄を引っぱるけれど、ゼインの力でも結び目はゆるまない。しばらくのあいだ、彼《かれ》のうなる声だけが洞《どう》くつに響《ひび》く。でも、そのうち別の音が聞こえ、どんどん大きくなる。近づいてくる足音に、わたしたちは凍《こお》りつく。

「あなたの剣《けん》」ゼリィが押《お》し殺《ころ》した声で言う。「届《とど》く？」

手をうしろの剣《けん》のほうに伸《の》ばすと、ゼリィの指にかする。でも、指は空をつかむ。

「ないわ」ささやき返す。「なにもない！」

ぼんやりと照らされた洞《どう》くつを見まわして、剣《けん》の真ちゅうの柄《つか》や、ゼリィのきらりと光るこん棒《ぼう》を探《さが》す。すべて持っていかれてしまった。ということは、まさか――

「巻《ま》き物《もの》か？」低い声が響《ひび》きわたる。

はっと身を固くしたのと同時に、ろうそくの光の中に中年の男が現《あらわ》れる。なめし皮の袖《そで》なしのローブをはおり、黒い肌《はだ》にはびっしりと白い渦巻《うずま》きもようが描《えが》かれている。

ゼリィがすっと息を吞《の》む。

「センタロ……」

「なに？」わたしは小声でき返す。

「だれだ？」ゼインがどなり、懸命《けんめい》に縄を引っぱって、男のほうを見ようとする。ゼインは歯をむき出す。

だが、謎《なぞ》の男はまばたきひとつしない。

石を削《けず》って作った棒《ぼう》に体をあずけ、顔の彫《ほ》られた柄《え》を握《にぎ》りしめている。金色の目の奥《おく》には、まぎれもない怒《いか》りが燃《も》えている。このままずっと動かないんじゃないかと思ったとき、男はいきなり前へ出て、ゼリィの髪《かみ》をつかんだ。ゼリィがビクッと体を震《ふる》わせる。

「まっすぐだ」男は失望したようにつぶやく。「なぜだ？」

「妹に手を出すな！」ゼインがさけぶ。

ゼインにはどうすることもできないとわかっているのに、男はおとなしくゼリィの髪《かみ》を離《はな》してうしろにさがった。そして、ローブから巻《ま》き物《もの》を出すと、金色の目をぐっと細めた。

「これは、何年もまえにわが民《たみ》から奪《うば》われたものだ」くせの強いなまりがある。わたしの聞いたことのあるオリシャのどの方言ともちがう。男が持っている開きかけた巻《ま》き物《もの》に目をやる。羊皮紙に描《えが》かれた印が、彼《かれ》の肌《はだ》にも刻《きざ》まれているのがわかる。「やつらが盗《ぬす》んだのだ」男の声に暴力《ぼうりょく》的な響《ひび》きが加わる。「おまえたちに同じことはさせぬぞ」

「そうじゃないわ。わたしたちは盗《ぬす》みにきたんじゃありません！」思わずさけぶ。

「まえのときも、やつらはまさに同じことを言った」男は鼻にしわを寄《よ》せてわたしを見た。「おまえは、やつらと同じ血のにおいがする」

わたしはあとずさりして、ゼインの両肩《りょうかた》のあいだに縮《ちぢ》こまる。男は、憎《にく》しみのこもった目でわたしを見る。わたしが決して逃《のが》れることのできない憎《にく》しみの。

「彼女《かのじょ》が言っていることは本当です」ゼリィがすかさず言う。確信《かくしん》のこもった声で。「あたしたちはちがう。神々《かみがみ》に導《みちび》かれてきたんです。〈視《み》る者〉がここへいけと言ったんです！」

ママ・アグバ……ママ・アグバの別れの言葉を思い出す。**これは、わたしたちに課せられた運命なの！**　わたしはそうさけびたくなる。でも、今のわたしに、そんなことが言えるわけがない。あんな巻《ま》き物《もの》、見なければよかったと思っているのに。

センタロが鼻を膨《ふく》らませる。両腕《りょううで》をあげたとたん、空気が魔法《まほう》の予感を奏《かな》でる。**殺《ころ》される……**

心臓《しんぞう》が飛び出そうになる。これで、わたしたちの旅も終わり。

お父さまから言い聞かされていた言葉が頭の中に響《ひび》きわたる。**魔法《まほう》が相手では、勝ち目はない。**

魔法《まほう》から、身を守るすべはないのだ。

魔法《まほう》が相手なら、死あるのみ――

「かつてのここの姿《すがた》を見ました」ゼリィが声を絞《しぼ》り出す。「塔《とう》や神殿《しんでん》を。あなたにそっくりなセンタロも」

男がゆっくりと腕《うで》をおろすのを見て、ゼリィの言葉に関心を持ったのがわかる。ゼリィがごくりとつばを飲みこむ。わたしは天に、どうかゼリィが正しいことを言いますようにと祈《いの》る。

「やつらがきて、あなたの愛するものをすべて破壊《はかい》したのも知っています。あたしも同じことをされたから。あたしのような姿《すがた》をした、何千という人たちも」ゼリィの声がかすれ、わたしは目を閉《と》じる。うしろで、ゼインが体を固くするのがわかる。ゼリィがだれのことを言っているのか気づいて、のどがからからになる。わたしの思ったとおりだった。

お父さまがここを破壊《はかい》したのだ。

あのがれきの山を思い出す。砕《くだ》けた頭骨《とうこつ》を、ゼリィの険《けわ》しいまなざしを。平和だったイロリンの村は炎《ほのお》に包まれた。ゼインの頬《ほほ》を涙《なみだ》が流れ落ちた。

ビンタの手のひらから発せられた光の滝《たき》が頭の中を満たす。太陽の光そのものよりも美しかった。お父さまがビンタの命を助けていたら、今ごろわたしはどこにいただろう？　お父さまが魔《ま》師《し》たちに少しでも情《なさ》けをかけていれば、オリシャはどんなだっただろう？

恥《は》ずかしさのあまり、自分の中にもぐりこんでしまいたいと思ったそのとき、男がふたたび腕《うで》をあげた。

痛《いた》みを覚悟《かくご》して、ぎゅっと目を閉《と》じる。

ぱっと縄が消えた。そして、かたわらに荷物が現《あらわ》れた。

わたしがまだぼうぜんとしているあいだに、謎《なぞ》めいた男は杖《つえ》にもたれながら歩きはじめた。わたしたちが立ちあがると、男はうむを言わせぬ口調でひと言、言った。

「ついてこい」

第十八章　ゼリィ

彫刻《ちょうこく》のほどこされた壁《かべ》を水が滴《したた》り落ちていく。あたしたちは山の中心部へむかっていた。先頭を歩く男の杖《つえ》の音が、カツン、カツンと規則《きそく》的に響《ひび》く。でこぼこした石の地面に金色のろうそくがずらりと並《なら》び、やわらかい炎《ほのお》で闇《やみ》を照らしている。ひんやりとした岩の上を歩きながら、男を見つめた。目の前にセンタロがいることが、いまだに信じられない。〈襲撃《レイド》〉のまえは、この世でセンタロに会えるのは、十ある魔師《まし》の部族の長《おさ》だけだった。ママ・アグバに話したら、イスから転げ落ちるだろう。

アマリをひじで押《お》しのけ、男の首に描《えが》かれた印をしげしげと眺《なが》める。印は、一歩ごとに皮膚《ひふ》に沿《そ》って波うち、炎《ほのお》の生み出す影《かげ》と踊《おど》りたわむれている。

「それは、センバリアと呼《よ》ばれている」あたしが見ているのを悟《さと》って、男が説明する。「神々《かみがみ》の言葉だ。時と同じくらい古いものだ」

これがセンバリアか。前に身をのりだし、その後、ヨルバの話し言葉になり、あたしたちに呪《じゅ》文《もん》の言葉を授《さず》けることになる印を眺《なが》める。

「美しい」

男はうなずく。「天の母が創造《そうぞう》なさるものはみな、そうだ」

アマリが口を開くが、考えなおしたかのようにまたすぐに閉《と》じる。あたしの中でなにかが苛立《いらだ》つ。アマリが、史上《しじょう》最強の魔師《まし》だけが見られるものを、ぽかっと口をあけて見ているから。

アマリは小さく咳《せき》ばらいをして、体の奥深《おくふか》くからようやく自分の声を見つけてきたかのように言う。「すみません、あの、お名前はお持ちですか?」

センタロはふりかえって、鼻にしわを寄《よ》せた。「名前がない者などいない」

「あ、そういうつもりじゃ――」

「レカンだ」レカンはさえぎって言った。「オラミレカン」

その響《ひび》きを聞いたとたん、頭の奥《おく》の奥《おく》がくすぐられるような感じがした。「**オラミレカン**」繰《く》り返す。「わが富が……増《ふ》える?」

レカンがふりかえってゆるぎない目であたしをじっと見たので、魂《たましい》を見られているとわかった。「われわれの言葉を覚えているのか?」

「少しだけなら」あたしはうなずいた。「子どものころ、母が教えてくれたんです」

「母親は〈刈《か》る者〉だったのか?」

おどろいてあんぐりと口をあけてしまった。見ただけで魔師《まし》の力を特定することはできないはずなのに。

「どうしておわかりになったんですか？」

「感じるのだ。そなたには、〈刈《か》る者〉の血が濃《こ》く流れている」

「魔師《まし》やディヴィナでない人間の中にも、魔法《まほう》の存在《そんざい》を感じることはありますか？」イナンのことが浮《う》かび、思わず質問《しつもん》が口を突《つ》いて出る。「コスィダンでも血に魔力《まりょく》があるということはあるんですか？」

「われわれセンタロは、コスィダンや魔師《まし》といった区別はしない。神々《かみがみ》は、どんなことでもおできになる。大切なのは、天の母の意志《いし》だけだ」

そう言って、レカンはまた背《せ》をむけた。あたしはまだ答えより質問《しつもん》でいっぱいだった。イナンがあたしの首を絞《し》めたのにも、天の母の意志《いし》は関わっているわけ？

イナンを頭から追い払《はら》おうとしながら、歩きつづける。トンネルの中をかれこれ一キロほど進んだような気がしたころ、レカンは円天井《まるてんじょう》の広々《ひろびろ》とした暗い場所に入っていった。山をくりぬいて造《つく》った洞《どう》くつだ。レカンが、ふたたび重々《おもおも》しいようすで両手をかかげると、空気中に霊《れい》エネルギーが満ちみちた。

「インモレ　アウォン　オリシャ（神々《かみがみ》の光り）」レカンの口からヨルバの呪文《じゅもん》が水のように流れ出す。「タン　スィ　ミ　ニ　キア　バイィ。タン　イモンレ　スィ　イパセ　アウォン　オモーレ！（ただちにわたしに光りを与《あた》えよ。彼《かれ》の子どもたちのために光りを輝《かがや》かせよ）」

たちまち壁《かべ》に並《なら》んでいたろうそくの炎《ほのお》が、ゼインの作った間に合わせのたいまつのように消えた。が、またすぐに、ふたたび新しい命を得《え》て燃《も》えあがり、洞《どう》くつを隅々《すみずみ》まで光で満たした。

「ああ……」

「おお……」

「すごい……」

あたしたちは目を見張《みは》った。洞《どう》くつの壁《かべ》には、言葉を失うほどすばらしい壁画《へきが》が描《えが》かれていた。明るく強烈《きょうれつ》な色彩《しきさい》で描《えが》かれた十人の神々《かみがみ》と十の魔師《まし》の部族の絵が、壁《かべ》を埋《う》め尽《つ》くしている。〈襲撃《レイド》〉のまえに描《えが》かれ、今では、闇《やみ》に紛《まぎ》れて時おり持ち出されるだけの粗削《あらけず》りな絵やタペストリーとは、まったくちがう。目の前の壁画《へきが》は、ゆらめく光を放っているように見える。あたかも太陽そのものを正面から見つめているようだ。

「これは?」アマリは息を呑《の》み、いっぺんにすべてを見ようとするようにくるりと回転した。

レカンが手招《てまね》きしたので、あたしはアマリを引っぱり、つまずいたアマリを支《ささ》えてそちらへいった。レカンは両手を石の壁《かべ》に押《お》しつけ、答えた。「神々《かみがみ》の起源《きげん》だ」

レカンの金色の目から火花が散り、手のひらからまばゆいエネルギーがあふれ出て、壁《かべ》に吸《す》いこまれた。そのまま壁《かべ》を伝うように広がっていく。すると、絵が輝《かがや》き、描《えが》かれている者たちがゆっくりと動きはじめた。

「天よ!」アマリはさけんで、あたしの手首をつかんだ。魔法《まほう》と光が花開き、絵の人物《じんぶつ》一人ひとりに命を吹《ふ》きこんでいく。

「はじめに、天の母は天と地を創造《そうぞう》し、広大たる闇《やみ》に命をもたらした」年配の女の手のひらから、渦巻《うずま》くような光が放たれた。一階にあった像《ぞう》と同じ女の人だ。シルクを思わせる紫《むらさき》のローブが流れるように体を包み、新しい世界が命を得《え》て動きだす。「大地では、天の母自らの血と骨《ほね》の子である、人間を創造《そうぞう》した。天では、神と女神《めがみ》に命を与《あた》えた。人間も神々《かみがみ》も、天の母の魂《たましい》の、それぞれのかけらを肉体化したものなのだ」

母《マ》さん《マ》から同じ話を聞いていたけれど、今ほど生々《なまなま》しく感じられたことはない。これは物語《ものがたり》や神話の域《いき》を超《こ》えた、現実《げんじつ》の歴史《れきし》だ。あたしたちは目を見開き、口をあんぐりとあけて、天の母から人間たちと神々《かみがみ》が生まれ出るようすを見つめていた。人間たちが茶色《ちゃいろ》の大地に落ちていくのに対し、生まれたばかりの神々《かみがみ》は天井《てんじょう》の雲の中へとあがっていく。

「天の母は、自らの姿《すがた》をかたどって創《つく》られた、すべての子どもらを愛した。そして、人間と神々《かみがみ》を結びつけるため、自分の力を神々《かみがみ》に分け与《あた》え、最初の魔師《まし》が生まれた。神々《かみがみ》はそれぞれ、天の母の魂《たましい》の一部をもらった。つまり、地上の人間たちへの贈《おく》り物となる魔法《まほう》だ。イェモジャは天の母の目から涙《なみだ》をもらい、海の女神《めがみ》となった」

はっとするほど黒い肌《はだ》に生気あふれるブルーの目をした女神《めがみ》が、涙《なみだ》を一粒《つぶ》、世界に落とした。涙《なみだ》は爆発《ばくはつ》し、海と湖と川を生み出した。

「イェモジャは兄弟姉妹《きょうだいしまい》である人間たちに水をもたらし、彼女《かのじょ》をあがめている者たちにその使い方を教えた。イェモジャの教え子たちは、たゆまない自制心《じせいしん》をもって姉妹《しまい》神から学び、海を支配《しはい》するすべを手にした」

〈潮《しお》の者〉の誕生《たんじょう》だ。記憶《きおく》がよみがえる。頭上に描《えが》かれたオミ族たちが自在《じざい》に水をねじまげ、堂《どう》に入ったようすでダンスを踊《おど》らせている。

そうやってレカンは神々《かみがみ》の起源《きげん》を語り、歩きながら一人ひとりの神とその部族の魔師《まし》について説明していった。シャンゴは、天の母の心臓《しんぞう》から炎《ほのお》をとって〈燃《も》す者〉を創造《そうぞう》し、アジャオは天の母の息吹《いぶき》から風をとり〈風の者〉を創《つく》った。こうして、九人の神と女神《めがみ》について学び、残す神はあと一人となった。

レカンが語りはじめるのを待ったが、レカンはあたしのほうにむき直った。まなざしに、大いなる期待を宿して。

「あたしが?」レカンの代わりを務《つと》めるため、前へ出る。手のひらが汗《あせ》でべとつく。たしかに、よく知っている物語《ものがたり》だ。母さん《ママ》が繰《く》り返し語っていたから、ゼインだって空で言えるほどだ。でも、子どものころは、ただの神話だった。大人たちが、子どものために紡《つむ》ぐファンタジーだったのだ。今、初めて、物語《ものがたり》が実際《じっさい》に起こったことであり、あたしの人生という生地《きじ》に縫《ぬ》いこまれていることを、感じる。

「姉妹《しまい》や兄弟たちとちがい、オヤは最後のときまでずっと待っていた」あたしは大きな声で語りはじめる。「オヤは兄弟姉妹《きょうだいしまい》のように天の母からなにもとらなかった。その代りに、天の母に与《あた》えてほしいと願ったのだ」

大いなる力と光輝《こうき》を持つ者として描《えが》かれているあたしの姉妹神《しまいしん》が、ハリケーンのような優雅《ゆうが》さで動きだす。黒曜石のような美しさを持つ女神《めがみ》は、母神の前にひざまずく。赤いローブが風のようになびく。その光景を見て、あたしは息を呑《の》む。オヤの姿《すがた》には力が宿り、黒い肌《はだ》の下では嵐《あらし》が吹《ふ》き荒《あ》れている。

「オヤの忍耐《にんたい》と知恵《ちえ》に報《むく》い、天の母は命を司《つかさど》る力を与《あた》えた。しかし、オヤが彼女《かのじょ》をあがめる者たちにその力を分け与《あた》えると、それは、死を支配《しはい》する力に変わった」

心臓《しんぞう》の鼓動《こどう》が早くなる。イク族の〈刈《か》る者〉が死をもたらす力を見せつける。あたしがなるべく生まれついた魔師《まし》。絵の中でも、彼《かれ》らの影《かげ》と霊《れい》は空へと舞《ま》いあがり、死者の軍に命令を下し、灰《はい》の嵐《あらし》で命を滅《ほろ》ぼしていく。

それを見ているうちに、イバダンでの日々《ひび》に引きもどされる。新しく選ばれた大人たちが、部族の前でその優《すぐ》れた力をふるうのを見ている。母《ママ》さんのときは、黒い死の影《かげ》が母《ママ》さんのまわりで渦《うず》を巻《ま》き、それはうっとりするほどすばらしかった。恐《おそ》ろしくも美しい影《かげ》は、母《ママ》さんの横でくるくると踊《おど》りまわっていた。

あのとき、あたしは生きているあいだ、二度とこんな美しいものを見ることはないだろうと思った。そしていつか母《ママ》さんと同じ道に進むことだけを願った。母《ママ》さんが魔師《まし》になったあたしを見て、半分でも誇《ほこ》らしく思ってくれればそれでいい。心の底からそう思った。

「すみません」のどがふさがってしまい、あたしは謝《あやま》る。レカンはすぐに悟《さと》って、わかったというようにうなずくと、続きをひきとって語りはじめた。

「気づいたのは、オヤが最初だった。自分の子どもたちがみな、そのような強大な力を扱《あつか》えるわけではない。オヤは、天の母と同じように慎重《しんちょう》に選び、忍耐《にんたい》と知恵《ちえ》を持った者だけに力を分け与《あた》えた。オヤの兄弟姉妹《きょうだいしまい》もそれに従《したが》い、魔師《まし》の数は減《へ》っていった。この新しい時代に、魔師《まし》はみなくるくると巻《ま》いた白い髪《かみ》を授《さず》けられることになった。天の母に敬意《けいい》を払《はら》い、同じ髪《かみ》をもらったのだ」

あたしはまっすぐの髪《かみ》をうしろに隠《かく》した。頬《ほほ》がかあっと熱くなる。知恵《ちえ》は認《みと》めてもらえたとしても、忍耐《にんたい》は認《みと》めてもらえるとは思えない……。

レカンの目が、神々《こうごう》しい壁画《へきが》の最後の絵にむけられた。肌《はだ》に白い印を描《えが》いた男と女がひざまずいて祈《いの》っている。

「この地上で神々《かみがみ》の意思を守るため、天の母はわれわれセンタロの民《たみ》を創《つく》られた。ママラウォに導《みちび》かれ、われわれは霊《れい》の守護者《しゅごしゃ》として、天の母の霊《れい》と地の魔師《まし》を結びつける勤《つと》めについた」

レカンがいったん言葉をとぎらせると、絵の中で女が一人、立ちあがった。片手《かたて》に象牙色《ぞうげいろ》の短剣《たんけん》を、もう片方《かたほう》の手に光り輝《かがや》く石を持っている。兄弟姉妹《きょうだいしまい》と同じ革《かわ》のローブを身に着けていたが、その女、ママラウォの頭には凝《こ》った装飾《そうしょく》のほどこされた冠《かんむり》がのっていた。

「ママラウォが持っているのは？」あたしはたずねた。

「骨《ほね》の短剣《たんけん》だ」レカンは答え、自分のローブから同じ短剣《たんけん》を出してみせた。「最初のセンタロの骨《ほね》から造《つく》られた神器《じんぎ》だ」短剣《たんけん》は薄《うす》いブルーの光を浴びているように見え、氷のような冷たいエネルギーを発していた。その柄《つか》に刻《きざ》まれた、レカンの腕《うで》に描《えが》かれた同じセンバリアが鮮《あざ》やかに輝《かがや》きはじめる。「この短剣《たんけん》をふるう者は、代々《だいだい》の持ち主の命の力をもらうことができる。

そして、ママラウォが右手に持っているのは太陽石、天の母の魂《たましい》の宿ったかけらだ。石はその内に天の母の霊《れい》を持ち、天の母をこの世界につなぎとめ、魔法《まほう》に命を与《あた》えることができる。百年ごとに、ママラウォは石と短剣《たんけん》と巻《ま》き物《もの》を携《たずさ》えて聖《せい》なる神殿《しんでん》へいき、天の母をつなぎとめる儀《ぎ》式《しき》を行っていた。短剣《たんけん》で自らの血をたらし、太陽石の力を使って、神々《かみがみ》とのつながりをセンタロの血に封《ふう》じこめたのだ。われわれの血が絶《た》えることなくつづくかぎり、魔法《まほう》もつづくことになっていた」

壁画《へきが》のママラウォが呪文《じゅもん》を唱えている。呪文《じゅもん》は、印となって壁《かべ》の中を踊《おど》りまわっている。象牙《ぞうげ》色《いろ》の短剣《たんけん》から、ママラウォの血が滴《したた》っている。太陽石の輝《かがや》きが、壁画《へきが》全体を光で包みこむ。

ゼインは身じろぎもせず、生気を失った目で壁画《へきが》を見つめた。「では、こういうことなんですね？　ママラウォは儀《ぎ》式《しき》を行わなかった。だから、魔法《まほう》は死んだ」

ゼインは「魔法《まほう》」と言ったけど、あたしには「母《マ》さん《マ》」という響《ひび》きが聞こえた。母《マ》さん《マ》が身を守るすべを奪《うば》われたのは、そのせいだったのだ。

だから、王は母《マ》さん《マ》を連れ去ることができたのだ。

レカンの目から火花が消え、絵は生気を失った。みるみるうちに、壁画《へきが》の魔法《まほう》は死に、ごくふつうの乾《かわ》いた絵の具にもどってしまった。

「魔師《まし》の大虐殺《だいぎゃくさつ》——そなたたちの言う〈襲撃《レイド》〉は、偶然《ぐうぜん》起こったわけではない。わたしが巡礼《じゅんれい》へ出かけるまえ、おまえたちの王が礼拝《れいはい》を装《よそお》って、チャンドンブレにやってきた。だが本当は、サラン王は神々《かみがみ》と戦う武器《ぶき》を探《さが》しにきたのだ」レカンが顔をそむけたので、表情《ひょうじょう》は見えなかった。腕《うで》に彫《ほ》られた印だけが見える。レカンが心臓《しんぞう》を押《お》さえるようにしてかがみこむと、ろうそくの光に照らされた印も縮《ちぢ》んだように見えた。「王は儀式《ぎしき》のことを知った。オリシャの魔法《まほう》がどうやってセンタロの血につなぎとめられているかを知ってしまったのだ。わたしがもどったときには、サラン王はわが民《たみ》を皆殺《みなごろ》しにし、天の母とのつながりを断《た》ち切って、われわれの世界から魔法《まほう》をむしり取っていた」

アマリがぱっと口に手を当てた。バラ色の頬《ほほ》を静かな涙《なみだ》が流れている。一人の人間がそこまで残酷《ざんこく》になれるものだろうか。そんな男が父親だったら、あたしはどうするだろう。

レカンはふたたびあたしたちのほうにむき直った。その瞬間《しゅんかん》、あたしには決して、彼《かれ》の孤独《こどく》や痛《いた》みは理解《りかい》できないだろうと悟《さと》った。〈襲撃《レイド》〉のあとも、あたしにはゼインと父《バ》さん《バ》がいた。でも、彼《かれ》に遺《のこ》されたのは、骨《ほね》と死体と沈黙《ちんもく》してしまった神々《かみがみ》だけだったのだ。

「サランはそのあとすぐに、大虐殺《だいぎゃくさつ》を行った。わが民《たみ》が血を流して倒《たお》れ、魔法《まほう》が消えたのを見計らい、兵士《へいし》たちにそなたたちを皆殺《みなごろ》しにするよう命じたのだ」

あたしは目を閉じ、〈襲撃《レイド》〉が引き起こした火と血の記憶《きおく》を消し去ろうとする。

兵士《へいし》に腕《うで》の骨《ほね》を折られたときの父《パパ》さんの悲鳴を。

首に巻《ま》かれた黒い魔鉄鋼《まてっこう》の鎖《くさり》をかきむしる母《ママ》さんの姿《すがた》を。

母《ママ》さんが引きずられていったときのあたしのさけび声を。

「なぜなにもしなかったんだ?」ゼインがどなる。「なぜやつを止めなかったんだ!」

あたしはゼインの肩《かた》に手をかけ、ぎゅっと握《にぎ》って、怒《いか》りをやわらげようとした。兄のことならよくわかっている。兄がどなるのは痛《いた》みを隠《かく》すためだと、わかっている。

「わが民《たみ》は、人間の命を守る務《つと》めを負っている。それを奪《うば》うことは許《ゆる》されていないのだ」

あたしたちは立ち尽《つ》くす。アマリのすすり泣く声だけが沈黙《ちんもく》に響《ひび》いている。壁《かべ》に描《えが》かれた絵を見ているうちに、あたしたちを抑《おさ》えつけておくために敵《てき》がどれだけのことをやるのか、理解《りかい》しはじめる。

「でも、今、魔法《まほう》はもどってきた。そうですよね?」アマリが涙《なみだ》をぬぐいながらたずねる。ゼインが引き裂《さ》いたマントの切れ端《はし》をわたすけど、そのやさしさのせいでますます涙《なみだ》があふれ出す。

「巻《ま》き物《もの》はゼリィとママ・アグバに力をもたらした。わたしの友だちのことも変えたんです。オリシャじゅうのディヴィナたちに巻《ま》き物《もの》をわたせば、それでいいのでは?」

「サラン王はセンタロを皆殺《みなごろ》しにしたことで、魔師《まし》と天の神々《かみがみ》とのつながりを断《た》ち切ってしまった。巻《ま》き物《もの》が魔法《まほう》を呼《よ》びもどしたのは、神々《かみがみ》との新しいつながりの、いわば火付け役となる力を持っているからだ。だが、そのつながりを消すことなく保《たも》ち、永遠《えいえん》に魔法《まほう》を取りもどすには、聖《せい》なる儀式《ぎしき》を行う必要があるのだ」レカンはうやうやしく巻《ま》き物《もの》を取り出した。「わたしは何年ものあいだずっと、聖《せい》なる三つの品を探《さが》しつづけてきたが、そのほとんどが徒労に終わった。なんとかこの骨《ほね》の短剣《たんけん》だけは取りもどしたが、あとの二つはサランが破壊《はかい》することに成功したのではと恐《おそ》れていた」

「父には破壊《はかい》できないと思います」アマリが言った。「父は司令官に巻《ま》き物《もの》と太陽石を処分《しょぶん》するように命じたけれど、できなかったんです」

「司令官が失敗したのは、三神器《じんぎ》は人間の手では破壊《はかい》できないからだ。魔法《まほう》によって命を与《あた》えられたものには、魔法《まほう》でしか死をもたらすことはできない」

「なら、あたしたちはどうすればいいんですか？　魔法《まほう》を呼《よ》びもどすことはできるんですか？」

あたしはなおもたずねた。

すると、初めてレカンは笑顔《えがお》を見せた。金色の目の奥《おく》で希望が輝《かがや》く。「百年に一度の夏至《げし》がやってくる。天の母が人間に贈《おく》り物を与《あた》えてから十回目のな。これが、まちがいを正す最後のチャンスだ。魔法《まほう》の息を吹《ふ》き返す最後のチャンスなのだ」

「どうすれば？　おれたちはなにをすればいいんです？」ゼインがたずねる。

レカンは少しずつ巻《ま》き物《もの》を開きながら、印や絵の意味を説明した。「百年に一度の夏至《げし》の日、オリニオン海の北の海岸沖に、聖《せい》なる島が現《あらわ》れる。そこに、神々《かみがみ》の神殿《しんでん》があるのだ。われわれは巻《ま》き物《もの》と太陽石と骨《ほね》の短剣《たんけん》を持って島へいき、巻《ま》き物《もの》に書かれた太古の呪文《じゅもん》を唱えねばならない。儀《ぎ》式《しき》をやり通すことができれば、新たに魔《ま》法《ほう》を血につなぎとめ、天の母とのつながりを取りもどして、また百年のあいだ、魔《ま》法《ほう》を手にすることができるのだ」

「ディヴィナはみんな、魔《ま》師《し》になれるということ？」アマリがたずねた。

「夏《げ》至《し》の日までに儀《ぎ》式《しき》を行えば、十三歳《さい》になっているディヴィナはみな、魔《ま》師《し》に変身を遂《と》げるだろう」

百年に一度の夏《げ》至《し》。頭の中で繰《く》り返し、あとどのくらい日数が残っているか計算する。ママ・アグバの夏の卒業式はいつも、三日月の日に行われている。一年に一度のタイガーフィッシュの捕《ほ》獲《かく》期のあとだ。つまり、夏《げ》至《し》の日は……

「待てよ、あとひと月もないじゃないか！」ゼインがさけんだ。

「えっ？」心臓《しんぞう》が押《お》しつぶされそうになる。「もしその日を逃《のが》したら、どうなるんです？」

「逃《のが》せば、オリシャは二度と魔《ま》法《ほう》を目にすることはなくなるだろう」

山から突《つ》き落とされたように、胃《い》がずんとさがる感覚に襲《おそ》われる。**ひと月？　一か月後を逃《のが》せば、永遠《えいえん》に魔《ま》法《ほう》はなくなる？**

ゼインが首をふりながら言う。「でも、魔《ま》法《ほう》はすでにもどってきている。巻《ま》き物《もの》が取りもどしたんだ。巻《ま》き物《もの》をディヴィナのところへ持っていくことができれば――」

「それではだめだ」レカンがさえぎった。「巻《ま》き物《もの》は、天の母とのつながりを築《きず》いてはくれない。

姉妹神《しまい》とのつながりを生んだだけだ。儀式《ぎしき》をしなければ、魔法《まほう》は夏至《げし》のあとまで持たない。魔師《まし》と天の母とのつながりをふたたび築《きず》くしか、方法はないのだ」

ゼインが地図を出すと、レカンは聖《せい》なる神殿《しんでん》が現《あらわ》れる場所までの道筋《みちすじ》を教えた。ああ、どうかたどり着ける距離《きょり》でありますように。けれど、ゼインの目は危機感《ききかん》を抱《いだ》いたように見開かれた。

「待って」アマリが両手をあげた。「巻《ま》き物《もの》と骨《ほね》の短剣《たんけん》はある。でも、太陽石は?」そして、期待のこもった目でレカンのローブを見たが、光り輝《かがや》く石は出てこなかった。

「太陽石がワリに流れ着いたときから、ずっとあとを追ってきた。導《みちび》きに従《したが》ってイベジまでいったところで、わが霊《れい》にここへ呼《よ》びもどされたのだ。おそらくは、そなたたちと出会うためだったのだろう」

「では、お持ちではないんですね?」あたしはきいた。

レカンが首を横にふったのを見て、ゼインは怒《いか》りを爆発《ばくはつ》させるように言った。「なら、どうやってこれを成し遂《と》げろと? 神殿《しんでん》へいくだけでも、まるまるひと月かかるというのに!」

答えは、壁《かべ》に描《えが》かれた絵のごとくはっきりしていた。ディヴィナは決して魔師《まし》にはなれない。サランはずっとすべてを支配《しはい》しつづけるのだ。

「手を貸《か》してはいただけないんですか?」アマリがたずねる。

「なにかしらの援助《えんじょ》はできる」レカンはうなずいた。「だが、わたしには限界《げんかい》がある。ママラウォになれるのは、女だけだ。わたしには、儀式《ぎしき》を行うことはできない」

「でも、やってくださらなければ！　ほかに生き残っているセンタロはいないのだから！」アマリはなおも言った。

レカンは首を横にふった。「そういうふうにはいかないのだ。センタロは魔師《まし》とはちがう。そなたたちと神々《かみがみ》は、血でつながっている。そのつながりがなければ、儀式《ぎしき》を行うことはできないのだ」

「じゃあ、だれが儀式《ぎしき》を？」

レカンは重々《おもおも》しい視線《しせん》をあたしにむけた。「魔師《まし》だ。神々《かみがみ》とつながりを持っている魔師《まし》が行うしかない」

レカンの言葉の意味がわかるまで、一瞬《いっしゅん》、間《ま》があいた。わかったとたん、あたしは笑いそうになった。

「天の母がサランの血を引いたものを通してそなたに巻《ま》き物《もの》をもたらされたのなら、そのご意思ははっきりしている」

天の母はまちがってる。もう少しで言い返しそうになる。あたしには魔師《まし》を救《すく》うことなんてできない。自分のことだって救《すく》えるかどうかわからないのに。

「レカン、むりです」市場でアマリにいきなり手をつかまれたときみたいに、内臓《ないぞう》がぎゅっと締《し》めつけられる。「あたしにはそんな力はありません。呪文《じゅもん》を唱えたことすらないんです。巻《ま》き物《もの》はあたしをオヤと結びつけただけだっておっしゃったじゃないですか。あたしだって、天の母とはつながっていないんです！」

「それは、わたしに任《まか》せなさい。つながりを築《きず》く力ならある」

「なら、ご自身につながりを築《きず》けばいいではありませんか！　じゃなきゃ、ゼインを！」ゼインを前へ押《お》し出す。アマリすら、あたしよりはましな候補者《こうほしゃ》になれるだろう。

けれど、レカンはあたしの手をつかみ、洞《どう》くつの中を歩きはじめた。そして、あたしがなおも反対の言葉を口にするまえに、きっぱりと言った。

「神々《かみがみ》がまちがうことはない」


ひたいに玉のような汗《あせ》が噴《ふ》き出る。また次の石段《いしだん》だ。あたしたちは山の頂上《ちょうじょう》へむかって、ひたすら石段《いしだん》をのぼっていた。一歩ごとに思考がねじれ、転げまわり、あらゆる「もし」のパターンが思い浮《う》かぶ。


もしすでに太陽石を持っていたら……

もし王の兵士《へいし》たちが追ってきてなければ……

もしレカンがばかばかしい儀式《ぎしき》をするのに、別の人間を選べば……

胸《むね》が苦しくなり、失敗の恐怖《きょうふ》に息が詰《つ》まりそうになる。父《バ》さん《バ》のゆがんだ笑《え》みを思い出す。父《バ》さん《バ》の目に宿った希望を。**魔法《まほう》を取りもどさなければ、これからもずっとわれわれは虫けらのように扱《あつか》われる。**

儀式《ぎしき》を行わなければならない。それが唯一《ゆいいつ》の希望なのだ。儀式《ぎしき》をしなければ、決して力を手に入れることはできない。

王は永遠《えいえん》にあたしたちをウジ虫のように扱《あつか》いつづける。

「着いたぞ」

ついにあたしたちは階段《かいだん》のいちばん上までたどり着き、うすれゆくたそがれの中に出ていった。レカンは山の上でキラキラと輝《かがや》いている石造《いしづく》りの尖塔《せんとう》へと歩いていく。さっきまでいた神殿《しんでん》がはるか下に見える。尖塔《せんとう》の入り口のタイルはいくつか欠けていたが、あとはほとんど手つかずのままだった。見あげるような柱が建物《たてもの》を支《ささ》え、上にいくに従《したが》いぐっとカーブして優雅《ゆうが》なアーチの列をなしている。

「すごい」あたしはささやくように言うと、柱の一本一本に刻《きざ》まれたセンバリアを指でなぞった。アーチ道のむこうからしみこんでくる夕日に照らされて、輝《かがや》いている。

「ここだ」レカンは塔《とう》にぽつんと置かれた黒曜石の水盤《すいばん》を指し示《しめ》した。澄《す》んだ青い水から湯気があがっている。レカンが近づくと、水はブクブクと沸騰《ふっとう》しはじめたが、火の気配はない。

「これは?」

「そなたの目覚めだ。わたしが最後までやり通せば、そなたの霊《れい》はふたたび天の母と結びつけられる」

「おできになるんですね?」アマリがたずねた。

レカンはうなずき、唇《くちびる》が笑《え》みの気配でかすかに震《ふる》えた。「それが、わたしのかつての役目だったからな。生まれてからずっとその訓練をしつづけてきたのだ」レカンは両手を組んだ。目の焦《しょう》点《てん》が合わなくなり、ぼんやりとした表情《ひょうじょう》になる。すると、突然《とつぜん》ビクンとして、ゼインとアマリを見た。

「そなたたちには出ていってもらわねばならない」レカンは二人にむかって言った。「ここまで連れてきただけでも、すでに数世紀《せいき》の伝統《でんとう》を破《やぶ》っているのだ。われわれのもっとも聖《せい》なる儀式《ぎしき》を見せるわけにはいかない」

「断《ことわ》る」ゼインはあたしの前に出た。筋肉《きんにく》が挑《いど》むようにピクピクと動く。「あなたを妹と二人きりにするわけにはいかない」

「ゼインはここにいて」アマリがささやく。「わたしには見る権利《けんり》はないから――」

「だめだ」ゼインは手を伸《の》ばし、石段《いしだん》を駆《か》けおりようとしたアマリをさえぎる。「ここにいろ。三人いっしょでなければ、儀式《ぎしき》もなしだ」

レカンは唇《くちびる》をかみしめた。「留《とど》まるなら、秘密《ひみつ》を守ると誓《ちか》わなければならない」

「誓《ちか》う」ゼインは手をふる。「なにひとつ、口にはしない」

「誓《ちか》いを軽く考えるでないぞ。死者は口を閉《と》ざすからな」

レカンは、ねめつけるようにアマリを見た。アマリは今にも消え入りそうに見えた。だが、レカンは折れ、黒曜石の水盤《すいばん》の縁《ふち》をつかんだ。水はたちまち煮《に》え立った。

のどがからからになる。水盤《すいばん》に近づくと、もわっと湯気があがり、顔に当たる。オヤ、あたしを助けてください。魚を一匹売《びき》っただけで、村を全滅《ぜんめつ》させてしまったあたしを。そんなあたしが魔師《まし》の唯一《ゆいいつ》の望みだなんて。

「あたしがこれを受け入れたら、ほかの人たちのことも目覚めさせてください」

レカンは苛立《いらだ》ちを抑《おさ》えて言った。「天の母が遣《つか》わしたのはそなただ――」

「お願いです。そうしてください。あたし一人じゃ、むりです」

レカンは舌打《したう》ちをし、水盤《すいばん》のほうへくるよう合図《あいず》した。「いいだろう」レカンは負けを認《みと》めた。

「だが、まずそなたからだ」

あたしはためらいがちに一歩踏《ふ》み出し、ゆっくりと水の中に入っていった。頭だけ残してすべてが水につかると、服がふわっと浮《う》いて、石段《いしだん》をのぼったときの熱がひき、筋肉《きんにく》の痛《いた》みが消えていった。

「はじめよう」

レカンはあたしの右手を取り、ローブのひだから骨《ほね》の短剣《たんけん》を取り出した。

「神の力を解《と》き放つために、われわれにとってもっとも神聖《しんせい》なるものを捧《ささ》げなければならない」

「血の魔法《まほう》を使おうと言うのか？」ゼインが恐怖《きょうふ》で体を固くして、あたしのほうへ一歩出た。

「そうだ。だが、そなたの妹に危険《きけん》はない。わたしがきちんとコントロールする」

心臓《しんぞう》の動悸《どうき》が速くなる。初めて血の魔法《まほう》を使ったあとの、母さん《ママ》のくたびれ切ったようすを思い出す。すさまじいほどの力は、母《ママ》さんの筋肉《きんにく》を引き裂《さ》いた。〈癒《いや》す者〉の力を借りても、もう一度歩けるようになるのにまるまる一か月かかったほどだ。

母《ママ》さんがそんな危険《きけん》を冒《おか》したのは、ゼインを助けるためだった。おぼれかけたゼインを命にしがみつかせるには、犠牲《ぎせい》を払《はら》うしかなかった。そのせいで、今度は母《ママ》さんが死にかけたのだ。

「危険《きけん》はない」あたしの考えを読んだように、レカンは言った。「魔師《まし》の使う血の魔法《まほう》とはちがう。センタロには、血の魔法《まほう》を導《みちび》く力がある」

あたしはうなずいたけど、恐怖《きょうふ》の鈍《にぶ》い針《はり》がのどをチクチクと突《つ》き刺《さ》す。

「すまんが、痛《いた》みがあるかもしれない」レカンは言った。

あたしはヒュッと息を吸《す》いこんだ。レカンが手のひらに短剣《たんけん》を突《つ》き刺《さ》したのだ。ぐっと歯を食《く》いしばり、じくじくと血がにじみ出る痛《いた》みに耐《た》える。が、痛《いた》みはすぐにショックに変わった。あたしの血が、白く光りはじめたのだ。

血が水に滴《したた》り落ちると、あたしは自分からなにかが離《はな》れていくような感覚に襲《おそ》われた。手のひらの傷《きず》よりもずっと深いものが。血の赤いしずくは、澄《す》んだ青い水を白く変えた。ブクブクと立つ泡《あわ》も、血が滴《したた》るごとに激《はげ》しくなっていく。

「さあ、力を抜《ぬ》け」さっきまでとどろくようだったレカンの声がぐっと小さくなる。あたしはまぶたをぴくぴくさせて、閉《と》じる。「頭を空っぽにして、深呼吸《しんこきゅう》するんだ。この世のくびきから自らを解《と》き放つのだ」

言い返したいのをぐっとこらえる。くびきなど、数えきれないほどある。イロリンを焼く炎《ほのお》が頭の中をなめ、ビジの悲鳴が耳の中に反響《はんきょう》する。王子の両手があたしの首をつかむ。ぐっと力が入る。さらに強く。

けれど、水盤《すいばん》の温められた水に浸《ひた》っていると、筋肉《きんにく》の緊張《きんちょう》がほぐれていった。父《パ》さん《パ》の安全……イナンの怒《いか》り……重荷がひとつ、またひとつと沈《しず》んでいく。あたしはひとり、揺《ゆ》らめく水の中に残され、最後には母《マ》さん《マ》の死さえ、湯気とともに蒸発《じょうはつ》していく。

「よし」レカンが安心させるように言う。「そなたの霊《れい》は浄化《じょうか》されている。よいか、なにを感じようと、わたしがここにいるからな」

レカンはあたしのひたいに手をのせ、もう片方《かたほう》の手を胸骨《きょうこつ》に当てて、呪文《じゅもん》を唱えはじめた。

「オモ　ママ　アラビンリン、オヤ。スィ　イブン　イイェビイェーレ。トゥ　イダン　ミモーレ　スィレ」

皮膚《ひふ》に不思議な力が渦巻《うずま》く。水盤《すいばん》の湯がさらにブクブクと泡立《あわだ》ち、その熱さに思わず息がもつれる。

「オモ　ママ――」「

天の母の娘《むすめ》よ。頭の中で繰《く》り返す。

「アラビンリン　オヤ――」

オヤの姉。

「スィ　イブン　イイェビイエーレ――」

あなたからの貴重《きちょう》な贈《おく》り物をあらわにし

「トゥ　イダン　ミモーレ　スィレ」

聖《せい》なる魔法《まほう》を解《と》き放ちたまえ。

頭上の空気が、エネルギーでピリピリしはじめる。これまでとは比《くら》べものにならないくらい強い。イナンが頭の中に入ってきたときのうずきをはるかに超《こ》え、初めて羊皮紙に触《ふ》れたときのエネルギーさえ遠く及《およ》ばない。指先が温かくなり、白い光を発する。レカンの呪文《じゅもん》とともに、力が血管を駆《か》け巡《めぐ》り、皮膚《ひふ》の下でぼうっと光りはじめる。

「オモ、ママ　アラビンリン　オヤ――」

レカンの呪文《じゅもん》の声はどんどん大きくなり、あたしの体の反応《はんのう》も激《はげ》しくなる。魔法《まほう》があたしの中の細胞《さいぼう》という細胞《さいぼう》を圧倒《あっとう》し、脈打《みゃくう》ち、レカンがあたしの頭を水に沈《しず》める。水盤《すいばん》の底に頭骨《とうこつ》が押《お》しつけられたとき、新たな空気がのどにこみあげる。あたしはついに、魔法《まほう》を取りもどしたときのママ・アグバの言葉を理解《りかい》する。

初めて呼吸《こきゅう》をしたようだ、と。

「オモ　ママ――」

魔法《まほう》がぐんぐん増《ま》し、血管が膨《ふく》れあがって皮膚《ひふ》に押《お》しつけられる。今にも爆発《ばくはつ》しそうだ。目の奥《おく》で赤い色が躍《おど》りまわり、波のようにぶつかってきて、ハリケーンのように渦《うず》を巻《ま》く。

その美しいカオスに浸《ひた》りきったとき、あたしはオヤの姿《すがた》を垣間《かいま》見る。炎《ほのお》と風が躍《おど》り、赤いシルクのスカートのようにくるくる回っている。

「アラビンリン　オヤ――――」

オヤのダンスに目が吸《す》いよせられ、これまで自分の中に囚《とら》われていたことさえ知らなかったもののすべてに火がつく。それは、炎《ほのお》のようにあたしの体を焦《こ》がし、氷のように肌《はだ》を凍《こお》らせ、未知の波のように流れこんでくる。

「スィ　イブン　イイェビイェーレ！」水盤《すいばん》の上からレカンのさけぶ声が聞こえる。「トゥ　イダン　ミモーレ　スィレ！」

最後にもう一度、ツナミがどうっと押《お》しよせ、あたしの体のすみずみまで魔法《まほう》が流れこむ。細胞《さいぼう》の一つ一つに浸《し》みこみ、血を染《そ》め、意識《いしき》を満たす。その力によって、あたしは始まりと終わりを同時に目にし、あたしたちの命すべてを結びつけている、決して断《た》ち切れないつながりを見る。

オヤの赤い怒《いか》りがあたしのまわりで渦巻《うずま》く。

天の母の目が銀色の輝《かがや》きを放つ……。

「ゼリィ！」

パッと目をあけると、ゼインが肩《かた》を揺《ゆ》さぶっていた。

「大丈夫《だいじょうぶ》か？」ゼインは水盤《すいばん》の縁《ふち》から身をのりだす。

あたしはうなずいたけど、しゃべることができない。言葉が出てこない。ピリピリする感覚だけが残っている。

「立てる？」アマリがきいた。

水盤《すいばん》から出ようとするけど、立ちあがろうとしたとたん、世界が回りはじめる。

「動くな」レカンが言う。「体を休めなければならない。血の魔法《まほう》に命の力が絞《しぼ》りとられたのだ」

体を休める。あたしは繰《く》り返す。休む時間などない。レカンが導《みちび》かれたという太陽石の場所が正しいなら、すぐにイベジにむかわなければならない。石がなければ儀式《ぎしき》を行うことはできない。すでに時間が足りないのだ。夏至《げし》まで四分の三月しかないのに。

「一晩《ひとばん》は休まなければ」あたしの焦《あせ》りを察したらしく、レカンがなおも言う。「目覚めの魔法《まほう》は、新しい感覚をひとつ増《ふ》やすようなものなのだ。体を慣《な》れさせる時間がいる」

うなずいて、目を閉《と》じ、冷たい石にぐったりともたれかかる。**明日、出発しよう。イベジへいって、石を見つける。それから、聖《せい》なる島へいき、儀式《ぎしき》を行う。**

何度も何度もそう繰《く》り返し、その繰《く》り返しによって眠《ねむ》りへ誘《さそ》われていく。**イベジ、石、島、儀《ぎ》式《しき》。**

やがて意識《いしき》はやわらかい闇《やみ》の中にうすれ、今にも眠《ねむ》りが訪《おとず》れそうになる。だが、まさに意識《いしき》がなくなろうとした瞬間《しゅんかん》、レカンに肩《かた》をつかまれ、むりやり立たされる。

「だれか、くる」レカンがさけぶ。「急げ！　逃《に》げるのだ！」

第十九章　イナン

——いったいどこまでおれたちを引きずっていくつもりだ？——

——なぜあの女がなにを盗《ぬす》んだか、言えないんだ？——

——おれがここで喜《よろこ》んで死ぬと思ってやがるのなら——

「イナン、少しペースを落として！」下のほうからカエアがさけんでいる。その声が、頭の中から聞こえているのでないことに、しばらくかかって気づく。

チャンドンブレに近づくにつれ、頭の中の声はどんどん大きくなる。

天よ、呪《のろ》われろ！　頭の中で、兵士《へいし》たちの不満の声がミツバチの羽音みたいにうなっている。頭から追い出したいが、今のおれには魔法《まほう》を抑《おさ》えつける余裕《よゆう》はない。そんなことをしようとすれば、崖《がけ》から足をすべらせてしまう。

魔法《まほう》は牙《きば》をむき、おれの中のあらゆるものをひん曲げる。魔法《まほう》の毒《どく》がおれを内側から破壊《はかい》しようとする。おれになすすべはない。崖《がけ》を登りながら、同時に自分の魔力《まりょく》を弱めることはできない。

闇《やみ》を受け入れるしかない。

だが、その痛《いた》みは、魔《ま》法《ほう》を抑《おさ》えつけようとするときの焼かれるような感覚をはるかに勝《まさ》る。他人の思考が浮《う》かんでくるたびに、皮《ひ》膚《ふ》がぞわぞわする。他人の感情《かんじょう》がひらめくたびに、唇《くちびる》がゆがむ。

魔《ま》法《ほう》がおれの中をずるずると這《は》いまわる。皮《ひ》膚《ふ》の上を千匹《びき》のクモが這《は》いまわっているようだ。魔《ま》法《ほう》はおれをもっと手に入れようとする。呪《のろ》いはおれに入りこもうとする――

足元の岩が崩《くず》れる。

石が、なだれのように落ちていく。

岩壁《がんぺき》にたたきつけられ、うめき声をあげる。代わりの足場を探《さが》し、足をばたつかせる。

「イナン!」下の岩棚《いわだな》からカエアが何度もさけぶ。そのせいで、かえって集中力がそがれる。おれが道を調べているあいだ、カエアはヒョウラと兵士《へいし》たちと待機している。

ガクンと体が揺《ゆ》れ、ポケットからロープと火打石《ひうちいし》が落ちていく。アマリの冠《かんむり》も落ちそうになる。

だめだ!

危《あぶ》ないのを承知《しょうち》で左手を離《はな》し、落ちる直前に冠《かんむり》をつかむ。足がかりを見つけるが、その間に記《き》憶《おく》が膨《ふく》らんで、浮《う》かびあがってくる。

突《つ》け、アマリ!

父上の命じる声が、宮殿《きゅうでん》の地下室の石壁《いしかべ》に反響《はんきょう》する。この地下深くでは、父上の命令は法そのものだ。アマリの小さな手は震《ふる》え、鉄の剣《けん》を持ちあげることさえままならない。練習試合《れんしゅうじあい》をさせられていた木の剣《けん》とはちがう。皮膚《ひふ》にあざは作るが、切りはしない鈍《にぶ》った刃《は》とはちがうのだ。鉄の刃《は》は鋭《するど》く、縁《ふち》はぎざぎざになっている。まともに食《く》らえば、あざではすまされない。

血が流れることになる。

「**突《つ》けと言ったのだ！**」父上のどなり声が雷《かみなり》のように響《ひび》く。その命には、だれも背《そむ》くことはできない。だが、アマリは首をふる。アマリは剣《けん》を落としてしまう。

剣《けん》が床《ゆか》に落ちる音を聞いて、おれはたじろぐ。耳をつんざくような、かん高い音。その音には、反抗心《はんこうしん》が反響《はんきょう》している。

拾え！　おれはさけびたくてたまらない。

せめてアマリが打ちかかってくれれば、防御《ぼうぎょ》することができる。

「**突《つ》け、アマリ**」

父上の一オクターブ低くなった声は、石をも砕《くだ》きそうだ。

それでも、アマリは自分の体を抱《だ》きしめ、顔をそむける。その頬《ほほ》を涙《なみだ》が流れる。父上の目には、弱さとしか映《うつ》らない。だが、ずっとアマリを見てきたおれは、強さかもしれないと思う。

父上がおれのほうを見る。怒《いか》りを含《ふく》んだ顔に、たいまつの影《かげ》が躍《おど》っている。

「おまえの妹は自分を選んだ。おまえは王として、オリシャを選ばねばならん」

部屋から空気が消える。四方から壁《かべ》が迫《せま》ってくる。父上の命令が頭の中にこだまする。自分と戦えという命令が。

「突《つ》け、イナン！」父上の目で怒《いか》りが燃《も》えあがる。**「さあ、戦うのだ！」**

アマリは悲鳴をあげ、耳をふさぐ。おれはアマリに駆《か》けよりたい。アマリを守り、アマリを救《すく》いたい。二度と戦わなくたっていいんだ、と言ってやりたい。

「己《おのれ》より義務《ぎむ》を！」父上はしゃがれた声で言う。**「おまえが王になれると証明《しょうめい》してみせろ！」**

その瞬間《しゅんかん》、すべてが止まる。

おれは剣《けん》を持って打ちかかる。

「イナン！」

カエアの声がおれを現実《げんじつ》に引きもどす。記憶《きおく》の深みから連れもどす。

山肌《やまはだ》に体を押《お》しつける。片足《かたあし》はまだ宙《ちゅう》をぶらぶらしている。おれはウッと気合《きあい》を入れ、また登りはじめる。そして、あとは一度も止まらず、次の岩棚《いわだな》までいく。全身から汗《あせ》が噴《ふ》き出す。アマリの冠《かんむり》についている紋章《もんしょう》を親指でこする。

あれから、おれたちはそのときの話はしていない。一度も。あれから何年も経《た》っているのに。

アマリはやさしさから、その話を避《さ》けている。おれは、恐《おそ》ろしくて話を持ち出すことができない。

おれたちのあいだには、目に見えない亀裂《きれつ》が入ってしまった。アマリは、あの地下室にもどる必要はなくなった。おれはずっといきつづけた。

筋肉《きんにく》がけいれんしていたが、なんとか冠《かんむり》をポケットにもどす。これ以上時間を無駄《むだ》にするわけにはいかない。おれは一度、妹を裏切《うらぎ》ってしまった。二度と同じまちがいは冒《おか》さない。

岩棚《いわだな》の上に立ったとたん、少女の霊《れい》のエネルギーがこれまでになく脈打《みゃくう》つ。少女がコントロールできないまま、エネルギーが押《お》しよせる。少女の魂《たましい》の潮《しお》の香りが、立ちのぼるアナナスの香りを圧倒《あっとう》する。おれは足を止め、踏《ふ》みつぶされたアナナスに気づく。

足跡《あしあと》……

少女はここを通ったのだ。

少女はおれのすぐそばにいる。

おれは少女のすぐそばにいる。

少女を殺《ころ》せ。動悸《どうき》が激《はげ》しくなり、おれは岩棚《いわだな》に爪《つめ》を立てる。**少女を殺《ころ》せ**。**魔法《まほう》を殺《ころ》せ**。

少女をこの手に捕《と》らえれば、ついにこれまでの努力が報《むく》われるのだ。おれは王国を取りもどすのだ。

アマリの冠《かんむり》がわき腹《ばら》に刺《さ》さるのを感じながら、登りつづける。あのときは、父上からアマリを救《すく》うことができなかった。だが、今日は、アマリをアマリ自身から救《すく》い出すのだ。

第二十章　ゼリィ

「もっと早く！」レカンにうながされ、神殿《しんでん》の廊下《ろうか》を走っていく。ゼインはあたしの腰《こし》に腕《うで》を回し、背負《せお》ってくれている。

「だれ？」アマリがきく。でも、声の震《ふる》えから、もう答えはわかっていることがわかる。アマリの兄は、妹を傷《きず》つけた。もう一度やらないという保証《ほしょう》はどこにもない。

「あたしのこん棒《ぼう》は？」うめくように言う。しゃべるだけで全エネルギーが費《つい》やされる。でも、戦うためにこん棒《ぼう》がいる。生きるために。

「ろくに立てもしないだろ」背中《せなか》からすべりおりようとするあたしを押《お》さえつけ、ゼインが言う。

「しゃべるな。とにかく、しっかりつかまってるんだ！」

廊下《ろうか》のつきあたりまでくると、レカンは石に手のひらを押《お》しつける。肌《はだ》に描《えが》かれた印が躍《おど》りだし、壁《かべ》の中へ吸《す》いこまれていく。右腕《みぎうで》のセンバリアがすべて消えると、石がカチリと音を立て、横に開いて、黄金の部屋が現《あらわ》れる。あたしたちは隠《かく》された驚異《きょうい》の中に入っていく。天井《てんじょう》まである棚《たな》に、さまざまな色の薄《うす》い巻《ま》き物《もの》がびっしりしまわれている。

「ここに隠《かく》れるのか？」ゼインがたずねる。

レカンは大きな棚《たな》のうしろに姿《すがた》を消し、黒い巻《ま》き物《もの》を腕《うで》いっぱいに抱《かか》えてもどってくる。「ここに書かれた呪文《じゅもん》を取りにきたのだ。娘《むすめ》がママラウォの役割《やくわり》を果たすとしても、まず力を成熟《せいじゅく》させる必要があるのだ」

ゼインが言い返す間もなく、レカンは革《かわ》の袋《ふくろ》に巻《ま》き物《もの》を押《お》しこむ。

「よし、ついてこい！」レカンが言う。

レカンに導《みちび》かれ、あたしたちは神殿《しんでん》の曲がりくねった廊下《ろうか》を走っていく。果てしなくつづくように思える階段《かいだん》をおり、レカンがまた別の壁《かべ》のドアを開くと、さびて変色した神殿《しんでん》のわきに出る。ジャングルの暑さがあたしたちを迎《むか》える。

外は日が沈《しず》みかけている。頭がズキズキする。山全体が命にあふれ、さけんでいる。まえまでは、霊《れい》のエネルギーがブーンと低くうなっているだけだったのが、今や、神殿《しんでん》の土地にとりついた悲鳴やさけび声がわっと襲《おそ》いかかってくる。殺《ころ》されたセンタロたちの霊《れい》が、帰り道を見つけた磁石《じしゃく》のようにあたしのまわりをぐるぐる回る。

レカンの言葉を思い出す。**目覚めの魔法《まほう》は、新しい感覚をひとつ増《ふ》やすようなものなのだ。体を慣《な》れさせる時間がいる。**

でも、体はちっとも慣《な》れてくれない。ほかのすべての感覚が押《お》しつぶされ、目がほとんど見えない。視界《しかい》が暗くなったり明るくなったりを繰《く》り返す。ゼインはあたしを背負《せお》ったままがれきの中を進み、レカンに連れられてようやくジャングルの草むらの中に入ろうとしたとき、はっと思い出す。

「ナイラが！」

「待ってくれ」ゼインが呼《よ》び止め、レカンは足をすべらせながら止まる。「おれたちのライオーンが神殿《しんでん》の前にいるんだ」

「そんな危険《きけん》を冒《おか》すわけには――」

「だめ！」あたしはさけぶ。ゼインがあたしの口を手でふさぐ。兵士《へいし》たちがいようがいまいが、ナイラを見捨《みす》てることはできない。幼《おさな》いころからの友だちを置いていくことはできない。

レカンは苛立《いらだ》たしげにため息をつくが、ふたたび神殿《しんでん》のほうへもどりはじめる。薄《うす》れゆく視界《しかい》に、レカンがあたしたちに手招《てまね》きし、神殿《しんでん》の壁《かべ》に体を押《お》しつけて正面のようすをうかがう姿《すがた》がかろうじて映《うつ》る。

頭骨《とうこつ》とがれきの墓場《はかば》のむこうに、イナンがいる。手を伸《の》ばし、司令官を崖《がけ》の上に引っぱりあげている。兵士《へいし》たちがヒョウラをせきたて、最後の岩棚《いわだな》を越《こ》えようとしている。イナンの目には、熱に浮《う》かされたような表情《ひょうじょう》が宿っている。あたしたちを見つけ出すという決意が、まえにもまして深く根をおろしている。夢《ゆめ》の中で震《ふる》えていた王子の姿《すがた》を探《さが》すが、見えるのは、あたしののどを締《し》めつける両手だけだ。

イナンより先に、三人の兵士《へいし》たちが崩《くず》れた石や割《わ》れた骨《ほね》を蹴《け》りながら歩きだす。目と鼻の先だ。隠《かく》れる時間はない。

「スン　エミ　オカン　スン。スン　エミ　オカン　スン」レカンが縦糸《たていと》に横糸を通していくように小声で呪文《じゅもん》を織《お》りなしていく。杖《つえ》が宙《ちゅう》に円を描《えが》き、呪文《じゅもん》で呼《よ》び出された白い煙《けむり》がとぐろを巻《ま》きながら漂《ただよ》っていく。

眠《ねむ》れ、霊《れい》よ、眠《ねむ》れ。あたしは心の中で訳《やく》す。**眠《ねむ》れ、霊《れい》よ、眠《ねむ》れ**。

白い煙《けむり》がヘビのようにくねくねと地面を這《は》っていく。そして、いちばん近くにいた兵士《へいし》の足に巻《ま》きつき、皮膚《ひふ》の下にすっと入りこむ。兵士《へいし》はぐらりとよろめいたかと思うと、がれきの山のうしろに倒《たお》れた。目が白くひらめいたかと思うと、兵士《へいし》はがっくりと意識《いしき》を失う。

白い煙《けむり》は兵士《へいし》の体を出ると、同じ手で次の兵士《へいし》の力も奪《うば》う。二人《ふたり》目の兵士《へいし》が倒《たお》れたのと同時に、イナンと司令官が見るからにおそろしいユキヒョウラを崖《がけ》の上へ引っぱりあげる。

「レカン」アマリがささやく。ひたいに汗《あせ》が噴《ふ》き出している。このペースでは、間に合わない。

逃《に》げるまえに見つかってしまう。

レカンはますます速く呪文《じゅもん》を唱え、鉄鍋《てつなべ》のツバニ[注1]をかき混《ま》ぜるように杖《つえ》をぐるぐる回す。霊《れい》は三人目の兵士《へいし》のところへ這《は》っていく。兵士《へいし》はナイラの数歩手前まできている。ナイラの黄色い目がきらりと光る。肉食動物の敵意《てきい》が宿る。**だめ、ナイラ、やめて**――。

「**うわあ！**」耳をつんざくような兵士《へいし》の悲鳴が響《ひび》きわたる。鳥たちの群れがいっせいに飛び立つ。

ナイラが巨大《きょだい》な牙《きば》を抜《ぬ》くのと同時に、兵士《へいし》の腿《もも》から血が噴《ふ》き出す。

イナンがぱっとこちらをふりかえる。その目で死が荒《あ》れ狂《くる》っている。そして、あたしを見つけ、ぐっと細くなる。ついに獲物《えもの》をとらえた獣《けもの》のように。

「ナイラ！」

あたしのライオーンは廃墟《はいきょ》の上をはねるように走ってきて、あっという間にここまでくる。ゼインがあたしを鞍《くら》の上にのせ、ほかのみんなもまたがる。

ゼインがピシリと手綱《たづな》を鳴らすのと、イナンと司令官が剣《けん》を抜《ぬ》くのは同時だった。だが、二人がこちらへくるより先に、ナイラは走りだす。飛ぶように駆《か》けていく足の下で岩が砕《くだ》け、ゴロゴロと崖《がけ》を転がり落ちていく。

「あそこだ！」レカンがからみあったやぶを指さす。「数キロ先に橋がある。橋をわたってから落とせば、やつらもついてこられない！」

ゼインが手綱《たづな》を鳴らし、ナイラはジャングルに飛びこむ。草の蔓《つる》や巨大《きょだい》な木をよけながら猛《もう》スピードで走っていく。やぶのむこうを透《す》かすようにのぞくと、遠くに橋が見える。だが、おそろしい咆哮《ほうこう》が響《ひび》きわたり、イナンがすぐうしろからついてきているのを知る。ちらりとうしろを見る。太い枝《えだ》をへし折り、やぶを引き裂《さ》き、巨大《きょだい》なユキヒョウが追ってくる。おそろしげな牙《きば》をむいて迫《せま》ってくるヒョウラは、乗り手と同じく飢《う》えている。

「アマリ！」イナンがさけぶ。

注1：豆の粉《こな》から作るアフリカの料理

アマリははっと体を固くし、あたしにしがみつく。「急いで！」

ナイラはすでに、あたしが目にしたことのないスピードで走っている。だが、どうやったのか、さらにスピードをあげる。一足ごとにあたしたちの命を引き延《の》ばし、追っ手との距離《きょり》を広げる。

ナイラはやぶから飛び出す。が、そこでいきなり足を止める。目の前に、今にも落ちそうな橋がある。ひからびた蔓《つる》で腐《くさ》った板がつなげられている。風がひと吹《ふ》きするだけで、橋全体がぐらぐらと揺《ゆ》れる。

「ひとりずつだ」レカンが指示《しじ》する。「全員は支《ささ》えきれない。ゼイン、ゼリィを連れて――」

「だめよ」あたしはナイラからすべりおりる。足が土についたとたんへたりこみそうになる。脚《あし》が水みたいだ。だが、自分を奮《ふる》い立たせる。「ナイラが先よ、いちばん時間がかかるから」

「ゼリィ――」

「いって！」あたしはさけぶ。「時間がないのよ！」

ゼインは歯を食《く》いしばり、ナイラの手綱《たづな》をつかむ。そして、ギシギシいっている橋をわたりはじめる。一歩ごとに板がうめき、ゼインは身をすくませる。ゼインとナイラがわたりきったのを見てすぐ、アマリの背中《せなか》を押《お》すが、アマリはあたしの腕《うで》を離《はな》そうとしない。

「ゼリィは体が弱ってる。一人じゃわたれないわ」声を詰《つ》まらせながら言う。

そして、あたしを引っぱって橋をわたりはじめる。あたしは思わず下を見て、胃《い》がひっくり返りそうになる。朽《く》ちかけた板のあいだから、とがった岩が空へむかって伸《の》び、運悪く落ちたものを突《つ》き刺《さ》そうと待ち構《かま》えているのが見える。

目を閉《と》じ、蔓《つる》を握《にぎ》りしめる。蔓《つる》はすでに裂《さ》け、すり切れている。恐怖《きょうふ》で胸《むね》が締《し》めつけられ、息さえできなくなる。

「わたしを見て！」アマリがさけび、むりやりあたしの目を開かせる。アマリも震《ふる》えているけど、琥珀色《こはくいろ》のまなざしに荒々《あらあら》しい決意がひらめく。視界《しかい》が暗くなる。アマリがあたしの手をがっしとつかみ、うめき声をあげる板の上を歩かせる。ようやく半分までわたったとき、生《お》い茂《しげ》ったしげみからイナンが飛び出してくる。すぐあとから、司令官も姿《すがた》を現《あらわ》す。

間に合わない。もうだめだ。

「アバジョ　オウォ　アウォン　オリシャ！」レカンが杖《つえ》で地面をたたく。「ヤ　ミ　ニ　アバラー　レ！（神々《かみがみ》の多くの手よあなたの力をお貸《か》し下さい）」

レカンの体から強烈《きょうれつ》な白い輝《かがや》きが放たれ、ヒョウラたちの体を包みこむ。レカンは杖《つえ》を捨《す》て、両腕《りょううで》を高くあげる。すると、ヒョウラたちがふわりと宙《ちゅう》に浮《う》いた。

イナンと司令官はうわっと声をあげ、恐怖《きょうふ》で目を見開き、ヒョウラの背《せ》から放り出される。レカンは腕《うで》を大きくうしろへそらし、ヒョウラたちを崖《がけ》から放り投げる。

信じられない……

ヒョウラたちは巨大《きょだい》な体をよじり、爪《つめ》を空にかけようとする。だが、次の瞬間《しゅんかん》、咆哮《ほうこう》はぴたりとやんだ。岩に貫《つらぬ》かれたのだ。

恐怖《きょうふ》と怒《いか》りにかられ、司令官はのどの奥《おく》から声にならない声をあげると、ぱっと立ちあがって剣《けん》を抜《ぬ》き、レカンに飛びかかった。

「このウジ虫めが――」

だが、前へ出たとたん、レカンの魔法《まほう》に囚《とら》われ、身動きが取れなくなる。イナンが助けに駆《か》けよるが、やはり白い光に捕《と》らえられる。レカンのクモの巣にもう一匹《ぴき》ハエが飛びこんだわけだ。

「逃《に》げろ！」レカンがさけぶ。血管が浮《う》き出ている。アマリはあたしを引っぱってせいいっぱい急いで走っていく。だが、一歩ごとに橋が弱くなっていくのがわかる。

「先にいって」あたしはアマリに言う。「二人いっぺんにいくのはむりよ！」

「ゼリィ、だめよ――」

「あたしは大丈夫《だいじょうぶ》」むりやり目を開く。「いいからいって。アマリがいかないと、二人とも助からない！」

アマリの目に涙《なみだ》が浮《う》かぶ。だが、そんな時間はない。アマリは走っていってジャンプし、地面にたたきつけられるように着地する。

あたしは震《ふる》える脚《あし》を引きずるように進んでいく。**急げ**。レカンの命がかかっている。

橋はギシギシとぞっとするような音を立てる。だが、あたしは進みつづける。もう少しだ。あともう少しでわたりきれる――

蔓《つる》が切れた。

胃《い》が一気にのどまでせりあがり、足の下で橋が崩《くず》れる。腕《うで》をふりまわし、なにかにつかまろうとする。手が板をつかんだのと同時に、橋が崖《がけ》にたたきつけられる。

「ゼリィ！」

ゼインの悲鳴がかすれる。ゼインが岩棚《いわだな》から身をのりだす。あたしはブルブル震《ふる》えながら、板木にしがみつく。メリメリと板の裂《さ》ける音がする。これ以上もたない。

「這《は》いあがれ！」

涙《なみだ》でほとんど見えなくなった目で、壊《こわ》れた橋がはしごのようになっているのを見る。板を三枚《まい》登れば、ゼインの伸《の》ばした腕《うで》に届《とど》く。

生と死のあいだに、板が三枚《まい》。

登るんだ！　自分に命じる。だが、体が動かない。**登れ！**　ふたたびさけぶ。**這《は》いあがれ！**　**いくんだ！**

ブルブル震《ふる》える手で頭の上の板をつかみ、体を引きあげる。

一枚《まい》

次の板をつかみ、ふたたび体を引っぱりあげる。ブチッと音がしてまた蔓《つる》が切れ、心臓《しんぞう》が口から飛び出しそうになる。

二枚《まい》

あと一枚《まい》だ。**大丈夫《だいじょうぶ》、できる。ここまできて死ぬわけにはいかない。**最後の板へむかって手を伸《の》ばす。

「あっ！」

手をかけたとたん板が割《わ》れる。

一瞬《いっしゅん》と永遠《えいえん》が同時に訪《おとず》れる。激《はげ》しい風に背中《せなか》を押《お》され、墓《はか》へ転げ落ちそうになる。あたしは目を閉《と》じ、死を迎《むか》え入れる。

「ウッ！」

途方《とほう》もない力がぶつかってきて、一気に肺《はい》の空気が押《お》し出される。あたしは真っ白い光に包まれる――――レカンの魔法《まほう》に。

神の手のように、レカンの霊《れい》があたしを持ちあげ、ゼインの腕《うで》の中へ飛びこませる。レカンのほうをふりむくのと、司令官の魔法《まほう》がとけるのは同時だった。

「レカン――――」

司令官の剣《けん》がレカンの心臓《しんぞう》を貫《つらぬ》く。

レカンの目が見開かれ、あんぐりと口が開く。拾いあげた杖《つえ》がぽとりと落ちる。

レカンの血が地面に飛び散る。

「いやあ！」あたしはさけぶ。

司令官が剣《けん》を引き抜《ぬ》くと、レカンは崩《くず》れ落ちるように倒《たお》れ、たちまち世界から引きはがされる。

肉体を離《はな》れた霊《れい》があたしの中に飛びこむ。一瞬《いっしゅん》、あたしはレカンの目で世界を見る。

――センタロの子どもたちが神殿《しんでん》の敷地《しきち》を走りまわっている。レカンの金色の瞳《ひとみ》に、ほかでは見ることのできない輝《かがや》きが宿っている――身じろぎもせずじっとしているレカンの肌《はだ》に、ママラウォが白い染料《せんりょう》で美しい印を描《えが》いていく――レカンの魂《たましい》が引き裂《さ》かれる、何度も何度も。

仲間たちが殺《ころ》された廃墟《はいきょ》を歩きながら――レカンの霊《れい》が昇《のぼ》っていき、最初で唯一《ゆいいつ》の目覚めの魔《ま》法《ほう》を――


幻《まぼろし》が消える、たった一つのささやきを残して。遠のく意識《いしき》の奥《おく》で、その言葉がゆらめく。

「生きろ」レカンの霊《れい》はささやく。「どんなことをしてでも生き延《の》びるのだ」

第二十一章　イナン

今日までは、魔法《まほう》は顔を持たなかった。

物乞《ものご》いどものうわさ話か、召使《めしつか》いたちが声をひそめて話すたぐいのものにすぎなかった。魔法《まほう》は十一年前に死んだ。父上の目に宿る恐怖《きょうふ》の中に生き残っていただけなのだ。

もはや息をしていなかった。攻撃《こうげき》したり襲《おそ》ってきたりしなかった。ヒョウラを殺《ころ》したり、おれを動けなくしたりすることはなかったのだ。

崖《がけ》の上から底を見やる。とがった岩にくし刺《ざ》しにされ、ぐったりとしたルラの体が見える。見開かれた目はなにも見ていない。斑点《はんてん》のついた毛は血で汚《よご》れている。子どものころ、ルラが自分の二倍はある獰猛《どうもう》なゴリランを引き裂《さ》くのを見たことがある。

だが、魔法《まほう》が相手では、戦うことすらできなかった。

「一……」体をのけぞらしておぞましい光景から目をそむける。「二……三……四……五……」数を数え、動悸《どうき》を鎮《しず》めようとする。だが、心臓《しんぞう》はますます激《はげ》しく打ちはじめる。動けない。反撃《はんげき》できない。

魔法《まほう》が相手だと、おれたちなどアリにすぎない。

六本足の生き物が一列になって歩いていくのを見ていると、鉄のかかとの下になにかべとつくものがあるのに気づく。ぱっとあとずさり、深紅《しんく》のしずくのあとを追って魔師《まし》の死体までいく。魔師《まし》の胸《むね》から、血がまだじくじくと流れ出ている。

死体をじっくり眺《なが》める。実際《じっさい》に魔師《まし》を見るのは初めてだ。生きていたときは、実際《じっさい》の三倍の大きさに見えた。白い輝《かがや》きをまとった獣《けもの》。ヒョウラたちをほうり投げたとき、黒い肌《はだ》にびっしり描《えが》かれた印が輝《かがや》いていた。だが、死と同時に印は消えた。印がないと、ふしぎなほどふつうの人間に見えた。ふしぎなほど空っぽに見えた。

だが、死んでもなお、おれののどに冷気を巻《ま》きつける。あのとき、やつは、おれの命を握《にぎ》っていた。

好きなときに投げ捨《す》てられたのだ。

親指でさびた歩駒《ふごま》をさする。皮膚《ひふ》がピリピリして、魔師《まし》の死体から離《はな》れる。**父上、今、わかりました。**

魔法《まほう》が相手なら、われわれは死ぬしかない。

だが、魔法《まほう》さえなければ……。

ふたたび死んだ男を見やる。天から授《さず》けられた、大地よりも強い手を。あのような力を敵《てき》に回せば、オリシャは生き残ることはできない。だが、あの力を利用することができれば……

この新しい戦略《せんりゃく》が根をおろすにつれ、苦い味が舌《した》に這《は》いあがってくる。やつらの魔法《まほう》は武器《ぶき》だ。つまり、おれの魔力《まりょく》も武器《ぶき》になるはずだ。手をふるだけで崖《がけ》の上からおれをほうり投げられる魔《ま》師《し》がいるなら、あの巻き物《もの》を取り返すには、おれの魔法《まほう》の力を使うしかない。

だが、そう思ったとたん、のどがふさがる。もし父上がこの場にいたら……

手に持った歩駒《ふごま》を見つめる。父上の声が聞こえるような気がする。

己《おのれ》の前に義務《ぎむ》を。

どれだけの犠牲《ぎせい》や見返りを払《はら》おうとも。

おれの知っているものすべてを裏切《うらぎ》ることになろうとも、オリシャを守るという義務《ぎむ》がなにより重要なのだ。おれは歩駒《ふごま》を離《はな》す。

初めて、解《と》き放つ。

それはゆっくりと始まる。弱っている。のろのろと這《は》いまわる。胸《むね》の圧迫感《あっぱくかん》が消える。抑《おさ》えつけていた魔力《まりょく》が、皮膚《ひふ》の下で息づきはじめる。脈打《みゃくう》つような感覚に襲《おそ》われ、胃《い》がひっくり返り、嫌悪感《けんおかん》にのたうちまわる。だが、敵《てき》は魔法《まほう》で襲《おそ》ってくるのだ。

義務《ぎむ》を果たし、王国を救《すく》いたいなら、同じ手を使うしかない。

内から脈打《みゃくう》つような温かいリズムに沈《しず》んでいく。すると、ゆっくりと、ぼんやりとした魔師《まし》の意識《いしき》が現《あらわ》れる。ブルーのほっそりした雲が、魔師《まし》の頭上でのたくっている。手で触《ふ》れると、死んだ男の実体を感じる。かすかなにおい。素朴《そぼく》な、焼けた木か石炭のようなにおい。

唇《くちびる》をゆがめ、まだ残っている魔師《まし》の精神《せいしん》の中に沈《しず》んでいって、それをつかもうとする。すると、一つの記憶《きおく》がゆらめいて、ぱっと現《あらわ》れる。彼《かれ》の神殿《しんでん》が命にあふれていた静かな日。彼《かれ》は、手入れされた芝生《しばふ》の上を少年と手を取り合って走っている。

魔力《まりょく》を抑《おさ》えつけている力をゆるめると、そのぶん記憶《きおく》も大きくなる。澄《す》んだ山の空気が鼻腔《びこう》を満たす。遠くのほうから歌が響《ひび》いてくる。あらゆる細部が豊《ゆた》かに、強固になる。彼《かれ》の意識《いしき》にしまわれていた記憶《きおく》が、おれの記憶《きおく》になったかのように。

時間とともに、知識《ちしき》が根をおろしはじめる。魂《たましい》。名前。ごくシンプルな……

レカン――

鉄のかかとが崖《がけ》の石に当たる音がする。

天よ！　ギクッとして、魔法《まほう》の力を抑《おさ》えつける。

たちまち焼けた木と石炭のにおいが消える。その代わり、魔法《まほう》を抑《おさ》えつけるときの刺《さ》すような痛《いた》みがもどってくる。

鞭打《むちう》たれたように頭がふらつき、鼻柱をつまむ。次の瞬間《しゅんかん》、カエアが生《お》い茂《しげ》ったやぶのうしろから姿《すがた》を現《あらわ》す。

汗《あせ》で髪《かみ》が、レカンの返り血を浴びたブラウンの肌《はだ》にへばりついている。おれはかぶとに手をやり、頭が隠《かく》れているか確《たし》かめる。危《あぶ》ないところだった……

「むこう側へわたる方法はないわね」カエアはため息をついて、おれの横にすわった。「まるまる一キロは調べたけど、あの橋が壊《こわ》れた今、こっちの山からむこうへいくのはむりよ」

だろうな。ほんのわずかなあいだ、レカンの意識《いしき》を垣間見《かいまみ》ただけでも、それは予想できた。彼《かれ》は賢《かしこ》い。やつらが逃《に》げられる唯一《ゆいいつ》の道を選んだのだ。

「やめたほうがいいと言ったのに」カエアは黒い胸当《むねあ》てを外す。「うまくいかないとわかっていたから」目を閉《と》じる。「魔師《まし》が復活《ふっかつ》したのはわたしの責任《せきにん》だと言われるわね。もう二度と、まえと同じようにはわたしを見てくれない」

カエアの言うまなざしがどんなだったか、おれは知っている。カエアが太陽なら、父上は空だ。父上がカエアだけにむけるまなざし。二人きりだと思っているときに、父上が浮《う》かべる表情《ひょうじょう》。なんて答えたらいいのかわからず、かがんで靴《くつ》を拾う。カエアはおれの前で弱いところを見せたことはない。そう、今日までは。これまでカエアが弱音を吐《は》くことがあるなんて思ったこともなかった。

カエアの絶望《ぜつぼう》に、自分の絶望《ぜつぼう》を見る。妥協《だきょう》、敗北。だが、それはおれの立つべき場所ではない。おれはもっと強い王にならねばならない。

「泣き言はやめろ」まだ戦いに負けたわけではない。

魔法《まほう》は新しい顔を得《え》たのだ。

つまり、おれは新しい剣《けん》で戦わねばならないということだ。

「ソコトの東に警備所《けいびしょ》がある」おれは言う。**魔師《まし》を探《さが》せ。巻《ま》き物《もの》を探《さが》せ。**「火ダカをやって橋が壊《こわ》れたことを伝えるんだ。労役場《ろうえきじょう》の人夫たちを送ってもらえば、また橋をかけられる」

「すばらしい案ね」カエアは両手に顔をうずめる。「力を取りもどしたウジ虫どもが、もどってきて、わたしたちを殺《ころ》しやすくなるものね」

「そのまえにやつらを探《さが》し出す」**そして、少女を殺《ころ》す。**

　われわれを救《すく》うのだ。

「戦力は？　労働力と材料を手に入れるだけでも数日かかる。橋をかけ――」

「三日だ」さえぎって言う。**おれの言うことに文句《もんく》をつけるつもりか？**　たとえ司令官だろうと、カエアにおれの命令を拒否《きょひ》する権限《けんげん》はない。

「夜通し働けば、できるはずだ。人夫たちがもっと少ない日数で宮殿《きゅうでん》を建てたのを見たことがある」

「橋がなんの役に立つの、イナン？　橋をかけたって、できたころにはあのウジ虫の影《かげ》も形もないわよ」

　おれは黙《だま》って、崖《がけ》のむこうを見やった。少女の魂《たましい》の潮《しお》の香りはうすれ、ジャングルのやぶの中に消えかかっていた。カエアの言うとおりだ。橋をかけても、反対側へわたれるだけだ。夜になるころには、香りは消えてなくなっているだろう。

だが……

神殿《しんでん》のほうをふりかえり、頭の中に声が押《お》しよせてきたときのことを思い浮《う》かべる。もう一度あれができれば、おれの魔法《まほう》はもっと強くなるはずだ。

「チャンドンブレだ」おれは頭の中でセネットの駒《こま》を動かす。「やつらはここに答えを探《さが》しにきた。おれにもなにか、見つけられるかもしれない」

そうだ、これだ。おれの魔法《まほう》の力を強くしているのがなにかわかれば、それを使って少女のあとを追える。そう、今回だけ。

「イナン――」

「大丈夫《だいじょうぶ》だ、うまくいく」おれはカエアをさえぎる。「労役場《ろうえきじょう》の人夫たちを集め、橋をかけろ。そのあいだ、おれが調べる。あの少女の残したものが、なにかあるはずだ。手がかりを見つけて、やつらがいった先を突《つ》き止める」

父上の歩駒《ふごま》をポケットにしまう。手が空っぽになり、肌《はだ》に冷たい風を感じる。この戦いはまだ終わっていない。まだ始まったばかりだ。

「メッセージを送り、人夫たちを集めろ。夜明けまでにここに集合させるんだ」

「イナン、それは大尉《たいい》としての――」

カエアをさえぎる。「おれは大尉《たいい》として言っているんじゃない。王子として命令しているんだ」

カエアが体を固くする。

おれたちのあいだのなにかが、壊《こわ》れる。だが、おれは視線《しせん》を揺《ゆ》るがさない。父上なら、カエアの弱さを許《ゆる》さないはずだ。

おれもだ。

「わかりました」カエアは唇《くちびる》をきゅっと結ぶ。「王子の望みは命令ですから」

カエアがつかつかと去っていくのを見ながら、魔師《まし》の少女の顔を思い浮《う》かべる。あの忌々《いまいま》しい声を。銀色の目を。

谷のむこう、少女の潮《しお》の魂《たましい》が消えたジャングルを見つめる。

「逃《に》げつづけろ」おれは小声で言う。

おれが捕《つか》まえてやる。

第二十二章　アマリ

宮殿《きゅうでん》のわたしの暮《く》らしていた一画では、窓《まど》はすべて宮殿《きゅうでん》の中を見るためのものだった。お父さまは、わたしが生まれるとすぐに新しい棟《むね》を建て、窓《まど》はすべて中庭に面して作るよう命じた。だから、わたしが見られるのは、宮殿《きゅうでん》の庭園に満開に咲《さ》いたヒョウ蘭《らん》くらいだった。**おまえは宮殿《きゅうでん》のことだけを考えていればいい。**別の景色が見たいとねだると、お父さまはそう言った。**オリシャの未来は、この塀《へい》の中で決められるのだから。王女であるおまえの将来《しょうらい》も同じだ。**

わたしはお父さまの言葉を守ろうと、宮殿《きゅうでん》の生活で満足しようとした。お母さまと同じように。ほかの貴族《きぞく》やその娘《むすめ》たちと付き合おうと努力した。宮殿《きゅうでん》のうわさ話を面白《おもしろ》がろうとした。でも、夜になると、こっそりイナンの部屋へいって、都を見おろすことのできるバルコニーへいった。ラゴスの木の城壁《じょうへき》のむこうにはなにがあるんだろう。わたしは一目見たいと切望し、美しい世界に思いをはせた。

いつか、きっと。わたしはビンタにささやいた。

ええ、いつか、きっと。ビンタはいつもほほ笑《え》み返してくれた。

そんなふうに夢見《ゆめみ》ていたけれど、このジャングルのような地獄《じごく》を想像《そうぞう》したことはなかった。無数の蚊《か》や汗《あせ》やとんがった石のことは。でも、やがて砂漠《さばく》に出て、四日後には、オリシャの地獄《じごく》には果てなどないのだと思い知った。砂漠《さばく》には、口にできるキツネイの肉も、飲むことのできる水もココナツミルクもなかった。砂漠《さばく》が与《あた》えてくれるのは、砂《すな》だけだった。

どこまでもつづく砂《すな》の山。

スカーフを顔にしっかりと巻《ま》いても、ろくに息もできない。砂《すな》の粒《つぶ》が口や鼻や耳にまで入りこむ。そのしつこさに匹敵《ひってき》するのは、焦《こ》げつくような太陽の光だけだ。この荒涼《こうりょう》とした地に最後のしあげを加える。長く歩けば歩くほど、ナイラの手綱《たづな》をつかんで、反対の方向へむけたい衝動《しょうどう》が高まる。でも、いまさら引き返したところで、いったいどこへむかえばいいというのだろう？

血を分けた兄が、わたしを追っているのだ。お父さまはきっとわたしの首を欲《ほ》しがっているだろう。わたしがいないことを隠《かく》すためにお母さまがどんなうそをついているか、もはや想像《そうぞう》もつかない。ビンタがまだ宮殿《きゅうでん》にいたら、尻尾《しっぽ》を巻《ま》いて逃《に》げ帰ったかもしれない。でも、ビンタはもういない。

わたしに残されたのは、この砂《すな》だけ。

胸《むね》の中で悲しみが膨《ふく》らみ、目を閉《と》じて、ビンタの顔を思い浮《う》かべる。ほんの一瞬《いっしゅん》思い出すだけで、この砂漠《さばく》の地獄《じごく》から逃《に》げ出すことができる。ビンタがいたら、きっとほほ笑《え》んで、歯のあいだにまで砂粒《すなつぶ》がはさまったって大笑いするにちがいない。ビンタなら、ここにも美しさを見つけ出したはずだ。ビンタはあらゆるものに美を見出《みいだ》したから。

自分を押《お》しとどめる間もなくビンタの記憶《きおく》に運ばれ、二人で過《す》ごした日々《ひび》のことを次々《つぎつぎ》と思い出す。まだ幼《おさな》いころ、ビンタにお気に入りの宝石《ほうせき》を見せたくて、朝、こっそりお母さまの部屋に忍《しの》びこんだ。鏡台の上に這《は》いあがりながら、イナンが兵士《へいし》たちといっしょにいくことになってい る村々《むらむら》のことについて、とめどなくしゃべりつづけた。

「**ずるい**」わたしはめそめそと訴《うった》える。「**イナンはイコイまでいくのよ。本物の海を見られるんだから**」

「**アマリにもきっとチャンスがくるわ**」ビンタは下に残ったまま、両手をぴったりとわきにつけて立っている。どんなにいっしょにのぼるよう誘《さそ》っても、ビンタはむりだと言いつづけた。

「**いつか、きっと**」わたしはお母さまのすばらしいエメラルドの首飾《くびかざ》りを首にかけ、鏡の中でキラキラ輝《かがや》くさまをうっとりと見つめる。「**ビンタは？　宮殿《きゅうでん》を出たら、ビンタはどこの村を見てみたい？**」

「**どこでもいい**」ビンタの目にぼんやりとした表情《ひょうじょう》が浮《う》かぶ。「**ぜんぶ見たい**」そして、下唇《したくちびる》をかむ。その顔に笑《え》みが広がっていく。「**ぜんぶ、大好きになると思うから。わたしの家族はだれひとり、ラゴスの城壁《じょうへき》のむこうにいったことはないから**」

「**どうして？**」わたしは鼻にしわを寄《よ》せ、立ちあがって、お母さまのアンティークの冠《かんむり》が入っている箱に手を伸《の》ばす。でも、あと少しで届《とど》かない。わたしは前に身をのりだす。

「アマリ、危《あぶ》ない！」

ビンタの言葉が届《とど》くまえに、わたしはバランスを失う。ガクッと前につんのめり、箱を落としてしまう。そして二秒後に、ほかのものもすべて床《ゆか》に落ちる。

「アマリ！」

どうしてあんなにすぐお母さまが現《あらわ》れたか、未《いま》だにわからない。散らかった部屋を見たお母さまの悲鳴が、部屋の入り口のアーチに反響《はんきょう》する。

あたしがしゃべれないのを見て、ビンタが前へ出て言う。**「心からお詫《わ》び申しあげます、王妃《おうひ》さま。王妃《おうひ》さまの宝石《ほうせき》をみがくように言われて、まいりました。アマリ王女さまは手伝いにきてくださっただけなのです。罰《ばつ》を受けるなら、わたしです」**

「この怠《なま》け者！」お母さまはビンタの手首をつかんだ。**「アマリは王女ですよ。おまえの仕事を手伝うためにいるわけではありません！」**

「お母さま、そうじゃないの――」

「おだまり」お母さまはぴしゃりと言うと、ビンタをどなりつけながら引きずっていった。**「おまえを甘《あま》やかしすぎたようね。ムチに学べば少しは賢《かしこ》くなるでしょう」**

「お母さま、やめて！　待って――」

ナイラがよろめき、わたしは罪悪感《ざいあくかん》の淵《ふち》から浮《う》かびあがる。ビンタの顔がうすれていき、わたしたちを砂丘《さきゅう》から転げ落とすまいとしているゼインが目に入る。わたしが革《かわ》のあぶみをつかむと、ゼリィが身をのりだして、ナイラの毛をなでてやった。

「ごめんね、ナイラ」ゼリィがやさしく声をかける。「もう少しだから。約束する」

「本当?」そう言った声はカサカサに乾《かわ》いて、まわりを取り囲《かこ》む砂《すな》のようにもろもろと崩《くず》れる。でも、のどにこみあげたかたまりが、水が足りないせいなのか、ビンタの思い出のせいなのかは、わからない。

「もう少しだ」ゼインがふりむき、太陽のまぶしさに目を細める。目をほとんど閉《と》じていても、深いブラウンの瞳《ひとみ》はわたしをじっと見つめているようで、頰《ほほ》が熱くなる。「今日じゅうに着かなかったとしても、明日にはイベジに着く」

「でも、太陽石がイベジになかったら?」ゼリィが言う。「レカンがまちがっていたら? 夏至《げし》まであと十三日しかない。イベジになければ、おしまいよ」

レカンがまちがってるなんて、そんな……

そう思ったとたん、空っぽの胃《い》が締《し》めつけられる。チャンドンブレでの決意がすべて崩《くず》れていく。**天よ!** レカンが生きてさえいれば、ずっと簡単《かんたん》だったのに。レカンの導《みちび》きと魔法《まほう》さえあれば、イナンが追ってこようと恐《おそ》れることはなかったのだ。太陽石を見つける可能性《かのうせい》もあったはず。それどころか、すでに聖《せい》なる島へ儀式《ぎしき》を行うためにむかっていたかもしれない。

でも、レカンがいなくなってしまった今、魔師《まし》を救《すく》うにはほど遠い状況《じょうきょう》だ。どんどん時間がなくなっていく。死にむかって行軍しているも同然だ。

「レカンはまちがえたりしない。石はある」ゼインは言葉をとぎらせ、首を伸《の》ばした。「あれが蜃気楼《しんきろう》なら、おれたちだってそうだ」

ゼリィとわたしはゼインの広い肩《かた》のむこうを見つめた。熱が砂《すな》に反射《はんしゃ》してゆらゆらと揺《ゆ》らめき、地平線はぼんやりかすんでいる。けれど、しばらく見ているうちに、ひび割《わ》れた粘土《ねんど》の壁《かべ》がくっきりと浮《う》かびあがってきた。そして、わたしは気づいた。四方八方から大勢《おおぜい》の旅人が砂漠《さばく》の都へむかって歩いている。わたしたちは大勢《おおぜい》の中の三人だったのだ。旅の一団《いちだん》の中には、わたしたちとはちがい、補強《ほきょう》した材木を使い、金で飾《かざ》り立てた大型《おおがた》の幌《ほろ》つきの車で旅している者たちもいる。美しいしつらえのものは、貴族《きぞく》が乗っているのだろう。

全身をぞくぞくするような興奮《こうふん》が駆《か》け抜《ぬ》け、もっとよく見ようと目を細める。子どものころ、お父さまが将官《しょうかん》たちに砂漠《さばく》の危険《きけん》について話しているのを漏《も》れ聞いたことがある。〈地の者〉たちが支配《しはい》している土地だ。彼《かれ》らは魔法《まほう》で砂《すな》の一粒《つぶ》一粒《つぶ》をおそろしい武器《ぶき》に変えることができるという。その夜遅《よるおそ》く、ビンタにもつれた髪《かみ》をとかしてもらいながら、そのことを話した。

「それはちがうわ」ビンタはわたしのまちがいを正した。**「地の者たちは平和な民《たみ》よ。彼《かれ》らが魔《ま》法《ほう》を使うのは、砂《すな》から村を造《つく》るためよ」**

それを聞いて、砂《すな》の都はどんなふうだろうと思いを巡《めぐ》らした。わたしたちの都の建物《たてもの》が従《したが》わなければならない法則《ほうそく》や建材にしばられない砂《すな》の都。地の者が本当に砂漠《さばく》を支配《しはい》していたのなら、壮大《そうだい》な都も彼《かれ》らがいなくなるのといっしょに、崩《くず》れ果てたはずだ。

　でも、悪夢《あくむ》のような砂漠《さばく》を四日間歩きつづけたすえに、ついにイベジの貧弱《ひんじゃく》な村がゆらゆらと姿《すがた》を現《あらわ》したのだ。この疎《うと》ましい荒地《あれち》で初めて目にした希望の兆《きざ》し。**天よ、感謝《かんしゃ》します。**なんやかんやいって、わたしたちは死なずにすむのかもしれない。

　城壁《じょうへき》を通り抜《ぬ》けると、みすぼらしい小屋や粘土《ねんど》のアヘレが出迎《でむか》えた。ラゴスのスラム地区に似《に》ている。日差しを浴びている砂《すな》の小屋は、がっしりして頑丈《がんじょう》そうだ。遠くのほうにそびえたついちばん大きなアヘレに、わたしが知りすぎるほどよく知っている紋章《もんしょう》がついていた。紋章《もんしょう》に刻《きざ》まれたユキヒョウラは鋭《するど》い牙《きば》をカッとむき、太陽の光を受けてゆらゆらと揺《ゆ》らめいていた。

「警備所《けいびしょ》がある」わたしはナイラの鞍《くら》の上で体を固くし、かすれた声でつぶやいた。王家の印が刻《きざ》まれているのは粘土《ねんど》の壁《かべ》だけれど、わたしの頭の中ではお父さまの謁見室《えっけんしつ》にあるビロードの紋《もん》章旗《しょうき》のようにはためいている。〈襲撃《レイド》〉のあと、お父さまは古い紋章《もんしょう》を廃止《はいし》してしまった。雄牛《おうし》の角を持つ勇ましいライオーンを見ると、いつも守られている気持ちがしたのに。代わりにお父さまは、ユキヒョウラこそわたしたちの力を表《あら》わす獣《けもの》だと宣言《せんげん》した。無慈悲《むじひ》な純血種《じゅんけつしゅ》の獣《けもの》こそが。

「アマリ」ゼリィの低い声ではっとわれに返った。ゼリィはナイラから降《お》りて、スカーフをしっかりと顔に巻《ま》き、わたしにも同じようにするように言った。

「二手に分かれよう」ゼインもナイラの背《せ》からすべりおりて、わたしたちに水筒《すいとう》をわたした。「いっしょにいるところを見られたらまずい。二人は水をくんできてくれ。おれは泊《と》まれる場所を探《さが》すから」

ゼリィはうなずいて、歩きはじめた。でも、ゼインはふたたびわたしの目をじっとのぞきこんだ。

「大丈夫《だいじょうぶ》か？」

わたしはなんとかうなずいたけど、返事はできなかった。王家の紋章《もんしょう》を見ただけで、のどに砂《すな》がつまったようになる。

「ゼリィから離《はな》れないで」

きみは弱いから。ゼインが吐《は》き出すように言うところが浮《う》かぶ。でも、彼《かれ》の黒い目はやさしい。

いくら剣《けん》を持っていたところで、きみには自分の身は守れないから。

ゼインはわたしの腕《うで》をそっとつかんでから、ナイラの手綱《たづな》をとって、反対方向へ歩きだす。わたしはその広い背中《せなか》を見つめながら、あとを追いたい衝動《しょうどう》と戦った。すると、またゼリィに名前を呼《よ》ばれた。

うまくいくはず。わたしは目に笑《え》みをたたえる。でも、ゼリィはこちらを見もしない。ソコトを出てから、ゼリィとの関係はよくなりはじめていると思っていた。けれど、いくらかの好意を勝ちとりつつあったとしても、兄があの神殿《しんでん》に現《あらわ》れた瞬間《しゅんかん》に消え去った。この四日間、ゼリィはほとんどわたしと口をきいていない。まるでレカンを殺《ころ》したのはわたしだとでもいうように。見られているような気がしてそっとふりかえると、いつもわたしの背中《せなか》をじっと見ている。

なるべくゼリィから離《はな》れないようにしながら、なにもない通りを歩いていく。食べ物を探《さが》すが、いっこうに見つからない。のどが、一杯《ぱい》の冷たい水を求めて悲鳴をあげている。焼きたてのパンと、厚《あつ》く切った肉を。でも、ラゴスの商業地区とちがって、とりどりの色に塗《ぬ》られた店や、食欲《しょくよく》をそそる食べ物は見られない。町は、まわりの砂漠《さばく》と同じくらい飢《う》えているように見えた。

「ああ」ゼリィは小声でつぶやいて、立ち止まった。震《ふる》えがひどくなっている。太陽はギラギラ照りつけているのに、氷風呂《ぶろ》に入っているかのように歯がガチガチ鳴っている。血の魔法《まほう》から目覚めて以来、震《ふる》えはひどくなるいっぽうで、死者の霊《れい》の存在《そんざい》を感じるごとにビクビクしている。

「そんなにたくさんいるの？」わたしはささやくようにたずねた。

震《ふる》えが止まると、ゼリィは喘《あえ》いだ。「墓地《ぼち》を歩いているみたい」

「こんな熱いんじゃ、本当にそうかも」

「わからない」ゼリィはスカーフをますますぴったりと顔に押《お》し当てながら、まわりを見まわす。

「死者の霊《れい》にぶつかるたびに、血の味がする」

寒気に揺《ゆ》さぶられる。なのに、毛穴《けあな》という毛穴《けあな》から汗《あせ》が噴《ふ》き出す。ゼリィが血の味を感じる理由を、わたしは知りたくない。

「それって、きっと――」言いかけて、口を閉《と》じた。何人かの男たちがどっと通りに入ってきたのだ。マントやマスクのせいで目立たないけれど、ほこりだらけの服にオリシャの紋章《もんしょう》がついている。

兵士《へいし》たちだ。

ゼリィの腕《うで》をつかむ。ゼリィはこん棒《ぼう》に手を伸《の》ばす。兵士《へいし》たちからは、お酒のにおいがプンプンしている。足元もおぼつかない。わたしの脚《あし》は水でできているみたいにブルブル震《ふる》えだす。

すると、現《あらわ》れたのと同じくらいあっという間に、兵士《へいし》たちは散って、粘土《ねんど》のアヘレのあいだに姿《すがた》を消した。

「しっかりして」ゼリィはわたしを突《つ》き放した。砂《すな》の上に倒《たお》れないよう、足を踏《ふ》ん張《ば》る。ゼリィの目に同情《どうじょう》はない。ゼインとちがい、銀色の目は怒《いか》りに輝《かがや》いている。

「わたしはただ――」弱々《よわよわ》しい声しか出ない。強くあってほしいと願っているのに。「ごめんなさい、いきなりだったから」

「王女さまみたいにふるまいたいなら、兵士《へいし》たちのところへいけばいい。あたしはあんたを守るためにいるんじゃない。戦うためにきたんだから」

「ひどいわ」わたしは自分の体に腕《うで》を巻《ま》きつける。「わたしだって戦ってるのに」

「へえ、父親のせいでこんなことになってるって知ったら、あたしだったらもう少しがんばるけどね」

そう言うと、ゼリィは背《せ》をむけ、砂《すな》を蹴《け》散《ち》らしながら歩いていってしまった。わたしは顔をほてらせながら、今度は少し距離《きょり》をあけてあとを追った。

そうやってイベジの中央広場へむかい、赤い粘土《ねんど》で造《つく》られた四角い小屋のあいだをからみあうように走る通りを抜《ぬ》けていく。ようやく近くまでくると、鮮《あざ》やかな色のシルクのカフタンが目を引く貴族《きぞく》たちが、おつきの者たちを従《したが》えて集まっているのが見えた。知っている顔は見えなかったけれど、念のためスカーフがずれていないか確認《かくにん》する。ほんのわずかな隙《すき》を見せただけで、正体が知れてしまうかもしれない。でも、こんな首都から遠いところで、いったいなにをやっているのだろう？　かなりの人数の貴族《きぞく》たちがいる。とはいえ、労役者《ろうえきしゃ》たちの数はそれを上回っていた。

狭《せま》い通りに大勢《おおぜい》の労役者《ろうえきしゃ》たちがいるのを見て、思わず足が止まった。これまでも、宮殿《きゅうでん》で働くために連れてこられた者たちのことなら、見たことがあった。みな、清潔《せいけつ》で感じよく、お母さまが気に入るよう身なりも整えられていた。だから、みな、ビンタのように宮殿《きゅうでん》の壁《かべ》に守られ、ありふれた暮《く》らしを送っていると思っていたのだ。彼《かれ》らがどこからきたのか、考えたこともなかったし、ましてや、宮殿《きゅうでん》以外のところへ連れていかれる可能性《かのうせい》もあったことなど、思いも及《およ》ばなかった。

「天よ……」見るだけでも耐《た》えがたかった。ほとんどはディヴィナで、町の人々《ひとびと》よりはるかに多い。身に着けているのは、ボロボロの布《ぬの》だけだ。黒い肌《はだ》は焼けるような太陽にさらされて火ぶくれ、泥《どろ》や砂《すな》があたかも焼きつけられたようにこびりついている。みな、歩く骸骨《がいこつ》のようだった。

「どういうこと？」わたしは鎖《くさり》でつながれた子どもたちを数えながらたずねた。ほとんどがまだ幼《おさな》い子どもで、いちばん年上の子すらわたしよりも年下に見える。でも、道路が造《つく》られたり、新しく砦《とりで》が建てられたり、なにかが採掘《さいくつ》されているようすはない。「あの子たちはここでなにをやってるの？」

ゼリィは、自分と同じ白い髪《かみ》をした肌《はだ》の黒い少女をじっと見つめていた。ボロボロの白い服を着て、目は落ちくぼみ、生気はほとんどない。

「労役場《ろうえきじょう》に売られたのよ」ゼリィはぼそりと言った。「いけと言われたところにいくだけ」

「どこもこんなにひどいわけじゃないわよね？」

「ラゴスでは、もっとひどいのを見たよ」

ゼリィは中央広場の警備所《けいびしょ》のほうへむかって歩きだした。胃《い》がむかむかする。食べ物はなにも入っていないのに、消化できない真実が暴《あば》れている。ずっと食卓《しょくたく》の上にだまって置かれていた真実が。

人々《ひとびと》が死んでいるあいだに、わたしがお茶をすすっていた食卓《しょくたく》に。

兵士《へいし》たちのにらみつけるようなまなざしを避《さ》けて、井戸の水を水筒《すいとう》に入れる。ゼリィも水を注ごうと手を伸《の》ばした――

兵士《へいし》の剣《けん》がふりおろされた。

わたしたちはとびのいた。心臓《しんぞう》がバクバクいっている。兵士《へいし》の剣《けん》は、数秒前までゼリィが手を置いていた井戸の縁《ふち》にふかぶかと突《つ》き刺《さ》さっていた。ゼリィが腰《こし》のこん棒《ぼう》を握《にぎ》る。その手は怒《いか》りで震《ふる》えている。

井戸の剣《けん》をたどって、おそろしい目でにらみつけている兵士《へいし》まで視線《しせん》を動かす。褐色《かっしょく》の肌《はだ》は日に焼けて一段《いちだん》と濃《こ》くなっているが、目はぎらぎら輝《かがや》いている。

「おまえたちウジ虫が字を読めないのは知っているが、数くらい数えられるようにするんだな」

兵士《へいし》は、ゼリィにむかって吐《は》き捨《す》てるように言う。

そして、剣《けん》で風雨にさらされた立札《たてふだ》をたたく。板の溝《みぞ》から砂《すな》がバラバラと落ち、薄《うす》れかけた文字《もじ》が姿《すがた》を現《あらわ》す。〈一杯《ぱい》＝金貨一枚《まい》〉

「冗談《じょうだん》でしょ？」ゼリィが怒《いか》りをあらわに言う。

「払《はら》えます」わたしはゼリィの袋《ふくろ》に手を伸《の》ばす。

「でも、あの人たちはむりよ！」ゼリィは、労役者《ろうえきしゃ》たちのほうを指さす。バケツを持っているわずかな人たちが、砂《すな》と変わらないくらい汚《よご》れた水を飲んでいる。でも、今は逆《さか》らうときではない。どうしてゼリィにはそれがわからないの？

「申し訳《わけ》ありません」わたしは前へ出て、せいいっぱいうやうやしい調子で言う。かなり成功している。お母さまも自慢《じまん》に思うかも。

そして、兵士《へいし》の手に金貨を三枚握《まいにぎ》らせ、ゼリィから水筒《すいとう》を取ってうしろにさがらせて、水をつぐ。

「はい」

水筒《すいとう》を差し出すと、ゼリィは舌打《したう》ちする。そして、水筒《すいとう》をひっつかむと、労役者《ろうえきしゃ》のほうへ歩いていって、白い服の少女の前までいく。

「飲んで。急いで。役人に見られるまえに」

白い服の少女は一秒たりとも無駄《むだ》にせず、むさぼるように飲む。ここ数日で初めて飲んだ水にちがいない。そして、たっぷり飲んだあと、前につながれているディヴィナに水筒《すいとう》を回す。わたしはしぶしぶ残りの二本もほかの労役者《ろうえきしゃ》に差し出す。

「本当にありがとう」少女は唇《くちびる》についた最後の一滴《いってき》をなめとりながらゼリィに言う。

「これしかできなくて、ごめんなさい」

「十分すぎるくらいよ」

「どうしてこんなにたくさんの人が？」からからののどを無視《むし》しようとしながら、わたしはたずねる。

「ここの闘技場《とうぎじょう》に送られてきたの」少女は、粘土《ねんど》の壁《かべ》のむこうからちらちらと見えているもののほうへあごをしゃくる。最初は、赤い砂丘《さきゅう》とうねるようにつづく砂漠《さばく》しか見えないけど、やがて吹《ふ》き荒《あ》れる砂《すな》のむこうから円形競技場《きょうぎじょう》が姿《すがた》を現《あらわ》す。

天よ……

あんなに巨大《きょだい》な建築物《けんちくぶつ》を見たのは、初めてだ。日焼けしたアーチと柱がずらりと並《なら》び、だだっ広い闘技場《とうぎじょう》が乾燥《かんそう》した不毛の土地のほとんどを覆《おお》いつくしている。

「あれを造《つく》ってるってこと？」わたしは鼻にしわを寄《よ》せる。労役者《ろうえきしゃ》にこんなところにあんな大建《けん》築《ちく》を造《つく》らせることを、お父さまが許《ゆる》すわけがない。砂漠《さばく》にはなにも育たない。この土地には限《かぎ》られた数の人間しか、住めないはずだ。

少女は首を横にふった。「あそこで戦うの。労役場《ろうえきじょう》の役人が言うには、勝てば、借金はすべて返せるって」

「戦う？」ゼリィが眉間《みけん》にしわを寄《よ》せた。「なんのために？　自由を得《え》るため？」

「それと、金さ」前にいる少年が、あごから水を滴《したた》らせながら答えた。「海を満たせるほどの金さ」

「そのためにあたしたちを戦わせるわけじゃないよ」少女が言う。「貴族《きぞく》たちはすでにお金持ちだもの。お金なんて必要ないよ。ババルアイィの宝《たから》を狙《ねら》ってるんだよ」

「ババルアイィ？」

「健康と病の神のこと」ゼリィが説明する。「どの神も伝説の宝《たから》を持っている。ババルアイィのは、オウン、エショ　アイエ、つまり命の宝石《ほうせき》」

「それって本物なの？」わたしはたずねる。

「ただの神話に決まってる。魔師《まし》が寝《ね》るまえにディヴィナに聞かせるようなお話よ」

「神話じゃないよ」少女が言う。「この目で見たもん。宝石《ほうせき》っていうよりは石に近かったけど、本物よ。永遠《えいえん》の命を与《あた》えてくれるんだって」

ゼリィは頭をかたむけ、前に身をのりだした。

「その石って、どんなふうだった？」

第二十三章　ゼリィ

太陽が地平線のかなたに沈《しず》むころには、闘技場《とうぎじょう》は酔《よ》っ払《ぱら》った貴族《きぞく》たちのしゃべる声であふれかえっていた。日が落ちても、壁《かべ》にぶらさげたランタンが円形の競技場《きょうぎじょう》をこうこうと照らし出す。あたしたちは、石を削《けず》って作られた観客席を埋《う》め尽《つ》くしている兵士《へいし》や貴族《きぞく》たちを押《お》し分けて中へ入っていく。あたしはゼインにつかまって、よろめきながら、古びた階段《かいだん》をあがっていった。

「いったいこれだけの人間がどこからきたんだ?」ゼインがつぶやいた。土ぼこりをかぶったカフタン姿《すがた》のコスィダンのあいだをむりやり通り抜《ぬ》ける。イベジにはどう多く見積もったところでせいぜい数百人の住人しかいないはずだが、今は数千人の観客が席を埋《う》め尽《つ》くしている。商人や貴族《きぞく》たちがこんなにいるとは。みんな、興奮《こうふん》で一体となり、円形の観客席に囲《かこ》まれた闘技場《とうぎじょう》を一心に見つめている。

「震《ふる》えてるぞ」すわると、ゼインが言った。全身に鳥肌《とりはだ》が広がっていく。

「数えきれないほどの霊《れい》がいる。ここで大勢《おおぜい》死んでる」ささやくように答える。

「労役場《ろうえきじょう》の労役者《ろうえきしゃ》たちがここを造《つく》ったなら、そうだろうな。きっと二けたじゃ、足りない」

あたしはうなずいて、水筒《すいとう》の水をすする。口の中の血の味を洗《あら》い流したくて。でも、なにを食べようが飲もうが、銅《どう》のような味が消えることはない。アパディの地獄《じごく》に囚《とら》われている何百という魂《たましい》がまわりを取り囲《かこ》んでいる。

オリシャ人は死ぬと、善《よ》き霊《れい》はアラーフィア、つまり平和な世界に昇《のぼ》っていくと教えられてきた。地上の苦しみから解放《かいほう》され、神々《かみがみ》の愛の中にのみ存在《そんざい》する者となる、と。〈刈《か》る者〉の聖《せい》なる任務《にんむ》の一つは、迷《まよ》える霊《れい》をアラーフィアに導《みちび》くことだ。それとひきかえに、神々《かみがみ》は力を貸《か》してくださるのだ。

でも、罪《つみ》や深い心の傷《きず》といった重荷を背負《せお》った霊《れい》は、アラーフィアへ昇《のぼ》ることはできない。この世を離《はな》れられないのだ。苦しみに縛《しば》りつけられ、アパディに留《とど》まったまま、生きていたときのもっともおそろしい瞬間《しゅんかん》を繰《く》り返し生きることになる。

子どものときはアパディなんてお話だと思っていた。子どもが悪いことをしないように都合よく使われているだけだって。でも、〈刈《か》る者〉として目覚めてからは、霊《れい》たちの受ける責《せ》め苦を感じてしまう。彼《かれ》らの決して解放《かいほう》されることのない苦しみを、終わることのない痛《いた》みを。闘技場《とうぎじょう》に目を走らせる。信じられない数の霊《れい》がこの壁《かべ》の中のアパディに閉《と》じこめられている。こんな場所があるなんて。いったいここでなにがあったのだろう？

「少し見てまわったほうがいいかしら？」アマリがささやく。「闘技場《とうぎじょう》になにか手がかりがないか探《さが》す？」

「試合《しあい》が始まるのを待とう。みんながそちらに気を取られているときのほうが、楽だろう」ゼインが答える。

待っているあいだ、飾《かざ》り立てた貴族《きぞく》たちのシルク越《ご》しに闘技場《とうぎじょう》の鉄の床《ゆか》を見やる。ひびわれた砂岩《さがん》のアーチや階段《かいだん》の中で、そこだけ目を引く。鉄に血の跡《あと》を探《さが》す。剣《けん》や野獣《やじゅう》の巨大《きょだい》な爪《つめ》がつけた傷《きず》から流れた血の跡《あと》を。だが、鉄の床《ゆか》はしみひとつなく、まっさらだ。**いったいどんな競技《きょうぎ》が行われているんだろう――**

鐘《かね》の音が響《ひび》きわたった。

さっと顔をあげるのと同時に、興奮《こうふん》した歓声《かんせい》が沸《わ》き起こる。みんながいっせいに立ちあがったので、アマリとあたしもしかたなく立って、闘技場《とうぎじょう》を見ようとする。歓声《かんせい》がさらに大きくなり、覆面《ふくめん》をした黒づくめの男が鉄製《てっせい》の階段《かいだん》をあがってくる。階段《かいだん》は、闘技場《とうぎじょう》の床《ゆか》のはるか上に設《もう》けられた舞台《ぶたい》へつづいている。男には独特《どくとく》のオーラがある。人を威圧《いあつ》する、金ぴかのオーラ……。

男が覆面《ふくめん》をとると、笑《え》みをたたえた日焼けした顔が現《あらわ》れる。男は口に、金属《きんぞく》の拡声器《かくせいき》を当てる。

「用意はいいか？」

観衆《かんしゅう》が吼《ほ》えるような声をあげ、鼓膜《こまく》がうわんうわん鳴る。遠くのほうから低いゴウゴウという音が聞こえはじめ、みるみる大きくなって――

闘技場《とうぎじょう》の両脇《わき》にある鉄製《てっせい》の門が大きく開かれ、どうっと水が流れこんでくる。**幻《まぼろし》だ、そうに**

決まってる。しかし、水はどんどん流れこんでくる。そして、金属《きんぞく》の床《ゆか》を覆《おお》いつくし、なみなみと水をたたえた海となって壁《かべ》に打ちよせる。

「どうしてこんなことが？」骨《ほね》と皮ばかりの労役者《ろうえきしゃ》たちを思い出す。あれだけの人たちが水を死ぬほど欲《ほ》しがってるのに、こんなことに使ってるわけ？

「聞こえないぞ！」司会の男が冷やかすように言う。「一生に一度の大試合《しあい》を見る用意はできてるか？」

酔《よ》っ払《ぱら》った観衆《かんしゅう》がさけび声をあげるのと同時に、闘技場《とうぎじょう》の壁《かべ》の門がふたたび開き、十艘《そう》の木造《もくぞう》の船が偽《にせ》の海の波を乗り越《こ》え、入ってきた。どの船も長さが十メートル以上あり、高いマストに帆《ほ》をひるがえしている。乗組員《のりくみいん》たちがそれぞれ、ずらりと並《なら》んだ櫂《かい》と、大砲《たいほう》のうしろに散っていく。

舵輪《だりん》のうしろには、着飾《きかざ》った船長が立っている。けれど、乗組員《のりくみいん》のほうに目をやったとたん、心臓《しんぞう》が止まった。

何十人といる漕《こ》ぎ手の中に、あの白い服の少女が黒い目に涙《なみだ》を浮《う》かべてすわっていた。石のことを教えてくれた少女だ。胸《むね》を大きく上下させ、櫂《かい》を握《にぎ》りしめている。

「今夜、オリシャじゅうから十人の船長がやってきた、王の富よりも偉大《いだい》な宝《たから》をかけて戦うために！　優勝《ゆうしょう》した船長と乗組員《のりくみいん》は、尽《つ》きることのない黄金の海に浴する栄光を手にするだろう！」

司会の男が両手をかかげると、二人の兵士《へいし》がきらきら輝《かがや》く金貨の入った大きな箱を持って入ってきた。畏《おそ》れにも似《に》た欲望《よくぼう》のため息が、観客席にさざなみように広がっていく。「ルールは簡単《かんたん》だ。勝利を手にするためには、ほかの船の船長と乗組員《のりくみいん》を全員殺《ころ》すこと。この二か月間、闘技場《とうぎじょう》の闘《たたか》いで生き残った者はいない。さあ、今夜こそ、勝利者の頭上に王冠《おうかん》は輝《かがや》くのか!?」

またもやどっと歓声《かんせい》があがる。船長たちも司会者の言葉に目をぎらつかせ、雄《お》たけびをあげる。自分たちではどうすることもできない乗組員《のりくみいん》とちがい、彼《かれ》らは恐《おそ》れてはいないのだ。

勝利だけを願っている。

「今夜、勝利した船長には、特別な賞品《しょうひん》が待っている。最近、発見されたこの宝《たから》は、これまでの賞品《しょうひん》よりもすばらしいものだ。今夜、これだけの観客が集まったのも、そのうわさを耳にしたからだろう」司会の男は観客の興味《きょうみ》をかきたてるように、わざと舞《ぶ》台《たい》の上をゆっくりと歩く。

司会の男がふたたび口に拡声器《かくせいき》を当てるのを見て、あたしの恐怖《きょうふ》が膨《ふく》らんでいく。

「勝利を手にした船長は、黄金以上のものを手にして闘技場《とうぎじょう》をあとにすることになる。まさにいまだかつてない宝《たから》、今、この瞬間《しゅんかん》まで失われていた宝石《ほうせき》、ババルアイェの伝説的な聖宝《しょうぼう》。不死を約束する宝《たから》だ!」

司会者は、マントから光り輝《かがや》く石を取り出した。あたしは言葉を失った。レカンがよみがえらせた壁画《へきが》よりも燦爛《さんらん》たる光を、太陽石は放っていた。大きさはココナツくらいで、澄《す》み切ったすべすべした透《す》きとおった石の中で、オレンジと黄と赤い光が脈《みゃく》打《う》っている。儀式《ぎしき》を行うのに必要な石。

魔法《まほう》を取りもどすのに必要な、三つ目の宝《たから》。

「太陽石は不死の願いをかなえるってこと？　レカンはそんなこと言ってなかったわ」アマリが首をかしげた。

「たしかにね。でも、そう見える」あたしは言った。

「だれが勝つと思――――」

アマリが最後まで言うまえに、耳をつんざくような爆発音《ばくはつおん》が響《ひび》いた。

闘技場《とうぎじょう》が揺《ゆ》れる。最初の船が大砲《たいほう》を撃《う》ったのだ。

砲口《ほうこう》から弾《たま》が飛び出し、標的へむかってまっすぐ飛んでいった。弾《たま》はとなりの船の漕《こ》ぎ手の列に落ち、一瞬《いっしゅん》にして命を奪《うば》い取った。

「ウッ！」おそろしい痛《いた》みが体を突《つ》き抜《ぬ》ける。あたしにはなにも当たってはいないのに。これまでより、さらに濃《こ》くねっとりとした血の味が舌《した》を覆《おお》う。

「ゼル！」ゼインがさけぶ。少なくともさけんだような気がする。観客の絶叫《ぜっきょう》の中で、ゼインの声を聴《き》きとることはできない。船はみるみる沈《しず》み、観客の歓声《かんせい》が死者の悲鳴といっしょくたになり、あたしの意識《いしき》に襲《おそ》いかかる。

「感じる」あたしは、言葉にならない悲鳴をあげまいと歯を食《く》いしばる。「ひとりひとりを、ひとりひとりの死を」

逃《のが》れることのない牢獄《ろうごく》。

大砲《たいほう》の弾《たま》がさく裂《れつ》し、闘技場《とうぎじょう》の壁《かべ》を揺《ゆ》らす。木の破片《はへん》が飛び散り、また一艘《そう》、船が沈《しず》む。血と死体が水面に降《ふ》り注ぎ、けがをした人々《ひとびと》がおぼれまいともがく。

人が一人《ひとり》死ぬごとに、衝撃《しょうげき》が体を突《つ》き抜《ぬ》ける。レカンの霊《れい》のときと同じように、あたしの精神《せいしん》と肉体に流れこんできて、死者のありとあらゆる細切れの記憶《きおく》が一気に押《お》しよせる。あたしの体は彼《かれ》らの痛《いた》みの避難所《ひなんしょ》となり、意識《いしき》が遠のいてはもどるのをただ繰《く》り返しながら、この恐怖《きょうふ》が終わるのを待つ。一瞬《いっしゅん》、白い服の少女が垣間見《かいまみ》えるが、赤の中に呑《の》みこまれていく。

どのくらいつづいたのだろうか。十分？　十日？

ついに殺《さつ》りくが終わったときには、もはや考える力も残っていなかった。息をする力すらない。十艘《そう》の船や船長たちはみな、吹《ふ》き飛ばされ、ほぼ跡形《あとかた》もない。

「どうやら次の夜まで勝利は引き延《の》ばされたようだ！」観客が口々《くちぐち》にさけぶ中、司会の男がひときわ大きな声で言う。男はこれ見よがしに石をかかげ、光が当たるようにふりかざす。石は、深紅《しんく》の海の上できらきらと輝《かがや》く。材木の破片《はへん》のあいだにぷかぷかと浮《う》いている死体の上で、きらめいている。それを見て、観客たちはいっそう大きな声でさけぶ。さらなる血を求めて。さらなる戦いを。

「明日の船長たちがこのすばらしい宝《たから》を勝ち取ることができるか、見届《みとど》けようではないか！」

あたしはゼインにもたれかかって、目をつぶる。これでは、あの石に触《ふ》れることすらできないまま、死ぬことになるだろう。

第二十四章　イナン

遠くから、労役者《ろうえきしゃ》たちの声が、橋を造《つく》っているカンカンというかすかな音と混《ま》じって聞こえてくる。さらにそれより大きく、カエアの不機嫌《ふきげん》そうなどなり声が響《ひび》く。気が進まなくても、作業の指揮《しき》を取っているようだ。カエアの監督《かんとく》下で三日が経《た》ち、橋は完成に近づいている。

だが、むこう側の山への道ができつつある一方で、おれはいまだ、なんの手がかりも見つけられていない。どこまでいっても、神殿《しんでん》は謎《なぞ》のままだ。その尽《つ》きることのない謎《なぞ》を、おれは解《と》くことができない。魔法《まほう》を抑《おさ》えつけている力をゆるめてみても、それくらいの魔力《まりょく》では少女の居場所《いばしょ》をつきとめることはできない。刻一刻《こくいっこく》と時間は過《す》ぎていく。

少女を見つけたいのなら、持てる魔力《まりょく》をすべて解《と》き放つしかない。

ずっとそのことばかり考えている。これまで信じてきたものすべてを否定《ひてい》することになる。だが、このまま魔法《まほう》を抑《おさ》えつけていれば、もっとおそろしい事態《じたい》を招《まね》くことになる。己《おのれ》より義務《ぎむ》を。オリシャを第一に考えろ。

深呼吸《しんこきゅう》をする。魔法《まほう》を抑《おさ》えつけていた力を少しずつ、ゆるめていく。そして、完全に解《と》き放ったとき、胸《むね》の痛《いた》みがやわらいでいく。やがて、皮膚《ひふ》がヒリヒリしはじめる。まず潮《しお》の香りを感じるだろうと思っていた。だが、これまでの日々《ひび》と同じように、狭《せま》い廊下《ろうか》には材木と石炭のにおいがたちこめているだけだ。

これまで曲がったことのない角を曲がると、そのにおいが耐《た》えようもないほど強くなる。ターコイズ色の雲が垂《た》れこめている。さっと手をくぐらせ、レカンの残った意識《いしき》が侵入《しんにゅう》してくるままにする。

「レカン、待って！」

次の角を曲がると、かん高い笑い声が響《ひび》きわたる。ひんやりとした石に体を押《お》しつけ、おれはセンタロの記憶《きおく》に乗っ取られる。幻《まぼろし》の子どもたちがかん高い声をあげながら通り過《す》ぎていく。みな、裸《はだか》で、体にもようが描《えが》かれている。子どもたちの喜《よろこ》びが、岩の壁《かべ》に跳《は》ね返って、くっきりと響《ひび》きわたる。

これは現実《げんじつ》じゃない。自分に言い聞かせるが、心臓《しんぞう》がバクバクいっている。うそにしがみつこうとするが、子どもたちの目のいたずらっぽい輝《かがや》きが真実を告《つ》げる。

たいまつをかかげ、神殿《しんでん》の狭《せま》い廊下《ろうか》をどんどん進んでいく。一瞬《いっしゅん》、石炭のにおいの中に、潮《しお》の香りがほのかに漂《ただよ》う。角を曲がると、またターコイズ色の雲が現《あらわ》れる。歯を食《く》いしばって雲に突《つ》っこみ、また別のレカンの意識《いしき》に身をゆだねる。レカンの木のにおいがおれを呑《の》みこむ。と、あたりの空気が変わり、やわらかな声が聞こえる。

「**あの、お名前はお持ちですか？**」

全身が硬直《こうちょく》する。目の前にアマリのおどおどした姿《すがた》が現《あらわ》れる。妹は不安そうにおれを見つめる。琥珀色《こはくいろ》の目が恐怖《きょうふ》に曇《くも》っている。ヒリヒリするにおいが鼻腔《びこう》をのぼってくる。焦《こ》げたにおいが鼻をつく。「**名前がない者などいない**」

「**あ、そういうつもりじゃ――**」

「**レカンだ**」頭の中に、レカンの声がとどろく。「**オラミレカン**」

アマリを見て、笑いそうになる。平民の服がぜんぜん似合《にあ》ってない。これだけのことがあったあとでも、おれの知っているアマリと変わっていない。沈黙《ちんもく》の壁《かべ》のうしろで、感情《かんじょう》の糸を紡《つむ》ぎつづけている。

すると、おれの記憶《きおく》が割《わ》りこんでくる。壊《こわ》れた橋をはさんで一瞬《いっしゅん》目が合った時の記憶《きおく》が。おれは、アマリを救《すく》ってやるのだと思っていた。だが、おれこそが、アマリの苦しみの元なのだ。

「**わが富が……増《ふ》える？**」

レカンの記憶《きおく》の中の魔師《まし》の少女が現《あらわ》れる。たいまつの明かりの中に、少女がちらちらと揺《ゆ》らぎながら姿《すがた》を現《あらわ》す。

「**われわれの言葉を覚えているのか？**」

「**少しだけなら**」少女はうなずく。「**子どものころ、母が教えてくれたんです**」

そしてついに、そう、数日ぶりに、潮《しお》の香りが突風《とっぷう》のように押《お》しよせる。だが、少女の姿《すがた》を見ても、おれは剣《けん》に手を伸《の》ばさない。少女の運命とおれの運命が交錯《こうさく》してから、初めてのことだ。レカンの目を通して見る少女はおだやかだが、同時にはっとするような美しさをたたえている。黒い肌《はだ》はたいまつの光を受けて輝《かがや》き、銀色の目のうしろにひそむ亡霊《ぼうれい》たちが浮《う》かびあがってくる。

この娘《むすめ》にまちがいない。レカンの心の声が頭の中に響《ひび》く。**なにがあろうと、生き延《の》びてもらわねば。**

「まちがいないとは？」思わず声に出して問う。だが、沈黙《ちんもく》だけが返ってくる。

少女とアマリの姿《すがた》がうすれていき、おれは取り残されて、二人が立っていたところをぼんやりと見つめている。少女の香りも消える。もう一度幻《まぼろし》に手を伸《の》ばそうとするが、なにも起こらない。しかたなく、おれはまた歩きはじめる。

足音が、神殿《しんでん》の隙間《すきま》や割《わ》れ目にまでこだまする。これまでとはぜんぜんちがう。これまでは、つねに魔法《まほう》を抑《おさ》えつけていたせいで消耗《しょうもう》しきっていた。息をするたびに、力が失われていくような気がした。今も、頭で魔法《まほう》がうなり、胃《い》が締《し》めつけられるのは変わらないが、体は新しい自由を満喫《まんきつ》している。まるで何年ものあいだ水の中にいたみたいに。

大きく息を吸《す》いこむ。

何度か深く息を吸《す》い、新たな力を得《え》て、神殿《しんでん》の奥《おく》へ奥《おく》へと廊下《ろうか》を歩いていく。レカンの幽霊《ゆうれい》を追いかけ、答えを見つけようとする。少女も見つかるかもしれない。そして角を曲がると、レカンの魂《たましい》のにおいがわっと襲《おそ》ってくる。そのドーム型《がた》の部屋には、レカンの意識《いしき》の名残《なご》りが、今までと比《くら》べ物にならない強さで脈打《みやくう》っている。ターコイズ色の雲が部屋《へや》全体を包みこんでいるように思える。身構《みがま》えるよりもまえに、部屋が真っ白い光を放つ。

おれの立っているところは影《かげ》になっていたが、レカンの意識《いしき》がでこぼこした壁《かべ》を照らし出す。おれはあんぐりと口をあけ、見事な神々《かみがみ》の壁画《へきが》を眺《なが》める。鮮《あざ》やかな色の洪水《こうずい》のようだ。

「これはなんだ?」すばらしい光景に息を呑《の》む。豊《ゆた》かな表現《ひょうげん》で描《えが》かれ、今にも命を得《え》て動きだしそうだ。

神や女神《めがみ》、そして、その足元で踊《おど》る魔師《まし》に、たいまつを近づける。この力強さ。心まで攻《せ》め入ってくるようだ。これまで教えられてきたことすべてがほぐされていく。

大人になるにつれ、おれは父上の影響《えいきょう》を受け、神々《かみがみ》の神話にすがりつくのは弱い者だと信じるようになった。この目で見ることのできないものに頼《たよ》り、顔のない者に人生を捧《ささ》げているだけだと。

おれは、王座《おうざ》を信じることを選んだ。父上を。オリシャを。だが今、神々《かみがみ》を目にして、おれは言葉を失った。

神々《かみがみ》の指先から生み出される大海や森に目を見張《みは》り、その手が創《つく》りあげるオリシャの世界に感《かん》嘆《たん》する。絵の具の層《そう》の内側に、不思議な喜《よろこ》びが息づき、オリシャにはないと思っていた光でオリシャを満たしている。

壁画《へきが》は、おれの目を真実にむけさせる。謁見室《えっけんしつ》で父上が言ったことは本当なのだ。神々《かみがみ》は本物だ。生きている。魔師《まし》たちの命を結びつけているのだ。だが、もしそうなら、いったいなぜおれともつながろうとするのだ？

もう一度、神々《かみがみ》を一人ひとり見ていく。それぞれの手から紡《つむ》ぎ出されるさまざまな魔法《まほう》を眺《なが》める。そして、鮮《あざ》やかな濃《こ》いブルーの服をまとった神のところで、目を止める。その姿《すがた》を見たとたん、おれの呪《のろ》われた魔法《まほう》が燃《も》えあがる。

その神はじっと立ち、のみで彫《ほ》ったような筋肉《きんにく》を見せつけていた。広い胸《むね》を覆《おお》ったイペレ[注1]はぴちぴちに伸《の》び、濃《こ》いブルーがブラウンの肌《はだ》に映《は》えている。手の中で渦《うず》を巻《ま》いているターコイズ色の煙《けむり》は、おれが魔法《まほう》に呪《のろ》われたときから現《あらわ》れるようになった雲にそっくりだ。たいまつを動かすと、頭皮の下でエネルギーが脈打《みゃくう》った。頭の中でレカンの声が響《ひび》き、またターコイズ色の雲が現《あらわ》れる。

「オリは天の母の頭から平和をもらい、心と精神《せいしん》と夢《ゆめ》の神となった。オリはその並《なら》ぶもののない力を地上の信者たちに分け与《あた》え、あらゆる人間とつながることができるようにした」

「心と精神《せいしん》と夢《ゆめ》の神……」すべての断片《だんぺん》をつなげていく。頭の中で聞こえる声。頭でちらつくほかの者たちの感情《かんじょう》。おれが囚《とら》われたあの奇妙《きみょう》な夢《ゆめ》の中の世界。そうだ、これだ。

オリがおれの神なのだ。

それに気づいたとたん、おれの中で怒《いか》りが暴《あば》れだす。**おまえにどういう権利《けんり》があるというん**

注1：肩《かた》などにまとうショール

だ？　数日前までは、そんな神が存在《そんざい》することすら知らなかった。なのに、この神はおれを毒《どく》で侵《おか》そうというのか？

「なぜだ？」おれはどなる。声が部屋に響《ひび》きわたる。神がどなり返してくるのを待つが、返ってくるのは沈黙《ちんもく》だけだ。

「後悔《こうかい》させてやる」おれはつぶやく。おれは頭がおかしくなっているのか、音に満ちみちた世界でも神に声が届《とど》くのか、なにもわからないまま。今日という日を後悔《こうかい》させてやる。おれに呪《のろ》われた魔法《まほう》を授《さず》けたことを。この呪《のろ》いで魔法《まほう》を破壊《はかい》してやる。

内臓《ないぞう》がねじれ、ぱっとふりむく。呪《のろ》いをこの身に招《まね》き入れる。もう抑《おさ》えつけはしない。必要な答えが見つかるのは、あの場所しかない。

床《ゆか》に横たわり、目を閉《と》じて、世界を消し、魔法《まほう》がおれの血管を這《は》いすすむままにする。魔法《まほう》を消すには、魔法《まほう》が必要なのだ。

夢《ゆめ》を見ることが。

第二十五章　ゼリィ

「だれもいない？」

アマリが闘技場《とうぎじょう》から出てくる石の廊下《ろうか》のようすをうかがう。頭上のアーチは崩《くず》れかけ、足元の敷石《しきいし》はひび割《わ》れている。足音が遠のいていくと、アマリがうなずき、あたしたちは飛び出す。日や風にさらされた柱のあいだを縫《ぬ》うように走り、だれかに見られるまえに廊下《ろうか》を駆《か》け抜《ぬ》ける。

最後の一人が死に、観客が立ち去ってから数時間後、兵士《へいし》たちが真《ま》っ赤《か》に染《そ》まった海の水を抜《ぬ》いた。恐怖《きょうふ》もそこまでかと思ったが、今度はだれもいなくなった観客席にムチの音が響《ひび》いている。兵士《へいし》たちが、また別の労役者《ろうえきしゃ》たちに命じて、水を抜《ぬ》いたときに洗《あら》い流されなかった血のりを掃除《そうじ》させているのだ。どれだけつらいだろう。今夜の汚《よご》れを掃除《そうじ》しても、明日の大虐殺《だいぎゃくさつ》につながるだけなのだ。

ぜったいもどってくる。ぜったいにあの子たちを救《すく》う。儀式《ぎしき》を行い、魔法《まほう》を取りもどしたら。父さん《ババ》の無事をたしかめたら。地の者を呼《よ》び集め、こんな非人間的行為《ひにんげんてきこうい》など砂《すな》に埋《う》めてやる。あの司会の男に、無駄死《むだじ》にしたディヴィナ全員の命の償《つぐな》いをさせてやる。貴族《きぞく》たち全員に罪《つみ》の報《むく》いを受けさせてやる。

復讐《ふくしゅう》を誓《ちか》うことで心をなだめつつ、でこぼこした壁《かべ》に体を押《お》しつける。目を閉《と》じ、集中する。太陽石があたしの血に流れるアシェを刺激《しげき》する。だが、目をあけると、輝《かがや》きはうすれてしまう。夜の闇《やみ》に溶《と》けこんでいく蛍《ほたる》のように。でも、集中するにつれふたたび輝《かがや》きが増《ま》し、太陽石のオーラで足の裏《うら》がじわっと熱くなる。

「この下よ」あたしはささやく。だれもいない廊下《ろうか》を進み、階段《かいだん》をおりていく。闘技場《とうぎじょう》のしみだらけの床《ゆか》に近づくにつれ、兵士《へいし》たちの数も増《ふ》えていく。いちばん下までたどり着くと、ほんの目と鼻の先に、卑劣《ひれつ》な兵士《へいし》たちとボロボロになった労役者《ろうえきしゃ》たちが見えた。ムチの音が、あたしたちの足音を覆《おお》い隠《かく》す。あたしたちは石のアーチ道へすべりこむ。

「ここよ」あたしはささやき、大きな鉄製《てっせい》の扉《とびら》を指さす。隙間《すきま》から明るい光が漏《も》れ、太陽石の熱がアーチ道を満たしている。ハンドル型《がた》の鉄の取っ手に指をすべらせる。さびた輪には巨大《きょだい》な南京錠《きんじょう》がぶらさがっている。

ゼインにもらった短剣《たんけん》を取り出し、小さな鍵穴《かぎあな》にねじこむ。そのまま奥《おく》へ押《お》しこもうとするが、複雑《ふくざつ》にかみ合った歯車に行く手をふさがれる。

「あけられそうか?」ゼインが小声でたずねる。

「やってる」ふつうの錠《じょう》よりも複雑《ふくざつ》だ。もっと鋭《するど》くて、先が鍵型《かぎがた》になっている道具がいる。

床《ゆか》に落ちていたさびた細釘《ほそくぎ》を拾い、壁《かべ》にぐいと押《お》しつけて、先端《せんたん》を曲げる。そして、目を閉《と》じ、錠《じょう》の歯車に触《ふ》れたときの微妙《びみょう》な感触《かんしょく》に集中する。**焦《あせ》ってはだめ**。頭の中に、ママ・アグバがいつも言っていた言葉がこだまする。**感覚を目にするのよ**。

足音が近づいてこないか澄《す》ましている耳に、自分の心臓《しんぞう》の音が突《つ》き刺《さ》さる。だが、釘《くぎ》を押《お》しこむと、ついに歯車は屈服《くっぷく》する。あともう一回、うまく左へ動かせば……。

カチリ、と小さな音がする。南京錠《なんきんじょう》が外れ、あたしは安堵《あんど》のあまり泣きそうになる。ハンドルをつかんでぐいと左に回そうとする。だが、びくともしない。

「さびついてる！」

アマリが見張《みは》り、ゼインがさびたハンドルを全力で回す。鉄がうめき、かん高い悲鳴をあげる。いつ兵士《へいし》たちが気づいて、声をあげるかもわからない。だが、それでもハンドルは微動《びどう》だにしない。

「気をつけて！」あたしはささやく。

「わかってる！」

「もっと強く――――」

メリッと音を立て、ハンドルが引きちぎれる。あたしたちはぼうぜんとして、ゼインの手に握《にぎ》られたハンドルを見る。いったいどうすればいい？

ゼインは全身で扉《とびら》に体当たりする。扉《とびら》は揺《ゆ》れるけど、開くようすはない。

「兵士《へいし》たちに気づかれるわ！」アマリが小声で言う。

「石が必要なんだ！」ゼインがささやき返す。「ほかに手に入れる方法はないだろ？」

ゼインが体当たりするたびに身がすくむ。でも、ゼインの言うとおりだ。石はすぐそこにある。石の熱が、火を起こしたばかりの暖炉《だんろ》の前にいるように伝わってくる。

頭の中を悪態《あくたい》が駆《か》け巡《めぐ》る。**魔師《まし》がもう一人いさえすれば。**〈鍛冶《かじ》の者〉なら鉄の扉《とびら》など捻《ね》じ曲げてくれるだろう。〈燃《も》す者〉なら一瞬《いっしゅん》でハンドルを溶《と》かせるにちがいない。

あと半月。すべてを正すのにあと半月しかないのだ。

夏至《げし》に間に合わせるには、太陽石は今夜、手に入れなければ。

扉《とびら》がほんの一ミリほど動き、あたしは息を呑《の》む。もう少し。感じられる。あと数回体当たりすれば、扉《とびら》は開く。あと数回押《お》せば、石を手に入れられる。

「おい！」

兵士《へいし》の声が響《ひび》きわたった。あたしたちは凍《こお》りつく。石の上を走る足音が、猛《もう》スピードで近づいてくる。

「こっちよ！」アマリが扉《とびら》のすぐ先を指さす。大砲《たいほう》の弾《たま》と火薬の箱が並《なら》んでいる。木箱のうしろに身をかがめると、ディヴィナの少年が駆《か》けこんでくる。うす明かりに白い髪《かみ》が輝《かがや》く。たちまち少年は、司会の男と兵士《へいし》に追いつめられる。二人は、開きかけた扉《とびら》を見てぴたりと足を止める。

「ウジ虫め！」司会の男の唇《くちびる》がめくれあがる。「仲間はだれだ？　扉《とびら》をあけたのはどいつだ？」

少年が口を開くまえに、司会の男のムチがふりおろされた。少年が床《ゆか》に崩《くず》れ落ちる。少年の悲鳴が響《ひび》き、兵士《へいし》もいっしょになってムチをふるいはじめる。

ムチの音がするたびに、あたしは木箱のうしろで体をすくませる。目が涙《なみだ》でひりひりする。少年の背中《せなか》はすでに生々《なまなま》しい傷《きず》があったが、それでも二人のモンスターは打つ手を緩《ゆる》めない。このまま打たれつづけたら、死んでしまう。

あたしのせいで死んでしまう。

「ゼリィ、だめだ！」

ゼインの押《お》し殺《ころ》した声に一瞬《いっしゅん》ためらったが、我慢《がまん》できなかった。木箱の裏《うら》から飛び出したとたん、少年の姿《すがた》が目に入って吐《は》き気がこみあげる。

皮膚《ひふ》はずたずたに裂《さ》け、血が背中《せなか》を流れ落ちている。もはや少年の命は風前の灯火《ともしび》だった。みるみる命の灯が小さくなっていく。

「おまえはだれだ？」司会の男が泡《あわ》を飛ばしながらさけび、短剣《たんけん》を抜《ぬ》いた。黒い魔鉄鋼《まてっこう》の刃《は》を見て、皮膚《ひふ》にピリピリと痛《いた》みが走る。さらに三人の兵士《へいし》たちがやってきて、男のわきを固めた。

「ああ、よかった！」あたしはむりやり笑い声をあげ、なんとかこの場をとりつくろう言葉を探《さが》す。「ずっと探《さが》していたんです」

司会の男は、疑《うたが》い深げに目を細めた。ムチを持つ手に力が入る。「わたしを探《さが》していただと？地下で？　太陽石のそばでか？」

少年がうめき声をあげ、兵士《へいし》が彼《かれ》の頭を蹴《け》ったのを見て、思わず身がすくむ。少年は自分の血の海に横たわったまま、ピクリとも動かなくなった。今のがとどめの一発になったのだろう。**でも、だとしたらなぜ彼《かれ》の霊《れい》は感じられない？**　少年の最後の記憶《きおく》は？　最後の痛《いた》みは？　少年がまっすぐアラーフィアにいったのなら、そういったものは感じないだろう。でも、あんなふうに殺《ころ》されて、おだやかにアラーフィアまで昇《のぼ》っていけるのだろうか？

なんとか司会の男のほうに視線《しせん》をもどす。もうあたしにできることはない。少年は死んだ。すぐになにか考えつかなければ、あたしも死ぬことになる。

「ここにいらっしゃるって知ってたから」ごくりとつばを飲む。口実はひとつしかない。「試合《しあい》に参加したいんです。明日の夜、あたしも戦わせてください」

「本気じゃないわよね！」ようやく安全な場所までもどると、アマリは言った。「血の海は見たでしょ。感じたんでしょ。それで、あれに参加するってわけ？」

「石を手に入れなきゃならないのよ」あたしもどなり返す。「あたしだって、死にたくない！」そんなふうに言い返しながらも、殺《ころ》された少年の姿《すがた》がじわじわと頭の中に浮《う》かんでくる。

あっちのほうがまし。船の上でばらばらに吹《ふ》き飛ばされるより、ムチでたたかれて死んだほうが。でも、どんなに信じようとしても、自分の言葉がうそだとわかっている。あんな死に方には、尊厳《そんげん》もなにもない。してもいないことのせいで、死ぬまでムチでたたかれるなんて。しかも、あたしは彼《かれ》の霊《れい》がこの世を去るのに手を貸《か》すことすらできなかった。彼《かれ》のために〈刈《か》る者〉の役目を果たしたくても、果たせなかったのだ。

「闘技場《とうぎじょう》には兵士《へいし》たちがうじゃうじゃいる。明日まで待ったところで、盗《ぬす》めないし」あたしはぼそぼそと言う。

「ほかになにか方法があるはずだ」ゼインが言う。血まみれの脚《あし》に、砂粒《すなつぶ》がはりついている。

「試合《しあい》がすべて終われば、太陽石もここには置いておかないはずだ。次にどこへ持っていくつもりなのか、わかれば――」

「夏至《げし》まで十三日しかない。十三日でオリシャを横断《おうだん》して、聖《せい》なる島まで海をわたっていかなきゃいけないのよ。探《さが》してる時間なんてない。すぐに石を手に入れて、出発しなきゃならないのよ！」

「太陽石があったって、わたしたちの死体が闘技場《とうぎじょう》の床《ゆか》に並《なら》ぶんじゃ、役に立たない。どうやって勝ち残るの？　生存者《せいぞんしゃ》なんて一人もいないのに！」アマリが言う。

「ほかの人とはちがう戦い方をするのよ」

あたしは袋《ふくろ》の中に手を入れ、レカンの黒い巻《ま》き物《もの》を取り出した。ラベルに白いインクで書かれた文字《もじ》は、『死者の復活《ふっかつ》』という意味だ。〈刈《か》る者〉にとってはごくありふれた魔法《まほう》で、魔師《まし》になったばかりのときに、最初に習得《しゅうとく》する呪文《じゅもん》だ。呪文《じゅもん》を唱えると、アパディの地獄《じごく》に囚《とら》われた霊《れい》を救《すく》い、死後の世界に送り届《とど》けることができる。その代わりに、霊《れい》は魔師《まし》に手を貸《か》す。

レカンの巻《ま》き物《もの》にあった呪文《じゅもん》の中で、すでに知っていたのは、このひとつだけだった。毎月、母《マ》さん《マ》はほかの〈刈《か》る者〉たちを連れてイバダンにそびえる山に登り、この呪文《じゅもん》を使って囚《とら》われた魂《たましい》を解放《かいほう》し、村を浄化《じょうか》していた。

「この巻《ま》き物《もの》に書かれていることを調べてたの」あたしは急いで言う。「母《マ》さん《マ》がしょっちゅう使っていた呪文《じゅもん》があった。これさえ使いこなせれば、闘技場《とうぎじょう》の死者の魂《たましい》を本物の兵士《へいし》にすることができる」

「どうかしてるわ！」アマリがさけんだ。「さっき観客席で、ろくに息もできなかったじゃない。霊《れい》がうようよしてるせいで！　回復《かいふく》するまで、何時間もかかったのよ。観客席ですらそうだったのに、闘技場《とうぎじょう》で魔法《まほう》を使えるはずないわ！」

「さっきは、どうすればいいかわかってなかったから、霊《れい》に圧倒《あっとう》されてしまった。主導権《しゅどうけん》を握《にぎ》れなかった。でも、この呪文《じゅもん》を学んで、うまく操《あやつ》れるようになれば、軍をまるまる一隊、隠《かく》し持っているのと同じことになる。ここには数千もの怒《いか》りを抱《かか》えた霊《れい》がいるのよ！」

アマリはゼインのほうにむき直った。「ゼリィにこんなこと、正気じゃないって言って、お願い」

ゼインは腕《うで》を組んで体を揺《ゆ》らしながら、危険《きけん》を天秤《てんびん》にかけるようにアマリとあたしを交互《こうご》に見つめた。

「おまえがその呪文《じゅもん》を本当に学べるか、見てみよう。決めるのはそれからだ」

晴れた夜は、灼熱《しゃくねつ》の太陽と同じくらい厳《きび》しい寒さを砂漠《さばく》にもたらした。凍《こお》るように冷たい風がイベジを囲《かこ》んでいる砂丘《さきゅう》の砂《すな》を吹《ふ》き飛ばしていたが、汗《あせ》は噴《ふ》き出し、肌《はだ》を伝い落ちる。もう何時間も呪文《じゅもん》を唱えていたが、いっこうにうまくいくようすはない。しばらく試《ため》したあと、アマリとゼインを今夜のために借りた小屋に帰らせた。これで少なくとも、人の見ている前で失敗しなくてすむ。

レカンの巻《ま》き物《もの》を月明かりにかかげ、センバリアの下に書きこまれたヨルバ語訳《やく》の意味を理解《りかい》しようとする。魔師《まし》として目覚めてから、子どものころ知っていた太古の言語の記憶《きおく》がよみがえりつつあった。なのに、何度呪文《じゅもん》を唱えても、アシェが流れ出さないのだ。魔法《まほう》は起こらない。苛立《いらだ》ちが増《ま》していく。一人で学ぼうなんて、無謀《むぼう》だったかもしれない。

「ああ、どうか」歯を食《く》いしばる。「オヤ　バ　ミ　ソロ！」

神々《かみがみ》のためにすべてを賭《か》けているというのに、どうして一番必要としているときに現《あらわ》れてくれないの？

身を震《ふる》わすように息を吐《は》き、ぐったりと膝《ひざ》をついて、うねった髪《かみ》をなでつける。〈襲撃《レイド》〉のまえに魔師《まし》になっていれば、部族の師《し》に呪文《じゅもん》を教わっていたはずだ。師《し》なら、どうやってあたしのアシェをうまく引き出すか、知っていただろう。

「オヤ、お願いです」もう一度巻《ま》き物《もの》に目をやり、なにか見過《みす》ごしているものはないか探《さが》す。呪《じゅ》文《もん》は、死者の霊《れい》に肉体を与《あた》え、一時的によみがえらせることができる。呪文《じゅもん》がうまくいけば、砂《さ》丘《きゅう》から、よみがえった霊《れい》、すなわち〈霊《れい》人形〉が現《あらわ》れるはずなのだ。だが、もう何時間も経《た》っているのに、砂《すな》一粒《つぶ》すら動かすことができない。

巻《ま》き物《もの》に手をすべらせたとき、手のひらの新しい傷跡《きずあと》に目が留《と》まった。月に手をかざし、レカンに骨《ほね》の短剣《たんけん》で切られた跡《あと》をまじまじと見る。血が白い光を発したときの記憶《きおく》が、頭の中を埋《う》め尽《つ》くす。アシェがどっと押《お》しよせ、血の魔法《まほう》にしかもたらすことのできない、目のくらむような高揚《こうよう》が襲《おそ》ってきたときのことが。

血の魔法《まほう》を使えば――――

心臓《しんぞう》の鼓動《こどう》が早くなる。呪文《じゅもん》など楽に唱えられるはずだ。地から立ちあがる霊《れい》の軍隊を簡単《かんたん》に手に入れられる。

だが、母さん《ママ》のかすれた声がよみがえってくる。母さん《ママ》の落ちくぼんだ頬《ほほ》が、浅い呼吸《こきゅう》が。あのとき、母さん《ママ》のそばを片時《かたとき》も離《はな》れずに看病《かんびょう》していた三人の〈癒《いや》す者〉が。

約束して。血の魔法《まほう》を使ってゼインを生き返らせたあと、母さん《ママ》はあたしの手をぐっと握《にぎ》って言った。**今、ここで誓《ちか》いなさい。なにがあろうと、あなたは血の魔法《まほう》を使わないで。使えば、命を落とすことになる。**

あたしは約束した。いつか自分の中に流れることになるアシェにかけて。その誓《ちか》いを破《やぶ》ることはできない。血の魔法《まほう》を使う強さは、あたしにはない。

でも、死者の復活《ふっかつ》の呪文《じゅもん》を使えないとしたら、ほかにどうすればいい？　そんなに難《むずか》しいはずはない。ほんの数時間前、あたしの血の中でアシェが打ちふるえたのだ。なのに今は、なにも感じられない。

待って。

両手を見つめ、目の前で血を流して死んだ少年のディヴィナのことを思い出す。感じられなかったのは、彼《かれ》の霊《れい》だけでない。この数時間、死者の力をまったく感じていない。ふたたび巻《ま》き物《もの》に目をやり、言葉の裏《うら》に隠《かく》されている意味を探《さが》す。まるであたしの魔法《まほう》はあの闘技場《とうぎじょう》で干上《ひあ》がってしまったみたいだ。もうずっと感じていない――

ミノリ。

白い服の少女。あの、うつろな大きな目。

あまりにもいろいろなことが同時に起こったせいで、少女の霊《れい》が名前を伝えてきたことに気づいていなかったのだ。

闘技場《とうぎじょう》のほかの霊《れい》は、死ぬときに苦しみを伝えてきた。そして憎《にく》しみを。彼《かれ》らの記憶《きおく》の中で、あたしは兵士《へいし》たちのムチの痛《いた》みを感じ、舌《した》に涙《なみだ》の塩辛《しおから》さを感じた。でも、ミノリはあたしをミンナの畑へと連れていった。ミノリととがった鼻の兄弟たちが、秋の収穫《しゅうかく》のために働いていた。太陽がギラギラと照りつけ、作業はつらいけれど、しょっちゅう笑《え》みが交《か》わされ、歌が歌われていた。

「イウォ　ニ　イボカンレ　ミ　オリシャ　イウォ　ニ　モ　ボジュ　レ（神よ、あなたこそわが信頼《しんらい》、あなたをこそ、わたしは頼《たよ》りにする）」

あたしは声に出して歌い、風がその声を運んでいく。その歌を繰《く》り返しているうちに、頭の中で魂《たましい》のこもった声が歌いだす。

ミノリは最後の瞬間《しゅんかん》をそこで迎《むか》えたのだ。残酷《ざんこく》な闘技場《とうぎじょう》ではなく、記憶《きおく》の中の平和な畑の中で。ミノリはそこで生きることを選んだ。

そして、そこで死ぬことを。

「ミノリ」あたしは意識《いしき》の奥底《おくそこ》にむかって呪文《じゅもん》を唱えはじめる。「エミ　アウォン　チ　オ　チ　スン、モ　ケ　ペ　イン　ニ　オニ。エ　パダ　ジャデ　ニヌ　エヤ　ミモ　イン。スレ　フ　ン　ミ　ペル　エブン　イイェビイェーレ（眠《ねむ》りについた霊《れい》たちよ、今日わたしはあなたたちを呼《よ》び出す。あなたたちの知の領域《りょういき》からもどってくるのだ。価値《かち》あるおくりものを持ってわたしを祝福せよ）」

ふいに砂《すな》が渦《うず》を巻《ま》き、あたしはあとずさる。霧《きり》のような渦《うず》がぐるぐると回りながら立ちあがり、波打つように回転して、また地面へ吸《す》いこまれていく。

「ミノリ？」あたしはささやくように問いかける。でも、心の奥底《おくそこ》では、答えはわかっている。目を閉《と》じると、土のにおいが鼻腔《びこう》に広がる。小麦のすべすべした種が指のあいだからこぼれ落ちていく。ミノリの記憶《きおく》が輝《かがや》く。鮮《あざ》やかにくっきりと、よみがえる。これほど強烈《きょうれつ》にあたしの中に存在《そんざい》するなら、ミノリの中にもあるにちがいない。

あたしは自信を得《え》て呪文《じゅもん》を繰《く》り返す。両手を砂《すな》のほうへむかって差し出す。「**ミノリ、今日、あたしはあなたを呼《よ》び出す。この新しい地に現《あらわ》れいでよ、どうかあたしにあなたの大切な——**」

羊皮紙から白いセンバリアが飛び出してきて、あたしの皮膚《ひふ》を駆《か》けあがる。あたしの腕《うで》で印が躍《おど》り、あたしの体に新しい力を吹《ふ》きこむ。それは、水中に潜《もぐ》ったあと最初に吸《す》う空気のように、肺《はい》を直撃《ちょくげき》する。砂《すな》が嵐《あらし》のような勢《いきお》いであたしのまわりを回り、その中からぼんやりとした影《かげ》が現《あらわ》れる。荒《あら》っぽく彫《ほ》られた命を得《え》てよみがえった霊《れい》が。

「ああ」あたしは息を詰《つ》め、ミノリの霊《れい》が砂《すな》でできた手を差し出すのを見つめる。砂《すな》の粒《つぶ》でできた指が、あたしの頬《ほほ》をすうっとなでたとたん、世界が真っ暗になる。

第二十六章　イナン

さわやかな空気が肺《はい》を満たす。おれはもどってきた。あの夢《ゆめ》の中の世界だ。ほんの数秒前まで、おれはオリの絵の下にすわっていたのに、今は風に踊《おど》る葦《あし》の野に立っている。

「本当にできたのか」おれは信じられない思いでつぶやき、たわんだ緑の茎《くき》に指をすべらせる。

地平線はあいかわらず白くかすみ、空の雲のようにおれを取り囲《かこ》んでいる。だが、なにかがちがう。前回ここにきたときは、見わたすかぎり葦《あし》の野が広がっていた、でも今は、しおれた葦《あし》がおれのすぐそばを取り囲《かこ》んでいる。

別の茎《くき》に触《ふ》れ、おどろく。真ん中から溝《みぞ》が放射線状《ほうしゃせんじょう》に広がって、ざらついている。反射的《はんしゃてき》に頭の中を逃《に》げるルートや攻撃法《こうげきほう》が駆《か》け巡《めぐ》るが、一方で、体のほうは妙《みょう》にくつろいでいる。絶《た》えず魔力《りょく》を抑《おさ》えつける緊張《きんちょう》から解放《かいほう》され、また息ができるようになって、心安らかになったが、それだけではない。この場所は、不思議な平和をたたえている。オリシャのどこよりも、ここそがおれの居場《いば》――

集中しろ、イナン。セネットの駒《こま》に手を伸《の》ばすが、この世界にはない。頭をふる。この裏切《うらぎ》りの思いをふりおとせるかのように。ここはおれの居場所《いばしょ》ではない、平和などではない。おれの呪《のろ》いが生んだ場所なのだ。おれが義務《ぎむ》を果たせば、この場所は存在《そんざい》しなくなる。

少女を殺《ころ》せ。魔法《まほう》を殺《ころ》せ。頭の中でおれの義務《ぎむ》が身をよじり、おれの核《かく》を支配《しはい》する。ほかに選《せん》択肢《たくし》などない。

計画に従《したが》うまでだ。

少女の顔を思い浮《う》かべる。すると、ふいに風が吹《ふ》いてきて、葦《あし》が左右に分かれる。そして雲が凝結《ぎょうけつ》するように、彼女《かのじょ》が姿《すがた》を現《あらわ》す。足のほうから腕《うで》へむかって青い霧《きり》が流れ、彼女《かのじょ》の体を形作っていく。

おれは息を呑《の》んで、数を数えはじめる。青い霧《きり》が消え、おれは身構《みがま》える。彼女《かのじょ》の黒曜石の体に生気が宿る。

彼女《かのじょ》はおれに背《せ》をむけて立っている。前と、髪《かみ》がちがう。さらさらとまっすぐ顔にかかっていた白い髪《かみ》が、今は波打つ滝《たき》のようになって背中《せなか》へ垂《た》れている。

彼女《かのじょ》がふりかえる。ゆっくりと。この世のものとは思えないような優美《ゆうび》さをたたえて。だが、銀色の目がおれを見たとたん、反逆《はんぎゃく》の光を宿す。

「髪《かみ》を染《そ》めたのね」彼女《かのじょ》はおれの染《そ》めた白い髪《かみ》を指さして、せせら笑う。「もう一度染《そ》めたほうがいいんじゃない？　ウジ虫の証拠《しょうこ》がまだ見えてるわよ」

クソ。前回染《そ》めてからまだ三時間しか経《た》っていないのに。思わず髪《かみ》に手をやる。少女はますますにやにやする。

「ここに呼《よ》んでもらって喜《よろこ》んでるって言ってもいいくらいよ、王子さま。知りたくてたまらないことがあるの。あなたたちは二人とも同じ最低の男に育てられたのに、アマリはハエ一匹殺《ぴきころ》せない。だから、教えてほしいのよ、どうしてそんな怪物《かいぶつ》に育ったのか」

一瞬《いっしゅん》にして、夢《ゆめ》の中の平和が消え去る。「愚《おろ》か者め、よくも自分の王にそんな口を！」おれは歯をぎりぎりときしらせる。

「神殿《しんでん》はどうだった、王子さま？　あなたの父親が破壊《はかい》したものを見て、どう思ったわけ？　自《じ》慢《まん》に思った？　刺激《しげき》を受けた？　おれも同じことをしたいって？」

レカンの記憶《きおく》の中のセンタロたちが、ぱっと浮《う》かんでくる。走りまわっていた子どものいたずらっぽい表情《ひょうじょう》が。瓦礫《がれき》と化した神殿《しんでん》の廃墟《はいきょ》は、そうした命が奪《うば》われたことを示《しめ》していた。

心の片隅《かたすみ》では、父上の仕業《しわざ》でないことを祈《いの》っていた。

罪《つみ》の意識《いしき》が貫《つらぬ》く。レカンの心臓《しんぞう》を貫《つらぬ》いた剣《けん》のように。だが、なにが大切か、忘《わす》れてはならない。

己《おのれ》より義務《ぎむ》を。

あの人々《ひとびと》が死んだから、オリシャは生き延《の》びたのだ。

「まさか、そうなの？」少女が前へ出て、からかうように言う。「それって、後悔《こうかい》？　王子さまも心がしぼむことがあるわけ？」

「おまえはなにもわかっていない」おれは首を横にふる。「なにも見えていないんだ。父は、かつてはおまえたちの味方だった。魔師《まし》たちを支《ささ》えてやっていたんだ！」

少女はふんと鼻を鳴らした。それが皮膚《ひふ》の下に入りこんでくるさまに、おれはかっとなった。

「おまえたちは父の家族を奪《うば》った。〈襲撃《レイド》〉を招《まね》いたのは、おまえたちなんだ！」

少女は、みぞうちを打たれたようにうしろにさがった。

「あなたの父親の兵士《へいし》があたしのうちに入ってきて、あたしの母《マ》さん《マ》を奪《うば》ったのが、あたしのせいだっていうの？」

少女の頭にあふれる黒い肌《はだ》の女性《じょせい》の記憶《きおく》が、おれの頭にも流れこんでくる。女性《じょせい》は少女と同じふっくらとした唇《くちびる》と高い頬骨《ほおぼね》、それから、わずかに吊《つ》りあがった目をしている。ちがうのは瞳《ひとみ》だけだ。銀色ではない。夜のように黒い。

その記憶《きおく》が、少女の中のなにかを鋼《はがね》で覆《おお》っている。

なにか黒々《くろぐろ》としたものを。

憎《にく》しみでねじれたもの。

「いつかしら」少女はほとんどささやくような声で言う。「あなたの父親があなたの正体を知るのは、いつかしらね。実の父親が敵《てき》になったときにどれだけ勇敢《ゆうかん》でいられるか、見ものね」

はげしい震《ふる》えが背筋《せすじ》を駆《か》け抜《ぬ》ける。**そうじゃない**。

父上はアマリの裏切《うらぎ》りも許《ゆる》そうとしていた。おれが魔法《まほう》をこの世から消し去れば、おれのことも許《ゆる》してくれるはずだ。

「そうはならない」おれは落ち着いた声を出そうとする。「おれは父上の息子《むすこ》だ。たとえ魔法《まほう》だろうと、それは変えられない」

「そのとおりね」少女はまたにんまりと笑う。「息子《むすこ》を殺《ころ》したりしないでしょうよ」

そして、背《せ》をむけ、葦《あし》の中にもどっていく。少女にあざけられ、おれの自信はしぼんでいく。

父上の無表情《むひょうじょう》のまなざしが、おれの頭をのぞきこむ。たちまち、まわりの空気がうすくなる。**己《おのれ》より義務《ぎむ》を。**父上の声が聞こえる。淡々《たんたん》とした、ゆるぎない声が。オリシャの安全がなによりも優先《ゆうせん》だ。

そのためなら、おれを殺《ころ》すことだって――

少女が息を呑《の》む。おれははっとして、ふりかえり、風になびく葦《あし》に目を走らせる。

「どうした?」**おれは父上の霊《れい》も呼《よ》び出してしまったのか?**

だが、なにも現《あらわ》れない。少なくとも人間の姿《すがた》は見えない。少女が夢《ゆめ》の世界を囲《かこ》っている白い地平線の中に踏《ふ》み出すと、踏《ふ》まれたところから葦《あし》が生えてくる。

葦《あし》はおれの頭の高さまで迫《せま》り、豊《ゆた》かな緑色の葉を太陽へむかって伸《の》ばす。少女がふたたび地平線へむかってためらいがちに一歩進むと、葦《あし》の野もまた広がる。

「いったいどういうことだ?」砂浜《すなはま》に打ちよせる波のように、葦《あし》は地平線へむかっていき、白い境界線《きょうかいせん》を押《お》し広げていく。体の芯《しん》で熱がうずく。おれの魔法《まほう》が……

少女が操《あやつ》っているのだ。

「動くな！」おれは命令する。

だが、少女は走りだす。白い空間へむかって。夢《ゆめ》の世界は彼女《かのじょ》のきまぐれに屈《くっ》し、彼女《かのじょ》の支配《しはい》下で荒々《あらあら》しい生を宿す。少女が駆《か》けていくにつれ、少女の足が触《ふ》れたところから生えた葦《あし》が柔《やわ》らかい土に、白いシダに、そびえたつ木々《きぎ》に変わっていく。ぐんぐん空まで伸《の》びていって、のこぎりのような葉で太陽を覆《おお》い隠《かく》す。

「止まれ！」おれはさけび、彼女《かのじょ》の通った跡《あと》から生まれる新しい世界の中を走っていく。押《お》しよせる魔法《まほう》に意識《いしき》が遠のく。魔法《まほう》はおれの胸《むね》へすべりおり、頭の中で脈打《みゃくう》つ。

いくらさけんでも、少女は止まることなく走りつづける。一足ごとに炎《ほのお》が燃《も》えあがり、やわらかい土が固い岩に変わる。だが、ついに目のくらむような崖《がけ》のてっぺんに出て、少女はあわてて足を止める。

「信じられない」少女は自分の指の触《ふ》れたところから流れ出したみごとな滝《たき》に、息を呑《の》む。滝《たき》は尽《つ》きることのない白い泡《あわ》の壁《かべ》となり、母上のサファイアのようにキラキラと輝《かがや》くブルーの湖に注ぎこむ。

おれはあっけにとられて少女を見つめる。頭はなおも、どくどくと流れこむ魔法《まほう》で脈打《みゃくう》っている。崖《がけ》の下を見やると、ぎざぎざの岩にいく筋《すじ》も走る割《わ》れ目からエメラルドグリーンの葉があふれ出し、湖岸の先は、連なった木々《きぎ》が白くけむっている。

「いったいどうやったんだ?」おれは思わず問いかける。この新しい世界が美しいことは否《いな》めない。その美しさに、ラムをまるまるひと瓶《びん》飲んだときのように全身がうなりをあげる。

だが、少女はおれのほうなど見向きもしない。踊《おど》るように体を揺《ゆ》らしてゆったりとしたズボンを脱《ぬ》ぐ。そして、歓声《かんせい》とともに崖《がけ》から身を躍《おど》らせ、水しぶきをあげて湖に飛びこむ。

崖《がけ》っぷちから身をのりだすと、少女が水を滴《したた》らせながら浮《う》かびあがってくる。出会ってから初めて、少女はにっこりほほ笑《え》む。その瞳《ひとみ》は、本物の喜《よろこ》びで輝《かがや》いている。それを見て、おれは抵抗《ていこう》する間もなく一気に記《き》憶《おく》の中に引きもどされる。記《き》憶《おく》の中で、アマリの笑い声がはじける。そして、母上のさけび声がつづく――

「アマリ!」母上がかん高い声をあげ、足をすべらせそうになって壁《かべ》につかまる。

アマリはクスクス笑いながら走っていく。風呂《ふろ》の水をぽたぽたと滴《したた》らせ、床《ゆか》のタイルは水浸《みずびた》しだ。乳母《うば》や子守りたちがいっせいに追いかけるが、やる気満々《まんまん》の幼児《ようじ》にはかなわない。アマリが一度逃《に》げると決めたら、彼《かれ》らの負けは決まったも同じだ。

欲《ほ》しいものを手に入れるまで、アマリは止まらない。

転んだ乳母《うば》の上を飛び越《こ》え、おれも走りだす。笑いすぎて、息ができない。まずシャツを頭から脱《ぬ》ぐ。次にズボンを放り投げる。おれたちが走っていくのを見て、召使《めしつか》いたちも笑うけれど、母上ににらまれて笑いをこらえる。

宮殿《きゅうでん》のプールに着いたころには、二人のはだかの鬼《おに》っ子になっている。おれたちはプールに飛

びこみ、ちょうど追いついた母上の上等なドレスをびしょぬれにする……

あのとき、アマリは笑いすぎて鼻から水が出てきたほどだった。だが、おれが剣《けん》で切りつけたあと、おれが見るアマリはすっかり変わってしまった。アマリの笑いは、ビンタのような者だけのものになってしまった。

少女が泳いでいるのを見ているうちに、よみがえった妹の記憶《きおく》はまた薄《うす》れていった。少女がするりと上着を脱《ぬ》いだのを見て、呼吸《こきゅう》が揺《ゆ》らぐ。黒い肌《はだ》のまわりで、水がちらちら光っている。**見るな。**おれは顔をそむけ、代わりに崖《がけ》の溝《みぞ》を眺《なが》めようとする。**女は男の気をそぐ。**父上はよく言っていた。**おまえは王座《おうざ》のことだけ考えていろ。**

少女のそばにいくだけで罪《つみ》のように感じる。魔師《まし》とコスィダンを分けるための法を、破《やぶ》ってしまうような気がする。だが、それがわかっていても、また目が少女に吸《す》いよせられる。見ずにはいられない。

彼女《かのじょ》の手口だ。おれは決めつける。**これも、相手の頭の中に入りこむやり口なんだ。**だが、ふたたび彼女《かのじょ》が水面に顔を出すと、おれはまた言葉を失ってしまう。

これが手口だとしたら、成功している。

「本当か？」おれはなんとかそれだけ言う。波立つ水面に隠《かく》された体の曲線を無視《むし》しようとする。

少女はこちらを見あげ、目をキュッと細める。おれの存在《そんざい》を思い出したかのように。「ごめんなさいね、王子さま。あなたに家を焼かれてから、水のたっぷりある場所を見たのは初めてだったから」

イロリンの村人たちの悲鳴がじわじわとよみがえってくる。おれは虫けらのように罪悪感《ざいあくかん》を押《お》しつぶす。**うそつきめ**。ああなったのは、少女のせいだ。

アマリが巻《ま》き物《もの》を盗《ぬす》むのに、少女が手を貸《か》したせいだ。

「いかれてるな」おれは腕《うで》を組む。**目をそらせ**。だが、なおも目を離《はな》せない。

「あなたの水は一杯《ぱい》で金貨一枚《まい》だっていうんだから、いかれてるのは同じね」

一杯《ぱい》で金貨一枚《まい》？　その意味を考えようとしているあいだに、彼女《かのじょ》はまた水に潜《もぐ》る。いくら王家の水とはいえ、それはやりすぎだ。そんな値段《ねだん》をつけられるわけがない。たとえ――

イベジでも。

目が見開かれる。砂漠《さばく》の居住地《きょじゅうち》を担当《たんとう》している兵士《へいし》たちが不正を働いているのは耳にしたことがある。法外に高い値段《ねだん》を請求《せいきゅう》している者たちもいるらしい。特に水が貴重《きちょう》な場所では。顔に笑《え》みを浮《う》かべないようにするのがせいいっぱいだった。少女の居場所《いばしょ》がわかったのだ。そして、むこうはそれに気づいてもいない。

目を閉《と》じて、夢《ゆめ》の世界から離《はな》れようとするが、アマリの笑《え》みが浮《う》かんできてとどまる。

「妹は」どうどうと流れる水に負けずに声をはりあげる。「妹は無事か？」

少女は長いあいだおれを見つめる。答えが得《え》られるとは思っていなかったが、少女の目に判読《はんどく》不可能《ふかのう》な表情《ひょうじょう》が浮《う》かぶ。

「怯《おび》えてる」ようやく少女は答える。「でも、怯《おび》えなきゃいけないのは、アマリだけじゃないはずよ。王子さま、王子さまも今じゃ、ウジ虫なんだから」少女の目が暗くなる。「怖《こわ》がったほうがいいんじゃないの？」


ねっとりとした空気が肺《はい》に入りこむ。

濃《こ》く、重たく、熱い空気が。

目をあけると、頭上にオリの壁画《へきが》が見える。**もどってきたんだ。**

「やっとだ」思わず笑《え》みが浮《う》かぶ。もう少しで終わる。少女と巻《ま》き物《もの》を手に入れれば、魔法《まほう》の恐《きょう》怖《ふ》も永遠《えいえん》に去る。

次の一手を考えはじめる。汗《あせ》が背中《せなか》を伝う。あとどのくらいで橋は完成する？　イベジまでどのくらいかかる？

ぱっと立ちあがり、たいまつをつかむ。**カエアを探《さが》さなければ**。そして、ふりむいて初めて、すでにカエアがいることに気づく。

剣《けん》を抜《ぬ》いて。切っ先をおれの心臓《しんぞう》にむけて。

「カエア？」

カエアのハシバミ色の目が見開かれる。手のわずかな震《ふる》えのせいで、剣《けん》が揺《ゆ》れている。体重を移動《いどう》し、剣《けん》の狙《ねら》いをおれの胸《むね》に定《さだ》める。「今のはなに？」

「今のって？」

「やめて」カエアは歯を食《く》いしばって言う。「なにかぶつぶつぶやいてた。あ、頭が……光に取り囲《かこ》まれて！」

少女の言葉が耳にこだまする。

王子さま、王子さまも今じゃ、ウジ虫なんだから。怖《こわ》がったほうがいいんじゃないの？

「カエア、剣《けん》をおろせ」

カエアはためらった。視線《しせん》が髪《かみ》にむく。**白い髪《かみ》……**

見えているんだ。

「そうじゃないんだ」

「この目で見たのよ！」ひたいから汗《あせ》が滴《しただ》り落ち、上唇《うわくちびる》の上に溜《た》まる。剣《けん》を構《かま》えたまま、カエアは一歩前に出る。おれは壁《かべ》のほうに追い詰《つ》められる。

「カエア、おれだ、イナンだ。きみを傷《きず》つけたりしない」

「いつから？」カエアはささやくように言う。「いつから魔師《まし》に？」カエアはその言葉を呪《のろ》いのように口にする。まるでおれがレカンであるかのように。もはや生まれたときから知っている少年ではない。自分の手で訓練してきた兵士《へいし》ではない。

「あの少女にやられたんだ。だが、ずっとってわけじゃない」

「うそよ」カエアの唇《くちびる》がめくれあがる。「あの女と……あの女とグルなの？」

「ちがう！　おれは手がかりを探《さが》していたんだ！」一歩前へ出る。「居場所《いばしょ》がわかったんだ――」

「さがって！」カエアは悲鳴をあげる。おれは、両手をあげたまま凍《こお》りつく。カエアの目に映《うつ》っているのは、もはや他人だ。

抑《おさ》えの利《き》かない恐怖《きょうふ》をたたえた目に。

「おれは味方だ」ささやくように言う。「ずっとこうだったんだ。イロリンでは、少女が南へむかったのを感じた。ソコトでは、あの商人の荷車に立ち寄《よ》ったのがわかった」ごくりとつばを飲みこむ。カエアがまた一歩前へ出たの見て、鼓動《こどう》が早くなる。「おれは敵《てき》じゃない、カエア。おれじゃなきゃ、少女のあとは追えないんだ！」

カエアはおれをじっと見る。剣《けん》の震《ふる》えが大きくなる。

「おれだ、イナンだ」おれは訴《うった》える。「オリシャの王子だ。サランの王位継承者《けいしょうしゃ》だ」

父上の名を口にすると、カエアはたじろぐ。ついに剣《けん》をぽとりと落とす。**天よ、感謝《かんしゃ》**。脚《あし》をがくがくさせながら、うしろの壁《かべ》に倒《たお》れこむ。

カエアは頭を抱《かか》えるが、しばらくしておれのほうを見る。「ここのところずっと変だったのは、そのせいなのね」

おれはうなずく。心臓《しんぞう》はまだバクバクいっている。「話そうとした。だが、きみが今のような反応《はんのう》をすることがわかっていたから」

「ごめんなさい」カエアも壁《かべ》に寄《よ》りかかる。「でも、あのウジ虫にあんなことをされたあとだったから。あなたがやつらの仲間なら……」カエアの目がふたたびおれの白い髪《かみ》を見つめる。「まちがいなくこっちの味方だってことをたしかめないとならなかった」

「まちがいない」父上の歩駒《ふごま》を握《にぎ》りしめる。「一度だって揺《ゆ》らいだことはない。おれは、魔法《まほう》の死を願っている。オリシャの安全を守るために」

カエアはじっとおれを見る。まだわずかに警戒《けいかい》しながら。「あのウジ虫は今、どこにいるの?」

「イベジだ」おれはすぐさま答える。「まちがいない」

「わかった」カエアはすっと背《せ》を伸《の》ばし、剣《けん》を鞘《さや》におさめる。「ここにきたのは、橋が完成したと伝えるためよ。イベジにいるなら、わたしは兵士《へいし》たちを連れて、今夜、出発する」

「わたしは?」

「あなたは今すぐ宮殿《きゅうでん》へもどって。王がこのことを知ったら――」

いつかしら。少女の声がよみがえる。**あなたの父親があなたの正体を知るのは、いつかしらね。実の父親が敵《てき》になったときにどれだけ勇敢《ゆうかん》でいられるか、見ものね。**

「だめだ! おれがいないと。おれの力がなければ、彼《かれ》らを追うことはできない」

「あなたの力? むしろ負担《ふたん》よ。いつ寝返《ねがえ》るか、そうじゃなくても、いつ自分の身を危険《きけん》にさらすか、わからないんだから。それに、もしだれかに知られたら? 王の立場《たちば》を考えて!」

「だめだ」カエアにむかって手を伸《の》ばす。「父上にはわかってもらえない」

カエアは廊下《ろうか》のほうを見やった。血の気の引いた顔で、じりじりとうしろにさがりはじめる。

「イナン、わたしの任務《にんむ》は――」

「きみの任務《にんむ》はおれに仕えることだ。命令する、止まれ！」

カエアは脱兎《だっと》のごとく薄暗《うすぐら》い廊下《ろうか》を走りだす。おれは追いかけ、とびかかって床《ゆか》に押《お》し倒《たお》す。

「カエア、お願いだ――ウッ！」

カエアがひじを胸骨《きょうこつ》に食《く》いこませる。息が止まる。カエアはおれの腕《うで》を逃《のが》れ、よろよろと立ちあがると、階段《かいだん》を駆《か》けあがろうとする。

「助けて！」今や半狂乱《はんきょうらん》になったカエアの悲鳴が、神殿《しんでん》の廊下《ろうか》に響《ひび》きわたる。

「カエア、やめろ！」だれにも知られてはならない。おれの正体を知られるわけにはいかない。

「やつらの仲間だったのよ！」カエアはかん高い声でさけぶ。「最初からずっと――」

「カエア！」

「やめて！　イナンは魔《ま》――」

カエアは目に見えない壁《かべ》に行き当たったように凍《こお》りつく。

悲鳴が沈黙《ちんもく》に変わる。全身がガタガタ震《ふる》えている。

おれの手のひらからターコイズ色のエネルギーが飛び出し、カエアの頭のまわりで渦《うず》を巻《ま》く。

レカンの魔法《まほう》と同じように、カエアを動けなくする。カエアは必死になっておれの束縛《そくばく》から逃《のが》れようとする。おれ自身持っていることさえ知らなかったおれの力にあらがおうとする。

うそだ……

ぶるぶる震《ふる》えている自分の手を見る。血管を流れていくのが、だれの恐怖《きょうふ》かもわからない。

おれは本当にやつらの仲間なんだ。

おれは、おれが狩《か》っているモンスターなんだ。

カエアはもがき、次第《しだい》に呼吸《こきゅう》が荒《あら》くなっていく。おれの魔法《まほう》はもはや手に負えないほど膨《ふく》らみ切っている。カエアの口から苦しげな悲鳴が漏《も》れる。

「放して！」

「どうすればいいか、わからないんだ！」おれはさけび返す。恐怖《きょうふ》がのどを締《し》めつける。神殿《しんでん》が力を肥大《ひだい》させたのだ。抑《おさ》えつけようとすればするほど、魔法《まほう》もますます抵抗《ていこう》してくる。

カエアの苦しげな悲鳴がどんどん大きくなる。目が血走り、耳から血が流れ出して首を伝い落ちる。

さまざまな考えが秒速百万メートルで駆《か》け巡《めぐ》る。頭の中の歩駒《ふごま》がすべて崩《くず》れて塵《ちり》と化す。もうあと戻《もど》りはできない。

カエアはさっきまでおれを恐《おそ》れていたとすれば、今は憎悪《ぞうお》している。

「お願いだ！」おれはすがるように言う。カエアを止めなければ。話を聞いてもらわなければ。おれは未来の王なのだから――

「ウウッ！」

カエアの唇《くちびる》から震《ふる》えるような息が漏《も》れる。白目をむく。

カエアを縛《しば》りつけていたターコイズ色の光がふっと消え失《う》せる。

カエアがばったりと倒《たお》れる。

「カエア！」カエラのかたわらに駆《か》けより、首に手を当てる。かすかな脈《みゃく》をかろうじて感じた次の瞬間《しゅんかん》、みるみる弱まっていく。

「うそだ！」おれはさけぶ。そうすれば、カエアの命をつなぎとめられるとでもいうように。カエアの目から血があふれ、ツーと鼻を伝う。口からもたらたらと流れ落ちる。

「すまない」おれは涙《なみだ》にむせびながら言う。カエアの顔から血をぬぐおうとするけれど、かえって汚《よご》してしまう。カエアの血の反響《はんきょう》が、胸《むね》にあふれる。

「すまない」視界《しかい》がぼやける。「すまない、本当にすまない」

「ウジ虫」カエアが息を吐《は》き出すように言う。

そして、無になる。カエアの体が硬直《こうちょく》する。

ハシバミ色の目から光が消える。

どれだけのあいだ、カエアの遺体《いたい》を抱《かか》えてすわっていたのだろう。カエアの黒い髪《かみ》を覆《おお》っているターコイズ色の結晶《けっしょう》に血が滴《したた》り落ちている。おれの呪《のろ》いの印だ。結晶《けっしょう》がきらりと光り、鉄とワインのにおいが鼻腔《びこう》を満たす。カエアの意識《いしき》のかけらがへばりつく。

カエアが初めて父上に会った日が見える。魔師《まし》に家族を殺《ころ》された父上を抱《だ》きしめているカエアを見る。謁見室《えっけんしつ》で二人がひそかに交《か》わしているキスを見る。足元にはエベレが血を流して倒《たお》れている。

カエアにキスをしているのは、おれが知っている男ではない。そこには、見たことがない王がいる。父上にとって、カエアは太陽以上の存在《そんざい》だ。父上に残っていた最後の愛だったのだ。

そのカエアを、おれは奪《うば》ったのだ。

ビクッとしたひょうしに、カエアの体を取り落とし、血まみれの床《ゆか》からあとずさる。魔《ま》法《ほう》を体の奥深《おくぶか》くまで押《お》しもどす。

父上に知られてはならない。

こんなおそろしいことは起こってはいない。

父上は、おれが魔師《まし》でも許《ゆる》してくれたかもしれない。だが、このことは決して許《ゆる》さないだろう。

またもや魔《ま》法《ほう》に愛する者を奪《うば》われたのだから。

一歩うしろにさがる。そして、また一歩。そうやって、一歩ずつさがり、おれはおそろしい過《あやま》ちから逃《に》げ出す。この過《あやま》ちを正す方法はひとつしかない。

少女はイベジにいるのだ。

第二十七章　アマリ

　試合《しあい》が始まってもいないうちから、闘技場《とうぎじょう》はうねるような興奮《こうふん》に包まれていた。酔《よ》っぱらいの歓声《かんせい》が石の壁《かべ》を通して響《ひび》いてくる。観客たちはみな、血に飢《う》えているのだ。わたしたちの血に。

　ごくりとつばを飲みこみ、手を握《にぎ》ってわき腹《ばら》に押《お》しつけ、震《ふる》えを隠《かく》そうとする。

　勇気を出して、アマリ、勇気を出すのよ。

　ビンタの声がはっきりと聞こえる。目がチクチクする。ビンタが生きていたときは、ビンタの声を聞くと、わたしの中のなにかが強くなるような気がした。でも、今夜は、その声さえ虐殺《ぎゃくさつ》を求めるさけびにかき消されていく。

「観客は大喜《おおよろこ》びするだろうな」司会の男は、わたしたち三人を連れて地下へむかいながら満足げに笑った。「女が船長になったことはないんだ。おかげで、料金は二倍だ」

　ゼリィはふんと鼻を鳴らしたが、いつものとげとげしさはなかった。「あたしたちの血にちょっとしたおまけの値《ね》がついたってことね」

「目新しいものにはいつだって、おまけの価値《かち》があるのさ」司会の男がゼリィにむかってニヤッとしたのを見て、吐《は》き気がこみあげた。「いつか事業を始めるときのために覚えておくといい。おまえらのようなウジ虫でもたっぷり金を稼《かせ》げるぞ」

ゼインが行動に出るまえにゼリィは腕《うで》をつかんで引きとめ、司会の男を殺《ころ》しかねない目でにらみつけた。手がすっと金属《きんぞく》の棒《ぼう》のほうへ伸《の》びる。

やってしまえばいい。もう少しで声に出そうになる。この男を意識《いしき》がなくなるまで殴《なぐ》りつければ、もう一度太陽石を盗《ぬす》むチャンスが生まれるかもしれない。なんだって、あの船に乗るよりはまし。

「もうおしゃべりは終わり」ゼリィは深く息を吸《す》いこみ、棒《ぼう》から手を離《はな》す。

船がしまってあるさびた地下室に入っていっても、わたしたちの船に乗りこむことになっている労役者《ろうえきしゃ》たちは顔もあげなかった。よりかかっている巨大《きょだい》な木造《もくぞう》の船体に比《ひ》してひどく小さく見える。何年ものあいだ、きつい労働をしてきたために弱りきっている。ほとんどがディヴィナで、いちばん年上の男でもゼインより一、二歳《さい》上にしか見えない。兵士《へいし》が労役者《ろうえきしゃ》たちの鎖《くさり》を外す。無残に殺《ころ》されるまえの、偽《いつわ》りの自由だ。

「やつらには好きなように命令しろ」司会の男は家畜《かちく》かなにかのように労役者《ろうえきしゃ》たちのほうに腕《うで》をふった。「三十分ある。そのあいだに戦略《せんりゃく》を立てろ。三十分後に試合《しあい》開始だ」

そう言い残すと、司会の男は薄暗《うすぐら》い地下室から出ていった。男がいなくなるとすぐに、ゼインとゼリィは袋《ふくろ》からパンと水筒《すいとう》を取り出し、そこにいる人々《ひとびと》に回した。乏《とぼ》しいごちそうをむさぼるかと思いきや、労役者《ろうえきしゃ》たちは、初めて見る食べ物のように固くなったパンをぼんやりと見つめた。

「食べろ」ゼインが説き伏《ふ》せるように言った。「だが、あわてすぎるな。ゆっくり食べないと、胃《い》が受けつけないからな」

子どもが手を伸《の》ばしてパンをかじろうとしたが、やせ細った女の人が押《お》しとどめた。

「天よ」思わず声が漏《も》れた。その子はまだ十歳《さい》にもなっていないように見えた。

「なんの真似《まね》だ？」年上のコスィダンの男がたずねた。「最後の晩餐《ばんさん》ってことか？」

「おれたちは死なない。おれの言うとおりにすれば、命も金も手に入る」ゼインは言った。

ゼインだって、わたしの半分は恐怖《きょうふ》を感じているかもしれない。だとしても、おくびにも出さなかった。すっくと立っている姿《すがた》には、自然と敬意《けいい》を抱《いだ》かせる威厳《いげん》がそなわり、声や歩き方は自信に縁取《ふちど》られている。彼《かれ》を見ていると、わたしたちは大丈夫《だいじょうぶ》だと、信じてしまいそうになる。そう、しまいそうになるだけだけれど。

「パンでだまそうたって、そうはいかないよ」目の上をまたぐようにおそろしい傷跡《きずあと》のついた女の人は言った。「勝ったところで、あたしたちを皆殺《みなごろ》しにして、金をぜんぶせしめるつもりだろ」

「おれたちが欲《ほ》しいのは石だ」ゼインは首をふった。「金じゃない。おれたちといっしょに戦えば、金はぜんぶやると約束する」

わたしはそこに集まった人たちを見ながら、心のどこかで協力を拒《こば》んでくれればいいのにと思っている自分に嫌気《いやけ》がさした。乗組員《のりくみいん》がいなければ、試合《しあい》に参加することはできないから。ゼリィとゼインも船に乗るのをあきらめるしかないから。

勇気をもって、アマリ。目を閉《と》じ、むりやり深く息を吸《す》いこむ。地下にいると、頭の中で聞こえるビンタの声がより大きく、強くなったように感じる。

「戦うよりほかにないの」全員の目がむけられ、頬《ほほ》がカアッと熱くなる。**勇気をもって**。わたしにはできる。宮殿《きゅうでん》で習っていた演説《えんぜつ》法と同じだ。「こんなこと、公平ではないし、正しくもない。でも、現実《げんじつ》なの。わたしたちといっしょに戦いたくてもそうじゃなくても、あの船に乗らなければならないのは変わらない」

ゼインと見つめあう。ゼインがわたしを前へ押《お》し出す。わたしは咳払《せきばら》いをして前へ進み出ると、堂々《どうどう》としゃべろうとする。「今夜戦う船長たちはみな、勝ちたいと思っている。だれが殺《ころ》されようが傷《きず》つけられようが、かまわないと思ってる。でも、わたしたちはちがう。あなたたちに生きてほしいと思っている。でも、そのためには、わたしたちを信用してもらわなければならない」

乗組員《のりくみいん》たちは地下室を見まわし、彼《かれ》らの中でいちばん強い者のほうを見る。ゼインと同じくらい背丈《せたけ》のあるディヴィナだ。背中《せなか》につづれ織《お》りのように走る傷跡《きずあと》を波打たせながら、男は歩いてきて、ゼインと目を合わせる。

空気が息を殺《ころ》しているのを感じながら、彼《かれ》が決定を下すのを待つ。彼《かれ》がすっと手を差し出したのを見て、脚《あし》が崩《くず》れそうになる。

「おれたちはなにをすればいい？」

第二十八章　アマリ

「挑戦者《ちょうせんしゃ》たちよ、位置につけ！」

司会の男の声が闘技場《とうぎじょう》の下に響《ひび》きわたる。心臓《しんぞう》が胸《むね》の中で跳《は》ねる。戦略《せんりゃく》について話し合い、ゼインが各自に指令を出しているうちに、あっという間に三十分が過《す》ぎた。ゼインは年季の入った将軍《しょうぐん》のようだ。戦場で何年も戦ってきたかのような知恵《ちえ》を備《そな》えている。労役者《ろうえきしゃ》たちの目には光が宿り、ひと音も聞き漏《も》らすまいとゼインの言葉に耳を傾《かたむ》けている。

「よし」ゼインはうなずく。「いくぞ」

栄養を取り、希望を新たにした労役者《ろうえきしゃ》たちの動きには、今や目的がある。でも、みなが船の甲《かん》板《ぱん》にあがっていくのを見ながら、わたしの足は鉛《なまり》のように重くなる。どうどうと流れる水の音が近づいてきて、闘技場《とうぎじょう》の逆巻《さかま》く海に呑《の》みこまれた人々《ひとびと》のことを思い出す。もうすでに四肢《しし》を水中に引きこまれるような感覚に襲《おそ》われる。

いよいよだ……

あと数分で試合《しあい》が始まる。

労役者《ろうえきしゃ》の半分が漕《こ》ぎ座《ざ》につき、スピードを操《あやつ》る準備《じゅんび》に入る。残りは、ゼインが考えた効率《こうりつ》的な配置に従《したが》い、大砲《たいほう》のまわりに陣取《じんど》る。二人が砲口《ほうこう》を操作《そうさ》して狙《ねら》いを定《さだ》め、二人が後尾《こうび》について火薬を詰《つ》める予定だ。もうすぐ全員が配置につく。

あとは、わたしだけ。

水位があがってくるのを見ながら、鉛《なまり》のようになった足をむりやり動かし、船に乗る。甲板《かんぱん》を歩いていって、大砲《たいほう》のうしろの位置につこうとする。すると、目の前にゼインが立ちはだかる。

「きみはやらなくていい」

恐怖《きょうふ》が耳の中で鳴りひびいていて、ゼインの言葉を理解《りかい》するのに時間がかかる。**きみはやらなくていい。**

きみは死ななくていい。

「儀式《ぎしき》のことを知っているのは三人だけだ。全員が船に乗って、もし……」ゼインは言葉に詰《つ》まり、まがまがしい考えを呑《の》みこむ。「ここまできて、無駄足《むだあし》を踏《ふ》むつもりはない。なにがあろうと、おれたちのうち一人は生き延《の》びなければ」

そうね。唇《くちびる》の端《はし》から言葉が出そうになる。出ようともがく。けれど、なんとか別の言葉をしぼり出す。「だったら、ゼリィが。残るんだったら、ゼリィが残るべきよ」

「妹がいなくても、試合《しあい》に勝つ見こみがあるならな。それなら、妹を説得《せっとく》しているよ」

「でも――」言いかけたとき、どっと水が流れこんできて、甲板《かんぱん》に水しぶきが飛ぶ。もうすぐここは水で覆《おお》われ、わたしは墓場《はかば》に囚《とら》われてしまう。逃《に》げるなら、今だ。すぐに手遅《ておく》れになる。

「アマリ、いいから降《お》りろ」ゼインはなおも言う。「お願いだ。おれたちも、そっちのほうが戦いやすい。きみがけがするんじゃないかと心配しなくてすむ」

おれたち。もう少し勇気があれば、笑っていたところだ。わたしたちのうしろで、ゼリィは船べりをつかみ、目を閉《と》じて、すばやく唇《くちびる》を動かして呪文《じゅもん》を練習している。恐怖《きょうふ》におののいているけれど、それでもゼリィは戦う。ゼリィは逃《に》げることは許《ゆる》されないから。

王女さまみたいにふるまいたいなら、兵士《へいし》たちのところへいけばいい。あたしはあんたを守るためにいるんじゃない。戦うためにきたんだから。

「わたしは兄に追われている」ささやくように言う。「お父さまにも。今、この船を降《お》りたって、わたしや巻《ま》き物《もの》の秘密《ひみつ》が危険《きけん》なのは同じ。多少時間が稼《かせ》げるだけ」足に水しぶきを感じながら、わたしは前に出て、大砲《たいほう》のチームに加わる。「わたしにもできる」わたしはうそをつく。

わたしは戦える。

勇気をもって、アマリ。

ビンタの言葉にすがり、それを鎧《よろい》のように身にまとう。わたしは勇敢《ゆうかん》になれる。

ビンタのためなら、なんにだってなれなければ。

ゼインはわたしの目をじっと見つめ、それからうなずく。そして、自分の位置につくために歩き去る。船がうめき声をあげ、水に押《お》し流されるように戦場へむかって走りだす。わたしたちは最後のトンネルを抜《ぬ》ける。観客のさけび声がいっそう激《はげ》しくなる。わたしたちの血を求めて絶叫《ぜっきょう》している。わたしは初めて、お父さまはこの「娯楽《ごらく》」のことを知っているのだろうかと思う。知っていたら、やめさせるだろうか？

船べりを力のかぎり握《にぎ》りしめ、気持ちを落ち着かせようとする。覚悟《かくご》が決まるまえに、船は闘《とう》技場《ぎじょう》に入っていく。そして、世界の目にさらされる。

塩水と酢《す》のにおいが波のように押《お》しよせてきて、わたしは信じられない光景に目をしばたたかせる。闘技場《とうぎじょう》の前の数列に、貴族《きぞく》たちがずらりと並《なら》び、鮮《あざ》やかなシルクの服をはためかせながらこぶしで手すりをたたいている。

顔をそむけた次の瞬間《しゅんかん》、心臓《しんぞう》が締《し》めつけられる。別の船に乗っている若《わか》いディヴィナの大きく見開かれた目と目が合ったから。なんの表情《ひょうじょう》も浮《う》かんでいない顔がすべてを物語っている。

どちらかが生き延《の》びるためには、どちらかが死ぬしかない。

ゼリィが両手をからめ、関節を鳴らしながら、舳先《へさき》へむかって歩いていく。声は出さず口だけ動かして呪文《じゅもん》を練習しながら、これから始まる破壊《はかい》をまえに勇気をしぼり出している。

観衆《かんしゅう》は新しい船が入ってくるたびに吠《ほ》える。対戦相手を見ているうちに、おそろしいことに気づく。昨日の夜はぜんぶで十艘《そう》だった。

今日は三十艘《そう》だった。

第二十九章　ゼリィ

うそだ……

何度も何度も数え、だれかがまちがいですとアナウンスするのを待つ。二十九艘《そう》を相手に最後まで生き残ることなどできない。

「ゼイン」悲鳴に近い声をあげ、恐怖《きょうふ》をあらわにしてゼインに駆《か》けよる。「むりよ！　全員を倒《たお》すことなんてできない」

アマリもうしろからやってくる。ガタガタ震《ふる》えて、甲板《かんぱん》でつまずきそうになる。そのあとについてきた乗組員《のりくみいん》たちが、ゼインに山のような質問《しつもん》を浴びせかける。あたしたちに取り囲《かこ》まれ、ゼインは目を血走らせて、一人ひとりの言うことを聞きとろうとする。でも、それからくっと歯を食《く》いしばり、目を閉《と》じる。

「静かに！」

狂気《きょうき》のさなかにゼインの声が響《ひび》き、あたしたちは口を閉《と》じる。ゼインが闘技場《とうぎじょう》を見わたすのをじっと見つめる。そのあいだも、司会の男が観客をあおりつづける。

「アビ、きみは左側の船だ。デレ、デレは右だ。近くの船の乗組員《のりくみいん》たちと同盟《どうめい》を組もう。離《はな》れた船を狙《ねら》ったほうが、長く持ちこたえられると言うんだ」

「だが、もし――」

「いけ！」彼《かれ》らが反対しようとするまえにゼインはさけび、兄妹《きょうだい》を送り出す。「漕《こ》ぎ手に告《つ》ぐ。計画変更《へんこう》だ。櫂《かい》を漕《こ》ぐのは半分でいい。動きを止めないようにしてくれ。スピードは必要ない。だが、動くのをやめれば、死ぬことになる」漕《こ》ぎ手の半分が木の櫂《かい》を握《にぎ》る。ゼインはこちらにむき直る。アボンのチャンピオンの目だ。「あとの者たちは大砲《たいほう》の組に入って、前方の船を狙《ねら》ってくれ。間《ま》を置かずに撃《う》つんだ。だが、狙《ねら》いは慎重《しんちょう》に――火薬がなくなれば、おれたちも持たない」

「秘密《ひみつ》の武器《ぶき》は？」いちばん力の強いバアコがたずねる。

ゼインの指導力《しどうりょく》のおかげで落ち着いてきた気持ちが一気に乱《みだ》れる。胸《むね》が締《し》めつけられ、わき腹《ばら》を鋭《するど》い痛《いた》みが駆《か》けあがる。**その武器《ぶき》はまだ準備《じゅんび》ができてない！** そう、さけびたくなる。**信じたら、死ぬことになる！**

その場面がまざまざと浮《う》かんでくる。ゼインがさけび声をあげ、あたしは必死で魔法《まほう》を呼《よ》び出そうとしているところが。あたしは、母《マ》さん《マ》のような魔師《まし》じゃない。もし〈刈《か》る者〉になれなかったら？

「それなら大丈夫《だいじょうぶ》だ」ゼインはきっぱりと言う。「それを使うときまで、持ちこたえるようにしてくれ」

「命を懸《か》けた戦いがはじまる……用意はいいか⁉」

司会があおり、観客が吠《ほ》える。とどろくような歓声《かんせい》に、拡声器《かくせいき》を使っている司会の声さえ呑《の》みこまれる。乗組員《のりくみいん》たちが散っていくのを見て、あたしはゼインの腕《うで》にしがみつく。のどがからからに乾《かわ》いて、ろくにしゃべることもできない。「あたしはどうすればいい？」

「変わらない。倒《たお》す人数が増《ふ》えただけだ」

「ゼイン、あたしにはできな――」

「おれを見ろ」ゼインがあたしの両肩《りょうかた》をつかむ。「母《マ》さん《マ》は、だれよりも力の強い〈刈《か》る者〉だった。おまえは、母《マ》さん《マ》の娘《むすめ》だ。おまえならできる」

胸《むね》が苦しくなる。それが恐怖《きょうふ》のせいか別のもののせいなのかも、もうわからない。

「やってみろ」肩《かた》をつかんだゼインの手に力が入る。「一人、生き返らせるだけでも、役に立つ」

「生きろ！」ゼインは大声で言うと、自分も武器庫《ぶきこ》の横の持ち場につく。

「**十**……**九**……**八**……**七**……」

「**六**……**五**……**四**……**三**……」

今や耳をつんざくほどの歓声《かんせい》の中、あたしは船べりにむかって走る。

「**二**……」

もう引き返すことはできない。太陽石を手に入れるか、それとも――

「――!」

――死ぬかだ。

角笛が鳴りひびき、あたしは甲板《かんぱん》から生暖《なまあたた》かい海へ身を躍《おど》らせる。あたしが水面を割《わ》るのと同時に、船が大きく揺《ゆ》れる。

第一陣《じん》の大砲《たいほう》が火を噴《ふ》く。

振動《しんどう》が水の中まで伝わり、体の芯《しん》を震《ふる》わせる。死者の霊《れい》で周囲《しゅうい》の空間が凍《こお》りつく。今日の試合《しあい》で死んだばかりの霊《れい》たちだ。

よし。ミノリの霊《れい》を思い出す。皮膚《ひふ》がチクチクして総毛立《そうけだ》ち、霊《れい》が近づいてきたのを知る。血の味を感じて舌《した》が巻《ま》きあがるけど、口は開かない。霊《れい》たちはなんとかしてあたしに触《ふ》れてもらおうとしている。命を取りもどそうとしている。そう、これだ。

あたしが本当に〈刈《か》る者〉なら、証明《しょうめい》するのは今だ。

「エミ　アウォン　チ　オ　チ　スン、モ　ケ　ペ　イン　ニ　オニ――」

海から霊《れい》人形たちが立ち現《あらわ》れるのを待つが、手から泡《あわ》が数個《すうこ》出たほかは、なにも起こらない。もう一度やってみる。死者からエネルギーを引き出そうとする。が、どんなに集中しても、霊《れい》人形は現《あらわ》れない。

クソ。のどの空気が薄《うす》くなり、脈《みゃく》が速くなる。あたしにはできない。みんなを救うなんてできない――

頭上で砲声《ほうせい》がとどろく。

はっとしてふりむくと、横を走っていた船が沈《しず》んでいく。木片《もくへん》と死体が降《ふ》り注ぐ。まわりの水が真《ま》っ赤《か》に染《そ》まる。血まみれの死体が水底に引きずりこまれていく。

神よ……

恐怖《きょうふ》が胸《むね》をつかむ。

あと弾《たま》ひとつ分、右にそれたら、死んだのはゼインだったかもしれない。

しっかりして。自分にはっぱをかける。肺《はい》の空気はさらにしぼんでいく。失敗する余裕《よゆう》などない。今すぐ魔法《まほう》が必要なのだ。

オヤ、お願いします。祈《いの》りが聞きなれない言葉のように響《ひび》く。覚えかけのまま完全に忘《わす》れてしまった言葉のように。でも、魔力《まりょく》が目覚めてから、オヤとの結びつきは強くなったはずだ。あたしが呼《よ》べば、答えてくれるはずだ。

あたしをお助けください。お導《みちび》きください。力をお貸《か》しください。兄を守り、この場所に囚《とら》われた霊《れい》を解《と》き放てますように。

目を閉《と》じ、死者のエネルギーを集め、自分の骨《ほね》に注ぎこむ。巻《ま》き物《もの》の呪文《じゅもん》を練習したのだ。あたしにはできる。

今こそ〈刈《か》る者〉になれる。

「エミ　アウォン　チ　オ　チ　スン――」

あたしの両手がラベンダー色に光りだす。強烈《きょうれつ》な熱が血管を駆《か》け巡《めぐ》る。呪文《じゅもん》が霊《れい》の通り道を押《お》し開き、アシェが流れ出す。一人目《ひとり》の霊《れい》がうねるようにあたしの体を通り抜《ぬ》け、命令を待つ。ミノリとはちがい、この霊《れい》について知っているのは、彼《かれ》がどうやって死んだかということだけだ。彼《かれ》の内臓《ないぞう》をずたずたにした砲弾《ほうだん》の痛《いた》みが、あたしの腹《はら》を引き裂《さ》く。

呪文《じゅもん》を唱えおわると、最初の霊《れい》人形が完全に姿《すがた》を現《あらわ》す。復讐《ふくしゅう》と水の泡《あわ》と血が渦巻《うずま》いている。まわりの水を使って、人間の姿《すがた》を取ったのだ。泡《あわ》のせいで表情《ひょうじょう》まではっきりしないけど、戦おうとする意志《いし》を感じ取る。あたしの兵士《へいし》。一人目《ひとり》の死の戦士《せんし》。

その一瞬《いっしゅん》、勝利感が疲《つか》れを圧倒《あっとう》し、体中を駆《か》け巡《めぐ》る。やり遂《と》げたんだ。あたしは〈刈《か》る者〉だ。オヤの真の妹なのだ。

同時に鋭《するど》い悲しみが体を突《つ》き抜《ぬ》ける。今のあたしを母《マ》さん《マ》が見ることができたら。

でも、少なくとも母《マ》さん《マ》の慰霊《いれい》にはなるはず。殺《ころ》された〈刈《か》る者〉たちみなに、誇《ほこ》りに思ってもらえるはず。

「**エミ　アウォン　チ　オ　チ　スン**――」

血管を巡《めぐ》るアシェが減《へ》っていくのを感じつつ、呪文《じゅもん》を唱え、さらにもう一人の霊《れい》に命を吹《ふ》きこむ。そして、船を指さし、命令を下す。

「倒《たお》せ！」

霊《れい》人形たちが矢のようなスピードで水中を突《つ》き抜《ぬ》けていくのを、信じられない思いで見送る。

霊《れい》人形は狙《ねら》いへむかってまっすぐ進んでいく。

水にドーンという衝撃《しょうげき》が伝わり、霊《れい》人形が船体を突《つ》き破《やぶ》る。厚板《あついた》がやりのようにふっとび、水が一気に流れこむ。

成功したんだ……。

空か、自分の手の中か、オヤはどちらにいるのだろう。死者の霊《れい》があたしの招集《しょうしゅう》に答えたのだ。あたしの意思に従《したが》ったのだ。

船は波に呑《の》みこまれ、転覆《てんぷく》する。けれど、興奮《こうふん》も冷めやらないうちに、船に乗っていたディヴィナたちが水中に落ちていくのが目に入る。

あたしの魔法《まほう》で巻《ま》き添《ぞ》えになる人がいる。めまいが襲《おそ》う。落ちた人々《ひとびと》は手足をバタつかせて水面に顔を出し、闘技場《とうぎじょう》の縁《へり》へむかって泳ぎはじめる。一人の少女が力尽《つ》きて水中に引きずりこまれるのを見て、恐怖《きょうふ》に襲《おそ》われる。意識《いしき》を失った少女は鉛《なまり》のように沈《しず》んでいく。

「**あの子を助けて！**」

命令を出すが、霊《れい》人形たちとのつながりがみるみる薄《うす》れていく。肺《はい》から漏《も》れる最後の一息のように。霊《れい》人形たちが消えていくのが感じられる。地獄《じごく》のような闘技場《とうぎじょう》を逃《のが》れて、死後の平和な世界へいこうとするのが。

と、霊《れい》人形たちはオヅノイトマキエイのように水に飛びこむ。少女が水底に沈《しず》むまえにまわりを囲む。アシェがふたたび勢いよく血管を流れはじめる。　少女は水面に浮かんでいる木の破片まで引きあげられ、生き延《の》びる道を手に入れる。

「フウッ！」あたしは水面に顔を出し、咳《せ》きこむ。あたしの中からなにかが去り、今度こそ霊《れい》たちは消える。彼《かれ》らに感謝《かんしゃ》を捧《ささ》げつつ、あたしは喘《あえ》いで空気を吸《す》いこむ。

「今のを見たか？」司会が絶叫《ぜっきょう》する。なにが船を沈《しず》めたのかわからないまま、歓声《かんせい》が沸《わ》き起こる。

「ゼリィ！」ゼインの声がして見あげると、バカみたいににやにや笑っている。悪夢《あくむ》に取り囲《かこ》まれているのに。でも、ゼインの笑《え》みには、十年以上見ていなかった輝《かがや》きがある。母《マ》さん《マ》の魔法《まほう》を見るたびに、浮《う》かべていた光がある。

「今度はあれだ！　どんどんやれ！」ゼインが指をさす。

誇《ほこ》らしい気持ちが膨《ふく》れあがり、内側から体が熱くなる。深く息を吸《す》いこみ、ふたたび水中に潜《もぐ》る。

そして、呪文《じゅもん》を唱えはじめた。

第三十章　アマリ

カオスだ。

まさにこの瞬間《しゅんかん》まで、この言葉の意味を本当には理解《りかい》していなかった。これまでは、午餐会《ごさんかい》のまえのお母さまの悲鳴のことをカオスだと思っていた。貴族《きぞく》たちが金箔《きんぱく》のイス取り合戦をすることだと、思っていた。

でも今、本物のカオスがわたしを取り囲《かこ》み、呼吸《こきゅう》という呼吸《こきゅう》、鼓動《こどう》という鼓動《こどう》とともに脈打《みゃくう》っている。飛び散る血とともに歌い、爆発《ばくはつ》して忘却《ぼうきゃく》のかなたへ去る船とともに絶叫《ぜっきょう》している。

這《は》うようにして船のうしろへいき、響《ひび》きわたる爆発音《ばくはつおん》の中で頭を抱《かか》える。また大砲《たいほう》の弾《たま》が命中し、船が大きく揺《ゆ》れる。水上に残っているのは、十七艘《そう》だけ。そして、わたしたちはまだ戦っている。

破壊《はかい》の中で、だれもが正確《せいかく》な動きで戦いつづけている。漕《こ》ぎ手たちは首の筋肉《きんにく》を盛《も》りあがらせ、船を進めている。乗組員《のりくみいん》たちは汗《あせ》を滴《したた》らせ、大砲《たいほう》のうしろから火薬を詰《つ》めこんでいる。

いくのよ！ 自分にむかってどなる。**なにかするの！ なんでもいいから！**

どれだけはっぱをかけても、動けない。息すらできない。

大砲《たいほう》の弾《たま》が相手の船の甲板《かんぱん》を引き裂《さ》き、胃《い》がひっくり返る。けがをした人たちのさけび声が、ガラスの破片《はへん》のように耳に突《つ》き刺《さ》さる。空気に血の匂《にお》いがしみつき、ゼリィの言葉がよみがえってくる。イベジに着いたとき、死の味がすると言っていたことを。

今日、わたしもその味を知ったのだ。

「くるぞ！」ゼインが煙《けむり》のむこうを指さす。また別の船が近づいてくる。漕《こ》ぎ手たちが肩《かた》で息をしながらやりを構《かま》えている。**天よ……**

こちらの船に乗りこんでくる気だ。

ここで戦う気なのだ！

「アマリ、漕《こ》ぎ手たちを連れてきてくれ！」ゼインがさけぶ。「おれといっしょにみんなを率《ひき》いるんだ」

恐《おそ》れを知らないゼインは走っていく。わたしの足が凍《こお》りついているのに気づかないまま。肺《はい》が喘《あえ》ぐ。どうして息の仕方を思い出せないの？

このために訓練してきたはずよ。 船が近づいてくるのを見ながら、剣《けん》を握《にぎ》りしめる。**血を流したのは、このため。**

でも、敵《てき》が船に躍《おど》りこんでくるのを見て、何年ものあいだ教えこまれてきたものが指先で凍《こお》りつく。柄《つか》をふって刃《は》を出そうとするのに、手が震《ふる》えて動かない。**突《つ》け、アマリ。**耳の中でお父さまの声が響《ひび》き、背中《せなか》の傷《きず》に深々《ふかぶか》と突《つ》き刺《さ》さる。**剣《けん》を構《かま》えろ、アマリ。打て、アマリ。戦うんだ、アマリ。**

「わたしにはできない……」

あれだけのことがあったあとでも、わたしはいまだに戦うことができない。なにも変わってはいない。動けない。戦えない。

じっと立ちすくむだけ。

わたしはどうしてこんなところにいるの？　どういうつもりだったのよ！　あんな巻《ま》き物《もの》は放《ほう》っておいて、自分の部屋にもどることだってできたのに。自分の部屋でビンタの死を嘆《なげ》き悲しむことだって、できたのに。なのに、わたしはそうしないで、運命を決める選択《せんたく》をしてしまった。あのときは正しいと思っていた。愛する友の仇《かたき》をうてると思ったのだ。

そして今、死のうとしている。

船べりに体を押《お》しつけ、隠《かく》れようとする。みんなが敵《てき》と戦っている。足元に血が飛び散る。苦《く》痛《つう》のさけびが耳をつんざく。

カオスに囲《かこ》まれ、圧倒《あっとう》されて、ろくにまわりを見ることもできない。気がついたときは、すでに遅《おそ》い。剣《けん》の刃《は》がこちらにむかってふりおろされようとしている。

突《つ》け、アマリ。

それでも、わたしの手は動かない。剣《けん》が空気を切り、わたしの首に――

どなり声がして、ゼインのこぶしが剣《けん》を持った男のあごを直撃《ちょくげき》する。

男は崩《くず》れ落ちるが、剣《けん》がゼインの腕《うで》を切り裂《さ》く。

「ゼイン！」

「さがってろ！」ゼインはどなり、血の流れる上腕《じょうわん》を押《お》さえる。

「ああ、ごめんなさい！」

「いいから、こっちへくるな！」

恥《は》ずかしさのあまり熱い涙《なみだ》があふれ出す。ゼインは走り去る。わたしは、船のうしろの隅《すみ》にもぐりこむ。船に乗るんじゃなかった。ここにくるんじゃなかった。宮殿《きゅうでん》を離《はな》れるんじゃなかった――

ドーンという音が耳をつんざく。船がものすごい勢《いきお》いで揺《ゆ》れ、わたしは甲板《かんぱん》に投げ出される。船を震《ふる》えが駆《か》け抜《ぬ》け、船べりをつかもうとする。もうだめだ。

弾《たま》が当たったんだ。

よろよろと立ちあがろうとするが、また弾《たま》が飛んできて、甲板《かんぱん》を吹《ふ》き飛ばす。木の破片《はへん》が飛び散り、煙《けむり》がたちこめる。船がガクンと傾《かたむ》き、舳先《へさき》がぐっともちあがる。肺《はい》に煙《けむり》が入りこみ、わたしは血まみれの甲板《かんぱん》をすべっていく。

マストの根元をつかみ、必死でしがみつく。大量の水が流れこんできて、甲板《かんぱん》の血を洗《あら》い流す。ふたたびガクンと衝撃《しょうげき》が走り、わたしたちの船は沈《しず》みはじめた。

第三十一章　ゼリィ

「ゼリィ！」

水面に浮《う》かびあがり、上を見る。ゼインが船の手すりをつかみ、歯を食《く》いしばっている。服と顔が血だらけだ。だれの血か、わからない。

闘技場《とうぎじょう》に残っている船は、たった九艘《そう》だ。九艘《そう》が血の海に浮《う》かんでいる。でも、あたしたちの船の船尾《せんび》が水中でうめき声をあげている。

あたしたちの船が沈《しず》もうとしている。

深く息を吸《す》いこみ、ふたたび水中に潜《もぐ》る。とたんに吐《は》き気がこみあげる。血と船の残骸《ざんがい》でなにも見えない。

必死になって目を見開き、力いっぱい水を蹴《け》る。水を蹴《け》るたびに、血でドロリと重くなった感《かん》触《しょく》が伝わってくる。

「エミ　アウォン　チ　オ　チ　スン――」

呪文《じゅもん》を唱えるけど、指先から最後のアシェが消えていくのがわかる。あたしの力では足りない。魔《ま》法《ほう》の力が枯《か》れようとしている。でも、あたしが魔《ま》法《ほう》を使えなくなれば、ゼインやアマリが死んでしまうかもしれない。あたしたちの船は沈《しず》み、太陽石を手に入れるチャンスも消える。魔《ま》法《ほう》を取りもどすことはできなくなる。

手のひらの傷《きず》を見つめる。まぶたの裏《うら》に母《マ》さ《マ》んの顔が浮《う》かぶ。

ごめんなさい。母《マ》さ《マ》んの霊《れい》にむかって言う。

ほかに方法はない。

手に思い切りかみつく。歯が皮《ひ》膚《ふ》を食《く》い破《やぶ》り、銅《どう》のような血の味が口の中を満たす。血が水中にじわじわと広がり、白い光を放ってあたしを包みこむ。光が体内を駆《か》け巡《めぐ》り、血管を震《ふる》わせ、体の芯《しん》から放射《ほうしゃ》され、目がかっと見開かれる。

アシェが血管を突《つ》き破《やぶ》り、内側から皮《ひ》膚《ふ》を焼き焦《こ》がす。

「**エミ　アウォン　チ　オ　チ　スン**――」

目の奥《おく》で赤い波がひらめく。

オヤがふたたびあたしのために踊《おど》りだす。

周囲《しゅうい》の水がねじれ、荒々《あらあら》しい新たな生命を得《え》てもだえだす。血の魔《ま》法《ほう》が支配《しはい》し、あたしの願いをかなえる。ふたたび霊《れい》人形の軍団《ぐんだん》が命を得《え》て、目の前で渦《うず》を巻《ま》きはじめる。

水でできた皮《ひ》膚《ふ》で血と白い光が泡立《あわだ》ち、嵐《あらし》の力を得《え》て生き返る。彼《かれ》らの体が形を得《え》るにしたがって、ますます渦《うず》は激《はげ》しくなり、さらに十人の霊《れい》人形が目覚めて軍に加わる。血と船の破片《はへん》を引きよせ、新しい鎧《よろい》として皮膚《ひふ》を覆《おお》う。最後の霊《れい》人形が形を得《え》ると、霊《れい》人形たちはいっせいにあたしを見る。

「**船を救《すく》って！**」

霊《れい》人形の兵たちは双《フタ》ヒレザメのように猛然《もうぜん》と泳ぎはじめる。どんな船より、大砲《たいほう》よりも、荒々《あらあら》しく突《つ》き進んでいく。内臓《ないぞう》が燃《も》えあがっているが、あたしの魔法《まほう》がめちゃくちゃになった戦いを圧倒《あっとう》する。

霊《れい》人形たちが命令に従《したが》い、大砲《たいほう》の弾《たま》があけた穴《あな》から船体に入っていくのを見て、喜《よろこ》びが膨《ふく》れあがる。次の瞬間《しゅんかん》、船内の水がドウッと流れ出してくる。

やった！

たちまち船は浮力《ふりょく》を取りもどし、水面に浮《う》かぶ。水がすべて排出《はいしゅつ》されると、霊《れい》たちは木の板といっしょになって穴《あな》をふさいでいった。

うまくいった！

でも、喜《よろこ》びはつづかなかった。

霊《れい》人形たちが消えても、血の魔法《まほう》は消えなかった。

血の魔法《まほう》があたしの皮膚《ひふ》を引き裂《さ》き、焼き焦《こ》がす。内臓《ないぞう》を引き裂《さ》き、筋肉《きんにく》をずたずたにし、手の感覚がなくなる。

「**助けて！**」

さけぼうとするが、のどに水が流れこんでくる。恐怖《きょうふ》が骨《ほね》にしみこんでいく。母《マ》さん《マ》の言うとおりだ。

血の魔法《まほう》はあたしを滅《ほろ》ぼす。

水面にむかって水を蹴《け》るが、どんどん力が抜《ぬ》けていく。腕《うで》の感覚がなくなり、足の感覚も消えはじめる。

復讐心《ふくしゅうしん》に燃《も》える霊《れい》たちのように、血の魔法《まほう》はあたしを征服《せいふく》し、あたしの口に、胸《むね》に、皮膚《ひふ》に張《は》りつく。水面へ浮《う》かびあがろうとするけど、もはや動くこともできない。さっきまで目の前にあった船がみるみる遠のいていく。

「**ゼイン！**」

真っ赤《まか》な海があたしの悲鳴をくぐもらせる。

肺《はい》に残ったわずかな空気がなくなる。

一気に水が流れこんできた。

第三十二章　アマリ

　心臓《しんぞう》をバクバクさせながら、船のへりをつかんでいる。と、船の沈《しず》む速度が遅《おそ》くなり、ガクンという衝撃《しょうげき》とともに止まる。

「ゼリィがやったぞ！」ゼインが船の手すりをこぶしでたたく。「ゼル！　やったな！」けれど、ゼリィは浮《う》かんでこない。ゼインの喜《よろこ》びが消える。ゼリィの名前を、声がかれるまでさけびつづける。

　わたしは船べりから身をのりだして、水面に目を走らせる。必死になって赤い海に浮《う》かぶ白い髪《かみ》を探《さが》す。残っている船は一艘《そう》だけだ。でも、ゼリィの姿《すがた》は見えない。

「ゼイン、待って！」

　ゼインが海へ飛びこむ。船を残して。すると最後の船が船首を巡《めぐ》らせ、こちらにむきを変える。

「さて、最後の二艘《そう》は火薬を切らしたようです！」司会の男が歌うようにさけぶ。「最後に残るのは、一艘《そう》だけ。勝つのは、ひとりの船長だけなのです！」

敵《てき》の漕《こ》ぎ手たちは全力で櫂《かい》を動かし、砲撃手《ほうげきしゅ》たちが剣《けん》をひらりと抜《ぬ》く。こちらの乗組員《のりくみいん》たちも持ち場を離《はな》れ、船に備《そな》えつけられている槍《やり》や剣《けん》へむかって走りだす。みんなはためらいもしないのに、わたしは震《ふる》えている。みんなはこの地獄《じごく》を終わらせようと覚悟《かくご》を決めているのに。

ゼインが水面に浮《う》かびあがってきたのを見て、ほっとして体の芯《しん》が震《ふる》える。意識《いしき》を失ったゼリィをしっかりと抱《かか》えている。わたしは船べりにあったロープを引っぱりだして、ゼインへ投げる。ゼインはゼリィのわきの下にロープをしっかり巻《ま》きつけると、引っぱってくれとさけぶ。三人の乗組員《のりくみいん》がやってきて、いっしょにゼリィを引っぱりあげる。敵《てき》の船は目の前まで迫《せま》っている。ゼリィがもう一度、霊《れい》を招集《しょうしゅう》できれば、わたしたちはこの戦いに勝つことができる。

「目を覚まして！」わたしはゼリィを揺《ゆ》さぶるけど、ゼリィはピクリともしない。触《さわ》ると、皮膚《ひふ》が燃《も》えるように熱い。唇《くちびる》の端《はし》から、つーっと血が流れ落ちる。

天よ！　だめだ。ゼインにもどってきてもらわないと。ゼリィの上半身に巻《ま》きつけられたロープの結び目をほどこうとするけど、最後のひとつをほどくまえに、敵《てき》の船が体当たりしてくる。荒々《あらあら》しい雄《お》たけびとともに、敵《てき》が乗りこんでくる。

わたしはふらふらしながら立ちあがり、ライオーンを火で追い払《はら》おうとする子どもみたいに、やみくもに剣《けん》をふりまわす。そこには、訓練の成果も、苦しみながら過《す》ごした年月の影《かげ》すらない。

突《つ》け、アマリ。頭の中にお父さまの声がとどろき、イナンと戦えと言われたときの涙《なみだ》がふたたびあふれ出す。あのとき、わたしは剣《けん》を捨《す》てた。戦うのを拒否《きょひ》した。

そして、兄の刃《やいば》がわたしの背《せ》を切り裂《さ》いた。

仲間たちが戦いに飛びこんでいく。胃《い》が口から飛び出しそうになる。勝てるかもしれないという思いが、彼《かれ》らを駆《か》り立てている。敵《てき》をやすやすと押《お》さえつけ、相手の剣《けん》を軽々《かるがる》とよけて、とどめの一撃《いちげき》をふりおろす。目を血走らせた敵《てき》がむかってくるが、神々《かみがみ》の庇護《ひご》により、味方の剣《けん》に倒《たお》される。わたしの数歩手前で、ひとりがばったりと倒《たお》れる。首にナイフが突《つ》き刺《さ》さり、口から血があふれ出す。

終わらせて。どうか生き延《の》びさせて！

けれど、祈《いの》るそばから、相手の船長が突進《とっしん》してきて、剣《けん》をふりかざした。刺《さ》される、と思った次の瞬間《しゅんかん》、わたしを狙《ねら》っているのではないことに気づく。もっと下、わたしの横を狙《ねら》っている。

ゼリィを狙《ねら》っているのだ。

時間が止まる。敵《てき》の船長が近づき、きらりと光る刃《やいば》が刻々《こっこく》とおりてくる。あらゆる音が消える。

そして、血が飛び散る。

一瞬《いっしゅん》、衝撃《しょうげき》で自分がなにをしたのか、わからなかった。が、次の瞬間《しゅんかん》、船長が倒《たお》れる。わたしの剣《けん》とともに。船長の腹《はら》をまっすぐ貫《つらぬ》いたわたしの剣《けん》と。

闘技場《とうぎじょう》が静まり返る。煙《けむり》が晴れていく。

息ができない。と、司会が口を開く。

「どうやら勝利者が決まったようです……」

第三十三章　ゼリィ

五三八。

あたしの体が切り裂《さ》かれた数だ。

こんな娯楽《ごらく》のためにどれだけの霊《れい》が消えたのだろう。いくつの罪《つみ》のない魂《たましい》が悲鳴をあげただろう。

果てしなく広がる血の海に、木の破片《はへん》と死体が浮《う》かんでいる。彼《かれ》らの存在《そんざい》が空気にしみつき、息をするごとに肺《はい》に侵入《しんにゅう》してくる。

神々《かみがみ》よ、助けたまえ。あたしは目を閉《と》じ、悲劇《ひげき》を消し去ろうとする。だが、歓声《かんせい》がやむことはない。称賛《しょうさん》が降《ふ》り注ぐ。あたしたちが台の上に立つと、観客は熱狂《ねっきょう》する。まるで殺《さつ》りくを祝うかのように。

左にはゼインがいて、あたしを支《ささ》えてくれている。ゼインはあたしを船から運び出して以来、片時《かたとき》も離《はな》れようとしない。表情《ひょうじょう》に出さないようにしているが、深い後悔《こうかい》の念が伝わってくる。

あたしたちはまだ、殺《ころ》された人たちの血でおおわれている。試合《しあい》には勝ったかもしれないが、これは勝利とはちがう。

右側《みぎがわ》にはアマリが立っている、身じろぎもせずに、刃《は》をひっこめた剣《けん》の柄《つか》を握《にぎ》りしめている。船を降《お》りてから、ひと言も口をきいていない。でも、乗組員《のりくみいん》から、あたしを守って、相手の船長を殺《ころ》したのはアマリだと聞いていた。出会ってから初めて、アマリを見ても、サランやイナンの顔が浮《う》かばなくなる。巻《ま》き物《もの》を盗《ぬす》んだ少女を見られるようになる。

戦士《せんし》の種子を。

司会の男は、デレとバアコがキラキラ輝《かがや》く金貨の箱を運んでいくのを見て、むりやり笑《え》みを浮《う》かべた。手元に置いておくつもりだった金、死と引き換《か》えにするつもりだった金を。乗組員《のりくみいん》たちが賞金《しょうきん》を手にすると、観衆《かんしゅう》はどっと沸《わ》いたが、笑《え》みを浮《う》かべる乗組員《のりくみいん》はいなかった。手に入れた富と自由など、これから一生、さいなまれることになる悪夢《あくむ》と比《くら》べれば、無に等しい。

「さっさとして」歯を食《く》いしばり、あたしを支《ささ》えているゼインから離《はな》れる。「もう見世物は終わったでしょ。太陽石をよこして」

司会の男がぐっと目を細めると、ブラウンの肌《はだ》に深いしわが走る。

「終わることなどない」司会の男は拡声器《かくせいき》をおろして、ささやく。「特にウジ虫相手の場合《ばあい》はな」

それを聞いて、あたしの唇《くちびる》がピクっとする。もう体はすっかり空っぽだけど、考えずにはいられない。何人の霊《れい》人形がいれば、こいつを殺《さつ》りくの場に引きずりおろして、自分の血の海に沈《しず》めることができる？

司会の男も、あたしの無言の脅《おど》しを感じとったにちがいない。口元から笑いが消えたからだ。そして一歩さがると、拡声器《かくせいき》を口元にあて、観衆《かんしゅう》にむかって言う。

「さて……」男の声が闘技場《とうぎじょう》じゅうに響《ひび》きわたる。この男は言葉を売り物にしているのだ。顔に浮《う》かんだ失望は隠《かく》しきれていないとしても。「賞品《しょうひん》の……不死の石です！」

この距離《きょり》からでも、太陽石の熱が震《ふる》えている骨《ほね》にしみこむのを感じる。透《す》きとおった石の中で、オレンジと黄色の光が溶岩《ようがん》のように脈打《みゃくう》っている。あたしはその聖《せい》なる光に蛾《が》のようにひきつけられる。

これでぜんぶだ。レカンの言葉を思い出して、あたしは思う。巻《ま》き物《もの》、太陽石、骨《ほね》の短剣《たんけん》、三神器《じんぎ》がそろうのだ。これで、聖《せい》なる神殿《しんでん》へいって儀式《ぎしき》を行うことができる。魔法《まほう》を取りもどすことができるのだ。

「おまえが受け取れ」ゼインがあたしの肩《かた》に手を置き、ぐっと握《にぎ》る。「なにがあろうと、おれがついてる」

「わたしもついてるわ」アマリがようやく声を取りもどして、ささやく。顔には乾《かわ》いた血がこびりついているけど、目はあたしを力づけるように輝《かがや》いている。

あたしはうなずき、一歩前へ出て、金色に輝《かがや》く石へ手を伸《の》ばす。観衆《かんしゅう》は初めて沈黙《ちんもく》し、闘技場《とうぎじょう》の空気に好奇心《こうきしん》が満ちみちる。

〈天の母〉の魂《たましい》のかけらを手にすれば、なにかを感じるとわかっていた。けれど、磨《みが》きあげられた石の表面に触《ふ》れたとたん、想像《そうぞう》をはるかに超《こ》えた衝撃《しょうげき》に貫《つらぬ》かれる。目覚めのときと同じように、経験《けいけん》したことのない強烈《きょうれつ》な力があたしを満たす。太陽石のエネルギーがあたしの血を温め、アシェが血管の隅々《すみずみ》まで流れこんでビリビリという衝撃《しょうげき》が走る。あたしの指のあいだから石の光が放たれるのを見て、観衆《かんしゅう》がおどろいて息を呑《の》む。司会の男さえ、思わずあとずさる。石は単なるいかさまだと思っていたにちがいない。

力がどんどん流れこみ、ふつふつと煮《に》え立つ。目を閉《と》じると、天の母の、想像《そうぞう》していたよりはるかに輝《かがや》かしい姿《すがた》が現《あらわ》れる。

黒檀《こくたん》の肌《はだ》に銀色の目が輝《かがや》き、冠《かんむり》からぶらさがっている水晶《すいしょう》が顔を取り囲《かこ》んでいる。白いちぢれ毛が顔のまわりに雨のように降《ふ》り注ぎ、内側から放たれる力で揺《ゆ》れている。

天の母の霊《れい》がぐんぐん膨《ふく》らんで、雲を突《つ》き抜《ぬ》ける稲妻《いなずま》のようにあたしを貫《つらぬ》く。

命そのものが。

「エミ　アウォン　チ　オ　チ　スン――」あたしは呪文《じゅもん》の最初の言葉をそっとささやいて、比類《ひるい》ない衝撃《しょうげき》を味わう。太陽石の力があれば、数百の霊《れい》を呼《よ》び出すことだってできる。何者にも止められない強大な軍を指揮《しき》することができる。

この闘技場《とうぎじょう》をずたずたに破壊《はかい》し、司会の男の息の根を止め、歓声《かんせい》をあげながら虐殺《ぎゃくさつ》を楽しんだ者たちを罰《ばっ》することができる。でも、それは、天の母の望みではない。霊《れい》たちが願っていることではない。

ひとり、またひとりと、かん高いさけび声をあげながら死者たちがあたしの体を通り抜《ぬ》けていく。霊《れい》人形になるためではない。ここから逃《のが》れるために。母《マ》さん《マ》が毎月行っていた清めの儀式《ぎしき》と同じだ。霊《れい》が無事にアラーフィアへ昇《のぼ》ることができるよう浄化《じょうか》するのだ。

魂《たましい》が苦しみから逃《のが》れて、死後の平和な世界へ旅立つと、天の母の姿《すがた》も薄《うす》れはじめた。代わりに、真《ま》っ赤《か》な波をまとい、濃《こ》いブラウンの目をした、夜の肌《はだ》を持つ女神《めがみ》が現《あらわ》れる。

あたしの神が。

心の中で、オヤは闇《やみ》の中のたいまつのように光り輝《かがや》く。血の魔法《まほう》を使ったときに垣間見《かいまみ》たカオスとはちがい、今見ている幻《まぼろし》はこの世のものとは思えない優美《ゆうび》さをたたえている。オヤはじっと立っているだけだけれど、世界が百八十度変わったように感じる。オヤの唇《くちびる》に勝利の笑《え》みが広がり――

「ウッ!」パッと目を開く。手に持った太陽石の光のまばゆさに、思わず目をそらす。最初に触《ふ》れたときの衝撃《しょうげき》は去ったとはいえ、骨《ほね》の中で力がブーンと振動《しんどう》しているのが感じられる。天の母の霊《れい》が体の隅々《すみずみ》まで広がっていき、血の魔法《まほう》がもたらした傷《きず》をふさいでくれているような気がする。

やがて目のくらむような光はうすれ、美しいオヤの幻《まぼろし》もまた、消えていった。あたしはよろめいてうしろにさがり、石を握《にぎ》りしめたままゼインの腕《うで》の中に倒《たお》れこんだ。

「今のはなんだ?」ゼインはおどろきで目を見開き、ささやくようにたずねる。「空気が……闘《とう》技場《ぎじょう》全体が揺《ゆ》れているみたいだった」

あたしは胸《むね》に太陽石を押《お》しつけ、心の中で踊《おど》っているさまざまなイメージにしがみつこうとする。天の母の冠《かんむり》からぶらさがっている水晶《すいしょう》のきらめき。オヤの肌《はだ》のまばゆさ。夜の女王にふさわしい黒い光。

母さん《ママ》もこれを感じていたんだ……。胸《むね》がいっぱいになる。だから、母さん《ママ》は魔法《まほう》を愛していたんだ。

これが**生きている**という感覚なんだ。

「不死なる者だ!」観客の一人がさけんだ。あたしははっと目をしばたたかせ、闘技場《とうぎじょう》にいることを思い出す。そのさけびはみるみる観客席に広がり、しまいには全員がさけびだす。人々《ひとびと》は陶酔《とうすい》し、誤《あやま》った称号《しょうごう》を大声で繰《く》り返す。

「大丈夫《だいじょうぶ》?」アマリがきいた。

「大丈夫《だいじょうぶ》どころじゃないわよ」にっと笑ってみせる。

あたしたちは、太陽石と巻《ま》き物《もの》と短剣《たんけん》を手に入れたのだ。

ついに本物の可能性《かのうせい》を手にしたのだ。

第三十四章　アマリ

結局、数時間ものあいだ、祝典はつづいた。だけど、わたしにはどうして祝う気持ちになれるか、わからなかった。あれだけの命が無駄《むだ》になったのに。そのうちひとつは、この手で奪《うば》ってしまったのだ。

ゼインはなんとか群衆《ぐんしゅう》からわたしたちを守ろうとしてくれたけれど、闘技場《とうぎじょう》を出たとたん、押《お》しよせてきた見物人たちを止めることはできなかった。彼《かれ》らはイベジの通りという通りをパレードし、勝手《かって》にわたしたちそれぞれにふさわしいと思う称号《しょうごう》を授《さず》けた。ゼリィは〈不死なる者〉、ゼインは〈命を下す者〉。わたしが通るとき、観衆《かんしゅう》は中でもいちばん愚《おろ》かしい名前をさけんだ。わたしは身がすくむ思いで、その言葉が繰《く》り返されるのを聞いた。「〈ライオーン〉！」

それはちがう！　とさけびたかった。わたしは〈ライオーン〉などではない。〈臆病者《おくびょうもの》〉や〈詐欺師《さぎし》〉のほうがよほどふさわしい。わたしの目には猛々《たけだけ》しさなどないし、獰猛《どうもう》な獣《けもの》など内に秘《ひ》めてはいない。そんな名前はうそっぱちだ。お酒にあおられ、口にしているだけなのだ。だれ一人、本気ではない。ただ、なんでもいいから大声でさけびたいだけなのだ。なにかを褒《ほ》めたたえたいだけなのだ。

借りているアヘレの近くまできてようやく、ゼインが群衆《ぐんしゅう》からわたしたちを救《すく》い出してくれた。ゼインのあとについて粘土《ねんど》で塗《ぬ》り固めた小屋に入ると、交代で裏《うら》から出て、血を洗《あら》い流した。

冷たい水をかぶりながら、あの地獄《じごく》の名残《なごり》をすべて洗《あら》い流したくて力いっぱい体をこすった。真《ま》っ赤《か》に染《そ》まった水を見て、自分の殺《ころ》した船長のことを思い出す。**天よ……**。

血の海を。

彼《かれ》の肌《はだ》にはりついた紺色《こんいろ》のカフタンから血がにじみ出し、わたしの革《かわ》の靴底《くつぞこ》を通してズボンのすそにまでしみついていた。最期《さいご》の瞬間《しゅんかん》に、彼《かれ》は震《ふる》える手をポケットに入れた。なにをつかもうとしたのかはわからない。それを出すまえに、手から力が抜《ぬ》けてしまったから。

目を閉《と》じて、手のひらに爪《つめ》を食《く》いこませ、震《ふる》えながら息を吐《は》き出す。なにがいちばんつらいのかさえ、わからない。彼《かれ》を殺《ころ》したことなのか、また同じことができてしまうことか。

突《つ》け、アマリ。耳の中で、お父さまの声がかすかに響《ひび》く。

お父さまのことを頭からふり払《はら》い、肌《はだ》についた最後の血を洗《あら》い落とす。

アヘレにもどると、ゼリィの袋《ふくろ》の中で太陽石が光っていた。赤とヒマワリ色の光が、巻《ま》き物《もの》と骨《ほね》の短剣《たんけん》を照らしている。一日前までは、聖《せい》なる品を二つ持っていることすら信じられなかったのに、今、こうして三つがそろったのだ。百年に一度の夏至《げし》が訪《おとず》れるまで、あと十二日だ。このままいけば、聖《せい》なる島へたどり着くことができる。ゼリィは儀式《ぎしき》を行うことができる。本当に魔《ま》法《ほう》を取りもどせるのだ。

ビンタの手から放たれた輝《かがや》きを思い出して、思わず頬《ほほ》がゆるむ。お父さまの剣《けん》でさえぎられることのない、永遠《えいえん》の輝《かがや》きが手に入るのだ。あの美を、毎日目にできるようになるのだ。魔《ま》法《ほう》を取りもどすことに成功すれば、ビンタの死は無駄《むだ》ではなくなる。ビンタの光がオリシャじゅうに広がるのだ。ビンタを失ってわたしの心に空《あ》いた穴《あな》も、いつか癒《い》えるかもしれない。

「信じられない気持ち？」アヘレの戸口からゼインがささやいた。

「ええ、そんな感じ」わたしは小さくほほ笑《え》む。「すべてが終わってただただうれしいわ」

「連中は破産《はさん》したらしい。賞金《しょうきん》にしていた金がなければ、労役場《ろうえきじょう》の役人にわいろをわたして労役《ろうえき》者《しゃ》を横流しさせることもできないからな」

「天よ、感謝《かんしゃ》します」死んでしまった若《わか》いディヴィナたちを思う。ゼリィの力によって霊《れい》たちは死後の世界へ旅立ったけれど、それでも彼《かれ》らが死んでしまったという事実は変わらない。「バアコは、今回の金を使ってほかのディヴィナたちの借金も返すって言ってたわ。運がよければ、何百人もの労役場《ろうえきじょう》の人たちを救《すく》えるって」

ゼインはうなずいて、アヘレの隅《すみ》を見やった。ゼリィは汚れを洗《あら》い落とした体をナイラのやわらかい毛にうずめるようにして眠《ねむ》っていた。太陽石から目のくらむような光を引き出したあと、ずっとああしている。ゼリィを見ても、いつものような落ち着かない気持ちにさいなまれることはなかった。乗組員《のりくみいん》から、決着をつけたのはわたしだと聞いたとき、こちらを見たゼリィの顔には笑《え》みといってもいい表情《ひょうじょう》が浮《う》かんでいた。

「きみの父親はこのことを知ってると思う？」

わたしははっと顔をあげた。ゼインは目をそらし、顔をこわばらせた。

「わからない。でも、知ったとしても、わざわざやめさせないかもしれない」わたしは小さな声でつぶやいた。

気まずい沈黙《ちんもく》が流れ、つかの間の安らぎの時間を奪《うば》っていった。ゼインは丸めてある包帯のほうへ手を伸《の》ばしたが、ウッと顔をゆがめた。腕《うで》が痛《いた》むのにちがいない。

「わたしがとるわ」わたしは、二の腕《うで》に触《ふ》れないようにそちらへいった。巻《ま》いてある包帯に血がにじんでいる。ゼインがたったひとつ、受けた傷《きず》、わたしのせいで負ってしまった傷《きず》だ。

「ありがとう」新しい包帯を差し出すと、ゼインはぼそりと言った。罪《つみ》の意識《いしき》がわきあがり、胃《い》が締《し》めつけられる。

「ありがとうなんて言わないで。わたしが船に乗らなければ、ゼインがけがをすることもなかったんだから」

「そうしたら、今ごろゼルも生きていなかった」

そう言って、ゼインはわたしを見つめた。その表情《ひょうじょう》のやさしさにふいを突《つ》かれて、はっとなる。わたしに怒《おこ》っているものとばかり思っていた。まさか感謝《かんしゃ》してくれているなんて。

「アマリ、ずっと考えていたんだ……」ゼインは包帯の端《はし》をつまんでほどきかけたけれど、また巻《ま》きなおした。「ゴンベの村を抜《ぬ》けるとき、きみは警備所《けいびしょ》にいけ。誘拐《ゆうかい》されたと言えばいい。すべておれたちのせいにすればいいんだ」

「船であんなことがあったせい？」落ち着いた声で言おうとしたけれど、わずかにうわずってしまう。どうしてそんなことを言うの？　たった今、わたしがいてよかったと言ってくれたのに。

「そうじゃない！」ゼインが二人の距離《きょり》をつめ、ためらいがちにわたしの肩《かた》に手を置く。こんなに大きな体で、びっくりするくらいそっと。「きみはすごいよ。きみがいなかったらどうなっていたか、考えるのも嫌《いや》なくらいだ。だが、そのあとのきみの顔を見たら……このままいっしょにいたら、また人を殺《ころ》すことになるかもしれない」

わたしはじっと床《ゆか》を見つめ、粘土《ねんど》のひびの数を数えた。ゼインはまた、わたしに逃《に》げ道を与《あた》えようとしている。

わたしの手が血にまみれることがないように。

船の上で考えたことを思い返す。すべてを後悔《こうかい》し、巻《ま》き物《もの》を盗《ぬす》んだりしなければよかったと思ったときのことを。これこそ、あのとき望んだ逃《に》げ道だ。心の底から願ったもの。

うまくいくかもしれない……。

一瞬《いっしゅん》、恥《は》ずかしさがよぎる。でも、警備所《けいびしょ》にいって名乗ったら、どうなるだろうと考える。完《かん》璧《ぺき》なうそを用意し、うまく話して、涙《なみだ》を流せば、兵士《へいし》たちを納得《なっとく》させられるだろう。乱《みだ》れた髪《かみ》や服でお父さまのところへいけば、邪悪《じゃあく》な魔師《まし》にさらわれたのだと信じてくれるかもしれない。でも、そんな可能性《かのうせい》を考えながらも、自分がどう答えるかはわかっていた。

「わたしはここに残る」戦いをやめてしまいたいという欲求《よっきゅう》を呑《の》みこんで、胸《むね》の奥深《おくふか》くにしまいこむ。「わたしにだって戦える。今夜、それを証明《しょうめい》したでしょ」

「戦えるからといって、そうしなければならないわけでは――」

「ゼイン、わたしになにかをしろって言うのはやめて！」

ゼインの言葉が針《はり》のように突《つ》き刺《さ》さり、わたしをまた宮殿《きゅうでん》の城壁《じょうへき》の中に閉《と》じこめようとする。

アマリ、背中《せなか》をちゃんと伸《の》ばしてすわりなさい！

それは食べてはいけません。

もうデザートはじゅうぶんでしょう――

いや。

もうたくさん。わたしは常《つね》に命令される人生を生きてきて、そのせいで、いちばん大切な友だちを失った。そこから逃《に》げ出した以上、二度ともどらない。逃《に》げ出した以上、ここであきらめるわけにはいかない。

「わたしは王女よ、ただの道具じゃない。わたしをほかの人とちがうみたいに扱《あつか》わないで。この苦しみの責任《せきにん》はお父さまにある。だから、わたしがそれを正さなきゃいけないの」

ゼインはちょっとのけぞるようにして、降参《こうさん》というように両手をあげた。「わかった」

わたしは首をかしげた。「それだけ？」

「アマリ、おれはきみにいてほしいんだ。ただ、それがきみの意思だということを確《かく》認《にん》したかった。あの巻《ま》き物《もの》を盗《ぬす》んだときは、こんなことになるなんて思いもしなかっただろうから」

「え……」にやけそうになるのを、必死でこらえる。**おれはきみにいてほしい**。耳がカアッと熱くなる。ゼインは本当にわたしにいてほしいと思っている。

「あ、ありがとう」わたしは小声で言って、壁《かべ》にもたれる。「わたしもここにいたい。ゼインのいびきがどんなに大きくてもね」

ゼインはにっこりした。顔に刻《きざ》まれたしわがやわらかくなる。「きみも静《しず》かってわけじゃないよ、王女さま。あのいびきからして、ライオーンって呼《よ》んだほうがいいかもしれないな」

「あら」わたしは目をぐっと細め、水筒《すいとう》をつかみ、どうか顔が赤くなっていませんようにと祈《いの》る。「今の言葉、よく覚えておくわね。今度、包帯を取るのを手伝ってほしくなったときは、覚悟《かくご》して」

笑っているゼインを残して、わたしはアヘレを出た。にやにや笑いが浮《う》かんできて、一歩ごとに足取りが軽くなる。キンと冷えた夜気が、祝宴《しゅくえん》のオゴゴロ酒[注1]やヤシ酒の香りとともに、むかしからの友人みたいにわたしを出迎《でむか》えた。

フードをかぶった女の人がわたしを見ると、満面に笑《え》みを浮《う》かべて言った。「ライオーン！」それを聞いたまわりの人たちが、いっせいに歓声《かんせい》をあげる。また頰《ほほ》が赤くなったけれど、今回はその名がそれほど場違《ばちが》いには感じられなかった。わたしは恥《は》ずかしくて小さく手をふると、集まった人たちをよけて、闇《やみ》に紛《まぎ》れた。

もしかしたら、わたしはまちがっていたのかもしれないと思いながら。

本当にわたしの中にはライオーンがいるのかもしれない。

注1：ラフィアヤシから造《つく》る酒。主にナイジェリアで造《つく》られる

第三十五章　イナン

砂漠《さばく》の空気には生気がない。

息を吸《す》いこむたびに、肺《はい》を切り裂《さ》く。

カエアの安定した指示《しじ》がなくなった今、一回一回の呼吸《こきゅう》はすべていっしょくたになり、彼女《かのじょ》の命を奪《うば》った魔法《まほう》に殺《そ》がれていく。

カエアという道連れがいたおかげで、どれだけ時間をやり過《す》ごせていたかを実感する。一人で旅をしていると、分も時間も混然《こんぜん》として、昼は夜に溶《と》けこんでいく。まず食料が尽《つ》きた。水も時間の問題だ。

盗《ぬす》んだヒョウラの鞍《くら》につけた水筒《すいとう》をつかみ、最後の一滴《いってき》を絞《しぼ》り出す。本当に天からオリが見ているなら、今ごろ笑っているにちがいない。


魔師《まし》に襲《おそ》われた。

カエアが殺《ころ》された。

巻《ま》き物《もの》を追っている。

イナン

兵士《へいし》たちに託《たく》したメッセージが、そろそろ宮殿《きゅうでん》に届《とど》くにちがいない。

父上のことだ。メッセージを受け取ったらすぐに兵士《へいし》たちを送り出し、犯人《はんにん》の首を取るまでもどってくるなと命じるにちがいない。自分が狩《か》ろうとしているモンスターが、おれだとも知らずに。

罪悪感《ざいあくかん》が、おれが抑《おさ》えつけている魔法《まほう》とともに内臓《ないぞう》をむしばむ。おれがすでにどれだけ自分を罰《ばっ》しているか、父上には決してわからないだろう。

天よ。

耳鳴りをこらえながら、魔法《まほう》を抑《おさ》えつけようとする。骨《ほね》の奥《おく》の奥《おく》まで押《お》しこむかのように。今では、胸《むね》の痛《いた》みや息切れだけではなく、手までひっきりなしに震《ふる》えるようになる。カエアの目で燃《も》えあがった憎《にく》しみ。最期《さいご》の言葉にこめられた悪意。

ウジ虫。

その言葉が何度も何度も繰《く》り返される。逃《のが》れることのできない地獄《じごく》。その侮蔑《ぶべつ》の言葉一言で、おれは王にはふさわしくないと判決《はんけつ》を下したのだ。

これまでおれがやってきたことすべてを侮辱《ぶじょく》したも同然だ。おれが果たそうとしてきた義務《ぎむ》。カエア自身がおれに押《お》しつけた運命。

クソ。あの日のカエアの記憶《きおく》をしめだそうと、目を閉《と》じる。アマリを傷《きず》つけた日、部屋の暗い隅《すみ》で血のついた剣《けん》を握《にぎ》りしめたまま縮《ちぢ》こまっていたおれを見つけたのは、カエアだった。

おれが剣《けん》を床《ゆか》に投げつけると、カエアは剣《けん》を拾って、おれに持たせた。

イナンは強いわ。カエアはほほ笑《え》んだ。**自分の力を怖《おそ》れてはだめ。これからずっと、その力を必要とするようになるのだから。王になるには、その力が必要なの**。

「力か」おれは鼻で笑った。今こそ、まさにその力が必要なのだ。魔法《まほう》を使ったのは、おれの王国を守るためだ。だれよりもカエアこそ、それを理解《りかい》すべきだったのに。

顔に砂《すな》が吹《ふ》きつけられるのを感じながら、イベジの粘土《ねんど》で塗《ぬ》り固めた小屋のあいだを歩いていく。カエアのことを頭から追い出そうとする。カエアは死んだんだ。その事実を変えることはできない。

そして、魔法《まほう》の脅威《きょうい》はまだつづいている。

少女を殺《ころ》せ。真夜中の砂漠《さばく》の町は寝静《ねしず》まっているだろうと思っていたが、イベジの通りには、なにかの祝いの名残《なごり》がまだあちこちにある。身分の低い貴族《きぞく》や村の者たちはコップを手に酒をあおり、すれちがう者すれちがう者みな、ひどく酔《よ》っぱらっている。時おり、「ライオーン」「命を下す者」「不死なる者」といった神話的な響《ひび》きを持った称号《しょうごう》をさけんでは歓声《かんせい》をあげ、ヒョウラにまたがったボロボロの兵士《へいし》になど見むきもしない。おれの皮膚《ひふ》にこびりついた血に一瞥《いちべつ》もくれず、おれが王子だと気づくようすもない。

ヒョウラの手綱《たづな》を引き、自分の名を言える程度《ていど》には正気が残っていそうな村人に、くしゃくしゃになった似顔絵《にがおえ》を見せようとした。

そのとき、潮《しお》の香りがした。

全力で呪《のろ》いを抑《おさ》えつけていたにもかかわらず、その香りはおれに届《とど》いた。はっきりと、海風のように。数日ぶりに降《ふ》る最初の雨粒《つぶ》のように。ふいに訪《おとず》れたのだ。

少女はここにいる。

グイと手綱《たづな》を引き、潮《しお》の香りのするほうへむかう。

少女を殺《ころ》せ。魔法《まほう》を殺《ころ》せ。

おれの人生を取りもどすんだ。

砂《すな》のアヘレが並《なら》んでいる狭《せま》い路地で手綱《たづな》を引く。ヒョウラは足をすべらせながら止まる。潮《しお》の香りが強烈《きょうれつ》に漂《ただよ》ってくる。少女はここにいる。隠《かく》れている。このドアのどれかうしろに。

息苦しさを感じながら、ヒョウラから降《お》り、さやから剣《けん》を抜《ぬ》く。刃《は》が月光にきらりと光る。

最初のドアを蹴破《けやぶ》る。

「なにするの！」女がさけぶ。頭の中の霧《きり》のせいでぼんやりしているが、それでも少女でないことはわかる。

少女ではない。

こいつじゃない。

深く息を吸《す》いこみ、また探《さが》しはじめる。潮《しお》の香りが導《みちび》くままに進んでいく。あのドアだ。このアヘレだ。おれの前に立ちふさがる障害物《しょうがいぶつ》。

粘土《ねんど》でできたドアを蹴《け》り倒《たお》し、歯をむき出す。さっと剣《けん》をかかげる――

だれもいない。

畳《たた》んだシーツと古い服が、壁際《かべぎわ》に並《なら》んでいる。すべて血で汚《よご》れている。だが、小屋は空っぽだ。

残っているのは、ライオーンの毛とまぎれもない少女のにおいだけ。

「おい！」外から男が呼《よ》んでいる。だが、おれはふりむきもしない。

少女はここにいた。この町に。この小屋に。

だが、今はいない。

「おい、そんなふうに――」肩《かた》に手がかけられる。

次の瞬間《しゅんかん》、おれの両手が男の首を絞《し》めている。

剣《けん》の切っ先をむけられ、男は短い悲鳴をあげる。

「少女はどこだ？」

「だれのことを言ってるか、わからねえ！」男はさけぶ。

剣《けん》をすっと横へ引く。男の胸《むね》から血が細い線状《せんじょう》にあふれ出す。月明かりの中で、男の涙《なみだ》がほとんど銀色に見える。

ウジ虫。少女がカエアの声でささやく。**あなたは王にはなれない。あなたにはあたしを捕《つか》まえることはできない**。

男の首に回した手に力を入れる。

「**少女はどこだ？**」

第三十六章　ゼリィ

砂漠《さばく》という地獄《じごく》を旅して六日後に見た、ゴンベ川の谷に広がる豊《ゆた》かな森は格別《かくべつ》だった。起伏《きふく》のある土地は命の息吹《いぶき》にあふれ、アヘレまるまるひとつ分と同じくらい太い幹《みき》を持つ木々《きぎ》が立ち並《なら》んでいる。あたしたちは、葉のあいだから差す月光の中、そびえたつ巨人《きょじん》のあいだを縫《ぬ》うように歩いて、蛇行《だこう》して流れる川のほうへおりていった。静かな川音が、そっと打ちよせる波音にも似《に》て、音楽のように耳に心地《ここち》いい。

「心が安らぐわ」アマリがうっとりとしたように言った。

「うん。故郷《こきょう》に帰ったような気がする」

目を閉《と》じて、ちょろちょろと水の流れる音に耳を傾《かたむ》け、おだやかな気持ちに満たされるままになる。早朝によく、父《バ》さん《バ》と魚の網《あみ》を引いたときのように。あのくらい沖へ出ると、世界にはあたしたちしかいないように感じられた。あのときだけは、心の底から安心できた。海にいれば、兵士《へいし》たちも手出しはできなかったから。

記憶《きおく》に浸《ひた》ると、筋肉《きんにく》がほぐれていくのがわかった。こんな気持ちになったのは、数週間ぶりだ。神器《じんぎ》がちりぢりのまま、うしろにイナンの剣《けん》が迫《せま》っている状態《じょうたい》では、一秒一秒が盗《ぬす》まれていくような、よくても借り出されていくような気がしてならなかった。儀式《ぎしき》に必要なものをそろえられる可能性《かのうせい》より、殺《ころ》される確率《かくりつ》のほうがよほど高かったのだ。でも今は、すべてそろっている。巻《ま》き物《もの》も、太陽石も、骨《ほね》の短剣《たんけん》も、すべて手に入れたのだ。今度ばかりは、少し気持ちが楽になっていた。百年に一度の夏至《げし》まであと六日を残し、初めて勝てるかもしれないと思っていた。

「今回のことは、語り継《つ》がれるようになると思う?」アマリがたずねた。「わたしたちのことよ」

「あたりまえだろう」ゼインはふんと鼻を鳴らした。「魔法《まほう》のためにこれほどのつらい思いをくぐり抜《ぬ》けたんだ。おれたちを祀《まつ》る祭《まつり》が開かれるようになったっておかしくない」

「物語はどこから始まるかしら?」アマリは恥《は》ずかしそうに下唇《したくちびる》を噛《か》む。「物語の名前は?『魔法《まほう》を召喚《しょうかん》せし者』?『魔法《まほう》を取りもどした者たちと聖《せい》なる品々《しなじな》』とか?」

「うーん、今ひとつだな」あたしは鼻にしわを寄《よ》せ、ナイラのふかふかの背《せ》に持たれる。「そういう名前は、時の流れには勝てないから」

「もっとシンプルなのがいいんじゃないか?『王女と漁師《りょうし》』とか」ゼインが言った。

「それじゃ、恋愛《れんあい》ものみたいよ」

あたしはあきれた顔をしてみせた。アマリの声にほほ笑《え》んでいるような響《ひび》きを感じ取ったからだ。起きあがったら、ゼインも同じような表情《ひょうじょう》を浮《う》かべているにちがいない。

「たしかに恋愛《れんあい》ものみたい。それじゃ、正確《せいかく》じゃないけどね。どうしても恋愛《れんあい》ものがいいなら、『王女とアボン選手』にすれば？」あたしはからかった。

アマリがぱっとこっちをむいた。頬《ほほ》がみるみる赤くなる。「そんなこと――わたし――そういう意味で言ったんじゃ――」そして、よけいなことを口走るまえにぱっと口を閉《と》じた。

ゼインはあたしをにらみつけたけど、本気で怒《おこ》ってないのはすぐわかった。ゴンベ川の近くまできたころには、ほんのちょっとからかっただけでも二人が黙《だま》りこくるのが、ほほ笑《え》ましいのかうっとうしいのかさえ、わからなくなっていた。

「わあ、見て！」あたしはナイラの尻尾《しっぽ》づたいにすべり降《お》りると、ぬかるんだ川岸にそって点々《てんてん》と並《なら》んでいる大きな石の上に立った。川幅《かわはば》は広く、巨大《きょだい》な木々《きぎ》のあいだを大きくカーブして流れていく。泥《どろ》の中に膝《ひざ》をつき、川の水を口に運ぶ。砂漠《さばく》でのどが焼けていたときのことを思い出す。氷のように冷たい水の感触《かんしょく》が、蒸《む》し暑さの中でとても心地《ここち》よく、思わず顔全体を水につけたい衝《しょう》動《どう》にかられた。

「ゼル、まだ早い。この先にも水はある。まだ道のりは長いぞ」

「わかってる。一口飲むだけ。あとは、ナイラの分」

ナイラの角をこすって、首筋《くびすじ》に顔を押《お》しあてると、ナイラも鼻を押《お》しつけてきたので、頬《ほほ》がゆるむ。ナイラも砂漠《さばく》は嫌《きら》いだったのだ。森に入ってからは、ずいぶん足取りも軽くなった。

ゼインも折れた。「ナイラのためだな。おまえじゃなくて」

そして、ナイラの背《せ》から飛び降《お》りると、川岸にしゃがみ、水筒《すいとう》に水を入れはじめた。思わずにやっとする。こんなチャンス、逃《のが》せるわけがない。

「見て！　あれはなに？」指をさす。

「え――」

あたしはゼインに体当たりした。ゼインが大声をあげてよろめき、川に落ちて水しぶきをあげる。アマリが息を呑《の》む。ゼインは水を滴《したた》らせながら浮《う》かびあがってきた。寒さで歯がガチガチ鳴っている。そして、あたしを見て、にんまりと笑った。

「覚悟《かくご》しろ」

「まずあたしを捕《つか》まえられるかどうかね！」

逃《に》げ出そうとしたとき、ゼインが突進《とっしん》してきて、脚《あし》をつかんだ。悲鳴をあげながら、川に引きずりこまれる。氷のように冷たい水が、ママ・アグバの木の針《はり》みたいに肌《はだ》を刺《さ》す。

「信じられない！」水を吐《は》き出しながらさけぶ。

「どうだ、後悔《こうかい》したか？」

「ゼインのこと、だましたの久《ひさ》しぶりだからね。ぜーんぜん後悔《こうかい》してない！」

アマリも頭をふってクスクス笑いながら、ナイラから飛び降《お》りた。「二人とも子どもみたい」

ゼインの顔にいたずらっぽい笑《え》みが浮《う》かんだ。「おれたちは仲間だろ、アマリ。きみも子どもみたいになるのはどう？」

「お断《ことわ》り」アマリはうしろにさがろうとしたけど、ひとたまりもなかった。ゼインは、オリシャのカワニシキヘビみたいにぬっと川からあがると、アマリが数メートルもいかないうちに捕《つか》まえた。あたしは笑いながら、アマリがきゃあきゃあ笑って悲鳴をあげるのを見ていた。ゼインがアマリを背負《せお》い、そのまま川に放りこもうとすると、アマリは思いつくかぎりの言い訳《わけ》を並《なら》べたてた。

「わたし、泳げないの！」

「そんなに深くないよ」ゼインが笑う。

「わたしは王女よ」

「王女だって風呂《ふろ》に入るだろ」

「巻《ま》き物《もの》だって持ってるし」アマリは帯から巻《ま》き物《もの》を出してみせた。ゼインが自分で出したアイデアだ。聖《せい》なる品々《しなじな》を一か所にまとめずに、ゼインが骨《ほね》の短剣《たんけん》を、アマリが巻《ま》き物《もの》を、あたしが太陽石を持とうということになったのだ。

「なるほど、確《たし》かにね」ゼインはぱっと巻《ま》き物《もの》を奪《うば》い取り、ナイラの鞍《くら》の上に置いた。「さてと、王女さま、王家のお風呂《ふろ》のお時間です」

「ゼイン、やめて！」

アマリのかん高い悲鳴におどろいた小鳥たちが飛び立った。アマリがバシャンと川に落ち、立てる深さのところで手足をバタバタさせているのを見て、ゼインとあたしは大笑いした。

「笑いごとじゃないわ」アマリはガタガタ震《ふる》えながら言ったけど、やっぱりつい笑ってしまった。

「この借りは必ず返すからね」

ゼインは深々《ふかぶか》とお辞儀《じぎ》した。「どうぞどうぞ」

さっきとはちがう笑《え》みが浮《う》かんでくる。氷のように冷たい川の岸辺にすわっているのに、体がじわっと温かくなる。兄がふざけているのを見たのは、本当に久《ひさ》しぶりだった。アマリは必死になってゼインを川に落とそうとしているけど、ゼインの体重の半分もない。ゼインはアマリに合わせて、わざと痛《いた》いとさけんだり、負けそうなふりをしたり――

ふいに川が消えた。

森も。

ナイラも。

ゼインも。

世界がぐるぐる回りはじめ、今ではよく知っている力があたしを運び去る。

回転が止まると、葦《あし》が足をくすぐった。心地《ここち》よい冷たい風が肺《はい》を満たす。

王子の夢《ゆめ》の中の世界にいると思った次の瞬間《しゅんかん》には、現実《げんじつ》世界へまた引きもどされていた。

冷たい川の水が足にかかり、喘《あえ》いで胸《むね》をつかむ。夢《ゆめ》の中の世界は一瞬《いっしゅん》、姿《すがた》を現《あらわ》しただけだったけど、これまでよりもはるかに強く、強烈《きょうれつ》に感じた。体の芯《しん》を寒気が走る。そうか、イナンは夢《ゆめ》の中にいるだけでない。

すぐそばまできているんだ。

「いかなきゃ」

ゼインとアマリは大声で笑っていて、あたしの声が届《とど》かない。ゼインはまたアマリを抱《だ》きかかえ、川に落とすふりをしている。

「終わりよ」二人にむかって水を蹴《け》る。「いかないと。ここにいちゃ、危険《きけん》よ！」

「どういうこと？」アマリはクスクス笑っている。

あたしは焦《あせ》って言う。「イナンよ。すぐ近く――」

声がのどにつかえる。遠くのほうから足音が迫《せま》ってくる。

あたしたちはいっせいに音のするほうを見る。途切《とぎ》れることなくなにかをたたくような音が聞こえる。

最初はなんの音かわからなかった。でも、近づいてくると、一定の速度で地面を蹴《け》る音だとはっきりする。その音が川がカーブを切るところへさしかかったとき、とうとう恐《おそ》れていたものが現《あらわ》れる。イナンがまっすぐこちらへむかってくる。

ヒョウラを駆《か》り立てるように走らせて。

思うように動かない足で、やっとのことで川から這《は》いあがる。さっきまで楽しませてくれた水がずっしりと重くなり、強い流れがアマリとゼインを川に留《とど》めようとする。**あたしたちは大バカだ**。どうしてあんな浅はかなことをしたんだろう？　気を抜《ぬ》いたその瞬間《しゅんかん》、イナンに追いつかれたのだ。

でも、イナンはどうやってチャンドンブレの橋の落ちた崖《がけ》をわたったんだろう？　どうしてあたしたちがこっちにきたってわかったんだろう？　たとえイベジまで追ってこられたとしても、あの地獄《じごく》を出たのは六日もまえだったのに。

ナイラのところまで走っていって、いちばんにまたがり、手綱《たづな》を握《にぎ》る。ゼインとアマリもすぐさまうしろに這《は》いあがる。けれど、手綱《たづな》を鳴らすまえに、あたしは思わずふりかえる――なにかへんだ。

いっしょにいた兵士《へいし》たちはどうしたのだろう？　レカンを殺《ころ》した司令官は？　レカンとの戦いを経験《けいけん》したあとに、供《とも》の者も連れずに攻撃《こうげき》を仕掛《しか》けてくるなんて、ありえない。納得《なっとく》できる理由はないにもかかわらず、ほかに兵士《へいし》たちが飛び出してくるようすはなかった。王子さまを守る者はいない。イナンはひとりなのだ。

それなら、イナンを倒《たお》すことができる。

「どういうつもりだ？」ゼインがどなる。あたしはナイラの手綱《たづな》を放し、走りだそうとしていたのを止める。

「あたしに任《まか》せて」

「ゼリィ、やめろ！」

でも、あたしはふりかえらない。

荷物を地面に投げ捨《す》て、ナイラの背《せ》から飛び降《お》りて、身をかがめるように着地する。イナンもヒョウラを止め、地面に降《お》り立つと、ひらりと剣《けん》を抜《ぬ》いて構《かま》えた。ヒョウラはうなり声をあげて、大股《おおまた》で走り去っていくが、イナンは気に留《と》めるようすもない。軍服には点々《てんてん》と緋色《ひいろ》の染《し》みが散り、琥珀色《こはくいろ》の目には追い詰《つ》められた表情《ひょうじょう》が浮《う》かんでいる。まえよりもやせたようだ。皮膚《ひふ》から疲《つか》れが熱のように発散されている。まなざしには、狂気《きょうき》じみたものが揺《ゆ》れ動いている。魔力《まりょく》を抑《おさ》えつけているせいで、体力を消耗《しょうもう》しているのだ。

「待って！」アマリが震《ふる》える声でさけぶ。

ゼインは引き留《と》めようとするが、アマリはナイラの鞍《くら》からすべり降《お》りる。軽《かろ》やかな足は音を立てずに着地し、ためらいながらもあたしの横を通り抜《ぬ》けていく。

血の気の引いたアマリの顔に、ずっとアマリを苦しめてきた恐怖《きょうふ》を見る。何週間もまえに市場であたしにしがみついてきた少女、背中《せなか》を一文字《いちもんじ》に走る傷《きず》のある王女を。けれど、歩いていくうちに、その足取りに別のものが加わる。闘技場《とうぎじょう》の船の上にいたときの冷静さが。そして妹は兄のところへ近づいていく。兄を想《おも》う気持ちが恐怖《きょうふ》を消す。

「なにがあったの？」

イナンは、あたしの胸《むね》にむけていた剣《けん》をアマリの胸《むね》にむける。ゼインがナイラから飛び降《お》りたのを見て、その腕《うで》をつかむ。「アマリに任《まか》せてみよう」

「どけ」イナンは強い口調で命令するが、手は震《ふる》えている。

アマリは一瞬《いっしゅん》、足を止める。イナンの剣《けん》に反射《はんしゃ》した月光がアマリを照らし出す。

「お父さまはここにはいない」アマリが口を開く。「お兄さまはわたしを傷《きず》つけたりしない」

「そんなこと、わからないだろう」

「お兄さまにはわからないかもしれない」アマリはごくりとつばを飲みこむ。「でも、わたしにはわかる」

イナンは黙《だま》りこむ。身じろぎもしない。凍《こお》りついたようだ。雲が流れ、月が輝《かがや》き、二人のあいだを照らしている。アマリが一歩前へ出る。そして、さらに大きく一歩。そして、イナンの頬《ほほ》に手を当てる。イナンの琥珀《こはく》色《いろ》の目に涙《なみだ》があふれ出す。

「おまえにはわからない」イナンはかすれた声で言う。まだ剣《けん》は握《にぎ》ったままだ。「そのせいで、彼女《かのじょ》は滅《ほろ》ぼされた。おれたち全員、滅《ほろ》ぼされることになる」

彼女《かのじょ》? イナンがだれのことを言っているのか、わかったにしろそうでないにしろ、アマリは気にするようすもなく、イナンの剣《けん》をおろさせた。まるで野生の動物をなだめるように。

そして初めて、二人がそんなには似《に》ていないことに、あたしは気づく。アマリの丸みのある顔の輪郭《りんかく》と、イナンのがっしりとしたあごの線。同じ琥珀《こはく》色《いろ》の目と赤みを帯びたブラウンの肌《はだ》をしているけれど、似《に》ているのはそれだけだ。

「それは、お父さまが言ったことでしょ。お父さまの考え。お兄さまのじゃないわ。わたしたちは独立《どくりつ》した人間よ。自分のことは自分で決められる」

「父上の言うとおりなんだ」イナンの声がうわずる。「魔法《まほう》を止めなければ、オリシャは崩壊《ほうかい》する」

イナンの目がふたたびあたしにむけられる。こん棒《ぼう》を握《にぎ》っている手に力をこめる。**かかってくれば？** あたしはさけびたくてたまらない。もう逃《に》げるのはおしまいだ。

アマリはふたたびイナンを自分のほうにむかせる。華奢《きゃしゃ》な手で、イナンの頭のうしろをそっと包むように。

「オリシャの未来を担《にな》うのはお父さまじゃない。わたしたちよ。わたしたちは、正しい側《がわ》に立っている。お兄さまも、こちらに立てる」

イナンはアマリをじっと見つめる。一瞬《いっしゅん》、彼《かれ》がだれだか、わからなくなる。冷酷《れいこく》な大尉《たいい》なのか、甘《あま》ったれた王子さまなのか、傷《きず》つき打ちひしがれた魔《ま》師《し》なのか。イナンの目には、焦《こ》がれるような表情《ひょうじょう》が浮《う》かんでいる。戦いをやめてしまいたいという思いが。けれど、次の瞬間《しゅんかん》、クッとあごをあげると、あたしの知っている人殺《ひとごろ》しの男がもどってくる。

「アマリ――――」あたしはさけぶ。

イナンはアマリをわきへ押《お》しのけ、剣《けん》をふりかぶって襲《おそ》いかかってくる。あたしはこん棒《ぼう》を構《かま》え、ゼインの前に飛び出す。アマリはせいいっぱいやった。

次はあたしの番だ。

イナンの剣《けん》が金属《きんぞく》のこん棒《ぼう》に当たった音が、響《ひび》きわたる。すかさず打ち返すチャンスをうかがうが、本物のイナンが目覚めた今、そう簡単《かんたん》にはいかない。疲《つか》れ切っているとはいえ、憎《にく》しみにかられてふりおろす剣《けん》の威力《いりょく》はすさまじい。あたしに対する、そしてあたしが知っていることに対する憎《にく》しみに。剣《けん》をかわしているうちに、あたしの怒《いか》りが高まっていく。あたしの村を焼き払《はら》った怪物《かいぶつ》、レカンを死に追いやった男。すべての問題はこの男のせいなのだ。

あたしなら、彼《かれ》を永遠《えいえん》に葬《ほうむ》り去れる。

「あたしのアドバイスをきいたみたいね」あたしはとんぼがえりをして、ふりおろされた剣《けん》をよける。「白い髪《かみ》はほとんど見えないわよ。今回は何度塗《ぬ》りなおしたの、王子さま？」

イナンの脳天《のうてん》めがけてこん棒《ぼう》をふりおろす。傷《きず》を負わせるためではない、命を奪《うば》うためだ。もう戦うのにはうんざりだ。

じゃまされるのはうんざりだ。

イナンはさっと頭をさげてよけ、あたしの腹《はら》めがけて剣《けん》を突《つ》き出す。すかさず体を回転させてかわし、棒《ぼう》をふりおろす。またもや剣《けん》と棒《ぼう》がぶつかり、耳をつんざくような金属音《きんぞくおん》が響《ひび》きわたる。

「あなたが勝つことはない」あたしはささやくように言う。腕《うで》がぷるぷる震《ふる》えている。「あたしを殺《ころ》したって、あなたはそのままよ」

「かまわない」イナンはうしろに飛びのき、からみあった剣《けん》を外してすっと構《かま》えた。「おまえが死ねば、魔法《まほう》も死ぬ」

そして、剣《けん》をかかげ、ウォーッとさけんで突進《とっしん》してきた。

第三十七章　アマリ

何年ものあいだ、兄と剣《けん》の稽古《けいこ》をしてきたのに、知らない人間の試合《しあい》を見ているようだった。いつもよりも動きは遅《おそ》いけれど、兄の容赦《ようしゃ》ない剣《けん》さばきには、わたしには理解《りかい》できない燃《も》えるような怒《いか》りがこめられている。兄とゼリィは剣《けん》とこん棒《ぼう》で打ちあい、金属同士《きんぞくどうし》のぶつかり合うカン、カンという規則的《きそくてき》な音だけが響《ひび》く。そのまま二人がじりじりと森のほうへ入っていくのを見て、ゼインとわたしはあとを追いかけた。

「大丈夫《だいじょうぶ》か？」ゼインがたずねた。

大丈夫《だいじょうぶ》と答えたかったけれど、兄を見ていると、心が砕《くだ》け散りそうになる。

「このままじゃ、二人とも死んじゃうわ」縮《ちぢ》みあがる思いで、憎《にく》しみに駆《か》り立てられた戦いを見つめる。

ゼインは首をふった。「いや、ゼルが彼《かれ》を殺《ころ》す」

わたしはゼリィの動きをじっと見つめる。力強く正確《せいかく》な戦いぶりを。ゼリィは常《つね》に戦士《せんし》だ。でも今、ゼリィは兄を倒《たお》そうとしているのではない。殺《ころ》そうとしているのだ。

「止めなきゃ！」さがっていろというゼインの言葉を無視《むし》して、わたしは走りだす。兄たちは戦いながらじわじわと丘《おか》を下り、木々《きぎ》に覆《おお》われた谷の奥深《おくふか》くへと入っていく。わたしは全速力で追いかけるけれど、近くへいったところで、どうすればいいのかわからない。いっしょになって剣《けん》を抜《ぬ》くか、空手のまま戦いの中に身を投げ出すか。互《たが》いに復讐心《ふくしゅうしん》に燃《も》えて戦っている二人を、そんな方法で止めることができるだろうか。ためらわせることすら、できないかもしれない。

けれど、走っているうちに、別のことに気がつく。見えない目の存在《そんざい》を感じる。どこにいても、わたしにはわかる。宮殿《きゅうでん》の壁《かべ》の内側で常《つね》に感じていたせいで、察知する力が研《と》ぎ澄《す》まされたのだ。

その感じがぐんぐん大きくなり、わたしはよろめきながら足を止め、原因《げんいん》を探《さが》す。**イナンが兵《へい》士《し》たちを呼《よ》びよせたとか？**一人で戦うなんて、イナンらしくない。軍が近づいてきているなら、思っていたよりもはるかに危険《きけん》だ。

けれど、オリシャの紋章《もんしょう》は見当たらない。そのとき、頭上で葉がカサカサと鳴る。剣《けん》の刃《は》を伸《の》ばそうとしたとき、ヒュッという音がして――

ガオーッと悲鳴をあげて、ナイラが倒《たお》れる。脚《あし》と鼻に太い投げ縄が巻《ま》きついている。わたしがふりむいたのと同時に、網《あみ》がナイラの大きな体を捕《と》らえる。熟練《じゅくれん》した密猟者《みつりょうしゃ》のやり口のようだ。

咆哮《ほうこう》はおびえた鳴き声になり、ナイラは逃《に》げようと空《むな》しくもがく。やがて、ナイラの声はさらにしぼみ、なにも聞こえなくなる。ナイラがなすすべもなくなったのを見計らったように、森から五人の兵士《へいし》が出てきて、ナイラを引きずっていく。

「ナイラ!」ゼインが皮はぎ用のナイフをふりかざし、走りだす。そして、縄を切ろうとナイフを構《かま》え――

「ウッ」

ゼインが巨大《きょだい》な岩のようにもんどりうって倒《たお》れる。投げ縄が手首と足首に絡《から》みついている。ナイフが地面をすべるように転がって、ゼインもジャングルネコのように網《あみ》に捕《と》らわれる。

「いやあ!」

ゼインのあとを追いながら、剣《けん》の刃《は》を伸《の》ばす。心臓《しんぞう》がはげしく打つ。投げ縄はすばやくよけるが、ナイラを連れ去った五人がふたたび現《あらわ》れ、どちらへむかえばいいかわからなくなる。面をつけ、全身黒づくめの兵士《へいし》たちは影《かげ》に紛《まぎ》れるように近づいてくる。相手のキラキラ輝《かがや》く目が一瞬《いっしゅん》、見える。兵士《へいし》じゃない……

でも、イナンの兵士《へいし》じゃないなら、いったいだれ?　どうしてわたしたちを襲《おそ》うの?　狙《ねら》いはなに?

最初の一人に切りつけ、次の相手のふりおろした剣《けん》をよける。彼《かれ》らの攻撃《こうげき》をかわしているうちに貴重《きちょう》な時間がなくなっていく。ゼインとナイラが連れていかれてしまう。

「ゼイン!」さけぶけど、闇《やみ》の中からさらに黒い面をかぶった者たちが出てきて、ゼインを引きずっていく。ゼインは網《あみ》を引きちぎろうとするけれど、頭を殴《なぐ》られ、ぐったりと動かなくなる。

「ゼイン！」むかってきた敵《てき》に剣《けん》をふりおろすが、一瞬遅《いっしゅんおく》れ、男はわたしの剣《けん》をむんずとつかんで、奪《うば》い取る。もう一人が濡《ぬ》れた布《ぬの》でわたしの顔を覆《おお》う。

酸《す》っぱいにおいが皮膚《ひふ》を焼き、刺《さ》すような痛《いた》みが走って、視界《しかい》が暗くなる。

第三十八章　ゼリィ

アマリの悲鳴が響《ひび》きわたった。

イナンとあたしは戦いの途中《とちゅう》で凍《こお》りつく。ぱっとそちらを見ると、数メートル先で面をつけた男とアマリがもみあっている。アマリは暴《あば》れているが、黒い手袋《てぶくろ》で口をふさがれる。アマリの目がどんよりとし、首ががくんと垂《た》れる。

「アマリ！」イナンがそちらへむかって走りだし、あたしもあとを追う。でも、森にはだれもいない。ナイラがいない。

ゼインも。

「ゼイン？」木につかまって、木々《きぎ》に覆《おお》われた谷を見おろす。遠くのほうに土煙《つちけむり》がもうもうと立っているのが見える。がっしりした体が網《あみ》に捕《と》らわれている。ぐにゃりとした腕《うで》が縄に押《お》しつけられている。うそよ……

「ゼイン！」あたしは走りだす。

自分が走れると思っていたよりもはるかに速く。

六歳《さい》にもどって、鎖《くさり》を巻《ま》かれて引きずられていく母《マ》さん《マ》を追いかけていくように。

記憶《きおく》を押《お》しもどし、夜の闇《やみ》にむかってゼインの名をさけぶ。こんなことありえない。あたしにも。ゼインにも。

またこんなことが起こるなんて。

「ゼイン！」

悲鳴がのどを切り裂《さ》き、土の道を蹴《け》る足が震《ふる》える。アマリのことはイナンに任《まか》せる。あたしはゼインを――

「あ！」

足首に太い縄が巻《ま》きつき、地面に引き倒《たお》される。胸《むね》を打って息ができなくなったところへ、網《あみ》がかぶせられる。

「うっ！」あたしはもがいて、脚《あし》をばたつかせるが、森の中へ引きずられていく。やつらはゼインを連れ去り、アマリを連れ去った。

そして、今度はあたしを。

岩や小枝《こえだ》が皮膚《ひふ》を裂《さ》き、持っていたこん棒《ぼう》がふっとぶ。ゼインの短剣《たんけん》を出そうとするが、それも手からすべり落ちる。土煙《つちけむり》が目に入り、焼けるような痛《いた》みが走る。まばたきするが、無駄《むだ》だ。見えな――

あたしの網《あみ》を引っぱっていた縄が切れた。

あたしはごろごろと転がる。網《あみ》を引っぱっていた二人が勢《いきお》いあまって前へつんのめった瞬間《しゅんかん》、イナンが襲《おそ》いかかる。

一人は逃《に》げ出し、ぽっかりと口をあけた木の根のあいだに姿《すがた》を消した。だが、もう一人は遅《おそ》かった。イナンに剣《けん》の柄《つか》でこめかみを殴《なぐ》られ、がっくりと膝《ひざ》を折った。

男が地面に崩《くず》れ落ちると、イナンはあたしのほうにむき直った。手に持った剣《けん》を握《にぎ》りなおす。目で怒《いか》りが燃《も》えている。

震《ふる》える手で網《あみ》をつかみ、素手《すで》で引き裂《さ》こうともがく。イナンが近づいてくると、オリシャの紋《もん》章《しょう》に月光が当たってきらりと光る。あのユキヒョウラのもとで、耐《た》えてきたあらゆる苦しみがひらめく。兵士《へいし》の靴《くつ》。土に流れた血。母《マ》さん《マ》の首に巻《ま》かれた黒い鎖《くさり》。

兵士《へいし》たちがゼインを蹴《け》り倒《たお》したこと。

あたしを投げ飛ばしたこと。

記憶《きおく》の一つ一つが、あたしを締《し》めつけ、あばら骨《ぼね》を押《お》しつぶす。イナンがしゃがみ、膝《ひざ》であたしの腕《うで》を押《お》さえつける。あたしは息を呑《の》む。

これで終わり――

イナンの刃《やいば》がひらめく。

――こうして始まった。

第三十九章　イナン

もう少しだ。

少女のほうへ歩きながら、頭がいっぱいになる。網《あみ》に捕《と》らえられ、少女は動けない。こん棒《ぼう》もない。魔法《まほう》もない。

少女を殺《ころ》せば、義務《ぎむ》を果たせる。オリシャを少女の狂気《きょうき》から守り、今回、犯《おか》した罪《つみ》はすべて消える。おれの呪《のろ》いのことを知っている唯一《ゆいいつ》の生者とともに、消えるのだ。

「ハッ！」少女の腕《うで》を膝《ひざ》で押《お》さえつけ、少女が暴《あば》れると、さらに力を入れる。剣《けん》をふりあげ、もう片方《かたほう》の手で胸骨《きょうこつ》を押《お》さえて、ひと思いに心臓《しんぞう》をつらぬこうとする。

が、手が胸《むね》に触《ふ》れたとたん、皮膚《ひふ》の下からおれの魔法《まほう》が吼《ほ》える。抑《おさ》えようのない力で。経験《けいけん》したことのない強さで。

「ウッ！」おれは喘《あえ》ぐ。世界が、燃《も》えるようなブルーの雲の中に消える。もがいても、逃《のが》れられない。

おれの魔法《まほう》がおれを押《お》しとどめる。

赤い空。

かん高い悲鳴。

流れる血。

一瞬《いっしゅん》にして、少女の全世界が目の前を流れていく。少女の悲しみがおれの胸《むね》を引き裂《さ》く。存在《そんざい》することさえ知らなかった生々《なまなま》しい悲しみが。

少女が雪をかぶったイバダンの山に登っていくのが見え、おれははだしの足に冷たい岩を感じる。ジョロフライスの温かいにおいが、おれを包む。兵士《へいし》たちが家のドアを蹴破《けやぶ》り、おれの心臓《しんぞう》が止まる。オリシャの兵士《へいし》だ。

おれの兵士《へいし》だ。

兵士《へいし》たちを見て、息ができなくなる。ゴリランのようにおれののどを締《し》めつける。おれの前を、千の瞬間《しゅんかん》が次々《つぎつぎ》流れていく。オリシャの紋章《もんしょう》のもとで行われた罪《つみ》が。

ユキヒョウラを輝《かがや》かせ、兵士《へいし》の鉄鋲《てつびょう》のついた手袋《てぶくろ》が少女の父のあごを殴《なぐ》りつける。

血まみれの鎖《くさり》が少女の母の首に巻《ま》かれるときも、ユキヒョウラが光る。

おれは、すべて見る。父上が創《つく》った世界を。

少女が生きなければならなかった苦しみを。

「母《マ》さん《マ》！」

ゼリィが悲鳴をあげる。ズタズタの悲鳴は、人間の声には聞こえない。

ゼインが小屋の隅《すみ》で妹の上に覆《おお》いかぶさる。世界の苦しみから命がけで妹を守ろうとする。

それらの場面は、かすむようなスピードで通り過《す》ぎていく。永遠《えいえん》につづく。

転げるように母親を追いかける。

絞首刑《こうしゅけい》の場までいって、凍《こお》りつく――

天よ。

恐怖《きょうふ》が脳《のう》に焼きつく。魔師《まし》をしばりつける魔鉄鋼《まてっこう》。死の飾《かざ》り。

世界へさらされた死体。

その傷《きず》は、おれの体の核《かく》にまで響《ひび》く。

父上のオリシャでは、魔師《まし》はこのような死を迎《むか》えるしかないのだ。

あらゆる力を使い、ゼリィの記憶《きおく》を押《お》しもどそうとする。だが、ゼリィの悲しみが、復讐《ふくしゅう》に燃《も》えた波のようにおれを引きずり倒《たお》す。

がくんと体が揺《ゆ》れ、おれは現実《げんじつ》にもどる。

剣《けん》をゼリィの胸《むね》の上にかかげたまま。

クソ、天よ！

手が震《ふる》える。殺《ころ》す瞬間《しゅんかん》はまだ消えてはいない。だが、おれは動くことができない。

怯《おび》えてぼろぼろになった少女の姿《すがた》しか見えない。

まるで初めて彼女《かのじょ》を見るかのように。魔師《まし》の内側にいる人間を。痛《いた》みに埋《う》めこまれた恐怖《きょうふ》を。

父上の名において行われた悲劇《ひげき》を。

父上……

真実が苦い液体《えきたい》となって、のどを焼きながら落ちていく。

ゼリィの記憶《きおく》には、父上がいつも話していたような邪悪《じゃあく》な魔師《まし》はいない。父上が引き裂《さ》いた家族がいるだけだ。

おれの父。

己《おのれ》より義務《ぎむ》を。父上のモットーが耳の中に響《ひび》く。

彼女《かのじょ》の王。

この痛《いた》みすべての源《みなもと》。

ウオオオオ。おれはさけび、剣《けん》をふりおろす。ゼリィが身をすくめる。

ゼリィを縛《しば》っていた縄がはらりと落ちた。

ゼリィはパッと目をあけて、おれが襲《おそ》ってくると思ってずるずるとうしろへさがる。だが、そうはならない。

オリシャの紋章《もんしょう》をつけた者がまた、新たな苦しみを生むわけにはいかない。

ゼリィはあんぐりと口をあけた。唇《くちびる》に疑問《ぎもん》と戸惑《とまど》いが宿っている。が、次の瞬間《しゅんかん》、泥《どろ》の中に転がっている面をつけた男のほうをふりかえる。目が大きく見開かれる。

「ゼイン！」

ゼリィはあわてて立ちあがろうとして、つんのめる。彼女《かのじょ》の兄の名前が、闇《やみ》の中に響《ひび》きわたる。

答えがないとわかると、ゼリィはばったりと倒《たお》れ伏《ふ》した。おれも思わずがっくりと膝《ひざ》をつく。

とうとう真実を知ったのだ。

だが、どうすればいいのか、まったくわからなかった。

第四十章　ゼリィ

どのくらい倒《たお》れていたのだろう？

十分？

十日？

経験《けいけん》したことのない寒さが、骨《ほね》までしみこんでいる。

孤独《こどく》の冷たさが。

わからなかった。あの面をつけた戦士《せんし》たちは何者なの？　彼《かれ》らの狙《ねら》いは？　あれだけすばやく動かれては、避《さ》けようがない。

でも、あのとき、あのまま逃《に》げていれば……

舌《した》にピリッと苦みが走る。いちばん足の速い男でも、ナイラにはかなうはずがない。ナイラに乗って逃《に》げていれば、不意打ちはされなかったはずだ。アマリとゼインは無事だったはずなのだ。

なのに、あたしはゼインの言葉を無視《むし》した。そして、その代償《だいしょう》をゼインが払《はら》うはめになったのだ。

いつもと同じように。

母さん《ママ》が兵士《へいし》たちに連れていかれたときも、追いかけていったあたしを連れもどすために、ゼインは兵士《へいし》にめった打ちにされた。あたしがラゴスでアマリを助けたせいで、ゼインは家も仲間も過去《かこ》も捨《す》てるはめになった。そして、イナンと戦うことにしたのはあたしなのに、捕《つか》まったのはあたしではなく、ゼインだった。あたしのミスのつけを払《はら》わされるのは、いつもゼインだ。

立て。頭の中に声が響《ひび》く。今までにないほど厳《きび》しい声で。**ゼインとアマリのあとを追え**。**二人を取り返せ**。

あの面をつけた男たちがだれであれ、致命《ちめい》的なまちがいを犯《おか》した。これを最後にしてやる。

鉛《なまり》のような体を引きずって立ちあがり、イナンと面をつけた男が倒《たお》れているところまでいく。

イナンは木の幹《みき》にもたれかかっていた。顔はゆがみ、まだ胸《むね》をつかんでいる。あたしを見ると、剣《けん》の柄《つか》に手をかけたが、今度も襲《おそ》ってはこなかった。

あたしとの戦いに彼《かれ》を駆《か》り立てていた炎《ほのお》がなんであれ、消えてしまったようだ。その灰《はい》の中で、イナンは縮《ちぢ》んでしまったように見える。目に黒いクマができ、血の気の引いた皮膚《ひふ》に骨《ほね》が浮《う》き出ている。

魔法《まほう》と戦っているんだ……。まわりの空気が冷え冷えとしているのに気づく。イナンは自分の魔力《まりょく》を抑《おさ》えつけようとしているのだ。

自分の力をそそいでいるのだ。

でも、なぜ？　イナンを見つめる。ますます混乱《こんらん》する。なぜあたしを網《あみ》から救《すく》い出したのだろう？　どうしてもう剣《けん》をふりあげないのだろう？

理由なんてどうでもいい。頭の中で声が吐《は》き捨《す》てるように言う。イナンがなにを考えていようと、あたしはまだ生きているのだから。

ぐずぐずしていたら、兄が命を落とすことになる。

イナンに背《せ》をむけ、面をつけた男の胸《むね》を足でぐいと踏《ふ》む。まだ少年だ。面を取りたい気持ちもあるが、顔が見えないほうがやりやすい。引きずられていたときは、巨人《きょじん》のように思えたが、こうして見ると、ぐったりした体は細くて、ひ弱そうだ。

「二人をどこに連れていくはずだった？」

少年はビクンとするが、黙《だま》っている。**バカなことを**。

通用すると思ってんの？

落としたこん棒《ぼう》を拾うと、少年の手の骨《ほね》を打ち砕《くだ》く。少年が吼《ほ》え、イナンがぱっと顔をあげる。

声は夜の森に響《ひび》きわたる。

「言え！　どこへ連れていくつもりだった⁉」

「おれは――――あう！」悲鳴が大きくなるが、こんなものじゃ、まだ足りない。もっと泣きさけべばいい。血を流せばいい。

こん棒《ぼう》をほうり投げ、腰《こし》にさした短剣《たんけん》を抜《ぬ》く。**ゼインの短剣《たんけん》を……**

悲しみの中から、ラゴスへいくまえにこの短剣《たんけん》を持たせてくれたときの記憶《きおく》が浮《う》かんでくる。

念のためだ。あの日、ゼインは言った。

あたしがゼインを危険《きけん》にさらしたときのため。

「言え！」目がチクチクする。「女はどこだ？　兄をどこへやった？　おまえたちの仲間のいる場所は？」

一打目はわざとだった。口を割《わ》らせるために。だが、腕《うで》から血が流れるのを見て、あたしの中でなにかが切れた。抑《おさ》えきれない野性《やせい》が爆発《ばくはつ》する。

すぐ二打目をふりおろす。三打目は息をつく間すらなく。どす黒い怒《いか》りがあふれ出し、何度も短剣《たんけん》をふりおろす。自分の痛《いた》みを押《お》し流すために。

「二人はどこ？」涙《なみだ》でかすんだ目で少年の手を突《つ》き刺《さ》す。母《マ》さん《マ》の姿《すがた》が闇《やみ》に消えていく。そのあとを追うように、網《あみ》に捕《と》らえられたゼインが……。「答えろ！」あたしはわめき、少年の手から短剣《たんけん》を引き抜《ぬ》く。「どこへ連れていった？　あたしの兄はどこ？」

「おい！」

頭上から声がしたが、もはやほとんど耳に入らない。やつらは魔法《まほう》を奪《うば》った。母《マ》さん《マ》を奪《うば》った。ゼインまで奪《うば》わせない。

「殺《ころ》してやる」面をつけた少年の心臓《しんぞう》を狙《ねら》い、短剣《たんけん》をふりあげる。「おまえを殺《ころ》し――」

「ゼリィ、やめろ！」

第四十一章　イナン

ぎりぎりでゼリィの両手首をつかむ。

そのままぐいと引っぱって立たせると、ゼリィの体に緊張《きんちょう》が走る。

肌《はだ》が触《ふ》れ合ったとたん、おれの魔法《まほう》がかき鳴らされ、またもやゼリィの記憶《きおく》に呑《の》みこまれそうになる。歯を食《く》いしばり、内なる獣《けもの》を押《お》し返す。今度またゼリィの頭の中に入ったら、どうなるかわからない。

「放して！」ゼリィがさけぶ。声を煮《に》えたぎらせて。まださっきの怒《いか》りと激《はげ》しさを引きずって。

おれが記憶《きおく》を見たことなど、まったく知らずに。

そして、おれは目の前のゼリィを見る。

おれはゼリィを呑《の》みこむ。体の描《えが》く曲線を、すべての輪郭《りんかく》を。首についている三日月型《がた》のあざを。銀色の目に散る白い斑点《はんてん》を。

「放せ！」ゼリィはすさまじい勢《いきお》いでさけぶ。膝《ひざ》でおれの股間《こかん》を蹴《け》ろうとするが、かろうじて飛びのく。

「落ち着け」諭《さと》そうとするが、ゼリィの少年への怒《いか》りが新しいはけ口を見いだす。粗雑《そざつ》な造《つく》りの短剣《たんけん》を握《にぎ》るゼリィの指に力が入り、おれを刺《さ》そうとふりかぶる。

「待て――」ゼル。その言葉がぱっと浮《う》かぶ。荒々《あらあら》しい声。彼女《かのじょ》の兄の声だ。

ゼインは妹をゼルと呼《よ》んでいる。

「ゼル、やめろ！」

その呼《よ》び名は、唇《くちびる》にしっくりこない。だが、ゼリィはその愛称《あいしょう》を聞いて、はっと動きを止める。ひたいに苦しげなしわが寄《よ》る。兵士《へいし》たちが彼女《かのじょ》の母親を引きずっていったときと、まったく同じように。

「落ち着くんだ」おれは、彼女《かのじょ》の手首を握《にぎ》っている力をゆるめる。ほんの少し、信頼《しんらい》のあかしを見せる。「殺《ころ》すな。おれたちの唯一《ゆいいつ》の手掛《てが》かりなんだ」

ゼリィがおれを見つめる。黒いまつ毛にたまっていた涙《なみだ》が頬《ほほ》に流れ落ちる。またつらい記《き》憶《おく》がふつふつと浮《う》かびあがってくる。必死になって押《お》しとどめる。

「おれたち？」

彼女《かのじょ》の唇《くちびる》から発せられると、ますますしっくりこない。おれたちが共有するものなど、ない。

そもそも「おれたち」などではない。

少女を殺《ころ》せ。魔法《まほう》を殺《ころ》せ。

まえは単純《たんじゅん》だった。それが、父上の望みだった。

これまで父上がすでに実行してきたことだ。

だが、木に吊《つ》るされた魔師《まし》の姿《すがた》は、おれの心に傷《きず》をつけた。

そしてそれは、オリシャの果てしなくつづく罪《つみ》のひとつにすぎない。

ゼリィを見ているうちに、おそろしくて頭から追い出そうとしていた答えを見つけてしまう。

おれは父上のようにはなれない。

おれは、父上のような王にはならない。

ゼリィの手を放す。同時に、心の中で、もっと多くのものを手放す。父上のやり方を。父上のオリシャを。自分がなりたくないと悟《さと》ったものすべてを。

おれは常《つね》に、王国への義務《ぎむ》を果たそうとしてきた。だがこれからは、よりよいオリシャのために義務《ぎむ》を果たす。そう、新しいオリシャのために。

王子と魔師《まし》がともに生きることのできる国。ゼリィとおれが「おれたち」になれる国のために。義務《ぎむ》を果たすなら、新しいオリシャのためだ。新しいオリシャを導《みちび》くのだ。

「そうだ、おれたちの手がかりだ」おれはせいいっぱいきっぱりとした口調で言う。「おれたちは協力しなければならない。やつらはアマリのこともさらっていったんだ」

ゼリィの目が探《さぐ》るようにおれを見る。希望が浮《う》かぶ。だが同時にその希望と戦ってもいる。

「ほんの十分前に、アマリに剣《けん》をむけたくせに？　巻《ま》き物《もの》を取り返したいだけでしょ？」

「巻《ま》き物《もの》はどこだ？」

ゼリィは、おれと戦うまえに袋《ふくろ》を投げ捨《す》てた場所を探《さが》す。みるみる顔が暗くなる。やつらは彼《かの》女《じょ》の兄を連れていった。彼女《かのじょ》のライオーンも、彼女《かのじょ》の友も。そして、おれたち二人が必要としている巻《ま》き物《もの》も。

「おれが追っているのが妹にしろ巻《ま》き物《もの》にしろ、両方ともやつらが持っている。今のおれたちの目的は同じだ」

ゼリィは目を細める。「一人でじゅうぶんよ。あたし一人でやつらを見つけるから」けれど、彼女《かのじょ》の皮膚《ひふ》から恐怖《きょうふ》が汗《あせ》のように滴《したた》っている。

一人になる恐怖《きょうふ》が。

「おれがいなかったら、捕《つか》まったままだったろう。唯一《ゆいいつ》の手掛《てが》かりも死んでいたはずだ。本気であの戦士《せんし》たちと一人で戦えると思っているのか？」

ゼリィが負けを認《みと》めるのを待つ。だが、ゼリィはおれをにらみつける。

「珍《めずら》しく黙《だま》っているところを見ると、むりだとわかってるんだな」

ゼリィは手に持った短剣《たんけん》を見つめる。「ひとつでもおかしなことをしたら、あんたを殺《ころ》して――」

「殺《ころ》せると思ってるとはおもしろい」

見えないこん棒《ぼう》と見えない剣《けん》でまだ戦っているかのように、顔と顔を突《つ》き合わせる。だが、それに耐《た》えられなくなると、ゼリィは血を流して倒《たお》れている少年のほうへもどった。

「わかったわよ、王子さま。で、どうするの？」

その呼《よ》び方に、血が煮《に》えくり返る。だが、なんとか聞き流す。新しいオリシャを創《つく》るなら、どこからか始めなければならない。

「そいつを立たせろ」

「どうして？」

「いいから言うとおりにしろ」

ゼリィは片方《かたほう》の眉《まゆ》をクイッとあげるが、あわれな少年をぐいと持ちあげる。少年のまぶたがかすかに震《ふる》え、うめき声が漏《も》れる。一歩近づくと、おれとゼリィとのあいだにピリピリと熱が走る。

面をつけた少年をじっくりと眺《なが》める。**両手の骨折《こっせつ》。数えきれないほどの傷《きず》。**ぬいぐるみのようにぐにゃりとしている。出血多量で死んでたとしてもおかしくない。

「いいか、聞け」少年のあごをつかみ、おれの目を見させる。「死にたくなかったら、しゃべるんだな。おれたちの兄妹《きょうだい》はどこにいる？」

第四十二章　アマリ

最初、刺《さ》すような痛《いた》みがやってきて、頭がズキズキと脈打《みゃくう》ち、目が覚めた。次に、焼けつくような痛《いた》みが襲《おそ》ってくる。あちこちに無数の切り傷《きず》や擦《す》り傷《きず》ができている。

まばたきをして目を開いたけれど、暗いままだ。顔に毛織《けおり》の袋《ふくろ》をかぶせられている。過呼吸《かこきゅう》にならないよう深く息を吸《す》いこむと、粗《あら》い目の生地《きじ》が鼻にへばりつく。

どういうこと？　体を起こそうとするけど、腕《うで》が動かない。柱に縛《しば》りつけられている。**ちがう、柱じゃない**。体を揺《ゆ》らすようにして、ざらざらした表面を探《さぐ》る。**木だ**――

つまり、まだ森の中にいるということだ。

「ゼイン？」呼《よ》ぼうとするけど、さるぐつわをはめられている。夜に食べたブタの皮が胃《い》からせりあがってくる。どこのだれにしろ、すべき仕事は心得《こころえ》ているらしい。

なにか手がかりはないかと耳を澄《す》ます。水の流れる音、ほかの捕虜《ほりょ》の動く音。でも、それ以外の音はしない。わたしは記憶《きおく》を掘《ほ》り起こそうとする。

なにも見えないけれど、目を閉《と》じて、不意打ちされたときのようすを再現《さいげん》しようとする。ゼインとナイラが網《あみ》に捕《と》らわれ、強烈《きょうれつ》なツンとするにおいがして、すべてが真っ暗になった。あの面をつけた戦士《せんし》たちだ。物音ひとつ立てず闇《やみ》に紛《まぎ》れていた。あの奇妙《きみょう》な戦士《せんし》たちに捕《と》らえられたのだ。

わたしたち全員。

でも、なぜ？　この人たちの狙《ねら》いはなに？　盗《ぬす》みが目的なら、すでに奪《うば》うものは奪《うば》ったはずだし、わたしたちを殺《ころ》そうとしたなら、今もまだ息をしているはずはない。なにか別の目的があるにちがいない。もっと大きな狙《ねら》いが隠《かく》されているのだ。時間さえあれば、突《つ》き止められる。逃《に》げ出す方法を考えて――

「目を覚ましたわよ」

女の声がして、わたしは体を固くする。なにかがこすれあうような音がして、足音が近づいてくる。かすかなセージの香りがして、女がすぐそばまでくる。

「ズを呼《よ》んでくる？」

今度は、母音《ぼいん》を長く伸《の》ばしたような訛《なま》りがはっきりわかる。東から謁見《えっけん》にくる貴族《きぞく》たちが、こんなしゃべり方をしていた。お父さまのオリシャの地図を思い浮《う》かべる。貴族《きぞく》を宮殿《きゅうでん》に送るような規模《きぼ》の東方の村は、イロリンのほかはワリくらいしかない。

「ズはあとでいい」男の声がする。やはり東の言葉の軽快《けいかい》な響《ひび》きがある。男が近づいてくると、体から発散される熱が波のように感じられる。

「クワメ、だめよ！」

頭にかぶせられた袋《ふくろ》が外され、首もいっしょにガクンと前へ引っぱられる。ランタンの光がどっと押《お》しよせ、頭の痛《いた》みが増《ま》す。痛《いた》みと戦いながら、ぼやけた視界《しかい》でまわりのようすを把握《はあく》しようとする。

ディヴィナの顔が目の前にくる。濃《こ》いブラウンの目が疑《うたが》い深そうに細められる。濃《こ》いひげが、はっきりしたあごの線を強調している。男がさらに近づくと、右耳につけている細い銀の耳輪が目に入る。おそろしげな表情《ひょうじょう》を作ってはいるが、ゼインとたいして変わらない年齢《ねんれい》にちがいない。

彼《かれ》のうしろに立っているディヴィナは、黒い肌《はだ》と猫《ねこ》のような目をした美しい少女だ。長い白い髪《かみ》がたっぷり背中《せなか》までかかり、組んだ腕《うで》の上でからみあっている。わたしたちがいるのは、巨大《きょだい》な帆布《はんぷ》のテントで、二本の木の幹《みき》を囲《かこ》むように建てられている。

「クワメ、面をつけないと」

「いらないさ」クワメが言った。生温かい息が顔にかかる。「今回ばかりは、怯《おび》えなきゃならないのはこいつで、おれたちじゃない」

クワメのうしろに、もう一人、だれかいる。大きな木の根に縛《しば》りつけられ、頭に袋《ふくろ》がかぶせられている。ゼインだ。わたしは息を吐《は》き出す。あれはゼインの体にまちがいない。でも、すぐにまた不安になる。頭の袋《ふくろ》にねっとりとしたどす黒い血が滲《にじ》み出している。体も傷《きず》とあざだらけだ。

手荒《てあら》な方法で運ばれてきたにちがいない。

「あいつとしゃべりたいか？　なら、この巻《ま》き物《もの》をどこで手に入れたか、言え」クワメが言う。

クワメが目の前でふった羊皮紙を見て、血が凍《こお》る。**天よ！　ほかのものも盗《と》られてしまったの？**

「短剣《たんけん》を返してほしいか？」クワメはわたしの考えを読んだかのように、腰《こし》から骨《ほね》の短剣《たんけん》を取り出して見せる。「おまえの恋人《こいびと》にこんな武器《ぶき》を持たせておくわけにはいかないからな」

クワメはわたしのさるぐつわを切った。わたしの頬《ほほ》も軽く切れたが、顔色ひとつ変えない。

「チャンスは一回きりだ」クワメはぐっと歯を食《く》いしばる。「うそをつこうなんて思うなよ」

「王宮からとってきたの」わたしはすぐさま言う。「わたしたちは魔法《まほう》を取りもどそうとしている。神々《かみがみ》に与《あた》えられた使命なのよ」

「ズを呼《よ》んでくるって――」うしろの女の子が言いかけた。

「フォラケ、まだだ」クワメはかみつくようにどなった。「ジェイリンがやられたんだ。ズのところにいくには、なにかしら説明がいる」

そして、わたしのほうにむき直り、またもやぐっと目を細めた。

「コスィダンと貴族《きぞく》が魔法《まほう》を取りもどそうとしてるだって？　魔師《まし》もいないのに？」

「いるの――」

わたしは口を閉《と》じた。クワメの質問《しつもん》からいくつかわかることがある。宮殿《きゅうでん》の午餐会《ごさん》を思い出す。

あそこでは、ほほ笑《え》みやうその裏《うら》に隠《かく》された真実を常《つね》に探《さぐ》らなければならなかった。クワメは、わたしとゼインだけだと思っている、つまりゼリィとイナンは逃《に》げられたということだ。もしくは、そもそも捕《つか》まっていないか。**二人が無事な可能性《かのうせい》はかなり高い……**

だからといって、希望を持っていいのかは、わからなかった。ゼリィとイナン、二人が力を合わせれば、わたしたちを見つけることができるかもしれない。けれど、あんなふうに戦っていたことを考えると、今ごろどちらか一人が死んでいたっておかしくない。

「うそを使い果たしたか？」クワメが言った。「ほら、本当のことを言え。どうやっておれたちを見つけたんだ？　おまえたちは何人だ？　おまえみたいな貴族《きぞく》がなぜこの巻《ま》き物《もの》を持っている？」

この巻《ま》き物《もの》？

爪《つめ》を土に食《く》いこませる。**そうよ、そうに決まってる。**どうしてすぐに気づかなかったんだろう。わたしが巻《ま》き物《もの》を使って魔法《まほう》を呼《よ》びもどすと言ったときも、クワメは眉《まゆ》ひとつ、動かさなかった。それに、彼《かれ》はディヴィナなのに、ああして巻《ま》き物《もの》に触《ふ》れてもなにも反応《はんのう》しない。

それは、巻《ま》き物《もの》に触《ふ》れたのは、今回が最初じゃないから……。

クワメと面をつけた仲間たちの狙《ねら》いは、まさに巻《ま》き物《もの》だったのだ。

「聞いて――」

「だまれ」クワメはさえぎって、ゼインのほうへいき、袋《ふくろ》をむしり取った。ゼインはほとんど意《い》識《しき》がなく、頭がガクンと横に倒《たお》れる。クワメがゼインの首に骨《ほね》の短剣《たんけん》を突《つ》きつけるのを見て、血の気が引く。

「本当のことを言え」

「言ってるわよ！」わたしはさけび、手首をしばっている縄をほどこうともがく。

「やっぱりズを呼《よ》んでこなきゃ」フォラケはじりじりとテントの出口へむかってさがりはじめる。距離《きょり》をあければ、そのぶん恐怖《きょうふ》が減《へ》るとでもいうように。

クワメはどなりかえした。「本当のことを突《つ》き止めないとならないんだ。こいつはうそをついている。おまえもわかってるだろ！」

「彼《かれ》を傷《きず》つけないで、お願い」わたしは言う。

「チャンスをやったはずだ。自業自得《じごうじとく》だ」クワメは唇《くちびる》を引き結ぶ。「おれたちはもう、二度と家族をなくすようなことには――」

「なんの騒《さわ》ぎ？」

ぱっとテントの出入り口に目をやると、少女がこぶしを握《にぎ》りしめて入ってきた。緑のダシキが、ココナツブラウンの肌《はだ》に映《は》え、真っ白い髪《かみ》は雲のようにふわふわと盛《も》りあがっている。十三歳《さい》より上のはずはないが、クワメとフォラケは立ちあがって気をつけをした。

「ズ、これから話そうとしてたの」フォラケがあわてて言った。

あとを引き継《つ》ぐようにクワメも言った。「先に答えを見つけておきたかったんだ。偵察《ていさつ》に出した兵が、川岸でこいつらを見たんだ。巻《ま》き物《もの》を持ってた」

ズの濃《こ》いブラウンの目が見開かれ、ぱっと巻《ま》き物《もの》をとり、色褪《いろあ》せたインクの印に目を走らせた。親指で印をなぞっているようすを見て、わたしは確信《かくしん》を得《え》た。

「まえにもその巻《ま》き物《もの》を見たことがあるのね」

少女は顔をあげて、わたしの切り傷《きず》や、ゼインのひたいの深い傷《きず》を見た。必死で無表情《むひょうじょう》を保《たも》とうとしているけれど、唇《くちびる》の端《はし》がわずかにさがる。

「どうしてわたしを起こさなかったの？」

「時間がなかったんだ」クワメが答えた。「あいつらは移動《いどう》しようとしていたから。すぐ行動を起こさなきゃ、手の届《とど》かないところへいっちまうところだったんだよ」

「あいつら？　ほかにもいたの？」ズがたずねた。

「あと二人いたの」フォラケが答えた。「でも、逃《に》げられた。そしたらジェイリンが……」

「ジェイリンが？」

フォラケはやましそうにクワメと視線《しせん》を交《か》わした。「まだもどってきてないの。もしかしたら、捕《つか》まったのかも」

ズの顔が曇《くも》った。手に持った巻《ま》き物《もの》がくしゃっとなる。「ジェイリンを置いたまま、もどってきたの？」

「時間がなかっ――」

「決めるのはあなたたちじゃない！」ズの声がかすれた。「だれひとり、置いていきはしない。全員を無事に守るのが、わたしたちの仕事なのよ！」

クワメががっくりと頭《こうべ》を垂《た》れた。そして、落ち着かなげに腕《うで》を組んで言った。「巻《ま》き物《もの》には力がある。もしもっと兵士《へいし》たちがくるなら、おれたちには巻《ま》き物《もの》が必要だ。どっちが重要か、考えた上だ」

わたしは割《わ》って入った。「わたしたちは兵士《へいし》じゃない。王国の軍とは関係ないわ」

ズはちらりとわたしを見てから、クワメのほうへいった。「あなたのせいで、わたしたち全員が危険《きけん》にさらされたのよ。王のようにふるまって、さぞかし楽しかったでしょうね」

ズの口調は辛《しん》らつだったけれど、ひと言ひと言に悲しみが満ちていた。薄《うす》い眉《まゆ》を寄《よ》せると、よけいに幼《おさな》く見える。

「みんなをわたしのテントに集めて」クワメに命令し、ゼインを指さす。「フォラケ、彼《かれ》の傷《きず》の手当てをしてやって。化膿《かのう》したら大変だから」

「あっちは？」フォラケはわたしのほうにあごをしゃくった。「どうしたらいい？」

「なにもしなくていい」ズはわたしを見つめたが、今度も表情《ひょうじょう》は読めなかった。「この人はここを出ていきはしないから」

第四十三章　イナン

沈黙《ちんもく》がおれたちを取り囲《かこ》む。

どんよりと重く、漂《ただよ》っている。

ゼリィとおれのあいだで聞こえる音は、森でいちばん高い山に登っていく二人の足音だけだ。土はやわらかく、あの網《あみ》は重かったのに、面の戦士《せんし》たちがろくにあとも残していないことに、内心舌《した》を巻《ま》く。何度か道らしきものが現《あらわ》れるが、またすぐに消えてしまう。

「こっちよ」ゼリィが先に立ち、森の中を探《さが》しながら歩いていく。

面をつけた少年を問いただし、教えられたとおり、彼《かれ》の仲間の印が描《えが》かれた木の幹《みき》を探《さが》す。バツ印に二つに分かれた三日月二つを組み合わせたものだ。少年が言うには、秘密《ひみつ》の印をたどっていくしか、彼《かれ》らの集落を見つける方法はないという。

「ほら、あそこにも」ゼリィが左のほうを指さし、そちらへむかう。ゆるぎない足取りで登っていくゼリィに、必死でついていく。肩《かた》にかついだ少年の体重がのしかかり、ただ息を吸《す》うのだけでも戦いだ。魔法《まほう》を抑《おさ》えつけながら呼吸《こきゅう》をするのがどんなに苦しいか、忘《わす》れかけていた。

ゼリィと戦ったときは、魔法《まほう》を解《と》き放つしかなかった。もう一度、抑《おさ》えつけるには持てる力すべてが必要だった。そして今、ふたたび魔力《まりょく》を封《ふう》じるのにありったけの力を使わねばならない。どんなに懸命《けんめい》に戦っても、いつなんどき、またゼリィの痛《いた》みを感じてしまうかわからない。その危険《きけん》から片時《かたとき》も逃《のが》れられない――

足がすべった。かかとを土にめりこませ、すべり落ちまいとする。すべったりすれば、それで終わりだ。

おりから逃《に》げたヒョウラのように、魔法《まほう》が解《と》き放たれる。

目を閉《と》じる。押《お》しよせる高波のようにゼリィの本質《ほんしつ》が流れこんでくる。最初は冷たく、鋭《するど》いが、やがて温かく、穏《おだ》やかになる。海のにおいがおれを包み、澄《す》んだ夜空が黒い波にくっきりと映《うつ》る。ゼインといく水上市場。父親とココナツ舟《ぶね》で過《す》ごした時間。

その記憶《きおく》のかけらが、ゼリィの一部が、おれの中のなにかを照らす。だが、その光はほんの一《いっ》瞬《しゅん》しかもたない。

そして、おれはゼリィの暗黒の苦しみに呑《の》みこまれる。

天よ！ そのすべてを押《お》しもどそうとする。ゼリィのすべてを、この毒《どく》を、押《お》し返す。それが消えると、楽になるが、今度は、抑《おさ》えつけるのにかかる負担《ふたん》で、胸《むね》が痛《いた》みだす。ゼリィの力が、おれの魔法《まほう》に呼《よ》びかけ、隙《すき》をみては呼《よ》びもどそうとする。ゼリィの霊《れい》がおれにまとわりつき、荒《あ》れ狂《くる》う海の力で打ち砕《くだ》こうとする。

「遅《おそ》いわよ」ゼリィが呼《よ》ぶ。もう頂上《ちょうじょう》の手前までいっている。

「じゃあ、こいつを運ぶか？　こっちも、こいつの血に染《そ》まるのはうんざりだからな」

「魔法《まほう》を抑《おさ》えつけるのをやめれば、荷物も楽に運べるんじゃない？」

そっちがみじめな記憶《きおく》を垂《た》れ流さなければ、こっちもしめ出すのにこれほどの力を使わなくてすむんだ！

だが、ぐっと言葉を呑《の》みこむ。すべての記憶《きおく》がみじめなわけではない。彼女《かのじょ》の家族の記憶《きおく》には、深い愛が織《お》り交ぜられている。おれが一度も経験《けいけん》したことのない愛が。アマリと剣《けん》の稽古《けいこ》をしていたころを思い返す。父上の怒《いか》りに怯《おび》えながら過《す》ごした夜を。ゼリィにもおれと同じ力があるとしたら、おれのどんな記憶《きおく》を見ることになるのだろう？

その疑問《ぎもん》が頭から離《はな》れないまま、歯をぐっと食《く》いしばり、最後の坂を登る。頂上《ちょうじょう》に着くと、少年を地面におろし、地面が平らになっているところまで歩いていく。風が顔に当たり、かぶとを脱《ぬ》ぎたくてたまらなくなる。

ゼリィをちらりと見る。彼女《かのじょ》はすでにおれの秘密《ひみつ》を知っている。このみじめな白い髪《かみ》が生えてきてから初めて、隠《かく》す必要がなくなる。

かぶとをとり、ひんやりとした風を頭皮に感じて、その感触《かんしょく》を味わいながら、崖《がけ》のふちのほうへ近づく。びくびくせずにかぶとを脱《ぬ》いだのは久《ひさ》しぶりだ。

眼下《がんか》には、ゴンベ川を囲む緑豊《かこ》《ゆた》かな山が連なり、月の光と影《かげ》に沈《しず》んでいる。マンモスツリーがほとんどだが、ここから見おろすと、秘密《ひみつ》の印がはっきりと姿《すがた》を現《あらわ》す。森の木々《きぎ》は不規則《ふきそく》に生えているが、その一角だけは木々《きぎ》が巨大《きょだい》な円を描《えが》くように並《なら》んでいる。頂上《ちょうじょう》の見晴らしのいい場所から見ると、いくつかの葉にXの印が描《えが》かれているのが見える。

「うそじゃなかったのね」ゼリィはおどろいたように言う。

「口を閉《と》じていられるような状況《じょうきょう》じゃなかったろ」

ゼリィは肩《かた》をすくめる。「だとしても、うそをつくのは簡単《かんたん》だったはずよ」

円を描《えが》いている木々《きぎ》のあいだに、交差させた枝《えだ》と石と泥《どろ》で造《つく》った壁《かべ》が立っている。原始的なものだが、高さは数メートルはありそうだ。

壁《かべ》の前に、剣《けん》を持った戦士《せんし》が二人、見張《みは》りに立っている。おそらくあそこが門なのだろう。少年が言ったとおり、戦士《せんし》は面をつけ、真っ黒な服に身を包んでいる。

「結局、正体はわからないままね」ゼリィがぼそりとつぶやく。おれも同じことを考えている。少年から聞き出せたのは、やつらの居場所《いばしょ》と、巻き物《まもの》を追っていたということだけなのだ。

「あそこまでめった打ちにしなければ、今ごろもっと情報《じょうほう》を手に入れられていたかもな」

ゼリィはとげとげしい口調で言い返す。「殴《なぐ》らなきゃ、そもそもここだって見つかってなかったはずよ」

そして、すたすたと歩いていって、木々《きぎ》で覆《おお》われた山の斜面《しゃめん》をおりはじめる。

「どこへいくつもりだ？」

「あたしの兄とあんたの妹を取り返すんでしょ」

「待てよ」ゼリィの腕《うで》をつかむ。「ただ突《つ》っこんでいくなんて無茶だ」

「二人くらい倒《たお》せる」

「二人だけじゃない」門のまわりを指さす。ゼリィは闇《やみ》に目を凝《こ》らす。そしてようやく、隠《かく》れている戦士《せんし》たちを見つける。やつらは完璧《かんぺき》に闇《やみ》に紛《まぎ》れている。「こちら側だけでも、最低三十人いる。あそこの木立《こだち》に隠《かく》れている射手《しゃしゅ》を入れなくてもな」

木の枝《えだ》でぶらぶらしている足を指さす。葉が生《お》い茂《しげ》り、それ以外はなにも見えない。「地上の戦士《せんし》たちに見合う数がいるとすれば、樹上《じゅじょう》にも少なくとも十五人はいるはずだ」

「じゃあ、夜明けとともに攻撃《こうげき》すればいい。そうすれば、むこうも闇《やみ》に隠《かく》れることはできない」

「日が昇《のぼ》ったからって、敵《てき》の数が減《へ》るわけじゃない。アマリとゼインをさらったやつらと同程度《ていど》のスキルがあると考えなければならないんだぞ」

ゼリィは鼻にしわを寄《よ》せた。おれにも理由はわかった。おれの口からゼリィの兄の名前が出たことに、違和感《いわかん》があったのだろう。

ゼリィが背《せ》をむける。カールした白い髪《かみ》が、月の光の中で輝《かがや》く。まえは剣《けん》の刃《は》のようにまっすぐだったのに、今はきついカールになり、風に吹《ふ》かれてますますねじれ、からみあっている。

それを見て、ゼリィのむかしの記憶《きおく》を思い出す。彼女《かのじょ》がまだ子どもで、ちぢれ毛だったころの記憶《きおく》だ。彼女《かのじょ》の母親がクスクス笑いながら、ゼリィの髪《かみ》をとかし、まとめようとしている。体をのたくらせる娘《むすめ》をじっとさせようと、魔法《まほう》で黒い影《かげ》を呼《よ》び出している。

「じゃあ、どうするの？」ゼリィの声ではっとわれに返る。ふたたび壁《かべ》に視線《しせん》をもどして戦いのことを考え、ゼリィの母親と髪《かみ》の記憶《きおく》を消し去ろうとする。

「ここからゴンベまでは一日でいける。今、出れば、明日の朝までには兵士《へいし》たちを連れてこられる」

ゼリィがあとずさる。「冗談《じょうだん》でしょ？　兵士《へいし》たちを関わらせるつもり？」

「あの集落に入るなら、兵力が必要だ。ほかに方法があるか？」

「兵士《へいし》たちがくれれば、そっちはいろいろ選択肢《せんたくし》があるでしょうね」ゼリィはおれの胸《むね》に指をつきたてる。「でも、あたしにはなくなる」

「あの少年はディヴィナだ」おれは捕虜《ほりょ》を指さす。「集落にはもっといるかもしれないんだぞ。巻《ま》き物《もの》はやつらの手にある。どういう敵《てき》と戦うことになるか、わからないんだ」

「そういうこと。巻《ま》き物《もの》ね。いつも、それ。バカだったわよ、兄とあんたの妹を助けるためにやってんのかと思ってたなんて」

「ゼリィ――」

「別の方法を考えて。あの壁《かべ》の中にディヴィナたちがいるとして、兵士《へいし》たちを引き連れていったりすれば、ゼインもアマリも取り返せない。兵士《へいし》たちが姿《すがた》を見せたとたん、二人とも殺《ころ》される」

「そんなことはな――」

「兵士《へいし》を連れてきたら、あんたの秘密《ひみつ》をしゃべるから」ゼリィは腕《うで》を組んだ。「捕《つか》まるなら、あんたも道連れよ」

胃《い》がねじれ、思わずあとずさる。剣《けん》を抜《ぬ》いたカエアの記憶《きおく》がよみがえってくる。剣《けん》を握《にぎ》った手からにじみ出ていた恐怖《きょうふ》が。目に浮《う》かんだ憎《にく》しみが。

なんとも言えない悲しみに襲《おそ》われ、ポケットに手を入れて、父上の歩駒《ふごま》を握《にぎ》る。唇《くちびる》を噛《か》みしめ、言い返したい言葉を呑《の》みこむ。ゼリィがまちがっていればと願う。

「兵士《へいし》たちを使わないなら、どういう手があるんだ？　兵力抜《ぬ》きであの壁《かべ》を越《こ》える方法など、おれにはわからない」

ゼリィはふたたび集落のほうを見おろし、両腕《りょううで》を体に巻《ま》きつける。そして、ぶるっと体を震《ふる》わせる。おれは蒸《む》し暑さで汗《あせ》をかいているというのに。

「壁《かべ》を越《こ》えるまではあたしがやる。そのあとは、別行動にすればいい」

口には出さないが、巻《ま》き物《もの》のことを考えているのがわかる。あの壁《かべ》が倒《たお》れたらあとは、巻《ま》き物《もの》を巡《めぐ》る熾烈《しれつ》な争いがくりひろげられることになる。

「どういう計画なんだ？」

「あんたには関係ない」

「おれの命も預《あず》けているんだ」

ゼリィの目が一瞬《いっしゅん》、こちらにむけられる。鋭《するど》い視線《しせん》が。不信の目が。そして、両手を地面に押《お》しつける。するとあたりの空気がブーンと振動《しんどう》しはじめる。

「エミ　アウォン、チ　オ　チ　スン――」

呪文《じゅもん》の言葉が大地を従《したが》える。ガガガガガと震動《しんどう》が走り、大地がひび割《わ》れ、崩《くず》れはじめる。ゼリィの手の下から、土の体をした霊《れい》が現《あらわ》れる。ゼリィの魔法《まほう》に命を与《あた》えられたのだ。

「天よ」ゼリィの力を目の当《ま》たりにして、思わず言葉が漏《も》れる。いつこんな魔法《まほう》を覚えたんだ？ だが、おれの疑問《ぎもん》など気にも留《と》めず、ゼリィはふたたび集落を見おろす。

「霊《れい》に命を吹《ふ》きこんだの。あたしの命令にはなんでも従《したが》う」

「何体、作れるんだ？」

「最低でも八体。もっとできるかもしれない」

「それじゃ、むりだ」おれは首をふる。

「人間より強い力を持ってる」

「下には戦士《せんし》が大勢《おおぜい》いる。もっと強力な――」

「わかったわよ」ゼリィはかかとでくるりと回る。「攻撃《こうげき》を明日の夜にして。そうしたら、朝までにもっと作る方法を突《つ》き止めるから」

ゼリィは歩き去ろうとしたが、足を止めた。

「王子さま、ひとつアドバイスをしておくわ。あたしに命を預《あず》けたりしないことね。死にたくないなら」

第四十四章　ゼリィ

　玉のような汗《あせ》が噴《ふ》き出て、ダシキにしみこみ、足元の石に滴《したた》り落ちる。百回以上、呪文《じゅもん》を唱え、筋肉《きんにく》がぶるぶる震《ふる》えている。だが、イナンは手をゆるめない。またすぐに起きあがり、はだかの胸《むね》にこびりついた土を払《はら》う。あたしが呼《よ》び出した霊《れい》にやられた頬《ほほ》のみみずばれが赤く浮《う》き出ているのもかまわず、また戦いの構《かま》えをとる。

「もう一度だ」

「冗談《じょうだん》でしょ」あたしはハアハアと荒《あら》い息をつく。「少し休ませて」

「休んでる時間はない。これがだめなら、別の方法を考えなきゃならないんだ」

「これでうまくいくわよ」あたしは歯を食《く》いしばる。「これ以上、どうやって証明《しょうめい》しろっていうの？　霊《れい》は強い力を持ってる。そんな大勢《おおぜい》は必要ないはず――」

「むこうは五十人以上いるんだぞ、ゼリィ。武装《ぶそう》していて、訓練された戦士《せんし》たちだ。八人の霊《れい》で足りると思ってるなら――」

「あんたには十分じゃない！」イナンの目のあざを指さす。そして、カフタンの右袖《そで》についた血の染《し》みを。「一人だって倒《たお》せないくせに。どうしてこれじゃ、足りないって思うのよ？」

「敵《てき》は五十人いると言ってるだろう！」イナンはどなる。「おれは、ふだんの半分しか力がないんだ。基準《きじゅん》にはならない」

「なら、あたしがまちがってるって証明《しょうめい》してよ、王子さま」あたしはこぶしを握《にぎ》りしめる。王族の血をもっと流してやりたい。「あたしが弱いってことを証明《しょうめい》してよ。あんたの本当の強さってものを見せてよ！」

「ゼリィ――」

「もう黙《だま》って！」あたしはさけび、両手を地面に押《お》しつける。それだけで、呪文《じゅもん》を唱えなくても霊《れい》の通り道が開ける。初めてだ。アシェが流れ出し、霊《れい》人形たちが現《あらわ》れる。大地が揺《ゆ》れ、霊《れい》たちは命を得《え》て、あたしの無言の命令に応《こた》える。十人の霊《れい》人形が襲《おそ》ってくるのを見て、イナンの目が見開かれる。

けれど、すぐにまた目をぐっと細める。のどの血管が浮《う》き出る。たくましい筋肉《きんにく》にグッと力が入る。イナンの魔法《まほう》が温かい風のように立ちのぼり、周囲《しゅうい》の空気が熱くなる。

二人の霊《れい》人形が切り裂《さ》かれ、土くれと化す。イナンは稲妻《いなずま》のようなすばやさで霊《れい》をよけ、同時に攻撃《こうげき》を加える。**信じられない**。あたしは頬《ほほ》の内側をぐっと嚙《か》む。平均《へいきん》的な兵士《へいし》より、はるかに動きが速い。

ふつうの王子より、はるかに危険《きけん》だ。

「エミ、アウォン　チ　オ　チ　スン――」ふたたび呪文《じゅもん》を唱え、立てつづけに三人の霊《れい》に命を与《あた》える。それでイナンの勢《いきお》いをそげると踏《ふ》んだのだ。けれど、数分後には、イナンはひとりで立っていた。ひたいから汗《あせ》が流れ落ち、乾《かわ》いた土が踏《ふ》みしだかれている。

十二人の霊《れい》と戦い、なお立っているのだ。

「満足か？」イナンが荒《あら》い息をしながらたずねる。こんなに生き生きした彼《かれ》を初めて見る。汗《あせ》で筋肉《きんにく》が光り、もはや骨《ほね》と皮だけには見えない。上気した顔で、剣《けん》をぶすりと地面の割《わ》れ目に突《つ》き立てる。「おれが全力で十二人倒《たお》せるなら、五十人の戦士《せんし》だとどうだと思う？」

手のひらを崖《がけ》に押《お》しつける。イナンに倒《たお》せない霊《れい》を呼《よ》び出してやる。大地が揺《ゆ》れはじめるが、もはやアシェは枯《か》れ、新しい霊《れい》に命を吹《ふ》きこむことができない。血の魔法《まほう》を使わないかぎり、むりだ。どんなに力を尽《つ》くしても、霊《れい》は現《あらわ》れなかった。

あたしの顔に浮《う》かんだ落胆《らくたん》に気づいたのか、魔法《まほう》の力で感じ取ったのか、わからない。だが、イナンは鼻柱をつまみ、かすかに低いうめき声を漏《も》らした。

「ゼリィ――」

「やめて」あたしはさえぎり、思わず袋《ふくろ》のほうへ目をやる。あの中に太陽石がある。無言であたしに語りかけている。

太陽石を使えば、戦士《せんし》を五十人はゆうに倒《たお》せる数の霊《れい》人形を呼《よ》び出すことができる。でも、イナンはあたしが石を持っていることを知らない。それに、面をつけた戦士《せんし》たちが巻《ま》き物《もの》を狙《ねら》っていたとしたら、太陽石も手に入れようとしているにちがいない。苛立《いらだ》ちが募《つの》る。だが、状況《じょうきょう》ははっきりしている。太陽石を使えば巻《ま》き物《もの》と骨《ほね》の短剣《たんけん》を取り返せる可能性《かのうせい》はあるが、ひとたび石が悪人の手に落ちれば、相手の魔師《まし》は強大な力を手に入れ、もはや取り返すことは不可能《ふかのう》になる。

なら、血の魔法《まほう》を使えば……

自分の手を見つめる。親指の傷《きず》はようやくかさぶたになりかけたところだ。血の魔法《まほう》を使えば、霊《れい》はいくらでも呼《よ》び出せる。でも、イベジの闘技場《とうぎじょう》のことを思うと、もう一度血の魔法《まほう》を使う気にはなれない。

イナンは期待するような目であたしを見ている。あたしの心を決めさせようとして。でも、彼《かれ》の兵士《へいし》たちを使うわけにはいかない。

「もう少し時間をちょうだい」

「時間はないんだ」イナンは髪《かみ》をかきあげる。白い髪《かみ》がまえよりも多くなっているように見える。「これではぜんぜん足りない。足りるだけの霊《れい》が呼《よ》び出せないなら、兵士《へいし》たちを連れてくるしかない」

イナンは深く息を吸《す》いこむ。すると、彼《かれ》の魔法《まほう》の熱が薄《うす》れていく。肌《はだ》から血の気が引き、魔法《まほう》は追いやられ、彼《かれ》の力も消える。命そのものが吸《す》い取られていくように。

「問題はあたしじゃないかも」声がかすれ、目を閉《と》じる。あたしに弱さを痛感《つうかん》させたイナンが憎《にく》い。自分の持っている力を使おうとしないイナンが憎《にく》い。「自分の魔法《まほう》の力を使えば？　そうしたら、兵士《へいし》たちは必要ないでしょ」

「むりだ」

「使えないの？　それとも、使いたくないの？」

「おれの魔法《まほう》には、攻撃《こうげき》する力はそなわっていない」

「本当に？」あたしは言いつつ、母《マ》さん《マ》が言っていたことを思い出す。レカンが〈結ぶ者〉について言っていたことも。「相手を失神させたことはない？　精神《せいしん》的な攻撃《こうげき》を加えたことはないの？」

イナンの顔が一瞬《いっしゅん》、ピクッとするけど、感情《かんじょう》までは読めない。イナンは剣《けん》の柄《つか》をぐっと握《にぎ》りしめ、顔をそむけた。空気がさらに冷たくなる。イナンが魔法《まほう》の力をますます強く抑《おさ》えつけたから。

「勘弁《かんべん》してよ、イナン。覚悟《かくご》を決めて。あんたの魔法《まほう》でアマリを救《すく》えるかもしれないのに、どうしてできることをやろうとしないの？」一歩前へ出て、口調をやわらげようとする。「あんたのばかばかしい秘密《ひみつ》は守る。魔法《まほう》を使って攻撃《こうげき》すれば――」

「だめだ！」

語気の強さに思わず飛びのく。

「返事はノーだ」イナンはごくりとのどを鳴らす。「できない。二度とあんなことをするわけにはいかないんだ。ゼリィが兵士《へいし》を警戒《けいかい》するのはわかる。だが、おれは王子だ。約束する、ぜったたいにおれの命令以外のことはさせない――」

あたしはくるりと背をむけ、崖《がけ》の縁《ふち》へもどっていく。イナンがあたしの名前を呼《よ》ぶけど、歯を食《く》いしばり、こん棒《ぼう》で殴《なぐ》りつけたい衝動《しょうどう》を必死で抑《おさ》える。ゼインを助けることはできない。短剣《たんけん》も巻《ま》き物《もの》も取り返すことはできない。頭をふって、爆発《ばくはつ》しそうな感情《かんじょう》の渦《うず》と戦う。

「ゼリィ――」

あたしはぱっとふりかえる。「教えてよ、王子さま。どっちがつらいの？　魔法《まほう》を使ったときの気持ちと、魔法《まほう》を抑《おさ》えつけているときの痛《いた》みと」

イナンは身震《みぶる》いする。「おまえにはわからない」

「わかるわよ、完璧《かんぺき》にね」あたしはイナンに顔を近づける。ほおの無精《ぶしょう》ひげが見えるくらい近くまで。「自分の魔法《まほう》を隠《かく》しとおすためなら、妹が死んで、オリシャじゅうが焼き尽《つ》くされてもかまわないのよ」

「おれの魔法《まほう》を隠《かく》すことが、オリシャの平和につながるんだ！」イナンの力がみなぎり、ふたたび空気が熱くなる。「魔法《まほう》こそが、すべての問題の源《みなもと》なんだ。オリシャの苦しみのもとなんだ！」

「苦しみのもとは、あんたの父親よ！」怒《いか》りで声が震《ふる》える。「あんたの父親は卑怯者《ひきょうもの》の暴君《ぼうくん》よ。これからも永遠《えいえん》にね！」

「おまえの王だぞ」イナンがあたしとの距離《きょり》を詰《つ》める。「王というのは、国民を守るものなんだ。父上はオリシャの平和を守るために、魔法《まほう》を滅《ほろ》ぼしたんだ」

「あんたの父親は怪物《かいぶつ》よ。魔法《まほう》を滅《ほろ》ぼすために、何千人もの人たちを殺《ころ》した。罪《つみ》のない人々《ひとびと》から身を守る力を奪《うば》うために、魔法《まほう》を滅《ほろ》ぼしたのよ！」

イナンは黙《だま》った。空気はどんどん熱くなり、イナンの表情《ひょうじょう》が罪《つみ》の意識《いしき》でゆがんでいく。

「父上は正しいと思ったことをしたんだ」イナンはぼそりと言う。「魔法《まほう》を滅《ほろ》ぼしたのはまちがいじゃない。だが、そのあとの抑圧《よくあつ》はまちがっていた」

あたしは髪《かみ》をかきむしった。体がほてる。イナンはなにもわかっていない。あの父親をかばうつもり⁉　なにが起こっているか、どうしてわからないの⁉

「両方とも同じよ。あたしたちは魔法《まほう》の力を失ったから、抑圧《よくあつ》されている。イナン、魔法《まほう》の力がなければ、あたしたちはウジ虫なのよ。力がなければ、王はあたしたちを虫けらのように扱《あつか》うだけよ！」

「魔法《まほう》の力が答えではない。力があれば、戦いが激《はげ》しくなるだけだ。父上のことは信用できないかもしれない。だが、おれのことを信じてくれれば、おれの兵士《へいし》のことも――」

「兵士《へいし》を信じろっていうの？」あたしは金切り声をあげる。森に隠《かく》れている戦士《せんし》たちに聞こえるんじゃないかと思うほどに。あたしの声の震《ふる》えまでわかるほどに。「あたしの母親の首に鎖《くさり》を巻《ま》いた兵士《へいし》を？　あたしの父親を半殺《ごろ》しにした兵士《へいし》を？　隙《すき》をみてはあたしの体に触《さわ》って、労役場《ろうえきじょう》へ送りこんですべてを奪《うば》ってやろうと待ち構《かま》えている兵士《へいし》を信じろっていうの⁉」

イナンの目が見開かれる。でも、引きさがらない。「おれが知っている兵士《へいし》たちは悪人じゃない。ラゴスの都の安全を守り――」

「勘弁《かんべん》して」あたしは背中《せなか》をむけて歩きだす。これ以上聞いていられない。力を合わせて戦えるなんて思ったあたしがバカだった。

「おい、まだ話は終わってない」

「こっちは終わったの。王子さま、王子さまにはぜったいにわからない」

「それはこっちのせりふだ！」イナンが足をよろめかせながら追いかけてくる。「物事を正すのに、魔法《まほう》は必要ないんだ」

「ほっといて――」

「おれがきた場所を見てくれさえすれば――」

「あっちへいって――」

「怖《おそ》れる必要はないんだ――」

「あたしはいつだって怖《おそ》れてるのよ！」

自分でもどっちにより衝撃《しょうげき》を受けたのか、わからなかった。自分の声の大きさか、その内容《ないよう》か。

怖《おそ》れ。

あたしはいつだって怖《おそ》れていた。

何年もまえに怖《おそ》れを封印《ふういん》した。怖《おそ》れを乗り越《こ》えるために、必死で戦った。恐怖《きょうふ》に襲《おそ》われると、頭も体も動かなくなるから。

息ができなくなるから。

あたしは崩《くず》れるように倒《たお》れ、口に手を当てて嗚咽《おえつ》を抑《おさ》えようとする。どんなに力を得《え》ようと、どんなに魔法《まほう》が強くなろうと、関係ない。あたしは一生、憎《にく》まれつづけるのだ。

そして一生、怖《おそ》れつづけるのだ。

「ゼリィ――――」

「やめて」泣きながら必死で息を吸《す》おうとする。「黙《だま》って。あんたはわかってると思ってるかもしれないけど、わかってなんかいない。あんたには一生わからない」

「なら、手を貸《か》してくれ」イナンがかたわらに膝《ひざ》をつく。近づきすぎないように注意しながら。「教えてくれ。理解《りかい》したいんだ」

「むりよ。この世界はあんたのために作られている。あんたが愛されるように。街で汚《きたな》い言葉を吐《は》かれたり、家のドアを蹴破《けやぶ》られることもない。母親の首に鎖《くさり》をつけて引きずっていかれることも、見せしめに木にぶらさげられることもないのよ」

本心を吐《は》き出してしまった今、もう止めることはできなかった。あたしは胸《むね》を波打たせて泣いた。恐怖《きょうふ》に手を震《ふる》わせながら泣いた。

恐怖《きょうふ》。

真実は、これまで知らなかった鋭《するど》さであたしを切り裂《さ》いた。

なにがあったって、あたしは一生、恐怖《きょうふ》から逃《のが》れられないのだ。

第四十五章　イナン

ゼリィの痛《いた》みが雨のように降《ふ》り注ぐ。

おれの皮膚《ひふ》にしみこんでいく。

おれの胸《むね》が、彼女《かのじょ》の泣き声に合わせてうねる。心臓《しんぞう》が、彼女《かのじょ》の苦しみに引き裂《さ》かれる。

そしてそのあいだずっと、これまで知らなかった恐怖《きょうふ》を感じつづける。魂《たましい》が押《お》しつぶされる。

生きようとする意志《いし》が砕《くだ》け散る。

こんな世界が、ゼリィの世界のはずがない……

父上がつくりあげた世界がこんな世界であるはずがない。だが、ゼリィの苦しみに捕《と》らわれていくにつれ、はっきりとする。恐怖《きょうふ》は常《つね》にあるのだと。

「兵士《へいし》たちがきたら、なにもかもがだめになる。もう終わりよ。彼《かれ》らの暴虐《ぼうぎゃく》のもとでは生きられない。あたしたちが生き残るすべは魔法《まほう》だけなのよ」

その言葉が口から出た瞬間《しゅんかん》、ゼリィの泣き声は静かになる。より深い真実を思い出したかのように。苦しみから逃《のが》れるすべを。

「兵士《へいし》たちは――人殺《ひとごろ》しで、レイプ魔《ま》で、盗人《ぬすっと》でしかない。兵士《へいし》と犯罪者《はんざいしゃ》のちがいは、軍服を着てるかどうかだけ」

ゼリィはよろよろと立ちあがると、涙《なみだ》をぬぐう。

「好きに自分をごまかせばいい。でも、なにも知らないふりをしないで。あんたの父親をこのままじゃすませない。あんたがなにも知らないからって、自分の苦しみをなかったことにはしない」

そう言い残すと、ゼリィは消えた。静かな足音もやがて聞こえなくなった。

その瞬間《しゅんかん》、自分がまちがっていたことを悟《さと》った。

ゼリィの記憶《きおく》の中に入れたとしても、関係ない。

彼女《かのじょ》の苦しみを理解《りかい》することは一生できないのだ。

第四十六章　アマリ

宮殿《きゅうでん》に、お父さまがいつもいく部屋があった。毎日かならず、正午の十二時半に。王座《おうざ》をあとにし、大広間を通って、その部屋へむかう。片側《かたがわ》にエベレ司令官を、反対側にカエア大将《たいしょう》を従《したが》えて。

〈襲撃《レイド》〉前は、よくこっそりついていった。好奇心《こうきしん》で小さな足を動かして。そして、冷たい大理石の階段《かいだん》の上で、おりていくお父さまたちを見送っていた。でも、ある日、わたしはどこへいくのか突《つ》き止めようと思った。

まだ短い脚《あし》で白いアラバスター石の手すりを握《にぎ》りしめ、一段一段《いちだんいちだん》、階段《かいだん》をおりていった。モイモイパイとレモンケーキとキラキラ輝《かがや》くおもちゃでいっぱいの部屋を想像《そうぞう》していた。けれど、近くまでいっても、レモンや砂糖《さとう》の甘《あま》い香りはしてこない。笑い声や楽しそうな声も聞こえない。寒々《さむざむ》しい地下室にはさけび声だけが響《ひび》いていた。

幼《おさな》い男の子の悲鳴が。

バシッという音が響《ひび》いた。カエアが、男の子の――召使《めしつか》いの顔を殴《なぐ》ったのだ。カエアのはめているとがった指輪が、召使《めしつか》いの皮膚《ひふ》を切り裂《さ》いた。

血まみれの男の子を見て、悲鳴をあげたにちがいない。なぜなら、全員がこちらをふりかえったから。その召使《めしつか》いの名前は知らなかった。わたしのベッドを整えている子だということしか。

お父さまはわたしを見もせずに抱《だ》きあげると、おんぶして部屋から連れ出した。「**牢屋《ろうや》は、王女がくるところではないよ**」と、お父さまは言った。

そしてまた、バシッという音が響《ひび》いてきた。カエアがもう一度、男の子を殴《なぐ》った音だった。

太陽が沈《しず》み、長い一日が終わって夜が訪《おとず》れようとしていた。わたしはお父さまの言葉を思い出していた。今のわたしを見たら、お父さまはなんて言うだろう。きっと自分の手でわたしを絞首《こうしゅ》台《だい》に吊《つ》るすだろう。

肩《かた》の痛《いた》みをこらえ、縛《しば》られている手首をくねらせる。ロープが手首に食《く》いこみ、焼けるような痛《いた》みが走る。一日じゅう、ぎざぎざの木の皮にロープをこすりつけ、ようやく少しずつ繊維《せんい》がすり切れてきたが、ロープが切れるにはまだかかる。

「天よ」ためいきをつく。上唇《うわくちびる》の上に汗《あせ》がたまる。もっとがったものはないかと、もう何度見たかわからないテントの中をもう一度見まわす。けれど、ここにはゼインと土しかない。

一度、フォラケが水を持ってきたときに、ちらりと外が見えた。テントの入り口の外からクワメがこちらをにらみつけていた。その手にはまだ骨《ほね》の短剣《たんけん》が握《にぎ》られていた。

体に震《ふる》えが走り、目を閉《と》じて、深呼吸《しんこきゅう》をする。ゼインの首に短剣《たんけん》が押《お》しつけられたときの光景が、目に焼きついて離《はな》れない。ゼインのかすかな呼吸《こきゅう》の音が聞こえなかったら、死んだと思っただろう。フォラケがゼインの傷《きず》を洗《あら》って、包帯を巻《ま》いたけれど、それからゼインはほとんどピクリともしていない。

彼《かれ》らがもどってくるまえに、なんとかゼインをここから逃《に》がさないとならない。ゼインを救《すく》う方法を考えなければ。ゼインと短剣《たんけん》と巻《ま》き物《もの》を。すでに一晩《ひとばん》が経《た》っている。百年に一度の夏至《げし》の夜まであと五日しかない。

テントの入り口がさっと開き、わたしはぴたりと動きを止めた。ようやくズがもどってきた。今日は、すそに緑と黄色のビーズがぬいつけられた黒いカフタンを着ている。昨日の夜、ここにきたときの戦士《せんし》のような姿《すがた》とはちがい、年若《わか》い少女らしく見える。

「あなたはだれ？　なにが望みなの？」わたしはたずねる。

でも、ズはこちらをろくに見ようともせず、ゼインのかたわらに膝《ひざ》をつく。

「お願い」心臓《しんぞう》の鼓動《こどう》が速くなる。「彼《かれ》は無関係なの。彼《かれ》を傷《きず》つけないで」

ズは目を閉《と》じて、ゼインの頭の包帯の上に小さな手をかざす。手のひらからやわらかいオレンジの光が発せられるのを見て、わたしは息を呑《の》む。最初はかすかだった光が、だんだん強くなり、それにつれてテントの中が温かさに満たされる。光はどんどん大きくなり、ゼインの頭全体を包みこむ。

魔法《まほう》……

あのときと同じ畏《おそ》れに打たれる。ビンタの手から光が放たれたときと。ビンタと同様、ズの魔《ま》法《ほう》は美しい。お父さまがわたしに教えこんだ恐怖《きょうふ》は、みじんも感じられない。でも、どうやって魔《ま》法《ほう》を？ どうしてこんなにすぐに力を持つことができたの？ 〈襲撃《レイド》〉のときはまだ赤ん坊《ぼう》だったはずなのに。今、小さな声でささやいている呪文《じゅもん》をどこで覚えたの？

「彼《かれ》になにをしてるの？」

ズは答えず、苦しそうに歯を食《く》いしばる。こめかみに玉のような汗《あせ》が噴《ふ》き出ている。手がかすかに震《ふる》えている。光はゼインの皮膚《ひふ》に満ちみち、みるみるうちに傷口《きずぐち》が閉《と》じていく。黒や紫《むらさき》のあざは完全に消え、わたしのかたわらで戦っていたハンサムなゼインがもどってくる。

ゼインがうめき声を漏《も》らし、体から力が抜《ぬ》けていく。「ああ、ありがとう」わたしはお礼を言う。さらわれてから、ゼインが声を出したのは初めてだ。まだ意識《いしき》はないけれど、縛《しば》られた体がかすかに動く。

「〈癒《いや》す者〉なのね？」

ズはこちらを見るけれど、わたしの姿《すがた》は見えていないように見える。まだ癒《いや》せるものを探《さが》すかのように、わたしの切り傷《きず》をじっと見つめる。癒《いや》したいという欲求《よっきゅう》は、魔《ま》法《ほう》だけではなく、彼女《かのじょ》の心にも宿っているのかもしれない。

「お願い、聞いて。わたしたちはあなたの敵《てき》ではないの」わたしはもう一度言う。

「わたしたちの巻《ま》き物《もの》を持ってたのに？」

わたしたちの？ その言葉の意味を考える。ズやクワメやフォラケが全員魔師《まし》なのは、偶然《ぐうぜん》のわけがない。テントの外にはもっといるはず。

「わたしたちにはほかにも仲間がいるの。クワメが捕《つか》まえ損《そこ》ねた少女は魔師《まし》よ。力のある〈刈《か》る者〉なの。わたしたちはチャンドンブレにいったのよ。そこのセンタロが、巻《ま》き物《もの》の秘密《ひみつ》を明かしてくれて――」

「うそよ」ズは腕《うで》を組む。「あなたみたいなコスィダンが、センタロに会えるわけがない。あなたの正体はなんなの？　兵士《へいし》たちはどこにいるの？」

「うそなんかついてない」わたしはがっくりと肩《かた》を落とす。「クワメに言ったとおりよ。どうしても信じられないって言われたら、もうほかにできることはなにもない」

ズはため息をついて、カフタンの中から巻《ま》き物《もの》を取り出す。巻《ま》き物《もの》を開くにつれ、けわしい表情《ひょう》《じょう》がやわらぎ、悲しみが押《お》しよせてくる。「最後にこれを見たのは、釣り舟《ぶね》の下に隠《かく》れていたときだった。目の前で王の兵士《へいし》たちが姉《ねえ》さんを切り殺《ころ》すのを、見ていなければならなかった」

天よ……

ズのしゃべり方には、やはり東の訛《なま》りがあった。カエアが巻《ま》き物《もの》を手に入れたとき、ワリにいたにちがいない。カエアは、魔師《まし》を全員殺《ころ》したと思っていたけれど、ズとクワメとフォラケはうまく生き延《の》びたのだ。

「気の毒《どく》に」消え入るような声で言う。「わたしには想像《そうぞう》もつかない」

ズは長いあいだ、黙《だま》っていた。疲《つか》れたように背《せ》を丸めたズは、実際《じっさい》よりもはるかに年上に見えた。

「十一年前の〈襲撃《レイド》〉のときはまだほんの子どもだった。両親のことすら、なにも覚えていない。覚えているのは、怖《こわ》かったことだけ」ズはかがんで、足元の雑草《ざっそう》をぐいと引っぱり、根っこから引きちぎった。「あんな恐《おそ》ろしい記憶《きおく》とともに生きていかなければならないなんて、想像《そうぞう》もつかないとずっと思ってた。でも、今はもう、その苦しみを知ってしまった」

ビンタの顔が浮《う》かぶ。ビンタの明るい笑《え》みが。まばゆい光が。ほんの一瞬《いっしゅん》、その記憶《きおく》がきらきらと輝《かがや》く。

そして、真《ま》っ赤《か》に染《そ》まる。ビンタの血に呑《の》みこまれる。

「あなたは貴族《きぞく》でしょ」ズは立ちあがって、こちらへ歩いてくる。その目には、新たな炎《ほのお》が燃《も》えている。「におうのよ。わたしたちは、あなたの王さまに倒《たお》されはしない」

「わたしは味方よ。ロープをほどいて。そうしたら、証明《しょうめい》してみせる。その巻《ま》き物《もの》は、触《ふ》れた者に魔法《まほう》の力を与《あた》えるだけじゃない。国全体に魔法《まほう》を取りもどすためには、儀式《ぎしき》をする必要があるの」

「クワメが警戒《けいかい》している理由がわかったわ」ズがうしろにさがる。「あなたはスパイだって、クワメは言ってた。そんなうそをつくところを見ると、クワメの言うとおりだったみたいね」

「クワメ」ズの声がかすれる。クワメが入ってくると、ズはカフタンの首もとをぎゅっとつかんだ。

クワメは骨《ほね》の短剣《たんけん》の刃《は》に指をすべらせる。その顔には、明らかな殺意《さつい》が宿っている。

「やるか？」

ズはあごを震《ふる》わせ、うなずく。そして、ぎゅっと目を閉《と》じる。

「ごめんなさい。でも、わたしは仲間を守らないと」

「外へ出ろよ。おまえが見る必要はない」クワメが言う。

ズは涙《なみだ》をぬぐい、最後にわたしをもう一度見ると、テントを出ていく。ズがいなくなると、クワメがわたしの目の前にすっと立つ。

「本当のことを言う準備《じゅんび》はできただろうな」

「ズ、聞いて――」

第四十七章　イナン

「ゼリィ？」

ゼリィの名前をさけぶ。答えはないだろうと思いながら。ゼリィが去っていったようすから、二度と見つけることができないような気がしてくる。

太陽が沈《しず》み、地平線に見える山のむこうに姿《すがた》を消そうとしている。

「ゼリィ、返事をしてくれ」おれはハアハアと喘《あえ》ぎながら、大声で呼《よ》ぶ。痛《いた》みが体の芯《しん》を突《つ》き抜《ぬ》け、思わず木の幹《みき》をつかむ。ゼリィと言い争ってから、魔法《まほう》の報復《ほうふく》を受けている。皮膚《ひふ》が焼け、息をするだけでも胸《むね》全体が激《はげ》しく痙攣《けいれん》する。「ゼリィ、すまなかった」

だが、森にこだまするその言葉は、真実味に欠けている。自分がなにを謝《あやま》っているのか、わからない。理解《りかい》できなかったことか？　それとも父上の息子《むすこ》だということ？　どんなに謝《あやま》ったところで、父上がやったことが許《ゆる》されるはずもない。

「新しいオリシャ」声に出して言うと、ますますこっけいに思える。自分の存在《そんざい》自体が問題の原《げん》因《いん》なのに、どうやって解決《かいけつ》しようとしていたんだ？

天よ。

ゼリィはおれをめちゃくちゃにした。自分がこれまでなにを信じさせられてきたのかが明らかになったのだ。そう、本当なら、知っていなければならなかったことが。夜が訪《おとず》れたが、まだ計画はないままだった。ゼリィが霊《れい》を呼《よ》び出さなければ、おれたちはすべてを失う。ゼリィの兄も、アマリも、巻《ま》き物《もの》も――

腹《はら》に突《つ》き刺《さ》すような痛《いた》みが走る。おれは体を折り曲げ、木の幹《みき》につかまる。野生のヒョウラのように、おれの魔《ま》法《ほう》が爪《つめ》を立て、外へ出ようと暴《あば》れている。

「**母《マ》さん《マ》！**」

目を閉《と》じる。頭にゼリィの悲鳴が響《ひび》く。子どもにはふさわしくない、悲《ひ》痛《つう》なさけび声が。負うべきでなかった心の傷《きず》が。

魔《ま》法《ほう》を永遠《えいえん》に葬《ほうむ》り去るには、魔師《まし》は全員殺《ころ》さねばならない。魔《ま》法《ほう》の力を味わったことがある者は、かならずそれを取りもどそうとする。

父上の顔が浮《う》かぶ。落ち着いた声が。無表情《むひょうじょう》な目が。

おれは父上を信じていた。

怖《おそ》れもしていたが、同時に、父上のゆるぎない力を尊敬《そんけい》していた。

「もう少し静かにできない？」

はっとして目をあける。ゼリィがいると、なぜか魔法《まほう》の力がおとなしくなる。

「そんなふうに大声でわめいてるっていうのに、よく面の戦士《せんし》たちに連れていかれなかったわね」

ゼリィが前へ出ると、さらに魔法《まほう》の力が鎮《しず》まっていく。ゼリィの霊《れい》が、ひんやりとした海風のようにおれを包む。

「どうしようもないんだ」おれは歯を食《く》いしばりながら言う。「ひどい痛《いた》みだから」

「魔法《まほう》の力を受け入れれば、痛《いた》みも消える。戦おうとするから、魔法《まほう》も攻撃《こうげき》してくるのよ」

ゼリィは険《けわ》しい表情《ひょうじょう》を浮《う》かべているが、その声に哀《あわ》れみが混《ま》ざっているのを感じ、おれはおどろく。ゼリィは木の陰《かげ》から出てくると、幹《みき》によりかかる。銀色の目は赤く腫《は》れている。あの後もずっと泣いていたのだ。

「おれといっしょに戦うということか?」

ゼリィは腕《うで》を組む。「ほかに方法はないからね。ゼインとアマリはまだやつらのところにいる。あたし一人じゃ、助けることはできない」

「霊《れい》を呼《よ》び出すのか?」

ゼリィは袋《ふくろ》から光り輝《かがや》く石を取り出す。それを見たとたん、カエアの言葉がよみがえってくる。透明《とうめい》な石の中でオレンジと赤の光が脈打《みゃくう》っている。太陽石にちがいない。

「やつらが巻《ま》き物《もの》を狙《ねら》っていたとしたら、これも欲《ほ》しがるはずよ」

「太陽石を持っていたのか？」

「なくす危険《きけん》は冒《おか》したくなかった。でも、これを使えば、必要なだけの霊《れい》を呼《よ》び出すことができる」

おれはうなずいた。それならうまくいくかもしれない。だが、まだ足りないものがある。

「兵士《へいし》たちは――――人殺《ひとごろ》しで、レイプ魔《ま》で、盗人《ぬすっと》でしかない。兵士《へいし》と犯罪者《はんざいしゃ》のちがいは、軍服を着てるかどうかだけ」

ゼリィの言葉が頭の中でこだまする。もう、おれの剣《けん》とゼリィのこん棒《ぼう》を戦わせることはできない。

もはや二人とも引き返せない。おれたちのうちどちらかが、譲《ゆず》らなければならない。

「どちらがよりつらいか、きいただろう？」ゆっくりと、言葉をしぼり出すように話しはじめる。「魔《ま》法《ほう》を使うときの気持ちと、抑《おさ》えつけるときの痛《いた》みと。答えはわからない」色あせた歩《ふ》駒《ごま》を握《にぎ》りしめ、手のひらの痛《いた》みに意識《いしき》を集中させる。「どちらも憎《にく》んでいるからだ」

目がチクチクして、涙《なみだ》がこみあげる。だが、咳払《せきばら》いをして、なんとかこらえる。今のおれを見たら、父上はすぐさまこぶしをふりおろすだろう。

「おれは自分の魔《ま》法《ほう》を憎《にく》んでいる」おれは声を低くしてつづける。「おれを毒《どく》する魔《ま》法《ほう》を、心から憎《にく》んでいる。だが、なによりも、そのせいで自分を憎《にく》まなければならないことを、憎《にく》んでいる」言葉をしぼり出すよりさらにつらいが、顔をあげて、ゼリィの目を見つめる。ゼリィを見つめると、恥《は》ずかしさがかきたてられる。

ゼリィの目にふたたび涙《なみだ》がわきあがる。彼女《かのじょ》のなにを刺激《しげき》したのかはわからない。ゼリィの海の潮《しお》の魂《たましい》が、みるみる引いていく。そして初めて、おれは彼女《かのじょ》の魂《たましい》にいかないでほしいと思う。

「あなたの魔法《まほう》は毒《どく》じゃない」ゼリィの声は震《ふる》えている。「毒《どく》なのはあなた。あなたは魔法《まほう》を抑《おさ》えこもうとする。そのみじめなおもちゃを持ち歩いている」ゼリィがこちらへきて、歩駒《ふごま》を奪《うば》い取り、おれの目の前に突《つ》きつける。「これは魔鉄鋼《まてっこう》よ。あなたの指がぜんぶなくならなかったことが不思議よ」

おれは色あせた歩駒《ふごま》を見つめる。元の色に、金と茶のさびが入りこんでいる。黒く塗《ぬ》られているだけだと思っていた。魔鉄鋼《まてっこう》でできていたのか？

ゼリィの手から歩駒《ふごま》をとり、そっと握《にぎ》りしめ、皮膚《ひふ》のチクチクする感触《かんしょく》をたしかめる。ずっと、強く握《にぎ》りしめているせいだと思っていた。

そうだったのか。

その皮肉に笑いそうになる。そして、この駒《こま》をもらったときのことを思い出す。父上がこれをおれに**授《さず》けた**日のことを。

〈襲撃《レイド》〉のまえ、父上とおれは毎週、セネットをしていた。父上が王ではなくなる時間だった。すべての駒《こま》の動きは父上の教えであり、授《さず》けられる知恵《ちえ》だった。

だが、〈襲撃《レイド》〉のあと、セネットで遊ぶ時間はなくなった。おれには訓練が待っていた。ある日、おれはまちがいを犯《おか》した。セネットの盤《ばん》を謁見室《えっけんしつ》に持っていったのだ。父上はおれの顔に駒《こま》を投げつけた。

そのままにしておけ。拾おうとすると、父上は言った。**召使《めしつか》いにやらせろ。王は片《かた》づけなどしない**。

唯一《ゆいいつ》持ち出すことのできたのが、この歩駒《ふごま》だった。

いたたまれない気持ちが押《お》しよせ、色あせた駒《こま》をじっと見つめる。

父上から唯一《ゆいいつ》もらったものは、憎《にく》しみを宿していた。

「これは父上のものだったんだ」おれは静かに言った。魔法《まほう》をさげすんでいる者たちから奪《うば》った秘密《ひみつ》の武器《ぶき》。おれのような者を滅《ほろ》ぼすために創《つく》られたもの。

「あなたはいつも、子どもが毛布《もうふ》にしがみつくみたいに、その駒《こま》を握《にぎ》りしめてる」ゼリィは重たい息を吐《は》く。「あなたは、あなたがあなたであるというだけであなたのことを憎《にく》む男のために、戦っているのよ」

ゼリィの銀色の瞳《ひとみ》が、白い髪《かみ》とともに輝《かがや》き、これまで経験《けいけん》したことのないような鋭《するど》さでおれを貫《つらぬ》く。おれはじっとその目を見つめる。

おれはただただ見つめる。本当はしゃべらなければならないのに。

そして、歩駒《ふごま》を捨《す》て、蹴《け》り飛ばす。決意《けつい》を示《しめ》さなければならない。おれはずっと羊だった。王としてふるまわなければならなかったときに、羊のようにふるまったのだ。

己《おのれ》より義務《ぎむ》を。

目の前でその言葉が崩《くず》れ去り、父上のうそも同時に消え去る。魔《ま》法《ほう》は危《き》険《けん》かもしれない。だが、魔《ま》法《ほう》を滅《ほろ》ぼす罪《つみ》を犯《おか》せば、オリシャをよくすることはできない。

「おれを信じられないのはわかってる。だが、おれにチャンスをくれ。おれの力で集落に入ってみせる。きみの兄を連れもどしてみせる」

ゼリィは唇《くちびる》をかむ。「巻《ま》き物《もの》を見つけたときは?」

おれは一瞬《いっしゅん》、ためらう。父上の顔が頭をよぎる。**魔《ま》法《ほう》を止めなければ、オリシャは焼き尽《つ》くされる。**

だが、これまでおれが見た火は、父上がつけた火だけだった。父上とおれが。おれは父上に尽《つ》くしてきた。もうこれ以上父上のうそを受け入れはしない。

「きみのものだ」おれは心を決める。「きみとアマリがなにをしようと……おれはじゃましない」

おれは手を差し出す。ゼリィはその手をじっと見つめる。今の言葉で十分かはわからない。だが、しばらく見つめたあと、ゼリィはおれの手に手をのせた。不思議な温かさがおれを満たす。

ゼリィの手がたこだらけなことに、はっとする。こん棒《ぼう》を使うせいだろう。手を離《はな》したあと、互《たが》いに視線《しせん》を避《さ》けるようにして、夜空を見あげる。

「じゃあ、いっしょにやるのね?」

おれはうなずく。「おれがどういう王になるか、見せてやる」

第四十八章　ゼリィ

オヤ、どうかうまくいくように助けてください。

声には出さずに祈《いの》りを捧《ささ》げる。心臓《しんぞう》がバクバクしている。影《かげ》にまぎれるように進み、戦士《せんし》たちの集落のはずれまで近づいて、身をかがめる。計画は完璧《かんぺき》のように思えたけれど、いざこうしてみると、失敗のシナリオしか浮《う》かんでこない。ゼインとアマリが中にいなかったら？　戦う相手が魔師《まし》だったら？　そして、イナンは大丈夫《だいじょうぶ》？

ちらりとイナンを見る。恐怖《きょうふ》がこみあげる。計画では、まずイナンに太陽石をわたさなければならない。あたしの頭がおかしくなったか、すでに負けが決まっているか、どちらかだ。

イナンはじっと前を見つめている。ぐっと歯を食《く》いしばり、門を守っている戦士《せんし》たちの数を数えている。ふだんの鎧《よろい》の代わりに、戦士《せんし》の少年が着ていた黒い服を身に着けている。

今もまだ、イナンのことをどう考えたらいいのかわからない。イナンにかきたてられる感情《かんじょう》がなにかもわからない。イナンの魔法《まほう》に対する見当ちがいの憎《にく》しみを見たとき、自分まで〈襲撃《レイド》〉

後の暗い日々《ひび》に引きもどされた。魔法《まほう》を憎《にく》み、母《マ》さん《マ》を責《せ》めていた日々《ひび》に。

あのころ、あたしはあたしたちをこんなふうにした神々《かみがみ》を呪《のろ》っていた。

のどにかたまりがこみあげ、むかしの苦しみを忘《わす》れようとする。今でもまだ、あたしはあのときうそのもたらした影《かげ》を抱《かか》えている。自分の血を憎《にく》み、白い髪《かみ》を引き抜《ぬ》きたくなるようなうその。

そのうそは、あたしを生きたまま食《く》らおうとした。サラン王のうそに惑《まど》わされ、あたしは己《おのれ》を憎《にく》んだ。サランはすでに母《マ》さん《マ》を奪《うば》った。真実までも奪《うば》わせはしない。

〈襲撃《レイド》〉のあと、あたしは母《マ》さん《マ》の教えにしがみつき、心に刻《きざ》みこんだ。数か月がたつうちに、それは血のようにあたしの体内を巡《めぐ》り、あたしはいつしか世界がなんて言おうと、魔法《まほう》は美しいと思うようになった。実際《じっさい》に魔法《まほう》を使うことはできなくても、神々《かみがみ》はあたしに贈《おく》り物を授《さず》けてくれたのだと。

けれど、イナンの涙《なみだ》のせいで、またあのうそがよみがえってしまった。世界があたしたちに信じさせようとした、おそろしいうそが。サランはまんまとやってのけたのだ。

イナンはすでに、当時のあたしとは比《くら》べ物にならないほど、自分のことを憎《にく》み切っている。

「よし。いくぞ」イナンがささやいた。

イナンに革《かわ》の袋《ふくろ》をわたし、手を離《はな》すのに、信じられないほどの力が必要だった。

「できる以上のことをしようとするな。それから、防御《ぼうぎょ》のための霊《れい》人形も残しておくんだぞ」

なにも感じたくないのに、イナンが木の陰《かげ》から門のほうへ歩いていくのを見て、胃《い》がねじれるような気持ちに襲《おそ》われる。イナンのざらざらの手の感触《かんしょく》がよみがえってくる。あのとき、不思議な安心感に満たされたことが。

二人の面をつけた戦士《せんし》が、イナンに武器《ぶき》をむけた。暗い影《かげ》に隠《かく》れていた者たちも、同じように武器《ぶき》を構《かま》える。上のほうからギリギリという音が響《ひび》いた。弓の弦《つる》を引き絞《しぼ》る音だ。

イナンもすべて聞こえているはずだが、まったく動じるようすもなく歩いていく。そして、百メートルほど手前でようやく足を止めた。あたしと門のちょうどあいだくらいだ。

「取引《とりひき》をしにきた。おまえたちが欲《ほ》しがるものを持ってきたのだ」

イナンはあたしの袋《ふくろ》を地面に放り投げ、太陽石を取り出した。石が与《あた》える衝撃《しょうげき》のことを忘《わす》れていた。ここからでも、イナンが息を呑《の》むのがわかった。

イナンの手から頭まで震《ふる》えが駆《か》け抜《ぬ》け、イナンの手のひらから淡《あわ》いブルーの光が脈打《みゃくう》つように発せられた。イナンもまぶたの裏《うら》に神の姿《すがた》を見ているのだろうか。

戦士《せんし》たちは予想どおり、その光景に引きつけられた。木の陰《かげ》から数人がじりじりと姿《すがた》を現《あらわ》し、武器《ぶき》を構《かま》えたままイナンを取り囲《かこ》む。

「ひざまずけ」仮面《かめん》をつけた女が大声で言い、戦士《せんし》たちを従《したが》えてそろそろと門の外に出てきた。女が斧《おの》をかかげてうなずくと、さらに大勢《おおぜい》の戦士《せんし》たちが姿《すがた》を現《あらわ》した。

信じられない。すでに、予想していた数を超《こ》えている。**四十……五十……六十人？** 木の上の射手《しゃしゅ》は何人いるのだろう？

「捕虜《ほりょ》を連れてこい。それが先だ」

「おまえを捕《と》らえてからだ」

木の門が開いた。イナンは女の戦士《せんし》をじっくりと見てから、一歩うしろにさがった。

「悪いな。それじゃ、取引《とりひき》には応《おう》じられない」

あたしは茂《しげ》みから飛び出し、全速力で走りだす。イナンが太陽石をアボンの球のように全力で投げてよこす。猛《もう》スピードで飛んでくる石を、跳《と》びあがってつかみ、胸《むね》に押《お》し当てるが、勢《いきお》いあまって地面にたたきつけられる。

「うっ」あたしは喘《あえ》ぐ。太陽石の力があたしを満たす。その酔《よ》うような感覚を、あたしは貪欲《どんよく》に求める。皮膚《ひふ》の下がカアッと熱くなり、魔法《まほう》の力が押《お》しよせ、血の中のアシェというアシェを燃《も》えあがらせる。

まぶたの裏《うら》に、またオヤが現《あらわ》れる。真っ黒い肌《はだ》に輝《かがや》くような深紅《しんく》のシルクをまとい、風にスカートが巻《ま》きあげられ、髪《かみ》はもつれ、首にかけたビーズが踊《おど》り狂《くる》っている。

オヤが手を伸《の》ばすと、手のひらから真っ白い光が放たれる。体の感覚がなくなる。けれど、自分がそちらに手を伸《の》ばしているのを感じる。ほんの一瞬《いっしゅん》、指先が触《ふ》れ合い——

世界が揺《ゆ》れ、息を吹《ふ》き返す。

「捕《つか》まえろ！」

だれかがどなる。だが、本当には聞こえない。あたしの血を流れる魔法《まほう》が吼《ほ》え、おびただしい数の霊《れい》を呼《よ》び出す。霊《れい》たちが呼《よ》びかけに答え、ツナミのようなゴォーという声が、生者の声をたちまち呑《の》みこむ。

月の引力に引きよせられる波のように、霊《れい》たちが突進《とっしん》してくる。

「エミ　アウォン　チ　オ　チ　スン――」

手を大地に押《お》しつける。あたしの触《ふ》れたところから、大地が深くひび割《わ》れていく。

足元の地面がうめき声をあげ、地の奥底《おくそこ》から死者の軍が立ち現《あらわ》れる。

霊《れい》は渦巻《うずま》くように飛び出してきて、周囲《しゅうい》の小枝《こえだ》や石や土塊《どかい》を巻《ま》きあげる。霊《れい》たちは、銀色に輝《かがや》くあたしの魔力《まりょく》で、形をとりはじめる。そしてあたしは、嵐《あらし》を放つ。

「攻撃《こうげき》しろ！」

第四十九章　アマリ

バシッという音が響《ひび》く。

クワメがゼインのあごを殴《なぐ》りつけるのを見て、めまいがする。

ゼインの頭がガクンと横に倒《たお》れ、血とあざと傷《きず》がいっしょくたになる。

「やめて！」わたしは悲鳴をあげる。涙《なみだ》が頰《ほほ》を流れる。ゼインの目に血が流れこみ、ズの癒《いや》しをだいなしにする。

クワメはくるりと体を回し、わたしのあごをつかむ。「おまえがここにいることを、ほかにだれが知っている？　ほかの兵士《へいし》たちはどこにいるんだ？」行動とは裏腹《うらはら》に、クワメの声は張《は》りつめ、絶望《ぜつぼう》の重い響《ひび》きをたたえている。わたしと同じくらい、傷《きず》ついているように聞こえる。

「兵士《へいし》たちなんていない。わたしたちといっしょにいた魔師《まし》を探《さが》してきて。彼女《かのじょ》なら、わたしが言ったことはすべて本当だって証明《しょうめい》してくれる！」

クワメは目を閉《と》じ、深く息を吸《す》いこむ。あまりにじっとしているので、わたしは思わずぶるっと震《ふる》える。

「ワリにきたやつらは、おまえとそっくりだった」クワメは腰《こし》から骨《ほね》の短剣《たんけん》を抜《ぬ》く。「おまえと同じしゃべり方をした」

「クワメ、聞いて――」

クワメがゼインの脚《あし》に短剣《たんけん》を突《つ》き刺《さ》す。わたしとゼインとどちらの悲鳴が大きかったか、もうわからない。

「怒《いか》りをぶつけるなら、わたしにして！」わたしは縛《しば》られたまま暴《あば》れ、ロープをほどこうとする。ゼインじゃなくて、わたしを傷《きず》つければいい。わたしをたたけばいい。わたしを殴《なぐ》ればいい。

心臓《しんぞう》を破城槌《はじょうづち》で打たれたような衝撃《しょうげき》に襲《おそ》われる。ビンタの姿《すがた》が浮《う》かんでくる。ビンタも苦しんでいる。あたしといっしょに苦しんでいる。

クワメがふたたびゼインの腿《もも》を突《つ》き刺《さ》す。わたしはまた悲鳴をあげる。さらに涙《なみだ》があふれ出し、視界《しかい》が曇《くも》る。クワメは震《ふる》える手で短剣《たんけん》を引き抜《ぬ》く。そして、ますます激《はげ》しく震《ふる》えながら、短剣《たんけん》をゼインの胸《むね》の上にかざす。

「これが最後のチャンスだ」

「わたしたちは敵《てき》じゃない！」わたしはさけぶ。「ワリの兵士《へいし》たちは、わたしの愛する人のことも殺《ころ》したのよ！」

「うそだ」クワメは声を詰《つ》まらせる。手の震《ふる》えを止め、短剣《たんけん》をふりあげる。「あの兵士《へいし》たちは、おまえの仲間だ。おまえが愛しているのは、やつら――」

テントの入り口がさっと開く。フォラケが飛びこんできて、クワメに跳《と》びかかるように抱《だ》きつく。

「敵《てき》が襲《おそ》ってきた！」

クワメの顔が曇《くも》る。「こいつの兵士《へいし》か？」

「わからない。むこうには魔師《まし》がいるみたいなのよ！」

クワメはフォラケに骨《ほね》の短剣《たんけん》をわたし、飛び出していく。

「クワメ――」

「そこにいろ！」クワメがさけびかえす。

フォラケはくるりとこちらをむいて、わたしたちを見る。わたしの涙《なみだ》と、ゼインの脚《あし》から噴《ふ》き出る血を。そして、口を手で押《お》さえ、短剣《たんけん》を放り出して、テントから飛び出していく。

「ゼイン？」ゼインは歯を食《く》いしばり、木の根に体を押《お》しつけている、ズボンに血の染《し》みが広がっていく。ゼインは腫《は》れあがってほとんど開いていない目でゆっくりとまばたきして、言う。

「大丈夫《だいじょうぶ》か？」

これ以上ないほどの痛《いた》みとともに、涙《なみだ》がわきあがる。殴《なぐ》られ、刺《さ》され、それでも、わたしのことを気遣《きづか》ってくれるのだ。

「逃《に》げなくちゃ」

わたしはこれまで以上に必死になってロープを引っぱりはじめる。プチッという音がして、ロープがほつれはじめる。ロープが皮膚《ひふ》に食《く》いこむ。でも、胸《むね》には別の痛《いた》みがあふれている。宮殿《きゅうでん》にいたころと、なにも変わらない。金の鎖《くさり》につながれていたころと。わたしは、今のようにあのときも戦うべきだったのだ。

そうしていれば、ビンタが死ぬこともなかったのだ。

歯を食《く》いしばり、かかとを地面に食《く》いこませる。ウッとうなって、かかとを踏《ふ》ん張《ば》り、全身を使って縛《しば》りつけられた木から逃《のが》れようとする。

「アマリ」ゼインの声がどんどん小さくなっていく。出血が多すぎる。木の皮が足の裏《うら》に突《つ》き刺《さ》さる。でも、構《かま》わず、さらに力を入れて引っぱる。

突《つ》け、アマリ。

頭の中にお父さまの声が響《ひび》く。でも、わたしに必要なのは、お父さまの力ではない。

勇気を持って、アマリ。ビンタのやさしい声が励《はげ》ます。

ライオーンになれ。

「ああっ」わたしは痛《いた》みに悲鳴をあげる。ガクンと前へ出て、顔から土の床《ゆか》に倒《たお》れこむ。気配を感じてもどってきたフォラケが短剣《たんけん》を拾おうと突進《とっしん》する。わたしは這《は》うように立ちあがり、フォラケに跳《と》びかかる。

「あっ」フォラケがうめく。わたしは頭から突《つ》っこんでいって、そのままフォラケを床《ゆか》に押《お》し倒《たお》す。フォラケは骨《ほね》の短剣《たんけん》をつかむけど、あたしはフォラケののどに突《つ》きを入れる。フォラケがゴホゴホ咳《せ》きこんでいるあいだに、みぞうちをひじで突《つ》く。

フォラケの手から骨《ほね》の短剣《たんけん》が落ちる。わたしは象牙《ぞうげ》の柄《つか》をつかむ。とたんに、ぞくっとするような奇妙《きみょう》な荒々《あらあら》しい力が流れこんでくる。

突《つ》け、アマリ。

お父さまの顔がもどってくる。険《けわ》しい顔。情《なさ》けのかけらもない顔。

おまえに言ったはずだ。戦わなければ、ウジ虫どもにやられると。

でも、フォラケを見て、クワメの目に浮《う》かんだのと同じ苦しみを見る。ズの小さな肩《かた》にのしかかっていた恐怖《きょうふ》を、お父さまのもたらした悲しみを、お父さまの奪《うば》った命を。

お父さまのようにはなれない。

魔師《まし》はわたしの敵《てき》ではない。

わたしは短剣《たんけん》を捨《す》て、こぶしをふりあげて、フォラケのあごにふりおろす。フォラケの頭がガクンと垂《た》れ、フォラケは白目をむいて意識《いしき》を失う。

わたしはフォラケの上から飛び降《お》りると、短剣《たんけん》をつかんで、ゼインの手首を縛《しば》っているロープを切る。ロープが床《ゆか》に落ちる間もなく、すぐにまたそのロープでゼインの腿《もも》の傷《きず》の上を縛《しば》る。

「逃《に》げろ」ゼインはわたしを突《つ》き放そうとするが、腕《うで》に力が入らない。「もう間に合わない」

「黙《だま》ってて」

ゼインの皮膚《ひふ》は冷たくてべとべとしている。ロープをきつく縛《しば》ると、出血がゆっくりになる。でも、ゼインは目を開いていることもままならない。これだけじゃ、だめだ。

テントの外のようすをうかがう。戦士《せんし》たちは面もつけずに走りまわり、パニック状態《じょうたい》になっている。集落の境目《さかいめ》は見えないけれど、逃《に》げる人たちの波についていけるかもしれない。

「いくわよ」わたしは木の枝《えだ》を折り、テントにもどると、間に合わせの杖《つえ》にして、ゼインの右手に持たせる。そして、もう片方《かたほう》の腕《うで》を自分の肩《かた》に回し、ぐっと膝《ひざ》に力を入れてゼインの体重を支《ささ》えようとする。

「アマリ、むりだ」ゼインが顔をしかめる。呼吸《こきゅう》が速く、浅い。

「しゃべらないで」わたしはぴしゃりと言う。「ぜったいに置いていったりしない」

わたしをてこに、杖《つえ》を支《ささ》えにして、ゼインはけがをしていないほうの脚《あし》をなんとか踏《ふ》み出す。そうやってテントの入り口までいって、最後にひと息つく。

「ここで死んだりしないわ」わたしは言う。ぜったいに死ぬもんか。

第五十章　イナン

目の前にあるのは迷路《めいろ》だ。

面と土の霊《れい》人形の迷宮《めいきゅう》だ。

敵味方《てきみかた》が入り乱《みだ》れた中に突《つ》っこんでいく。剣《けん》をよけ、木の根を飛び越《こ》え、門を目指す。

さらに面の戦士《せんし》たちが飛び出してくる。なにがなんだかわからないまま、なんとか状況《じょうきょう》を把握《はあく》しようとしている。ゼリィの霊《れい》人形たちは、隆起《りゅうき》する山のごとく大地を割《わ》り、次々《つぎつぎ》と飛び出してくる。逃《のが》れることのできない疫病《えきびょう》のように、集落にあふれ、地を埋《う》め尽《つ》くす。

うまくいくぞ。思わず笑《え》みが浮《う》かぶ。これは、まったくちがう次元の戦いなのだ。

想像《そうぞう》をはるかに超《こ》える複雑《ふくざつ》さを持ったセネットのゲームなのだ。

まわりじゅうで戦士《せんし》たちが悲鳴をあげ、ゼリィの霊《れい》人形に倒《たお》されていく。この世に姿《すがた》を得《え》た霊《れい》たちは、まゆのように敵《てき》を包みこみ、その動きを奪《うば》っていく。

生まれて初めて、魔法《まほう》の持つ力にただただ心を躍《おど》らせる。呪《のろ》いではない。これは神々《かみがみ》からの贈《おく》り物だ。戦士《せんし》が一人、襲《おそ》いかかってくるが、剣《けん》に手を伸《の》ばす必要すらない。霊《れい》人形が体当たりして、戦士《せんし》を突《つ》き飛ばす。

倒《たお》れた戦士《せんし》を飛び越《こ》えたとき、霊《れい》人形がこちらを見あげた。それとわかる目はないのに、視線《しせん》を感じた。とたんに寒気が背中《せなか》を駆《か》けあがった。

「ウッ！」

その声は遠かったが、頭の中にこだました。

海のにおいが揺《ゆ》らめく。

おれはふりかえった。矢がゼリィの腕《うで》を貫《つらぬ》いていた。

「ゼリィ！」

また矢が飛んできて、ゼリィの脇腹《わきばら》に突《つ》き刺《さ》さる。ゼリィがどうっと倒《たお》れる。新たな霊《れい》人形が現《あらわ》れ、矢にむかっていく。

「いって！」おれがいきり立つのを見て、ゼリィがさけぶ。片手《かたて》に太陽石を握《にぎ》りしめたまま、もう片方《かたほう》の手でわき腹《ばら》の傷《きず》を押《お》さえている。

脚《あし》が石のように重くなるが、ゼリィの命令を無視《むし》するわけにはいかない。門まであと数メートルだ。妹が、彼女《かのじょ》の兄が、巻《ま》き物《もの》が、あの中にあるのだ。

おれは門をめがけて走りつづける。だが、そのとき、別のものが目に留《と》まり、足を止める。がっしりした体格《たいかく》のディヴィナが門から飛び出してきた。手も顔も血だらけだ、なぜかそれを見て、ゼインを思い出す。

だが、それよりも煙《けむり》と灰《はい》のにおいだ。男がおれの横を通りすぎた瞬間《しゅんかん》、そのにおいにねじふせられるような気がする。なぜかわからないまま、ふりむき、そのディヴィナの両手から炎《ほのお》があがるのを見る。

〈燃《も》す者〉だ……

おれは動けなくなる。父上に植えつけられた恐怖《きょうふ》にふたたび火がつく。父上の最初の家族を焼き殺《ころ》した魔師《まし》だ。父上を戦いに駆《か》り立てることになったモンスターだ。

魔師《まし》の手にはもはや抑《おさ》えきれない炎《ほのお》が燃《も》えあがり、真《ま》っ赤《か》な煙《けむり》をあげている。夜の闇《やみ》に赤々《あかあか》と輝《かがや》き、ゴウゴウという音はもはや獣《けもの》の咆哮《ほうこう》だ。その音はおれの耳を聾《ろう》し、ねじれて、悲鳴に変わる。父上の家族が泣きさけぶ声になる。

〈燃《も》す者〉が現《あらわ》れたのと同時に、木の上からさらに矢が放たれ、ゼリィはじりじりとうしろにさがる。ひとりでは、どうしようもない。

太陽石がゼリィの手からすべり落ちる。

だめだ！

大地が揺《ゆ》れ、時間が止まり、きたるべき恐怖《きょうふ》が姿《すがた》を現《あらわ》す。〈燃《も》す者〉が石めがけて突進《とっしん》する。

最初からそのつもりだったにちがいない。

ゼリィが腕《うで》を伸《の》ばす。〈燃《も》す者〉の炎《ほのお》に、ゼリィの苦痛《くつう》に満ちた顔が照らし出される。だが、ゼリィの手は届《とど》かない。

〈燃《も》す者〉の手が石をかすめた瞬間《しゅんかん》、彼《かれ》の体が炎《ほのお》に包まれる。

炎《ほのお》は彼《かれ》の胸《むね》の内から燃《も》えあがり、のどと手と足から噴《ふ》き出す。

天よ。

これまで目にした何ともちがう。

炎《ほのお》がすべてを焼き尽《つ》くす、周囲《しゅうい》の空気が火傷《やけど》するほど熱くなる。〈燃《も》す者〉の足元の地面が真《ま》っ赤《か》に燃《も》えている。まわりの土が、鍛冶炉《かじろ》の鉄のように溶《と》けていく。

考えるより先に足が動いていた。マンモスツリーと凍《こお》りついたように立ちすくんでいる戦士《せんし》たちのあいだを駆《か》け抜《ぬ》けていく。なにも考えていない。自分がどう攻撃《こうげき》するつもりかもわからない。

だが、それでも走っていく。

〈燃《も》す者〉が燃《も》えあがる両手を顔の前にかかげ、どうしたらいいのかわからないというように見つめているのを見る。

だが、その手がぐっと握《にぎ》られ、足もとから闇《やみ》が放たれる。新しい力、ふたたび見出された真実。

彼《かれ》は今度こそ、本当の力を手に入れたのだ。

彼《かれ》が使いたくてたまらなかった力を。

「ゼリィ！」

〈燃《も》す者〉はゼリィのほうへのしのしと歩いていく。霊《れい》たちが次々《つぎつぎ》襲《おそ》いかかるが、〈燃《も》す者〉はものともせずに歩きつづける。霊《れい》たちは砕《くだ》け散り、炎《ほのお》をあげて降《ふ》り注ぐが、見向きもしない。

ゼリィは立ちあがって戦おうとするが、傷《きず》が深く、ふたたび倒《たお》れる。〈燃《も》す者〉が手のひらをかかげる。

「やめろ！」

おれは、ゼリィの前に飛び出す。〈燃《も》す者〉の炎《ほのお》を目の前にして、恐怖《きょうふ》とアドレナリンが体を駆《か》け巡《めぐ》る。

〈燃《も》す者〉の手のひらで炎《ほのお》の星がくねり、熱で空気がぐにゃっと曲がる。

抑《おさ》えつけていた魔法《まほう》の力がせりあがってくる。そのまま一気に指先まで流れこむ。カエアの意思をしばりつけたときの光景がよみがえってくる。おれは両手をかかげ――

「やめて！」

〈燃《も》す者〉がビクンとして動きを止める。

そして、声の主のほうをふりかえるのを見て、おれは戸惑《とまど》う。年若《としわか》い少女が、細い眉《まゆ》をしかめ、こちらへやってくる。

月の光が少女の顔を照らし、髪《かみ》が白く輝《かがや》く。少女はやってきて、おれの白い髪《かみ》をじっと見つめる。

「わたしたちの仲間よ」

〈燃《も》す者〉の炎《ほのお》の星がふっと消えた。

第五十一章　ゼリィ

イナンがあたしを守ろうとした。

あらゆる疑問《ぎもん》や混乱《こんらん》の中で、それがなによりも信じられなかった。イナンが太陽石を取り返し、あたしの手にもどしたときに、その思いがよぎり、あたしを抱《かか》えて抱《だ》きしめたときに、膨《ふく》れあがった。

白い髪《かみ》の少女のあとにつづいて、イナンはわたしを抱《かか》えたまま門をくぐった。戦士《せんし》たちが面を外し、白い髪《かみ》をあらわにする。門の中にいる戦士《せんし》たちもほとんどがディヴィナだった。

どういうこと？

痛《いた》みでかすむ意識《いしき》の中で、なんとか理解《りかい》しようとする。〈燃《も》す者〉、大勢《おおぜい》のディヴィナ、彼《かれ》らを率《ひき》いている幼《おさな》い少女。けれど、ついに彼《かれ》らの集落を目にしたとき、すべての憶測《おくそく》が消え去った。

マンモスツリーに囲《かこ》まれた土地は、いくつかの谷が集まって、巨大《きょだい》な窪地《くぼち》のようになっていた。底は広々《ひろびろ》とした平野になっていて、色鮮《あざ》やかなテントや荷車が並《なら》んでいる。遠くのほうから、揚《あ》げたバナナとジョロフライスの香りが漂《ただよ》ってきて、銅《どう》のような血の味をかき消した。子どものときですら見たことがないほど大勢《おおぜい》のディヴィナたちがいる。ヨルバ語のつぶやきも聞こえる。背《せ》の高いラベンダー色のつぼのまわりに花を飾《かざ》っているディヴィナたちがいる。神殿《しんでん》だ。天の母への捧《ささ》げ物なのだ。

「この人たちは?」イナンは、みんながズと呼《よ》んでいる少女にたずねた。「ここでなにを?」

「ちょっと待ってください。あなたのお友だちを返して、質問《しつもん》に答えると約束するから。でも、今は時間が必要なの」

ズは横にいるディヴィナになにかささやいた。もようのついた緑のスカートをはき、同じもようの布《ぬの》を頭に巻《ま》いている。

「テントにはいなかったの」緑のディヴィナがささやき返す。

「なら、見つけてきて」少女の声がこわばっている。「門の外には出ていない。つまりそんなに遠くへはいっていないはずよ。友だちがきたと伝えて。あの人たちはやっぱり本当のことを言っていたのよ」

もっと聞こうと首を伸《の》ばしたとたん、体の芯《しん》に痛《いた》みが走った。思わず身をよじると、イナンがさらにぐっと抱《だ》きよせた。イナンの心臓《しんぞう》の鼓動《こどう》が聞こえてくる。打ちよせる波のように力強い音が。またもや戸惑《とまど》いが膨《ふく》らむ。

「〈燃《も》す者〉に殺《ころ》されたかもしれないのに」あたしはささやく。あの魔師《まし》がそばに立っただけで、皮膚《ひふ》が焼かれた。腕《うで》の火傷《やけど》の跡《あと》はただれて水ぶくれになり、まだヒリヒリしている。痛《いた》みとともに、焼けるような熱さを思い出す。これが最期《さいご》になると思ったときの焼けつくような息を。魔法《まほう》は初めて、あたしの敵《てき》となった。

もう少しで死ぬところだったのだ。

「なに考えてたのよ？」

「きみは死ぬところだった」イナンは言った。「おれはそうじゃなかった」

そして、手を伸《の》ばし、あたしのあごの傷《きず》にそっと触《ふ》れた。奇妙《きみょう》な震《ふる》えが走る。あらゆる反論《はんろん》がのどでごちゃまぜになる。なんて言ったらいいのか、わからない。

イナンはまだ、太陽石に触《ふ》れたときの輝《かがや》きに包まれている。魔法《まほう》の力を手にしているときのイナンは、健康的な赤銅色《しゃくどういろ》の肌《はだ》をしている。ランタンの光に照らされ、優美《ゆうび》な骨《ほね》の形が見える。以前のような骨《ほね》と皮ばかりの姿《すがた》ではない。

「そこがいい」ズはあたしたちをテントに招《まね》き入れる。間に合わせのベッドがいくつか、用意されている。

「そこに寝《ね》かせてあげて」ズが指さしたベッドに、イナンはそっとあたしをおろす。粗《あら》い目のコットンの枕《まくら》に頭をのせたとたん、吐《は》き気がこみあげる。

「蒸留酒《じょうりゅうしゅ》と包帯をくれ」イナンが言う。

ズは首をふる。「わたしに任《まか》せて」

ズは手のひらをあたしの脇腹《わきばら》の傷《きず》に押《お》しつける。あたしは痛《いた》みに身をよじる。ズが呪文《じゅもん》を唱えはじめると、焼けるような痛《いた》みがわき腹《ばら》に突《つ》き刺《さ》さる。

「ババルアイェ　ドゥ　チ　ミ　バイ　バイ。フン　ミ　ニ　アバラ、キンレ、フン、アウォントク　ニ　アバラ――」（ババルアイェ、今こそわたしのそばに立っておくれ。わたしに力を与《あた》えよ。死者たちに力を与《あた》えられるように。）

あたしはなんとか頭を持ちあげる。ズの手の下であざやかなオレンジ色《いろ》の光が輝《かがや》いているのが見える。触《ふ》れられたときの痛《いた》みが、しびれるような温かさに変わっていく。体の内側の焼けつくような熱がさめていき、鈍《にぶ》い痛《いた》みになる。

ズの手から発せられるやわらかな光が、皮膚《ひふ》の中に潜《もぐ》っていって、裂《さ》けた筋肉《きんにく》や切れたじん帯の隅々《すみずみ》まで広がっていく。

あたしは長い息を吐《は》く。ズの魔法《まほう》があたしの傷《きず》を治している。

「大丈夫《だいじょうぶ》か？」

イナンを見あげる。イナンの手を握《にぎ》りしめていたことに気づく。顔がカアッと熱くなり、手を離《はな》して、矢の刺《さ》さったところをなぞってみる。まだ血が乾《かわ》いてもいないのに、傷《きず》は完全に閉《と》じている。

またもやさまざまな疑問《ぎもん》が浮《う》かんでくる。さっきとはちがい、痛《いた》みは消え、意識《いしき》もはっきりしているから、早く答えを知りたくてたまらない。この一時間あまりで、この十数年間で見たよりも多くの魔法《まほう》を目にしたのだ。

「話を聞かせて」あたしはまじまじとズを見る。赤みがかったブラウンの肌《はだ》には不思議なほどなじみがある。二か月に一度、イロリンにやってきて、シーソルトマスと、あたしたちの料理したタイガーフィッシュを交換《こうかん》していた漁民たちと同じ肌《はだ》の色だ。

「どういうことなの？　ここはどこ？　骨《ほね》の短剣《たんけん》と巻《ま》き物《もの》はどこにあるの？　あたしの兄と彼《かれ》の妹は？　さっき、あたしの兄はここにいるって言った――」

あたしは口を閉《と》じた。テントの入り口がさっとめくれ、アマリが、意識《いしき》のもうろうとしているゼインを抱《かか》えるようにして入ってきたのだ。あたしはぱっと立ちあがって、アマリに手を貸《か》した。ゼインはろくに立っていられないほど傷《きず》だらけだ。

「なにをしたのよ！」あたしはさけぶ。

アマリは骨《ほね》の短剣《たんけん》を抜《ぬ》いて、ズの首にむけた。「彼《かれ》を治して！」

ズは両手をあげて、うしろにさがった。

「彼《かれ》をおろして」ズは深く息を吸《す》いこんだ。「質問《しつもん》にぜんぶ答えるから」

あたしたちはこわばった沈黙《ちんもく》の中にすわり、ズことズウライカがゼインの脚《あし》と頭の傷《きず》を癒《いや》していくのを見ていた。ズのうしろには、クワメとフォラケが緊張《きんちょう》したようすで立っている。

あたしが袋《ふくろ》に触《ふ》れ、中の太陽石の熱を確認《かくにん》するのを見て、クワメはもぞもぞと体を動かした。

彼《かれ》を見ると、どうしても炎《ほのお》に取り囲《かこ》まれていた彼《かれ》の顔を思い出してしまう。

ズが命令して、ナイラを連れてきてくれたので、あたしはほっとしてナイラによりかかった。ナイラの脚《あし》のうしろに袋《ふくろ》を押《お》しこんで、石がみなの目に入らないようにする。けれども、癒《いや》しの呪文《じゅもん》を唱えているうちに、ズの手足が震《ふる》えだしたのを見て、太陽石を貸《か》してあげたい衝動《しょうどう》にかられた。

ズを見ていると、五歳《さい》のころにもどって、包帯とお湯の入った鍋《なべ》を持って母《マ》さん《マ》のあとをついて回っているような気持ちになってくる。村の〈癒《いや》す者〉がひとりで重病人を治せないときはいつも、母《マ》さん《マ》が手を貸《か》していた。二人は並《なら》んですわり、〈癒《いや》す者〉が呪文《じゅもん》を唱えているあいだ、母《マ》さん《マ》は病人の呼吸《こきゅう》が止まらないようにする。**優《すぐ》れた〈刈《か》る者〉は死を操《あやつ》るだけではないのよ、ゼル。人々《ひとびと》が生きるのに手を貸《か》すこともできるの。**

ズの小さな手を見つめ、母《マ》さん《マ》の手を思い出す。まだ若《わか》いのに、ズはすぐれた魔法《まほう》の使い手だった。彼女《かのじょ》がいちばんに巻《ま》き物《もの》に触《ふ》れたディヴィナだと知って、納得《なっとく》する。

「そのときは、自分が持っている力がなにか、わかっていなかった」ズの声は、魔法《まほう》を使った疲《つか》れでかすれている。フォラケが水の入った木のコップをわたすと、ズはうなずいてお礼を言い、一口すすった。「サランの兵士《へいし》たちがワリを襲《おそ》ったときは、まだ用意ができていなかった。なんとか逃《に》げたけれど、巻《ま》き物《もの》は奪《うば》われてしまった」

イナンとアマリは黙《だま》って顔を見合わせる。イナンの顔に宿っていた罪《つみ》の意識《いしき》がアマリにも広がっていく。

「ワリが襲《おそ》われたあと、安全な場所が必要だとわかった。兵士《へいし》たちがやってこられない場所が。最初は、数個《すうこ》のテントから始まった。けれど、オリシャのディヴィナたちに暗号化したメッセージを送って、徐々《じょじょ》に人数が増《ふ》えていった」

イナンは前に身をのりだした。「一カ月でこの集落を造《つく》ったということか？」

「そんなふうには感じていなかった」ズは肩《かた》をすくめた。「神々《かみがみ》がディヴィナをここへ導《みちび》いているように感じられた。気がついたときには、集落が自然にできていた」

ズの顔にかすかな笑《え》みが浮《う》かんだが、アマリとゼインのほうを見ると、消えた。ズはごくりとつばを飲みこむと、うつむいて、両腕《りょううで》をさすった。

「あんなことをして――」ズは言いよどんだ。「わたしが、あんなことをするのを許《ゆる》してしまった……ごめんなさい。あなたを傷《きず》つけたりしたくなかった。本当よ。でも、偵察《ていさつ》にやった者が、巻《ま》き物《もの》を持った貴族《きぞく》を見たと言って。だから、危険《きけん》を冒《おか》すわけにはいかなかった」そして、ぎゅっと目をつぶると、涙《なみだ》がツーッと流れ落ちた。「ワリの二の舞《まい》になるわけにはいかなかった」

ズの涙《なみだ》を見て、あたしの目までちくちくしてきた。クワメが苦しげに顔をゆがめる。ゼインにひどいことをしたクワメを憎《にく》みたかった。でも、憎《にく》むことなどできない。あたしだって、同じだったから。いや、もっとひどい。イナンが止めてくれなかったら、少年の戦士《せんし》を刺《さ》し殺《ころ》すところだった。答えが欲《ほ》しいというだけで。今ごろ、彼《かれ》は泥《どろ》の中に転がっていたかもしれないのだ。

ベッドに横たわって、ズの癒《いや》しを待つ代わりに。

「すまなかった」クワメは声をしぼり出すようにぼそりと言った。張《は》りつめた声で。「だけど、約束していたんだ、ここの人たちを守るって」

ふたたび炎《ほのお》に包まれていたクワメの顔が思い浮《う》かんだが、もうそれほど恐怖《きょうふ》には感じなかった。彼《かれ》の魔法《まほう》に血が凍《こお》るような恐怖《きょうふ》を味わったのはたしかだけど、それは仲間を守るためだったのだ。あたしたちディヴィナを。神々《かみがみ》だって、それで彼《かれ》を責《せ》めはしないだろう。あたしがとやかく言えるはずがない。

ズは頬《ほほ》に流れる涙《なみだ》をぬぐった。その瞬間《しゅんかん》のズはひどく幼《おさな》く見えた。ふだんは、幼《おさな》いままでいることを世界が許《ゆる》さないのだ。気がつくと、あたしは手を伸《の》ばして、ズを抱《だ》きよせていた。

「ごめんなさい」ズはあたしの肩《かた》に顔をうずめた。

「いいの」背中《せなか》をさすってやる。「あなたは自分の仲間を守ろうとしたんだもの。しなければならないことをしただけ」

アマリとゼインを見ると、二人ともうなずいた。あたしたちにズを責《せ》めることはできない。ズの立場《たちば》なら、まったく同じことをしようとしただろうから。

「これを」ズ――ズウライカは黒いダシキのポケットから巻《ま》き物《もの》を取り出すと、あたしに押《お》しつけるようにわたしした。「必要なものはなんでも言って。ここにいるみんなが手助けをする。わたしの言うことに、みんなは耳を傾《かたむ》けてくれる。ワリでわたしがいちばんに巻《ま》き物《もの》に触《ふ》れたから。

でも、アマリが言ったことが本当なら、神々《かみがみ》に選ばれたのはあなた。あなたの命令なら、なんでも従《したが》うつもりよ」

皮膚《ひふ》の下で不安が渦《うず》を巻《ま》く。この人たちを率《ひき》いることなんてできない。自分のこともままならないのに。

「ありがとう。でも、あなたはここでちゃんと役割《やくわり》を果たしてる。このまま、みんなを守ってあげて。あたしたちはザイラへいって、船を借りるつもり。夏至《げし》まであと五日しかないから」

すると、フォラケが言った。「ザイラに親戚《しんせき》がいるの。商人よ。信頼《しんらい》できる。あたしがいっしょにいけば、船を貸《か》してもらえる」

「あたしもいく」ズウライカはあたしの手を握《にぎ》った。その小さな手から希望を感じる。「ここには自衛《じえい》できるだけの人数は十分いる。それに、〈癒《いや》す者〉は役に立つはずよ」

「おれも連れていってくれるなら……」クワメはそこで黙《だま》ってしまった。けれど、咳払《せきばら》いをして、思い切って顔をあげ、ゼインとアマリと目を合わせた。「いっしょに戦いたいんだ。火は身を守るのに役立つから」

ゼインはクワメを冷ややかな目で見つめ、腿《もも》の傷跡《きずあと》をもんだ。出血は止まっていたけれど、ズにも、すべての痛《いた》みを取り去る力はなかった。

「おれの妹を守れ。じゃないと、次に、脚《あし》を刺《さ》されるのはおまえだ」

「わかった」クワメは手を差し出した。ゼインはその手を握《にぎ》って、握手《あくしゅ》した。ほっとするような沈黙《ちんもく》がテントを満たし、二人の握《にぎ》られた手を通して謝罪《しゃざい》が交《か》わされた。

「お祝いね！」ズはうれしそうににっこり笑った。無邪気《むじゃき》な明るい笑顔《えがお》は、ズを年相応《としそうおう》にみせた。ズの喜《よろこ》びはまわりにも伝染《でんせん》し、ゼインすら歯を見せて笑っていた。「なにか楽しいことをしたいってずっと思ってたの。集落のみんなを一つにまとめるような。本当は今の時期じゃないけれど、明日、アジョヨをしたらどうかな」

「アジョヨを？」あたしは自分の耳が信じられずに身をのりだした。子どものころ、空の母と神々《かみがみ》の誕生《たんじょう》を祝うアジョヨは、一年でもいちばん楽しみにしている日だった。父《ババ》さんはいつも母《ママ》さんとあたしにおそろいのカフタンを買ってくれた。ビーズのついたシルクのカフタンで、うしろに引きずるような長いトレーンがついている。〈襲撃《レイド》〉のまえ、最後に祝ったアジョヨのときは、母《ママ》さんは一年かけてお金をためて、あたしの髪《かみ》を編《あ》むのに使う金メッキの輪を買ってくれた。

「きっとすてきよ」興奮《こうふん》が高まるにつれ、ズのしゃべり方も早くなる。「テントを片付《かたづ》けて、パレードをするの。聖《せい》なる物語《ものがたり》のための場所を決めなきゃ。舞台《ぶたい》を作って、ディヴィナにひとりずつ巻《ま》き物《もの》に触《ふ》れてもらう。魔法《まほう》がもどってくるのを、みんなが見るのよ！」

一瞬《いっしゅん》のためらいがよぎり、首筋《くびすじ》がぞくっとする。クワメの炎《ほのお》の記憶《きおく》がよみがえる。一日前までは、ディヴィナを全員魔師《まし》にすることが夢《ゆめ》だった。でも、あたしは初めて、心が揺《ゆ》れるのを感じた。魔法《まほう》を使う者が増《ふ》えれば、太陽石がまちがった者の手にわたる可能性《かのうせい》も高くなる。**でも、あ**

たしがちゃんと石を見ていれば……ここのディヴィナたちがすでにズに従《したが》っているのなら……

「なにを考えてるの?」ズがたずねた。

あたしはズとクワメを見比《みくら》べた。クワメはにっこり笑った。

「すばらしいと思う。きっとみんなが一生忘《わす》れないアジョヨになる」

「夏至《げし》の儀式《ぎしき》はどうするの?」アマリがたずねた。

「お祝いのすぐあとに出発すれば、十分間に合う。まだ五日ある。フォラケの船を使えば、半分の時間でザイラに着けるし」

ズがうれしそうに顔を輝《かがや》かせた。本当に光を発しているみたいだ。ズがあたしの手をぎゅっと握《にぎ》ると、体じゅうが温かさに包まれ、あたしははっとした。味方ができただけではない。あたしたちに、あたしたちの共同体ができたのだ。

「じゃあ、そうしよう!」ズは飛び跳《は》ねんばかりの勢《いきお》いでアマリの手もつかんだ。「わたしたちにはそのくらいしかできないから。あなたたち四人を歓迎《かんげい》する方法を、ほかには思いつかないし」

「三人だ」ゼインが言った。そのそっけない口調が、あたしの興奮《こうふん》の芽を摘《つ》み取った。ゼインはイナンのほうにあごをしゃくった。「彼《かれ》は、仲間じゃない」

イナンとゼインがじっと目を合わせるのを見て、胸《むね》が痛《いた》くなる。この話がいずれ出るのはわかっていた。ただもう少し先ならいいと思っていた。

ズはピリピリした空気を感じ取って、ぎこちなくうなずいた。「四人だけで少し話して。わたしたちは、明日のためにいろいろ用意することもあるから」

そして、立ちあがると、クワメとフォラケを連れて出ていった。あとには、沈黙《ちんもく》が残された。あたしはほかにどうしようもなくて手に持った巻《ま》き物《もの》をじっと見つめた。これからどうすれば？　あたしたちは――そもそも「あたしたち」って？

「すぐにそうかと呑《の》みこめることじゃないのはわかってる」イナンが切り出した。「だが、きみとアマリがさらわれたときから、いろいろなことが変わったんだ。簡単《かんたん》なことじゃないのはわかっているが、もしきみの妹がおれのことを信頼《しんらい》するようになってくれれば――」

ゼインがぱっとこちらをむいた。みぞうちをこん棒《ぼう》で殴《なぐ》られたような気持ちだった。ゼインの表情《ひょうじょう》がすべてを物語っている。**うそだと言ってくれ。**

「ゼイン、イナンがいなかったら、あたしもさらわれるところだったの――」

イナンがあたしを助けたのは、自分の手であたしを殺《ころ》したかったから。戦士《せんし》たちに襲《おそ》われた時点ではまだ、イナンはあたしの心臓《しんぞう》を剣《けん》で貫《つらぬ》きたいと思っていた。

あたしは息を吸《す》い、こん棒《ぼう》を手でなぞりながら話しはじめた。ここでこじらせるわけにはいかない。ゼインに耳を傾《かたむ》けてもらわなければならない。

「あたしはイナンのことを信用していなかった。最初は。でも、イナンはあたしといっしょに戦ってくれた。あたしが殺《ころ》されかけたとき、身をていして守ってくれた」声がだんだん小さくなる。だれの顔も見ることができずに、自分の手を見つめる。「イナンは見たの。そして、感じた。あたしが言葉では説明できないものを」

「そんな話、信じられると思うか？」ゼインは腕《うで》を組んだ。

「なぜなら……」あたしはイナンを見た。「彼《かれ》は魔師《まし》だから」

「えっ？」アマリがあんぐりと口をあけ、イナンのほうを見た。兄の髪《かみ》に白いものがまざっているのには気づいていたけれど、今初めて、その意味を悟《さと》ったのだ。

「そんなこと、ありえるの？」

「おれにもわからない。ラゴスのあのときからだ」イナンは答えた。

「おれたちの村を焼き尽《つ》くすまえか⁉」ゼインがどなった。

イナンはぐっと歯を食《く》いしばった。「あのときは、知らなかったんだ――」

「だが、レカンを切り殺《ころ》したときは、知っていたはずだ」

「彼《かれ》は魔法《まほう》で攻撃《こうげき》してきた。だから、司令官はおれたちの命を守ろうと――」

「昨日の夜、妹を殺《ころ》そうとしたときはどうなんだ？　あのときは魔師《まし》だったのか？」ゼインは立ちあがろうとして、ぱっと腿《もも》を押《お》さえ、痛《いた》みに顔をしかめた。

「大丈夫《だいじょうぶ》？」あたしは手を貸《か》そうとしたが、ゼインにふり払《はら》われた。

「まさかそんなバカじゃないよな」ゼインの目の奥《おく》に、別の痛《いた》みがよぎる。「ゼル、こいつを信じるなんて、ありえない。魔師《まし》だろうとそうじゃなかろうと、おれたちの味方のはずがない」

「ゼイン――」

「こいつはおまえを殺《ころ》そうとしたんだぞ！」

「待ってくれ」イナンが言った。「おれのことを信用できないのは、わかる。だが、もう争いたくない。おれたちはみな、同じことを望んでいるんだ」

「なにをだ？」ゼインはあざけるように言った。

「よりよいオリシャだ。きみの妹のような魔師《まし》が、常《つね》に恐怖《きょうふ》にさらされながら生きずにすむ国だ。オリシャをもっといい国にしたいんだ」イナンは琥珀色《こはくいろ》の目であたしを見つめた。「きみといっしょに、変えていきたいんだ」

あたしはむりやり顔をそむけた。顔に出てしまうのが怖《こわ》かったから。そして、イナンの言葉が届《とど》いたことを願ってゼインを見たけれど、ゼインは腕《うで》がぶるぶる震《ふる》えるほど強くこぶしを握《にぎ》りしめていた。

「ゼイン――」

「もういい」ゼインは苦しげなようすで立ちあがると、脚《あし》の痛《いた》みと戦いながら出口へむかった。

「いつもおまえのせいで、なにもかもめちゃくちゃだ。いい加減《かげん》にしたらどうだ？」

第五十二章　アマリ

「イナン、待って！」

集まったディヴィナたちをかきわけるように、二列に並《なら》んだテントに挟《はさ》まれた道を駆《か》けていく。じろじろ見られて足が重くなるけれど、それでも頭の中を埋《う》め尽《つ》くしている質問《しつもん》を放《ほう》っておくことはできない。ゼインが出ていくと、ゼリィはそのあとを追っていった。いくらわかってもらおうとしても、むだだろう。すると、イナンもゼリィのあとを追おうと、テントから出ていってしまった。

イナンはわたしの声を聞くと、立ち止まった。でも、ふりかえらない。ゼリィが走っていって人ごみに消えるのを、ずっと目で追っている。それからようやくこちらをふりむいたけれど、わたしはなにから質問《しつもん》すればいいのか、わからなくなった。

また宮殿《きゅうでん》の壁《かべ》の中にもどってしまったよう。すぐそばにいるのに、兄とわたしの世界は隔《へだ》てられている。

ヒリする。

られた。けれど今は、ずきんずきんと脈打《みゃくう》つような痛《いた》みがつづき、冷たい風が当たるたびにヒリ

けた皮膚《ひふ》にこびりついた血を見た。ゼインを支《ささ》えて歩いていたときは、痛《いた》みのことなど忘《わす》れてい

「ズウライカに癒《いや》してもらえ」イナンはわたしの手首をつかむと、赤黒いあざやロープですりむ

「ズが少し休んでから、してもらうわ」わたしは手を引っこめて、傷口《きずぐち》を隠《かく》すように腕《うで》を組んだ。

「ゼインを癒《いや》したあとで疲《つか》れてるから。それに、まだジェイリンの手当てもしなきゃならないし。

ズにあまり負担《ふたん》をかけたくないの」

「ズを見ていると、おまえを思い出す」イナンはほほ笑《え》んだけれど、その笑《え》みは目までは届《とど》かな

かった。「おまえはむかし、とんでもないことを思いつくと、あんなふうな顔をして夢中《むちゅう》になっ

て、しかも自分の思いどおりにする方法も心得《こころえ》ていた」

あんなふうな顔というのがどんな顔なのか、わかっていた。むかしはイナンも同じような顔を

していたから。思い切りにやにやするから、鼻にくしゃっとしわが寄《よ》って、目なんて線みたいに

なる。夜中にわたしを起こして、こっそり宮殿《きゅうでん》の厩舎《きゅうしゃ》にいったり、厨房《ちゅうぼう》の砂糖《さとう》の樽《たる》に頭を突《つ》っこ

んだりするときは、いつもそんな顔をしていた。まだいろいろなことがもっと単純《たんじゅん》だったころ。

お父さまとオリシャが、わたしたちのあいだに割《わ》りこんでくるまえ。

「おまえにこれをわたすつもりだったんだ」イナンはポケットに手を入れた。お父さまからの死《し》

刑宣告状《けいせんこくじょう》だと思った。だから、きらきら輝《かがや》くわたしの冠《かんむり》を見たときは、息ができなかった。

「どうして?」冠《かんむり》を受け取りながら、わたしはかすれた声でたずねた。

あちこちへこんで、汚《よご》れ、ところどころ血がついていたけれど、胸《むね》がじわっと温かくなる。ビンタの小さなかけらがもどってきたような気持ちがした。

「ソコトの町で手に入れて、ずっと持っていたんだ。おまえが取りもどしたがっているだろうと思って」

わたしは冠《かんむり》を胸《むね》に押《お》しつけ、じっと兄を見た。感謝《かんしゃ》の気持ちが胸《むね》に押《お》しよせる。けれど、そのせいで現実《げんじつ》がもっとつらく感じた。

「本当に魔師《まし》なの?」イナンの白い髪《かみ》をじっと見つめながら、なんとかその質問《しつもん》を口にする。まだどうしてもわからない。イナンの力はどういう力なの? どうしてイナンがそうで、わたしはそうじゃないの? 神々《かみがみ》がだれに贈《おく》り物を与《あた》えるか決めているなら、なぜイナンを選んだの?

イナンはうなずいて、白い髪《かみ》をかきあげた。「理由や原因《げんいん》はわからない。ラゴスで巻《ま》き物《もの》に触《ふ》れたときに、こうなった」

「お父さまは知っているの?」

「おれはまだ生きてるだろ?」イナンは軽い調子で言おうとしたけれど、苦しみが垣間見《かいまみ》えた。

ビンタが切り殺《ころ》されたときの光景が、いやでも頭に浮《う》かぶ。同じ剣《けん》でお父さまがイナンの胸《むね》を貫《つらぬ》くところは、あまりにも簡単《かんたん》に想像《そうぞう》ができた。

「どうしてあんなことを?」

ほかの質問《しつもん》はすべて消え、本当に気になっていた質問《しつもん》がとうとう口から飛び出した。ゼリィに対して兄をかばおうとするたびに、疑問《ぎもん》が膨《ふく》らんでいった。イナンの本当の気持ちは、わかっていると思っていた。でも今、兄のことを本当にわかっていたのか、自信がなくなっていた。

「お父さまの影響下《えいきょうか》にいるということがどういうことかは、わかる。でも、今、お父さまはここにはいない」そして、わたしは問う。「これまでずっと、イナンが本来の自分を押《お》さえつけようとしてきたのを、わたしは見てきた。なのに、今さらどうやって信じろっていうの？」

イナンはがっくりと肩《かた》を落とした。そして、首のうしろをひっかく。

「信用できないのはわかる。だが、これから、信じられるようにしてみせる。約束する」

むかしだったら、その言葉だけで十分だったかもしれない。でも、ビンタの死はまだ、わたしの心に深い傷《きず》を残していた。いろいろ予兆はあったのに、わたしは見逃《みのが》してしまった。ビンタを宮殿《きゅうでん》から自由にする機会はいくらでもあったのに。あのころのわたしがもう少しいろいろ気づいていれば、ビンタはまだ生きていたのだ。

わたしは冠《かんむり》をぎゅっと握《にぎ》りしめた。「あの人たちは、わたしにとってとても大切な存在《そんざい》なの。イナン、イナンのことは大好きよ。だけど、かつてわたしのことを傷《きず》つけたように、彼女《かのじょ》のことを傷《きず》つけるのは許《ゆる》さない」

「わかってる」イナンはうなずいた。「王座《おうざ》にかけて誓《ちか》う。そんなことをするつもりはない。ゼリィが教えてくれたんだ。おれは魔師《まし》のことを誤解《ごかい》していた。おれはまちがっていたんだ」

ゼリィの名前を口にするとき、兄の口調はやわらいだ。愛《いと》おしい記憶《きおく》を思い出すように。イナンがうしろをふりかえって、ゼリィの姿《すがた》を探《さが》すのを見て、さらにいろいろな質問《しつもん》がふつふつと沸《わ》いてきたけれど、今はそのときではない。兄の考えを変えるのにいったいゼリィがなにをしたのか、あれこれ推測《すいそく》するより、今大切なのは、この変化がずっと変わらないのを確認《かくにん》することだ。

「じゃあ、これ以上、過《あやま》ちは犯《おか》さないで。イナン自身のためにも」

イナンがむき直って、わたしを上から下までじろじろ見たけれど、表情《ひょうじょう》は読めなかった。

「それは脅《おど》しか？」

「約束してほしいの。もし裏切《うらぎ》りの気配を感じたら、次は妹の剣《けん》と戦うことになるから」

そうなったとしても、わたしたちが剣《けん》を戦わせるのは、最初ではない。けれど、これまでとはまったくちがう戦いになるはず。

「二度と犯《おか》さないと、証明《しょうめい》してみせる。おまえに対しても、みんなに対しても」イナンはきっぱりと言った。「おまえは今回の戦いで、正しい側《がわ》についている。おれの唯一《ゆいいつ》の望みは、同じ側についで戦うことだけだ」

「わかったわ」わたしはイナンに抱《だ》きつき、イナンの約束をしっかりと胸《むね》に抱《いだ》いた。

けれど、イナンがわたしを抱《だ》きしめたとき、その手がちょうど背中《せなか》の傷跡《きずあと》の上に置かれたことを意識《いしき》せずにはいられなかった。

第五十三章　ゼリィ

　次の朝になると、ズはさっそくあたしのテントに飛びこんできた。

「見せたいものがたくさんあるの！」ズはあたしの腕《うで》を揺《ゆ》さぶった。「ゼリィ、起きて。もうお昼よ！」

　さんざんせっつかれて、とうとうあたしは負けを認《みと》め、起きあがった。そして、すっかりカールがきつくなった髪《かみ》に指を突《つ》っこんで、頭皮をポリポリとかく。

「急いで！」ズは袖《そで》のない赤いダシキをあたしの胸《むね》に押《お》しつけた。「外でみんな、待ってるよ」

　ズを見送ってから、ゼインにほほ笑《え》んでみたけれど、ゼインは背《せ》をむけたままだった。起きているのはわかるけど、声ひとつ出さない。昨日の夜の気まずい沈黙《ちんもく》がふたたび燃《も》えあがり、イライラしたようなため息や中身のない会話だけがテントを満たす。何度謝《あやま》ったところで、ゼインは返事もしてくれないだろう。

「いっしょにくる？　少し歩いたほうが、脚《あし》にもいいよ、きっと」あたしは小声でたずねた。

返事はない。まるで空気にむかって話してるみたい。

「ゼイン……」

「おれはここにいる」ゼインは寝返《ねがえ》りを打って、首を伸《の》ばした。「歩きたい気分じゃないんだ、外で待ってる**みんな**とはね」

ズが「みんな」と言ったのは、クワメとフォラケのことだろう。でも、おそらくイナンも外にいるはずだ。ゼインがまだこんなに機嫌《きげん》を悪くしているなら、今はイナンに会わないほうがいいかもしれない。

「わかった」あたしはダシキを着て、ズが貸《か》してくれた青と赤のもようのスカーフで髪《かみ》を縛《しば》る。「すぐもどるから。なにか食べ物を持ってくるね」

「ありがとう」

その答えにしがみつき、頭の中で何度も繰《く》り返す。不機嫌《ふきげん》そうでもお礼を言うことができるなら、なんとかなるかも。

「ゼル」ゼインが肩越《かたご》しにふりかえって、あたしの目を見た。「気をつけろ。やっと二人っきりになるんじゃないぞ」

あたしはうなずいて、テントを出る。ゼインの言葉が重くのしかかる。けれど、集落へ入っていくと、そんな重みもたちまち消えてなくなった。

広々《ひろびろ》とした谷間に太陽の光がさんさんと降《ふ》り注いでいた。生《お》い茂《しげ》った草木は命にあふれている。

子どものディヴィナたちが、小屋やテントや荷車の迷路《めいろ》を走りまわり、みんなの白い髪《かみ》と、ダシキの鮮《あざ》やかな模様《もよう》と、陽気なカフタンが輝《かがや》いている。空の母の約束が実現《じつげん》したようすを見ているようだ。

ズがむこうで手招《てまね》きしている。「すごい」あたしはくるりと回って、すべてを見ようとした。一つの場所にこんな大勢《おおぜい》のディヴィナがいるのは見たことがない。しかも、こんなにも……喜《よろこ》びにあふれて。みんなは笑い、ほほ笑《え》み、編《あ》んだりドレッドにした白い髪《かみ》をなびかせている。肩《かた》に、目に、歩き方に、未知の自由が息づいている。

「気をつけて！」

両手をあげて、両わきを走りすぎていく子どもたちにほほ笑《え》む。いちばん年上のディヴィナも二十代で、二十五歳《さい》以上に見える者は一人もいない。彼《かれ》らを見ると、当惑《とうわく》してしまう。牢獄《ろうごく》や労《ろう》役場《えきじょう》以外で、こんなに大勢《おおぜい》の大人のディヴィナに会ったことがなかったから。

「やっときたのね！」ズが腕《うで》を組んできて、顔からあふれ出んばかりの笑《え》みを浮《う》かべる。ズに腕《うで》を引っぱられ、黄色い荷車の横を通り過《す》ぎて、イナンとアマリが待っているところまでいく。あたしを見ると、アマリはにっこり笑う。けれど、ゼインがいないのに気づいて、がっかりした顔をする。

「休みたいんだって」アマリがきくまえに答える。**あなたのお兄さんに会いたくないんだって。**

イナンがあたしを見る。濃《こ》いブルーのカフタンに、柄《がら》のあるぴったりしたズボンが似合《にあ》っている。味気ない線とギザギザの金属《きんぞく》のついた軍服を着ているときと、まったくちがって見える。穏《おだ》やかで、温かい。髪《かみ》に混《ま》じった白い毛が、かぶとや染料《せんりょう》に隠《かく》されることなく輝《かがや》いている。一瞬《いっしゅん》、視線《しせん》がからみあう。けれど、すぐにズがあいだに飛びこんできて、あたしたちの手を引っぱった。

「ずいぶん進んだけど、今夜まで、まだ準備《じゅんび》することがいっぱいあるのよ」秒速千メートルでしゃべってるみたいだ。まだしゃべり終えていないうちから、次に言わなきゃならないことが見つかるらしい。

「ここで、むかしの物語を語るの」ズは二つのテントのあいだの小丘《おか》に造《つく》った舞台《ぶたい》を指さした。「ジメタ村のディヴィナが、語ることになってるのよ。あとで会ってね、とってもすてきな人だから。たぶん〈波を起こす者〉じゃないかと思ってるの。あ、あとこれ！　ここで、ディヴィナたちが巻《ま》き物《もの》に触《ふ》れる儀式《ぎしき》を行うつもり。早く見たい、きっと信じられないほどすばらしいわよ！」

ズウライカは女王のように人を引きつける力を持っている。ディヴィナたちは足を止め、歩いていくズをじっと見つめて、あたしたちのほうを指さしてなにかをささやく。ズがあたしの手を握《にぎ》っているから。いつもなら、ほかの人たちにじろじろ見られるのはきらいだけど、今日はそれを楽しんでいることに気づく。ディヴィナたちの視線《しせん》に畏敬《いけい》の念を感じたから。これまで、そんなふうにあたしのことを見てくれる人はいなかったから。

「ここがいちばんすばらしいところ」ズは色の塗《ぬ》られたランタンと色とりどりの敷布《しきふ》で飾《かざ》られた

広い空き地を指し示《しめ》した。「ここで、パレードをするの。ゼリィ、ぜったいに参加してね！」

「え、だめよ、そんなの」あたしは必死で首をふるけど、ズがあたしの手首をつかんだままピョンピョン飛び跳《は》ねるのを見て、笑ってしまう。ズの喜《よろこ》びは伝染《でんせん》する。イナンさえ、思わずほほ笑《え》んでいる。

「ゼリィはきっとすごいよ！」ズの目が見開かれる。「まだここには〈刈《か》る者〉はいないの。それに、オヤの衣装《いしょう》はぴったりだと思う。長い赤いスカートに金色の上着——イナン！　ゼリィに似合《にあ》うと思わない？」

イナンは目を見開き、口ごもって、どちらかが返事をしなくていいようにしてくれるとでもいうようにズとあたしを見比《みくら》べる。

「ズ、いいから」あたしは手をひらひらとふる。「ほかにだれかいるはずよ」

「そっちのほうがいいだろうな」ようやくイナンが口を開く。そして、一瞬《いっしゅん》あたしを見て、視線《しせん》をそらす。「だけど、きみの言うとおりだ。きっとゼリィは美しいと思うよ」

顔が熱くなる。アマリがあたしたちをじっと見ているのに気づいて、さらに赤くなるのがわかる。顔をそむけて、なにか別のものを見ようとする。イナンの答えを聞いて、体の中がくすぐったいような気持ちになっているのを無視《むし》しようとする。そしてまた、イナンがあたしを抱《だ》きあげて、ここまで連れてきてくれたときのことを、思い出してしまう。

「ズ、あれはなに？」ディヴィナの長い列ができている黒い荷車を指さす。

「フォラケが部族のバアジスを描《えが》いてるの」ズの目が輝《かがや》いた。「やってもらったら！」

「バアジス？」アマリがふしぎそうに鼻にしわを寄《よ》せた。

ズは自分の首に描《えが》かれた印を指さした。そして、イナンとアマリの手を取ると、そちらへむかって走りだした。「すごくかわいいのよ。いこう、見てみて！」

ズはあっという間に二人を連れて、人ごみの中を抜《ぬ》けていった。急いで追いかけようとしたけれど、もう少しゆっくり集落を見て回りたい気がした。ディヴィナとすれちがうたびに、どんな魔師《まし》になるのだろうと、想像《そうぞう》が羽ばたきはじめる。左のディヴィナは未来の〈颪の者〉かもしれないし、右側《みぎがわ》のディヴィナは〈視《み》る者〉かもしれない。十もの部族がいれば、目の前にいるのが未来の〈刈《か》る者〉ということだって――

知らない男がぶつかってきた。赤と黒の服を着た男はぱっとあたしの手首をつかんで、倒《たお》れないように支《ささ》えた。

「すみません」男はにっこり笑った。「わたしの足は、きれいな人を見るとつい、そちらへいってしまう癖《くせ》があるのです」

「だいじょうぶ――」あたしは言いよどんだ。男は、今まで見たことのない顔だちをしていた。オリシャの人間ではない。肌《はだ》の色は砂岩《さがん》のような色をしていて、目はオリシャ人の丸い目とちがい、細い奥二重《おくぶたえ》で、嵐《あらし》のような灰色《はいいろ》の瞳《ひとみ》を引き立てている。

「ローエンといいます。はじめまして」男はふたたびほほ笑《え》んだ。「わたしの不器用さをお許《ゆる》しいただけるといいのですが」しゃべり方に独特《どくとく》の訛《なま》りがある。別の国からきた商人にちがいない。

とうとう会えたんだ。

あたしはローエンを上から下まで眺《なが》めた。ゼインはたまに、アボンの試合《しあい》でオリシャをまわったときに、時おり見かける外国人のことを話してくれた。あたしは一度もオリシャ人以外に会ったことはない。大勢《おおぜい》の人でごった返している市場の商人や、にぎわっている都ですれちがう旅人の話を聞きながら、イロリンにもこないかなといつも思っていた。けれども、彼《かれ》らが東の果ての海岸の村までくることはついぞなかったのだ。

「またお会いしましょう」男は片目《かため》をつぶって、あたしの目をじっと見ながら気取ったようすで立ち去ろうとした。ところが、一歩歩いたところで、イナンに腕《うで》をつかまれた。

ローエンの目から笑《え》みが消え、自分の腕《うで》をつかんでいるイナンの手をちらりと見た。「どういうつもりかわからないが、手を一つ失《な》くしたいのかな?」

「すりには、それがいいだろうな」イナンはあごをくっと引いた。「返せ」

灰色《はいいろ》の目の男はちらりとあたしを見た。そして、きまり悪そうに肩《かた》をすくめると、たっぷりしたズボンのポケットからあたしのこん棒《ぼう》を取り出した。あたしは目を見開いて、空の帯に手をやった。

「どうやったのよ?」あたしはこん棒《ぼう》をぱっと取り返した。泥棒《どろぼう》の手口なら、ママ・アグバに教わっていた。たいていは気づくのに。

「最初にぶつかったときだ」

「じゃあ、どうしてさっさといかなかったの？　そんなに腕《うで》がいいなら、逃《に》げられたでしょうに」

「誘惑《ゆうわく》には勝てなくてね」ローエンはキツネイのようににっと笑って、白すぎる歯を見せた。「うしろから見たときは、美しい棒《ぼう》しか見えなかった。こんなに美しい女性《じょせい》が持っているとは、知らなかったのでね」

あたしはローエンをにらみつけたけど、ローエンはますますにやにやしただけだった。「先ほど申しあげたとおり」ローエンは軽くお辞儀《じぎ》をした。「またお会いしましょう」

そう言い残すと、ローエンはぶらぶらと去っていって、離《はな》れたところに立っていたクワメを見つけると、親しげにあいさつを交《か》わし、がっしとこぶしを握《にぎ》りあってなにか言った。が、ここまでは聞こえなかった。

クワメは一瞬《いっしゅん》あたしを見てから、ローエンといっしょにテントの中に入っていった。クワメはあんな男とどんな用事があるのだろう？

「ありがとう」イナンに礼を言って、こん棒《ぼう》に刻《きざ》まれたもようをなぞった。イロリンから持ってきたもので残っているのは、これだけだ。これだけが、かつての暮《く》らしとのつながりなのだ。ママ・アグバのことを思い出し、どうかまたママ・アグバと父《バ》さん《バ》に会えますようにと祈《いの》る。

「魅力的《みりょく》なほほ笑《え》みひとつできみの気をそらせると知ってたら、とっくに使っていたのにな」

「そのせいじゃないわよ」あたしはツンとあごをあげた。「外国の人を見たのは初めてだったから」

「へえ、本当にそれだけ?」イナンはニヤッとした。すぐにそうとはわからないけど、完全にくつろいでいる。これまでいっしょにいて、彼《かれ》の唇《くちびる》に怒《いか》りから苦痛《くつう》まであらゆる感情《かんじょう》がよぎるのを見てきた。でも、こんなに本物の笑《え》みに近いものを見たのは、初めてだ。頬《ほほ》にえくぼができ、琥珀色《こはくいろ》の目のまわりでしわが躍《おど》っている。

「どうした?」

「なんでもない」あたしはこん棒《ぼう》に目を落とした。カフタンと笑《え》みのせいで、目の前にいるのがあの王子だなんて信じられない――

「ウッ」

イナンが顔をゆがませ、歯を食《く》いしばってわき腹《ばら》をつかんだ。

「どうしたの?」あたしはイナンの背《せ》に手を当てた。「ズを呼《よ》んでくる?」

イナンは首をふって、腹立《はらだ》たしげに息を吐《は》いた。「ズに癒《いや》せる痛《いた》みとはちがう」

一瞬《いっしゅん》考えてから、その言葉の意味に気づく。カフタンのせいで気づかなかったけれど、イナンの周りの空気が冷たくなっている。

「また魔法《まほう》の力を抑《おさ》えてるのね」あたしはがっかりする。「そんなことする必要はないのに。だれも、あなたが王子だなんて知らないんだから」

「そうじゃない」イナンはぐっと力を入れて、背《せ》を伸《の》ばす。「ここには大勢《おおぜい》の人がいる。力をコントロールしないと、解《と》き放ってしまったら、だれかがけがをするかもしれない」

あたしはまた、つらそうなようすのイナンをそっと見た。これが、剣《けん》であたしを殺《ころ》そうとした王子だろうか？ 彼《かれ》が恐《おそ》れているのはわかっていた。でも、こんなにも自分の力におびえているなんて？

背中《せなか》に当てた手をおろして、言う。「手を貸《か》すことはできると思う。少なくとも少しなら。コントロールする方法を身につければ、そんなふうに痛《いた》みを感じることはなくなるはずよ」

イナンはカフタンの襟元《えりもと》を引っぱってゆるめようとした。そんなにきつくは見えないのに。

「いいのか？」

「もちろんよ」イナンの腕《うで》をつかみ、人がいないほうへ歩きだす。「あっちよ。いい場所があるの」

足元をゴンベ川が流れていく。川音があたりに響《ひび》いている。新しい環境《かんきょう》にくればイナンも少しは落ち着くかもしれないと思ったけれど、川岸にすわると、落ち着きたかったのは自分だったと気づいた。ズに魔師《まし》を率《ひき》いるようにたのまれたときと同じ不安がまたむくむくと頭をもたげる。あのときよりもっと強く。どうすれば、イナンを助けることができるだろう。自分もまだ、〈刈《か》る者〉の魔法《まほう》を理解《りかい》しきれていないのに。

「話して」あたしは深く息を吸《す》いこんで、持ちたいと願っている自信を持っているふりをする。「魔法《まほう》はどういう感じがする？　どんなときにいちばん強く感じる？」

イナンはごくりとつばを飲みこみ、今はもうない物を握《にぎ》りしめようとするように指をピクッとさせる。「わからない。魔法《まほう》のことはなにひとつ、わからないんだ」

「はい」あたしはポケットから銅貨《どうか》を取り出して、イナンの手のひらにのせる。「手を動かすのはやめて。見てると、むずむずするの」

「これは？」

「いくらいじっても、毒《どく》にはならないもの。握《にぎ》ってみて、落ち着くから」

イナンはにっこり笑う。今度の笑《え》みは目まで届《とど》き、目元をやわらげる。オリシャの硬貨《こうか》である印に銅貨《どうか》の真ん中に彫《ほ》ってあるチータアを親指でなぞる。「銅貨《どうか》を持ったのは初めてかもしれない」

「最低」あたしはオエッと息を詰《つ》まらせてみせる。「そういうことは言わないほうがいいわよ。腹《はら》が立つから」

「すまない」イナンは手のひらで銅貨《どうか》の重さをはかる。「それから、ありがとう」

「お礼はうまくいってから、言って。最後に魔法《まほう》を解《と》き放ったのはいつ？」

指のあいだで銅貨《どうか》を回しながら、イナンは考える。「あの神殿《しんでん》だ」

「チャンドンブレの？」

イナンがうなずく。「あの神殿《しんでん》で力が一気に強くなったんだ。ゼリィを見つけようとして、オリの絵の下にすわったら……よくわからない。あのとき初めて、自分にもコントロールできるような気がした」

夢《ゆめ》の中の世界。最後にあの場所へいったときのことを思い出す。あたしはなんて言ったんだろう？　なにか言ってはいけないことを言ってしまったのだろうか？

「どうやってるの？　あたしの頭の中を読まれているように感じることがあるの」

「読むというよりは、パズルを解《と》いている感じだ。いつもはっきりしているわけじゃない。だが、ゼリィの考えや感情《かんじょう》が強くなると、おれもそれを感じるんだ」

「ほかの人たちのときも？」

イナンは首をふった。「ゼリィのときほどじゃない。ほかの人のときが、雨に降《ふ》られているような感じだとすれば、ゼリィのときはツナミにさらわれるような感じだ」

イナンの言葉の力にビクッとして、どんな感じなのか想像《そうぞう》しようとする。恐怖《きょうふ》。痛《いた》み。母《マ》さん《マ》が連れていかれたときの記憶《きおく》。

「きっとひどいわね」

「そういうものばかりじゃない」イナンはあたしの心の中までまっすぐ見通すような目で見つめる。「すばらしいときもある。美しいときも」

心臓《しんぞう》がぐんと膨《ふく》らんだようになる。きつくカールした髪《かみ》がはらりと落ち、イナンがそれを耳にかけてくれる。イナンの指先が肌《はだ》に触《ふ》れた瞬間《しゅんかん》、首筋《くびすじ》がぞくぞくする。

　コホンと咳払《せきばら》いをして、目をそらし、こめかみが脈打《みゃくう》つのを無視《むし》する。なにが起こっているのか、わからない。でも、こんなふうに感じてはならないことだけは、わかっている。

「イナンの魔法《まほう》は強い力を持ってる」あたしはなんとか元の話題に集中しようとする。「信じないかもしれないけど、もともとイナンに備《そな》わっていたのよ。本能《ほんのう》的に魔法《まほう》の流れを作ることができるんだと思う。たいていの魔師《まし》はそのために、力の強い呪文《じゅもん》を唱えなければならないけど」

「どうすればコントロールできるんだろう？　おれはどうすれば？」

「目を閉《と》じて」あたしは言う。「あたしの言うことを繰《く》り返して。〈結ぶ者〉の呪文《じゅもん》は知らないけど、神々《かみがみ》に助けを求める方法なら知ってるから」

　イナンは目を閉《と》じて、銅貨《どうか》をぎゅっと握《にぎ》りしめる。

「簡単《かんたん》よ。オリ、バ　ミ　ソロ」

「ばみそろう？」

「バ　ミ　ソロ、よ」あたしは発音を正す。イナンが口にするたどたどしいヨルバ語に、思わず笑《え》みがこぼれる。「繰《く》り返して。〈結ぶ者〉の神、オリの姿《すがた》を思い浮《う》かべるの。自分を開いて、オリに助けてくれるように祈《いの》って。魔師《まし》というのは、そういうこと。神々《かみがみ》がそばにいれば、本当に一人になることはない」

　イナンはあたしを見おろす。「本当にいつもいっしょにいるのか？」

「そうよ」なのに、あたしはずっと神々《かみがみ》に背《せ》をむけてきた。「いちばんつらいときも、神々《かみがみ》は必ずそばにいる。あたしたちがわかっていようといまいと、神々《かみがみ》には必ず考えがある」

イナンは考えこんだような表情《ひょうじょう》を浮《う》かべ、銅貨《どうか》を握《にぎ》りしめた。

「わかった」イナンはうなずく。「やってみる」

「オリ、バ、ミ、ソロ」

「オリ、バ、ミ、ソロ」イナンはささやくように祈《いの》りを唱える。銅貨《どうか》を握《にぎ》っている指がもぞもぞと動く。なにも起こらない。けれど、唱えつづけているうちに、空気が熱くなりはじめる。イナンの手がやわらかな青い光を放ちはじめる。光はじわじわとあたしのほうへやってくる。

あたしは目を閉《と》じる。世界がぐるぐる回り、このあいだと同じ熱気が押《お》しよせる。回転が止まると、あたしはあの夢《ゆめ》の中の世界にもどっている。

けれど、今回は葦《あし》が足元をくすぐっても、恐怖《きょうふ》は感じない。

第五十四章　イナン

夢《ゆめ》の中の世界では、風は歌を口ずさむように吹《ふ》いている。おだやかな風。豊《ゆた》かな響《ひび》き。

風が歌い、湖を泳ぐゼリィの肌《はだ》を目で追う。

黒鳥のごとく、ゆれる湖面をすべるように泳いでいく。顔には、見たことがないような、おだやかな表情《ひょうじょう》が浮《う》かんでいる。この一瞬《いっしゅん》だけは、肩《かた》にかかった世界の重みをおろしたかのように。

数秒間もぐって、また顔を出す。空からさす光に黒い顔をむける。目は閉《と》じられ、まつげはどこまでも伸《の》びているようだ。カールした髪《かみ》は銀色に見える。こちらをむいたゼリィを見て、息を呑《の》む。その一瞬《いっしゅん》、息の仕方を忘《わす》れる。

考える方法も。

かつては、彼女《かのじょ》をモンスターだと思っていたのだ。

「ただ見てるだけなんて、気持ち悪いわよ」

自分の顔にじわじわと笑《え》みが浮《う》かぶのがわかる。「それで、おれを誘《さそ》っているつもりか?」

ゼリィはにっこりする。美しい笑《え》み。その笑顔《えがお》から、一瞬《いっしゅん》、太陽が垣間見《かいまみ》える。ゼリィがむこうをむくと、どうしてももう一度、笑顔《えがお》が見たいと思う。骨の髄《ほねずい》まで温かさがしみこんでいく。せかされるように、おれはシャツを脱《ぬ》ぎ、湖に飛びこむ。

飛びこんだときに立った波をかぶり、ゼリィは咳《せ》きこんで、水を吐《は》き出す。おどろくほどの力で水中に引きこまれそうになる。脚《あし》で水を蹴《け》り、なんとか湖面に顔を出す。

ゴウゴウという滝《たき》の音と反対へむかって泳ぐ。ゼリィはうしろに広がる森をじっと見つめている。はるか先まで広がり、果ては見えない。前回、見えた白い境界《きょうかい》よりさらに先までつづいている。

「泳いだのは初めて?」ゼリィがむこうからさけぶ。

「どうしてわかった?」

「顔で」ゼリィが言う。「イナンっておどろいたとき、バカみたいな顔をするのよ」

思わず口元がほころぶ。ゼリィといるようになってから、そういうことがどんどん増《ふ》えている。

「そっちこそ、おれをバカにするのが楽しいみたいだな?」

「こん棒《ぼう》で殴《なぐ》るような快感《かいかん》よ」

今度は、ゼリィが笑う。それを見て、おれの笑《え》みも広がる。ゼリィがぱっと跳《と》びあがってあおむけに浮《う》かび、葦《あし》とスイレンのあいだを漂《ただよ》っていく。

「イナンの魔法《まほう》が使えたら、あたしならずっとここにいるけどな」

おれもうなずく。ゼリィがいなくても、この世界は同じなのだろうかと思いながら。おれに創《つく》り出せるのは、枯《か》れかけた葦《あし》だけだ。だが、ゼリィがいれば、世界がどんどん流れ出る。

「ゼリィは水の中にいると、くつろいで見える。〈波を起こす者〉じゃないなんて、意外だな」

「別の人生では、〈波を起こす者〉だったのかも」ゼリィはさあっと手をすべらせ、指のあいだを流れていく水を眺《なが》める。「どうしてこんなにくつろぐのか、わからない。イバダンの湖も好きだったけれど、ここととは比《くら》べ物にならない」

火の粉《こ》から火が燃《も》えあがるように、ゼリィの記憶《きおく》に呑《の》みこまれる。幼《おさな》いゼリィの目が見開かれる。途切《とぎ》れることなく押《お》しよせる波を、畏敬《いけい》の念を持って見つめている。

「イバダンで暮《く》らしていたのか?」ゼリィのほうへ泳いでいって、もっと彼女《かのじょ》を自分の中に取り入れようとする。北の地方の村にはいったことがないが、ゼリィの記憶《きおく》が鮮《あざ》やかで、そこにいるような気持ちになる。山の上からの目を見張《みは》るような景色に息を呑《の》み、すがすがしい山の空気を肺《はい》いっぱいに吸《す》いこむ。イバダンの記憶《きおく》には、特別な温かさがある。彼女《かのじょ》の母親の愛に包まれている。

「〈襲撃《レイド》〉のまえまで住んでたの」ゼリィは口ごもる。「でも、そのあとは……」首をふる。「いろいろな思い出がありすぎて。もうイバダンにはいられなかった」

罪《つみ》の意識《いしき》が胸《むね》に深い穴《あな》を穿《うが》つ。人間の体が燃《も》えるにおいが立ちのぼる。宮殿《きゅうでん》から見た火がふたたび燃《も》えあがり、子どものおれの目の前で、罪《つみ》のない命が焼き尽《つ》くされていく。魔法《まほう》の力と同じように、抑《おさ》えつけようとしていた記憶《きおく》。忘《わす》れようとしていた日の。だが、今、すべてがよみがえってきた。苦しみも、涙《なみだ》も、死も。

「イロリンに留《とど》まるつもりはなかった」ゼリィは、おれにというより自分にむかって話しつづける。「でも、海を見てしまった」にっこりする。「父さん《ババ》が、ずっとここにいようって言ったの」

ゼリィの胸《むね》の張《は》り裂《さ》けるような悲しみが、耐《た》え難《がた》い力でおれを襲《おそ》う。イロリンはゼリィの幸せだった。そして、それをおれは焼き払《はら》ったのだ。

「すまない」必死でその言葉を口にする。その響《ひび》きを耳にして、おれはますます自分を憎《にく》む。こんな言葉ではだめだ。ゼリィの苦しみの前では、あまりにも弱すぎる。「元にもどすことができないのは、わかってる。自分がやってしまったことは変えられない。だが……イロリンの村をもう一度造《つく》ることはできる。この旅が終わったら、まず最初にそれをする」

ゼリィがつっけんどんな笑い声をあげる。乾《かわ》いた笑い。喜《よろこ》びのいっさいない笑い。

「そんな甘《あま》いことばかり言って。ゼインの考えているとおりだって証明《しょうめい》するだけよ」

「どういうことだ？　ゼインはなんて？」

「この旅が終わったときには、あたしたちのどちらかは死んでるって。ゼインは、それがあたしになるんじゃないかと思ってるのよ」

第五十五章　ゼリィ

どうしてここにきたのか、わからない。

どうしてイナンを湖に誘《さそ》ったりしたんだろう。

どうしてイナンが近づいてくるたびに、体の中でなにかが暴《あば》れるの？

こんなのは今だけと自分に言い聞かせる。**現実《げんじつ》でさえない**。この旅が終われば、イナンはカフタンを着ることはなくなる。あたしを夢《ゆめ》の中の世界へ招《まね》きはしなくなる。

むかしの残忍《ざんにん》な兵士《へいし》を思い出そうとする。剣《けん》であたしを殺《ころ》そうとした王子を。でも、浮《う》かんでくるのは、網《あみ》からあたしを救《すく》ってくれた剣《けん》。クワメの炎《ほのお》から身をていして守ってくれたイナン。

本当はやさしい心の持ち主なの。アマリが言っていた言葉が、頭の中で再生《さいせい》される。あのときは、アマリは現実《げんじつ》から目をそらしているのだと思っていた。でも、アマリは、あたしは知らないイナンの一面を見ているはず？

「ゼリィ、二度とゼリィのことを傷《きず》つけたりしない」イナンは首をふって、顔をゆがめた。「ゼリィの記憶《きおく》を見たあとでは」

そして、顔をあげてあたしを見た目には、真実があふれている。これまで気づいてなかったことが信じられない。イナンが抱《かか》えている罪《つみ》の意識《いしき》と哀《あわ》れみに……**神よ。**

イナンは、あたしの記憶《きおく》のすべてを見たにちがいない。

「父上はああするほかはなかったのだと思っていた。オリシャを守るためにやったことだと、ずっと教えられてきた。だが、ゼリィの記憶《きおく》を見てからは……」一瞬《いっしゅん》、言葉を失ってから、つづける。「子どもにあんな経験《けいけん》をさせてはならない」

うしろの波だった湖面をふりかえる。なんて言ったらいいか、わからないから。どう感じたらいいのか、わからない。イナンは、あたしの中のいちばんひどい部分を見てしまった。だれにも話せないと思っていたものを。

「父上がまちがっていた」イナンの声はあまりにも小さくて、滝《たき》の音でかき消されそうになる。

「もっと早く気づくべきだったかもしれない。だが、今は、過《あやま》ちを正すために努力するしかない」

信じるな。自分に言い聞かせる。**イナンは幻想《げんそう》の中に、夢《ゆめ》の中に生きているだけ。**けれど、彼《かれ》が約束をするたびに、胸《むね》が高鳴り、ひとつだけでも真実であればと願ってしまう。イナンがこちらにむけた目には、アマリの目にあるのと同じ、希望の輝《かがや》きが宿っている。なにがあっても、やり遂《と》げようという決意が。

本気でオリシャを変えたいと思ってるんだ。

空の母がサランの血を引く者を通して巻《ま》き物《もの》をもたらしたのだとしたら、そのご意思は明らかだ。レカンの言葉が頭の中に響《ひび》く。イナンを見つめる。がっしりとしたあごと、うっすらと生えた無精《ぶしょう》ひげに見とれる。サランの子どものひとりが手を貸《か》してくれるのが運命なら、イナンが兵《へい》士《し》たちを統《す》べ、変化をもたらすことが神々《かみがみ》の望みかもしれない？　あたしたちは今、そのために戦っているの？　だから、神々《かみがみ》はイナンに魔法《まほう》の力を授《さず》けたの？

　イナンが近づいてきて、心臓《しんぞう》の鼓動《こどう》が早くなる。離《はな》れなければ。でも、あたしはそのまま凍《こお》りついたように動けない。

「もうだれにも死んでほしくない」イナンはささやく。「これ以上、おれの家族の手を血に染《そ》めるわけにはいかない」

　うまいうそ。そうに決まってる。でも、もしそうだとしたら、どうしてあたしは逃《に》げようとしないの？

　ああ、そもそもイナンは服を着ている？イナンの広い胸《むね》から、カーブを描《えが》く筋肉《きんにく》から、目が離《はな》せない。でも、視線《しせん》が水の中にむかいそうになって、はっとして上にもどす。いったいあたしはなにをしてるの？

　むりやり滝《たき》のほうへ泳ぎだす。そして、滝《たき》を突《つ》き抜《ぬ》けて、崖《がけ》に背中《せなか》を預《あず》ける。ああ、ばかばかしい！　どうしてここにきてしまったの？

　ドウドウと落ちてくる水がイナンをむこう側にとどめてくれるのを期待していたのに、ものの数秒で、イナンは滝《たき》を通り抜《ぬ》けてあたしのところへくる。

むこうへいって。自分の脚《あし》に命令する。でも、イナンの唇《くちびる》に浮《う》かんだ穏《おだ》やかなほほ笑《え》みに引きよせられる。

「むこうへいってほしい?」イナンがきく。

むこうへいって。

そう言わなければならない。だけど、イナンが近づいてくればくるほど、そばにいてほしいという思いが募《つの》る。イナンは、あたしに触《ふ》れるぎりぎり手前で止まり、あたしに返事をさせようとする。

あたしはイナンにむこうへいってほしいと思っている? 心臓《しんぞう》が激《はげ》しく打っている。答えはわかっている。

「ううん」

イナンの笑《え》みが消え、目がぐっとやさしくなる。彼《かれ》のこんな表情《ひょうじょう》は見たことがない。ほかの人間にこんな目で見られたら、きっと目をくり抜《ぬ》きたくなる。でも、なぜかイナンに見つめられると、もっと見てほしくなる。

「いいか……?」イナンは言いよどみ、自分が欲《ほっ》していることを口にできずに頰《ほほ》を赤くする。でも、言葉は必要ない。まぎれもないあたしの一部が、同じことを欲《ほっ》しているから。

あたしがうなずくと、イナンは震《ふる》える手を持ちあげて、あたしの頰《ほほ》をすっとなぜる。あたしは目を閉《と》じて、触《ふ》れられただけで押《お》しよせる感情《かんじょう》に連れ去られる。その感情《かんじょう》は胸《むね》を焼き、背中《せなか》を駆《か》けおりていく。イナンの手が頬《ほほ》をすぎて髪《かみ》までいき、指が頭皮をくすぐる。

ああ……

兵士《へいし》が見たら、この場であたしは殺《ころ》されるだろう。王子だとしても、イナンだって牢屋《ろうや》に放りこまれるかもしれない。

けれど、現実《げんじつ》の世界の法を無視《むし》して、イナンのもう片方《かたほう》の手があたしを引きよせ、自分を解《と》き放てと迫《せま》る。あたしは目を閉《と》じたまま彼《かれ》の胸《むね》にもたれかかる。こんなに近づいていいはずがないのに。

イナンの唇《くちびる》があたしの唇《くちびる》にかする――

「ゼリィ！」

ビクッとして、あたしは現実《げんじつ》にもどる。

はっと目をあけると、ゼインがイナンをあたしから引きはなす。カフタンの襟《えり》をつかんで、地面へ投げ飛ばす。

「ゼイン、やめて！」あたしはあわてて立ちあがって、二人のあいだに入ろうとする。

「妹に近づくな！」

「いくよ」イナンはいったんあたしを見つめ、木立《こだち》のほうへさがっていく。銅貨《どうか》をしっかり握《にぎ》りしめながら。「先に集落にもどってる」

「いったいなんなのよ?」イナンが声の届《とど》かないところまでいくと、あたしはさけぶ。

「それはおれのせりふだ」ゼインが吼《ほ》える。「ゼル、どうしたんだ? こんなところでなにをやってるんだ? なにかあったんじゃないかと思ったんだぞ!」

「イナンを助けようとしてたのよ。イナンは、自分の魔法《まほう》をコントロールする方法がわかってないの。そのせいで、苦しんで――」

「いいかげんにしろ、やつは敵《てき》だぞ。やつが苦しめば、こっちは万々歳《ばんばんざい》だ!」

「ゼイン、なかなか信じられないのはわかってる。だけど、イナンはオリシャを変えたいと思ってる。魔師《まし》たちが安全に暮《く》らせる国にしようとしてるのよ」

「やつに洗脳《せんのう》されたのか?」ゼインは首をふった。「やつの魔法《まほう》なのか? おまえには欠点がいろいろあるが、まさかこんなおめでたいやつだとは思わなかったぞ」

「ゼインはわかってないのよ」あたしはそっぽをむく。「わかる必要がなかったから。ゼインは非《ひ》の打ちどころのないコスィダンで、みんなに愛されている。あたしは毎日、怯《おび》えてなきゃならない」

ゼインは殴《なぐ》られたみたいにうしろにさがった。「おれにわからないとでも思うのか? 毎日、目覚めるたびに、今日がおまえの最後の日になるんじゃないかと怖《おそ》れる気持ちが?」

「なら、イナンにチャンスをあげて! アマリは王女にすぎない。魔法《まほう》がもどってきたとしても、第一位の王位継承者《けいしょうしゃ》ではない。王子を納得《なっとく》させることができれば、未来のオリシャ国王を味方につけられるのよ！」

「自分がどんなクソみたいなことを言ってるか、わかってるのか？」ゼインは髪《かみ》をかきむしった。「やつはおまえのことなんか、なんとも思っちゃいない。おまえをものにしたいと思ってるだけだ！」

頰《ほほ》がカアッと熱くなる。ショックと恥《は》ずかしさがからみあう。こんなの、ゼインらしくない。あたしの大好きな兄じゃない。

「やつは、母《ママ》さんを殺《ころ》した男の息子《むすこ》だぞ。どれだけ救《すく》いようがなくなれば、気がすむんだ⁉」

「自分だってアマリのことが好きでたまらないくせに！　あたしとなにがちがうわけ？」

「アマリは人殺《ひとごろ》しじゃないからな！」ゼインはどなりかえした。「アマリはおれたちの村を焼いちゃいない！」

まわりの空気がブーンと震動《しんどう》しはじめる。ゼインがあたしを非難《ひなん》すればするほど、動悸《どうき》が激《はげ》しくなり、これまで受けたどんな攻撃《こうげき》よりも、ゼインの言葉が深く、鋭《するど》く、突《つ》き刺《さ》さる。

「父《ババ》さんが聞いたら、なんて言うと思う？」

「父《ババ》さんは関係ないでしょ――」

「母《ママ》さんは？」

「黙《だま》って！」周囲《しゅうい》のブーンという音が耐《た》え難《がた》いほど激《はげ》しくなり、抑《おさ》えようとしても抑《おさ》えようとしても、どす黒い怒《いか》りがふつふつと沸《わ》きあがってくる。

「母《マ》さん《マ》が、おまえが王子の妾《めかけ》になったって知ったら――」

体から魔法《まほう》がほとばしり出る。呪文《じゅもん》に導《みちび》かれることもないまま、猛烈《もうれつ》な勢《いきお》いで荒《あ》れ狂《くる》い、槍《やり》のように手から影《かげ》が飛び出して、死者の怒《いか》りを持って襲《おそ》いかかる。

すべてが一瞬《いっしゅん》のうちに起こる。ゼインがさけぶ。あたしはよろめいてうしろにさがる。

はっと気づくと、ゼインが肩《かた》を押《お》さえて立っていた。

手の下から血があふれ出す。

ブルブル震《ふる》えている自分の手を見る。死のかすかな影《かげ》がからみつくようにうごめいている。と、次の瞬間《しゅんかん》、消えた。

でも、傷《きず》は残った。

「ゼイン……」あたしは首をふった。涙《なみだ》があふれ出る。「こんなことするつもりじゃなかった。本当よ。魔法《まほう》を使おうとしたわけじゃない！」

ゼインは、知らない人間を見るようにあたしを見た。まるであたしが、二人が培《つちか》ってきたものすべてを裏切《うらぎ》ったかのように。

「ゼイン――」

ゼインは顔をこわばらせたまま、あたしの横をすり抜《ぬ》けていった。厳《きび》しい顔で。

あたしは嗚咽《おえつ》をこらえ、地面に突《つ》っ伏《ぶ》した。

第五十六章　ゼリィ

あたしは、夕日が沈《しず》むまで集落のはずれにいた。森の中にいれば、だれとも顔を合わせずにすむ。自分とむきあわずにすむ。

これ以上、暗い森の中にいられなくなると、ゼインに出くわさないことを祈《いの》りながら自分のテントにむかった。こんな時間までもどらずに、ズのことをがっかりさせてしまった。ところが、アマリはあたしを見たとたん、シルクのカフタンを持って駆《か》けよってきた。

「どこにいってたのよ?」アマリはあたしの手をつかんで、自分のテントに引っぱりこむ。そして、ほとんどむりやり服を頭から脱《ぬ》がせた。「もうお祝いが始まっちゃう。まだ髪《かみ》も整えてないのに!」

「アマリ、いいから――」

「わたしと戦《たたか》おうったって無駄《むだ》よ」アマリはあたしの手を払《はら》いのけ、じっとさせた。「ここのみんなは、ゼリィに期待してるのよ。だから、ゼリィもそれらしくしないと」

ゼインはアマリに話していないんだ……

それしか考えられない。アマリはお姉《ねえ》さんみたいにあたしの唇《くちびる》に洋紅色《ようこうしょく》の染料《せんりょう》を塗《ぬ》り、目のまわりにラインを引いて、それがすむと、今度はゼリィがわたしにやってと言った。本当のことを知ったら、アマリもきっとあたしのことを怖《おそ》れるだろう。

「くるくるにカールしてるわね」アマリはあたしの髪《かみ》をピンでとめながら言った。

「魔法《まほう》のせいだと思う。母《マ》さん《マ》の髪《かみ》もこんなだったから」

「ゼリィに似合《にあ》ってる。まだ支度《したく》はぜんぶ終わってないのに、とてもきれいよ」

頬《ほほ》がほてる。アマリにむりやり着せられたシルクのカフタンを見つめる。紫《むらさき》と鮮《あざ》やかな黄色と深いブルーの渦巻《うずま》きもようが、あたしの黒い肌《はだ》に映《は》えて輝《かがや》いている。襟元《えりもと》のビーズをなぞり、アマリが貸《か》してくれた人に返してくれればいいのにと思う。最後にドレスを着たのは、いつだっただろう？　脚《あし》を隠《かく》す布《ぬの》がないと、はだかでいるような気持ちになる。

「気に入った？」アマリがたずねる。

「どうだっていい」あたしはため息をつく。「なにを着たって同じ。今夜がさっさと終わってほしいだけ」

「なにかあったの？」アマリが遠回しにたずねる。「今日の朝は、楽しみにしてたのに。ズから聞いたんだけど、巻《ま》き物《もの》をほかの人たちにわたすのがいやなんだって？」

唇《くちびる》をきゅっと結び、カフタンの生地《きじ》をつかむ。ズのがっかりした顔を思い出し、またさっきまでとは別のいたたまれない気持ちに襲《おそ》われる。みんながあたしに期待して、あたしについてこようとしてくれているのに、あたしは自分の魔《ま》法《ほう》すらコントロールできないのだ。

ううん、自分の魔《ま》法《ほう》だけじゃない……

記《き》憶《おく》の中でクワメの炎《ほのお》が荒《あ》れ狂《くる》い、想像《そうぞう》するだけで皮膚《ひふ》がヒリヒリする。一度はなにも恐《おそ》れることはないと自分を納得《なっとく》させたけれど、今は恐怖《きょうふ》しか感じられない。あのときズがクワメを止められなかったら？　そもそもズがこなかったら？　クワメが自分の炎《ほのお》をコントロールできなかったら、あたしはここにいなかったのだ。

「まだ早いと思うの。夏至《げし》まであとたった四日だし――」

「どうして今、ディヴィナたちに魔《ま》法《ほう》の力を与《あた》えないの？」あたしの髪《かみ》を押《お》さえるアマリの手に力が入る。「ねえ、ゼリィ。わたしには話して。理解《りかい》したいの」

あたしは膝《ひざ》を抱《かか》え、目を閉《と》じる。アマリの言葉に笑いが漏《も》れそうになる。魔《ま》法《ほう》を見てアマリがたじろいだときのことを思い出す。なのに今は、あたしのほうが怯《おび》えて、アマリが魔《ま》法《ほう》を取りもどそうとしている。

ゼインの顔に浮《う》かんだ表情《ひょうじょう》を忘《わす》れようとする。見たことのないほど冷たい表情《ひょうじょう》。ゼインの目に浮《う》かんでいた恐怖《きょうふ》。クワメが太陽石に触《ふ》れて、炎《ほのお》がほとばしり出たとき、あたしもきっと同じ目で彼《かれ》を見ていた。

「イナンのせい？」あたしが黙《だま》っていると、アマリはなおもきいた。「イナンがなにをするか、怖《おそ》れてるの？」

「イナンのせいじゃない」少なくとも、この件《けん》は。

アマリは手を止め、髪《かみ》を押《お》さえていた手をはなし、かたわらに膝《ひざ》をつく。背《せ》をすっと伸《の》ばし、肩《かた》を引いたアマリは、借り物の金色のドレスを着ていても、まさに本物の王女だ。

「ゼインとあたしがいないあいだ、なにかあった？」

ドキリとしたけど、表情《ひょうじょう》に出さないようにして答えた。「話したとおり――アマリたちを取り返すために、イナンと協力することにしただけ」

「ゼリィ、お願いだから、正直に話して。わたしは兄のことを愛してる。もちろんよ。だけど、今回みたいな兄を見るのは、初めてなの」

「今回みたいなって？」

「お父さまに逆《さか》らったこと。魔師《まし》のために戦う？　なにかあったにちがいないわ。ゼリィが関係してることはわかってる」

そう言って、アマリがじっとあたしを見たので、耳がカアッと熱くなった。夢《ゆめ》の中の世界のことが、唇《くちびる》がもう少しで触《ふ》れ合うところだったことが、浮《う》かんでくる。

「イナンもわかったんでしょ」肩《かた》をすくめてみせる。「あなたの父親がやったことや、王の兵隊たちがやっていることを目にして、まちがったことを正したいと思ったんじゃないの？」

アマリは腕《うで》を組んで、眉《まゆ》をくいっとあげた。「わたしのことをなにも見えてないバカだと思ってるわけ？　そうじゃないことは知ってるはずよ」

「なんの話だかわから――――」

「ゼリィ、兄はあなたのことをじっと見つめて、ほほ笑《え》んで――――あれって……**天よ！**　わかんないわよ。イナンがゼリィに見せるような顔で笑ってるのなんて、これまで見たことがなかったんだから」あたしはうつむいたけど、アマリはあごをつかんで、自分のほうをむかせた。「わたしは、ゼリィに幸せになってほしい。ゼリィはわかってないかもしれないけどね。でも、自分の兄のことはよく知っている」

「どういうこと？」

アマリはいったん黙《だま》って、あたしの髪《かみ》をまたピンでとめた。「イナンがわたしたちを裏切《うらぎ》ろうとしているか、それとも、なにかまったく別のことが起こっているのか、どちらかということ」

あたしはあごをねじるようにしてアマリの手から逃《のが》れると、床《ゆか》を見つめた。うしろめたい気持ちがじわじわと広がっていく。

「ゼインと同じようなこと言うのね」

「ゼインも心配してる。あたりまえだと思う。わたしからゼインに話すことができるけど、まず先に知るべきことを知る必要がある」

話すことなんてできない。

話すわけにはいかない。でも、イナンはあれだけのことをしたのに、思い出すのは、集落まで抱《だ》きかかえていってくれたときのことだけ。目を閉《と》じて、深く息を吸《す》いこむ。

だれかの腕《うで》の中であんなに安心できたのは、いつが最後だっただろう？

「まえにアマリが、イナンがやさしい心の持ち主だって言ったとき、アマリのこと、バカだって思った。だから、今も、あたしはバカだって思う気持ちもある。でも、あたしもアマリの言うやさしい面をこの目で見たの。イナンは、ズの戦士《せんし》に捕《つか》まるところだったのを助けてくれた。それに、アマリとゼインを助けるために全力を尽《つ》くしてくれた。巻《ま》き物《もの》をとって逃《に》げることだってできたのに、しなかった。代わりにあたしの命を救《すく》ってくれた」

あたしはいったん黙《だま》って、アマリが聞きたいと思っている言葉を探《さが》そうとした。声に出して言うのを怖《おそ》れている、その言葉を。

「イナンはやさしい心を持っている。それをようやく使うことにしたんだと思う」

アマリは、言うことをきかない両手をじっとさせるように胸《むね》に押《お》しつけた。

「アマリ――――」

アマリはあたしに腕《うで》を巻《ま》きつけ、ぎゅっと抱《だ》きしめた。びっくりして体に力が入る。ほかになにもできなくて、あたしもアマリを抱《だ》きしめる。

「こんなこと言ったら、バカみたいって思うかもしれないけど、わたし……」アマリは体を離《はな》すと、両目から今にもこぼれ落ちそうな涙《なみだ》をぬぐった。「イナンはずっと正しいこととまちがったことのはざまに捕《と》らわれていた。イナンが正しい側《がわ》につけることを、わたしは信じたい」

あたしはうなずいて、自分がイナンに求めているもののことを考える。何度も彼《かれ》のことを考えてしまうのがいやでたまらない。彼《かれ》の唇《くちびる》や、彼《かれ》のほほ笑《え》みのことを。どんなに頭から追い払《はら》おうとしても、あのときの焦《こ》がれるような気持ちが残ってしまう。もう一度彼《かれ》に触《ふ》れてもらいたくてたまらない……

アマリの目にまたあふれてきた涙《なみだ》を、あたしはカフタンの袖《そで》でそっとぬぐう。

「泣かないで。お化粧《けしょう》がだいなしよ」

アマリはふんと鼻を鳴らす。「やってくれたのは、ゼリィでしょ」

「目にラインを引くなんてむりだって言ったでしょ！」

「あんなにうまくこん棒《ぼう》を扱《あつか》えるのに、手を震《ふる》えないようにすることもできないわけ？」

あたしたちはどうかなったみたいに笑いだす。その笑い声の聞きなれない響《ひび》きに、自分でおどろいてしまう。そのとき、ゼインがテントに飛びこんできた。あたしたちはピタッと笑うのをやめる。ゼインはあたしを見て、足を止める。

最初、まるで知らない人を見るような目をしたけど、ゼインの中のなにかがすうっと溶《と》けていく。

「どうしたの？」アマリがたずねる。

ゼインのあごが震《ふる》える。視線《しせん》を床《ゆか》に落とす。「ゼルが……母《マ》さん《マ》にそっくりだ」

その言葉はあたしの心を引き裂《さ》き、同時に温かくする。ゼインは今まで、こんなふうに母《マ》さん《マ》のことを口にしたことはなかった。もう覚えていないのだと思うこともあった。けれど、ゼインの目を見て、ゼインもあたしと同じなのだと気づく。母さん《ママ》はいつも空気のようにいっしょにいる。息をするたびに、つかの間、母さん《ママ》のことが浮《う》かぶ。

「ゼイン――――」

「パレードが始まった」ゼインはアマリにむかって言う。「そろそろ支度《したく》を終わらせないと」

そして、また出ていく。あたしの心をぎゅっと押《お》しつぶして。

アマリがそっとあたしの手を握《にぎ》る。「わたしが話してみる」

「話さなくていい」口の中の苦い味を無視《むし》して言う。「そしたら、アマリにも怒《おこ》るかもしれないし」**それに、アマリがなんて言ったって、あたしが悪いことには変わりないから。**

立ちあがって、袖《そで》をぐっと引っぱり、ついてないしわを伸《の》ばす。これまでいろいろなまちがいを犯《おか》して、いろいろな後悔《こうかい》をしてきた。でも、今回は……どうやっても取り返すことのできない過《あやま》ちなのだ。

重い心を抱《かか》えたまま、傷《きず》ついてなんていないふりをして、出口へむかう。けれど、テントを出ようとしたら、アマリに手をつかまれて、引き留《と》められた。

「まだ説明してもらってないわ。どうして巻《ま》き物《もの》をほかのディヴィナたちには触《ふ》れさせないことにしたの?」アマリは立ったまま、あたしをじっと見た。「この谷じゅうのディヴィナが、魔師《まし》になるのを心待ちにしてる。どうしてみんなにその機会を与《あた》えないの?」

ママ・アグバに殴《なぐ》られたように、アマリの言葉が突《つ》き刺《さ》さる。レカンの剣《けん》で胸《むね》を貫《つらぬ》かれたように。二人とも、あたしにチャンスを与《あた》えるためにすべてを犠牲《ぎせい》にしてくれたのに、あたしはそれを放り出すことしかできないのだ。

最初、みんなに巻《ま》き物《もの》をわたすかどうか考えたとき、こうやって魔法《まほう》が広がっていくことへの喜《よろこ》びと美しさを思わずにはいられなかった。ついに、〈襲撃《レイド》〉前のようになれるのだ。魔師《まし》がふたたび君臨《くんりん》するのだ。

けれど今は、ほほ笑《え》んでいるディヴィナたちの顔がゆがんで消え、代わりに魔師《まし》の通った後に残される苦しみばかりを想像《そうぞう》してしまう。〈地の者〉はこの足の下の大地を引き裂《さ》き、〈刈《か》る者〉は死を抑《おさ》えきれなくなって、解《と》き放ってしまうかもしれない。今、彼《かれ》らの魔法《まほう》を取りもどすのは危険《きけん》だ。ルールや、リーダーや、計画がなければ。

今でさえ、危険《きけん》なのに、儀式《ぎしき》をすることなんてできるのだろうか？

「アマリ、すごく複雑《ふくざつ》なことなの。たとえばだれかが自分の力をコントロールできなくなったら？　悪人が太陽石に触《ふ》れたら？　おそろしい〈病の者〉が目覚めて、疫病《えきびょう》で大勢《おおぜい》の人が死ぬかもしれないのよ！」

「どういうこと？」アマリがあたしの肩《かた》をつかむ。「ゼリィ、どうしてそんなふうに考えるの？」

「アマリにはわからない……」あたしは首をふる。「クワメがなにをしようとしたか、見ていないから。ズが止めてくれなかったら、今ごろ……労役場《ろうえきじょう》の役人たちやあなたの父親のような人間があんな力を持ったら――」クワメの炎《ほのお》の記憶《きおく》がよみがえり、のどがからからになる。「炎《ほのお》でどれだけの人を焼き殺《ころ》せると思う⁉」

あたしは一気に吐《は》き出す。ずっと心にすくっていた恥《は》ずかしさも恐怖《きょうふ》もすべて。「あたし、ゼインに――」言いかけるけれど、その先の言葉が出てこない。自分さえ魔法《まほう》を抑《おさ》えられないのに、未知の力を持つ魔師《まし》たちのことを信じられるわけがない。

「ずっと、あたしたちが生き残るためには魔法《まほう》が必要だって思ってた。でも今は……今はどう考えたらいいのか、わからない。あたしたちには計画もない。どういうルールを作ればいいかもわからないし、コントロールの仕方もわからない。なにもないまま魔法《まほう》を取りもどせば、罪《つみ》のない人が傷《きず》つけられることになるかもしれない」

アマリは、あたしの言葉がわきあがるままにじっと黙《だま》って耳を傾《かたむ》けていた。目の表情《ひょうじょう》がふとやわらぎ、アマリはあたしの手を引っぱった。

「アマリ――」

「いいから、きて」

アマリはあたしを引っぱってテントを出た。とたんに、あたしは圧倒《あっとう》された。

テントの中にいるあいだに、集落は命を吹《ふ》き返していた。谷は、若《わか》いエネルギーにあふれ、やわらかなランタンの光で赤々《あかあか》と輝《かがや》いている。ミートパイや焼きバナナの香りが鼻をくすぐり、活気にあふれる音楽が流れ、太鼓《たいこ》の音が響《ひび》いて、体の中にこだまする。みんな楽しげな音楽に合わせて踊《おど》り、パレードの興奮《こうふん》にわきかえっている。

お祭り騒《さわ》ぎの中で、イナンの姿《すがた》を見つける。濃《こ》いブルーのアグバダ[注1]におそろいのズボンをはいたイナンは、だれよりもすてきだ。あたしを見つけると、イナンはぽかんと口をあけた。見つめられて、胸《むね》が高鳴る。目をそらし、よけいなことは感じまいとする。イナンがこちらへ歩いてくる。けれど、あたしのところへくるまえに、アマリに人ごみのほうへ引っぱられた。

「早く！」アマリはイナンにむかってさけぶ。「見逃《みの》がしちゃう！」

人ごみの中を走っていく。両わきで、みんながぎゅうぎゅうに押《お》し合いながら踊《おど》っている。なぜか泣きたい気持ちがこみあげる。首を伸《の》ばして、集まっている人たちを眺《なが》め、みんなの喜《よろこ》びを、命がつづくことを願う。

オリシャの子どもたちは、明日などないように踊《おど》っている。ステップの一つ一つが、神々《かみがみ》をたたえている。唇《くちびる》は解放《かいほう》の喜《よろこ》びをたたえ、心はヨルバの自由の歌を歌っている。自分の言葉を、二度と頭の中以外では聞くことはないと思っていた言葉を聞いて、耳が躍《おど》る。喜《よろこ》びで集落全体が輝《かがや》いている。

世界がふたたび息を吹《ふ》き返したよう。

「ゼリィ、すごくすてきよ！」ズがほほ笑《え》んで、あたしを仲間に引きこむ。「きっとみんなが踊《おど》りたがるわ。もう予約済《ず》みだろうけど」

ズが指さしたほうを見ると、イナンがいる。イナンの目が、狩《か》りをするライオーンのようにあ

注1：主に西アフリカで男性《だんせい》の着る袖《そで》のゆったりしたローブ

たしに釘《くぎ》づけになっている。彼《かれ》の視線《しせん》を受け止めたい。彼《かれ》が視線《しせん》をむけたときに自分の中で花開く思いを、受け止めたい。けれど、あたしはむりやり顔をそむける。

これ以上、ゼインを傷《きず》つけることはできない。

「ママ　オリシャ　ママ！　オリシャ　ママ、アワ　ウン　ドュペ　ペ　エロボ　イベワ――（母なる神よ、わたしたちのさけびを聞いてくださり感謝《かんしゃ》します）」

中央に近づけば近づくほど、歌声も大きくなる。あたしは、イバダンの山にいたころを思い出す。母《ママ》さんがこの歌を歌ってあたしを寝《ね》かしつけていたころを。母《ママ》さんの声は豊《ゆた》かでやわらかで、ビロードやシルクみたいだった。あたしは、かつてなじんでいた感覚を思い切り吸《す》いこむ。力強い声をした少女が先頭に立ってさけびはじめる。

「ママ、ママ、ママ――」

神々《こうごう》しい歌を歌う声が夜気を満たす。薄《うす》いブラウンの肌《はだ》に短い白い髪《かみ》をしたディヴィナが、輪の中に入ってくる。豊《ゆた》かなブルーのローブを着ている少女は、レカンの壁画《へきが》にあったイェモジャの女神《めがみ》のようだ。空の母から涙《なみだ》をもらった、水を司《つかさど》る女神《めがみ》がよみがえる。少女は頭に水がめをのせ、歌いながらくるくると回る。歌が佳境《かきょう》にさしかかると、ぱっと水をまき散らし、腕《うで》を大きく広げて、降《ふ》ってきた水を受け止める。

どっと歓声《かんせい》があがり、少女は輪から出ていって、今度はフォラケが踊《おど》りながら現《あらわ》れる。黄色いカフタンに縫《ぬ》いつけられたビーズに光が反射《はんしゃ》し、フォラケが動くのに合わせて、ちらちらと輝《かがや》く。

フォラケはみんなをからかうように笑《え》みを浮《う》かべるけど、クワメには特別な笑《え》みを投げかける。みんながもう待ちきれなくなったところで、両手を高々《たかだか》とかかげる。フォラケの手から金色の火花が飛び散り、みんなは歓声《かんせい》をあげて、踊《おど》りながら集落を練り歩く。

「ママ、ママ、ママ――――」

次々《つぎつぎ》にディヴィナたちが輪に入ってくる。みんな、空の母の子どもたちを模《も》した衣装《いしょう》を着ている。実際《じっさい》の魔法《まほう》は使えないけれど、真似《まね》をするだけで、観客は沸《わ》き返る。そして最後に、あたしと同じ年くらいの少女が前へ進み出る。少女は流れるような赤いシルクのドレスを着て、きらきら輝《かがや》くビーズの頭飾《かざ》りをつけている。オヤだ……あたしの姉妹《しまい》神。

あたしが幻《まぼろし》で見たオヤのような光輝《こうき》はないけど、その少女には独特《どくとく》の魔法《まほう》のオーラが備《そな》わっている。フォラケと同じで、彼女《かのじょ》も長い白い髪《かみ》をふり乱《みだ》しながら踊《おど》っている。それにあわせて赤いドレスもくるくる回る。片方《かたほう》の手に、オヤの特徴《とくちょう》であるイルケレを持っている。ライオーンのたてがみで作った短いムチだ。くるくる回りながら輪を巡《めぐ》り、観客の歓声《かんせい》も大きくなる。

「ゼリィ、ゼリィもこの一員なのよ」アマリがあたしの手に自分の手をからませる。「魔法《まほう》をだれにも奪《うば》わせないで」

第五十七章　アマリ

パレードが終わっても、音楽とダンスは夜中までつづいた。わたしは二個《こ》目のモイモイパイを食べながら祭りを眺《なが》め、むした豆パンのとろけるような味を味わっていた。ディヴィナの男の子がシュクシュクののったお皿を持ってきた。甘《あま》いココナツの味が口に広がったときは、思わず声をあげそうになった。

「やっとだ」

ゼインの息が耳をくすぐり、心地《ここち》よいうずきが首を駆《か》けくだる。ようやく二人きりになる。今夜はずっと、ゼインと目を合わせようとしては、群がってくる女の子たちにじゃまされっぱなしだったから。

「え？」わたしはシュクシュクの残りをあわてて飲みこんで、ききかえす。

「ずっと探《さが》してたんだ。なかなか見つからなかった」

唇《くちびる》についたシュクシュクのかけらをぬぐい、お祭りのあいだ半分は、なにかを食べていたのを隠《かく》そうとする。着たときはぴったりだったドレスが、腰《こし》のあたりの縫《ぬ》い目がほつれそうになってる。

「見つからなかったのは、いくところいくところにきゃあきゃあ騒《さわ》ぐ女の子たちが群がるからじゃないの？」

「申し訳《わけ》ありません、王女さま」ゼインは笑う。「だけど、いちばんきれいな女の子のそばにいくのは、簡単《かんたん》じゃないんだよ」

ゼインの笑《え》みがやわらかくなる。わたしを川に放りこんだ夜みたいに。わたしがお返しに川へ落とそうとしたときみたいに。こういう彼《かれ》を見ることはめったにない。あのあと、いろいろなことがあって、またいつこんな彼《かれ》を見ることができるかも、わからなかった。

「なに？」

「ただ考えてただけ」肩《かた》をすくめて、ふたたび踊《おど》っているディヴィナたちのほうをふりかえる。「ずっとゼインのことを心配してたの。ゼインは心が広いから。でも、あのテントであんなふうに拷問《ごうもん》されて、平気なわけないもの」

「ふうん」ゼインはニヤッとした。「女の子とテントに一晩《ひとばん》閉《と》じこめられたら、もっと楽しい過《す》ごし方もあっただろうけどね」

顔が赤くなるのがわかる。ドレスの金色とぜんぜん合わないくらいに。「男の人と一晩《ひとばん》過《す》ごしたのは、あれが最初だったから」

ゼインは鼻を鳴らす。「夢見《ゆめみ》たとおりだった？」

「ええと……」唇《くちびる》に指をあてる。「想像《そうぞう》の中では、あそこまで縛《しば》られたりはしてなかったから」

びっくりするくらいの笑い声があがる。わたしの前でこんなに笑ったのは初めて。その声を聞いて、ちょっと誇《ほこ》らしくなる。今までこんなに笑わせることができたのは、ビンタだけ。頭の中で言葉にできない言葉が泳ぎまわる。でも、答えようとしたとき、クスクス笑う声が耳に入る。

そちらを見ると、連なったテントの先にゼリィがいる。輪のはしっこのほうで、踊《おど》っている。笑いながらヤシ酒を飲み、ディヴィナの子どもをくるくる回している。ゼリィのうれしそうなようすを見て、わたしもほほ笑《え》む。けれど、ゼインの顔は曇《くも》り、さっきテントで見せた悲しげな表情《ひょうじょう》がもどってくる。でも、それもイナンを見つけたとたん、消える。兄は、真っ白いバラの園《その》で咲《さ》く一輪の赤いバラを見るような目で、ゼリィを見つめている。

「あれ、なにかしら？」ゼインの手をつかんで、歓声《かんせい》をあげているディヴィナたちの輪のほうへ引っぱっていく。ゼインの手に握《にぎ》り返されて、胸《むね》がどきどきする。

ゼインは広い肩《かた》で群衆《ぐんしゅう》をかき分けるように進んでいく。羊の群れの中を歩く羊飼《ひつじか》いのように。あっという間に、輪の真ん中で踊《おど》っている少女のところに出る。はちきれんばかりの命にあふれ、ビーズを縫《ぬ》いつけたドレスが月明かりにきらめき、くるくると回る腰《こし》の動きをひきたてている。体の線という線がリズムに合わせてくねり、動きのひとつひとつが観客を魅了《みりょう》する。

ゼインがわたしを前へ押《お》し出そうとし、わたしは彼《かれ》の腕《うで》をつかむ。「どういうつもり!?」

「踊《おど》ったら？」ゼインは笑う。「アマリの踊《おど》りを見たい」

「オゴゴロ酒の飲みすぎよ」わたしも笑う。

「おれも踊《おど》ったら？　おれが踊《おど》れば、いっしょに踊《おど》る？」

「いやよ」

「本当に？」

「ゼイン、やだって言っ――」

ゼインは輪の真ん中に飛びこむ。踊《おど》っていた少女をびっくりさせ、観客は思わずうしろにさがる。ゼインは一瞬《いっしゅん》、じっと立ち尽《つ》くし、わざと生真面目《きまじめ》な顔をしてみんなを見まわす。けれど、角笛の音が響《ひび》いたとたん、まさに爆発《ばくはつ》したみたいに踊《おど》りだす。ズボンにヒアリが入ったみたいに、体を揺《ゆ》らし、跳《と》びあがる。

わたしは息ができないほど笑って笑って、立っていられなくてとなりの子にしがみつく。ゼインが動くたびに、さらに歓声《かんせい》があがり、観客の輪が倍に膨《ふく》れあがる。

ゼインが肩《かた》を揺《ゆ》らしながら地面に膝《ひざ》をつくと、さっきまで踊《おど》っていた少女がもどってきて、彼《かれ》のまわりをくるくると踊《おど》りはじめる。少女が腰《こし》をくねらせ、誘惑《ゆうわく》を滴《したた》らせるたびに、わたしはむずむずし、少女の誘《さそ》うようなまなざしに、顔をしかめる。ゼインがもてるのなんて、あたりまえなのに。あのやさしいほほ笑《え》み、たくましい体――

そのとき、ごつごつした硬《かた》い手に手首をつかまれる。大きな手。**ゼインの手。**

「ゼイン、だめ!」

でも、ゼインの茶目っ気にわたしはしりごみする気持ちを忘《わす》れる。気がつくと、わたしは輪の真ん中に立っている。数えきれないほどの目に見つめられて、わたしはすくんでしまう。逃《に》げようとしたとき、ゼインにグッと引きよせられ、くるくると回される。みんなが見ているのに。

「ゼイン!」わたしは悲鳴をあげるけど、笑いだしてしまう。笑いを止められないまま、興奮《こうふん》が渦《うず》を巻《ま》いて、不器用な足がリズムをつかむ。その瞬間《しゅんかん》、観客は消え、ゼインしかいなくなる。ゼインのほほ笑《え》みと、ゼインのやさしいブラウンの目しか。

いつまでだってこんなふうにしていられる。彼《かれ》の腕《うで》の中で、くるくる回って笑いながら。

第五十八章　イナン

こんなに美しいゼリィを見たのは初めてだ。

淡《あわ》い紫《むらさき》のドレスを着て、ディヴィナの男の子と手を取り合い、くるくると回っているゼリィは、女神《めがみ》のようだ。ゼリィの魂《たましい》の海の香りが立ちのぼり、祭りの食べ物のにおいをかき消して、おれを直撃《ちょくげき》する。

潮《しお》の流れのように。

ゼリィを見ていると、魔師《まし》のことなど忘《わす》れてしまいそうになる。王国のことも、父上のことも。今は、ゼリィのことしか、考えられない。ゼリィのほほ笑《え》みは、星のない夜空で輝《かがや》く満月のように世界を照らしている。

これ以上回れなくなると、ゼリィは男の子を抱《だ》きしめる。ゼリィがひたいにキスをすると、男の子はわあっとさけんで、走っていく。すると、すぐさま三人の男が進み出て、ゼリィと踊《おど》ろうとする。

「はじめまして――」

「ぼくはデカ――」

「すてきな人だ――」

男たちがゼリィの気を引こうとしているのを見て、にやっとする。三人とも、われこそはと声をはりあげている。その横から、ゼリィの腰《こし》に手を回し、ぐっと引きよせる。

「踊《おど》っていただけますか？」

ゼリィはかっとしてふりむく。そして、おれだと気づくと、ほほ笑《え》む。おれははっとする。そのうれしそうな顔に。焦《こ》がれるような表情《ひょうじょう》に。かすかな怯《おび》えに。ゼインのことが頭に浮《う》かんだのがわかる。でも、おれはさらに彼女《かのじょ》を引きよせる。「ゼインに見られないところまでいこう」

ゼリィの体から温かい思いが流れこんでくる。手に力が入る。

「返事はイエスってことだな」

ゼリィの手をつかみ、男たちの視線《しせん》を無視《むし》して、人ごみを抜《ぬ》けていく。集落のはずれの森へむかう。祭りとダンスをあとにして。ひんやりとした風がおれたちを迎《むか》える。たき火と樹《き》の皮としめった落ち葉の香りを運んでくる。

「ゼインはいない？」

「大丈夫《だいじょうぶ》だ」

「でも――わっ！」

ゼリィがつまずいて倒《たお》れる。そして、クスクスと子どもっぽい笑い声を漏《も》らす。おれも笑いをこらえながら、ゼリィを助け起こす。ハチミツを入れたヤシ酒の香りがふわっと鼻腔《びこう》をくすぐる。

「天よ！　ゼル、酔《よ》ってるのか？」

「このお酒を作った人も、まさかこんなものができるなんて、わかってなかったんじゃないかな」ゼリィはおれの手を取って、木によりかかる。「サリムと踊《おど》ってぐるぐる回ったのが、今ごろ効《き》いてきたみたい」

「水を持ってくるよ」

取りにいこうとすると、ゼリィに腕《うで》をつかまれる。

「ここにいて」ゼリィの手がすっと腕《うで》をなぞる。全身をぞくぞくする感覚が走る。

「本当に大丈夫《だいじょうぶ》？」

ゼリィはうなずいて、またクスクス笑う。どこか音楽的な笑い声に、ひきよせられる。

「踊《おど》ってって言ったじゃない」ゼリィの銀色の目にいたずらっぽい輝《かがや》きが躍《おど》る。「あたし、踊《おど》りたいの」

ゼリィを取り囲《かこ》んでいた男たちのように、おれも前へ進み出る。彼女《かのじょ》の口からほんのりヤシ酒の香りがするのがわかるくらい、近くまで。手をすっとすべらせてゼリィの手首を握《にぎ》ると、ゼリィは目を閉《と》じて、息を吸《す》いこむ。ゼリィの木の幹《みき》に当てた指先に力が入る。

それを見て、体中の細胞《さいぼう》が欲望《よくぼう》で満たされ、経験《けいけん》したことのないような本能《ほんのう》的な感情《かんじょう》がわきあがる。あらゆる力を使って彼女《かのじょ》にキスしまいとする。彼女《かのじょ》の体に手をすべらせまいと、木に押《お》しつけまいとする。

かがんで、ゼリィの耳にそっと唇《くちびる》を当てると、ゼリィのまぶたが震《ふる》えてぱっと開く。「踊《おど》るなら、動かないと、かわいいゼル」

ゼリィが体を固くする。

「その呼《よ》び方はやめて」

「ゼリィはおれのことを王子さまってからかうくせに、おれはだめなのか？」

ゼリィの手がぱたりと落ちる。そして、顔をそむける。

「母《マ》さん《マ》がそう呼《よ》んでたの」

天よ。

手を離《はな》す。木の幹《みき》に頭を打ちつけたい衝動《しょうどう》をこらえる。「すまない、知らなかったんだ――」

「わかってる」

ゼリィはじっと地面を見つめる。さっきまでのいたずらっぽい表情《ひょうじょう》は影《かげ》をひそめ、悲しみの海がゼリィを呑《の》みこむ。そして、彼女《かのじょ》の中で恐怖《きょうふ》の波が膨《ふく》れあがる。

「大丈夫《だいじょうぶ》か？」

ゼリィがいきなりしがみついて、おれの胸《むね》に顔をうずめる。ゼリィの恐怖《きょうふ》が、おれの体にしみこんできて、のどをふさぐ。生々《なまなま》しい恐怖《きょうふ》がゼリィを食《く》らおうとする。森でのあの日と同じように。ただ、今、彼女《かのじょ》を苦しめているのは王の軍隊だけではない。彼女《かのじょ》自身の手から放たれた死の影《かげ》なのだ。

おれはゼリィに腕《うで》を回し、ぎゅっと抱《だ》きしめる。ゼリィの恐怖《きょうふ》を取り除《のぞ》くためなら、なんだってする。おれたちはしばらくそうやって、互《たが》いの腕《うで》の中でじっとしている。

「ゼリィは海の香りがする」

ゼリィが瞬《まばた》きして、おれを見あげる。

「ゼリィの魂《たましい》のことだ。ゼリィの魂《たましい》はいつも海のにおいがするんだ」

ゼリィはじっとおれを見つめる。その表情《ひょうじょう》は読めない。探《さぐ》ろうとして、すぐにあきらめる。彼《か》女《じょ》の目の中に迷《まよ》いこむだけで十分だから。銀色のまなざしの中に。

ほつれた髪《かみ》を耳にかけてやる。ゼリィはふたたびおれの胸《むね》に顔をうずめる。

「今日、コントロールできなくなったの」ゼリィの声がかすれる。「傷《きず》つけてしまったの。あたし、ゼインを傷《きず》つけてしまった」

ほんの少しだけ、意識《いしき》を広げる。安心できる領域《りょういき》より、わずかに先まで。とたんに、ゼリィの記《き》憶《おく》が打ちよせる波のように流れこんでくる。

すべてを感じる。ゼインのひどい言葉も、荒《あ》れ狂《くる》う影《かげ》も、罪《つみ》の意識《いしき》も、憎《にく》しみも、魔法《まほう》のあとに残されたいたたまれない気持ちも。

ゼリィをますますきつく抱《だ》きしめる。ゼリィがおれを抱《だ》き返すと、温かい感情《かんじょう》が流れこんでくる。「おれも一度、コントロールできなくなったことがあった」

「だれかをけがさせたの？」

「死んだ」おれはささやくように言った。「大切な人だった」

ゼリィが体を離《はな》し、おれを見あげる。その目にみるみる涙《なみだ》があふれる。「だから、自分の魔法《まほう》を怖《おそ》れてるのね」

おれはうなずく。カエアを殺《ころ》してしまった罪《つみ》が、ナイフのようにおれをえぐる。「もうだれも傷《きず》つけたくなかったんだ」

ゼリィはふたたびおれの胸《むね》に頭を預《あず》け、重いため息をつく。「どうすればいいかわからない」

「なにを？」

「魔法《まほう》を」

思わず目を見開く。よりにもよってゼリィが魔法《まほう》に対する迷《まよ》いを口にするとは、想像《そうぞう》したことすらなかった。

「これがあたしの望み」ゼリィは幸せに包まれた人々《ひとびと》のほうを指し示《しめ》す。「このためだけにずっと戦ってきた。だけど、あのことがあってから……」ゼリィは言いよどんだ。ゼインの肩《かた》から流れる血が、ゼリィの心の中を埋《う》め尽《つ》くす。「ここの人たちはいい人たちよ。純粋《じゅんすい》な心を持ってる。だけど、魔法《まほう》を取りもどしたら、悪い魔師《まし》がその力を使って支配《しはい》しようとするかもしれない。そうなったら？」

その恐怖《きょうふ》なら知っている。かつてのおれの恐怖《きょうふ》そのものだったから。だが、むかしとはちがう。クワメの炎《ほのお》のことを思い返しても、むしろ浮《う》かぶのは、ズに言われて炎《ほのお》がすぐに消えたことだ。

ゼリィはつづけようとしたが、言葉が出てこなかった。そのふくよかな唇《くちびる》を見つめる。長く見つめすぎたのか、ゼリィははっと唇《くちびる》を閉《と》じる。

「不公平よ」ゼリィはため息をつく。

ゼリィを見る。二人とも目覚めていることが信じられない。今のように彼女《かのじょ》を抱《だ》きたいと、何度思っただろう。彼女《かのじょ》に抱《だ》きしめてほしいと何度、夢見《ゆめみ》ただろう。

「イナンはあたしの頭の中に好きに入れるのに、あたしのほうはイナンがなにを考えてるか、なにもわからないんだから」

「本当に知りたい？」

「もちろん知りたいわよ！　どんなに恥《は》ずかしいか、わかる――？」

ゼリィを木の幹《みき》に押《お》しつける。首筋《くびすじ》に唇《くちびる》を押《お》しあてる。背中《せなか》に手を回すと、ゼリィがはっと息を呑《の》む。唇《くちびる》から小さなうめき声が漏《も》れる。

「これだ」おれはささやく。一言しゃべるごとに、ゼリィの肌《はだ》に唇《くちびる》でそっと触《ふ》れる。「おれの考えてること。おれの頭の中にあること」

「イナン」ゼリィが喘《あえ》ぐように言う。ゼリィの指が背中《せなか》に食《く》いこみ、おれを引きよせる。全身が彼女《かのじょ》を求めてる。こうするのを。そう、ずっと前から。

欲望《よくぼう》とともに、すべてが明らかになる。すべてがはっきりとする。
おれたちは魔法《まほう》を怖《おそ》れる必要はない。
必要なのは、お互《たが》いだから。

第五十九章　ゼリィ

だめ。

だめ。

だめ。

何度繰《く》り返しても、あたしの欲望《よくぼう》は暴《あば》れる。抑《おさ》えがきかなくなったライオーンやヒョウラのように。

ゼインに見つかったら、殺《ころ》される。その考えが頭を駆《か》け巡《めぐ》っているのに、あたしの爪《つめ》はイナンの背中《せなか》に食《く》いこんでいる。彼《かれ》を引きよせ、彼《かれ》のがっしりした体を感じている。もっと感じたい、もっと**彼《かれ》を**感じたいと思っている。

「おれといっしょにラゴスにきてくれ」

聞きまちがいじゃないかと思って、むりやり目を開く。「え？」

「自由が欲《ほ》しいなら、おれといっしょにラゴスにきてほしい」

イバダンの冷たい湖に飛びこんだようだった。幻想《げんそう》の世界から引きもどされる。イナンがカフタンを着たただの男の世界、王子でなく魔師《まし》の世界から。

「あたしのじゃまをしないって約束したはず――」

「約束は守る」イナンはあたしをさえぎって言う。「でも、ゼリィ、このままじゃだめだ」

心のまわりに壁《かべ》ができはじめる。イナンもそれを感じているのが、わかる。イナンは体を離《はな》し、背中《せなか》に回していた手であたしの頬《ほほ》をそっとはさむ。

「魔法《まほう》を取りもどせば、貴族《きぞく》たちはなにがなんでも魔法《まほう》の力を止めようとするだろう。また〈襲撃《レイド》〉が繰《く》り返されることになる。そうなったら、オリシャじゅうの人間が死に絶《た》えるまで戦いはつづく」

あたしは顔をそむける。心の奥底《おくそこ》では、イナンの言うことが正しいとわかっている。だから、どうしてもどこかで恐《おそ》れてしまうのだ。どうしても心の底から祝うことができないのだ。ズは楽園を築《きず》きあげた。でも、魔法《まほう》がもどってくれば、夢《ゆめ》は終わる。魔法《まほう》は平和を与《あた》えてくれはしない。

あたしたちに戦う手立てをもたらしてくれるだけだ。

「あたしがラゴスにいって、なにが解決《かいけつ》するの？　あなたの父親はあたしの首を要求してるのよ！」

「父は恐《おそ》れてるんだ」イナンは首をふる。「父はまちがっている。だが、父の恐怖《きょうふ》自体はまちがいじゃない。王国は、魔師《まし》たちがもたらす破壊《はかい》しか目にしてこなかった。今のような光景は見ていない」イナンは集落のほうを指し示《しめ》す。その顔は希望に照らされ、闇《やみ》の中で本当に輝《かがや》いているように見える。「ズウライカはひと月でこれを作りあげた。ラゴスにはすでに大勢《おおぜい》のディヴィナがいる。王国を後ろ盾《だて》にすれば、どれだけのことが成し遂《と》げられると思う?」

「イナン……」反論《はんろん》しようとするけど、イナンはあたしの髪《かみ》をそっと耳にかけ、そのまま親指で首筋《くびすじ》をなぞる。

「父上がこれを見れば……きみを見れば……」

触《ふ》れられるだけで、体の中が震《ふる》え、迷《まよ》いを追い出してしまう。あたしはもっと触《ふ》れてほしくて、イナンに体を預《あず》ける。

「ゼリィがおれに見せてくれたものを父にも見せてくれれば」イナンはあたしを抱《だ》きよせる。

「ここの魔師《まし》たちは、父が戦っている魔師《まし》とはちがう。ラゴスにここみたいな居留地《きょりゅうち》を作ればい
い。なにも恐《おそ》れる必要はないと、わかるはずだ」

「ここが成り立っているのは、だれもここの存在《そんざい》を知らないからよ。あなたの父親が、魔師《まし》が一か所に集まるのを許《ゆる》すわけがない。労役場《ろうえきじょう》以外ではね」

「許《ゆる》すしかなくなる」イナンの手に力が入り、初めて挑戦《ちょうせん》的な火花が散る。「魔法《まほう》がもどってきたら、父にそれを奪《うば》う力はない。最初は同意しようがしまいが、最終的には父もどうするのがいちばんいいか、わかるはずだ。おれたちは初めて、ひとつの王国として一体となるんだ。アマリとおれで新王国への移行《いこう》を率《ひき》いてみせる。ゼリィがいっしょにいてくれれば、できるはずだ」

あたしの中で希望の炎《ほのお》が燃《も》えあがる。消さなければならない炎《ほのお》が。あたしの頭の中で、イナンの計画が形をとりはじめる。〈地の者〉が骨組《ほねぐ》みを造《つく》り、ママ・アグバが技術《ぎじゅつ》を教える。父さん《ババ》は二度と税《ぜい》のことを心配しなくてすむ。ゼインは毎日をアボンに使え――

とたんに、うしろめたい思いが襲《おそ》ってくる。肩《かた》を押《お》さえたゼインの手の下からあふれ出してきた血の記憶《きおく》が、すべての興奮《こうふん》を打ち消す。

「うまくいかない」あたしはささやく。「魔法《まほう》が危険《きけん》なのは変わらない。罪《つみ》のない人たちが、傷《きず》つくことになるかもしれない」

「数日前までなら、おれも同じことを言っただろう」イナンがすっと背《せ》を伸《の》ばす。「だが、今朝、ゼリィが証明《しょうめい》してくれた。あのときやってみた訓練で、魔法《まほう》をコントロールする力はつけられると確信《かくしん》した。決められた居留区《きょりゅうく》で魔師《まし》たちを訓練し、力が身についたところでオリシャにもどってもらえばいい」

イナンは目を輝《かがや》かせて、さらにつづけた。

「ゼリィ、オリシャの未来の姿《すがた》を想像《そうぞう》するんだ。ズのような〈癒《いや》す者〉が病を癒《いや》す。〈地の者〉と〈鍛冶《かじ》の者〉がいれば、労役場《ろうえききじょう》など必要なくなる。ゼリィの呼《よ》び出す霊《れい》の軍隊がいれば、どんな相手とも戦える！」

イナンがひたいをあたしのひたいに合わせる。あたしはなにも考えられなくなる。

「新しいオリシャだ」少し落ち着いた声で、イナンは言う。「おれたちのオリシャだ。戦いも戦争もない、平和なオリシャだ」

平和……

その言葉を知ってから、ずいぶん経《た》つ。夢《ゆめ》の中の世界でしか、手に入れられないもの。イナンの腕《うで》に包まれているときしか。

一瞬《いっしゅん》、魔師《まし》が強いられてきた長い戦いに終止符《しゅうしふ》が打たれるのを、夢見《ゆめみ》てしまう。剣《けん》でも革命《かくめい》でもなく、平和によって。

イナンとともに。

「本気？」

「もちろんだ。ゼル、どうしても必要なんだ。ゼルにした約束をすべて守りたい。でも、一人じゃできない。魔法《まほう》の力だけでも、むりだ。でも、二人で力を合わせれば……」イナンの唇《くちびる》に甘《あま》いほほ笑《え》みが浮《う》かび、あたしをぐっと引きよせる。「そうすれば、だれもおれたちを止められない。オリシャがいまだ目にしたことのないチームになるんだ」

イナンの背中越《せなかご》しに、踊《おど》っているディヴィナたちを見る。さっきいっしょに踊《おど》っていたサリムは、ぐるぐる回りすぎて、草むらの中にひっくり返っている。

頬《ほほ》をはさんでいたイナンの手がすっとさがって、あたしの手に指をからめる。そして、あたしをぐっと引きよせ、やわらかい毛布《もうふ》のように温かさで包んでくれる。「おれたちはいっしょに戦う運命だったんだ」そして、ささやくような声になって言う。「きっと……いっしょになる運命なんだ」

頭がぐるぐる回りだす。イナンの言葉のせいか、アルコールのせいかもしれない。けれど、ぼんやりとした頭の中でも、イナンが正しいとわかっている。それだけが、みんなを守る方法なのだ。たった一つの決意が、終わりのない戦いを終わらせるのだ。

「わかった」

イナンが探《さぐ》るようにあたしを見る。彼《かれ》の希望が、かすかな太鼓《たいこ》の音のように空気を震動《しんどう》させる。

「本当に？」

あたしはうなずく。「ゼインとアマリを説得《せっとく》しなきゃいけないけど、イナンが本気なら――」

「ゼル、これまで生きてきた中で、今ほど本気だったことはない」

「あたしの家族もラゴスに呼《よ》びよせなくちゃならない」

「もちろん、それ以外考えていない」

「それでも、イロリンをもう一度、建てなおす約束は――」

「〈地の者〉と〈波を起こす者〉の最初の仕事だな！」

あたしがそれ以上なにか言うまえに、イナンはあたしを抱《だ》きあげて、くるくる回る。満面に笑《え》みを浮《う》かべたイナンを見て、あたしもほほ笑えまずにはいられない。あたしは笑う。地面におろされても、まだ世界はぐるぐる回っている。

「森の中でぐるぐる回りながら、オリシャの運命を決めるなんて、だめよ」

イナンはわかってるとかなんとか言いながら、ふたたびゆっくりと手をすべらせ、頬《ほほ》に触《ふ》れる。

「じゃ、これもだめかもしれないな」

「イナン――」

だめな理由を口にするまえに、そう、ほんのいくつか先のテントで、ゼインが斧《おの》を研《と》いでいるかもしれないのに、イナンはあたしの唇《くちびる》に唇《くちびる》を重ねる。とたんに、すべてがぼやけていく。イナンのキスはやさしいけど力強くて、そっと押《お》しつけられた唇《くちびる》は……やわらかい。

唇《くちびる》ってこんなにやわらかいの？

全身の細胞《さいぼう》に火がつき、じわじわと熱が背中《せなか》をくだっていく。ようやくイナンが離《はな》れたときも、まるで戦ったあとみたいに心臓《しんぞう》がバクバクしている。イナンはそっと目を開いて、うっとりするような笑《え》みを浮《う》かべる。

「ごめん……」イナンは親指であたしの下唇《したくちびる》をそっとなぞる。「中にもどる？」

ええ。

そう答えたほうがいいのはわかってる。そう答えなきゃいけないって。でも、一度その味を知ってしまったら、あらゆる抑制《よくせい》が働かなくなる。

イナンの目が見開かれる。あたしが頭を引きよせて、もう一度キスしたから。

抑制《よくせい》を取りもどすのは明日でいい。

今夜は彼《かれ》が欲《ほ》しいから。

第六十章　アマリ

ゼインにくるくる回されながら、もう何年もこんなに笑ったことはないというくらい、笑った。
ゼインはもう一度、わたしを抱《だ》きあげようとしたけれど、ふと手を止めた。満面に浮《う》かべていた笑《え》みが、汗《あせ》とともに流れ落ちていく。ゼインの見ているほうを見ると、まさにイナンがゼリィの顔を引きよせて、キスをするところだった。

天よ！

思わずあっと息を呑《の》む。二人のあいだで、なにかに火がついたのは感じていた。でも、こんなにすぐ燃《も》えあがるとは思っていなかった。イナンがゼリィにキスしているのを見て、またふつふつと疑問《ぎもん》がわきあがる。イナンがゼリィをやさしく抱《だ》きしめるようす、両手がさまよい、ゼリィを引きよせるしぐさ――

頬《ほほ》がカアッと熱くなり、思わず目をそらす。見ていられない、あんなふうに抱《だ》き合って。けれど、ゼインは、わたしみたいな面映《おもは》ゆさなんて感じていなかった。食《く》い入るように見つめている。

全身に力が入り、目がぐっと細くなる。さっきまでの喜《よろこ》びが一瞬《いっしゅん》にして消え去る。

「ゼイン……」

ゼインはわたしの横をすり抜《ぬ》け、見たことがないほどの怒《いか》りの鎧《よろい》をまとい、歩きだす。

「ゼイン！」

わたしのことなど目に入らないかのように、兄の首を絞《し》めるまでは止まらないというように。

そのとき、ゼリィがイナンの顔を引きよせて、唇《くちびる》を重ねた。

それを見て、ゼインはぴたりと足を止めた。殴《なぐ》られたみたいによろよろとうしろにさがる。両手でへし折られた小枝《こえだ》のように。

ゼインは大股《おおまた》でもどってきて、浮《う》かれ騒《さわ》いでいる人たちを押《お》しのけ、集落へもどっていく。わたしは必死になってあとを追いかけ、ゼインのあとからテントに飛びこむ。ゼインはナイラと、ゼリィの荷物をよけるように奥《おく》に進み、斧《おの》の柄《え》をつかむ――

「ゼイン、だめよ！」

わたしの悲鳴もゼインの耳には届《とど》かない。ゼインは斧《おの》を自分の袋《ふくろ》に押《お》しこむ。それから、マントと食料と……ゼインの荷物？

「なにしてるの？」

ゼインは無視《むし》して、まるでマントまで彼《かれ》の妹にキスしたとでもいわんばかりにぐいぐい押《お》しこむ。手を伸《の》ばしてゼインに触《ふ》れようとするけど、ゼインはぱっとよける。「ゼイン――」

「なんだ？」ゼインにどなられ、わたしはビクッとする。ゼインははっとして、深いため息を漏《も》らす。「すまない。おれはただ――もうむりだ。限界《げんかい》だ」

「限界《げんかい》ってどういうこと？」

ゼインは袋《ふくろ》の口を革《かわ》ひもで縛《しば》り、ぐっと引っぱる。「おれは出ていく。きみもきたければ、いっしょにくればいい」

「待って。どうして？」

ゼインはわたしに返事する間もなく、ものすごい勢《いきお》いで出口の布《ぬの》をめくりあげ、わたしを置いて、ひんやりとした夜気の中へ出ていく。

「ゼイン！」

わたしは急いであとを追うけど、ゼインは待とうとしない。集落を横切り、祭りのにぎわいもなにもかもあとに残して歩いていく。飛ぶように野原を歩いていくゼインを追いかけるわたしの耳に、ゴンベ川のかすかな水音が聞こえてくる。次の谷で、わたしはようやく追いつく。

「ゼイン、待って！」

ゼインは止まるけれど、脚《あし》は今にも動きだそうとするように力が入ったままだ。

「お願いだから、そんなに急がないで」わたしは必死になって言う。「息を――息をして！イナンのことを嫌《きら》ってるのはわかってる。でも――」

「イナンのことなんて、どうでもいい。だれだって、自分の好きなようにすればいい。もうおれを巻《ま》きこまないでくれ」

その冷たい言葉に胸《むね》が凍《こお》りつき、さっきわたしに注いでくれた温かさが砕《くだ》け散る。それでも、がくがく震《ふる》える脚《あし》でわたしはなんとか前へ出る。「うろたえるのは、わかる。でも──」

「うろたえる?」ゼインはくっと目を細める。「アマリ、おれはもう、人生のために戦うのに疲《つか》れたんだ。みんなの過《あやま》ちのしりぬぐいをするのに。うんざりだ、あらゆる手を尽《つ》くしてゼルを守ろうとしているのに、あいつはそれを片《かた》っぱしから投げ捨《す》てるんだ!」ゼインはがっくりと肩《かた》を落とし、うつむく。こんなに小さく見えるゼインを初めて目にする。こんな彼《かれ》を見て、わたしは戸惑《とまど》ってしまう。「ずっとゼルに大人になってほしいと思ってた。だが、おれがいつもそばにいたら、成長するはずがない。おれがいつも失敗の後始末をしてやるんじゃ、変わりっこないんだ!」

わたしはゼインの両手をつかみ、ざらざらした指に自分の指をからめる。「ふたりがああなったことに戸惑《とまど》うのはわかる……でも、わたしが保証《ほしょう》する。兄は根は純粋《じゅんすい》な人よ。ゼリィはだれよりもイナンのことを憎《にく》んでた。そのゼリィが今はあんなふうに感じているなら、そこになにか意味はあるはずよ」

「いつものとおりの意味がな」ゼインはすっとからめた手を離《はな》す。「ゼリィがまたバカなことをしてる。そしてそのうち、またいきなり派手《はで》な失敗をやらかすんだ。きみがそうしたいなら、爆《ばく》発《はっ》するのを待っていればいい。でも、おれはもうごめんだ」ゼインの声がかすれる。「もう二度と、関わりたくないんだ」

ゼインはまた歩きだす。わたしの中になにかを残したまま。彼《かれ》はわたしの知ってるゼインじゃない。こんな人じゃない、わたしが――

愛しはじめたのは。

その言葉が浮《う》かぶけど、まだそんなふうには言えない。愛という言葉は強すぎる。わたしの今の気持ちには強烈《きょうれつ》すぎる。まだそんなふうに感じることは許《ゆる》されない。でも、だとしても……

「ゼインがゼリィを見捨《みす》てるなんて、ありえない」わたしはゼインのうしろ姿《すがた》にむかってさけぶ。「これまでだって、そんなことなかった。一回も。ゼリィのせいであらゆる犠牲《ぎせい》を払《はら》うことになったって、ゼインはいつもゼリィのかたわらにいた」

そう、ビンタみたいに。ビンタのいたずらっぽい笑《え》みが浮《う》かんできて、冷たい夜を照らす。ゼインは無条件《むじょうけん》の愛を注いでいる。ビンタのように。愛を注いではいけないときまで。

「どうして今なの?」わたしはなおも言う。「あれだけいろいろあったあとで、どうして?」

「やつはおれたちの故郷《こきょう》を破壊《はかい》したからだ!」ゼインはがばとふりむく。首筋《くびすじ》に血管が浮《う》き出る。「村の人たちは溺《おぼ》れ死に、子どもたちは殺《ころ》された。なんのために? やつはずっとおれたちを殺《ころ》そうとしてきたのに、今になって、許《ゆる》すのか? やつに抱《だ》きつくのか?」ゼインは声をふりしぼるように言い、いったん黙《だま》って、ゆっくりとこぶしを開いてからまた握《にぎ》りしめる。「おれはゼルをあらゆることから守ってきた。だが、ゼルがあそこまで愚《おろ》かなら、あんなにも見境《みさかい》がないなら――殺《ころ》されることになる。自分のせいでな。それを見るまえに、さっさと出ていきたいんだ」

そう言い残すと、ゼインはくるりとうしろをむいて、荷物を背負《せお》いなおし、闇《やみ》へむかって歩きだした。

「待って」わたしはさけんだけれど、今度はもうゼインは歩調をゆるめなかった。ゼインが一歩離《はな》れていくごとに、呼吸《こきゅう》が苦しくなる。ゼインは本気なんだ。

本気でいってしまうつもりなんだ。

「ゼイン、お願い――」

そのとき、夜の闇《やみ》に角笛の音が響《ひび》きわたった。

あたしたちは凍《こお》りついた。さらにいくつもの角笛が鳴り響《ひび》き、祭りの太鼓《たいこ》の音をかき消す。

ふりかえって、絶望《ぜつぼう》に突《つ》き落とされる。決して忘《わす》れることのできなかった王家の紋章《もんしょう》がきらめいている。次々《つぎつぎ》現《あらわ》れる軍服の胸《むね》で、ユキヒョウラたちの目が輝《かがや》く。

お父さまの軍がきたのだ。

第六十一章　ゼリィ

イナンの手がすうっと腿《もも》までおろされ、あたしははっと息を呑《の》む。触《ふ》れられるたびに、その部分が爆発《ばくはつ》しそうになる。キスに集中できない。けれど、あたしの唇《くちびる》がどうすればいいかわからなくなっても、イナンの唇《くちびる》は動じない。彼《かれ》のキスはあたしに電流を流しながら、唇《くちびる》から首へとおりてくる。息をすることもままならないほど激《はげ》しく。

「イナン……」

頬《ほほ》がほてる。でも、隠《かく》しても仕方ない。イナンは自分のキスがなにをもたらすのか、自分の手がどれだけの熱をはらんでいるのか、わかっている。あたしの感情《かんじょう》がツナミのように押《お》しよせてくるのだと言っていた。なら、あたしがどれだけこれを望んでいるか、もう知っているはずだ。あたしの体がどんなに触《ふ》れられたいと……。

イナンがひたいとひたいを合わせ、腰《こし》のくぼみに手を回す。「ゼル、おれがきみにできることなんて、きみがおれにもたらすものとは、比《くら》べものにもならない」

胸《むね》がときめき、あたしは目を閉《と》じて、イナンに引きよせられるままになる。イナンがかがんで、またキスを――

角笛が鳴りひびく。鉄がぶつかる音が夜にこだまする。

「今のは？」あたしはきく。あたしたちがぱっと離《はな》れたのと同時に、ふたたび鉄と鉄がぶつかり合う音が響《ひび》く。

イナンの手に力が入り、冷たい汗《あせ》が噴《ふ》き出す。「いかなければ」

「どういうこと？」

「ゼル、いいから――」

あたしはイナンの腕《うで》を逃《のが》れて、祭りが行われているところへむかって走りだす。音楽はやみ、みんなが音の正体をたしかめようとしている。声にならないパニックがほとばしり、それが広がるにつれ、疑問《ぎもん》がわきあがる。けれど、すぐに角笛の正体ははっきりする。

王の大部隊が今や残骸《ざんがい》となった門を踏《ふ》み越《こ》え、谷を見おろす山の頂上《ちょうじょう》に現《あらわ》れたのだ。たいまつが炎《ほのお》を赤々《あかあか》と噴《ふ》きあげ、暗い夜空を照らしている。

弓に矢をつがえている兵士《へいし》もいれば、鋭《するど》い剣《けん》を抜《ぬ》いている兵士《へいし》もいる。中でもおそろしげな一《いち》団《だん》は、野生のヒョウラの群れを連れている。はみを咥《くわ》えた口から泡《あわ》を噴《ふ》き、狩《か》りをしたくていきり立っている獣《けもの》を。

イナンはあたしに追いつくと、その光景を見て、ぼうぜんと立ち尽《つ》くした。頬《ほほ》から血の気が引き、指をあたしの手にからめる。

軍の指揮官《しきかん》が前へ進み出た。鉄の鎧《よろい》に刻《きざ》まれた金の線でそれとわかる。指揮官《しきかん》は口に拡声器《かくせいき》をあてた。

「最初で最後の通告《つうこく》だ！」静まりかえった谷に、指揮官《しきかん》の声が響《ひび》きわたる。「従《したが》わなければ、武力《ぶりょく》行使に出るまでだ。巻《ま》き物《もの》と少女をわたせば、残りの者たちには手は出さない」

ディヴィナたちから、ささやき交《か》わす声があがる。恐怖《きょうふ》と戸惑《とまど》いが、ウィルスのように広がっていく。何人かが、逃《に》げだそうとする。子どもが一人、泣きはじめる。

「ゼル、いかなければ」イナンが繰《く》り返し、あたしの腕《うで》をふたたびつかむ。でも、脚《あし》の感覚がない。しゃべることすらできない。

「これが本当に最後だ！」指揮官《しきかん》がさけぶ。「巻《ま》き物《もの》と少女をわたせ。さもなくば、力づくで奪《うば》い取るまでだ！」

なにも起こらない。

そして、次の瞬間《しゅんかん》、さざ波のような動きが生まれる。

最初はごく小さいけれど、あっという間に人の波が左右に分かれる。人が一人《ひとり》通れる道ができる。その道を、小さな体が進んでくる。白いたてがみが躍《おど》る。

「ズ……」あたしは息を呑《の》み、駆《か》け出していって、ズを引きもどしたい衝動《しょうどう》と戦う。

ズはすっと背《せ》を伸《の》ばし、年齢《ねんれい》を超《こ》えた大胆《だいたん》さで歩いていく。エメラルドグリーンのカフタンが風になびき、ブラウンの肌《はだ》に映《は》えてちらちらと光っている。

たった十三歳《さい》の少女にむかって、兵士《へいし》たち全員が武器《ぶき》を構《かま》える。射手《しゃしゅ》は弦《つる》を引き絞《しぼ》り、剣手《けんしゅ》はヒョウラの手綱《たづな》を握《にぎ》りしめる。

「少女というのが、だれのことかわかりません」ズが大きな声で言う。風がその声を運んでいく。「でも、これははっきりと言えます。あたしたちのところに、巻《ま》き物《もの》はありません。これは、平和な祭りです。伝統《でんとう》を祝うために集まっているだけです」

そのあとの沈黙《ちんもく》は、耳をつんざくようだった。あたしの手はブルブル震《ふる》えだし、止められなくなる。

「お願いです――」ズは一歩前へ出た。

「動くな！」指揮官《しきかん》はどなって、剣《けん》を抜《ぬ》いた。

「必要なら、調べてください。協力いたします。でも、お願いですから、武器《ぶき》をおろしてください」ズは降伏《こうふく》の印に両手をあげた。「だれひとり、けがをしてほしくないので――」

それは一瞬《いっしゅん》にして起こった。あまりにもあっという間に。

ズは立っていた。

だが、次の瞬間《しゅんかん》、矢がズの腹《はら》を貫《つらぬ》いた。

「ズ！」あたしは悲鳴をあげた。

でも、それはあたしの声ではなかった。

自分の声が聞こえない。なにも感じない。

胸《むね》の中の空気が死ぬ。ズは自分の腹《はら》を見て、小さな手で矢の軸《じく》をつかんだ。

小さな顔に収《おさ》まりきらない笑《え》みをたたえていた幼《おさな》い少女は、突《つ》き刺《さ》さったオリシャの憎《にく》しみを引き抜《ぬ》こうとした。

手足をぶるぶる震《ふる》わせながら、なんとかもう一歩前へ踏《ふ》み出す。自分を守ってくれる人たちのほうにはもどらずに。

前へ。あたしたちを守るために。

だめ……

焼けるように熱い涙《なみだ》が視界《しかい》を曇《くも》らせ、頬《ほほ》を流れ落ちる。癒《いや》す者。小さな少女。

なのに、最期《さいご》の瞬間《しゅんかん》は憎《にく》しみに汚《けが》されてしまった。

シルクのカフタンに血の染《し》みが広がっていく。エメラルドグリーンが赤黒く染《そ》まる。

ガクンと脚《あし》が折れ、ズはばったりと倒《たお》れる。

「ズ!」あたしは走りだす。もう助けられないと、わかっていても。

その瞬間《しゅんかん》、世界が爆発《ばくはつ》した。

矢が飛び、剣《けん》がひらめき、兵士《へいし》たちが攻撃《こうげき》を開始した。

「ゼル!　こっちだ!」イナンがあたしの腕《うで》をつかんで、引きもどす。けれど、イナンに腕《うで》を引っぱられながら、頭はひとつのことでいっぱいになる。ああ、どうしよう。

ゼイン。

イナンが止めるまえに、あたしは走りだす。何度もつまずきながら、谷へむかって走る。悲鳴が夜を満たす。ディヴィナたちが逃《に》げまどう。

だが、いくら走っても、空から射《い》ってくる矢の前には無力だ。一人、また一人とディヴィナたちは、尽《つ》きることなく降《ふ》ってくる矢に貫《つらぬ》かれて倒《たお》れる。

けれど、射手《しゃしゅ》の恐怖《きょうふ》すら、あっという間に広がったオリシャの紋章《もんしょう》の前にはかすんだ。兵士《へいし》たちがたけり狂《くる》ったヒョウラたちを放したのだ。ヒョウラの牙《きば》が、ディヴィナの肉に深々《ふかぶか》と突《つ》き刺《さ》さる。その上から、鎧《よろい》を着た兵士《へいし》たちが鋭《するど》い剣《けん》をふりおろす。情《なさ》け容赦《ようしゃ》もなく行く手にいるディヴィナたちを片《かた》っぱしから切り殺《ころ》していく。

「ゼイン！」あたしは金切り声でさけんだ。だが、悲鳴の合唱に呑《の》みこまれる。ゼインを母《マ》さん《マ》みたいに死なせるわけにはいかない。あたしと父《バ》さん《バ》を置いていくなんて、絶対《ぜったい》に許《ゆる》さない。

けれど、先へいけばいくほど、人がバタバタと倒《たお》れ、流れる血も増《ふ》えていく。人の波にもまれ、サリムがいちだんと高い声で泣きわめいている。

「サリム！」あたしはさけんで、いっしょに踊《おど》った少年のほうへ駆《か》けていく。狂《くる》ったヒョウラに乗った兵士《へいし》が、むこうからやってくる。サリムは降伏《こうふく》の印に両手をあげる。

サリムには魔法《まほう》もない。武器《ぶき》もない。戦うすべなどない。

だが、兵士《へいし》には関係ない。

剣《けん》がふりおろされる。

「いやああ！」全身に痛《いた》みが走る。剣刃《けんじん》がサリムの小さな体をまっすぐ切り裂《さ》く。

サリムは地面につくよりまえに死んでいた。

死んだ目を見て、血が凍《こお》りつく。心が、骨《ほね》が、凍《こお》りつく。

あたしたちは勝てない。あたしたちは生きられない。あたしたちには可能性《かのうせい》すら――

あたしは悟《さと》る。体の奥深《おくぶか》くまで、心臓《しんぞう》の鼓動《こどう》と同じくらい強い衝撃《しょうげき》が走る。

あたしの血に流れる魔法《まほう》を揺《ゆ》さぶる。肺《はい》の空気を吸《す》い出す。

クワメがあたしを追い抜《ぬ》いていく。戦いの中心に飛びこんでいく。その手には、短剣《たんけん》が握《にぎ》られている。

そして、自分の手のひらを切り裂《さ》く。

血の魔法《まほう》。

恐怖《きょうふ》が骨《ほね》の髄《ずい》まで伝わっていく。

世界がゆっくりと止まり、時間が引き延《の》ばされる。クワメの血が白く輝《かがや》き、しぶきをあげて、地面に飛び散る。

たちまちクワメは象牙色《ぞうげいろ》の光に包まれ、黒い肌《はだ》が天上の神のように光り輝《かがや》く。

そしてその光が頭まで達したとき、それは彼《かれ》の運命を封《ふう》じる。

皮膚《ひふ》から炎《ほのお》がほとばしる。

クワメの体から燃《も》えさしが降《ふ》り注ぎ、燃《も》えさかる炎《ほのお》に取り巻《ま》かれる。口からも、腕《うで》からも、脚《あし》からも、炎《ほのお》がほとばしり出る。空へむかって火柱があがり、夜の恐怖《きょうふ》に火をつける。兵士《へいし》たちがおどろいて足を止めたその瞬間《しゅんかん》、クワメの攻撃《こうげき》が始まる。

こぶしを前に突《つ》き出すと、幾筋《いくすじ》もの炎《ほのお》が波のように集落に押《お》しよせる。炎《ほのお》は行く手にあるものを焼き尽《つ》くし、兵士《へいし》たちを炎《ほのお》に包み、テントを破壊《はかい》する。

人間の体の燃《も》えるにおいが満ち、血のにおいと混《ま》ざり合う。

死の攻撃《こうげき》はあまりにもはやく、兵士《へいし》たちは悲鳴をあげることすらできない。

「うわあ！」クワメの苦痛《くつう》に満ちた声が響《ひび》きわたり、夜が真《ま》っ赤《か》に染《そ》まる。血の魔法《まほう》はクワメを容赦《ようしゃ》なく生きたまま引き裂《さ》く。

それは、魔師《まし》が一人で呼《よ》び出すことのできる炎《ほのお》よりもはるかに強力だ。クワメは自分の神の力によって火を呼《よ》び出し、その火に自らも焼かれてしまう。

黒い顔が赤く輝《かがや》き、血管が内側から引き裂《さ》かれる。皮膚《ひふ》が煮《に》え立ち、肉を焼き、筋肉《きんにく》と骨《ほね》をあらわにする。クワメにはそれを抑《おさ》えることができない。生き延《の》びることはできない。

血の魔法《まほう》はクワメを生きたまま食《く》らう。それでもクワメは最期《さいご》の一息まで戦おうとする。

「クワメ！」フォラケが崖《がけ》の上からさけぶ。強いディヴィナがフォラケをうしろに引きもどし、燃《も》えさかる炎《ほのお》に飛びこんでいくのを止める。

クワメののどから炎《ほのお》の渦《うず》が放たれ、兵士《へいし》たちをさらに押《お》しもどす。命が尽《つ》きる最後の瞬間《しゅんかん》まで、クワメは兵士《へいし》たちと戦いつづける。そのすきに、ディヴィナたちは四方八方へ逃《に》げていく。炎《ほのお》の壁《かべ》を通り抜《ぬ》け、焼き尽《つ》くされた土地を残して逃《に》げていく。

彼《かれ》らは生きる。兵士《へいし》たちの無差別攻撃《こうげき》から逃《のが》れて。

クワメのおかげで、クワメの魔《ま》法《ほう》のおかげで、生き延《の》びるのだ。

炎《ほのお》を見つめながら、世界が止まってしまったようだと思う。悲鳴やさけぶ声がくぐもって、なにも聞こえなくなる。祭りは闇《やみ》に消える。イナンの約束が目の前で消え失《う》せていく。あたしたちのオリシャが、あたしたちの約束が、**平和が**。世界はイナンに約束を守ることを許《ゆる》さない。

あたしたちに平和など訪《おとず》れない。

魔《ま》法《ほう》を取りもどさなければ、これからもずっとわれわれは虫けらのように扱《あつか》われる。父《バ》さん《バ》の言葉が記《き》憶《おく》の中で揺《ゆ》らめく。**やつらに、われわれもやり返せると、教えてやらねばならない。家を燃《も》やせば、自分たちの家を燃《も》やし返されると。**

最後の雄《お》たけびをあげ、クワメは死にゆく星のように爆《ばく》発《はつ》する。炎《ほのお》が四方に飛び散り、大地にクワメの最後の名残《なごり》を残していく。

最後の燃《も》えさしが落ちるのと同時に、あたしの心臓《しんぞう》はずたずたになる。父《バ》さん《バ》の言っていたことを一度でも否定《ひてい》しようとしたなんて信じられない。やつらは決して、あたしたちが生きるのを許《ゆる》さない。

あたしたちは常《つね》に怯《おび》えて暮《く》らさなければならない。

たった一つの希望は戦うことだ。戦って、勝つことだ。

そして、勝つためには、魔法《まほう》が必要なのだ。

巻《ま》き物《もの》が必要なのだ。

「ゼリィ！」

はっと顔をあげる。どれだけ立ちすくんでいたのか、わからない。世界はゆっくりと動きだした。クワメの犠牲《ぎせい》を背負《せお》い、あたしの痛《いた》みと罪《つみ》の意識《いしき》を引きずりながら。

ゼインとアマリがナイラにまたがってやってくる。ゼインがナイラをあたしのほうにむける。

アマリはあたしの袋《ふくろ》を胸《むね》にしっかり抱《かか》えている。

けれど、ゼインがあたしの名前を口にしたとたん、兵士《へいし》たちが気づく。「あの少女だ」兵士《へいし》たちは口々《くちぐち》にさけぶ。「あの少女だ！　あいつだ！」

次の一歩を踏《ふ》み出すまえに、腕《うで》をつかまれる。

胸《むね》を。

のどを。

第六十二章　アマリ

朝日が谷にさしこんでくると、のどに嗚咽《おえつ》がこみあげてきた。

パレードが行われていた広場は黒焦《くろこ》げになり、太陽の光にさらされている。かつて喜《よろこ》びにあふれていた場所は、真っ黒い焼け野原と化していた。

ゼインといっしょに踊《おど》った場所も、今は黒ずんだ土があるだけだ。わたしをくるくる回してくれたゼイン、声をあげて笑っていたゼイン。

今、残っているのは、血とからっぽの死体と灰《はい》だけ。

目を閉《と》じ、口を手で押《お》さえる。無駄《むだ》だとわかっていても、悲惨《ひさん》な光景を見るまいとする。あたりは静まりかえっているけれど、ディヴィナたちの悲鳴がまだ頭の中に響《ひび》いている。それにつづくように、彼《かれ》らを殺《ころ》す兵士《へいし》たちのどなり声が、剣《けん》がぶすりと突《つ》き刺《さ》さる音が、聞こえてくる。わたしにはとても見られない。けれど、ゼインは破壊《はかい》のあとに目を凝《こ》らし、倒《たお》れている人たちの中にゼリィがいないか探《さが》している。

「いない」

ゼインはほとんどささやくように言う。これ以上大きな声を出したら、すべてが砕《くだ》け散ってしまうというように。また家族と引き裂《さ》かれた怒《いか》りも、苦しみも、痛《いた》みも。

そして、どうしてもイナンのことを考えてしまう。イナンの約束を。うそだったかもしれない言葉を。死体の中を探《さが》す気持ちにはなれないけれど、体の奥底《おくそこ》で感じる。

イナンの死体はここにはない。

これがイナンの仕業《しわざ》とは信じたくない。でも、どう考えたらいいのか、わからない。イナンが裏切《うらぎ》ったのでなければ、どうやって兵士《へいし》たちはここを見つけたんだろう？　イナンは今、どこにいるの？

うしろでナイラが鼻を鳴らした。ゼリィがよくやっていたように、ナイラの鼻筋《はなすじ》をなでてやる。ナイラがそっと鼻を手に押《お》しつけてくると、のどにかたまりがこみあげる。

「兵士《へいし》たちがゼリィを連れていったんだと思う」わたしは、せいいっぱいゼインを傷《きず》つけないように、そう言う。「お父さまなら、そう命令すると思う。ただ殺《ころ》すには惜《お》しいと思うはず」

そう言ったら、少しは希望を持ってくれるかもしれないと思ったけれど、ゼインの表情《ひょうじょう》は変わらない。地面に転がっている死体をじっと見つめ、浅い息を漏《も》らすだけ。

「約束したんだ」ゼインの声がかすれる。「母《マ》さん《マ》が死んだとき、約束した。かならずそばにいると。かならずゼリィを守ると」

「ちゃんとそばにいたわ。ずっといたじゃない」

けれど、ゼインは自分だけの世界に入りこんでいて、わたしの言葉など届《とど》かない。

「それに、父《バ》さん《バ》にも……」ゼインは発作《ほっさ》を起こしたように震《ふる》えだし、こぶしを握《にぎ》りしめて震《ふる》えを止めようとする。「父《バ》さん《バ》にも言ったんだ――ぜったいに……」

ゼインの背中《せなか》に手を置くけど、ゼインは体を引いてしまう。これまでずっとこらえていた涙《なみだ》が、一気に噴《ふ》き出したかのように。ゼインは泥《どろ》の中に倒《たお》れこみ、ぐっと握《にぎ》った手を頭に押《お》しつける。けがをしてしまうのではないかと心配になるくらいに。苦しみが血を流し、彼《かれ》のあらゆる壁《かべ》を突《つ》き破《やぶ》る。

「ゼリィはぜったいに口を割《わ》らない」ゼインは小さな声で言う。「おれたちが危険《きけん》にさらされるとわかっていたら。そうなれば、やつらはゼリィを拷問《ごうもん》にかけるだろう」ゼインは土をつかむ。

「死んだのと同じことだ」

「ゼリィは、わたしが知っているだれよりも強い。必ず生き延《の》びる。必ず戦うわ」

けれど、わたしがなにを言おうと、ゼインは首をふるだけだ。「ゼリィは死ぬ。おれを一人《ひとり》残して」そして、ぎゅっと目を閉《と》じる。

ナイラは一段《いちだん》と大きくグルルルルと鳴くと、ゼインに鼻面《はなづら》を押《お》しつけ、涙《なみだ》をなめとろうとした。それを見たとたん、わたしの中のすべてが押《お》しつぶされた。すでに粉々《こなごな》になったかけらまでも。お父さまの剣《けん》がビンタの胸《むね》を切り裂《さ》いたのを見たときと、同じだ。お父さまはどれだけの人をこんな目に合わせたのだろう。家族の死に打ちのめされ、立ちなおれないほどボロボロになった人たちが、どれだけいるだろう。お父さまがまた同じことを繰《く》り返すのを、わたしは黙《だま》って見ているつもり？

わたしは立ちあがり、丘《おか》の上からゴンベの町を見おろす。オラシンボの山々《やまやま》の前に煙《けむり》があがっているのが見える。お父さまの作戦指令室にあった地図が頭に浮《う》かんでくる。バツ印のついていた、お父さまの軍事基地《きち》の場所も。頭の中で地図がはっきりと形をとるにつれ、新たな計画が浮《う》かんでくる。もうゼインに家族を失う苦しみを味わわせはしない。

お父さまに勝たせはしない。

「いかなきゃ」わたしは言う。

「アマリ――」

「さあ」

ゼインが顔をあげる。わたしは手を伸《の》ばして、ゼインの手をつかみ、顔についている涙《なみだ》のあと泥《どろ》をそっとぬぐう。

「ゴンベの町の外に砦《とりで》があるの。ゼリィはそこに連れていかれたにちがいないわ。砦《とりで》に入ることができれば、ゼリィを助けられる」

そして、お父さまの暴政《ぼうせい》を終わらせることができる。

ゼインは傷《きず》ついた目でわたしを見つめる。希望の灯《ひ》をともすまいとする。「どうやって入るんだ？」

わたしは、夜空に浮《う》かびあがるゴンベの町の影《かげ》を見やる。「計画があるの」

「うまくいくか？」

わたしはうなずく。初めて戦うことを怖《おそ》れずに。わたしは一度、ライオーンになったのだ。

ゼインとゼリィのためなら、もう一度なれる。

第六十三章　ゼリィ

魔鉄鋼《まてっこう》の枷《かせ》が皮膚《ひふ》をえぐり、手首と足首を焼く。独房《どくぼう》に黒い鎖《くさり》で吊《つ》りさげられているために、呪文《じゅもん》を唱えることもできない。通気口から熱い空気が噴《ふ》き出してきて、汗《あせ》が滴《したた》り落ちる。わざと熱くしているにちがいない。

暑いと痛《いた》みがもっとひどくなるから。

生きろ……。レカンの声が響《ひび》く。死を前にしたあたしをあざけるように。

あたしはレカンに言った。なにかのまちがいだと。レカンにも言ったし、みんなにも言った。あたしなんかに期待して、チャンスを無駄《むだ》にしないでくれと頼《たの》んだ。それが、この結果だ。王があたしたちをみな殺《ごろ》しにする準備《じゅんび》を進めているときに、あたしは笑い、踊《おど》り、キスをしていた。

金属《きんぞく》の靴底《くつぞこ》が立てる音が響《ひび》いてきた。こちらにむかってくるのを聞いて、ぎくりとする。独房《どくぼう》が鉄格子《てつごうし》なら少しはましだったのに。少なくとも、心の準備《じゅんび》ができる。でも、この独房《どくぼう》は鉄製《てっせい》の箱で、二本の燃《も》えさかるたいまつがなければ真っ暗だ。

なにを企《たくら》んでいるにしろ、兵士《へいし》たちにも見せないつもりらしい。

ごくりとつばを飲み、からからに乾《かわ》いた口をわずかでも湿《しめ》らせようとする。**これが初めてじゃない。数えきれないほど何度も経験《けいけん》してるはず。**自分に言い聞かせる。ママ・アグバがムチでたたいたのは、お仕置きではなくて、これに備《そな》えるためだったのかもしれない、と一瞬《いっしゅん》考える。ママ・アグバにしょっちゅうたたかれているうちに、あたしは受け流すのがうまくなった。体の力を抜《ぬ》いて、痛《いた》みを最小限《さいしょうげん》に抑《おさ》えるのだ。ママ・アグバはあたしがこうやって人生を終えるのをうっすら感じていたのかもしれない。

バカなことを！涙《なみだ》がチクチクと目を刺《さ》す。あたしのせいで死んでしまった人たちが浮《う》かんでくる。小さなビジも、レカンも、ズウライカも。

その犠牲《ぎせい》も、無駄《むだ》になるのだ。

ぜんぶあたしのせいだ。集落に留《とど》まるべきじゃなかった。あたしたちが兵士《へいし》たちを連れてきてしまったにちがいない。あたしたちさえいなければ、まだみんな生きていたかもしれない。ズは生きていたかもしれない……。

頭の回転がゆっくりになる。

ゼインの怒《おこ》った顔が浮《う》かぶ。あたしは心臓《しんぞう》が止まりそうになる。まさかイナンが？

うそよ。

恐怖《きょうふ》がこみあげてきてのどが焼け、吐《は》きそうになる。イナンのはずがない。あれだけのことをふたりで乗り越《こ》えてきたあとに、こんなことをするはずがない。あたしをだますつもりだったなら、これまでだって数えきれないほどチャンスはあったはずだ。罪《つみ》のない人たちを大勢《おおぜい》殺《ころ》さなくても、巻《ま》き物《もの》を持って逃《に》げることはできたはずだ。

アマリの顔がゼインにとって代わる。琥珀色《こはくいろ》の目は哀《あわ》れみにあふれている。「**イナンはわたしたちを裏切《うらぎ》ろうとしているか、それとも、なにかまったく別のことが起こっているのか、どちらかということ**」

ゼインやアマリの憎《にく》しみの中からイナンのほほ笑《え》みが現《あらわ》れる。キスをするまえのやさしいまなざしが。けれど、次の瞬間《しゅんかん》、それは真っ黒になってねじれ、炎《ほのお》をあげて、あたしののどに巻《ま》きつき、絞《し》めあげる――

「ちがう!」目を閉《と》じ、イナンが抱《だ》きしめてくれたときのことを思い出す。**イナンはあたしの命を救《すく》ってくれた。**二度も。兵士《へいし》たちが襲《おそ》ってきたときだって、あたしを助けようとしていた。イナンじゃない。イナンのはずがない。

カチリという音がした。

独房《どくぼう》の一つ目の鍵《かぎ》があいた。あたしは痛《いた》みに備《そな》える。そう、それでも、ひとつだけよかったことがある。あたしはそれにしがみつく。

少なくともゼインは生きてる。イナンとアマリは生き延《の》びている。ナイラがいれば、逃《に》げられたはずだ。そのことだけを考えようとする。ひとつだけでも、うまくいったことがあると思おうとする。それに、父《パパ》さんだって……。

まぶたの裏《うら》が熱くなり、涙《なみだ》が流れそうになる。父《パパ》さんの片頬《かたほほ》だけの笑《え》みをもう一度見られるように、祈《いの》ったことを思い出す。父《パパ》さんがすべてを知ったら、一生笑うことはないだろう。

目を閉《と》じると、涙《なみだ》がこぼれ、小さなナイフのように皮膚《ひふ》を刺《さ》す。父《パパ》さんの死を願う。

二度とあんな苦しみを味わわせたくないから。

最後の鍵《かぎ》が外れる音がして、ドアがギィーと音を立てて開く。あたしは勇気を出そうとする。

でも、イナンが現《あらわ》れたとたん、すべてが崩《くず》れ落ちた。

二人の将校《しょうこう》を従《したが》えて入ってきた王子を見て、鎖《くさり》に縛《しば》られた体に衝撃《しょうげき》が走る。すっかり見慣《みな》れていた地味なカフタンに借り物のダシキを着ているときとちがい、軍服を着ているとどんなに冷酷《れいこく》に見えるかを忘《わす》れていた。

うそよ……

あたしに誓《ちか》いを立てた男の面影《おもかげ》を探《さが》す。あたしがほとんどすべてを投げ出そうとした男の。

でも、彼《かれ》の目は遠くを見ている。ゼインの言うとおりだったのだ。

「**うそつき!**」あたしのさけび声が独房《どくぼう》に響《ひび》く。

言葉なんかじゃ足りない。言葉は彼《かれ》を切り裂《さ》きはしない。でも、まともに考えられない。枷《かせ》が皮膚《ひふ》を裂《さ》くのも構《かま》わず、あたしは鎖《くさり》を握《にぎ》りしめる。痛《いた》みで気をそらさなければ、涙《なみだ》がこぼれ落ちてしまう。

「外へ出ろ」イナンは、将校《しょうこう》たちに命令し、虫けらを見るような目であたしを見る。数時間前まであたしが腕《うで》の中にいたことなど、なかったように。

「この女は危険《きけん》です。出ていくわけには――」

「これは命令だ。おまえに意見などきいていない」

将校《しょうこう》たちは視線《しせん》を交《か》わすけれど、しぶしぶ独房《どくぼう》から出ていく。大切な王子の直接《ちょくせつ》の命令に背《そむ》くことなどできるはずもない。

なるほどね。あたしは首をふる。なぜ将校《しょうこう》たちを追い払《はら》ったのか、理由は明らかだ。真っ白に輝《かがや》いていた一筋《ひとすじ》の髪《かみ》は、ふたたび黒く染《そ》められている。大切な王子さまの真実を、知らしめるわけにはいかないから。

ずっとそのつもりだったの?

持てる力をすべてしぼり出し、無表情《むひょうじょう》を保《たも》つ。あたしの苦しみを見せてはならない。あたしがどれだけ傷《きず》ついたか、教えてはならない。

ドアが閉《し》まって、二人だけになった。将校《しょうこう》の靴音《くつおと》が遠ざかっていくのを聞いているあいだ、イナンはずっとあたしを見ていた。そして、聞こえなくなったとたん、厳《きび》しい表情《ひょうじょう》が崩《くず》れ、あたしの知っている男の顔が現《あらわ》れる。

ドレスについたいちばん大きな血の染《し》みを見ると、イナンは琥珀色《こはくいろ》の目に恐怖《きょうふ》をたたえて、前へ進み出た。温かい空気が肺《はい》を満たす。あたしはいつから息を止めていたのだろう。いつからイナンをこんなにも求めるようになっていたのだろう。

あたしは首をふる。「これはあたしの血じゃない」**今はまだ**。「なにがあったの？　兵士《へいし》たちはどうしてあたしたちを見つけたの？」

「祭りだ」イナンはうつむいた。「ディヴィナたちは、ゴンベに食料を買いにいったんだ。それで、不審《ふしん》に思った兵士《へいし》たちがあとをつけたらしい」

そうか。唇《くちびる》をぐっと噛《か》み、また新たにこみあげる涙《なみだ》をこらえる。祭りのせいで殺《ころ》されるなんて。あたしたちはお祝いなどしちゃいけなかったんだ。

「ゼル、時間がないんだ」イナンの声がこわばってかすれる。「今まできみのところにこられなかった。さっき軍の船が着いたんだ。ラゴスからだれかが送られてきたのだと思う。彼《かれ》らがきてしまったら……」イナンは、存在《そんざい》しない音を聞いたかのようにドアのほうをふりむく。「ゼル、巻《ま》き物《もの》を破壊《はかい》する方法を教えてくれ」

「え？」聞きまちがいに決まってる。これだけのことがあったあとで、それが答えだなんて、思うわけがない。

「巻《ま》き物《もの》を破壊《はかい》する方法を教えてくれれば、きみのことを守れる。魔法《まほう》がもどってくる可能性《かのうせい》があるかぎり、父上はきみのことを生かしておかないだろう」

信じられない。

イナンはあたしたちがすでに負けたことすら、気づいていない。巻《ま》き物《もの》があったって、それを読む者がいないかぎり、なんの意味もない。でも、それを知られるわけにはいかない。

それを知ったら、やつらはあたしたちをみな殺《ごろ》しにする。男も女も子どもも。あたしたちがいなくなるまで、やつらはやめない。そう、ディヴィナがこの世界から完全に抹殺《まっさつ》されるまで。

「――善意《ぜんい》のかけらもない者たちだ」イナンがごくりとつばを飲みこみ、あたしは現実《げんじつ》に引きもどされる。「巻《ま》き物《もの》を手放さないかぎり、きみが生きられる可能性《かのうせい》はない」

「なら、死ぬわ」

イナンの顔がゆがむ。「口を割《わ》らなければ、切り刻《きざ》まれてしゃべらされるだけだ！」のどにかたまりがこみあげる。そのくらい想像《そうぞう》がついていた。ぜったいにしゃべることはできない。

「なら、血を流すまでよ」

「ゼル、お願いだ」イナンはあたしのあざだらけの顔にそっと触《ふ》れる。「二人の計画があったことはわかってる。でも、あのときとは事情《じじょう》がちがってしまったんだ――」

「ええ、ぜんぜんちがうわよ！」あたしはさけぶ。「あんたの父親の兵士《へいし》がズを殺《ころ》した！　サリムも！　あの子たちをみんな」激《はげ》しく首をふる。「戦うことすらできないのに。兵士《へいし》たちはみな殺《ころ》しにしたのよ！」

イナンの顔が苦しみに引き裂《さ》かれ、みにくくゆがむ。イナンの兵士《へいし》。イナンの部下。ディヴィナたちの苦しみの原因《げんいん》。

「ゼリィ、わかってる。わかってるんだ。目を閉《と》じるたびに、ズの死体が浮《う》かんでくる」

あたしは顔をそむけ、涙《なみだ》をこらえる。ズの明るい笑《え》みを思い出す。尽《つ》きることのない喜《よろこ》びを、光を。今ごろ、ザリアへむかっているはずだった。ズとクワメはまだ生きているはずだった。

「攻撃《こうげき》すべきではなかった」イナンは消え入るような声で言う。「ズウライカにチャンスをやるべきだった。だが、兵士《へいし》たちは、ズたちが巻《ま》き物《もの》を使って魔師《まし》の軍隊を作ろうとしていると思っていたんだ。実際《じっさい》、クワメがやったことを見て……」

イナンは黙《だま》りこくった。彼《かれ》を満たしていた悲しみが薄《うす》れ、代わりに圧倒《あっとう》的な恐怖《きょうふ》が顔を出す。

「クワメは数秒で小隊を三つ、全滅《ぜんめつ》させた。生きたまま、焼き殺《ころ》したんだ。集落を焼け野原にしたのも、クワメだ。クワメが自らを焼き殺《ころ》さなければ、今ごろおれたちも死んでいただろう」

あたしは思わず身をのけぞらせた。いったいなにを言ってるの？「クワメはあたしたちを守るために、自分の身を犠牲《ぎせい》にしたのよ！」

「だが、兵士《へいし》たちの目にはどう映《うつ》ったと思う？」イナンはすぐさま言った。「クワメが純粋《じゅんすい》にみんなを守ろうとしてやったのは、わかってる。だが、クワメはやりすぎた。おれたちはずっと、ああした魔法《まほう》のおそろしさをたたきこまれてきた。クワメがやったことは、父上の話よりもはるかにおそろしい！」

あたしは目をしばたたかせて、イナンの顔を探《さぐ》るようにじっと見た。魔師《まし》を救《すく》うと言っていた未来の王はどこへいったの？　あたしを守るために炎《ほのお》の前に身を投げ出した王子は？　こんな男は知らない。怯《おび》えて、言い訳《わけ》を並《なら》べたてる男など。いや、むしろ知りすぎるほど知っている。

これが、彼《かれ》の本当の姿《すがた》なんだ。

打ちひしがれた王子さま。

「誤解《ごかい》しないでほしい。兵士《へいし》たちが集落を攻撃《こうげき》したのは、恥《は》ずべきことだ。それについては、いずれなんらかの手を打たなければならないことはわかってる。だが、今は行動しなきゃならない。兵士《へいし》たちは、クワメのような魔師《まし》がまた襲《おそ》ってくるんじゃないかと怯《おび》え切っているんだ」

「いいじゃない」あたしは鎖《くさり》を握《にぎ》りしめ、手の震《ふる》えを隠《かく》す。「怖《こわ》がらせとけばいい」

あたしたちに呑《の》みこませた恐怖《きょうふ》を味わえばいい。

「ゼリィ、お願いだ」イナンは歯を食《く》いしばる。「戦いを選ぶな。まだディヴィナとコスィダンがひとつになる可能性《かのうせい》がなくなったわけじゃない。おれに力を貸《か》してくれ。そうすれば、きみをラゴスに連れていく方法を見つけ出す。オリシャを救《すく》うんだ。魔法《まほう》じゃなく、もっと安全な方法で――」

「いったいどうしちゃったの?」どなり声が独房《どくぼう》にこだまする。「救《すく》うものなんてない！　やつらのせいで、もうなにもないのよ！」

イナンはあたしを見た。涙《なみだ》が光る。「おれがこれを望んでいたと思うか?　きみと新しい王国を夢見《ゆめみ》たあとで?」イナンの目にあたしの悲しみが映《うつ》し出されている。あたしたちの夢《ゆめ》の死が。オリシャが決して見ることのない未来の死が。「こんなふうにならずにすむと思ってた。こんなふうにならないでほしいと思ってたんだ。だが、あれを見たあとでは、ほかに選択肢《せんたくし》はない。人間にあんな力を持たせるわけにはいかないんだ」

「いつだって選択肢《せんたくし》はある」かみつくように言う。「今度のことは、兵士《へいし》たちの選択《せんたく》の結果よ。これまで魔法《まほう》を怖《おそ》れていたとしたら、今は恐怖《きょうふ》におののいているでしょうよ」

「ゼリィ、きみまで死ぬつもりか？　あの巻《ま》き物《もの》を破壊《はかい》するしか、きみの命を救《すく》う方法はない。破壊《はかい》する方法を話さなければ――」

またカチリと音がして、イナンがさがったのと同時にドアが開いた。

「だれが入っていいと言った――」

イナンの声が震《ふる》え、顔から血の気が引いた。

「父上」イナンの唇《くちびる》がおどろきで開く。

冠《かんむり》をかぶっていなくても、一目で王だとわかった。

王が嵐《あらし》のように入ってくると、独房《どくぼう》の中が暗く陰《かげ》った。感情《かんじょう》の波が押《お》しよせる。ドアがガチャンと閉《し》まった。母《ママ》さんを殺《ころ》した男の冷酷《れいこく》な目を見て、あたしは息の仕方を忘《わす》れた。

神よ、助けてください。

悪夢《あくむ》を見ているのだろうか。これまで経験《けいけん》したことのない怒《いか》りで体が燃《も》えあがり、恐怖《きょうふ》で心臓《しんぞう》がバクバクしはじめる。〈襲撃《レイド》〉のあと、あたしはこの瞬間《しゅんかん》を何度も思い描《えが》いてきた。王を目の前にしたら、あたしはどうするだろう？　何度この男の死を想像《そうぞう》しただろう。ありとあらゆる死に方を描写《びょうしゃ》するだけでも一冊《さつ》の本になるほどに。

サラン王はイナンの肩《かた》に手を置いた。息子《むすこ》は、殴《なぐ》られると思ったかのようにビクンとした。これだけのことがあったあとでも、イナンの目に浮《う》かんだ恐怖《きょうふ》を見て、あたしの胸《むね》は痛《いた》んだ。彼《かれ》が打ちのめされたのは見たことがあったけど、彼《かれ》のこの恐怖《きょうふ》は知らなかったから。

「おまえがこの女の居場所《いばしょ》を突《つ》き止めたそうだな」

イナンはすっと背《せ》を伸《の》ばし、ぐっと歯を食《く》いしばった。

「はい、陛下《へいか》。今、尋問《じんもん》しているところです。二人にしていただければ、答えを聞き出してみせます」

イナンの落ち着き払《はら》った口調に、あたしまでうそを信じそうになる。父親を遠ざけようとしているんだ。あたしが死ぬことになるとわかっているから。

背筋《せすじ》を震《ふる》えが駆《か》け抜《ぬ》ける。けれど、すぐに不気味なほどの落ち着きが訪《おとず》れる。サランに対する恐怖《きょうふ》は否定《ひてい》しようがない。けれど、復讐心《ふくしゅうしん》まで呑《の》みこまれはしない。

この男が――この卑劣《ひれつ》な男が、王国そのものなのだ。憎《にく》しみと抑圧《よくあつ》そのものが、あたしをまっすぐ見つめている。あの日、イバダンの家に入ってきたのは兵士《へいし》たちだったけど、彼《かれ》らはこの男の道具にすぎないのだ。

彼《かれ》こそがすべての中心なのだ。

「カエア司令官のことは?」サランは低い声で言う。「カエア司令官を殺《ころ》したのもこの女か?」

イナンは目を見開き、思わずあたしを見る。サランがその視線《しせん》を追う。イナンは致命《ちめい》的なまちがいを犯《おか》したことに気づく。もはやなにを言ったところで、オリシャの王をあたしから遠ざけることはできない。

うだるように暑い独房《どくぼう》で、あたしの血は凍《こお》る。サランが魔鉄鋼《まてっこう》の剣《けん》を持って近づいてくると、皮膚《ひふ》の焼けるような感覚はますます激《はげ》しくなる。この距離《きょり》からだと、サランの濃《こ》いブラウンの肌《はだ》にあるあばたまではっきり見える。ひげには、老いを表《あら》わす白い毛が点々《てんてん》と散っている。

ひどい言葉を投げかけられるのを覚悟《かくご》する。だが、サランはただこちらに目をむける。感情《かんじょう》のこもらない、遠くを見ているような目を。沼《ぬま》から引きずり出した獣《けもの》でも見るような目を。ある意味で、それは言葉よりも恐《おそ》ろしい。

「息子《むすこ》は、おまえが司令官の死んだ理由を知っていると思っているようだが」

イナンの目が見開かれる。イナンの顔がすべてを物語っている。

死んだ……大切な人だった。祭りの日のイナンの言葉がよみがえる。

ただ大切な人というだけじゃなかった……。

カエアだったのだ。

「質問《しつもん》しているのだ」サランの声ではっとわれに返る。「わたしの司令官になにがあった?」

あなたの魔師《まし》の息子《むすこ》が殺《ころ》したのよ。

サランのうしろで、イナンがビクッとする。あたしがなにを考えているかわかって、怯《おび》えているにちがいない。全世界へむかってさけんでやればいい。この床《ゆか》にぶちまけてやればいい。なのに、イナンの恐怖《きょうふ》を見て、あたしはどうしても口にすることができない。

あたしは顔をそむける。母《マ》さん《マ》を殺《ころ》すよう命じた怪物《かいぶつ》をこれ以上見ていられない。それに、イナンが本当にあたしの味方なら、あたしが死んだあと、ディヴィナを救《すく》える可能性《かのうせい》があるのは王子だけ――

サランがあごをつかみ、自分のほうをむかせる。あたしはすくみあがる。さっきまで冷静だったサランの目で、荒々《あらあら》しい怒《いか》りが爆発《ばくはつ》する。

「答えたほうが身のためだぞ」

そのとおりだ。**答えたほうが身のためだ**。

ここで、本当のことを答えれば、サランは自分の手でイナンを殺《ころ》そうとするだろう。そうすれば、イナンも戦わざるを得《え》ない。父親を殺《ころ》し、王座《おうざ》を奪《うば》い、オリシャからサランの憎《にく》しみを消し去るのだ。

「なにを企《たくら》んでいる？　大事な呪文《じゅもん》でもでっちあげるか？」サランの爪《つめ》が食《く》いこみ、あごから血が流れ出す。「少しでも動いてみろ。この手で、おまえの腕《うで》を切り落としてやる」

「ち、父上」イナンが声をしぼり出し、前へ進み出る。

サランは目に激《はげ》しい怒《いか》りを燃《も》やしたまま、ふりかえる。けれど、イナンのようすになにかを見る。そして乱暴《らんぼう》にあたしのあごを放す。唇《くちびる》をゆがめ、指先をローブでぬぐう。

「怒《いか》るなら、自分にであろうな」サランは静かに言う。「いいか、イナン。おまえくらいの年齢《ねんれい》だったとき、わたしはウジ虫どもの子どもを生かしてやることにした。子どもの血まで流す必要はないと考えたのだ」

サランは鎖《くさり》をつかむと、あたしの顔を自分のほうへむかせた。

「〈襲撃《レイド》〉のあと、おまえたちはなんとしてでも魔法《まほう》を遠ざけるべきだった。もっと怯《おび》えおののくべきだった。屈服《くっぷく》するべきだったのだ。だが、おまえたちはなにも学ばないことがわかった。おまえたちウジ虫は、血を汚《けが》す病毒《びょうどく》が欲《ほ》しくてたまらないようだからな」

「あたしたちを殺《ころ》さなくたって、魔法《まほう》を奪《うば》うことはできたはず。あたしたちが這《は》いつくばるまで殴《なぐ》らなくたって！」

あたしはたけり狂《くる》ったライオーンのように鎖《くさり》を引っぱって暴《あば》れる。サランが飛びのく。この、もっとも暗い怒《いか》りをエネルギーにして魔法《まほう》を解《と》き放ちたい。サランにすべてを奪《うば》われたことで生まれた怒《いか》りを。

魔鉄鋼《まてっこう》があたしの肉を焼く。黒い鎖《くさり》の力をはねのけ、全身全霊《ぜんれい》をかけて魔法《まほう》を呼《よ》び出そうとする。だが、むなしく皮膚《ひふ》から煙《けむり》があがるだけだ。

サランの目がぐっと細くなる。でも、このまま黙《だま》れない。血が煮《に》えたぎり、筋肉《きんにく》が震《ふる》えているのに。

恐怖《きょうふ》で真実を黙《だま》らせるわけにはいかない。

「おまえはあたしたちを踏《ふ》み潰《つぶ》し、あたしたちの血と骨《ほね》の上に王国を建てた。あたしたちを生かしたことが、まちがいなんじゃない。あたしたちが反撃《はんげき》しないと思っていたことが、まちがいなのよ！」

イナンが思わずまた前に出て、あたしと父親を見比《みくら》べる。サランの目で怒《いか》りが燃《も》えあがり、口からクックックと低い笑い声が漏《も》れ出す。

「おまえたちのなにが興味《きょうみ》をそそるか、わかるか？　おまえたちは常《つね》に、物語の途中《とちゅう》から始めようとする。わたしの父親がおまえたちの権利《けんり》のために戦ったことを知らぬのか？　おまえたちウジ虫が、わたしの家族を生きたまま焼いたことを知らないとでもいうのか？」

「たった数人が反乱《はんらん》を起こしたからって、全員を奴隷《どれい》にするわけ？」

サランは歯をむき出した。「王になれば、なんでも好きなことができるのだ」

「そのせいで、自分で破滅《はめつ》を招《まね》くことになる」サランの顔に唾《つば》を吐《は》きかける。「魔法《まほう》があろうとなかろうと、あたしたちは決して屈《くっ》しない。魔法《まほう》があってもなくても、自分たちのものは必ず取り返す！」

サランの唇《くちびる》がめくりあがる。「これから死ぬウジ虫にしては威勢《いせい》がいい言葉だな」

ウジ虫。

母《マ》さん《マ》のように。

サランの命令で殺《ころ》されたきょうだいたちのように。

「だったら、今すぐあたしを殺《ころ》すのね。聖《せい》なる品はひとつだって、手に入らないから」

サランの顔にじわじわと笑《え》みが広がる。ジャングルキャットのような腹黒《はらぐろ》い笑《え》みが。

「ほう」サランは笑う。「そうは思わないがな」

第六十四章　イナン

地下室の壁《かべ》が迫《せま》ってくる。おれをこの地獄《じごく》に捕《と》らえる。立っているだけであらんかぎりの力をしぼり出さねばならない。父上の鋭《するど》い視線《しせん》に膝《ひざ》から崩《くず》れ落ちないようにするだけで。おれが息をするだけでもせいいっぱいなときに、ゼリィは立ちあがる。決して屈《くっ》さず、火のように激《はげ》しく。

自分の命など顧《かえり》みず。

死など恐《おそ》れず。

やめろ！　おれはさけびたくなる。**しゃべるな！**

ひと言しゃべるごとに、父上のゼリィをたたきのめしたいという欲望《よくぼう》は強くなる。

父上がドアをたたく。鋭《するど》い二回のノックで、鉄のドアが勢《いきお》いよく開く。砦《とりで》の軍医が三人の将校《しょうこう》に守られて入ってくる。全員、じっと床《ゆか》を見ている。

「なにをするんです？」声がかすれる。魔法《まほう》を抑《おさ》えつけながらしゃべるのは、かなりの労力を必要とする。通風口からまた熱気が吐《は》き出され、汗《あせ》がだらだらと流れる。

軍医はちらりとおれを見る。「陛下《へいか》は――」

父上がさえぎって言う。「おまえはわたしの命令に従《したが》えばいい。息子《むすこ》ではなくてな」

軍医はあわてて前へ進み出て、ポケットから鋭《するど》いナイフを取り出す。そしてゼリィの首をすっと切ったのを見て、おれは悲鳴を押《お》し殺《ころ》す。

「どういうつもりだ?」おれはどなる。軍医はさらに深く刃《は》を食《く》いこませ、ゼリィは歯を食《く》いしばる。

「やめろ!」おれはうろたえてどなる。**今はだめだ、ここではだめだ。**

前へ出ようとするが、父上に肩《かた》をぐいと押《お》され、転びそうになる。軍医がゼリィの首に浅くXの切れ目を入れるのを、おれは恐怖《きょうふ》におののいて見つめる。それが終わると、軍医はかすかに震《ふる》える手で中が空洞《くうどう》になっている太い針《はり》を血管に直接《ちょくせつ》差しこむ。

ゼリィはよけようとするが、将校《しょうこう》が押《お》さえつける。軍医は黒い液体《えきたい》の入った小さな瓶《びん》を取り出し、針《はり》に注ぐ準備《じゅんび》をする。

おれは父上のほうにむき直る。「父上、賢明《けんめい》な方法と言えるでしょうか? 彼女《かのじょ》はいろいろなことを知っています。魔法《まほう》の品はまだあるのです。彼女《かのじょ》なら、それを見つけられます。巻《ま》き物《もの》の秘密《ひみつ》を知っているのは、彼女《かのじょ》しか――」

「黙《だま》れ!」父上が痛《いた》いほどきつく肩《かた》をつかむ。父上は怒《おこ》っている。これ以上怒《おこ》らせれば、ゼリィがもっと苦しむ羽目になるだけだ。

軍医は、止める理由を求めるかのようにおれのほうをふりむく。だが、父上がバンとこぶしで壁《かべ》をたたくと、針《はり》の空洞《くうどう》部分から直接《ちょくせつ》ゼリィの血管に黒い液体《えきたい》を送りこむ。

ゼリィの体ががくんと揺《ゆ》れ、けいれんしはじめる。液体《えきたい》が皮膚《ひふ》の下に広がっていく。ゼリィの呼吸《こきゅう》が浅く、早くなる。瞳《ひとみ》が拡張《かくちょう》する。

おれは胸《むね》が絞《し》めつけられるような感覚に襲《おそ》われ、頭でどくどくと血管が脈打《みゃくう》つ。だが、そんなものはゼリィの苦しみとは比《くら》べ物にならない。

「心配するな」おれの苦しみを失望と取り違《ちが》えて、父上が言う。「もう少しで、知っていることをすべて話す」

ゼリィの筋肉《きんにく》が収縮《しゅうしゅく》し、鎖《くさり》がガチャガチャと鳴る。おれは壁《かべ》に腿《もも》を押《お》しつけ、震《ふる》えを止めようとする。声に震《ふる》えを出すまいとする。取り乱《みだ》したら最後、ゼリィを助けることはできない。

「なにを入れたんです?」

「ウジ虫を覚醒《かくせい》させておくためのものだ」父上はにんまりする。「必要な情報《じょうほう》を得《え》るまえに、気絶《ぜっ》されたら困《こま》るからな」

将校《しょうこう》が腰《こし》の短剣《たんけん》を抜《ぬ》く。ゼリィの服を切り裂《さ》き、すべすべした肌《はだ》をむき出しにする。将校《しょうこう》はたいまつの炎《ほのお》に短剣《たんけん》の刃《は》をかざす。刃《は》が熱くなる、真《ま》っ赤《か》に熱せられる。

父上が前に進み出る。ゼリィのけいれんがひどくなる。一人では押《お》さえられなくなり、もう一人の将校《しょうこう》がいっしょにゼリィを押《お》さえつける。

「あくまで抵抗《ていこう》するところには感心したぞ。ここまで耐《た》えたとはな。だが、おまえが身の程《ほど》をわきまえぬのなら、こちらも王としての仕事をするまでだ」

熱せられた刃《は》がゼリィの肌《はだ》に押《お》しつけられる。ゼリィの苦しみがそのままおれに流れこんでくる。

「やめろ！」おれはさけび、将校《しょうこう》に跳《と》びかかる。

ゼリィを押《お》さえつけていた将校《しょうこう》を突《つ》き飛ばす。

もう一人の腹《はら》を蹴《け》る。

ゼリィの背《せ》に短剣《たんけん》を押《お》しつけていた将校《しょうこう》を殴《なぐ》りつける。だが、そこまでだ。父上の声が響《ひび》く。

「押《お》さえつけろ！」

たちまちふたりの兵士《へいし》に腕《うで》をつかまれる。世界が白い炎《ほのお》に包まれる。肉の焼けるにおいが鼻腔《びこう》を満たす。

「おまえが腰抜《こしぬ》けなのはわかっておったわ」父上の失望が、ゼリィの悲鳴を切り裂《さ》く。

「イナンを外へ出せ。出すのだ！」

父上の命令が耳より頭に響《ひび》く。必死でもがくが、押《お》し返される。その間も、ゼリィの悲鳴はどんどん大きくなっていく。

どんどん遠ざかっていく。

ゼリィの嗚咽《おえつ》と悲鳴が鉄の壁《かべ》に跳《は》ね返る。焼けただれた肌《はだ》から熱が引くと、Mの文字《もじ》が現《あらわ》れる。

ゼリィの呼吸《こきゅう》が浅くなると、次に、将校《しょうこう》はAの焼き印を押《お》そうとする。

「やめろ！」

おれは廊下《ろうか》へ放り出される。ドアがガシャンと閉《し》まる。

こぶしが裂《さ》け、血が出るまでたたきつづけるが、ドアは開かない。

考えろ！　頭をドアに打ちつける。ゼリィの悲鳴が大きくなるにつれ、血がどくどく脈打《みゃくう》つ。中に入ることはできない。

ゼリィをここから出すしかない。

廊下《ろうか》を走りだす。距離《きょり》がひらいても、激《はげ》しい苦痛《くつう》は消えはしない。おれがよろめきながら走っていくのを、人々《ひとびと》が不安そうに見送る。

唇《くちびる》が動いている。

しゃべっている。

だが、なにを言っているか、わからない。ゼリィの悲鳴しか聞こえない。ゼリィの甲高《かんだか》い声がドアのむこうから響《ひび》いてくる。頭の中でさらに大きく響《ひび》きわたる。

いちばん近い洗面所《せんめんじょ》に飛びこみ、ドアを閉《し》める。無我夢中《むがむちゅう》で鍵《かぎ》を閉《し》める。

Gの焼き印を押《お》しはじめたのを感じる。まるで自分の背中《せなか》に刻《きざ》みこまれるかのように。

「ウッ」

震《ふる》える手で陶器《とうき》の洗面台《せんめんだい》のふちをつかむ。体の中のものがすべて出ていく。嘔吐《おうと》物でのどがヒリヒリする。

世界がぐるぐる回りだす。激《はげ》しくのたうち回る。気絶《きぜつ》しないようにするだけでせいいっぱいだ。耐《た》えなければならない。

ゼリィをあそこから出さなければならない――


ハアハアと息をつく。

冷たい空気が、レンガのようにおれの顔にぶつかってくる。濡《ぬ》れた草のにおいが肺《はい》に入ってくる。しおれた葦《あし》が足をくすぐる。

夢《ゆめ》の中の世界だ。

がっくりと膝《ひざ》をつく。

だが、ぐずぐずしているひまはない。ゼリィを救《すく》わなければならない。ここへ連れてこなければ。

目を閉《と》じて、ゼリィの顔を思い浮《う》かべる。記憶《きおく》に焼きついている銀色の目を。次に背中《せなか》に刻印《こくいん》する文字《もじ》はなんだ？　彼女《かのじょ》の心臓《しんぞう》に？　魂《たましい》に？

数秒のうちにゼリィが現《あらわ》れる。喘《あえ》ぎながら。びりびりの服で。

両手で土をつかむ。

ぼんやりとした目はからっぽだ。

自分の震《ふる》える手を見つめる。自分がどこにいるか、わかっていない。

自分がだれかも。

「ゼリィ？」

なにかが欠けている。一瞬《いっしゅん》、間があいたあと、なにがおかしいか気づく。潮《しお》のように押《お》しよせてこない。

ゼリィの潮《しお》の香りが消えている。

「ゼル？」

世界が縮《ちぢ》み、ぼんやりとした白い境界《きょうかい》に引きこまれていく。ゼリィは動かない。ぴくりともしないので、声が届《とど》いているのかもわからない。

手を伸《の》ばす。指先が肌《はだ》に触《ふ》れたとたん、ゼリィは悲鳴をあげ、あとずさろうとする。

「ゼル――」

目に野生の光がひらめく。震《ふる》えがひどくなる。

そばへ寄《よ》ろうとすると、這《は》うようにうしろにさがる。打ち砕《くだ》かれて。ぼろぼろになって。

足を止め、両手をあげる。胸《むね》が痛《いた》む。おれの知っている戦士《せんし》の姿《すがた》はない。父上の顔に唾《つば》を吐《は》きかけた勇者はいない。以前のゼルが見えない。

父上が残していった抜《ぬ》け殻《がら》だけ。

「もう大丈夫《だいじょうぶ》だ」ささやく。「ここでは、だれもきみを傷《きず》つけることはできない」

だが、ゼリィの目から涙《なみだ》があふれ出す。「感じられない。なにも感じない」

「なにを？」

そばへいこうとするが、ゼリィは首をふって、足を踏《ふ》ん張《ば》り、葦《あし》をかき分けてうしろにさがろうとする。

「なくなった」ゼリィはそう言って、繰《く》り返す。「なくなってしまった」

葦《あし》の中で体を丸め、逃《のが》れることのできない痛《いた》みにもだえる。

己《おのれ》より義務《ぎむ》を。

地面に爪《つめ》を食《く》いこませる。

父上の声が頭の中に響《ひび》きわたる、**なによりも義務《ぎむ》を。**

まぶたの裏《うら》にクワメの炎《ほのお》がよみがえってくる。なにもかもを焼き尽《つ》くす炎《ほのお》。おれの義務《ぎむ》は、それを防《ふせ》ぐことだ。

おれの義務《ぎむ》は、オリシャを存続《そんぞく》させることだ。

だが、その信念はうつろに響《ひび》き、ゼリィの背《せ》を切り刻《きざ》んだナイフのようにおれを穿《うが》つ。

義務《ぎむ》だけではだめだ。それが、愛する少女を滅《ほろ》ぼしてしまうなら。

第六十五章　アマリ

うまくいく。

天にかけて、成功させなければならない。

わずかな希望にしがみつき、ゼインとともに闇《やみ》と影《かげ》に紛《まぎ》れ、ゴンベのさびた通路を歩いていく。鉄と鋳物《いもの》の都、ゴンベの工場は、夜中まで動いている。〈襲撃《レイド》〉のまえに〈鍛冶《かじ》の者〉に造《つく》られた金属《きんぞく》の建物《たてもの》は、ふつうならあり得《え》ない角度で曲がり、そびえたっている。

ラゴスの都は階級に従《したが》い層《そう》をなして造《つく》られているが、ゴンベは四つの地区に分けられ、鉄鋼《てっこう》の輸出《ゆしゅつ》をおこなっている区域《くいき》と居住区域《きょじゅうくいき》を分離《ぶんり》している。ほこりにまみれた窓《まど》のむこうで、ディヴィナたちが翌日《よくじつ》の輸出品《ゆしゅつひん》を鍛《きた》えているのが見える。

「待て」パトロールの兵士《へいし》たちの鎧《よろい》の音が響《ひび》いてきて、ゼインは足を止める。兵士《へいし》たちが通り過《す》ぎると、ふたたび小声で「よし、いいぞ」と言うけれど、その声にいつものきっぱりした響《ひび》きはない。**うまくいく。**わたしは心の中で繰《く》り返す。ゼインもそう思えるようにしてあげたい。**これ**

が終われば、ゼリィは無事に帰ってくる。

しだいに、通りは賑《にぎ》やかになってくる。並《なら》んでいた工場は、歩いていくにつれ、繁華街《はんかがい》のそびえるような鉄製《てっせい》のドームに変わる。ベルが鳴り、労働者たちが出てくる。みな、ほこりまみれで、あちこちに鉄合金でできた火傷《やけど》ができている。その波に紛《まぎ》れるように、夜空に響《ひび》く音楽と太鼓《たいこ》の音のほうへ歩いていく。お酒のにおいが、煙《けむり》のにおいにとって代わる。小さなさびたドームを屋根代わりにしたバーの立ち並《なら》ぶ通りが現《あらわ》れる。

「その人はここにくるの?」ゼインが中でも特にみすぼらしい造《つく》りのバーに足をむけると、わたしはたずねる。がやがやという話し声も、ほかの店より小さい。

「いちばん可能性《かのうせい》が高い。去年、オリシャの大会でゴンベにきたとき、ケニオンたちに毎晩《まいばん》ここに連れてきてもらったんだ」

「そうなのね」わたしは、ゼインのためにせいいっぱい笑《え》みを浮《う》かべる。「それなら、平気ね」

「安心はできない。それに、彼《かれ》を見つけたとしても、手を貸《か》してくれるかはわからない」

「ケニオンはディヴィナでしょ。手を貸《か》す以外に道はないはずよ」

「ディヴィナには、選択《せんたく》の余地《よち》などないからな」ゼインは鉄のドアをノックした。「ある場合《ばあい》は、たいてい自分の身の安全を第一に考える」

わたしが答えるまえに、ドアについている細い小窓《こまど》が開いた。しわがれた声がほえるようにたずねる。「合言葉《あいことば》は?」

「ローイシュ」

「それはむかしのだ」

「う……」ゼインはどこからともなく正しい言葉が降《ふ》ってくるのを待つかのように、黙《だま》りこむ。

「それしか知らないんだ」

男は肩《かた》をすくめる。

「合言葉《あいことば》は、半月ごとに変わるんだ」

ゼインを押《お》しのけ、せいいっぱい背伸《せの》びして、小窓《こまど》に顔を近づける。「わたしたちは、ゴンベの人間じゃないんです。お願いです、どうか、手を貸《か》してください」

男は目を細め、小窓《こまど》から唾《つば》を吐《は》いた。わたしはおどろいてあとずさった。「合言葉《あいことば》がないやつは入れん。特に貴族《きぞく》はな」男は怒《いか》りに満ちた声で言った。

「どうかお願いし――」

ゼインがわたしをそっとどけた。「ケニオンがいたら、おれがきていると伝えてもらえないか？ゼイン・アデボラだ、イロリンの」

小窓《こまど》が閉《し》まった。わたしはがっくりして鉄のドアを見つめた。中に入れなければ、ゼリィを取り返すことはできない。

「ほかに入る方法はないの？」

「ないんだ」ゼインはうめいた。「やっぱりうまくいくはずがなかったんだ。時間をむだにしてしまった。こうやってここに立っているあいだにも、ゼリィは死――」ゼインは言葉に詰《つ》まり、目を閉じて、すべてを中に封《ふう》じこめた。わたしはぐっと握《にぎ》られた彼《かれ》のこぶしをそっと開き、頰《ほほ》を両手で挟《はさ》みこんだ。

「ゼイン、わたしを信じて。ぜったいにあなたをがっかりさせたりしない。ケニオンがいなければ、別の人を探《さが》し――」

「まったく」ドアが勢《いきお》いよく開いて、大柄《おおがら》なディヴィナが姿《すがた》を現《あらわ》した。黒い腕《うで》には手のこんだタトゥーがびっしり刻《きざ》まれている。「カーニに金貨一枚《まい》、払《はら》わないとな」きつく編《あ》んだ白い髪《かみ》を頭のてっぺんで結《ゆ》いあげている。男がハグすると、ゼインのがっしりした体さえほとんど見えなくなった。

「よう、なにしにきたんだ？　おまえのチームをたたきのめすのは、二週間先のはずだぜ」

ゼインはむりやり笑ってみせた。「心配してたんだよ。膝《ひざ》をねじったんだって？」

ケニオンはズボンのすそをめくりあげ、腿《もも》につけられた金属《きんぞく》の矯正具《きょうせいぐ》を見せた。「医者が言うには、予選までには治るそうだ。心配はしてない。おまえなんか、眠《ねむ》りながらでも倒《たお》してみせるさ」そして、わたしのほうに目をむけ、じろじろと眺《なが》めまわした。「きみみたいにかわいい子が、まさかわざわざゼインが負けるのを見にきたんじゃないよな？」

ゼインがこづくと、ケニオンは笑って、ゼインの首に腕《うで》をかけた。ゼインが絶望《ぜつぼう》と必死で戦っているのを、感じていないらしい。

「こいつはいいやつだ、D」ケニオンは、入り口で番をしていた男に言った。「まちがいない、おれが保証《ほしょう》する」

どら声の持ち主が、ドアのむこうから顔をのぞかせた。まだ二十代に見えるが、顔が傷《きず》だらけだ。「女もか？」男はわたしのほうにあごをしゃくった。ゼインはわたしの手をそっと握《にぎ》った。

「彼女《かのじょ》は大丈夫《だいじょうぶ》だ」ゼインは請《う》けあった。「ぜったいに秘密《ひみつ》を漏《も》らしたりしない」

Dと呼《よ》ばれた男は一瞬《いっしゅん》ためらったが、うしろへさがり、ケニオンがわたしたちを中に入れるのを許《ゆる》した。とはいえ、奥《おく》へいくまえに、わたしをにらみつけるのを忘《わす》れなかった。

うすぐらいバーに入っていくと、太鼓《たいこ》の音が体の中に反響《はんきょう》した。ドームの中は人がいっぱいで、みな、かなり若《わか》い。ケニオンやゼインより年上に見えるお客はいない。

ちらちらと瞬《またた》くろうそくの弱い光が投げかける影《かげ》の中を、身を縮《ちぢ》めるようにいったりきたりしている。ペンキがはげかけ、ところどころ錆《さび》が浮《う》いている壁《かべ》が照らし出されている。

奥《おく》の隅《すみ》のほうで、男が二人、アシコ太鼓《だいこ》のキャンバス地の鼓面《こめん》をたたき、もう一人がバラフォンの木製《もくせい》の音板をバチでたたいている。三人とも手慣《てな》れたようすで、生き生きとした音楽が鉄の壁《かべ》に響《ひび》いている。

「ここはどういうところなの？」ゼインの耳元にむかってささやく。

バーに足を踏《ふ》み入れたことはなかったけれど、なぜ合言葉《あいことば》が必要なのかはすぐわかった。客のほとんどはディヴィナで、輝《かがや》く白い髪《かみ》が海のようにうねっている。コスィダンも何人かはいるが、あきらかにここにきているディヴィナと関係のある者ばかりだった。いすではカップルたちが手をつなぎ、キスをして、腰《こし》と腰《こし》をくっつけあってる。

「トジュというんだ。何年かまえに、ディヴィナたちが始めた。今ではほとんどの町にある。ディヴィナが平和に集まることのできる唯一《ゆいいつ》の場所だ」

ドアマンがあれだけ敵意《てきい》をむき出しにしたのにも、理由があるのだ。兵士《へいし》たちに気づかれたら最後、あっという間につぶされてしまうだろう。

ケニオンはわたしたちを連れて奥《おく》のテーブルのほうへ入っていく。ゼインはささやいた。「おれはもう何年も、こいつらと試合《しあい》をしている。決して裏切《うらぎ》ったりしないが、用心深いんだ。しゃべるのは任《まか》せてほしい。気を許《ゆる》してもらえるよう、うまくやる」

「でも、そんなことしてる時間はないわ。この人たちを味方につけなければ、戦いには――」

「彼《かれ》らからイエスの返事を引き出さないかぎり、戦いはない」ゼインはわたしをそっとつついた。「時間がないのはわかっているが、彼《かれ》らの場合《ばあい》は時間をかけないと――」

「ゼイン！」

テーブルにいくと、すわっていた四人のディヴィナからうれしそうな声があがった。ケニオンのアボンチームのメンバーだろう。まるで競《きそ》い合うかのように、みながっしりした体格《たいかく》をしている。ゼインがイマニとカーニと呼《よ》びかけた双子《ふたご》の姉妹《しまい》すら、ゼインと同じくらいの背丈《せたけ》があった。

ゼインを見ると、みな、ほほ笑《え》み、笑い声があがった。立ちあがって、手をぴしゃりと打ち合わせ、背中《せなか》をたたき、アボンの大会のことでジョークを言い合っている。時間をかけなければならないというゼインの言葉が頭で鳴りひびいていたけれど、ここにいる人たちは試合《しあい》のことで頭がいっぱいで、ゼインの世界が崩壊《ほうかい》しかかっていることなど、気づいてもいない。

「助けがほしいんです」わたしは大きな声で言って、笑い声や話し声の中に割《わ》りこんだ。とたんに、ケニオンたちはぱっと黙《だま》り、初めているいることに気づいたようにわたしを見つめた。

ケニオンはあざやかなオレンジ色《いろ》の飲み物を一口飲んで、ゼインのほうを見た。「話してくれ。なにが必要なんだ？」

チームのメンバーたちは黙《だま》ってすわり、ゼインがわたしたちの状況《じょうきょう》を説明するのを聞いていた。ディヴィナの集落が襲撃《しゅうげき》されたところにくると、みな息を呑《の》んだ。ゼインは、巻《ま》き物《もの》のことから、数日後に迫《せま》った儀式《ぎしき》のこと、そして、ゼリィが捕《つか》まったことまで、すべてを話した。

「夏至《げし》は二日《ふつか》後なんです。儀式《ぎしき》を成功させたければ、一刻《いっこく》も早く行動しないと」わたしは言った。

「クソ」イフェという男が言葉を吐《は》き出すように言った。そりあげた頭がろうそくの光に反射《はんしゃ》している。「気の毒《どく》だとは思う。だが、おまえの妹があそこにいるなら、取り返すのは不可能《ふかのう》だ」

「なにか方法があるはずだ！」ゼインはフェミのほうを見た。ひげを短く切りそろえた大柄《おおがら》のディヴィナだ。「フェミのお父さんに手を貸《か》してもらえないか？　今も兵士《へいし》たちに賄賂《わいろ》をわたしているんだろう？」

フェミの顔がさっと曇《くも》って、いきなり立ちあがったので、テーブルが倒《たお》れそうになった。

「フェミの父親は捕《と》らえられたのよ、数か月前に」カーニが低い声で言った。「最初は、税金《ぜいきん》のごたごただった。だけど……」

「その三日後に、死体で見つかった」イマニがあとを引き継《つ》いでいった。

天よ。わたしは、客をかき分けて去っていくフェミのうしろ姿《すがた》を見送った。また一人、お父さまの権力《けんりょく》の犠牲《ぎせい》になってしまった。また一つ、いますぐ行動しなければならない理由ができた。

ゼインの顔が曇《くも》った。だれかの金属《きんぞく》のコップをきつく握《にぎ》りしめる。コップはぐにゃりとへこんだ。

「まだ手はあるはず」わたしは言う。「賄賂《わいろ》がむりなら、力づくで奪《うば》い返せばいい」

ケニオンがふんと鼻を鳴らして、ぐいっとコップをあおった。「おれたちは強いが、バカじゃない」

「どうしてバカなの？　力は必要ない。魔法《まほう》が必要なの」

魔法《まほう》という言葉を聞いたとたん、まるでわたしがひどい言葉を口にしたみたいに、その場が凍《こお》りついた。みな、顔を見合わせ、ケニオンはじろりとわたしをにらみつけた。

「おれたちに魔力《まりょく》はない」

「今はね」わたしは袋《ふくろ》から巻《ま》き物《もの》を取り出した。「でも、これがあれば、力を取りもどすことができる。砦《とりで》は兵士《へいし》の侵入《しんにゅう》をはばむために造《つく》られている。魔師《まし》じゃない」

少なくとも一人は巻《ま》き物《もの》に関心を示《しめ》すと思ったのに、みな、火のついた導線《どうせん》でも見るみたいに遠巻《とおま》きに眺《なが》めるだけだった。

「もう帰れ」

イマニとカーニがすっと立ちあがり、両わきからわたしをはさんで、腕《うで》をつかんだ。

「おい！」ゼインは、イフェとケニオンに押《お》さえられ、逃《のが》れようともがいた。「放せ！」

店内の動きがストップし、面白《おもしろ》い場面を見逃《みのが》すまいとするように、みないっせいにこちらを見た。いくら足をばたつかせてもさけんでも、双子姉妹《ふたごしまい》は手をゆるめるどころか、まるで命がかかっているとでもいうようにわたしを引きずって出口へ突進《とっしん》していく。けれど、イマニの浅い息や腕《うで》をつかんだカーニの手に力が入るさまに気づいて、わたしははっとした。

怒《おこ》っているんじゃない……

怯《おび》えているんだ。

わたしは、ずっとまえにイナンに教えてもらった動作で二人の腕《うで》を逃《のが》れると、剣《けん》の柄《つか》に手をかけ、すばやく抜《ぬ》き放った。

「わたしは、あなたたちを傷《きず》つけようとしてきたんじゃない」わたしは声がうわずらないようにしながら言った。「あなたたちの魔法《まほう》を取り返したいだけ」

「あんたは何者なの？」イマニがきいた。

ゼインがようやくケニオンとイフェの腕《うで》から逃《のが》れ、ディヴィナたちを押《お》しのけてわたしのかたわらまできた。

「それで十分だろう」

「おれの連れだ」ゼインはイマニを押《お》しのけた。「それで十分だろう」

「かまわないわ」わたしはゼインのうしろから一歩踏《ふ》み出し、彼《かれ》の守りが及《およ》ばないところへ出た。店中の視線《しせん》が突《つ》き刺《さ》さる。でも、わたしは初めて、縮《ちぢ》こまったりしなかった。貴族《きぞく》たちを前にしたときのお母さまを思い浮《う》かべる。片方《かたほう》の眉《まゆ》をかすかにあげるだけで、部屋中《へやじゅう》の者を従《したが》わせるときの。あの力を、今、手に入れなければならない。

「わたしは、アマリ王女、サラン王の娘《むすめ》よ。そして……」これまで口にしたことのなかった言葉が口から出たとたん、これ以外方法はないのだと気づく。王位継承《けいしょう》順位などに、正しい道の邪魔《じゃま》はさせない。「未来のオリシャの女王です」

ゼインの顔に、おどろきがよぎる。たちまち店中にざわめきが広がり、とうてい静まりそうになかったが、ゼインはすぐにわれに返り、みなを黙《だま》らせた。

「十一年前、わたしの父があなたたちの魔法《まほう》を奪《うば》ってしまった。今、行動を起こさなければ、魔《ま》法《ほう》を取りもどすチャンスは永遠《えいえん》に失われることになるの」

トジュを見まわし、だれかが反論《はんろん》するか、わたしを放り出そうとするのを覚悟《かくご》した。けれど、何人かのディヴィナが出ていったものの、ほとんどの者はつづきを聞きたくてうずうずしている。

わたしは巻《ま》き物《もの》を開いてかかげ、みなに太古の文字《もじ》を見せた。一人の男が身をのりだして、巻《ま》き物《もの》に触《ふ》れた。うわっというさけび声とともに、男の手から空気が噴《ふ》き出した。それだけで、証《しょう》拠《こ》は十分だった。

「あなたがたと神々《かみがみ》のつながりを取りもどすには、聖《せい》なる儀式《ぎしき》が必要なの。二日《ふつか》後にくる百年に一度の夏至《げし》にその儀式《ぎしき》を行わなければ、魔法《まほう》は永遠《えいえん》に失われてしまう」**そして、わたしの父がふたたび、国じゅうのディヴィナたちを殺《ころ》して回ることになる。わたしの友だちを殺《ころ》したように、あなたたちの心臓《しんぞう》を剣《けん》で突《つ》き刺《さ》すことになる。**

部屋を見まわし、一人ひとりと目を合わせる。「危険《きけん》にさらされているのは、魔法《まほう》だけじゃない。あなたたち自身の命もかかってる」

ざわめきが広がり、一人がさけんだ。「おれたちはどうすればいいんだ？」

わたしは前に出て、剣《けん》を抜《ぬ》き、あごをくいっとあげた。「ゴンベの町の外にある砦《とりで》に、少女が捕《と》らえられている。すべての鍵《かぎ》は彼女《かのじょ》が握《にぎ》っている。あなたがたの魔法《まほう》を使って、彼女《かのじょ》を助け出してほしい。彼女《かのじょ》を救《すく》うことが、自分たちを救《すく》うことになる」

部屋は静まりかえった。みな、身じろぎもせず立ち尽《つ》くしている。だが、ケニオンだけは、腕《うで》を組んでイスによりかかり、わたしには読めない表情《ひょうじょう》でこちらをじっと見ていた。

「たとえ手を貸《か》したくても、巻《ま》き物《もの》が与《あた》える力だけでは足りないだろう」

「それなら大丈夫《だいじょうぶ》」わたしはゼリィの袋《ふくろ》に手を入れ、太陽石を取り出した。「手を貸《か》してくれるなら、あとはわたしに任《まか》せて」

第六十六章　イナン

ゼリィの悲鳴は聞こえなくなったあとも、耳にこびりついて離《はな》れなかった。

かん高い、

突《つ》き刺《さ》すような

悲鳴が。

ぼろぼろになったゼリィの意識《いしき》は夢《ゆめ》の中の世界でつかの間の休息を得《え》た。だが、ゼリィの体の感覚はまだそのままおれに流れこんでくる。ゼリィの苦しみの残響《ざんきょう》がおれの皮膚《ひふ》を焼く。息を吸《す》うのもままならないほど、強い痛《いた》みが走る。それをなんとか覆《おお》い隠《かく》し、父上の部屋のドアをノックする。

魔法《まほう》を滅《ほろ》ぼすか否《いな》かにかかわらず、ゼリィを救《すく》い出さなければならない。すでに一度、ゼリィの期待を裏切《うらぎ》ってしまったのだから。

このまま彼女《かのじょ》を失ったら、おれは二度と自分を許《ゆる》せない。

「入れ」

ドアをあけ、魔法《まほう》を押《お》し返し、父上の司令室に入る。父上は、ビロードのガウンをはおり、色あせた地図に目を走らせている。その目に憎《にく》しみはない。嫌悪《けんお》すらない。

父上にとっては、少女の背中《せなか》にウジ虫《MAGGOT》と焼き印を押《お》すことなど、日常《にちじょう》の光景にすぎないのだ。

「お呼《よ》びになりましたか？」

父上はすぐには答えない。地図を手に取り、明かりにかざす。ディヴィナの村に、赤いX印がついている。

その瞬間《しゅんかん》、おれは悟《さと》る。ズウライカの死。ゼリィの悲鳴。そんなものは、父上にとってはなんでもないのだ。彼女《かのじょ》たちは魔師《まし》であり、父上にとって魔師《まし》など、人間ではないのだ。

己《おのれ》より義務《ぎむ》を、と父上は言う。だが、父上の言うオリシャに魔師《まし》たちは含《ふく》まれていない。これからもずっと。

父上はただ魔法《まほう》を滅《ほろ》ぼしたいだけではない。

魔師《まし》たちを滅《ほろ》ぼしたいのだ。

父上がようやく口を開く。「おまえはわたしの顔に泥《どろ》を塗《ぬ》った。尋問《じんもん》のときに、あんなふるまいをするとはな」

「あれは、尋問《じんもん》とは言えません」

父上は地図を置いた。「なんだと？」

なんでもありません。

父上の期待する答えは、それだ。

だが、頭の片隅《かたすみ》で、ゼリィが泣きながら震《ふる》えている。

「拷問《ごうもん》」を別の名前で呼《よ》んだりはしない。

「結局、なにひとつ明らかにはなりませんでした。父上はそうは思われませんか？」声がだんだん大きくなる。「わかったのは、父上が少女にどれだけの悲鳴をあげさせることができるか、それだけです」

おどろいたことに、父上はほほ笑《え》む。だが、父上の笑《え》みは怒《いか》りよりも危険《きけん》だ。

「旅をして、少しは強くなったようだな」父上はうなずく。「いいことだ。だが、そのエネルギーをあんな――」

ウジ虫。

父上の口から出るまえから、その侮蔑《ぶべつ》の言葉が頭に響《ひび》く。父上はディヴィナたちをそんなふうにしか見ていない。

おれのことも、そう見るようになるだろう。

おれは鏡の見えるところまで移動《いどう》し、自分の姿《すがた》をたしかめる。黒い染料《せんりょう》で白い髪《かみ》は隠《かく》れているが、どれだけ持つかはわからない。

「この重荷を背負《せお》うのは、われわれが最初ではない。王国を守るためには、どんなことでもしなければならない。ブラトン人もポルトガニー人も滅《ほろ》ぼされた。魔法《まほう》と断固《だんこ》、戦わなかったからだ。ウジ虫どもを見逃《みのが》し、オリシャ国を同じ運命にさらそうと言うのか？」

「わたしが言っているのは、そういうことではありません――」

「あの娘《むすめ》のようなウジ虫は、野生の獣《けもの》と同じだ」父上はつづけた。「情報《じょうほう》を引き出すだけではない。ウジ虫どもの意志《いし》を打ち砕《くだ》かねばならん」父上はふたたび羊皮紙の地図に目をむけ、イロリンの上にX印を書き加えた。「おまえも最後までいれば、わかったはずだ。結局、あのウジ虫は必要なことをすべてしゃべったのだから」

背中《せなか》を玉のような汗《あせ》が滴《したた》り落ちた。ぐっとこぶしを握《にぎ》りしめる。「すべて？」

父上はうなずいた。「巻《ま》き物《もの》は魔法《まほう》でしか、破壊《はかい》することはできない。エベレ司令官が失敗してから、そうではないかとうすうす思っていたのだが、あの娘《むすめ》のおかげでまちがいないとわかった。あの娘《むすめ》を手に入れたことで、ようやく必要なものがすべてそろったのだ。巻《ま》き物《もの》さえ取り返せば、あとは娘《むすめ》にやらせればいい」

心臓《しんぞう》がのどをせりあがってくる。目を閉《と》じ、心を落ち着かせる。「ならば、娘《むすめ》は生かしておくのですか？」

「しばらくはな」父上はディヴィナの谷につけられたX印を指でなぞる。赤いインクが流れ落ちる。血のように滴《した》り落ちる。

「まあ、そちらのほうがいいだろう」父上はため息をついた。「あの娘《むすめ》はカエアを殺《ころ》した。さっさと殺《ころ》すのでは、手ぬるい」

体に緊張《きんちょう》が走る。

ぐっと目を開く。必死で開く。

「な、なんと？」言葉がつっかかる。「娘《むすめ》がそう言ったのですか？」

言葉をつづけようともがくが、声がのどでひからびる。目の奥《おく》で、カエアの憎《にく》しみがひらめく。

ウジ虫。

「娘《むすめ》は、あの神殿《しんでん》にいったと白状《はくじょう》した」父上は、答えは明白だというように言う。「カエアの遺《い》体《たい》が見つかった場所だ」

そして、小さなターコイズの結晶《けっしょう》を手に取る。血がついている。父上がそれを光にかざすのを見て、胃《い》がねじれる。

「それは？」たずねるが、答えはもうわかっている。

「証拠《しょうこ》の品だ」父上は唇《くちびる》をめくりあげる。「カエアの髪《かみ》についていた。ウジ虫が残していったのだ」

そして、父上は結晶《けっしょう》を握《にぎ》りつぶす。おれの魔法《まほう》の残滓《ざんし》を粉々《こなごな》にする。鉄とワインのにおいが立ちのぼる。

カエアの魂《たましい》のにおいが。

「おまえの妹を見つけたら、殺《ころ》せ」おれにというより自分にむかって父上は言う。「おまえたちを守るためなら、どんなことでもしただろう。だが、カエアの死に関係した以上、おまえの妹を許《ゆる》すわけにはいかない」

剣《けん》の柄《つか》を握《にぎ》りしめ、なんとかうなずく。背中《せなか》にナイフで「裏切者《うらぎりもの》」と刻《きざ》まれているような気がする。

「残念です。父上にとって、司令官が――」**太陽だったことはわかっています。**「司令官が大切な存在《そんざい》であったことは、わかっています」

父上は、感情《かんじょう》のこみあげるままに指にはめた指輪をひねりながらぽつりと言う。「カエアはいきたがっていなかった。なにかよくないことが起こるのではと、怖《おそ》れていたのだ」

「カエア司令官が怖《おそ》れていたのは、自分が死ぬことよりも、父上を失望させることだと思います」

みな、そうだ。みなずっと、それを怖《おそ》れてきたのだ。

だれよりも、おれが。

「どうするおつもりですか？」おれはきいた。

「だれのことだ？」

「ゼリィです」

父上は目をしばたたかせておれを見た。

ウジ虫に名前があることなど、忘《わす》れているのだ。

「今、医者が治療《ちりょう》をしている。われわれは、娘《むすめ》の兄が巻《ま》き物《もの》を持っていると考えている。明日、娘《むすめ》を囮《おとり》にして、巻《ま》き物《もの》を取り返す。巻《ま》き物《もの》が手に入ったら、娘《むすめ》に破壊《はかい》させればいい」

「そのあとは？」おれはなおもきく。「巻《ま》き物《もの》が破壊《はかい》されたら、そのあとはどうするのです？」

「娘《むすめ》は死ぬ」父上はまた地図のほうにむき直り、すーっと指で道をたどる。「オリシャじゅうに娘《むすめ》の死体をさらして、われわれに逆《さか》らったらどういうことになるか、示《しめ》してやる。わずかでも反《はん》乱《らん》の兆《きざ》しがあれば、消し去る。その場でな」

「ほかの方法があるとしたら？」おれは言って、ちらりと地図を確認《かくにん》した。「彼《かれ》らの不満を聞くことができたら？　そう、娘《むすめ》を大使のように使えばいい。いるはずです……娘《むすめ》が愛する人々《ひとびと》が。彼《かれ》らを使って、娘《むすめ》に言うことをきかせればいい。魔師《まし》をわれわれでコントロールするのです」口に出す言葉すべてが裏切《うらぎ》りのように思えるが、父上がなにも言わないので、先をつづける。「この旅でいろいろなものを目にしました。今では、ディヴィナたちのことがよくわかっています。彼《かれ》らの状況《じょうきょう》をよくしてやれば、反乱《はんらん》が起こらないようにできるはずです」

「わたしの父もそう考えたのだ」

おれはすっと息を吸《す》いこむ。

父上は、家族のことを口にしたことはない。

おれ自身、宮廷《きゅうてい》でささやかれているうわさで耳にしたことしか知らない。

「父はやつらを抑圧《よくあつ》するのをやめ、よりよい王国をつくることができると考えていた。わたしもそう思っていたのだ。だが、やつらは父を殺《ころ》した。父と、わたしが愛していた人々《ひとびと》をな」父上は冷たい手をおれの首に置いた。「わたしを信じろ。ほかの方法などないのだ。集落で〈燃《も》す者〉がなにをしたか、その目で見たのだろう？」

おれはうなずいた。あの光景を見てしまったことを後悔《こうかい》しながら。この点だけは、父上と同意見だ。悲鳴をあげる間すらなく、人々《ひとびと》が焼かれ、灰《はい》になるのを見たのだから。

首に置かれた手に力が入る。痛《いた》みが走る直前で、父上は言う。「わたしの言葉に耳を傾《かたむ》け、今、この場で学べ。手遅《ておく》れになるまえに」

父上は前に進み出て、おれを抱《だ》きしめた。慣《な》れない感触《かんしょく》に、思わず体がビクンとする。最後にこうして父上に抱《だ》かれたのは、ずいぶんまえだ。おれがアマリを傷《きず》つけたあとだった。

自分の妹を剣《けん》で切ることができる男こそが、偉大《いだい》な王になれるのだ。

あのとき、一瞬《いっしゅん》、自分を誇《ほこ》らしく感じた。

自分の妹が血を流していることを、おれは喜《よろこ》んだのだ。

父上は体を離《はな》した。「わたしは、おまえのことを信じていなかった。任務《にんむ》を果たせるとは思っていなかったのだ。だが、おまえはオリシャの安全を守った。今回の経験《けいけん》が、おまえを立派《りっぱ》な王にしてくれるはずだ」

おれはなにも言えずにうなずいた。父上はまた地図を眺《なが》めはじめた。もうおれに用はないのだ。

おれは部屋を出た。

感じろ。自分に命じる。**なにかを感じるんだ。**今、おれはずっと望んできたものを手に入れたのだ。父上はとうとうおれが立派《りっぱ》な王になると信じたのだ。

だが、ドアが閉《し》まったとたん、がくんと脚《あし》が折れ、おれは地面にうずくまった。

ゼリィが鎖《くさり》につながれている今、そんなものに意味はなかった。

第六十七章　イナン

父上が眠《ねむ》るのを待つ。

兵士《へいし》たちが持ち場を離《はな》れるのを。

暗い影《かげ》に身を潜《ひそ》め、じっと見つめる。鉄のドアがギィと音を立て、ゼリィの独房《どくぼう》から医者が出てくる。

緊張《きんちょう》で顔がやつれ、服はゼリィの血で汚《よご》れている。その姿《すがた》を見たとたん、衝動《しょうどう》が高まる。

ゼリィを見つけろ。ゼリィを救《すく》え。

すばやくドアまでいき、鍵《かぎ》を差し入れる。ドアはギィと音を立てて開く。おれは覚悟《かくご》を決め、目を開く。

だが、そんな覚悟《かくご》は吹《ふ》き飛ばされる。

ゼリィは吊《つ》りさげられたまま、ぐったりとしていた。死んでいるように見える。引き裂《さ》かれた服は血でぐっしょり濡《ぬ》れている。その光景は、ふたたびおれの心臓《しんぞう》に穴《あな》を穿《うが》つ。

父上は、魔師《まし》など動物だと思っているのだ。

恥辱《ちじょく》と怒《いか》りが体の中で暴《あば》れまわるのを感じながら、正しい鍵《かぎ》を探《さが》す。魔法《まほう》は関係ない。今は、ゼリィのことを考えなければならない。

手枷《てかせ》と足枷《あしかせ》を外し、ゼリィをおろす。ゼリィを抱《だ》きかかえ、手で口をふさぐ。ゼリィが目覚めてあげる悲鳴を抑《おさ》えつける。

ゼリィの痛《いた》みがおれの体に押《お》しよせる。医者が縫《ぬ》った傷口《きずぐち》が、すでに開きはじめている。血がじくじくと滲《にじ》み出す。

「感じないの」ゼリィがおれに顔をうずめて涙《なみだ》を流す。おれはぐっと腕《うで》に力を入れ、背中《せなか》に巻《ま》いてある包帯を押《お》さえる。

「大丈夫《だいじょうぶ》だ」おれはゼリィを落ち着かせようとする。**なんのことを言ってるんだ?**

ゼリィの意識《いしき》は壁《かべ》に囲《かこ》まれ、その中で何度も何度も拷問《ごうもん》が繰《く》り返されている。海もない。霊《れい》もない。海の香りもしない。苦しみしか見えない。苦しみの牢獄《ろうごく》の中に閉《と》じこめられている。

「やめて」ゼリィの爪《つめ》が肩《かた》に食《く》いこむ。だが、おれはだれもいない階段《かいだん》をのぼっていく。「出血が多すぎる。いいからもう、置いていって」

ゼリィの熱い血が、指のあいだから漏《も》れ出してくる。おれはますます強くゼリィの背中《せなか》を押《お》さえつける。

「〈癒《いや》す者〉を探《さが》そう」

角のむこうから兵士《へいし》たちの靴音《くつおと》が響《ひび》いてくる。すかさずだれもいない部屋に入って、兵士《へいし》たちをやり過《す》ごす。ゼリィは恐怖《きょうふ》で身をすくませ、必死で悲鳴を押《お》し殺《ころ》す。おれはさらにきつく彼女《かのじょ》を胸《むね》に抱《だ》きしめる。

兵士《へいし》たちがいなくなると、次の階段《かいだん》をのぼりはじめる。一歩ごとに、心臓《しんぞう》が激《はげ》しく打つ。

「イナンが兵士《へいし》たちに殺《ころ》されてしまう」ゼリィがささやく。「自分の父親に殺《ころ》されてしまう」

自分のことなど考えられない。大切なのは、ひとつだ。ゼリィをここから逃《に》が――

最初にさけび声が響《ひび》いた。

次は熱だ。

地面に伏《ふ》せたのと同時に、炎《ほのお》が噴《ふ》き出し、砦《とりで》の壁《かべ》をこなごなにした。

第六十八章　アマリ

　ゴンベの地平線に、砦《とりで》の塔《とう》が鉄の宮殿《きゅうでん》のようにそびえ、夜に影《かげ》を落としている。角という角に兵士《へいし》たちが立ち、兵士《へいし》たちのいない場所は数メートルもなく、そこも数分おきに兵士《へいし》たちが巡回《じゅんかい》にくる。心臓《しんぞう》が口から飛び出そうにドキドキしている。兵士《へいし》たちが南側の城壁《じょうへき》にいくのを待つ。わたしたちに使える時間は、三十秒しかない。三十秒で足りるよう、天の神々《かみがみ》に祈《いの》りを捧《ささ》げる。

「できそう？」小声でフェミにたずね、生《お》い茂《しげ》ったケンキリバの陰《かげ》からそっと出ていく。太陽石に触《ふ》れてからフェミの両手は片時《かたとき》もじっとせずに、指をなぞり、ひげに触《ふ》れ、曲がった鼻をさする。

「大丈夫《だいじょうぶ》だ」フェミはうなずく。「うまく説明はできないが、感じるんだ」

「わかった」わたしはふたたび兵士《へいし》たちのほうに注意をむける。「次の兵士《へいし》たちが通り過《す》ぎたら、いくわよ」

　兵士《へいし》たちが角のむこうに消えた瞬間《しゅんかん》、フェミとわたしは、雑草《ざっそう》の短く刈《か》られた一角を横切る。ゼインとケニオンとイマニもすぐうしろにつづき、上にいる兵士《へいし》たちに見つからないように影《かげ》の中を進んでいく。トジュのディヴィナたちの多くが手を貸《か》すと言ってくれたけれど、巻《ま》き物《もの》に手を触《ふ》れ、魔法《まほう》を目覚めさせたのは、ケニオンとチームのメンバーだけだった。五人だけで、砦《とりで》を落とせるだろうか。しかも、五人全員が戦えるわけではない。

カーニは、〈癒《いや》す者〉だった。イフェは、獣《けもの》を操《あやつ》る〈手なずける者〉だとわかった。すぐに攻撃《こうげき》できる魔法《まほう》を持たない場合《ばあい》、砦《とりで》に入るのは危険《きけん》だ。ありがたいことに、ケニオンは〈燃《も》す者〉、フェミは〈鍛冶《かじ》の者〉、イマニは〈病の者〉だった。思っていた魔師《まし》軍とはちがうけれど、太陽石の力があれば、じゅうぶんな兵力になってくれるはずだ。

「十五秒」南の壁《かべ》までいってハアハアしながら、言う。フェミが冷たい鉄に両手を当て、〈鍛冶《かじ》の者〉の優雅《ゆうが》な手つきで溝《みぞ》や板をなぞっていく。わたしには見えないなにかを、耐《た》えきれないほどゆっくりと、探《さが》している。過《す》ぎていく時間が痛《いた》みのように感じられる。

「十秒」

フェミが目を閉《と》じ、両手をさらに強く鉄の壁《かべ》に押《お》しつける。時間が過《す》ぎていくにつれ、胸《むね》が締《し》めつけられるように感じる。

「五秒！」

ふいに空気がぴんと張《は》る。フェミの手が緑色に輝《かがや》きはじめる。金属《きんぞく》の壁《かべ》が水のように波打って、ぱっくりと口をあける。

わたしたちは中に飛びこみ、できるだけ急いで砦《とりで》の奥《おく》へ入っていく。外から足音が響《ひび》いてくるけど、フェミは中へすべりこみ、次の巡回《じゅんかい》がくるぎりぎりまえに壁《かべ》の穴《あな》を閉《と》じる。

天よ、感謝《かんしゃ》します。

わたしはゆっくりと息を吐《は》くと、小さな勝利を味わってから、次の闘《たたか》いを開始する。まずは中に入った。

だが、大変なのはこれからだ。

まわりの壁《かべ》にぐるりと剣《けん》が飾《かざ》られ、磨《みが》きあげられた刃《は》にわたしたちの顔が映《うつ》っている。**武器庫《ぶきこ》だ**。ラゴスの砦《とりで》と構造《こうぞう》が同じなら、上の階の司令室が近いはずだ。つまり、牢獄《ろうごく》があるのはこの下――

ドアのハンドルが回る。わたしが片手《かたて》をあげ、みんなに隠《かく》れるように合図《あいず》をしたのと同時に、武器庫《ぶきこ》のドアがギィーと音を立てて開く。兵士《へいし》が一人《ひとり》入ってくる。きらりと光る剣《けん》に、兵士《へいし》の姿《すがた》が映《うつ》る。

兵士《へいし》をじっと見ながら、歩数を数える。近くにくる。あと一歩で――

「今よ！」

ゼインとケニオンが体当たりして、兵士《へいし》を押《お》し倒《たお》す。二人が兵士《へいし》の口に布《ぬの》を押《お》しこんでいるあいだに、わたしはドアを閉《し》め、音が外に漏《も》れないようにする。部屋にもどると、兵士《へいし》がくぐもった悲鳴をあげている。わたしはかたわらにしゃがんで、剣《けん》を抜《ぬ》き、冷たい刃《は》を兵士《へいし》の首に押《お》し当てる。

「さけんだら、のどを掻《か》き切るから」

自分の声に含《ふく》まれる毒《どく》にはっとする。こんなしゃべり方をするのは、ほかにお父さましか知らない。それは効《き》き目を表《あら》わす。

口の布《ぬの》を外すと、兵士《へいし》はごくんとつばを飲みこむ。

「捕《と》らえられた魔師《まし》は、どこにいる？」

「だ、だれのことだ？」

ゼインがさっと斧《おの》をふりあげ、兵士《へいし》の頭に狙《ねら》いをつける。もう一度しらを切ったら、最後だということを示《しめ》す。

「牢獄《ろうごく》は地下にある！　階段《かいだん》を最後までおりて、右のいちばん奥《おく》だ！」

フェミが兵士《へいし》のひたいを蹴《け》り、意識《いしき》を失わせる。兵士《へいし》がドサッと音を立てて倒《たお》れるのと同時に、わたしたちはドアにむかう。

「次はどうする？」ゼインがたずねる。

「待つの」

「どのくらい？」

ケニオンが首にかけている砂時計《すなどけい》を見る。落ちた砂《すな》の粒《つぶ》は、四分の一の線を越《こ》えている。**第二波は？**

「もう攻撃《こうげき》しているはずなのに――」

言いかけたとき、爆発音《ばくはつおん》がして、足元の鉄板を通して響《ひび》きわたる。砦《とりで》が大きく揺《ゆ》れ、わたしたちは壁《かべ》に体を押《お》しつけて、壁《かべ》から降《ふ》ってくる剣《けん》から身を守る。外からさらに爆発音《ばくはつおん》が響《ひび》き、走ってくる兵士《へいし》たちの声がつづく。ドアを細くあけると、兵士《へいし》たちが走っていくのが見える。兵士《へいし》たちが、むかっている先でなにも見つけられないことを祈《いの》る。

魔法《まほう》の力を目覚めさせることを選ばなかったディヴィナたちは、砦《とりで》の外で戦うことになった。バーのアルコールを使って、五十近くの焼夷弾《しょういだん》を作り、そのあいだに別の者たちが焼夷弾《しょういだん》を飛ばすパチンコを作った。遠くから焼夷弾《しょういだん》を打ちこむだけなら、兵士《へいし》たちがくるまえに獣《けもの》に乗って逃《に》げられる。そうやって兵士《へいし》たちがそちらに気を取られているうちに、わたしたちが逃《に》げるという計画だ。

兵士《へいし》たちのとどろくような足音が聞こえなくなると、武器庫《ぶきこ》を出て、砦《とりで》の中央部分にある階段《かいだん》にむかう。どこまでもつづくように思える階段《かいだん》を、鉄の塔《とう》の下へ、下へとおりていく。あと数階で、ゼリィを助け出せる。そのまままっすぐ聖《せい》なる島へむかうことができる。二日あれば、ぎりぎりで儀式《ぎしき》を間に合うように行うことができる。

けれども、次の階段《かいだん》をおりようとしたとき、行く手に兵士《へいし》たちが現《あらわ》れた。兵士《へいし》たちが剣《けん》をふりあげるのを見て、わたしは仕方なしにさけんだ。

「攻撃《こうげき》！」

ケニオンが最初に進み出た。周囲《しゅうい》がぐんぐん熱くなり、恐怖《きょうふ》で肌《はだ》がチクチクする。ケニオンのこぶしのまわりで赤い輝《かがや》きが渦《うず》を巻《ま》き、前へ突《つ》き出したのと同時に、炎《ほのお》が噴《ふ》き出して、三人の兵《へい》士《し》たちが壁《かべ》にたたきつけられる。

次にフェミが進み出て、兵士《へいし》たちの剣《けん》の刃《は》をドロドロに溶《と》かす。兵士《へいし》たちが足を止めると、今度はイマニが進み出る。〈病の者〉、おそらくもっとも恐《おそ》ろしい魔師《まし》だ。

イマニの両手から濃《こ》い緑色のエネルギーがじくじくと漏《も》れ出し、毒々《どくどく》しい雲となって兵士《へいし》たちを捕《と》らえる。雲が触《ふ》れたとたん、兵士《へいし》たちは崩《くず》れ落ち、皮膚《ひふ》は瞬《また》く間に黄ばんで、体内で病が暴《あば》れまくる。

兵士《へいし》たちはどんどんやってくるが、魔師《まし》たちの力は今や完全に解《と》き放たれ、猛威《もうい》をふるう。太陽石の膨《ふく》れあがるエネルギーに力を得《え》て、本能《ほんのう》のおもむくままに魔法《まほう》をふるっている。

「いくわよ」

ゼインが兵士《へいし》たちのパニックの隙《すき》をつき、壁《かべ》に体を押《お》しつけるようにして兵士《へいし》たちのむこう側に出る。わたしもそのあとにつづき、ゼインと合流すると、次の階段《かいだん》をおりはじめる。わたしたちを止める者はいない。道をふさぐ兵士《へいし》もいない。わたしたちは兵士《へいし》たちを打ち負かすことができる。兵士《へいし》たちだけでなく――


お父さま?

兵士《へいし》たちに四方を守られたお父さまが、走ってくる。戦いのようすを見て、わたしがいるのを見つけると、濃《こ》いブラウンの目が獲物《えもの》を見つけたハンターのようにひたとわたしを見すえる。一《いっ》瞬《しゅん》、ショックを受けたようによろめくが、わたしが攻撃《こうげき》に関わっていると悟《さと》ったとたん、怒《いか》りを爆発《ばくはつ》させる。

「アマリ！」

お父さまの目を見て、わたしの血が凍《こお》る。けれど、今回は、わたしにも剣《けん》がある。今回はもう、戦うのを怖《おそ》れたりしない。

勇気をもって、アマリ。

ビンタの声が響《ひび》く。ビンタの血で、頭の中が真《ま》っ赤《か》に染《そ》まる。ビンタの仇《かたき》を打つなら、今だ。今ならお父さまを倒《たお》せる。兵士《へいし》たちを魔師《まし》に任《まか》せ、わたしの剣《けん》でお父さまの首を落とすことができる。これまでお父さまが残虐《ざんぎゃく》な方法で殺《あや》めてきた大勢《おおぜい》の人々《ひとびと》のために、お父さまがこの世から葬《ほうむ》り去った魂《たましい》のために……

「アマリ？」

ゼインに呼《よ》ばれ、はっとふりかえった隙《すき》に、お父さまは突《つ》きあたりの鉄のドアのうしろに消えた。**フェミなら、あのドアも簡単《かんたん》に溶《と》かせる……**

「どうした？」

まばたきしてゼインを見るが、口を閉《と》じる。説明している時間はない。いつか、わたしはお父さまと戦う。

今日は、ゼリィのために戦わなければ。

第六十九章　イナン

ふたたび爆発音《ばくはつおん》が響《ひび》き、ゼリィをしっかりと抱《だ》きしめる。砦《とりで》が大きく揺《ゆ》れる。黒い煙《けむり》がもうもうと立ちこめる。鉄の壁《かべ》に悲鳴が反響《はんきょう》する。黒焦《くろこ》げになったドアのむこうから、さけび声がする。部屋に駆《か》けこんで、格子《こうし》のはまった窓《まど》から外を見る。砦《とりで》の壁《かべ》であちこちから炎《ほのお》があがるが敵《てき》の姿《すがた》は見えない。炎《ほのお》が兵士《へいし》たちに燃《も》え移《うつ》り、悲鳴があがる。ヒョウラたちが恐怖《きょうふ》でどうかなったみたいに走りまわっている。

突撃《とつげき》した兵士《へいし》たちは、〈燃《も》す者〉の炎《ほのお》で黒焦《くろこ》げになる。射手《しゃしゅ》たちを襲《おそ》うのは、〈鍛冶《かじ》の者〉だ。ひげ面《づら》の魔師《まし》が矢のむきを変え、鋭《するど》い矢尻《やじり》が射手《しゃしゅ》の鎧《よろい》を貫《つらぬ》く。

だが、いちばんおそろしいのは、顔にそばかすの散った少女だ。〈病の者〉、死を告《つ》げる者だ。手から濃《こ》いみどりの雲が噴《ふ》き出し、吸《す》いこんだら最後、体は病に侵《おか》される。

虐殺《ぎゃくさつ》だ……

戦いではない、虐殺《ぎゃくさつ》だ。

魔師《まし》はたった三人なのに、その力に兵士《へいし》たちは崩《くず》れ落ちていく。ディヴィナの集落のときよりもひどい。少なくともあのときは、先に攻撃《こうげき》したのは兵士《へいし》たちだった。だが今、彼《かれ》らの恐怖《きょうふ》は正当だったと証明《しょうめい》されたのだ。

父上が正しかったのだ……。

もはや否定《ひてい》しようがない。なにを望んだところで、魔法《まほう》がもどってくれば、こうして王国は焼きつくされる。

「イナン……」ゼリィがささやく。ゼリィの温かい血がおれの手を伝い落ちていく。オリシャの未来への鍵《かぎ》が、おれの腕《うで》の中で血を流している。

義務《ぎむ》が重くのしかかり、脚《あし》が遅《おそ》くなる。だが、今は義務《ぎむ》の声に耳を傾《かたむ》けることはできない。なにがなんでも、ゼリィを死なせてはならない。ゼリィを助けてから、魔法《まほう》を止める方法を考えればいい。

あちこちで戦いの炎《ほのお》があがる中、おれはだれもいない廊下《ろうか》を走っていく。そして、階段《かいだん》をのぼりはじめる。また爆発音《ばくはつおん》が響《ひび》きわたる。

さらに爆発《ばくはつ》がつづき、おれは壁《かべ》に体を押《お》しつけるようにしてやり過《す》ごす。このままでは、ゼリィはここから出るまえに出血で死んでしまう。

考えろ。

ゼリィの頭を首に押《お》しつけ、目を閉《と》じる。頭の中で、砦《とりで》の概略図《がいりゃくず》をさらっていく。出口を探《さが》す。

兵士《へいし》と魔師《まし》と焼夷弾《しょういだん》をすべて避《さ》け、逃《に》げる道はない。いや、そうじゃない。彼《かれ》らはゼリィを助けにきたんだ。ゼリィを外に出す必要はない。

彼《かれ》らを中に入れればいいのだ。

独房《どくぼう》だ! おれは立ちあがる。彼《かれ》らは独房《どくぼう》へむかっているに決まっている。階段《かいだん》をおりはじめると、ゼリィが悲鳴をあげる。悲鳴は夜の苦しみといっしょになる。

「もう少しだ」最後の廊下《ろうか》に出る。「それまでがんばれ。みんながくる。独房《どくぼう》へもどる。そうすれば、ゼインが……」

アマリ?

最初に目に入ったのは、妹の姿《すがた》だった。おれの知っているアマリは、剣《けん》から逃《に》げていた。だが、目の前にいる女は相手を殺《ころ》す覚悟《かくご》ができている。

アマリはこっちへむかって走ってくる。すぐうしろにゼインもいる。兵士《へいし》が剣《けん》をふりかぶって襲《おそ》いかかったが、アマリは剣《けん》を腿《もも》にむかって突《つ》き出した。すかさずゼインが頭を殴《なぐ》りつけ、兵士《へいし》はばったりと倒《たお》れる。

「アマリ!」おれはさけぶ。

アマリが足を止める。おれの腕《うで》の中のゼリィを見て、あんぐりと口をあける。ゼインといっしょに走ってくる。そして、血に気づく。

アマリがぱっと口をふさぐ。だが、ゼインの恐怖《きょうふ》は、比《くら》べ物にならない。首を絞《し》められたようなうめき声が漏《も》れる――泣き声ともうめき声ともつかない声が。ゼインの体が縮《ちぢ》む。彼《かれ》のような大きな男が小さくなるのを見て、妙《みょう》な気持ちに襲《おそ》われる。

ゼリィがおれの首からはがすように頭をもたげる。「ゼイン？」

ゼインは斧《おの》を落とし、妹に駆《か》けよる。ゼリィをわたすと、背中《せなか》のガーゼが真《ま》っ赤《か》に染《そ》まっているのが見える。

「ゼル？」ゼインがささやくように呼《よ》びかける。ゆるんだ包帯から、傷口《きずぐち》があらわになる。先に言っておくべきだった。

だが、なにを言ったところで、ゼリィの背《せ》に刻《きざ》まれた真《ま》っ赤《か》なウジ虫《MAGGOT》の文字《もじ》を受け止められるはずもない。

それを見て、おれの心は砕《くだ》け散る。ゼインがどう思うかは、想像《そうぞう》するしかない。ゼインはゼリィを抱《だ》きしめる。きつすぎるほどに。だが、今は、それを注意することなどできない。

「早くいけ」おれは言う。「父上がくる。兵士《へいし》たちもくるはずだ。ぐずぐずしていれば、逃《に》げられなくなる」

「いっしょにくる？」

アマリの声にある希望に胸《むね》を切り裂《さ》かれる。ゼリィと離《はな》れると思うと、胸《むね》が締《し》めつけられる。だが、これはおれの闘《たたか》いではない。おれは、アマリたちの味方になることはできない。

ゼリィがおれのほうをふりかえる。涙《なみだ》をたたえた目に恐怖《きょうふ》があふれる。ゼリィのひたいに手を置く。肌《はだ》が焼けるように熱い。

「かならず見つける」おれはささやく。

「でも、サラン王に――」

またもや爆発《ばくはつ》が起こる。廊下《ろうか》にもうもうと煙《けむり》が立ちこめる。

砦《とりで》が大きく揺《ゆ》れ、おれはさけぶ。「いけ！　逃《に》げられるうちに逃《に》げるんだ！」

ゼインが、ゼリィを抱《かか》えたまま煙《けむり》とパニックの中に突《つ》っこんでいく。アマリもあとを追おうとするが、一瞬《いっしゅん》ためらう。「イナンを置いていけない」

「いいから、いけ。父上はおれがしたことを知らない。ここに残れば、内側からおまえたちを守ることができる」

アマリはうなずいて、ゼインのあとを追う。剣《けん》をかかげ、おれのうそを信じて。おれは崩《くず》れるように壁《かべ》にもたれかかり、アマリたちが階段《かいだん》の上に消えるのを見送る。あとを追いたい気持ちを押《お》しつぶす。彼《かれ》らは勝った。彼《かれ》らは義務《ぎむ》を果たした。

だが、おれのオリシャを守る戦いは、まだ始まったばかりなのだ。

第七十章　ゼリィ

砦《とりで》から逃《に》げるあいだ、すべてがぼんやりとして、狂気《きょうき》と痛《いた》みで塗《ぬ》りこめられたようだった。

あたしの背中《せなか》は裂《さ》け、傷口《きずぐち》が開くたびにおそろしい痛《いた》みが皮膚《ひふ》を焼き焦《こ》がす。もはや目にはなにも映《うつ》らなかったが、ふっと砦《とりで》の熱が消え、ひんやりとした夜気に触《ふ》れたときに、逃《に》げられたのだとわかった。ナイラの背《せ》に揺《ゆ》られてもどるあいだ、背中《せなか》に刻《きざ》まれた深い傷《きず》をムチ打たれているようだった。

この人たちは……

この魔師《まし》たちは、あたしを助けにきてくれたのだ。なのに、本当のことを知ったら、どうするだろう？　あたしが壊《こわ》れてしまったと知ったら。役立たずだとわかったら。

暗闇《くらやみ》の中で、あたしは魔法《まほう》の流れを感じようとした。わずかでもいいから。けれど、もはやあたしの血管に魔法《まほう》の熱はなく、胸《むね》に波のように押《お》しよせる力もない。感じられるのは、兵士《へいし》のナイフの焼けつくような痛《いた》みだけ。見えるのは、サランの黒い目だけだった。

どのくらい時間が経《た》ったのか、自分たちがどこにむかっているのかもわからないまま、恐怖《きょうふ》がたわわに実る直前で、あたしは気を失った。ぼんやりとしたかすみから目覚めたのは、たこで硬《かた》くなった手があたしを抱《だ》きあげ、ナイラから降《お》ろしてくれたときだった。

ゼイン……

ゼインがあたしを見たときの、顔に刻《きざ》まれた絶望《ぜつぼう》を、一生忘《わす》れることはないだろう。この表情《ひょうじょう》を見たのは、〈襲撃《レイド》〉のあと、鎖《くさり》で吊《つ》るされた母《マ》さ《マ》んの死体を見たときだけだ。これだけのことをしてもらったあとで、ゼインにまたこの顔をさせることなんてできない。

「ゼル、しっかりしろ」ゼインがささやく。「もう少しだ」そして、あたしをうつぶせに寝《ね》かせ、無残な背中《せなか》をむき出しにする。傷《きず》を見て、みなは息を呑《の》む。男の子が一人、泣きはじめる。

「やってみて」少女が励《はげ》ますように言う。

「で、でも、まだ切り傷《きず》とか痣《あざ》しか治したことないんだ。でも、これは――」

女に触《ふ》れられ、ビクンとする。痛《いた》みが背中《せなか》を引き裂《さ》く。

「あたしにはむりだよ」

「カーニ!」ゼインがさけぶ。「ゼリィが死ぬまえに、なんとかしてくれ!」

「大丈夫《だいじょうぶ》」アマリのやさしい声がする。「これよ。石に触《ふ》れて」

ふたたび女の両手が背中《せなか》に当てられ、あたしはビクッとする。でも、今回はじんわりとした温かさが伝わってくる。イロリンを囲《かこ》んでいた潮《しお》だまりに入ったときのように。熱は体を駆《か》け巡《めぐ》り、痛《いた》みと苦しみをやわらげていく。

皮膚《ひふ》の下を縫《ぬ》うようにおだやかな感覚が広がり、あたしはほうっと最初の吐息《といき》を漏《も》らす。と、体がビクンと跳《は》ね、チャンスに飛びつくように睡眠《すいみん》に誘《さそ》われていく。


足の裏《うら》にやわらかい土の感触《かんしょく》がある。たちまち自分がどこにいるか、悟《さと》る。はだしの足を葦《あし》がくすぐり、ごうごうと流れ落ちる滝《たき》の音がすぐそばでとどろいている。こんな日でなければ、その音にひきよせられただろう。

でも、今日の音はいつもとちがう。高く鋭《するど》い。あたしの悲鳴のように。

「ゼリィ?」

イナンが現《あらわ》れる。不安で目を見開いている。一歩前へ踏《ふ》み出すが、ためらう。これ以上近づいたら、あたしが砕《くだ》けてしまうとでもいうように。

そうなりたい。

砕《くだ》けてしまいたい。

粉々《こなごな》になって、土と悲鳴といっしょくたになってしまいたい。

けれど、それよりもなによりも、彼《かれ》には知られたくない。彼《かれ》の父親にあたしが壊《こわ》されてしまったことを。

目に涙《なみだ》をため、イナンは足元に視線《しせん》を落とす。つられて下を見ると、あたしの足指はぐっとまるまって、やわらかい土にめりこんでいる。

「すまない」イナンが謝《あやま》る。イナンは一生謝《あやま》りつづけるだろうと、あたしは思う。「本当なら、きみをゆっくり休ませなきゃいけないのはわかってる。だが、どうしてもたしかめたかった、きみが……」

「大丈夫《だいじょうぶ》かどうか？」代わりに言う。イナンがなぜその言葉を口にできないか、わかっているから。

あれだけのことがあったあとで、ふたたび大丈夫《だいじょうぶ》だと思える日がくるのか、あたしにはわからない。

「〈癒《いや》す者〉は見つかった？」

肩《かた》をすくめる。ええ。癒《いや》してもらった。この夢《ゆめ》の中の世界では、世界の憎《にく》しみは背中《せなか》に刻《きざ》まれてはいない。まだ魔法《まほう》が血管を流れているふりをすることもできる。しゃべるのにあがく必要もない。感じることもできる。呼吸《こきゅう》もできる。

「あたし……」

その瞬間《しゅんかん》、彼《かれ》の顔が見え、背中《せなか》に新たな傷《きず》が刻《きざ》まれる。

出会ってから、イナンの琥珀色《こはくいろ》の目にさまざまなものを見てきた。憎《にく》しみ。恐怖《きょうふ》。後悔《こうかい》。すべて見た。そう、**すべて**。

でも、これはなかった。

哀《あわ》れみは。

いや、ちがう。怒《いか》りがあたしを捕《と》らえる。サランにこれまでは奪《うば》わせない。あたしのことをただ一人の少女として見つめる目だけは。世界は変えられると語る目だけは。

壊《こわ》れたあたしを見る目なんていや。

あたしは二度と完璧《かんぺき》なあたしにもどれないと、告《つ》げる目はいや。

「ゼル――――」

あたしは、うつむいたイナンの顔を自分のほうにむける。イナンは口を閉《と》じる。彼《かれ》に触《ふ》れられると、苦しみを押《お》しやることができる。彼《かれ》のキスで、祭りのときの少女にもどれる。

背中《せなか》にウジ虫《MAGGOT》と刻《きざ》まれていない少女に。

あたしはすっと体を離《はな》す。イナンの目はまだ閉《と》じている。初めてのキスのあとのように。でも、あのときとちがって顔がゆがんでいる。

キスが痛《いた》みをもたらしたかのように。

唇《くちびる》は触《ふ》れ合っても、抱擁《ほうよう》はまえとちがう。あたしの髪《かみ》をかきあげもしない。親指で唇《くちびる》をなぞることもない。動くのを、感じるのを、怖《おそ》れるように、イナンは両手をかかげている。

「触《ふ》れても大丈夫《だいじょうぶ》」あたしはささやく。声がうわずらないよう、ぐっとこらえながら。

イナンのひたいのしわが深くなる。「ゼル、こんなことは望んでいないはずだ」

あたしはふたたびイナンの唇《くちびる》を引きよせキスをする。イナンがすうっと息を吸《す》いこみ、筋肉《きんにく》がほぐれていくのがわかる。唇《くちびる》を離《はな》し、ひたいを彼《かれ》の鼻に押《お》しつける。「あたしがなにを望んでるかなんて、わからないでしょ」

イナンの目がヒクヒクと震《ふる》え、ぱっと開く。今度は、あたしが心から欲《ほっ》していた感情《かんじょう》がきらめいている。あたしをテントに連れ帰ろうとした男がいる。あたしたちは大丈夫《だいじょうぶ》だってふりをさせてくれるまなざしがある。

イナンの指が唇《くちびる》に触《ふ》れ、あたしは目を閉《と》じ、彼《かれ》のがまんの限界《げんかい》を試《ため》す。彼《かれ》の手があごに触《ふ》れ——

——**サランの手があごをつかみ、むりやり自分のほうをむかせる。全身がひきつる。サランの冷ややかな目で怒《いか》りがさく裂《れつ》し、あたしは、のどがみるみるしぼんで、息ができなくなる。あらゆる力を総動員《そうどういん》して、悲鳴をあげまいとする。サランの爪《つめ》が皮膚《ひふ》に食《く》いこみ、血が流れ出す。あたしは恐怖《きょうふ》を呑《の》みこむ。**

「答えたほうが身のためだぞ——」

「ゼル？」

イナンの首にあたしの爪《つめ》が食《く》いこんでいる。手の震《ふる》えを抑《おさ》えるために、なにかを握《にぎ》りしめないとならない。そう、悲鳴をこらえるために。

「ゼル、大丈夫《だいじょうぶ》か？」

イナンの声に不安が忍《しの》びこむ。草むらを這《は》うクモのように。あたしが求めていた表情《ひょうじょう》はばらばらに崩《くず》れてしまう。

そう
あたしと
同じ。

「ゼル――」

イナンに唇《くちびる》を押《お》しつける。彼《かれ》の迷《まよ》いも、哀《あわ》れみも、恥辱《ちじょく》もすべて粉々《こなごな》にするほど強く。涙《なみだ》をぽろぽろと流しながら、彼《かれ》に体を押《お》しつけ、まえと同じ気持ちを手に入れようとする。イナンはあたしを抱《だ》きよせ、そっと触《ふ》れようとしながらも、あたしをきつく抱《だ》きしめる。あたしを離《はな》したら、終わってしまうことを知っているかのように。外の世界でなにが待ち受けているか、はっきりしているのだから。

彼《かれ》の手があたしの背中《せなか》をつかみ、腿《もも》の線をなぞるようにして、グイと引きよせる。キスをするたびに、新しい場所へ運ばれていく。触《ふ》れられるたびに、痛《いた》みから遠ざかっていく。

イナンの手が背中《せなか》にもどってきて、あたしは彼《かれ》の無言の命令に従《したが》い、彼《かれ》の腰《こし》に脚《あし》をからませる。イナンはあたしを葦《あし》のベッドにおろし、そっと横たえる。

「ゼル……」

あたしたちは動く。速く、どんどん速く、動く。そうせずにはいられない。この夢《ゆめ》から覚めれば、終わってしまうから。現実《げんじつ》がもどってくるから。残酷《ざんこく》で、容赦《ようしゃ》なく、厳《きび》しい現実《げんじつ》が。

イナンの顔を見れば、サランを思い出さずにはいられなくなるから。

だから、あたしたちはキスをして、互《たが》いにしがみつく。すべてが消えてしまうまで。すべてが色あせるまで。すべての傷《きず》や痛《いた》みが。この瞬間《しゅんかん》、あたしは彼《かれ》の腕《うで》の中だけに存在《そんざい》している。彼《かれ》の安らかな抱擁《ほうよう》の中だけで生きている。

イナンが体を離《はな》す。琥珀色《こはくいろ》の目で痛《いた》みと愛が渦巻《うずま》いている。ほかのものも見える。もっと険《けわ》しいなにか。さようならかもしれない。

そしてその瞬間《しゅんかん》、あたしはこれを望んでいたのだと悟《さと》る。

あらゆることを経《へ》た今、これを望んでいるのだと。

「つづけて」あたしはささやく。イナンははっと息を呑《の》む。彼《かれ》の目はあたしの体に見とれている。でも、まだ彼《かれ》が自分を抑《おさ》えているのを、感じる。

「いいのか？」

あたしはイナンの唇《くちびる》を引きよせ、ゆっくりとキスをして言葉を封《ふう》じる。

「そうしたいの」あたしはうなずく。「あなたが必要なの」

目を閉《と》じると、イナンがあたしを引きよせる。彼《かれ》の手が痛《いた》みを消し去るままに任《まか》せる。たとえほんの一瞬《いっしゅん》だとしても。

第七十一章　ゼリィ

意識《いしき》より先に、体が目覚める。焼けるような苦痛《くつう》はやわらいだものの、背中《せなか》のズキズキするような痛《いた》みはまだ治まっていない。立ちあがると、ピリピリと痛《いた》みが走る。あたしは思わずたじろぐ。**これはなに？　ここはどこ？**

寝床《ねどこ》のまわりを囲《かこ》むキャンバス地のテントを見つめる。頭の中はぼんやりと霧《きり》に包まれている。イナンの抱擁《ほうよう》の痕跡《こんせき》だけが残っている。思い出すと、胸《むね》がどきどきして、彼《かれ》の腕《うで》の中に引きもどされる。

まだすぐ近くにあるように思える――やわらかい唇《くちびる》や、力強い手が。けれど、もう遠くへいってしまったものもある。はるかむかしの出来事《できごと》だったかのように。彼《かれ》の口にした言葉や、あたしたちの流した涙《なみだ》、背中《せなか》をくすぐる葦《あし》。そう、二度と目にすることのない葦《あし》――

――兵士《へいし》があたしの背中《せなか》に焼き印を押《お》すのを、サランの黒い目がじっと見ている。

「王として、おまえに自分をわきまえさせせねばな――」

ざらざらしたシーツをつかむ。痛《いた》みが波打つように襲《おそ》ってくる。だれかが入ってきて、うめき声をこらえる。

「目が覚めたんだね！」

顔中そばかすだらけの大柄《おおがら》な魔師《まし》が枕元《まくらもと》に立つ。明るいブラウンの肌《はだ》に、いくつもの白い三つ編《あ》みが垂《た》れている。最初、触《ふ》れられたときビクッとするが、やがて綿《めん》のチュニックを通してじわじわと熱がしみこんできて、あたしはほうっと息を漏《も》らす。

「カーニだよ」魔師《まし》は自己紹介《じこしょうかい》をする。「目が覚めてよかった」

もう一度、カーニを見る。アボンの試合《しあい》で、カーニとそっくりな少女を見た記憶《きおく》がぼんやりとよみがえってくる。「妹がいる？」

カーニはうなずく。「双子《ふたご》なんだ。でも、あたしのほうがきれいだけどね」

あたしは笑おうとするけど、楽しい気持ちは訪《おとず》れない。

「どのくらいひどい？」

自分の声に思えない。人の声に思えない。小さくて、空虚《くうきょ》で、乾《かわ》いた泉《いずみ》のよう。

「ああ、ええと……時間がたてばきっと……」

あたしは目を閉《と》じ、真実にそなえる。

「傷《きず》はふさぐことができたんだけど。でも……傷《きず》あとのほうはずっと残ると思う」

「王として、おまえに自分をわきまえさせねばな――」

そしてまたサランの目が現《あらわ》れる。冷たい目が。

魂《たましい》のない目。

「でも、あたしはまだ力を得《え》たばかりだから」カーニはあわてて言う。「もっと腕《うで》のいい〈癒《いや》す者〉なら、傷《きず》あとも消せると思うよ」

あたしはうなずく。でも、そんなことはどうでもいい。たとえウジ虫《MAGGOT》の文字《もじ》を消せたとしても、痛《いた》みが消えることはない。色が落ちてまだらになっている手首をもむ。魔鉄鋼《まてっこう》の枷《かせ》に焼かれたところが、へこんでいる。

決して癒《い》えることのない傷《きず》。

テントの入り口の布《ぬの》がめくりあげられ、あたしはぱっと顔をそむける。まだだれかと顔を合わせる準備《じゅんび》ができていない。でも、声を聞いてしまう。

「ゼル?」

傷《きず》つきやすい声。こんなのは、兄の声じゃない。怯《おび》え、恥《は》じ入っている者の声だ。

ふりかえると、ゼインがテントの隅《すみ》に縮《ちぢ》こまるように立っている。あたしは寝床《ねどこ》からすべりおりる。ゼインのためなら、恐怖《きょうふ》を呑《の》みこめる。涙《なみだ》をこらえられる。

「ゼル」

ゼインの胸《むね》に抱《だ》きつくと、焼けるような痛《いた》みが背中《せなか》を走る。ゼインに抱《だ》きよせられると、さらに痛《いた》みが増《ま》すけれど、ゼインがますます力を入れるままに任《まか》せる。あたしが大丈夫《だいじょうぶ》だと、ゼインが思えるように。

「おれは出ていこうとしたんだ」ゼインは小さな声で言う。「腹《はら》を立てて、祭りの場から出ていこうとした。考えもしなかった……まさか……」

あたしはゼインから体を離《はな》し、顔に笑《え》みを貼《は》りつける。「傷《きず》は、見かけほどひどくはないの」

「でも、背中《せなか》の――」

「大丈夫《だいじょうぶ》。カーニのおかげで、今に傷《きず》あともすっかり消えるはず」

ゼインはちらりとカーニを見る。カーニはなんとか笑《え》みを浮《う》かべてくれる。ゼインは探《さぐ》るようにあたしを見る。あたしのうそを信じたくてたまらない。

「父《パ》さん《パ》と約束したんだ。母《マ》さん《マ》とも――」

「ゼインは約束を守ってくれた。一日だって欠かさず。これは、ゼインのせいじゃない。あたしは、そんなふうに思ってない」

ゼインはぐっと歯を食《く》いしばる。そして、あたしを抱《だ》きしめる。ゼインの筋肉《きんにく》から力が抜《ぬ》けていくのを感じて、あたしはほっと息を吐《は》く。

「目が覚めたのね」

アマリを見つけるのに、しばらく時間がかかる。いつもは編《あ》んである髪《かみ》をほどいて、黒い髪《かみ》を背中《せなか》にたらしている。黒髪《くろかみ》を揺《ゆ》らしながら、アマリはテントに入ってくる。その手には太陽石が握《にぎ》られている。石のキラキラとした輝《かがや》きがアマリを包んでいる。けれど、あたしはなにも感じない。

　あたしは崩《くず》れ落ちそうになる。**どうして？**

　前回、太陽石に触《ふ》れたとき、あたしの細胞《さいぼう》という細胞《さいぼう》でオヤの怒《いか》りが燃《も》えあがった。あたし自身が女神《めがみ》になったかのように。なのに、今は自分が生きていることすら感じられない。

　サランのことなど考えたくないのに、あの地下牢《ちかろう》へ引きもどされる。

　あの男が、あたしの背中《せなか》から魔法《まほう》をえぐり取ったかのように。

「気分はどう？」

　アマリの声で現実《げんじつ》にもどる。琥珀色《こはくいろ》の鋭《するど》い目があたしをじっと見つめる。あたしは時間を稼《かせ》ぐために、寝床《ねどこ》の上に腰《こし》をおろす。

「大丈夫《だいじょうぶ》」

「ゼリィ……」アマリは目を合わせようとするけど、あたしは顔をそむける。アマリはイナンやゼインとはちがう。アマリのことはだませない。

　テントの入り口が開き、カーニが出ていく。山のむこうに太陽が沈《しず》みかけている。ごつごつした山の頂上《ちょうじょう》に姿《すがた》を隠《かく》し、オレンジ色の地平線からすべり落ちていく。

　あたしはさえぎってたずねる。「今日は何日？　あたしはどのくらい意識《いしき》を失ってたの？」

　アマリとゼインは視線《しせん》を交《か》わす。胃《い》がずんと重くなる。地にのめりこむほどに。**だから、魔法《まほう》の力を感じないの……？**

「夏至《げし》は過《す》ぎたの？」

ゼインはうつむき、アマリは下唇《したくちびる》をかみしめる。そして、ささやくような声で言う。「明日よ」

心臓《しんぞう》が飛び出しそうになり、両手に顔をうずめる。どうやって島までいけばいい？　どうやって儀式《ぎしき》をすれば？　死者の冷気を感じることができないのにもかかわらず、あたしは心の中で呪《じゅ》文《もん》をささやく。「エミ　アウォン　チ　オ　チ　スン、モ　ケ　ペ　イン　ニ　オニ――」

――兵士《へいし》が背中《せなか》にあてたAの焼きごてを持ちあげると、体がガクンとのけぞり、唇《くちびる》から苦い嘔吐《おうと》物が噴《ふ》き出した。あたしは悲鳴をあげる。何度も。でも、痛《いた》みは果てしなくつづき――

手のひらに焼けつくような痛《いた》みを感じ、見ると、自分の爪《つめ》でつけた三日月型《がた》の傷《きず》から血が滲《にじ》み出していた。こぶしを開き、だれにも気づかれないようにそっとシーツで血をぬぐう。

もう一度呪文《じゅもん》を唱えてみる。だが、土の床《ゆか》から死者の霊《れい》がよみがえる気配はない。あたしの魔《ま》法《ほう》は消えてしまったのだ。

そして、取りもどす方法もわからない。

体の中に大きな穴《あな》があいたような気持ちになる。こんな気持ちになったのは、〈襲撃《レイド》〉以来初めてだ。イバダンの村で父《ババ》さんが崩《くず》れ落ちたのを見て、もう二度ともとにはもどれないと知ったとき以来。イベジの砂丘《さきゅう》で初めて呪文《じゅもん》を唱えたときのことを思い出す。太陽石をつかんだとたん、この世のものとは思えない衝撃《しょうげき》が押《お》しよせてきて、この手がオヤの手をかすめたときのことを。

魔《ま》法《ほう》を失った痛《いた》みが、背中《せなか》を切り裂《さ》かれたときよりも鋭《するど》くあたしの心をえぐる。

まるで、ふたたび母《マ》さん《マ》を失いなおしたかのように。

アマリが寝床《ねどこ》の隅《すみ》にすわり、太陽石を置いた。だが、金色の波はもうあたしに語りかけてはこない。

「どうするの？」オラシンボの近くにいるなら、ザリアまでは少なくとも三日かかるはずだ。まだ魔法《まほう》が使えたとしても、間に合うようにザリアにいくことはできない。ましてや、船に乗って聖《せい》なる島にむかうことなど、夢《ゆめ》のまた夢《ゆめ》だ。

ゼインは、殴《なぐ》られたような顔であたしを見た。「逃《に》げるんだ。父《バ》さん《バ》を見つけて、オリシャから逃《に》げる」

「それがいいわ」アマリもうなずく。「あきらめたくはないけど、お父さまは、ゼリィがまだ生きていることを知っているはず。間に合うように島へいけないなら、安全なところまで逃《に》げて、もう一度力を集結させるしかない。ほかの方法を考えるのよ――」

「なにを言ってるんだ？」

ぱっとふりむくと、ゼインと同じくらいがっしりした男がテントに入ってきた。一瞬《いっしゅん》、間があいたあと、前にアボンの試合《しあい》でゼインと戦っていた白い髪《かみ》の選手だと思い出した。

「ケニオン？」

ケニオンはぱっとあたしを見たが、そこに懐《なつ》かしむような親しみはまったくなかった。

「よかったよ、ようやく目を覚ますことにしたみたいだな」

「よかった、あいかわらずろくでなしで」

ケニオンは目を怒《いか》らせてから、アマリのほうを見た。「おまえは、こいつなら魔法《まほう》を取りもどせると言ったじゃないか。なのに、今さら逃《に》げるのか？」

「もう間に合わないんだ」ゼインがどなった。「ザリアにいくには、三日かかる――」

「ジメタを通れば、半日で抜《ぬ》けられる！」

「天よ！　また始めるつもり――」

「このために人が死んだんだ」ケニオンはどなった。「この娘《むすめ》のために。なのに、今になって、危険《きけん》だからと言って逃《に》げようとするのか？」

アマリは石さえ溶《と》かしそうな目でケニオンをねめつけた。「わたしたちがどれだけの危険《きけん》を冒《おか》してきたか、知りもしないくせに。その口を閉《と》じるのね！」

「この女《アマ》――」

「ケニオンの言うとおりよ」あたしはきっぱりと言う。新たな絶望《ぜつぼう》が煮《に》えたぎってくるのを感じながら。こんなこと、許《ゆる》せない。あれだけのことがあったあとで、魔法《まほう》を失うことなどできない。

「まだ一晩《ひとばん》ある。ジメタまでいって、船を見つければ――」もし魔法《まほう》を取りもどせれば……

神々《かみがみ》とつながる方法を見つけられれば……

「ゼル、だめだ」ゼインがあたしと同じ目線まで腰《こし》をかがめる。父《ババ》さんに話すときと同じように。父《ババ》さんは壊《こわ》れやすいから。傷《きず》つきやすいから。あたしも今は同じなのだ。「ジメタを通るのは危険《きけん》すぎる。助けを見つけるより、殺《ころ》される確率《かくりつ》のほうがはるかに高い。おまえには、休息が必要だ」

「そのケツを持ちあげるほうが先だ」

ゼインはガバと立ちあがり、ケニオンに顔を突《つ》きつける。テントが倒《たお》れなかったのがふしぎなくらいだ。

「やめて」アマリが二人のあいだに入る。「けんかしてる時間なんてない。目的地に着けないなら、逃《に》げるしかないわ」

三人が言い争っている横で、あたしはじっと太陽石を見つめる。腕《うで》を伸《の》ばせば届《とど》く。石に触《ふ》れれば……指先だけでもかすれば……

どうか、オヤよ。このまま見捨《みす》てないでください。黙《だま》って祈《いの》りを捧《ささ》げる。

深く息を吸《す》いこんで、空の女神《めがみ》の魂《たましい》の訪《おとず》れに備《そな》える。オヤの霊《れい》の炎《ほのお》に。指の先がすべすべした石に触《ふ》れる――

胸《むね》に宿った希望がしぼんでいく。

なにも起こらない。

火花すら。

太陽石は冷え切っている。

目覚めるまえよりもひどい。巻《ま》き物《もの》に触《ふ》れるまえよりも。血とともに魔法《まほう》がすべて流れ出てしまったみたいだ。あの地下牢《ちかろう》の床《ゆか》に。

空の母の霊《れい》とつながっている魔師《まし》だけが、聖《せい》なる儀式《ぎしき》を行うことができる。レカンの言葉がよみがえる。もはやレカンがいない今、儀式《ぎしき》のまえに空の母とつながることのできる魔師《まし》などいない。

あたしがだめなら、儀式《ぎしき》は行えない。

「ゼリィ?」

みんながじっとあたしを見つめている。答えを待っている。

もう終わり。彼《かれ》らに言わなければならない。

けれど、そう言おうと口を開いても、言葉が出てこない。こんなはずじゃない。あれだけのものを失ったあとで、こんなことを言えるはずがない。

あれだけのことをしてもらったのに。

「いこう」その言葉に力はない。もっと力強く言えたらよかったのに。成功させなければならない。このまま終わらせるわけにはいかない。

空の女神《めがみ》があたしを選んだのだ。あたしを使ったのだ。あたしが愛しているものすべてから、引き離《はな》したのだ。なのに、こんなふうにあたしを見捨《みす》てるはずがない。

傷《きず》だけを残して捨《す》てるはずがない。

「ゼル――」

「やつらは、あたしの背中《せなか》にウジ虫《MAGGOT》と刻《きざ》んだ」あたしは低い声で言う。「このまま進む。そのためになにをすることになろうと、構《かま》わない。決してやつらを勝たせたりしない」

第七十二章　ゼリィ

　オラシンボ山脈《さんみやく》を囲《かこ》む森を数時間かけて通り抜《ぬ》けると、地平線上にジメタが姿《すがた》を現《あらわ》した。荒削《あらけず》りで激《はげ》しいとうわさされる住人たちを髣髴《ほうふつ》させる、砂《すな》の崖《がけ》やごつごつした岩壁《がんぺき》がロコジャ海の上にせり出している。崖《がけ》の下に波が打ちよせ、あまりにも聞きなれた歌を歌っている。崖《がけ》を打つ波の音が雷《かみなり》のようにとどろいているのに、海のそばにいると思うと、安らぎを覚えた。

「むかし、ここで暮《く》らしたいと言っていたのを覚えてるか？」ゼインに言われ、あたしはうなずいた。口元にうっすら笑《え》みが浮《う》かぶ。計画が失敗する可能性《かのうせい》をあれこれ思い浮《う》かべるより、今は別のことを考えるほうがいい。別のことを思うほうが。

〈襲撃《レイド》〉のあと、あたしはジメタにいこうと言い張《は》った。法の及《およ》ばない国境《こっきょう》でしか、安全に暮《く》らせないと思ったのだ。町をうろついている傭兵《ようへい》や罪人《ざいにん》たちのうわさは聞いていたけど、兵士《へいし》たちのいない町で暮《く》らせることを思えば、子どもには、多少の危険《きけん》などたいしたことがないように思えた。少なくとも、ここなら、あたしたちを殺《ころ》そうとする人間がオリシャの紋章《もんしょう》をつけていることはない。

見あげるような崖《がけ》の中に造《つく》られた小さな家々《いえいえ》の前を歩きながら、ここで暮《く》らしていたら、どんなにかちがう人生を歩んでいただろうと考える。岩壁《がんぺき》についた木製《もくせい》のドアと窓《まど》は、あたかも中から生えてきたように見える。月光に照らされた犯罪《はんざい》都市は、平和そうに見えた。街角に立つ傭兵《ようへい》の姿《すがた》さえなければ、美しいとさえ思っただろう。

面をつけた男たちの一団《いちだん》がくるのを見て、表情《ひょうじょう》に隙《すき》を作らないようにしてすれちがう。彼《かれ》らの生業はなんだろう。聞いたところによれば、ジメタの人間は、泥棒《どろぼう》から暗殺《あんさつ》までどんなことでも請《う》け負うという。労役場《ろうえきじょう》から出るには、傭兵《ようへい》を雇《やと》って逃亡《とうぼう》を助けてもらうしかないといううわさもある。軍に逆《さか》らっても生き残るだけの力と狡猾《こうかつ》さを持っているのは、彼《かれ》らくらいだ。

ナイラがうなり声をあげ、見ると、また別の面をつけた一団《いちだん》がやってくる。コスィダンとディヴィナが混《ま》ざっていて、男も女もオリシャ人も外国人もいる。ナイラのたてがみをなめるように見る。値踏《ねぶ》みしているのだろう。中の一人が前へ出ようとしたのを見て、あたしはうなり声をあげる。

かかってくれば？　目で男を脅《おど》す。よりにもよって今夜、あたしにからもうとした哀《あわ》れな男をさげすむように。

「ここなの？」崖《がけ》のふもとに口をあけた大きなほら穴《あな》の前で止まると、ケニオンにたずねた。入り口は闇《やみ》に包まれ、中はなにも見えない。

ケニオンはうなずく。「銀目ギツネイと呼《よ》ばれている男だ。ゴンベの大将《たいしょう》を素手《すで》で殺《ころ》したと聞いている」

「で、船を持ってるのね？」

「速い。最後に聞いたときは、風で走ると言っていた」

「わかった」ナイラの手綱《たづな》を握《にぎ》りしめる。「いくわよ」

「待て」ケニオンが手を出して、あたしたちを止める。「仲間を引き連れて、彼《かれ》らの住処《すみか》にずずか入っていくことなどできない。入れるのは一人だ」

一瞬《いっしゅん》、みな、ためらいを見せる。ああ。こんなことだとは思っていなかった。

ゼインが斧《おの》に手を伸《の》ばす。「おれがいく」

「なぜだ？」ケニオンが言う。「今回の計画のかなめはゼリィだ。いくなら、彼女《かのじょ》がいくべきだ」

「ふざけるな。ゼリィを一人でいかせるわけにはいかない」

「無防備《むぼうび》ってわけじゃないだろう」ケニオンは鼻で笑った。「魔法《まほう》を使えば、おれたちのだれよりも力を持ってるんだから」

「ケニオンの言うとおりよ」アマリがゼインの腕《うで》に手をかけた。「ゼリィの魔法《まほう》を見れば、むしろ手を貸《か》してくれるんじゃないかしら」

そうだ、と言わなければならない。怖《こわ》くなんかない、と言わなければならない。ケニオンたちに、こんなのはなんでもないと言わなければ。あたしの魔法《まほう》の力は強いから、と。

胃《い》がむかむかする。うしろめたさにむしばまれる。一人でもいいから、あたしがあてにならないことを知っていれば、どんなに気が楽だろう。

魔法《まほう》を取り返せるかどうかは、神々《かみがみ》次第《しだい》だということを。

「だめだ」ゼインは首をふる。「危険《きけん》すぎる」

「大丈夫《だいじょうぶ》」あたしはゼインにナイラの手綱《たづな》をわたす。うまくいくはず。どういう状況《じょうきょう》であれ、すべて空の母の計画のはずなのだから。

「ゼル――」

「ケニオンの言うとおりよ。彼《かれ》らを説得《せっとく》するなら、あたしがいちばん可能性《かのうせい》が高いはず」

ゼインが前に出る。「おまえを一人ではいかせない」

「ゼイン、あたしたちには銀目ギツネイの戦士《せんし》たちが必要なの。彼《かれ》の船も。しかも、こちらから差し出せるものはない。神殿《しんでん》にいきたいなら、最初から彼《かれ》らの決まりを破《やぶ》ったりしないほうがいい」そして、三つの聖《せい》なる品が入っている袋《ふくろ》をアマリにわたし、こん棒《ぼう》だけを持つ。こん棒《ぼう》に刻《きざ》まれた印を指でなぞり、肺《はい》いっぱいに空気を吸《す》いこむ。

「心配しないで」そう言って、心の中で天のオヤに祈《いの》りを捧《ささ》げる。「悲鳴が聞こえたら、それは助けが必要なときよ」

そして、ほら穴《あな》の口をくぐる。空気は湿《しめ》ってひんやりとしている。いちばん近い壁《かべ》までいって、つるつるした面に手をすべらせるようにして道をたどっていく。ゆっくりとためらいながら一歩ずつ踏《ふ》み出す。けれど、行動するのは気分がいい。できないかもしれない儀式《ぎしき》について記された巻《ま》き物《もの》を何度も読み返すほかに、することがあるのはいい。

天井《てんじょう》から巨大《きょだい》な青い水晶《すいしょう》がつららのようにさがっている。ほら穴《あな》の床《ゆか》に触《ふ》れそうなものもある。水晶《すいしょう》のぼうっと光る核《かく》に、双尾《フタオ》コウモリイが集まっている。ほら穴《あな》の奥《おく》へ入っていくあたしをじっと見ているような気がする。キィキィという鳴き声しか聞こえなかったが、やがて、火を囲《かこ》んでいる男女の話し声にかき消される。

あたしは足を止め、おどろくほど広い空間に目を見張《みは》る。彼《かれ》らがいるのは、ぽっこりと地面がへこんでいる一角で、ヒカリゴケがクッションのように敷《し》き詰《つ》められている。天井《てんじょう》の割《わ》れ目から も光が差しこみ、人の手で彫《ほ》られた階段《かいだん》が崖《がけ》の下までつづいているのが見える。

そちらへ進み出ていくと、たちまち話し声がやみ、しんとなった。

神々《かみがみ》よ、助けたまえ。

彼《かれ》らが集まっているほうへ歩いていく。黒い服に身を包み、面をつけた傭兵《ようへい》たちが、地面からつき出した岩にすわり、歩いていくあたしを横目でじっと追う。武器《ぶき》に手をかける者もいれば、戦う構《かま》えをとる者もいる。半分は殺《ころ》したくてうずうずし、もう半分はむさぼり食《く》おうと手ぐすね引いている。

そんな敵意《てきい》のこもった目を無視《むし》して、おびただしい数の琥珀色《こはくいろ》やブラウンの目の中に、銀目ギツネイと呼《よ》ばれている灰色《はいいろ》の目が見えないかどうか探《さが》す。彼《かれ》らの長である男が立ちあがる。見わたすかぎりでは、面をつけていないのは彼《かれ》だけだ。ほかの戦士《せんし》たちと同様、全身、黒装束《くろしょうぞく》だが、首に深紅《しんく》のスカーフを巻《ま》いている。

「あなたなの?」戸惑《とまど》ってささやくように言う。ショックを隠《かく》せない。砂岩《さがん》色の肌《はだ》、はっとするような灰色《はいいろ》の目。あのすりだ……ディヴィナの集落にいた泥棒《どろぼう》だ。あれから数日しか経《た》っていないが、はるかむかしの出来事《できごと》に思える。

ローエンは手巻《てま》きのタバコの煙《けむり》を深々《ふかぶか》と吸《す》いこみ、吊《つ》りあがった目であたしの足から顔まで眺《なが》めまわした。王座《おうざ》を思わせる丸い岩にもたれるようにすわっている。その唇《くちびる》にキツネイを思わせる笑《え》みがじわじわと広がった。

「また会うことになると言ったろう」そして、またタバコを吸《す》うと、ゆっくりと煙《けむり》を吐《は》いた。

「だが、残念ながら、いい状況《じょうきょう》だとは言えんな。きみがおれの部下たちに加わるというなら別だが」

「あなたの部下?」ローエンはゼインと数歳《さい》しかちがわないように見える。たしかに体つきは戦士《せんし》のそれだが、彼《かれ》が部下と呼《よ》ぶ男たちはその二倍はある。

「面白《おもしろ》いと思わないか?」ローエンの薄《うす》い唇《くちびる》に、ゆがんだ笑《え》みが浮《う》かぶ。そして、石の王座《おうざ》から身をのりだす。「なにが面白《おもしろ》いかわかるか? ちびの魔師《まし》が武器《ぶき》も持たずにおれのほら穴《あな》に入ってきたことさ」

「だれが武器《ぶき》を持っていないなんて言った?」

「きみは、剣《けん》の扱《あつか》い方を心得《こころえ》ているようには見えない。もちろん、それを習いにきたというなら、喜《よろこ》んで教えてさしあげるが」

ローエンの下品なジョークに笑いが起き、あたしは頬《ほほ》が熱くなるのを感じた。ローエンにとって、あたしは気晴らしにすぎない。簡単《かんたん》にすりができる相手にすぎないのだ。

ほら穴《あな》の中を見まわして、傭兵《ようへい》たちのようすを頭に入れる。計画を成功させるには、ローエンの尊敬《そんけい》を勝ち得《え》なければならない。

「それはご親切に」あたしは表情《ひょうじょう》を変えずに答える。「でも、教えにきたのはあたしのほうよ」

ローエンは心から面白《おもしろ》そうに笑う。笑い声がほら穴《あな》に反響《はんきょう》する。「ほう、先を聞こう」

「オリシャを変えるために、あなたたちが必要なの」

ふたたびヤジが飛ぶが、今回は、すり本人は笑わない。イスから前に身をのりだす。

「ジメタの北に聖《せい》なる島がある。船で一晩《ひとばん》でいける距離《きょり》よ。明日、太陽が昇《のぼ》るまでに、そこに連れていってほしいの」

ローエンはふたたびよりかかった。「ロコジャ海にあるのは、カドゥナ島だけだ」

「あたしの言ってるのは、百年に一度だけ現《あらわ》れる島のことよ」

さらにあざけるような笑いが起きるが、ローエンはさっと手をふって黙《だま》らせた。

「その島にはなにがあるんだ、ミステリアスな魔師《まし》どの?」

「魔法《まほう》を永遠《えいえん》によみがえらせるもの。オリシャじゅうの魔師《まし》のね」

傭兵《ようへい》たちはいっせいに笑って、帰れとヤジを飛ばした。がっしりした男が一人、進み出た。黒い戦闘服《せんとうふく》が筋肉《きんにく》で盛《も》りあがっている。「くだらないうそでおれたちの時間を無駄《むだ》にするな」男はうなるように言った。「ローエン、こいつを外へ放り出せ。それとも、おれが――」

男はあたしの背《せ》に手を置いた。とたんに、傷《きず》に痛《いた》みが走り、あたしは地下牢《ちかろう》の中に連れもどされる――

――手を引っぱると、さびた枷《かせ》が手首に食《く》いこむ。あたしの悲鳴が鉄の壁《かべ》にこだまする。そのあいだじゅう、サランは平然と立ち、兵士《へいし》たちがあたしを引き裂《さ》くさまを眺《なが》めている――

「ウワッ！」

あたしは男を背負《せお》い投げし、岩の床《ゆか》にたたきつける。男はあとずさりするが、さらにこん棒《ぼう》で胸骨《きょうこつ》をつき、骨《ほね》が砕《くだ》ける寸前《すんぜん》に離《はな》す。男の悲鳴が響《ひび》きわたる。だが、あたしの頭の中に響《ひび》く悲鳴ほどではない。

ほら穴《あな》じゅうが息を呑《の》む。あたしはかがんで、こん棒《ぼう》の先を男ののどの上にかざす。

「あたしに触《さわ》ったら」あたしは歯をむく。「どうなるか、わかった？」

あたしがこん棒《ぼう》をおろすと、男は顔をひきつらせ、這《は》うようにして逃《に》げていく。もう笑いは起こらない。

よくわかったらしい。

ローエンの嵐《あらし》のような目が踊《おど》り、ますます面白《おもしろ》そうに輝《かがや》く。タバコをもみ消すと、こちらへ歩いてきて、あたしの顔のほんの手前で足を止める。牛乳《ぎゅうにゅう》とハチミツのように甘《あま》い煙《けむり》のにおいが、あたしを包む。

「きみが初めじゃない。クワメも魔《ま》法《ほう》を取りもどそうとしていた。おれが聞いたところでは、うまくいったとは言えないようだがな」

クワメの名前を聞いて、胸《むね》に痛《いた》みが走る。ディヴィナの集落で、彼《かれ》がローエンと話していたことを思い出す。あのときから、クワメは準《じゅん》備《び》していたにちがいない。心の奥底《おくそこ》では、あたしたちが戦わなければならないことがわかっていたのだ。

「今回はちがう。すべての魔《ま》師《し》に同時に力を取りもどす方法を知っているの」

「おれたちの報酬《ほうしゅう》は？」

「お金じゃない」あたしは言う。「でも、神々《かみがみ》を味方にすることができる」

「どうしてわかるんだ？」ローエンは鼻で笑った。「善意《ぜんい》ってやつか？」

これだけでは足りない。知恵《ちえ》を絞《しぼ》りもっといいうそを探《さが》す。「神々《かみがみ》があたしをあなたのもとに遣《つか》わした。二回も。あたしたちがふたたび会ったのは、偶然《ぐうぜん》じゃない。神々《かみがみ》があなたを選んだのよ。あなたの助けを必要としているから」

ローエンの顔からゆがんだ笑《え》みが消え、初めて真剣《しんけん》な顔つきになった。面白《おもしろ》がってもふざけてもいない。目の奥《おく》の表情《ひょうじょう》がなにかは読めない。

「おれはそれで十分かもしれんが、おれの仲間たちは神さまが取り持ったってだけじゃあ、足りないな」

「なら、こう言って。成功したら、未来のオリシャの女王があなたたちを雇《やと》うと」それが本当か、よく考えるまえに言葉が口から転がり出た。アマリが王座《おうざ》につくと宣言《せんげん》したことはゼインに聞いていたけれど、それ以来いろいろありすぎて、そのことはすっかり頭から消えていた。

けれど、今はそれにすがるしかない。あたしの唯一《ゆいいつ》の切り札なのだ。ローエンたちの助けが得《え》られなければ、島に近づくことすらできないのだから。

「女王の傭兵《ようへい》か」ローエンは考えこむように言った。「悪くない響《ひび》きだな。どうだ？」

あたしはうなずく。「金貨の音に似《に》てるわね」

ローエンの唇《くちびる》の端《はし》にうすら笑いが浮《う》かぶ。そしてまた、あたしを上から下まで眺《なが》めまわす。

そしてついに、手を差し出す。あたしは笑《え》みを隠《かく》し、彼《かれ》の手をしっかりとつかんで握手《あくしゅ》する。

「いつ出発する？　夜明けまでには島に着かないとならないの」

「今すぐだ」ローエンはにやっとする。「だが、おれたちの船は小さい。きみにはおれのとなりにすわってもらおう」

第七十三章　ゼリィ

風が沈黙《ちんもく》を満たす。あたしたちはローエンの船に乗って、ロコジャ海を走っていた。イベジの闘技場《とうぎじょう》で乗った大きな船とはちがい、ローエンの船は流線型《りゅうせんけい》で、長さはナイラと数メートルしか変わらない。帆《ほ》の代わりに、金属《きんぞく》のタービンが風を受けて回転し、ブーンと低い音でうなりながら、波の荒《あら》い海をわたっていく。

また大きな波が鉄の船に打ちよせ、あたしはゼインとアマリにぶつからないようぐっと足を踏《ふ》ん張《ば》る。イロリンのワリ海とちがい、ロコジャ海は青い光を放っている。海中で鮮《あざ》やかな青色に輝《かがや》くプランクトンのおかげで、海はまるで星のきらめく夜空のようだ。こんなふうにぎゅうぎゅう詰《づ》めでなければ、もっとその光景に目を見張《みは》っただろう。ケニオンのチームと十人ちょっとのローエンの仲間たちに挟《はさ》まれ、両側から信頼《しんらい》できない者たちが押《お》してくる状態《じょうたい》では、ほかのことなど考えられない。

無視《むし》すればいい。心の中で自分に言い聞かせ、海を眺《なが》め、波しぶきが肌《はだ》にかかる慣《な》れ親しんだ感触《かんしょく》を存分《ぞんぶん》に味わう。目を閉《と》じると、イロリンにもどって魚をとっているような気持ちになれる。父《パパ》さんと。あのころ、いちばんの心配事は卒業試合《じあい》だった。

両手を見つめ、これまでのことをすべて思い出す。夏至《げし》が近づけば、またなにかを感じられると思っていた。けれど、あいかわらず魔法《まほう》が血管を流れだす気配はなかった。

ああ、どうか、お願いです。両手を握《にぎ》りしめて、祈《いの》る。**空の母よ。神々《かみがみ》よ。あなたがたを信じます。**

まちがいを犯《おか》させないでください。

「大丈夫《だいじょうぶ》?」アマリがささやく。声はおだやかだけれど、琥珀色《こはくいろ》の目は見抜《みぬ》いている。

「寒いだけ」

アマリは首をかしげるけど、それ以上聞こうとしない。その代わり、あたしの手に指をからませ、ふたたび海を見つめる。その手からやさしさが伝わってくる。許《ゆる》しが。すでに真実を知っているかのように。

「ボス、おれたちだけじゃないようですぜ」

ぱっとふりかえると、水平線上に巨大《きょだい》な三本マストの軍船が見えた。数えきれないほどいる。木の獣《けもの》が波を切り、大砲《たいほう》があることを示《しめ》す金属《きんぞく》の板が甲板《かんぱん》を覆《おお》っている。海の霧《きり》にかすんではっきり見えなかったが、オリシャの紋章《もんしょう》だけは月光を浴びて輝《かがや》いていた。胸《むね》が締《し》めつけられ、記憶《きおく》を追い出そうと目を閉《と》じる――

――ナイフが背中《せなか》を引き裂《さ》き、強烈《きょうれつ》な熱さが襲《おそ》う。だが、どんなにさけんでも、闇《やみ》はやってこない。自分の血の味がし――

「ゼル？」

闇《やみ》の中からアマリの顔が浮《う》かびあがってくる。アマリの手を、砕《くだ》けそうになるほどきつく握《にぎ》る。謝《あやま》ろうと口を開くけど、言葉を発音することができない。嗚咽《おえつ》がのどをせりあがってくる。

アマリはもう片方《かたほう》の手をあたしに回し、ローエンのほうを見る。「逃《に》げられる？」

ローエンはポケットから折り畳《たた》み式の望遠鏡を出し、片目《かため》に押《お》しあてる。「あれなら簡単《かんたん》だ。だが、うしろの艦隊《かんたい》はそうはいかないな」

そして、あたしに望遠鏡を差し出すが、アマリがさっと横からとって、あたしを救《すく》ってくれる。望遠鏡をのぞいたとたん、アマリの体が緊張《きんちょう》する。

「天よ！　お父さまの軍艦《ぐんかん》だわ」

サランの冷たい目が頭をよぎり、ぱっとふりかえって、ローエンの船のへりをつかみ、海をじっと見つめる。

おまえが身の程《ほど》をわきまえぬのなら、こちらも王としての仕事をするまでだ。

「何隻《せき》いる？」なんとかかすれた声でたずねるが、本当にききたいことはそれではない。

将校《しょうこう》が何人乗っているか？

ふたたびあたしを傷《きず》つけようとしている人間が何人いるか？

「少なくとも十二隻《せき》はいるわね」アマリが答える。

「別のルートを通ろう」ゼインが言う。

「バカなことを言うな」ローエンの灰色《はいいろ》の目に、またもやいたずらっぽい光が宿る。「いちばん近い船をこっちにいただこう」

「だめよ」アマリが反対する。「わたしたちだということがばれるわ」

「やつらは、おれたちの行く手をふさいでいるんだ。それに、見たところ、同じ島へむかっている。やつらの船をひとついただいて、島へ上陸するのがいちばんいい方法だと思わないか？」

あたしは、荒《あら》い波を走る巨大《きょだい》な船を見やった。イナンはどこにいる？　あのひとつにサランが乗っているとしたら、イナンもいっしょにいるの？

その質問《しつもん》を口に出そうとしたが、出せない。ふたたび心の中でオヤに祈《いの》りを捧《ささ》げる。あたしのことを少しでも気にかけてくれるなら、どうか二度とイナンに会わせないでください、と。

「それでいく」みなの顔がいっせいにあたしにむけられるが、目の前の海を見つめつづける。

「あの船隊が島へむかっているなら、かしこく立ちまわらないと」

「そのとおりだ」ローエンはあたしにむかってうなずいた。「カート、いちばん近い船にむかえ」

船が速度をあげると、心臓《しんぞう》が肋骨《あばらぼね》から飛び出しそうな勢《いきお》いで打ちはじめる。もう一度サランと顔を合わせることができるだろうか？　魔法《まほう》がないのに、うまくいくだろうか？

震《ふる》える手でこん棒《ぼう》をつかみ、さっとふって伸《の》ばす。

「なにしてる?」

顔をあげると、横にローエンがいた。

「軍船を手に入れるんでしょ」

「ベイビー、そんなやり方はしないんだ。きみはおれたちを雇《やと》った。のんびりすわって、おれたちに任《まか》せてればいい」

アマリとあたしは顔を見合わせ、ふたりして巨大《きょだい》な軍船を見た。

「本当にわたしたちの手助けなしにできるの?」アマリがたずねる。

「大丈夫《だいじょうぶ》だって。あとは、どれだけ短い時間でできるかってことだ」

ローエンが合図《あいず》を送ると、二人の男は石弓とフックとロープを持って姿《すがた》を消した。次にローエンはこぶしをあげた。おそらく矢を放つ合図《あいず》を送るのだろう。すると、ローエンはふりかえった。

「どこまでだ?」

「え?」

「おれたちはどこまでできる? 個人《こじん》的にはのどを掻《か》っ切るのが好みだが、海だからな、おぼれさせるのも効率《こうりつ》的だ」

人を殺《ころ》すことをなんでもないみたいに話すのを見て、体の芯《しん》までぞくっとした。恐《おそ》れるものがなにもない人間の冷酷《れいこく》さだ。サランの目にあったのと同じ冷酷《れいこく》さ。今はもう、死者の霊《れい》の存在《そんざい》を感じることはできないが、ローエンのまわりにどれだけ多くの霊《れい》が群がっているか、想像《そうぞう》するだけでぞっとした。

「殺《ころ》さないで」自分でもおどろいたが、口から出たとたん、それが正しいのだとわかった。もうすでにあまりにも多くの血が流されている。明日、勝つにしろ負けるにしろ、兵士《へいし》たちが死ぬ必要はない。

「つまらないやつだな」ローエンは不満そうにうなると、部下たちのほうにむき直った。「聞いたな――やつらを放り出せ。だが、息はできるようにしてやれ」

傭兵《ようへい》たちがぶつくさ言うのを聞いて、心が震《ふる》えた。彼《かれ》らにとって、常《つね》に死が最初の選択《せんたく》なのだろうか？　だが、たずねるまえに、ローエンがさっと二本の指を出した。

石弓が放たれ、木製《もくせい》の船体にフックがひっかかった。

ローエンの部下の中でいちばん体の大きな男が体にロープを巻《ま》きつけた。

ローエンがカートと呼《よ》んだ傭兵《ようへい》が、舵輪《だりん》の前から立ちあがり、ぴんと張《は》ったロープのほうへむかった。

「失礼」横を通るとき、カートはオリシャ語でつぶやいた。面ではっきりと顔は見えないが、ローエンと同じ色の肌《はだ》と吊《つ》りあがった目をしている。だが、ローエンがずうずうしく、人を小ばかにした態度《たいど》を取るのに対し、カートは礼儀《れいぎ》正しく真面目だった。

カートは船の反対側へいくと、ロープを引っぱってちゃんと引っかかっているかたしかめた。そして満足すると、ぱっと跳《と》びあがり、両足をロープに巻《ま》きつけた。カートがコウモリミミギツネイのようなスピードでロープを伝っていくのを、あたしはあんぐりと口をあけて見つめた。ものの数秒でカートは軍船の手すりを乗り越《こ》え、闇《やみ》の中に消えた。

グワッというくぐもったうめき声がし、さらに次の声がつづいた。そのすぐあとに、ふたたびカートが姿《すがた》を現《あらわ》し、作戦開始の合図《あいず》を送ってきた。最後の部下が軍船に乗り移《うつ》ると、ローエンはあたしに自分のほうへくるよう手招《てまね》きした。

「正直に言えよ、ミステリアスな魔師《まし》どの。あの船を手に入れたら、神々《かみがみ》はなにをくれるかな？　おれは興味《きょうみ》のあるものを口に出して願っておくべきか？　それとも、神々《かみがみ》はすでにご存《ぞん》じなのかな？」

「神々《かみがみ》は、そんなふうじゃ――」

「それとも、神々《かみがみ》を感心させたほうがいいかな？」ローエンはしゃべりながら、面を鼻の上まで押《お》しあげた。「もしあの船を五分で手に入れてみせると言ったら、どう思う？」

「まずはベラベラしゃべってないで、行動することね」

面の穴越《あなご》しにローエンの目じりにしわが寄《よ》るのがわかった。キツネイの笑《え》みを浮《う》かべてるにちがいない。ローエンはウィンクすると、ロープをのぼっていった。あたしたちは、ロープを押《お》さえている傭兵《ようへい》とローエンの船に残された。

「ばかばかしい」舌《した》を鳴らす。あの大きさの船を五分で？　甲板《かんぱん》だけでも、一軍丸ごと乗せられそうなのに？　手に入れられるだけでも、奇跡《きせき》に近い。

頭上から響《ひび》いてくるかすかな悲鳴やうめき声に身をすくめながら、あたしたちはじっと待った。しかし、戦闘《せんとう》はすぐ終わり、あたりを沈黙《ちんもく》が覆《おお》った。

「ローエンたちは十人ちょっとしかいない」ゼインがつぶやいた。「本当に軍船をまるまる――」

ゼインははっと口をつぐんだ。黒い影《かげ》がロープをおりてくる。ドサっと音がして影《かげ》が船におり立ち、面を外すと、ローエンのいつものゆがんだ笑《え》みが現《あらわ》れた。

「成功したの?」あたしはきいた。

「いいや」ローエンは、色のついたクリスタルの砂時計《すなどけい》をかかげてみせた。「六分すぎた。四捨《ししゃ》五入《ごにゅう》すれば、七分だな。だが、きみが殺《ころ》していいと言っていれば、五分かからずにできたんだ!」

「うそだろ」ゼインが腕《うで》を組んだ。

「自分で見てこいよ。はしごを持ってこい!」

船体にはしごがかけられ、あたしは背中《せなか》の痛《いた》みを無視《むし》して板の部分をつかむと、のぼりはじめた。**冗談《じょうだん》に決まってる**。おふざけだ。うそだ。

けれど、甲板《かんぱん》にあがったとたん、あたしは目を疑《うたが》った。何十人もの王の兵隊がロープでぐるぐる巻《ま》きにされて、転がっている。全員軍服を脱《ぬ》がされ、意識《いしき》を失っている。

捕虜《ほりょ》の中にイナンとサランの姿《すがた》がないのを確認《かくにん》して、息を吐《は》き、それまで息を止めていたことに初めて気づいた。とはいえ、二人がいれば、これほど簡単《かんたん》にローエンたちの手には落ちなかっただろう。

「甲板《かんぱん》の下にはもっといる」ローエンが耳元でささやいたので、思わずにやっとした。ごまかそうとして呆《あき》れた顔をして見せたけど、ローエンは笑《え》みを見逃《みのが》さず、うれしそうに笑った。

そして、肩《かた》をすくめると、ありもしないほこりを払《はら》うまねをした。「神々《かみがみ》に選ばれしものとしては、このくらい当然だろう」

だが、にやにやしていたのもつかの間、すっと前に出ると、ボスの顔になって命令を下した。

「こいつらを営倉《えいそう》に運べ。逃亡《とうぼう》に使えそうなものはすべて、取りあげるんだぞ。レヘマ、このまま
この船を進めろ。カート、おれたちの船であとからついてこい。このスピードなら、日の出には島が現《あらわ》れるという座標《ざひょう》の場所に着けるぞ」

第七十四章　イナン

二日がすぎた。

ゼリィがいなくなって二日。海の風も重く感じる。

すべての息吹《いぶき》が彼女《かのじょ》の名をささやく。

軍船の手すりから海を眺《なが》めても、あらゆるものにゼリィが見える。その鏡から逃《のが》れることはできない。月にゼリィのほほ笑《え》みが、海風にゼリィの魂《たましい》が、宿っている。ゼリィがいないと、世界がおれの生きた記憶《きおく》となる。

まるで二度と楽しむことができないものを集めた記録帳のように。

目を閉《と》じ、夢《ゆめ》の中の葦原《あしはら》でゼリィを感じたあの瞬間《しゅんかん》を生きなおす。だれかの腕《うで》の中にあんなにぴったりと納《おさ》まることができるなんて、知らなかった。

あの瞬間《しゅんかん》、そう、あの完璧《かんぺき》な瞬間《しゅんかん》、ゼリィは美しかった。魔法《まほう》は美しかった。魔法《まほう》は呪《のろ》いではなく、贈《おく》り物だった。

ゼリィがいれば、いつだってそうなのだ。

ゼリィにもらった銅貨《どうか》を握《にぎ》る。彼女《かのじょ》の心の最後のひとかけらのように、ぐっと握《にぎ》りしめる。心のどこかで、海に投げこんでしまえという声がする。でも、どうしても彼女《かのじょ》の最後のかけらを手放すことができない。

永遠《えいえん》にあの夢《ゆめ》の中の世界に留《とど》まっていられるなら、そうするだろう。すべてを投げ出しても。

そして、けっしてふりかえりはしないだろう。

だが、おれは目覚めてしまった。

目を開くと同時に、もう二度と、過去《かこ》にはもどれないことを悟《さと》った。

「偵察《ていさつ》か？」

ビクッとする。父上がかたわらに立っていた。夜のように暗い目。

夜のように冷たい。

目をそむける。そうすれば、心の奥底《おくそこ》にしまいこんだ憧《あこが》れを隠《かく》せるかのように。父上が〈結ぶ者〉のはずはないが、確固《かっこ》たる決意以外のものを感じ取ったら最後、あっという間に罰《ばつ》を下すだろう。

「眠《ねむ》っておられるのかと、思っていました」おれはなんとかそう言った。

「ありえん」父上は首をふった。「戦いのまえに眠《ねむ》ることはない。おまえもそうしろ」

あたりまえだ。一秒一秒が貴重《きちょう》なのだ。反撃《はんげき》を計画するチャンスなのだ。自分が正しいことをしていると自信を持てれば、簡単《かんたん》なはずだ。

ますます銅貨《どうか》を強く握《にぎ》りしめる。ふちが皮膚《ひふ》に食《く》いこむ。すでにゼリィを裏切《うらぎ》ってしまった。もう一度裏切《うらぎ》るだけの覚悟《かくご》ができているだろうか。

空を見あげ、雲の合間《あいま》からオリの姿《すがた》が見えないかと願う。**暗黒の時代にすら、神々《かみがみ》はいつもいた。**ゼリィの声が頭の中で繰《く》り返される。**神々《かみがみ》には常《つね》に神々《かみがみ》の考えがある。**

これが、あなたがたの計画ですか？おれはさけびそうになる。しるしが欲《ほ》しい。ゼリィとの約束、おれたちのオリシャ。はるか遠くだとしても、おれたちの夢《ゆめ》がまだ届《とど》くところにある世界があるはずだ。おれは大きなまちがいを犯《おか》しているのか？　まだ引き返せるのか？

「迷《まよ》っているな」父上が言う。

質問《しつもん》ではない。おそらくおれの汗《あせ》といっしょに漏《も》れ出す弱さをかぎつけているのだろう。

「すみません」こぶしが飛んでくるのを覚悟《かくご》する。だが、父上はおれの背中《せなか》をたたき、海のほうを見る。

「わたしも迷《まよ》っていた、かつてはな。王になるまえだ。まだ王子で、自分の素朴《そぼく》さに従《したが》っていたころだ」

おれは黙《だま》ったままじっとしている。少しでも動いたら、父上の過去《かこ》を垣間見《かいまみ》るめったにない機会を逃《のが》してしまうかもしれない。

「王権《おうけん》について国民投票があり、十の魔師《まし》の部族の長を宮殿《きゅうでん》の貴族《きぞく》に迎《むか》え入れようという提案《ていあん》があったのだ。コスィダンと魔師《まし》がいっしょになり、歴史《れきし》上類を見ないひとつのオリシャを建設《けんせつ》するのが、父の夢《ゆめ》だったからな」

抑《おさ》えきれずに、おどろいた目を父上にむける。そのような法案が通れば、記念碑《きねんひ》的だ。王国の基盤《きばん》を永遠《えいえん》に変えることになる。

「好意的に迎《むか》えられたのですか?」

「天よ!　ありえん」父上は笑った。「おまえの祖父《そふ》以外は全員、反対した。だが、王に許可《きょか》など必要なかった。最終的な決断《けつだん》を下す権限《けんげん》は王にあるからな」

「なぜ父上は迷《まよ》われたのです?」

父上はくっと唇《くちびる》を引き結んだ。「最初の妻《つま》は、アリカは、情《じょう》にもろかった。わたしに変化を創《そう》造《ぞう》する者になってほしいと言ったのだ」

アリカ……

その名から想像《そうぞう》する顔を思い浮《う》かべてみる。父上の話しぶりから、やさしい女性《じょせい》だったにちがいない。おだやかな顔の人だったのだろう。

「アリカのために、わたしは父上の側《がわ》についた。義務《ぎむ》よりも愛を選んだのだ。魔師《まし》が危険《きけん》なのはわかっていたが、きちんと信頼《しんらい》を示《しめ》すことによって、共に歩めるはずだと、自分を納得《なっとく》させた。魔《ま》師《し》たちも結束を望んでいると思ったのだ。だが、やつらの望みは、われわれを征服《せいふく》することでしかなかった」

父上はそれ以上話そうとしなかったが、その沈黙《ちんもく》が結末を示《しめ》していた。魔師《まし》を助けようとした王は、殺《ころ》されたのだ。そして、父上は二度と妻《つま》を抱《だ》くことはできなかった。

ふたたびゴンベの砦《とりで》のおそろしい記《き》憶《おく》がよみがえる。溶《と》けた鎧《よろい》がへばりついた兵士《へいし》たちの骨《ほね》、病に侵《おか》されて黄ばんだ死体。死の荒野《こうや》だった。ぞっとするような。すべて、魔師《まし》の手によるものなのだ。

ゼリィが逃《に》げたあとの砦《とりで》には、死体が積み重なっていた。砦《とりで》の床《ゆか》が見えないほどに。

「迷《まよ》うのはとうぜんだ。それが王になるということなのだ。おまえには義務《ぎむ》も心もある。どちらかを選ぶということは、どちらかは犠牲《ぎせい》になるということなのだ」

父上は鞘《さや》から黒い魔鉄鋼《まてっこう》の剣《けん》を抜《ぬ》くと、切っ先に刻《きざ》まれた文字《もじ》を指さした。初めて見るものだ。

己《おのれ》より義務《ぎむ》を。

王より王国を。

「アリカが死んだときに、この剣《けん》を鍛《きた》え、この文字《もじ》を刻《きざ》ませたのだ。自分の過《あやま》ちを一生忘《わす》れないように。わたしは心を選んだばかりに、心から愛した唯一《ゆいいつ》の相手と二度と会えなくなったのだから」

父上は剣《けん》を差し出した。胃《い》に刺《さ》しこむような痛《いた》みが走る。信じられない。物心ついてから一度たりとも、父上がこの剣《けん》をさげていないところは見たことがなかったのに。

「王国のために心を犠牲《ぎせい》にするのは、気高いことだ。それがすべてだ。それが、王になるということなのだ」

剣《けん》を見つめる。月光に文字《もじ》が光る。この言葉は、おれの使命を単純《たんじゅん》にし、おれの痛《いた》みをやわらげる。兵士《へいし》。偉大《いだい》な王。ずっとなりたかったものだ。

己《おのれ》より義務《ぎむ》を。

ゼリィよりオリシャを。

魔鉄鋼《まてっこう》の柄《つか》を握《にぎ》りしめ、皮膚《ひふ》の焼けるような痛《いた》みを無視《むし》する。

「父上、巻《ま》き物《もの》を取り返す方法ならわかっています」

第七十五章　ゼリィ

甲板《かんぱん》下の船長室にもぐりこむ。すぐに眠《ねむ》りが訪《おとず》れると思っていた。目は悲鳴をあげているし、体はそれ以上に眠《ねむ》りを求めてさけんでいる。綿《めん》のシーツとヒョウラの毛皮のあいだにもぐりこむ。最後にやわらかいベッドで寝《ね》たのはいつだろう。目を閉《と》じ、闇《やみ》に引きこまれるのを待つ。けれど、意識《いしき》が遠のいたとたん、あたしはまた鎖《くさり》の束縛《そくばく》へと投げ出される――

おまえが身の程《ほど》をわきまえぬのなら、こちらも王としての仕事をするまでだ。

おまえが身の程《ほど》をわきまえぬのなら――

「ああ！」

シーツが汗《あせ》でぐっしょり濡《ぬ》れている。船長のベッドが海のようだ。目が覚めても、鉄の壁《かべ》が迫《せま》ってくるような感覚はなくならない。

ベッドからおり、部屋から飛び出す。外の甲板《かんぱん》に出ると、ひんやりとした風があたしを迎《むか》えてくれる。月が空の低いところで輝《かがや》き、丸い縁《へり》が海に触《ふ》れている。青白い月光に照らされながら、海の空気を吸《す》いこむ。

息をして。自分に言い聞かせる。目を閉《と》じるとき心配するのが、夢《ゆめ》の中の世界に引きこまれることくらいだったころが懐《なつ》かしい。悪夢《あくむ》は記憶《きおく》より鮮烈《せんれつ》で、背中《せなか》に押《お》し当てられた短剣《たんけん》の感触《かんしょく》をまざまざと思い出す。

「きれいな景色でも見えるのか？」

ぱっとふりむくと、ローエンが船べりによりかかっている。暗闇《くらやみ》の中でも、歯が光っている。

「月は昇《のぼ》りたがらなかったのだが、おれが、今夜の空は旅するのにいいと説得《せっとく》したんだ」

「あなたにかかるとなんでもジョークなのね？」思ったよりもきつい言い方になってしまったけれど、ローエンはますますにやにやしただけだった。

「なんでもじゃないがな」肩《かた》をすくめてみせる。「だが、そうしたほうが人生はずっと楽しい」

そして、姿勢《しせい》を変えたので、戦闘服《せんとうふく》と手に巻《ま》いた包帯にとびちった血の跡《あと》が月明かりに照らし出された。

「大仕事だよ」ローエンは血のついた指をくねくねと動かしてみせた。「きみの魔法《まほう》の島のことを兵士《へいし》たちから聞き出すのはね」

その血を見て、吐《は》き気がこみあげる。ぐっと息をつめ、こらえようとする。**無視《むし》すればいい。**

あたしはローエンに背《せ》をむけ、海のもたらす平安をつかもうとする。

ローエンが兵士《へいし》たちになにをしたか、想像《そうぞう》したくない。血はもう十分見た。ここにいたい。砕《くだ》ける波に囲《かこ》まれ、おだやかで安全な場所にずっと。ここにいれば、泳ぐことを想像《そうぞう》していられる。父《バ》さん《バ》のことを。自由のことを――

「きみの傷《きず》」ローエンの声が割《わ》りこんでくる。「新しい傷《きず》か？」

ローエンをにらみつける。たたきつぶしてくれと言っているオリシャミツバチを見るように。

「あなたには関係ない」

「なにかしらのアドバイスを求めてるなら、関係あるかもしれないぞ」そう言って、ローエンは袖《そで》をまくりあげる。とたんに、吐《は》き出してやりたいと思っていた敵意《てきい》が消え失《う》せる。手首から上にむかってゆがんだ線がずらりと刻《きざ》まれ、シャツの中までつづいている。

「二十三本だ」ローエンは、きかれていない質問《しつもん》に答える。「そして、答えはイエスだ。ひとつひとつの傷《きず》をすべて覚えている。やつらはおれの目の前で乗組員《のりくみいん》を一人ずつ殺《ころ》し、そのたびごとにこの印を刻《きざ》みつけていった」

ローエンはその中のひとつに指をすべらせながら、表情《ひょうじょう》をこわばらせた。それを見て、自分の傷《きず》にも刺《さ》すような痛《いた》みを感じる。「王の兵士《へいし》？」

「ちがう。おれの国の親切で慈悲《じひ》深い方々《かたがた》さ。海のむこうのね」

水平線を見つめ、別の海路を想像《そうぞう》してみる。儀式《ぎしき》からも、魔法《まほう》からも、サランからも遠い場所を。〈襲撃《レイド》〉など起こらなかった国を。

「なんていう名前の国？」

「ストリだ」ローエンの目が遠くを見つめる。「きっと気に入る」

「そんな刻《きざ》み目やら、あなたみたいな悪党《あくとう》がうようよいるなら、あたしが目にすることはぜったいないだろうけど」

ローエンはまたほほ笑《え》んだ。楽しそうな笑いだった。こんなふうにも笑うんだ。けれど、彼《かれ》についていろいろ知ってしまった今、同じ笑いを浮《う》かべて、ジョークを言ったり、のどを掻《か》き切ったりするのだろうと思わずにはいられなかった。

「正直に言ってくれ」ローエンはさらに体を近づけると、あたしの目をまっすぐ見た。「おれのささやかな経験《けいけん》だと、悪夢《あくむ》と傷《きず》は癒《い》えるのに時間がかかる。きみのその傷《きず》は、あまりにも新しすぎるように見える」

「なにを言いたいの?」

ローエンが肩《かた》に手を置いた。その手があまりにも傷《きず》に近くて、思わずビクッとする。

「できないのなら、知っておきたい。そうじゃない――」あたしが反論《はんろん》しようとしたのをさえぎって、ローエンはつづける。「きみのことじゃない。おれはこの傷《きず》を負ったあと、数週間は口もきけなかった。もちろん戦うことなどできなかった」

まるであたしの頭の中に入りこんだようだ。あたしの魔法《まほう》がなくなってしまったことを知っているみたい。**あたしにはできない。兵士《へいし》たちが待ち受けているなら、あたしたちは死にむかっているようなものなのよ!**

けれど、その悲鳴は口から出るまえに留《とど》まり、またのどの奥《おく》へもぐりこんでいく。あたしは神々《かみがみ》を信じなければならない。あたしをここまで連れてきたのなら、今になって背《せ》をむけるはずがないと、信じるのだ。

「どうなんだ？」ローエンがたずねる。

「あたしのこの傷《きず》を負わせたのは、あの船に乗っている者たちなの」

「きみの復讐《ふくしゅう》のために、おれの部下を危険《きけん》な目に合わせるわけにはいかない」ローエンが肩《かた》に置いた手を払《はら》いのける。「サランの皮を剝《は》いだとしたって、まだ復讐《ふくしゅう》には足りない」明日、サランを止めなければ、あいつはあたしと同じようにディヴィナたちを破滅《はめつ》させる」

拷問《ごうもん》を受けてから初めて、かつては恐怖《きょうふ》より激《はげ》しく燃《も》えさかっていた炎《ほのお》の気配を感じる。だが、まだその炎《ほのお》は弱い。風に吹《ふ》かれたらすぐに、消えてしまうだろう。

「いいだろう。だが、明日、島に着いたら、決して弱気になるな。おれの部下たちは超《ちょう》一流だが、おれたちが相手にするのは艦隊《かんたい》だ。きみに動けなくなられちゃ困《こま》るんだ」

「どうしてそんなこと気にするのよ？」

ローエンは傷《きず》ついたふりをして胸《むね》に手を当てた。「おれはプロだ。依頼人《いらいにん》をがっかりさせたくはない。特に神々《かみがみ》に選ばれた依頼人《いらいにん》だしな」

「あなたの神じゃないでしょ」あたしは首をふった。「あなたを選んだわけじゃない」

「そうかな?」ローエンの笑《え》みに危《あや》うさが宿り、ローエンは船べりから身をのりだした。「ジメタには五十以上の傭兵《ようへい》の軍団《ぐんだん》がある。きみがたまたま足を踏《ふ》み入れる可能性《かのうせい》のあったほら穴《あな》が五十あったということだ。神々《かみがみ》がおれのほら穴《あな》の天井《てんじょう》をぶち破《やぶ》って入ってこなかったからと言って、おれが選ばれていないということにはならない」

ローエンの目を探《さぐ》るけど、ふざけているようすは見えない。「王の軍隊と戦うのに、必要なのはそれだけ? 神々《かみがみ》が関わっているという信念だけ?」

「信念じゃない、保険《ほけん》だ。神々《かみがみ》の考えていることなどわからないし、おれのような仕事をしている場合《ばあい》、わからないものに関わらないのが無難《ぶなん》だ」そして、空にむかってさけんだ。「だが、黄金がほしい!」

あたしは吹《ふ》き出した。忘《わす》れていた感覚。もう二度と笑うことなどないと思っていたのに。

「あたしは黄金に仕える気はないけど」

「どうだろうな」ローエンは手を伸《の》ばし、あたしのあごに手を添《そ》える。「神々《かみがみ》は、おれのほら穴《あな》にミステリアスな魔師《まし》をよこした。宝《たから》もついてくるはずだ」

そして、もどろうとしたが、ふと足を止めて、言った。「だれかに話したほうがいい。ジョークはたいした助けにはならないかもしれないが、話すのは役に立つ」またキツネイの笑《え》みがもどってきて、鋼鉄《こうてつ》の色の目にいたずらっぽい光が宿る。「興味《きょうみ》があるなら、おれの部屋はきみの部屋のとなりだ。おれはむかしから聞き上手で有名なんだ」

ローエンはウィンクし、呆《あき》れた顔をしているあたしを残して、もどっていった。五分以上まじめにしていることはできないらしい。

また海のほうを見ようとしたが、月を見あげているうちに、ローエンの言うとおりだという思いが強まってきた。ひとりでいたくない。特に、今夜が最期《さいご》の夜になるのなら。ただひたすらに神々《かみがみ》を信じ、ここまでくることができた。でも、明日島《あすじま》に着くなら、信じるだけでは足りない。

ためらう気持ちを押《お》しやり、船の狭《せま》い通路を歩いていく。ゼインの部屋の前を通り過《す》ぎ、自分の部屋も通り過《す》ぎる。今夜は、一人ではいられない。

誰《だれ》かに本当のことを話さなければならない。

目指していた部屋までくると、そっとドアをノックする。ドキドキしながら待っていると、ドアが開く。

「いい？」ささやくようにたずねる。

「もちろん」アマリはにっこりした。

第七十六章　アマリ

最後のひと房《ふさ》を梳《と》かしはじめると、ゼリィはピクリとした。ゼリィがいちいち体をよじったりくねらせたりするようすだけ見たら、わたしが剣《けん》かなにかで頭を刺《さ》していると思われるかも。

「ごめん」わたしは謝《あやま》る。もう十回目だ。

「だれかがやらなきゃいけないから」

「二、三日おきに梳《と》かしておけば、こんなことには――」

「アマリ、あたしが髪《かみ》なんか梳《と》かしているのを見たら、〈癒《いや》す者〉を呼《よ》んで」

わたしの笑い声が鉄の壁《かべ》に跳《は》ね返る。ゼリィの髪《かみ》を三つに分ける。なかなか櫛《くし》が通らないけど、最後の三つ編《あ》みを編《あ》みながら、チクチクとうらやましい気持ちが心を刺《さ》す。まえはシルクのようにすべすべしていたゼリィの白い髪《かみ》は、カールしてごわごわになり、ゼリィの美しい顔をライオーンのたてがみのように取り巻《ま》いている。ローエンや部下たちが、ゼリィが別のところを見ているときにじっと見つめているのに、本人は気づいてもいない。

「魔法《まほう》がなくなるまえは、今と同じような髪《かみ》だった」わたしにというより、自分にむかってゼリィはつぶやく。「母さん《ママ》は髪《かみ》を梳《す》くのに、霊《れい》を使ってあたしを押《お》さえつけてなきゃならなかった」

そんなことのために霊《れい》たちが幼《おさな》いゼリィを追いかけまわしているところを想像《そうぞう》して、また笑ってしまう。「お母さまが聞いたら、うらやましがるわ。いくら乳母《うば》がいたって、わたしが宮殿《きゅうでん》を裸《はだか》で駆《か》けまわるのをやめさせられなかったから」

「どうして服を着たがらなかったの?」ゼリィはにっこりする。

「わからない」わたしもクスクス笑う。「小さいころは、服を着てないほうが肌《はだ》が気持ちよかったから」

三つ編《あ》みが首筋《くびすじ》までくると、ゼリィは歯を食《く》いしばる。たちまちくつろいだ雰囲気《ふんいき》が消え失《う》せる。これが、何度も何度も繰《く》り返されている。ゼリィのまわりに壁《かべ》ができるのが、目に見えるような気がする。口にされない言葉から造《つく》られたレンガを、つらい記憶《きおく》で塗《ぬ》り固めた壁《かべ》が。わたしは三つ編《あ》みを離《はな》し、ゼリィの頭にそっとあごをのせる。

「なんでも、わたしに話していいのよ」

ゼリィがうなだれる。両手を腿《もも》にまわし、膝《ひざ》を胸《むね》に引きよせる。わたしはゼリィの肩《かた》をぎゅっとつかんでから、最後の三つ編《あ》みを仕上げる。

「アマリのこと、弱い人間だと思ってた」ゼリィがささやくような声で言う。

わたしは手を止める。予想していなかったから。ゼリィはわたしのことをいろいろ思っていたと思うけれど、その中でも「弱い」というのはいちばんましなほうだと思う。

「お父さまのこと？」

ゼリィはうなずく。でも、本当は認《みと》めたくないのがわかる。「アマリは、父親のことを考えるたびに、縮《ちぢ》みあがってた。あのときのあたしには、アマリみたいに剣《けん》を使える人間がどうしてあんな恐怖《きょうふ》を抱《かか》えているのか、理解《りかい》できなかった」

ゼリィの三つ編《あ》みに手をすべらせ、頭皮の分け目をなぞる。「それで、今は？」

ゼリィは目を閉《と》じる。筋肉《きんにく》に力が入る。けれど、両手でゼリィを包むと、ゼリィのダムが崩《くず》れていくのがわかる。

あらゆる感情《かんじょう》を、あらゆる痛《いた》みを押《お》しのけ、プレッシャーが高まっていく。そしてとうとう耐《た》え切れなくなり、ずっと我慢《がまん》してきた涙《なみだ》が一気にあふれ出す。

「頭から追い出すことができない」ゼリィが抱《だ》きつき、わたしの肩《かた》を熱い涙《なみだ》で濡《ぬ》らす。「目を閉《と》じるたびに、首に鎖《くさり》をかけられる」

ゼリィを抱《だ》きよせると、ゼリィはこれまで隠《かく》そうとしていたものをすべて解《と》き放ってわたしの腕《うで》の中でしゃくりあげる。わたしまでのどが詰《つ》まり、息ができなくなる。わたしの家族が、ゼリィをこんなに苦しめているのだ。ゼリィを抱《だ》きしめながら、ビンタのことを考える。あのころ、ビンタに必要だったのは、これだったんだ。わたしが苦しんでいるとき、ビンタはいつもそばにいてくれた。なのにわたしは、ビンタがつらいときにそばにいてあげられなかった。

「ごめんなさい」わたしはそっと言う。「お父さまのしたこと、本当にごめんなさい。これまでしたことぜんぶ。イナンがそれを止められなかったことも、お父さまの過《あやま》ちを正すのに、こんなにもかかってしまったことも」

ゼリィはわたしに身を預《あず》けたまま、わたしの言葉を呑《の》みこもうとする。**ごめんなさい、ビンタ。**わたしはビンタの霊《れい》にむかってささやく。**ごめんなさい、行動を起こせなくて。**

「ラゴスから逃《に》げた最初の晩《ばん》、あの森でどんなに寝《ね》ようとしても眠《ねむ》れなかった」わたしは話しはじめる。「ほとんど意識《いしき》はなくなっても、目を閉《と》じると、お父さまが黒い剣《けん》でわたしを切ろうとするのが見えた」ゼリィから体を離《はな》して、ゼリィの涙《なみだ》をぬぐい、銀色の目をまっすぐ見つめる。

「お父さまに見つかったら、わたしはこっぱみじんになると思っていた。でも、あの砦《とりで》でお父さまに会ったとき、どうだったかわかる?」

ゼリィは首をふる。あの瞬間《しゅんかん》がよみがえってきて、心臓《しんぞう》の鼓動《こどう》がますます速くなる。お父さまの怒《いか》りの記憶《きおく》がひらめく。でも、覚えているのは、手に感じた剣《けん》の重さだ。

「ゼリィ、わたしは剣《けん》を握《にぎ》ったの。それどころか、もう少しでお父さまを追いかけるところだった!」

ゼリィはにっこりする。一瞬《いっしゅん》、そのやわらいだ表情《ひょうじょう》にビンタが重なる。「まさしくライオーンね」ゼリィはからかうように言う。

「そのライオーンに、怯《おび》え切った王女さまはもうたくさん、しっかりしろ、って言った人のことはよく覚えてるけどね」

「うそよ」ゼリィは涙《なみだ》でぬれた顔で笑う。「あたし、たぶんもっとひどいこと言ったと思う」

「それなら言うけど、そう言うまえにわたしのことを砂《すな》の上に突《つ》き飛ばしたのよ」

「じゃあ、今度はあたしの番ってこと？　あたしのことを突《つ》き飛ばす？」

わたしは首を横にふる。「あれは、あのときのわたしに必要な言葉だった。わたしには、ゼリィが必要だった。ビンタが死んだあと、わたしのことをただのバカな王女としてじゃなく、ひとりの人間として見てくれたのはゼリィが最初だった。ゼリィはそんなふうに思ってなかったかもしれないけど、みんながその名を口にしはじめるまえから、わたしがライオーンになれるって、信じてくれたのよ」ゼリィの涙《なみだ》の残りをぬぐい、頬《ほほ》に手をそえる。ビンタのそばにいることはできなかったけれど、ゼリィといると、心の穴《あな》が閉《と》じていくのがわかる。ビンタはきっと、勇気を持てと言ってくれただろう。ゼリィといれば、わたしはいつも勇気を持てる。

「お父さまがなにをしようと、ゼリィがなにを目にしようと、わたしを信じて。決してその恐怖《きょうふ》はつづきはしない。ゼリィがわたしを自由にしてくれた。ゼリィなら、立ちなおれるはず」

ゼリィの顔に笑《え》みが浮《う》かぶ。だが、一瞬《いっしゅん》にして消えてしまう。ゼリィは目を閉《と》じ、こぶしを握《にぎ》りしめる。呪文《じゅもん》を練習していたときのように。

「どうしたの？」

「あたし……」ゼリィは自分の両手を見おろす。「もう魔法《まほう》が使えないの」

心臓《しんぞう》が止まりそうになる。のろのろと、重い鼓動《こどう》を打つ。ゼリィの両腕《りょううで》をぎゅっとつかむ。

「どういうこと？」

「なくなったの」ゼリィは三つ編《あ》みをつかむ。その顔に苦しみが刻《きざ》みこまれる。「もう〈刈《か》る者〉じゃないの。あたしはもう、何者でもない」

ゼリィは、肩《かた》にのしかかった重荷に背骨《せぼね》を折られそうになっている。ただゼリィを慰《なぐさ》めてあげたい。でも、明らかになった現実《げんじつ》に腕《うで》が鉛《なまり》のように重くなる。

「いつ？」

ゼリィは目を閉《と》じ、肩《かた》をすくめる。「背中《せなか》を傷《きず》つけられたとき、魔法《まほう》を抉《えぐ》り出されているように感じた。それ以来、魔法《まほう》を感じることができなくなった」

「儀式《ぎしき》は？」

「わからない」ゼリィは震《ふる》えるように息を吸《す》いこむ。「あたしにはできない。だれにもできない」

ゼリィの言葉を聞いて、足の下から床《ゆか》がひっぺがされたような気がする。穴《あな》に落ちていくのを感じる。レカンは、空の母の魂《たましい》とつながった魔師《まし》だけが儀式《ぎしき》を行えると言っていた。魔師《まし》を目覚めさせるセンタロがもういない今、ゼリィの代わりができる者などいない。

「太陽石があれば――」

「やってみた」

「そしたら？」

「なにも起こらなかった。熱さえ感じなかった」

下唇《したくちびる》を噛《か》み、眉《まゆ》を寄《よ》せ、ほかの方法を考えようとする。太陽石がだめなら、巻《ま》き物《もの》もむりだろう。

「イベジではどうだった？　闘技場《とうぎじょう》で戦ったあとは？　魔法《まほう》の力が封《ふう》じこまれたように感じるって言ってたでしょ？」

「封《ふう》じこまれただけで、消えたわけじゃない。詰《つ》まっているような感覚はあったけど、まだ存在《そんざい》は感じられた。でも今は、なにも感じない」

絶望《ぜつぼう》がこみあげてくる。脚《あし》の感覚がなくなる。**島にはいけない**。ローエンの部下を起こして、引き返さなきゃ。

でも、パニックの中からビンタの顔が浮《う》かんできて、恐怖《きょうふ》をかすませる。お父さまの怒《いか》りも。わたしは一か月前の、あの運命の日に引きもどされる。カエアの部屋から巻《ま》き物《もの》を盗《ぬす》んだときに。あのとき、わたしたちに勝ち目などなかった。現実《げんじつ》は、わたしたちに失敗すると告《つ》げていた。けれど、わたしたちは戦った。何度も、何度も、わたしたちは耐《た》えた。わたしたちは立ちあがった。

「ゼリィならできる」口に出すと、ますます確信《かくしん》が強くなる。「神々《かみがみ》がゼリィを選んだのよ。神々《かみがみ》がまちがえるはずがない」

「アマリ――」

「初めて出会った日から、ゼリィが不可能《ふかのう》なことをやってのけるのを見てきた。ゼリィは愛する人たちのために世界を引き受けた。ゼリィなら、魔師《まし》を救《すく》うために同じことができる」

ゼリィは顔をそむけようとしたけれど、わたしはゼリィの顔を両手で挟《はさ》み、こちらをむかせる。わたしが今、この目で見ている人間を、ゼリィも見ることができれば。ゼリィの内側にいる戦士《せんし》の姿《すがた》を。

「本当にそう思う？」ゼリィがきく。

「たしかよ。こんなにたしかだと思えるものはない。それに、ほら、見て。この子に魔法《まほう》が使えないなら、ほかに魔法《まほう》を使える人なんていない」

そう言って、鏡をかかげ、六本の三つ編《あ》みを背中《せなか》に垂《た》らしたゼリィの顔を映《うつ》し出す。この一か月でゼリィの髪《かみ》はすっかりカールし、まえの長さが思い出せないほどだ。

「強そうに見える……」ゼリィは自分の三つ編《あ》みを指でなぞる。

わたしはほほ笑《え》み、鏡をおろす。「魔法《まほう》を取りもどすときは、戦士《せんし》のようでなきゃ」

ゼリィがわたしの手をぎゅっと握《にぎ》りしめる。その手からなにか悲しみのようなものが流れ出る。

「ありがとう、アマリ。今までのことぜんぶ」

わたしはゼリィとひたいをくっつけ、心地《ここち》よい沈黙《ちんもく》の中で愛を送りあう。**王女と戦士《せんし》**。わたしは心の中で決める。明日の出来事《できごと》をいずれ語る日がきたら、物語をそう呼《よ》ぼう。

「ここにいてくれる？」わたしは体をうしろに引いてゼリィの顔を見つめる。「一人になりたくないの」

「もちろん」ゼリィはにっこりする。「それどころか、このベッドで眠《ねむ》ってしまいそう」

わたしが寝返《ねがえ》りをうって場所をあけると、ゼリィはベッドにもぐりこんできて、ヒョウラの毛皮の下で丸くなる。手を伸《の》ばして明かりを消そうとすると、ゼリィに手首をつかまれる。

「本当にうまくいくと思う？」

一瞬《いっしゅん》、笑《え》みが崩《くず》れそうになるが、隠《かく》す。

「なにがどうなろうと、やってみるしかないわ」

第七十七章　ゼリィ

夜明けが近づくにつれ、空はピンクになり、それからオレンジ色に染《そ》まる。やわらかい雲がその中をゆうゆうと流れていく。平和な光景に、今日が運命の日ということを忘《わす》れてしまいそうになる。王の海軍のかぶとに手を伸《の》ばしながら、ほとんど顔が隠《かく》れることに心の底から感謝《かんしゃ》する。かぶとをかぶり、編《あ》んだ髪《かみ》をたくしこんでいると、ローエンがいたずらっぽい笑《え》みを浮《う》かべて近づいてくる。

「昨日の夜はおしゃべりできなくて残念だよ」そう言って、わざとらしくふくれっ面をしてみせる。「悩《なや》みっていうのが髪《かみ》のことだったなら、おれは髪《かみ》を編《あ》むのは大の得意《とくい》なのに」

あたしは目をぐっと細め、軍服がローエンに似合《にあ》っていることを腹立《はらだ》たしく思う。自信を持って着こなしているせいだろう。なにも知らなければ、本人の鎧《よろい》だと思ったにちがいない。

「死が近づいてるかもしれないっていうのに、元気満々《まんまん》みたいでよかったわ」

ローエンはますますにやにやする。「元気そうだな」そうささやいて、かぶとの緒《お》をしめる。

「用意はいいか」

鋭《するど》い口笛を吹《ふ》いて、集合をかける。アマリとゼインがケニオンと四人のメンバーたちとともに、ローエンの部下たちをかき分けていちばん前まで出てくる。ゼインがあたしを励《はげ》ますようにうなずく。あたしはかろうじてうなずき返す。

「昨日の夜、サランの兵士《へいし》たちを尋問《じんもん》した」ローエンは海風に負けないように声をはりあげる。「やつらは、島のまわりと神殿《しんでん》自体にも陣取《じんど》る予定らしい。島に船をつけたあとは、やつらを避《さ》けることは不可能《ふかのう》だ。だが、やつらの関心をひかないようにしていれば、疑《うたが》われずにすむ。やつらは、ゼリィが魔師《まし》の軍団《ぐんだん》を連れて襲《おそ》ってくると思っている。だから、連中の鎧《よろい》を着ていれば、奇襲《きしゅう》の可能性《かのうせい》を残せる」

「神殿《しんでん》の中に入ったあとはどうするの？」アマリが言う。「お父さまは、なにか少しでも変わったことがあればすぐに攻撃《こうげき》するように命じるはず。兵士《へいし》たちをかく乱《らん》させないかぎり、わたしたちが聖《せい》なる品を持っているのを見たとたん攻撃《こうげき》してくるわ」

「神殿《しんでん》の近くまでいったら、わざと遠くで攻撃《こうげき》を開始し、連中の注意をそらす。そうすれば、ゼリィが儀式《ぎしき》を行う隙《すき》ができるはずだ」

ローエンがこっちをむいて、しゃべるよう合図《あいず》した。あたしは思わずあとずさりしたが、アマリに前へ押《お》し出された。あたしはよろめくようにみんなの真ん中に出ると、ごくりとつばを飲みこんで、背中《せなか》で両手を組み、せいいっぱいしっかりした声でしゃべりはじめる。

「あくまで計画を守ること。関心さえひかないようにすれば、神殿《しんでん》までいけるはず」

そして、全員が、あたしにもはや力がないのを知ることになる。神々《かみがみ》がふたたびあたしを見捨《みす》てるのを。そうしたら、サランの兵士《へいし》たちがいっせいに襲《おそ》ってくるだろう。

そして、あたしたちは全員、死ぬ。

もう一度ごくりとのどを鳴らし、ここから逃《に》げ出したくなるような疑念《ぎねん》をふり払《はら》う。**うまくいく。空の母が考えてくれている。**先を促《うなが》すような目や不安げなささやきが、これだけではまだ足りないと告《つ》げている。志気《しき》を高めるような演説《えんぜつ》を求めているのだ。でも、それを求めているのは、あたしだって同じだ。

「おお……」そのとき、ゼインがつぶやいた。

ぱっとふりかえり、錨《いかり》をおろしている小さな船団《せんだん》のほうを見る。すると、水平線から朝日がのぞき、それとともに島が徐々《じょじょ》に姿《すがた》を現《あらわ》す。最初は海上の蜃気楼《しんきろう》のように透《す》けているが、日が昇《のぼ》るにつれ、霧《きり》と生気のない木々《きぎ》に覆《おお》われた島がはっきりと見えるようになる。

胸《むね》がじわっと温かくなる。ママ・アグバが初めて魔法《まほう》を使うのを見たときのように。その瞬間《しゅんかん》、あたしは希望に満ちあふれる。長い年月を経《へ》て、とうとうひとりではないと、あたしは独《ひと》りぼっちではないのだと感じる。

ここには魔法《まほう》がある。生きている。今までにないほど近くに存在《そんざい》している。たとえ今は感じられなくても、ふたたび魔法《まほう》の力を感じられるはずだと信じなければならない。

あたしはそう信じ、魔法《まほう》がこれまでにないほど力強く血管を巡《めぐ》り巡《めぐ》っているつもりになる。今日、魔法《まほう》は皮膚《ひふ》を焼き、あたしの怒《いか》りと同様燃《も》えあがるはずだと。

「みんなが怯《おび》えているのはわかっている」みんながいっせいにあたしのほうをふりかえる。「あたしも同じ。でも、その恐怖《きょうふ》を、戦う理由が勝《まさ》っていることもわかってる。なぜなら、あたしたちはここに導《みちび》かれてきたから。ここにいる全員が、兵士《へいし》たちに、そしてあたしたちを守るはずの王に、不当な扱《あつか》いを受けてきた。今日、あたしたちはみんなのために反撃《はんげき》する。今日こそ、やつらに思い知らせてやる！」

ウォーという声が響《ひび》きわたる。傭兵《ようへい》たちもいっしょにさけんでいる。その声はあたしを高揚《こうよう》させ、心の中に囚《とら》われていた言葉をも解《と》き放つ。「王の兵士《へいし》たちは千人いるかもしれない。だが、一人として神々《かみがみ》の恵《めぐ》みを受けている者はいない。あたしたちには魔法《まほう》がある。だから、決して弱気になるな、自信を持て！」

「計画が失敗したときは？」歓声《かんせい》がやむとローエンがたずねる。

「戦え」あたしは答える。「持てる力を出し尽《つ》くして、戦うのだ！」

第七十八章　ゼリィ

島の周辺一面を埋《う》め尽《つ》くす兵士《へいし》たちを見て、のどがからからに乾《かわ》く。オリシャじゅうの兵士《へいし》が集まっているようにさえ見える。

兵士《へいし》たちの背後《はいご》に、黒ずんだ木々《きぎ》がそびえ、霧《きり》とくねくねとあがっていく煙《けむり》に包まれている。森を包んでいるエネルギーで上空の空気がねじ曲げられ、木々《きぎ》の中に霊《れい》の力が隠《かく》れていることを示《しめ》している。

兵士《へいし》に変装《へんそう》した仲間たちが全員、手漕《てこ》ぎボートで岸にあがると、ローエンは先頭に立って神殿《しんでん》へむかって歩きだした。「元気よくしろ。立ち止まるな」

東の海岸線に足を踏《ふ》み入れた瞬間《しゅんかん》、霊《れい》のエネルギーを感じた。骨《ほね》に魔法《まほう》の共振《きょうしん》は感じないけれど、エネルギーが地面から立ちのぼり、焦《こ》げた木々《きぎ》から流れ出てくるのはわかる。ローエンが目を見開いたのを見て、彼《かれ》も感じているのを知る。

あたしたちは、神々《かみがみ》に囲《かこ》まれているのだ。

そう思ったとたん、妙《みょう》なドクンドクンという音が体の中にあふれはじめる。魔法《まほう》とはちがう。もっと大きななにかが押《お》しよせてくる。島を歩くにつれ、まわりのひんやりとした空気にオヤの息吹《いぶき》を感じられるような気がしてくる。神々《かみがみ》がここにいるなら、あたしとともにいるなら、やはり信じてよかったのだ。本当に成功するかもしれない。

でも、そのためには、兵士《へいし》たちを突破《とっぱ》しなければならない。

心臓《しんぞう》をバクバクさせながら、どこまでもつづいている兵士《へいし》たちの列を通り抜《ぬ》けていく。一歩ごとに、鎧《よろい》の中が透《す》けて見えるにちがいないと思う。けれど、オリシャの紋章《もんしょう》が兵士《へいし》たちの視線《しせん》をさえぎってくれる。ローエンは指揮官《しきかん》の鎧《よろい》をむりなく着こなし、いかにも堂々《どうどう》としたようすでそっくりかえって歩いていく。砂岩《さがん》色の肌《はだ》と自信たっぷりの歩き方を見て、本物の隊長ですら、道を譲《ゆず》る。

もう少しだ。そう思ったとき、はっと体を固くする。一人の兵士《へいし》がわずかに長くこちらを見ている。だが、また視線《しせん》をそらす。森へむかう一歩一歩が永遠《えいえん》にも感じられ、息が切れる。ゼインが骨《ほね》の短剣《たんけん》を持ち、アマリは太陽石と巻《ま》き物《もの》を入れた革《かわ》の袋《ふくろ》を握《にぎ》りしめている。あたしはたえずこん棒《ぼう》に手を添《そ》えている。けれど、最後の兵士《へいし》たちの輪を通り抜《ぬ》けたときも、兵士《へいし》たちはちらりともこちらを見なかった。一心に海を見つめ、決してやってこない魔師《まし》の軍団《ぐんだん》が現《あらわ》れるのを待っている。

「やった」兵士《へいし》たちに声が届《とど》かないところまでくると、あたしはハアッと息を吐《は》く。もろい落ち着きが爆発《ばくはつ》し、不安に姿《すがた》を変える。あたしはむりやり空気を肺《はい》に送りこむ。

「やったわ」アマリがあたしの腕《うで》をつかむ。鎧《よろい》の下からのぞく肌《はだ》に血の気がない。最初の戦いは終わったのだ。

次の戦いがはじまる。

森へ入ると、冷たい霧《きり》が渦《うず》を巻《ま》くように流れてきて、木々《きぎ》をなめるように漂《ただよ》っていく。数キロ進んだころには、霧《きり》はすっかり濃《こ》くなり、太陽の光をさえぎって、ほとんどまわりが見えなくなる。

「不思議ね」アマリが両手を前に出して木にぶつからないように歩きながら、耳元でささやく。

「いつもこんななのかしら?」

「わからない」きっとこの霧《きり》は神々《かみがみ》からの贈《おく》り物だ、と思う。

神々《かみがみ》はあたしたちの側《そば》にいる……。

あたしたちの勝利を望んでいる。

自分の演説《えんぜつ》にすがり、本当であるよう祈《いの》る。神々《かみがみ》が今になって見捨《みす》てるはずがない。ここにきて、あたしを裏切《うらぎ》るはずがない。けれど、神殿《しんでん》があるはずの場所に近づいても、血管に熱はもどってこない。もうすぐ霧《きり》に隠《かく》れていられなくなる。

あたしは世界の目にさらされる。

「どうしてわかったの?」霧《きり》の中からぬっと姿《すがた》を現《あらわ》した神殿《しんでん》を見て、市場でアマリと出会った運命の日を思い出す。「ラゴスで、どうしてあたしを選んだの？」

アマリがふりかえる。琥珀色《こはくいろ》の目が霧《きり》の中できらりと輝《かがや》く。「ビンタよ」アマリは小声で言う。「ビンタも銀色の目をしていた。ゼリィとそっくりの」

その言葉を聞いて、あたしははっとする。より大きな手の存在《そんざい》の証《あかし》。あたしたちはこの瞬間《しゅんかん》へ導《みちび》かれてきたのだ。ほんのわずかな、あいまいでわかりにくいしるしによって。今日がどういう終わり方をしようと、あたしたちのやっていることは神々《かみがみ》の意図なのだ。でも、魔法《まほう》があたしの体を流れないなら、神々《かみがみ》の目的はなんなの？

アマリに答えようとして、はっと口をつぐんだ。霊《れい》のエネルギーがぐんと強くなる。重力のようにのしかかり、一歩進むごとに、足が重くなる。

「感じるか？」ゼインが小声でたずねる。

「感じないほうがむりよ」

「どういうことだ？」ローエンが前からさけぶ。

「これこそ――――」

神殿《しんでん》……

目の前に現《あらわ》れた壮大《そうだい》なピラミッドを言葉で描写《びょうしゃ》することなどできなかった。空へむかってそびえる神殿《しんでん》は、すべて半透明《はんとうめい》の金で造《つく》られている。チャンドンブレの神殿《しんでん》と同じで、凝《こ》ったセンバリアで神々《かみがみ》の意思が刻《きざ》まれ、光がないのに輝《かがや》いていた。ここに着いたということは、ついに本物の戦いがはじまるのだ。

ローエンが指示《しじ》を飛ばす。「レヘマ、チームを連れて南の海岸のはずれまでいけ。そこで一発騒《さわ》ぎをやらかして、霧《きり》に紛《まぎ》れろ。そのあとは、アシャについて逃《に》げるんだ」

レヘマはうなずき、かぶとの緒《お》をしめたので、薄《うす》いブラウンの目しか見えなくなった。レヘマはローエンとこぶしを打ち合わせると、男二人と女二人を連れて、霧《きり》の中に消えた。

「あたしたちはどうするの？」

「待つんだ」ローエンは答えた。「レヘマたちが兵士《へいし》の注意をそらしてくれる。そのすきに神殿《しんでん》へ入る」

一分が一時間になり、死のように永遠《えいえん》につづくように思われ、それとともにあたしは罪《つみ》の意識《いしき》にとらわれていく。レヘマたちが捕《つか》まったら？　死んでしまったら？　これ以上、だれかを犠牲《ぎせい》にするわけにはいかない。

これ以上、あたしの手を血で汚《よご》すわけにはいかない。

遠くのほうで黒い煙《けむり》がもうもうとあがりだす。レヘマだ。煙《けむり》は霧《きり》を押《お》しのけ、空高くのぼっていく。次の瞬間《しゅんかん》、鋭《するど》い角笛の音が空気を切り裂《さ》く。

兵士《へいし》たちがぞろぞろと神殿《しんでん》から出てきて、南の海岸線へむかう。その数の多さに、神殿《しんでん》の本当の大きさを見誤《みあやま》っていたことに気づく。

最初の一隊が通り過《す》ぎていくと、ローエンはあたしたちを連れて神殿《しんでん》へむかう。重い空気を押《お》しのけるようにして、すばやく金の階段《かいだん》をあがり、一度も止まらずにそのまま神殿《しんでん》の中に入る。壁一面《かべいちめん》で、精巧《せいこう》なデザインに配された色鮮《あざ》やかな宝石《ほうせき》が輝《かがや》いている。まわりを見まわすと、金色の壁《かべ》には、トパーズとブルーサファイヤでイェモジャの姿《すがた》が象《かたど》られている。その指先からは、ちらちらと輝《かがや》くダイヤモンドの光が波打つように放たれている。頭上を見あげると、鮮《あざ》やかなエメラルドの男神オグンが輝《かがや》いている。彼《かれ》の大地をすべる力への敬意《けいい》を表しているのだ。クリスタルの天井《てんじょう》を通して、それぞれの神々《かみがみ》に捧《ささ》げられたぜんぶで十の階層《かいそう》が見える。

「みんな……」アマリが中央にある階段《かいだん》のほうへ歩いていく。地下へつづく階段《かいだん》に近づくと、手に持った太陽石がぼうっと光りだす。

ここだ……。あたしは汗《あせ》で湿《しめ》った手を握《にぎ》りしめる。

ここをおりるんだ。

「用意はいい？」アマリがきく。

だめ。答えはあたしの顔じゅうに書いてある。けれど、アマリにそっと押《お》され、あたしは階段《かいだん》のほうへ一歩踏《ふ》み出す。そして、先頭に立ち、ひんやりとした階段《かいだん》をおりていく。

狭《せま》い場所を抜《ぬ》けていくにつれ、チャンドンブレのときのことがよみがえってくる。チャンドンブレの神殿《しんでん》と同様、石の壁《かべ》で燃《も》えているたいまつの火が、だんだんと狭《せま》くなる通路を照らしている。あたしは、まだ希望があったころに引きもどされる。

まだあたしに魔法《まほう》の力があったときに。

壁《かべ》に手を置き、神々《かみがみ》に無言の祈《いの》りを捧《ささ》げる。**どうか……助けてくださるなら、どうか今、助けてください。**あたしはそのときが訪《おとず》れるのを待ちながら、神殿《しんでん》の奥《おく》へ奥《おく》へとくだっていく。空気はどんどん冷たくなり、ぞくっとするほどなのに、背中《せなか》を汗《あせ》が伝い落ちる。**どうか、空の母よ。与《あた》えてくださるなら、今、与《あた》えてください。**

女神《めがみ》の銀色の目が現《あらわ》れるのを、女神《めがみ》があたしの骨《ほね》に触《ふ》れるビリッという感触《かんしょく》を、待ち焦《こ》がれる。ふたたび祈《いの》りを唱えはじめるけど、儀式《ぎしき》の場に着いたとたん、その壮麗《そうれい》さにすべての言葉が失われる。

神聖《しんせい》なるドームの下に、十一の黄金の像《ぞう》が空にむかってそびえるように立っている。頭上をはるかに超《こ》える高さに、あたしは圧倒《あっとう》される。そそり立つその姿《すがた》は、オラシンボ山脈《さんみゃく》を髣髴《ほうふつ》させる。黄金の神と女神《めがみ》たちは、細かいところまで精巧《せいこう》に彫《ほ》られ、肌《はだ》のしわから髪《かみ》のカール一つ一つにいたるまで、なにひとつ省かれてはいない。

どの神々《かみがみ》も、床《ゆか》で輝《かがや》いている十芒星《じゅうぼうせい》を見つめている。星の角にはすべてとがった石の柱が立ち、四つの面にびっしりとセンバリアが刻《きざ》まれている。

真ん中には、黄金の円柱が一本立ち、てっぺんに球形の穴《あな》があいている。丸くすべすべした形――は、まさに太陽石と同じだ。

「神よ」よどんだ空気の中に入っていくと、ケニオンが息を漏《も》らす。

そう、まさに神。

天の国に入っていくようだ。

一歩ごとに、力がわきあがってくる。神々《かみがみ》の永久《えいきゅう》なる視線《しせん》に守られているのを感じる。

「ゼリィならできる」アマリが言って、巻き物《まきもの》と太陽石を差し出す。そして、ゼインから骨《ほね》の短剣《たんけん》を受け取り、あたしの軍服のベルトに差しこむ。

あたしはうなずいて、二つの聖《せい》なる品を受け取る。**あたしならできる。**あたしは繰《く》り返す。**やってみるしかない。**

あたしは前へ進み出る。この旅を終わらせるのだ。けれど、そのとき、遠くのほうでなにかが動く。

「待ち伏《ぶ》せだ！」あたしはさけぶ。

あたしがさっとこん棒《ぼう》を伸《の》ばしたのと同時に、隠《かく》れていた者たちが現《あらわ》れる。それぞれの像《ぞう》のうしろから、柱のうしろから、影《かげ》のように這《は》い出てくる。あたしたちはいっせいに剣《けん》を抜《ぬ》き、どこから攻撃《こうげき》してくるか、すばやく視線《しせん》を動かす。だが、そのとき、サランの姿《すがた》が目に入る。満足げな笑《え》みを浮《う》かべたサランが。そして、イナンが現《あらわ》れる。魔鉄鋼《まてっこう》の剣《けん》を持って苦痛《くつう》に顔をゆがめたイナンが。

それを見て、あたしは引き裂《さ》かれる、氷より冷たい裏切《うらぎ》り。イナンは約束した。

あたしの邪魔《じゃま》をしないと誓《ちか》った。

けれど、完全に打ちのめされるまえに、いちばんおそろしいものが目に入った。信じられない、現実《げんじつ》とは思えない光景が。

兵士《へいし》たちに前へ引き出された者を見て、あたしの心臓《しんぞう》は止まる。

「父《バ》さん《バ》？」

第七十九章　ゼリィ

父《バ》さん《バ》は安全なはずだった。

その言葉ばかりが浮《う》かび、現実《げんじつ》を受け入れられない。兵隊たちの中にママ・アグバのしわしわの顔を探《さが》す。ママ・アグバが兵隊たちに襲《おそ》いかかるのを待つ。父《バ》さん《バ》がここにいるなら、ママ・アグバはどこにいるの？　やつらはママ・アグバになにをしたの？　今になって、ママ・アグバが死んだなんて、そんなことありえない。父《バ》さん《バ》がこんなところに立っているなんて、ありえない。

けれど、イナンにつかまれて、父《バ》さん《バ》はぶるぶる震《ふる》えている……服は裂《さ》け、さるぐつわをはめられて、顔は血だらけだ。あたしのせいで、父《バ》さん《バ》は兵士《へいし》たちに殴《なぐ》られた。そして今度は、兵士《へいし》たちは父《バ》さん《バ》を奪《うば》い去ろうとしている。

母《マ》さん《マ》のときのように。

イナンの琥珀色《こはくいろ》の目が、あたしは裏切《うらぎ》られたのだと告《つ》げている。でも、あの目は、あたしの知っている目じゃない。知らない男の目だ、王子の抜《ぬ》け殻《がら》だ。

「状況《じょうきょう》を見ればわかると思うが、愚《おろ》か者のおまえたちのために説明してやろう。聖《せい》なる品々《しなじな》をわたせ。そうすれば、父親を返してやる」

サランの声を聞くだけで、手首が魔鉄鋼《まてっこう》の鎖《くさり》でしめつけられる――

おまえが身の程《ほど》をわきまえぬのなら、こちらも王としての仕事をするまでだ。

豪華《ごうか》な紫《むらさき》のローブを着て、声には挑《いど》むような響《ひび》きがあるが、そんなサランさえ、彼《かれ》を見おろすように立っている神々《かみがみ》の像《ぞう》に比《くら》べると小さく見える。

「やつらなど、倒《たお》せる」ケニオンがうしろからささやく。「おれたちには魔法《まほう》がある。やつらには兵士《へいし》しかいない」

「危険《きけん》は冒《おか》せない」ゼインの声がかすれる。

父《バ》さん《バ》が小さく首をふる。助けてほしいとは思っていないのだ。

いやだ。

前へ出ようとするが、ケニオンに腕《うで》をつかまれる。「降伏《こうふく》なんてありえない！」

「放して――」

「自分以外の人間のことを考えろ！　儀式《ぎしき》をしなければ、ディヴィナは全員死ぬことに――」

「あたしたちはもう死んでるのよ！」あたしはさけぶ。その声は円形の屋根にこだまし、変えられることを願っていた真実を白日にさらす。**神よ、どうか！**　最後にもう一度、祈《いの》りを捧《ささ》げるが、なにも起こらない。

神々《かみがみ》はまたもやあたしを見捨《みす》てたのだ。

「あたしの魔法《まほう》は消えてしまった。もどってくると思ってたけど、もどってこなかった……」声がしぼみ、床《ゆか》をじっと見つめて、屈辱《くつじょく》を呑《の》みこむ。怒《いか》りを。痛《いた》みを。神々《かみがみ》は無理やりあたしの人生にもどってきて、あげくにこんな目に合わせたのだ。それでもあたしはもう一度、わずかでもアシェが残っていないかと探《さが》す。ない。神々《かみがみ》はあたしを置き去りにした。

もうこれ以上、なにも奪《うば》われてなるものか。

「ごめんなさい」その言葉はむなしく響《ひび》くが、もうあたしにはその言葉しか残されていない。

「儀式《ぎしき》ができないとしても父まで失うわけにはいかない」

ケニオンはあたしをつかんでいた手を離《はな》した。ケニオンたちの表情《ひょうじょう》は、憎《にく》しみなんて言葉ではとても表せない。アマリだけが、あたしのことを哀《あわ》れに思ってくれている。ローエンすら、絶句《ぜっく》している。

あたしは太陽石と巻《ま》き物《もの》を胸《むね》にしっかりと抱《だ》いたまま、前へ進み出た。骨《ほね》の短剣《たんけん》が、一歩前へ出るたびに皮膚《ひふ》に押《お》しつけられる。半分ほどまでいったとき、ケニオンがさけんだ。「おれたちはあんたを救《すく》った！」そのさけびは、まわりの壁《かべ》にこだまする。「大勢《おおぜい》がこのために死んだ。あんたのために死んだんだ！」

その言葉はあたしの魂《たましい》に、あたしが残してきた人々《ひとびと》の魂《たましい》に突《つ》き刺《さ》さる。ビジ、レカン、ズウライカ、そしておそらくママ・アグバ。

みんな死んでしまった。

あたしを信じたために。

あたしたちは勝てると思ったために。

イナンの前までいくと、父《ババ》さんの震《ふる》えがひどくなる。でも、この決意を曲げるわけにはいかない。**父《ババ》さん、あたしだってやつらに勝たせたくない！**

でも、父《ババ》さんを死なせるわけにはいかないの。

石と巻《ま》き物《もの》を握《にぎ》りしめる。イナンがそっと父《ババ》さんを前へ押《お》し出す。琥珀色《こはくいろ》の目は、すまないと語りかけている。あたしが今後、決して信じはしない目が。

どうして？　さけびたくてたまらない。でも、その言葉はのどでしぼんでしまう。一歩近づくごとに、彼《かれ》の唇《くちびる》の感触《かんしょく》が、あたしの唇《くちびる》からのどへとおりていく。父《ババ》さんの肩《かた》にかけられた彼《かれ》の手を見る。どうして砕《くだ》いてやらなかったんだろう。兵士《へいし》たちに体を自由にされるくらいなら死ぬと誓《ちか》っていたのに、その上官に許《ゆる》してしまったなんて。

おれたちはいっしょに戦う運命だったんだ。いっしょになる運命なんだ。

イナンの美しいうそが耳に響《ひび》くたびに、涙《なみだ》が流れる。

だれもおれたちを止められない。オリシャがいまだ目にしたことのないチームになるんだ。

イナンがいなければ、イロリンは今もあった。レカンは生きていた。あたしはここでディヴィナたちを救《すく》えていた。彼《かれ》らの運命を封《ふう》じるんじゃなくて。

涙《なみだ》が皮膚《ひふ》を焼き、内臓《ないぞう》を引き裂《さ》く。サランのナイフで焼かれるよりも激《はげ》しく。なのに、あたしは彼《かれ》を受け入れたのだ。

あたしが彼《かれ》を勝たせてしまったのだ。

父《パパ》さんが最後にもう一度、首をふる。逃《に》げる最後のチャンス。でも、もう終わりなのだ。始まりもしないうちに、終わったのだ。

父《パパ》さんをイナンの手から奪《うば》い取るのと同時に、巻《ま》き物《もの》と石を床《ゆか》に落とす。そして、骨《ほね》の短剣《たんけん》に手を伸《の》ばしかけたときに、イナンはまだ短剣《たんけん》を見たことがないのを思い出し、ゼインのさびた短《たん》剣《けん》を放り投げ、骨《ほね》の短剣《たんけん》は帯の中に隠《かく》す。これだけは、奪《うば》わせない。すべてを奪《うば》われたあと、これだけは。

「ゼリィ――」

それ以上イナンが裏切《うらぎ》りの言葉を口にするまえに、あたしは父《パパ》さんのさるぐつわをとって、歩きだす。足音が神殿《しんでん》に響《ひび》きわたる。あたしは憎《にく》しみのこもった視線《しせん》を避《さ》け、神々《かみがみ》の像《ぞう》を見つめる。

「なぜだ？」父《パパ》さんがため息をつく。父さんの声は弱々《よわよわ》しいが、怒《いか》りを含《ふく》んでいる。「あともう一歩のところまできたのに、なぜなんだ？」

「もう一歩なんかじゃない」あたしは嗚咽《おえつ》を呑《の》みこむ、「ぜんぜんちがう。一度だって」

できるだけはやった。自分をなぐさめる。**できる以上のことはやったのよ。**

こうなるはずじゃなかった。神々《かみがみ》はまちがったのだ。

少なくとも終わった。少なくとも、父さん《ババ》は生きてる。父さん《ババ》は船に乗って、新しい――

「やめろ！」

イナンの声が壁《かべ》に反響《はんきょう》し、あたしは凍《こお》りつく。父さん《ババ》があたしを突《つ》き飛ばし、シュッと空を切る音が響《ひび》く。

あたしは父さん《ババ》をかばおうとする。だが、もう遅《おそ》い。

父さん《ババ》の胸《むね》に矢が突《つ》き刺《さ》さっている。

父さん《ババ》の血が床《ゆか》に広がった。

第八十章　ゼリィ

やつらが母《マ》さん《マ》を捕《つか》まえにきたとき、あたしは息ができなかった。もう二度と息はできないと思った。母《マ》さん《マ》とあたしの命はつながっていると思っていた。母《マ》さん《マ》が死ねば、あたしも死ぬって。

やつらが父《バ》さん《バ》をこん棒《ぼう》で殴《なぐ》りつけているとき、あたしは臆病者《おくびょうもの》みたいに隠《かく》れていた。ゼインに頼《たよ》り、守ってもらっていた。けれど、やつらが母《マ》さん《マ》の首に鎖《くさり》を巻《ま》いたとき、あたしの中のなにかが切れた。兵士《へいし》たちのことが怖《こわ》くて仕方なかったけど、母《マ》さん《マ》が連れていかれる恐怖《きょうふ》は、それをはるかに超《こ》えていた。

あたしは、地獄《じごく》のようなイバダンの中を追いかけていった。小さな膝《ひざ》に血と泥《どろ》をはねとばして。どこまでも追いかけていって、そして見てしまった。

すべてを。

母《マ》さん《マ》は村の真ん中にある木の枝《えだ》からぶらさがっていた。死の飾《かざ》りのように。母《マ》さん《マ》もほかの魔師《まし》も、王家の脅威《きょうい》となる者は全員、殺《ころ》された。

あの日、あたしは誓《ちか》った。二度と同じような思いはしまいと。これ以上家族を連れ去られはしまいと。なのに今、凍《こお》りついたように倒《たお》れているあたしの横で、父《パパ》さんの唇《くちびる》から血がポタポタと滴《したた》り落ちている。

あたしは誓《ちか》った。

でも、遅《おそ》かったのだ。

「父《パパ》さん？」

父《パパ》さんは答えない。

まばたきすらしない。

濃《こ》いブラウンの目にはなにも映《うつ》っていない。なにもない。空っぽだ。

「父《パパ》さん？」もう一度ささやく。「父《パパ》さん！」

あたしの手に父《パパ》さんの血がたまっていくにつれ、世界が暗くなり、あたしの体が熱を持ちはじめる。闇《やみ》の中であたしはすべてを見る――父《パパ》さんを。

父《パパ》さんがカラブリアの通りを走っている。泥《どろ》だらけの道を、弟とアボンのボールを蹴《け》りながら走っていく。子どもの父《パパ》さんは、父《パパ》さんが一度も浮《う》かべたことのないような、世界の痛《いた》みを知らない笑《え》みを浮《う》かべている。ボールを思い切り蹴《け》ると、ボールは飛んでいってしまう。すると、若《わか》いころの母《ママ》さんの顔が現《あらわ》れる。はっとするほどきれいだ。輝《かがや》いている。父《パパ》さんは息を呑《の》む。

母《ママ》さんの顔は、二人の魔法《まほう》のような最初のキスになり、そして最初の息子《むすこ》へのおののくような気持ちへと変わっていく。やがてそれもぼやけ、父《パパ》さんは赤ん坊《ぼう》の娘《むすめ》をあやしている。その白い髪《かみ》をなでつけながら。

父《パパ》さんの血に、〈襲撃《レイド》〉のあと、意識《いしき》を取りもどしたときの、決して消えることのない傷《きず》を感じる。

父《パパ》さんの血に、すべてを感じる。

父《パパ》さんの血に、父《パパ》さんを感じる。

父《パパ》さんの霊《れい》が、大地を真っ二つにするかのようにあたしを引き裂《さ》く。音という音が響《ひび》いてどんどん大きくなり、色という色がますます鮮《あざ》やかに輝《かがや》く。父《パパ》さんの霊《れい》は、これまで感じたどの魔法《まほう》よりも、魔法《まほう》そのものよりも、あたしの奥深《おくふか》くに潜《もぐ》っていく。あたしの血管を流れているのは呪《じゅ》文《もん》ではない。

父《パパ》さんの血だ。

父《パパ》さんだ。

なによりも尊《とうと》い犠牲《ぎせい》。

最強の血の魔法《まほう》。

「少女を殺《ころ》せ！」

ふたりの兵士《へいし》が剣《けん》をかかげ、襲《おそ》いかかってくる。憎《にく》しみを煮《に》えたぎらせて。

人生最後の過《あやま》ちになるとも知らず。

兵士《へいし》が近づいてくると、父《パ》さん《パ》の霊《れい》は二つのねじれる影《かげ》となって、あたしの体から飛び出していく。闇《やみ》は死の力をふるい、血の力を支配《しはい》する。二つの影《かげ》は、兵士《へいし》たちを鉄の胸当《むねあ》てごと貫《つらぬ》き、串刺《くしざ》しにする。血しぶきが飛ぶのと同時に、兵士《へいし》の胸《むね》にあいた穴《あな》から真っ黒い影《かげ》たちは飛び出してくる。

兵士《へいし》たちは息を詰《つ》まらせ、白目をむいて事切れる。体は粉々《こなごな》に崩《くず》れ、灰《はい》と化す。

もっと。

もっと死を。もっと血を。

どす黒い怒《いか》りがついに求めていた力を、母《マ》さん《マ》の仇《かたき》を、そして今度は父《パ》さん《パ》の仇《かたき》をとるための力を得《え》る。あたしは二つの死の影《かげ》を手に入れる。やつらの息の根を止めてやる。

一人《ひとり》残らず。

だめだ。父《パ》さん《パ》の落ち着いた力強い声がする。**復讐《ふくしゅう》など意味がない。まだ、今ならまちがいを正すことができる。**

「どうやって?」

ふりかえると、ローエンの部下とケニオンの仲間がいっせいに敵《てき》に襲《おそ》いかかっている。**復讐《ふくしゅう》など意味がない。**あたしは繰《く》り返す。**復讐《ふくしゅう》など意味がない。**

この言葉の意味が胸《むね》に沈《しず》んでいく。そして、あたしは見る。戦いから逃《に》げようとしている男を。

一方、イナンはローエンの部下の剣《けん》をよけながら、必死で転がり落ちた太陽石をつかもうとしている。

魔法《まほう》を取りもどさなければ、これからもずっとわれわれは虫けらのように扱《あつか》われる。父《バ》さん《バ》の霊《れい》の声が響《ひび》きわたる。**やつらに、われわれもやり返せると、教えてやらねばならない。家を燃《も》やせば、自分たちの家を燃《も》やし返されると——**

やつらの家を燃《も》やしてやる。

第八十一章　イナン

おれが夢《ゆめ》の中の世界で抱《だ》いた少女は、どこにもいない。

少女がいたはずの場所で、モンスターがたけり狂《くる》っている。

死の牙《きば》をむいて。

ゼリィの手から二つの黒い影《かげ》が、血と復讐《ふくしゅう》に飢《う》えた毒蛇《どくへび》のように飛び出す。影《かげ》はふたりの兵士《へいし》をまっすぐに貫《つらぬ》く。そして、ゼリィの銀色の目がなにかを見つける。

その瞳《ひとみ》はおれを見ている。おれの手で太陽石が輝《かがや》いている。剣《けん》を抜《ぬ》く間もなく、一つ目の影《かげ》がおそいかかる。

剣《けん》のように鋭《するど》い影《かげ》が、おれの剣《けん》を打ち、またすばやくさがる。次の攻撃《こうげき》はすぐだ。かわす間すらない——

「イナン王子！」

兵士《へいし》が一人、身を躍《おど》らせ、自分の命と引き換《か》えにおれを守る。兵士《へいし》は影《かげ》に貫《つらぬ》かれ、苦しげに息を吐《は》いてから灰《はい》になる。

天よ！

おれは狂気《きょうき》の中へあとずさる。ゼリィの影《かげ》たちは次の攻撃《こうげき》のためにぐっとうしろにさがる。おれは逃《に》げるが、ゼリィは追ってくる。ゼリィの潮《しお》の香りの魂《たましい》が、嵐《あらし》のように荒《あ》れ狂《くる》う。

太陽石の力があっても、おれにはゼリィは止められない。もはやだれも止めることはできない。

おれは死ぬ。

ゼリィの父親が倒《たお》れたその瞬間《しゅんかん》に、おれは死んだのだ。

天よ！　こみあげる涙《なみだ》を抑《おさ》える。ゼリィの心の痛《いた》みがまだおれの体の芯《しん》で脈打《みゃくう》っている。大地を揺《ゆ》さぶるような強い悲しみが。ゼリィの父親は生きているはずだった。ゼリィの命も救《すく》われるはずだった。おれは約束を守るつもりだった。オリシャをよりよい国にするという約束を。

集中しろ、イナン。ゆっくりと息を吐《は》き出し、十まで数える。あきらめるわけにはいかない。魔法《まほう》はまだ脅威《きょうい》のままだ。魔法《まほう》を終わらせることができるのは、おれだけなのだ。

オリの像《ぞう》まで走っていく。頭の中で計画を立てる。儀式《ぎしき》を行えば、ゼルはおれたちを全滅《ぜんめつ》させる。そうなれば、オリシャじゅうが炎《ほのお》に包まれることになる。それだけは許《ゆる》すことができない。なにがあろうと、計画は変わらない、石を手に入れる。巻《ま》き物《もの》を手に入れる。

そして、魔法《まほう》を奪《うば》う。

あらんかぎりの力で太陽石を地面へ投げつける。**どうか天よ！　石を砕《くだ》きたまえ！**　だが、石は傷《きず》ひとつないまま転がる。破壊《はかい》するなら、巻《ま》き物《もの》のほうだ。

ポケットから巻《ま》き物《もの》を出し、戦いの中に飛びこんでいく。残された命は数秒だ。そのとき、頭の中で歯車が回る。父上の言葉が頭の中に響《ひび》く。**魔法《まほう》を使わなければ、巻《ま》き物《もの》を破壊《はかい》することはできない。**

魔法《まほう》……

おれの魔法《まほう》なら？

ゼリィを追うのをやめ、意識《いしき》を集中させて、巻《ま》き物《もの》にエネルギーをぶつけようとする。ターコイズ色の輝《かがや》きが、巻《ま》き物《もの》を包みこむ。セージとミントの香りが鼻腔《びこう》を満たし、奇妙《きみょう》な記憶《きおく》が浮《う》かびあがってくる。

神殿《しんでん》のカオスが消え、センタロの意識《いしき》がひらめく。肌《はだ》に白いタトゥーをいれた女たち。おれにはわからない言葉で呪文《じゅもん》を唱えている。

だが、一瞬《いっしゅん》で記憶《きおく》は消えてしまう。だめだ。おれの魔法《まほう》ではむりだ。

巻《ま》き物《もの》には傷《きず》ひとつ、ついていない。

「助けてくれ！」

ぱっとふりむくと、ゼリィの影《かげ》が次々《つぎつぎ》兵士《へいし》たちを貫《つらぬ》いている。黒い矢に突《つ》き刺《さ》された兵士《へいし》たちの肉体が、真っ黒い闇《やみ》に貪《むさぼ》り食《く》われる。

地面に倒《たお》れるよりまえに、その肉体は灰《はい》になる。それを見たとたん、はっとする。答えは目の前にあったのだ。

おれが〈燃《も》す者〉だったら、巻《ま》き物《もの》の羊皮紙を焼き尽《つ》くせたかもしれない。だが、おれの〈結ぶ者〉の魔《ま》法《ほう》は役に立たない。巻《ま》き物《もの》には〈結ぶ者〉が支《し》配《はい》できる意思などないし、麻《ま》痺《ひ》させることのできる肉体も持たない、おれの魔《ま》法《ほう》では、巻《ま》き物《もの》を滅《ほろ》ぼすことはできない。

だが、ゼリィの魔《ま》法《ほう》ならできる。

ゼリィがこんなふうに力を使うのは、見たことがない。影《かげ》は行く手にあるものすべてを滅《ほろ》ぼし、ねじれ、咆《ほう》哮《こう》をあげながら、竜《たつ》巻《まき》のように神《しん》殿《でん》の中を荒《あ》れ狂《くる》っている。黒い先《せん》端《たん》は復《ふく》讐《しゅう》の槍《やり》のように鎧《よろい》を貫《つらぬ》き、まっすぐ肉体まで突《つ》き通す。影《かげ》に触《ふ》れたら最後、ぼろぼろになって灰《はい》と化す。

うまくやれば、巻《ま》き物《もの》も灰《はい》にできる。

深く息を吸《す》いこむ。これが最後の深《しん》呼《こ》吸《きゅう》になるかもしれない。ゼリィの影《かげ》はさらに四人の兵《へい》士《し》のはらわたを貫《つらぬ》き、内《ない》臓《ぞう》を破《は》裂《れつ》させる。兵《へい》士《し》たちはばったりと倒《たお》れて、灰《はい》になる。

ゼリィが次の標的を引き裂《さ》こうとするのを見て、おれは飛び出していく。

「ぜんぶきみのせいだ！」

ゼリィはぴたりと止まる。今、この瞬《しゅん》間《かん》よりも自分を憎《にく》むことは一生ないだろう。だが、ゼリィから苦しみを引き出さなければならない。おれたち二人のことを考えてはならない。

もう考えても無《む》駄《だ》なのだから。

「お父さんは死なずにすんだのに！」超《こ》えてはいけない線を超《こ》える。だが、ゼリィの怒《いか》りを解《と》き放たなければならない。致命的《ちめい》な一打を引き出さなければならない。

「父《パパ》さんのことを口にしないで！」ゼリィの目が光る。あらゆる悲しみと憎《にく》しみと怒《いか》りで。ゼリィの苦しみを見て、おれは心底恥《は》じ入る。だが、それでも、さらにつづける。

「ここにこなければよかったんだ。おれが、お父さんをラゴスに連れていったのに！」

ゼリィのまわりを影《かげ》がぐるぐる回って、竜巻《たつまき》になる。

もう少しだ。

おれの命はもう終わる。

「おれを信じてくれさえすれば、おれと力を合わせさえすれば、今ごろお父さんは生きていたのに。お父さんも――――」そして、ごくりとつばを飲む。「ママ・アグバも」

影《かげ》が息を呑《の》むようなスピードで突進《とっしん》してくる。死に物狂《ものぐる》いで胸《むね》の前に巻《ま》き物《もの》をかかげる。その瞬間《しゅんかん》、ゼリィは自分のまちがいに気づいた。おれのしかけた罠《わな》に。

ゼリィは悲鳴をあげて、手を引っこめたけど、遅《おそ》かった。

影《かげ》は羊皮紙を引き裂《さ》いた。

「いやあ！」ゼリィの悲鳴がドームの天井《てんじょう》にこだまする。灰《はい》になった巻《ま》き物《もの》が降《ふ》り注ぐ。影《かげ》はみるみるしおれ、指のあいだから漏《も》れる粒子《りゅうし》のように消えた。

やった……

なかなか呑《の》みこめない。終わったんだ。おれは勝ったんだ。

オリシャはついに守られたんだ。

魔法《まほう》は永遠《えいえん》に死んだんだ。

「イナン！」

闘《たたか》いの輪の外から父上が走ってくる。見たことのないような笑《え》みを浮《う》かべて。ほほ笑《え》み返そうとするが、そのすぐうしろから兵士《へいし》が一人、迫《せま》ってくる。兵士《へいし》は剣《けん》をふりあげ、父上の背《せ》にむかってふりおろそうとする。**反乱《はんらん》か？**

ちがう。

やつは傭兵《ようへい》だ。

「父上！」おれはさけぶ。だが、間に合わない。

考える間もなく、太陽石から得《え》た残りの力を引き出す。おれの手から、ブルーの光が飛び出す。チャンドンブレのときのように、おれの魔法《まほう》は傭兵《ようへい》の頭を貫《つらぬ》く。傭兵《ようへい》がその場で凍《こお》りついているあいだに、兵士《へいし》がやつの心臓《しんぞう》を突《つ》き出す。おれは父上を救《すく》ったのだ。

だが、おれの魔法《まほう》を見た父上は石のように固まる。

「父上、ちがいます――」

父上はビクッとして、おれがモンスターであるかのようにうしろへさがる。ぞっとしたように唇《くちびる》をめくりあげる。それを見て、おれのすべてがしぼんでいく。

「問題ありません」焦《あせ》って、舌《した》がもつれる。「たしかに魔法《まほう》に侵《おか》されましたが、もう大丈夫《だいじょうぶ》です。

おれは消したんです。魔法《まほう》を殺《ころ》したんです」

父上は倒《たお》れている傭兵《ようへい》を蹴《け》って仰向《あおむ》けにする。そして、髪《かみ》についているターコイズの結晶《けっしょう》をつまみ、じっと見つめる。その顔がゆがんでいく。すべてをつなげていく。それは、砦《とりで》で父上が持っていたのと同じ結晶《けっしょう》だ。

カエアの死体から見つかった結晶《けっしょう》と。

父上の目がひらめく。剣《けん》の柄《つか》をつかむ。

「待ってください――」

父上の剣《けん》がおれを突《つ》き刺《さ》す。

父上の目は怒《いか》りで血走っている。おれは剣《けん》を両手でつかむが、もはや引き抜《ぬ》く力はない。

「父上、許《ゆる》してください――」

父上はズタズタになった悲鳴をあげ、剣《けん》を引き抜《ぬ》く。おれは膝《ひざ》をつき、血がどくどく流れ出す傷口《きずぐち》を押《お》さえる。

指のあいだから、生暖《なまあたた》かい血がこぼれる。

父上はふたたび剣《けん》をふりあげ、とどめを刺《さ》そうとする。その目には、愛はない。ついさっき浮《う》かべた息子《むすこ》への誇《ほこ》りもない。

カエアの目に最後に浮《う》かんだ恐怖《きょうふ》と憎《にく》しみが今、父上の目に宿る。おれはもはや他人だ。**そうじゃない。おれは父上の息子《むすこ》になるために、すべてを捨《す》てたのに。**

「父上、どうか」おれは喘《あえ》ぎながら、父上の許《ゆる》しを請《こ》う。視界《しかい》は暗くなり、一瞬《いっしゅん》、ゼリィの苦しみがすべて流れこんでくる。魔法《まほう》の終わり。父親の死。ゼリィの心の痛《いた》みがおれの痛《いた》みと交じり合う。そして、おれが失ってしまったものすべてを見せつける。

これだけのことを犠牲《ぎせい》にした結果がこれなのだ。父上のために、こんなにも多くの苦しみを生み出したというのに。

おれは父上にむかって手を伸《の》ばす。自分の血で濡《ぬ》れた手を。これが無になるはずがない。

こんなふうに終わるはずがない。

だが、手が触《ふ》れるまえに、父上は鉄のかかとでおれの手をふみつぶす。黒い目がぐっと細くなる。

「おまえなど、わたしの息子《むすこ》ではない」

第八十二章　アマリ

十人以上の兵士《へいし》が襲《おそ》いかかってきたけれど、復讐《ふくしゅう》に燃《も》えたわたしの剣《けん》の敵《てき》ではなかった。わたしの横では、ゼインが斧《おの》で兵士《へいし》たちを次々《つぎつぎ》倒《たお》していく。その顔には涙《なみだ》がひっきりなしに流れていた。ゼインの痛《いた》みとともにわたしは戦った。ゼインの、そしてビンタの、お父さまのせいで殺《ころ》されたあわれな魂《たましい》たちの痛《いた》みとともに。

まず剣《けん》で兵士《へいし》の攻撃《こうげき》の勢《いきお》いをそぐ。

アキレス腱《けん》を切って、地面に転がし、

腿《もも》を一突《ひとつ》きして、立てなくする。

突《つ》け、アマリ。あたしは自分を駆《か》り立てるように前へ出る。鎧《よろい》についているオリシャの紋章《もんしょう》を見ず、彼《かれ》らの顔も見まいとする。この兵士《へいし》たちはオリシャを、王冠《おうかん》を守ると誓《ちか》ったはずなのに、その聖《せい》なる誓《ちか》いを破《やぶ》って、わたしの首を取ろうとしているのだ。

ブウンと剣《けん》がふりおろされる。さっとかがんでよけると、兵士《へいし》がふりおろした剣《けん》は仲間の兵士《へいし》に突《つ》き刺《さ》さる。すかさず次の一打をくりだそうとしたとき――

「**いやあ！**」

神殿《しんでん》のむこうからゼリィの声が響《ひび》いてくる。ぱっとそちらにむき直るついでに、また一人、剣《けん》で貫《つらぬ》く。ゼリィは膝《ひざ》をついて、ガタガタ震《ふる》えている。その指のあいだから、灰《はい》がこぼれ落ちる。

ゼリィのところへ走っていこうとして、はっと足を止める。お父さまが剣《けん》をふりあげ、自分の兵《へい》士《し》の腹《はら》に突《つ》き刺《さ》したのだ。兵士《へいし》ががくんと膝《ひざ》をついたひょうしに、かぶとが脱《ぬ》げる。兵士《へいし》ではない。

イナンだ。

兄の唇《くちびる》から血が噴《ふ》き出すのを見て、全身が凍《こお》りつく。

刺《さ》されたのは、わたしのはらわただ。流れているのは、わたしの血だ。宮殿《きゅうでん》の廊下《ろうか》を肩車《かたぐるま》をして走ってくれた兄。お母さまにデザートを取りあげられると、厨房《ちゅうぼう》からハチミツケーキをくすねてきてくれた兄。

お父さまが無理やり戦わせた兄。

わたしの背中《せなか》を切り裂《さ》いた兄。

ありえない。わたしはまばたきをして、視界《しかい》がはっきりするのを待つ。**イナンのはずがない**……。

すべてをあきらめて、お父さまが望むとおりの王子になろうとした息子《むすこ》のはずがない。

けれど、お父さまはふたたび剣《けん》をふりあげ、イナンの首を切ろうとした。お父さまがイナンを殺《ころ》そうとしている。

ビンタを殺《ころ》したように。

「父上、どうか」イナンが悲鳴をあげ、息も絶《た》え絶《だ》えに手を伸《の》ばす。

けれど、お父さまはその手を踏《ふ》み潰《つぶ》す。「おまえなど、わたしの息子《むすこ》ではない」

「お父さま！」

その声は自分の声ではないみたいだ。わたしはふたりのほうへ走っていく。わたしを見たとき、お父さまの怒《いか》りは爆発《ばくはつ》する。

「おまえたちのような呪《のろ》われた子を授《さず》かるとはな！　わたしの血のにおいを持つ裏切《うらぎ》り者どもめ！」

「お父さまの血は呪《のろ》いよ」わたしもさけぶ。「でも、今日、終わらせてやる」

第八十三章　アマリ

お父さまの最初の結婚《けっこん》で生まれた子どもたちは愛されていたけれど、心も体も弱かった。イナンとわたしが生まれると、お父さまは彼《かれ》らの二の舞《まい》になることを許《ゆる》さなかった。

何年ものあいだ、お父さまが見張《みは》っている前で、イナンとわたしは剣《けん》を戦わせ、あざをつくり、どんなに泣きわめいても、許《ゆる》されることはなかった。それは、お父さまの過《あやま》ちを正し、最初の家族をよみがえらせるための戦いだった。わたしたちはお父さまに求められるために戦い、決して手に入れることのできないお父さまの愛のために、戦いつづけなければならなかった。

わたしたちがお互《たが》いに剣《けん》をふりあげたのは、お父さまに剣《けん》をふりあげる勇気がなかったからだ。けれど今、わたしはお父さまの怒《いか》りに燃《も》えた目にむけて、剣《けん》をふりあげている。お母さまとゼインが見える。愛するビンタが見える。戦おうとして、お父さまの剣《けん》に倒《たお》された何百という罪《つみ》のない魂《たましい》が見える。

「お父さまは、モンスターと戦えるようわたしを育てた」わたしは剣《けん》を構《かま》え、前へ出る。「ようやくわかったわ。本当のモンスターはお父さまだったって」

わたしはいきなり跳《と》びかかり、お父さまの不意を突《つ》く。お父さま相手に、一瞬《いっしゅん》たりともひるんではだめだ。ひるんだら最後、結果は明白だ。

お父さまはなんとか受け流したが、わたしの剣《けん》はお父さまの首のすぐそばをかすめる。お父さまは眉《まゆ》を吊《つ》りあげるが、わたしはすぐにまた打ちかかる。**突《つ》け、アマリ。戦うんだ!**

すばやく弧《こ》を描《えが》くように剣《けん》をふり、お父さまの腿《もも》に切りつける。お父さまは痛《いた》みでよろめく。わたしの剣《けん》を甘《あま》く見ていたのだ。わたしはもう、お父さまの知っている小さな女の子ではない。わたしは王女だ。女王なのだ。

わたしはライオーン。

さらに前へ出る。心臓《しんぞう》を狙《ねら》ったお父さまの剣《けん》を受け止める。その剣《けん》さばきに慈悲《じひ》はない。もはや隙《すき》を突《つ》くことはできない。

剣《けん》のぶつかるカン、カンという音が響《ひび》きわたる。そのあいだも、次々《つぎつぎ》と兵士《へいし》たちが階段《かいだん》をおりてくる。ローエンの部下たちは儀式《ぎしき》の場にいた兵士《へいし》たちを全員殺《ころ》し、新しく攻《せ》めてくる兵士《へいし》たちを食《く》い止めに走る。けれど、その中からゼインがまっすぐこちらへ走ってくる。

「アマリ――」

「あっちへいって!」わたしはさけび、お父さまに打ち返す。この戦いは、ゼインに助けてもらうわけにはいかない。これまで、このためにずっと訓練しつづけてきたのだ。これは、王とわたし、二人の戦いだ。どちらか一人が死ぬまで、戦いつづけるのだ。

お父さまがつまずいた。今だ。果てしないダンスを終わらせるチャンス。

今よ！

耳の中で血がどくどくと脈打《みゃくう》ち、わたしは剣《けん》をかかげ突進《とっしん》する。オリシャを邪悪《じゃあく》なモンスターから自由にする。オリシャの苦しみの源《みなもと》を滅《ほろ》ぼしてやる。

けれど、最期《さいご》の瞬間《しゅんかん》にわたしはためらい、剣《けん》の先を上へむけてしまう。剣《けん》と剣《けん》がぶつかる。

天よ！

こんなふうに終えることはできない。そうなったら、わたしはお父さまと同じだということになる。

オリシャは、お父さまのやり方では生きられない。お父さまを倒《たお》さなければならない。でも、お父さまの心臓《しんぞう》を突《つ》き刺《さ》すなんて、わたしには――

お父さまが剣《けん》を引く。わたしは勢《いきお》いあまって前へ出る。

むきを変えるまえに、お父さまは剣《けん》をふりおろし、わたしの背中《せなか》を引き裂《さ》く。

「アマリ！」

ゼインの悲鳴が遠くに聞こえる。わたしはよろめいて神殿《しんでん》の柱に倒《たお》れこむ。背中《せなか》が燃《も》えるように熱い。子どものとき、イナンが負わせたのと同じ痛《いた》みがわたしを引き裂《さ》く。

お父さまが襲《おそ》いかかってくる。首の血管が浮《う》き出ているのが見える。とどめの一打を加えるのに、微塵《みじん》のためらいもない。

自分の娘《むすめ》を殺《ころ》すことに、血をわけた肉親にとどめを刺《さ》すことに、なんの迷《まよ》いもない。もう心は決まっているのだ。

今度はわたしが心を決める番だ。

さっと横に身をかわす。お父さまの剣《けん》が柱に当たって、石のかけらが飛ぶ。持ちなおす間を与《あた》えず、わたしは一瞬《いっしゅん》のためらいもなく剣《けん》で突《つ》く。

お父さまが目をむく。

心臓《しんぞう》から熱い血が流れ出し、わたしの手に跳《は》ねかかる。苦しげに喘《あえ》ぐ唇《くちびる》から真《ま》っ赤《か》な血が噴《ふ》き出し、柱を濡《ぬ》らす。

震《ふる》える手で、さらに剣《けん》を深く突《つ》き刺《さ》す。涙《なみだ》で視界《しかい》が曇《くも》る。

「心配しないで」お父さまが最期《さいご》の息を引きとるまえに言う。「お父さまよりはるかにいい女王になるから」

第八十四章　ゼリィ

「ああ、お願い」あらんかぎりのエネルギーを灰《はい》と化した巻《ま》き物《もの》に注ぎこむ。こんなこと、ありえない。勝利は目前だったのに。

父《パ》さ《パ》んのエネルギーがあたしの腕《うで》に流れこんできて、指先からねじれた影《かげ》が飛び出す。それでも、灰《はい》から羊皮紙が姿《すがた》を現《あらわ》す気配はない。終わったんだ……

あたしたちは負けたんだ。

恐怖《きょうふ》のあまり、息ができなくなる。

あたしたちが必要としていたものを、自分の手で破壊《はかい》してしまった。

「うそ、うそ、うそ、うそ！」目を閉《と》じ、呪文《じゅもん》を思い出そうとする。何十回も巻《ま》き物《もの》の呪文《じゅもん》は読んだんだから。ああ、最初はどうやって始まるんだっけ？

イヤ　アウォン　オルン　アワ　オモーレ　ケ　ペ　オ　ロニ――ちがう。首をふって、覚えている言葉の切れ端《はし》を集めようとする。**アワ、ニ　オモーレ　オモーレ　ケペ　オ　ロニ**（あなたの子どもであるわたしたちは今日、あなたを呼《よ》び出します）だ。そのあとは……

ああ、どうしよう。

そのあとはなんだった？

いきなり雷鳴《らいめい》にも似《に》たバリバリという音が、神殿《しんでん》に響《ひび》きわたる。音は壁《かべ》にこだまして、建物《たてもの》全体が揺《ゆ》れる。凍《こお》りついたように立ち尽《つ》くす人々《ひとびと》の上に、石や土ぼこりが降《ふ》り注ぐ。

イエモジャの像《ぞう》が目のくらむような光を放ちはじめる。光は、はだしの足からどんどん上へ、石に彫《ほ》られたローブのひだの中を伝って目まで届《とど》く。と、金色の眼窩《がんか》からまばゆい光が放たれ、神殿《しんでん》をやわらかいブルーに染《そ》める。

次にオグンの像《ぞう》がちらちらと光りはじめ、目が濃《こ》い緑色の光を放つ。サンゴの像《ぞう》が真《ま》っ赤《か》に輝《かがや》き、オシュマレの像《ぞう》があざやかな黄色に染《そ》まる。

「鎖《くさり》……」あたしは息を呑《の》み、空の母への道をたどる。「ああ、なんてこと……」

夏至《げし》だ。

はじまったのだ！

なんでもいいからなにか見つからないかと、必死で灰《はい》をかく。古代の儀式《ぎしき》のことは、この巻《ま》き物《もの》に書かれていた。つまり、それを描《えが》いたセンタロの霊《れい》も、ここにきているかもしれない？

死者の霊《れい》がやってくるぞくぞくするような寒気を待つ。神殿《しんでん》の床《ゆか》には、たくさんの死体が転がっている。なのに、彼《かれ》らの魂《たましい》が体を通り抜《ぬ》けていく感覚はない。なにも感じられない。

感じるのは父《ババ》さんだけ。

あたしの血に流れる魔法《まほう》だけ。

「つながり……」氷を浴びせかけられたように、それに気づく。同じ血が流れているから、父《ババ》さんとはつながることができたのだ。巻《ま》き物《もの》の呪文《じゅもん》は、わたしたちと空の母を魔法《まほう》で結びつけてくれるはずだった。でも、ほかにも空の母とつながる方法があるとしたら？

必死で考え、その可能性《かのうせい》を見つけようとする。自分たちの血を通して先祖《せんぞ》とつながることはできる？　そうやって遡《さかのぼ》っていって、自分たちの霊《れい》を通して、空の母との新たな結びつきを作り出すことはできる？

アマリが突《つ》っこんでいって、兵士《へいし》を儀式《ぎしき》の場の前で食《く》い止める。背中《せなか》から血を流しながらも猛《もう》烈《れつ》な一打をくわえ、こちらへこようとする兵士《へいし》たちに襲《おそ》いかかる。兵士《へいし》たちが押《お》しよせてきても、ローエンたちも一歩も引く気配はない。

ほとんど勝ち目がないのに、みな戦っている。

みんながあきらめないなら、あたしもあきらめない。

心臓《しんぞう》が激《はげ》しく打つのを感じながら、よろよろと立ちあがる。次の像《ぞう》が輝《かがや》きだし、神殿《しんでん》がブルーの光に染《そ》まる。空の母まで、あと神の像《ぞう》は数体しかない。もうすぐ夏至《げし》は終わる。

あたしは落ちていた太陽石をつかむ。皮膚《ひふ》が焼きただれる。空の母の代わりに、あたしは血を見る。骨《ほね》を見る。

母《マ》さんを見る。

母《マ》さんのイメージにすがりながら、神殿《しんでん》の中心にある金色の柱のくぼみに太陽石を置く。

母《マ》さんの血があたしの血管を巡《めぐ》っているなら、ほかの先祖《せんぞ》の血だって巡《めぐ》っているはず。

ズボンに隠《かく》していた本物の骨《ほね》の短剣《たんけん》を取り出し、手のひらをすっと切る。そして、血の流れる両手で太陽石を上から押《お》さえ、先祖《せんぞ》と結びついている血を究極の捧《ささ》げものとして差し出す。

「助けてください！」あたしは大きな声でさけび、力を引き出そうとする。「どうか！　あたしたちに手を貸《か》してください！」

火山の噴火《ふんか》のように、あたしから先祖《せんぞ》たちの力が流れ出す。魔師《まし》の先祖《せんぞ》も、コスィダンの先祖《せんぞ》も、あたしたちの結びつきを、あたしたちの血を、しっかりとつかむ。彼《かれ》らの霊《れい》があたしの霊《れい》といっしょにくるくると回る。母《マ》さんの霊《れい》も、父《パ》さん《パ》の霊《れい》も。そして、あたしたちの魂《たましい》は太陽石の中へ流れこもうとする。

「もっと！」あたしは、血でつながっている霊《れい》すべてに呼《よ》びかける。脈々《みゃくみゃく》とつづく血のつながりをたどっていって、最初に空の母から贈《おく》り物を授《さず》けられた先祖《せんぞ》たちにまで遡《さかのぼ》る。新しい先祖《せんぞ》がやってくるたびに、あたしの体は悲鳴をあげ、引き裂《さ》かれそうになる。でも、必要なのだ。

先祖《せんぞ》たちが必要なのだ。

彼《かれ》らの声が響《ひび》いてきて、生ける死者となって歌いだす。あたしは、巻《ま》き物《もの》に書かれていた言葉を待つ。けれど、彼《かれ》らが歌っているのは、読んだことのない呪文《じゅもん》だ。その奇妙《きみょう》な言葉が頭の中に響《ひび》き、心臓《しんぞう》へ、魂《たましい》へとこだまする。そして、あたしの唇《くちびる》までのぼってくる。あたしには、これがなんの呪文《じゅもん》なのかもわからない。

「アワ　ニ　オモーレ　ニヌ　エジェ　アチ　エグングン！（血と骨《ほね》の中のあなたの子どもはわたしたちである）」

あたしの中に霊《れい》の通り道が作られる。手の下で太陽石が震動《しんどう》しているのを感じながら、必死で言葉を外に出そうとする。光は空の母の胸《むね》までのぼり、手から持っている角笛へと広がっていく。もう少しで終わる。

夏至《げし》が終わってしまう。

「アチ　デ！　イカン　ニワ！　ダ　ワ　ポ　ママ！　キ　イタンナ　ワ　タン　ペル　エブン　アイニイェーレ　レーカン　スィイ！（わたしたちはやってきた！　わたしたちはひとつ。母よ、わたしたちを結束させてください。わたしたちの灯《あか》りが、数えきれぬ贈《おく》り物とともに、また一度輝《かがや》くように）」

のどがふさがり、息ができなくなる。もうしゃべることなどできない。でも、あたしはつづける。残ったものをすべて開放する。

「ジェ　キ　アバラ　イダン　ワ　タン　カリ（わたしたちの魔法《まほう》の力が満足いくくらい輝《かがや》くように）」光は空の母の鎖骨《さこつ》に到達《とうたつ》する。

頭の中に歌声が響《ひび》きわたり、世界中に聞こえているにちがいないと思う。先祖《せんぞ》たちは必死で最後の呪文《じゅもん》を歌う。光は、空の母の鼻柱をわたる。先祖《せんぞ》の血があれば、あたしは最後まで終わらせることができる。

彼《かれ》らの血があれば、だれもあたしを止めることはできない。

「タン　インモレ　アイェ　レーカン　スィイ！（わたしたちの灯りが、数えきれぬ贈《おく》り物とともに、また一度輝《かがや》くように）」

光は空の母の目に到達《とうたつ》し、呪文《じゅもん》の最後の言葉が響《ひび》きわたるのと同時に、白い光が放たれる。太陽石が砕《くだ》け、黄色い光が神殿《しんでん》じゅうを照らす。なにが起こったのか、わからない。自分がなにを成し遂《と》げたのか、わからない。けれど、光はあたしの体の細胞《さいぼう》の隅々《すみずみ》にまで侵入《しんにゅう》し、全世界が輝《かがや》く。

目の前を創造《そうぞう》の場面が流れていく。人間の誕生《たんじょう》、神々《かみがみ》の源《みなもと》。神々《かみがみ》の魔法《まほう》が波のように神殿《しんでん》に押《お》しよせ、あらゆる鮮《あざ》やかな色を持った虹《にじ》がかかる。

あらゆる心、あらゆる魂《たましい》、あらゆる存在《そんざい》の中で魔法《まほう》が砕《くだ》ける。魔法《まほう》はあたしたち全員を結びつけ、人間をつなげていく。

あたしの中で力が煮《に》えたぎる。エクスタシーと苦しみが同時に流れこんできて、喜《よろこ》びと痛《いた》みがいっしょくたになる。

そしてそれが消えると、あたしは真実を目にする。ずっと隠《かく》されてきた真実を、はっきりと見る。

あたしたちはみな、血と骨《ほね》の子どもなのだ。

呪《のろ》いと美徳の申し子なのだ。

この真実があたしを抱《だ》きよせ、母親の腕《うで》の中の子どものようにゆっくりと揺《ゆ》らす。愛があたしをしばり、死があたしを呑《の》みこむ。

第八十五章　ゼリィ

あたしはいつも、死は冬の風のようだと思っていた。でも、イロリンの海のような温かさがあたしを包んでいる。

贈《おく》り物だ。アラーフィアの平和と闇《やみ》の中であたしは考える。犠牲《ぎせい》が報《むく》われたんだ。

終わりのない戦いが終わるよりすばらしいことはないから。

「**ママ　オリサ　ママ　オリサ　ママ　アワ　ウン　ドゥペ　エ　ボ　イベ　ワ**――――（わたしたちは感謝《かんしゃ》いたします。あなたはわたしたちのさけびを聞いてくださった）」

声が聞こえてきて体を震《ふる》わせる。豊《ゆた》かな声が闇《やみ》に響《ひび》く。銀色の渦《うず》巻《ま》く光が現《あらわ》れて、その美しい調べを浴びせる。すると、闇《やみ》の中から光の雪が降《ふ》ってくる。ひとつの歌声が、ほかの声より一層《いっそう》力強く響《ひび》きわたる。ほかの声を率《ひき》いて、神々《かみがみ》を褒《ほ》めたたえる。

「**ママ　ママ　ママ**――――」

光の声はシルクのようにすべやかで、ビロードのようにやわらかい。あたしを包みこみ、温かさへと導《みちび》いてくれる。体の感覚はないのに、自分がそちらへふわふわと漂《ただよ》っていくのが感じられる。

まえにもこの声を聞いたことがある。

この声を知っている。この愛を。

歌はどんどん大きくなって、光もいっそう強くなる。たった一つの雪片《せっぺん》から生まれた光は、みるみるうちに形を取りはじめる。

まず脚《あし》が伸《の》び、夜空のように黒い肌《はだ》が現《あらわ》れる。真《ま》っ赤《か》なシルクのローブは肌《はだ》の黒さを引き立て、この世のものとは思えない女神《めがみ》の体を流れるように包みこんでいる。手首と首から黄金の飾《かざ》りがこぼれ落ち、ひたいまでさがる頭飾《かざ》りを輝《かがや》かせる。

歌声が響《ひび》く中、あたしは深々《ふかぶか》と頭《こうべ》を垂《た》れる。自分がオヤの足元にいることが信じられない。けれど、女神《めがみ》がたてがみのような白い髪《かみ》にうずもれた頭飾《かざ》りをとり、濃《こ》いブラウンの目をこちらにむけたとたん、心臓《しんぞう》が止まりそうになる。

まえに見たとき、この瞳《ひとみ》は空っぽだった。あたしが心から愛していた人の姿《すがた》は、そこにはなかった。けれど今、瞳《ひとみ》は踊《おど》り、ちらちらと光る涙《なみだ》がこぼれ落ちている。

「母《マ》さん《マ》?」

そんなはずない。

母《マ》さん《マ》はたしかに太陽のような顔をしていたけれど、人間だった。あたしの一部だった。

けれど、女神《めがみ》の霊《れい》があたしの顔に触《ふ》れると、なつかしい愛があたしの中に広がっていく。美しいブラウンの目から涙《なみだ》を流しながら、女神《めがみ》はささやいた。「ひさしぶりね、わたしのかわいいゼル」

熱い涙《なみだ》がわきあがり、あたしは母《マ》さん《マ》の霊《れい》の腕《うで》に崩《くず》れ落ちる。母《マ》さん《マ》の温かさがあたしの中に流れこみ、あらゆる亀裂《きれつ》をふさいでくれる。これまで流したすべての涙《なみだ》を、これまで祈《いの》ったすべての祈《いの》りを感じる。アヘレでふと顔をあげる自分の姿《すがた》を見る。母《マ》さん《マ》がほほ笑《え》み返してくれないかと、切に願っていたころの。

「逝《い》ってしまったと思ってた」声がかすれる。

「あなたはオヤの妹でしょう。わたしたちの霊《れい》が死ぬことはないのは知っているはずよ」母《マ》さん《マ》はあたしを立たせ、やわらかいローブで涙《なみだ》を拭《ふ》いてくれる。「わたしはずっとあなたといっしょにいた。ずっとそばにいたのよ」

あたしは母《マ》さん《マ》にしがみつく。いつあたしの指をすり抜《ぬ》けていってしまうかもわからないから。死の世界であたしを待っていると知っていたら、すぐにでも死へ駆《か》けより、死を抱《だ》きしめたのに。あたしが求めていたのは、母《マ》さん《マ》といっしょにいること、母さんが死んだときに奪《うば》われてしまった平和だけだったのに。母《マ》さん《マ》さえいれば、あたしはついに安らぐことができる。

あたしはついに、家に帰ったのだ。

母《マ》さん《マ》はあたしの三つ編《あ》みをすうっとなでて、ひたいにキスをする。「わたしたちが、どれだけあなたのことを誇《ほこ》りに思っているか、わかる？」

「わたしたち？」

母《ママ》さんはほほ笑《え》む。「父《パパ》さんももうここにいるからね」

「父《パパ》さんは大丈夫《だいじょうぶ》？」

「ええ。とても安らいでいるわ」

またすぐに涙《なみだ》が流れてきて、目をしばたたかせる。父《パパ》さんはだれよりも安らぎを手にする権利《けんり》がある。父《パパ》さんは、最後には愛した女性《じょせい》のかたわらで恩寵《おんちょう》に浴することができると知っていたのだろうか？

「ママ、ママ、ママ――」

歌声はますます大きくなっていく。母《ママ》さんはもう一度あたしを抱《だ》きしめ、あたしは母《ママ》さんのにおいを吸《す》いこむ。母《ママ》さんは温かいスパイスとソースの香りがする。母《ママ》さんがいつも、ジョロフライスを炊《た》いていたときのにおい。

「ゼリィは神殿《しんでん》で、いまだかつて霊《れい》が目にしたことのないことをやり遂《と》げたのよ」

「あたし、なんの呪文《じゅもん》かわからなかったの」あたしは首をふる。「自分がなにをしたのか、わかっていないのよ」

母《ママ》さんはあたしの顔を手で挟《はさ》むと、ひたいにキスをした。「すぐにわかるわ、大事なゼル。そしてそのおかげで、わたしはもう決してゼリィのそばを離《はな》れることはない。ゼリィがどう感じようと、どんなことに立ちむかおうと、どんなにひとりだと感じようと――」

「ゼイン……」あたしははっとする。最初に母さん《ママ》、次に父さん《ババ》、そして今度はあたしまで？あたしは息を呑《の》む。「ゼインを置いていくわけにはいかない。どうすればゼインをここに連れてこられるの？」

「ママ　オリシャ　ママ　オリシャ　ママ――」

あたしの顔を包んでいる母さん《ママ》の手に力が入り、歌声がどんどん大きくなって、ほかにはなにも聞こえなくなる。母さんのすべすべのひたいに、しわが寄《よ》る。

「ゼインはこちらの世界の者ではないの。今はまだ」

「でも、母さん《ママ》――」

「あなたもよ」

歌声が耳をつんざき、祝福なのか悲鳴なのか、わからなくなる。母さん《ママ》の言葉が突《つ》き刺《さ》さり、内臓《ないぞう》がねじれる。

「母さん《ママ》、いや……お願い！」

「ゼル――」

恐怖《きょうふ》でのどが締《し》めつけられ、母さん《ママ》にしがみつく。「ここがいいの。母さん《ママ》と父さん《ババ》とここにいたいの！」

もうあの世界へは帰れない。もうあの苦しみに耐《た》えることはできない。

「ゼル、オリシャはまだあなたを必要としているのよ」

「そんなの、どうでもいい。あたしには母《ママ》さんが必要なの！」

母《ママ》さんはどんどん早口になり、母《ママ》さんの光が、神々《こうごう》しい歌声とともに薄《うす》れはじめる。あたしたちを取り囲《かこ》んでいた暗闇《くらやみ》がぐんぐん明るくなり、光の波に呑《の》みこまれる。

「母《ママ》さん、あたしを置いていかないで――お願い、母《ママ》さん、また置いていったりしないで！」

母《ママ》さんのブラウンの目がきらりと輝《かがや》いて、あたしの頰《ほほ》に温かい涙《なみだ》が落ちる。

「まだ終わっていないのよ、かわいいゼル。まだ始まったばかりなの」

エピローグ

目をあけ、またすぐに閉《と》じようとする。母《マ》さん《マ》の顔が見たい。死の温かな闇《やみ》に包まれていたい。夕日で紫《むらさき》に染《そ》まりつつある空なんて、見たくない。

空気がゆっくりと揺《ゆ》れているように感じる。やさしく揺《ゆ》すられているような気がする。あたしがよく知っている感覚。寄《よ》せては返す波の感覚。

それに気づいたとたん、体の細胞《さいぼう》という細胞《さいぼう》に燃《も》えるような痛《いた》みがもどってくる。ひりひりするような痛《いた》み。生に伴《ともな》う痛《いた》みが。

唇《くちびる》からうめき声が漏《も》れ、とたんに足音が響《ひび》く。

「生きてる！」

たちまち視界《しかい》にたくさんの顔が現《あらわ》れる。アマリの希望に満ちた顔、ゼインのほっとしたような顔。二人がさがったあとも、ローエンのきざな笑顔《えがお》があたしを見おろす。

「ケニオンは？」言葉をしぼり出す。「カトは？　レハマ――」

「みんな、生きてる」ローエンが言う。「船で待ってる」

ローエンに助け起こされ、聖《せい》なる島に上陸するために使った手漕《てこ》ぎボートのひんやりとした船体によりかかる。太陽は水平線のむこうに沈《しず》みかけ、夜の影《かげ》であたしたちを覆《おお》い隠《かく》そうとしている。

神殿《しんでん》での記憶《きおく》が押《お》しよせてきて、あたしは勇気を奮《ふる》い起こそうとする、おそろしくてきけない質問《しつもん》をしようとする。ゼインの濃《こ》いブラウンの目を見つめる。ゼインの口からきくのが、いちばんつらくないかもしれない。

「あたしたちは、やり遂《と》げたの？　魔法《まほう》はもどったの？」

ゼインは黙《だま》っている。あたしの心は沈《しず》む。あれだけのことがあったあとで。イナンのことが。父《バ》さん《バ》のことが。

「うまくいかなかったの？」なんとかそれだけ口にする。アマリはかすかに首をふる。そして、手をかかげる。血が流れている。暗闇《くらやみ》の中で、あざやかなブルーの光が渦巻《うずま》いている。アマリの黒い髪《かみ》に、稲妻《いなずま》のように真っ白い髪《かみ》が走っている。

一瞬《いっしゅん》、あたしはどう考えたらいいのか、わからない。

次の瞬間《しゅんかん》、あたしの血は凍《こお》った。

著者注《ちょしゃちゅう》

この本を書くまえに、わたしは何度も涙《なみだ》を流しました。そして、見直しをしながら、また何度も泣きました。こうして本がみなさんのもとに届《とど》いたあとも、また泣いてしまうことがわかっています。

巨大《きょだい》なライオーンに乗って、聖《せい》なる儀式《ぎしき》を行うのは、ファンタジーの王国の中のことでしょう。けれど、この本に描《えが》かれた痛《いた》みや恐《おそ》れや悲しみや喪失《そうしつ》はすべて現実《げんじつ》です。

『Children of Blood and Bone』を描《か》いていたとき、わたしはずっと、黒人の男性《だんせい》や女性《じょせい》や子どもたちが警官《けいかん》に撃《う》たれたというニュースを見つづけていました。武器《ぶき》を持っていたわけでもないのに。わたしは、恐怖《きょうふ》と怒《いか》りと無力感に襲《おそ》われました。けれど、この本を書いたことで、自分にもなにかできると感じることができたのです。

わたしは自分にこう言い聞かせました。こうした問題は、わたしなどにはどうしようもできないように思える。けれど、たった一人でもこの本を読んで、気持ちや考えを変えてくれたら、なにかしら意味のあることができたと言えるのではないか、と。

そして、この本ができあがり、今、みなさんが読んでくださっているのです。心の底から、うれしく思っています。

もしこの物語《ものがたり》に少しでも心を動かされたなら、どうかこの本のなかだけで終わらせないでください。

ズウライカやサリムのために泣いたなら、ジョーダン・エドワーズやタミル・ライスやアイヤナ・スタンレイ=ジョーンズのような罪《つみ》のない子どもたちのために泣いてください。警官《けいかん》に射殺《しゃさつ》されたとき、彼《かれ》らはそれぞれ十五歳《さい》、十二歳《さい》、七歳《さい》だったのです。

母親を殺《ころ》されたゼリィの悲しみに心を打たれたなら、愛する人たちが目の前で奪《うば》われてしまった人たちのために、悲しんでください。そう、目の前で恋人《こいびと》のフィランド・キャスティルを殺《ころ》されたダイアモンド・レイノルズと四歳《さい》の娘《むすめ》のために。フィランドは二人といっしょに車に乗っているときに、警官《けいかん》に車を止められ、銃《じゅう》で撃《う》たれて亡《な》くなったのです。

キャスティルを射殺《しゃさつ》した警官《けいかん》ジェロニモ・ヤネズは、三件《けん》の罪《つみ》で起訴《きそ》されましたが、すべて無《む》罪《ざい》となりました。

わたしがここに挙げた名前は、ほんの一部にすぎません。たくさんの黒人たちが、あまりにもとつぜん命を奪《うば》われました。母親を奪《うば》われた娘《むすめ》、父親を奪《うば》われた息子《むすこ》、残された人生を悲しみとともに生きなければならない親たちが、たくさんいるのです。本当なら、一生知らなくていい悲しみなのに。

この問題は、わたしたちの世界に巣くう問題のひとつにすぎませんし、自分たちにはどうしようもできない問題だと感じることもしょっちゅうです。けれど、どうかこの本を、そうした問題と闘《たたか》うためになにかしらできることはあるのだという証《あかし》にしてください。

ゼリィが儀式《ぎしき》で唱えるように「アボボ　ワ　ニ　オモーレ　ニヌ　エジェ　アチ　エグングン」。

わたしたちはみな、血と骨《ほね》の子どもなのだ。

ゼリィやアマリのように、わたしたちはみな、世界の悪《あ》しきことを変える力を持っています。

わたしたちはあまりにも長いあいだ、屈服《くっぷく》してきました。

今こそ、立ちあがりましょう。

訳者あとがき

暴君サランが支配するオリシャ国。かつては魔力を持つ〈魔師〉と持たない〈コスィダン〉が共に暮らしていたが、サランは〈襲撃《レイド》〉で魔師を皆殺しにし、オリシャの国から魔法を一掃した。物語はその十一年後、かろうじて生き延びた魔師の子〈ディヴィナ〉である少女ゼリィが、失われたはずの魔力を手にしたところから、始まる。

〈襲撃《レイド》〉以来、〈ディヴィナ〉たちはかつてのように十三歳になっても魔力を手にすることはなくなったが、それでもサラン王は力と恐怖で彼らを抑圧しつづける。圧政から逃れる唯一の手段として、ゼリィは、オリシャ国に魔法を取りもどす決心をする。

魔法を取りもどすのに必要な三神器を探す旅に同行するのは、幼いころから〈ディヴィナ〉の妹を守りつづけてきた兄のゼインと、唯一の理解者だった友を父王に殺された王女アマリ。そして、王の命令を受けて三人を追うのは、アマリの兄で、次期オリシャ国王のイナン王子だ。しかし、本来なら〈コスィダン〉であるはずのイナンにも魔力が発現したことから、彼らの関係は単なる追う者と追われる者を超えた、複雑さをはらむことになる。

ハリー・ポッター――以来のファンタジー大作と言われる本書が注目を集めた理由のひとつは、作者が生み出した架空の国オリシャの魅力だろう。オリシャ国のモデルは、作者トミ・アデイェミの両親の故郷であるナイジェリアだ。魔師たちの言葉は、ナイジェリアの言語のひとつヨルバ語であり、彼らの信仰する神々は西アフリカの神話を起源にしている。当然、暮らしているのは、肌の黒い人々だ。主人公のゼリィをはじめ、ゼインもアマリもイナンもとうぜん黒い肌に黒い髪をしている（ただし、ゼリィの髪だけは、〈ディヴィナ〉の証である白だ）。

黒人監督による黒人を主人公にした映画『ムーンライト』（2016）がアカデミー賞とゴールデングローブ賞を受賞したのは記憶に新しい。また、監督・主演はもちろん、キャストやスタッフの大半も黒人だとして注目を集めた映画『ブラックパンサー』（2018）は、エンターテイメント作品として大ヒットを記録した。そうした流れと、本書が彗星のように登場したこととは無縁ではない。

実際、トミ・アデイェミはあとがきで、〈ブラック・ライヴズ・マター〉の運動が本書を描く動機の一つになったことを告白している。あとがきでも何人か、名前が挙がっているが、警官の「過剰な」治安維持行為により射殺されるアフリカ系アメリカ人が後を絶たず、SNSで#BlackLivesMatter（黒人の命も大切だ）というハッシュタグが拡散、全国規模の運動となった。

ただ魔師だったというだけで兵士たちから嫌がらせを受けるゼリィや、命まで奪われるズウライカやサリムのことを、重ねずにはいられない。

だが、本書がこれほどの人気を獲得したのは、そうした理由だけではない。十の部族がそれぞれ十の神を抱き、十の魔法（火を操る魔法、水を操る魔法、癒しの魔法、動物を手なずける魔法……）を操る世界。うっそうとしたジャングルや、果てしなく広がる砂漠、豊かな恵みをもたらす海や、無秩序な喧騒が支配する市場など、さまざまな顔を持つオリシャ国。たぐいまれな強さと反抗心を持つ少女ゼリィ、家族を守ることにすべてを賭ける兄ゼイン、気弱で華奢な王女から変身を遂げるアマリ、父親の呪縛から逃れようともがき苦しむイナン王子、といった強烈な魅力と複雑な個性を持った登場人物。特に、惹かれあい、反発しあうゼリィとイナンそれぞれのたどる運命は、これまでのファンタジー作品と一味も二味も違う。

本作を完成させたとき、アデイェミは二十三歳。デビュー作は発売と同時にベストセラーとなり、ニューヨークタイムズのＹＡベストセラー・リスト一位に躍り出た。２０世紀フォックスが映画化権を獲得、監督は『ソウルメイト』、『マイファミリー・ウェディング』のリック・ファミュイワ。今度もまた黒人監督による黒人が主人公の映画として話題をさらうのは、まちがいない。今後の展開が楽しみだ。

最後に、ヨルバ語の発音（カタカナ表記）と訳等については、東京外語大学の塩田勝彦先生にご教示いただいた。この場を借りて、御礼申し上げたい。また、なにかまちがいがあった場合については、すべて訳者の責任であることも明記させていただく。
最後に、編集の小宮山民人さんに心からの感謝を。

二〇一九年四月

三辺律子

著者　トミ・アデイェミ Tomi Adeyemi

カリフォルニア州サンディエゴ在住。ナイジェリア系アメリカ人作家。「創作講座」で教える。ハーバード大学英文科を優等学位で卒業後、ブラジルのサルバドールで西アフリカの神話、宗教、文化について学ぶ。執筆とＢＴＳのビデオ鑑賞以外は、創作についてのブログを書いている。

訳者　三辺律子 さんべ・りつこ

東京生まれ。英米文学翻訳家。聖心女子大学英語英文学科卒業。白百合女子大学大学院児童文化学科修士課程修了。主な訳書に『龍のすむ家』（竹書房）、『モンタギューおじさんの怖い話』（理論社）、『インディゴ・ドラゴン号の冒険』（評論社）、『レジェンド―伝説の闘士ジューン＆デイ―』（新潮社）など多数。

オリシャ戦記　PART1
血と骨の子

著者　トミ・アディェミ
訳者　三辺律子

2019年5月20日　第1刷発行

発行者　松岡佑子
発行所　株式会社静山社
〒102-0073　東京都千代田区九段北1-15-15
電話・営業　03-5210-7221
https://www.sayzansha.com

装丁　桐畑恭子（next door design）
組版　アジュール
印刷・製本　中央精版印刷株式会社

Published by Say-zan-sha Publications, Ltd.
ISBN978-4-86389-511-9 Printed in Japan

神殿
N
ジメタ
ンベ
オロン
ロコジャ
カドゥナ
ベニンシティ
国